普通高等教育"十一五"国家级规划教材

丛书主编 谭浩强

高等院校计算机应用技术规划教材

应用型教材系列

计算机网络技术应用

尚晓航 主编

马 楠 副主编

清华大学出版社

北京

内 容 简 介

本书从先进性和实用性出发,较全面地介绍了计算机网络应用技术所涉及的基本理论和基本技术。在网络技术应用方面主要围绕组网、建网、管网、用网等关键技术展开,并较为详细地介绍了网络硬件和软件系统的管理技术,以及基于 B/S 模式网络应用程序方面的基础与应用程序开发的基本技术。主要内容分为 3 个主要模块,以供不同学时、专业的课程灵活选择。

本书层次清晰,深入浅出,概念简洁、准确,叙述通顺且图文并茂,实用性强。既有适度的基础理论知识介绍,又有比较详细的实用技术指导,同时配有大量应用实例和操作插图,每章后面附有大量习题,需要实验的章节还附有相应的实训环境与条件、实训项目的目的、内容与建议。

本书适用于各类计算机应用与网络应用类方向的本科学生、自考、成人高校、夜大等应用类本科学生以及计算机网络应用类专业的专科学生,还可以供计算机应用的从业人员和爱好者使用。

图书在版编目(CIP)数据

计算机网络技术应用/尚晓航主编. —北京:清华大学出版社,2011.12
(高等院校计算机应用技术规划教材)
ISBN 978-7-302-25903-9

Ⅰ. ①计… Ⅱ. ①尚… Ⅲ. ①计算机网络 Ⅳ. ①TP393

中国版本图书馆 CIP 数据核字(2011)第 115010 号

责任编辑:谢　琛　薛　阳
责任校对:李建庄
责任印制:何　芊

出版发行:清华大学出版社　　　　　　　　　　地　　　址:北京清华大学学研大厦 A 座
　　　　　http://www.tup.com.cn　　　　　　邮　　　编:100084
　　　社　总　机:010-62770175　　　　　　　邮　　　购:010-62786544
　　　投稿与读者服务:010-62795954,jsjjc@tup.tsinghua.edu.cn
　　　质　量　反　馈:010-62772015,zhiliang@tup.tsinghua.edu.cn
印　装　者:三河市李旗庄少明印装厂
经　　　销:全国新华书店
开　　　本:185×260　　　印　　张:22　　　字　　　数:544 千字
版　　　次:2011 年 12 月第 1 版　　　印　　　次:2011 年 12 月第 1 次印刷
印　　　数:1~4000
定　　　价:33.00 元

产品编号:037807-01

编辑委员会

《高等院校计算机应用技术规划教材》

丛书序

《高等院校计算机应用技术规划教材》

进入 21 世纪,计算机成为人类常用的现代工具,每一个有文化的人都应当了解计算机,学会使用计算机来处理各种事务。

学习计算机知识有两种不同的方法:一种是侧重理论知识的学习,从原理入手,注重理论和概念;另一种是侧重于应用的学习,从实际入手,注重掌握其应用的方法和技能。不同的人应根据其具体情况选择不同的学习方法。对多数人来说,计算机是作为一种工具来使用的,应当以应用为目的、以应用为出发点。对于应用型人才来说,显然应当采用后一种学习方法,根据当前和今后的需要,选择学习的内容,围绕应用进行学习。

学习计算机应用知识,并不排斥学习必要的基础理论知识,要处理好这两者的关系。在学习过程中,有两种不同的学习模式:一种是金字塔模型,亦称为建筑模型,强调基础宽厚,先系统学习理论知识,打好基础以后再联系实际应用;另一种是生物模型,植物并不是先长好树根再长树干,长好树干才长树冠,而是树根、树干和树冠同步生长的。对计算机应用型人才教育来说,应该采用生物模型,随着应用的发展,不断学习和扩展有关的理论知识,而不是孤立地、无目的地学习理论知识。

传统的理论课程采用以下的三部曲:提出概念—解释概念—举例说明,这适合前面第一种侧重知识的学习方法。对于侧重应用的学习者,我们提倡新的三部曲:提出问题—解决问题—归纳分析。传统的方法是:先理论后实际,先抽象后具体,先一般后个别。我们采用的方法是:从实际到理论,从具体到抽象,从个别到一般,从零散到系统。实践证明这种方法是行之有效的,减少了初学者在学习上的困难。这种教学方法更适合于应用型人才。

检查学习好坏的标准,不是"知道不知道",而是"会用不会用",学习的目的主要在于应用。因此希望读者一定要重视实践环节,多上机练习,千万不要满足于"上课能听懂、教材能看懂"。有些问题,别人讲半天也不明白,自己一上机就清楚了。教材中有些实践性比较强的内容,不一定在课堂上由老师讲授,而可以指定学生通过上机掌握这些内容。这样做可以培养学生的自学能力,启发学生的求知欲望。

全国高等院校计算机基础教育研究会历来倡导计算机基础教育必须坚持面向应用的正确方向,要求构建以应用为中心的课程体系,大力推广新的教学三部曲,这是十分重要的指导思想,这些思想在"中国高等院校计算机基础课程"中做了充分的说明。本丛书完全符合并积极贯彻全国高等院校计算机基础教育研究会的指导思想,按照"中国高等院校计算机基础教育课程体系"组织编写。

这套"高等院校计算机应用技术规划教材"是根据广大应用型本科和高职高专院校的迫切需要而精心组织的,其中包括 4 个系列:

(1)基础教材系列。该系列主要涵盖了计算机公共基础课程的教材。

(2)应用型教材系列。适合作为培养应用型人才的本科院校和基础较好、要求较高的高职高专学校的主干教材。

(3)实用技术教材系列。针对应用型院校和高职高专院校所需要掌握的技能技术编写的教材。

(4)实训教材系列。应用型本科院校和高职高专院校都可以选用这类实训教材。其特点是侧重实践环节,通过实践(而不是通过理论讲授)去获取知识,掌握应用。这是教学改革的一个重要方面。

本套教材是从 1999 年开始出版的,根据教学的需要和读者的意见,几年来多次修改完善,选题不断扩展,内容日益丰富,先后出版了 60 多种教材和参考书,范围包括计算机专业和非计算机专业的教材和参考书;必修课教材、选修课教材和自学参考的教材。不同专业可以从中选择所需要的部分。

为了保证教材的质量,我们遴选了有丰富教学经验的高校优秀教师分别作为本丛书各教材的作者,这些老师长期从事计算机的教学工作,对应用型的教学特点有较多的研究和实践经验。由于指导思想明确,作者水平较高,教材针对性强,质量较高,本丛书问世 7 年来,愈来愈得到各校师生的欢迎和好评,至今已发行了 240 多万册,是国内应用型高校的主流教材之一。2006 年被教育部评为普通高等教育"十一五"国家级规划教材,向全国推荐。

由于我国的计算机应用技术教育正在蓬勃发展,许多问题有待深入讨论,新的经验也会层出不穷,我们会根据需要不断丰富本丛书的内容,扩充丛书的选题,以满足各校教学的需要。

本丛书肯定会有不足之处,请专家和读者不吝指正。

全国高等院校计算机基础教育研究会会长　　**谭浩强**
《高等院校计算机应用技术规划教材》主编

2008 年 5 月 1 日于北京清华园

前言

本书主编从 1994 年开始使用 Internet，自 1998 年来，一直从事网络方面的管理、教学科研和创作工作，曾主编或参与创作了几十本计算机网络基础、网络技术、网络管理与网络应用方面的著作。主编的教材或创作的书籍，曾先后获得过 2009 年度普通高等教育精品教材、第五届全国优秀科普图书类三等奖和提名奖，先后两次获得北京高等教育精品教材称号；此外，还在多个出版社先后出版了多本普通高等教育"十五"、"十一五"国家级规划教材。

本书的主编和作者曾尝试在各类本专科的计算机科学与技术、通信工程、信息工程、自动化、网络传媒、计算机应用、网络服务与应用、办公自动化、计算机网络管理员、计算机网络与应用等多个专业的学生中，开设了多种计算机、网络技术、网络应用和管理相关的课程，如，计算机网络与应用、计算机网络原理、网站规划与建设、计算机网络技术、网络管理、Internet 技术基础、电子商务基础等课程，均收到了良好的社会效果并受到学生的普遍欢迎。本书主编还曾在某外企担任计算机和网络部门的主管。

总之，本书是主编和作者结合教学、科研、写作以及在组网、建网和管网、用网方面的实践经验编写而成的。考虑到本书的实用性和可操作性，本书采用了由浅入深、提出问题和解决问题的写作方法，逐步将读者引导到计算机网络与应用的王国。

为了便于不同学时、不同专业、不同课程的灵活选择，本书将全书的 9 章划分为 3 个主要模块，其主要内容涵盖了以下的章节和内容：

第 1 篇　计算机网络基础篇：包含网络技术基础、数据通信基本技术、Internet 技术与应用 3 章；涵盖了计算机网络的基本概念、数据通信的基本原理、网络体系结构、OSI 七层参考模型、TCP/IP 四层参考模型、Internet 的基础知识、常用服务与应用技术、IP 地址、TCP/IP 及主要参数等网络技术应用的基础知识。

第 2 篇　计算机网络实现篇：包含组建局域网与接入 Internet、局域网的设备管理、管理网络的软件系统 3 章。涵盖了网络中从物理层到网络层的主要部件与设备、以太网、最新高速交换式网络、虚拟局域网、无线局域网、不同规模用户的 Internet 接入技术与方案、微软的工作组网络的组建、管理与安全使用网络资源等方面的基本知识与实用组网技术。为了满足没有实际网络设备的学校和个人学习网络技术的需求,在这一部分较为详细地介绍了网络模拟器的使用,以及局域网中的路由器和交换机的具体实现技术。

第3篇 计算机网络应用篇:包含计算机网络应用系统模式、网页制作与编程基础、基于浏览器/服务器的网络应用3章。涵盖了应用系统的计算模式中的对等网、C/S和B/S网络应用模式的结构与特点,Web体系结构工作原理;网页的基本构成、HTML、高级网页编辑工具Dreamweaver 8的安装与使用以及制作网页的基础知识;另外,还较为详细地介绍了基于浏览器/服务器(B/S)网络应用系统的实现与开发技术、JSP的开发技术、JDBC数据访问接口与JDBC程序设计案例等网络应用系统的实现技术。

本书层次清晰,概念简洁、准确,叙述通顺、图文并茂,内容安排深入浅出、符合认知规律,实用性强。书中既有适度的基础理论的介绍,又有比较详细的组网、管网和用网方面的实用技术。每章后面附有大量习题和思考题,需要实验的章节还附有实训环境、目标和主要内容方面的建议。

总之,本书适用于网络技术与应用、计算机网络基础与应用、网络技术、网站规划与建设等课程用书。这些课程是计算机应用、电子工程、信息工程、办公自动化、自动化、计算机网络等专业的基础课程;其先修课程为计算机基础、计算机结构与组成、操作系统等。当然,由于本书的3个层次相对独立,因此,也可以根据专业、学时的不同进行内容的选择和组合。

学习本课程的学生应当注意,首先,不应当将其作为一门纯粹的理论课程学习,而应当将其当作一门技术应用课程学习;其次,网络设备和各种局域网组建技术只有与相应的理论密切结合,才能更好地体会和应用到网络实际中;最后,在管网和用网的过程中,只有将理论与实践紧密结合才能取得事半功倍的效果。

推荐的学时分配表

篇号	序号	授课内容	学时分配	
			讲课	实训
第1篇 计算机网络基础篇	第1章	网络技术基础	4	
	第2章	数据通信基本技术	8	
	第3章	Internet技术与应用	4	2
第2篇 计算机网络实现篇	第4章	组建局域网与接入Internet	8	6
	第5章	局域网的设备管理	8	8
	第6章	管理网络的软件系统	8	8
第3篇 计算机网络应用篇	第7章	计算机网络应用系统模式	2	2
	第8章	网页制作与编程基础	6	4
	第9章	基于浏览器/服务器的网络应用	12	6
		合 计	60	36

本教材由尚晓航同志担任本书的主编;其中,尚晓航和郭正昊参与了第1、2、3、4、5、6 章的编写任务;马楠参与了第 7、8、9 章的编写任务;翟云参与了第 9 章的编写任务;张姝、郭文荣、陈鸽、郭利民、余洋、周宁宁、余学生、常桃英等参与了其他章节的编写或其他辅助工作;此外,尚晓航还负责全书的主审与定稿任务。

　　在本教材的编写和出版过程中,清华大学出版社提供了大力的支持与帮助,在此表示诚挚的感谢!

　　由于计算机网络与应用技术的发展迅速,作者的学识和水平有限,时间仓促,书中难免存在不妥之处,恳请广大读者批评指正。

编　者

2011 年 9 月

目录

第 2 篇　计算机网络实现篇

第 4 章　组建局域网与接入 Internet …………………… 93

第 3 篇　计算机网络应用篇

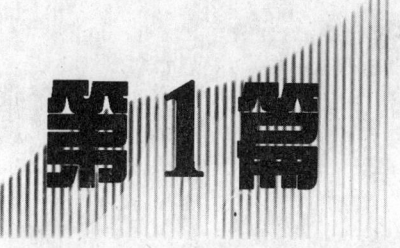

计算机网络基础篇

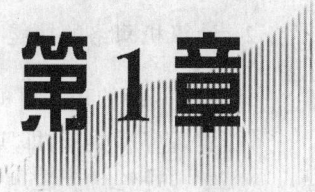

第1章

网络技术基础

计算机网络是计算机技术与通信技术密切结合的产物。当前,各行各业都离不开计算机网络,很多应用技术都与计算机网络密切相关。因此,计算机网络的定义、分类、OSI体系结构以及 TCP/IP 体系结构等网络技术相关的基础知识是当代工科大学生应当掌握的基本知识。

本章内容与学习要求

- 掌握:计算机网络的定义与功能。
- 了解:计算机网络的分类及特点。
- 了解:计算机网络的软硬件组成。
- 了解:OSI/RM 网络七层参考模型。
- 掌握:TCP/IP 网络四层参考模型。

1.1 计算机网络的定义

人们通常对"计算机网络"的定义是:为了实现计算机之间的通信交往、资源共享和协同工作,采用通信手段,将地理位置分散的、各自具备自主功能的一组计算机有机地联系起来,并且由网络操作系统进行管理的计算机复合系统就是计算机网络。

1. 计算机网络涉及的 3 个要点

① 自主性。一个计算机网络可以包含多台具有"自主"功能的计算机。所谓的"自主"是指这些计算机离开计算机网络之后,也能独立地工作和运行。这些计算机被称为"主机"(host),在网络中叫做节点或站点。一般地,网络中的共享资源(即硬件资源、软件资源和数据资源)就分布在这些计算机中。

② 有机连接。人们构成计算机网络时需要使用通信的手段,把有关的计算机(节点)"有机地"连接起来。所谓的"有机"地连接是指连接时彼此必须遵循所规定的约定和规则。这些约定和规则就是通信协议。每一个厂商生产的计算机网络产品都有自己的许多协议,这些协议的总体就构成了协议集。

③ 以资源共享为基本目的。建立计算机网络的主要目的是为了实现通信的交往、信

息资源的交流、计算机分布资源的共享,或者是协同工作。一般将计算机资源共享作为网络的最基本特征。网络中的用户不但可以使用本地局域网中的共享资源,还可以通过远程网络的服务访问远程网络中的共享资源。

2. 计算机网络的功能

计算机网络的建立目的就是其应具有的功能,因此,它应当实现以下基本功能:

① 实现资源共享,即实现计算机硬件资源、软件资源和数据与信息资源的共享。

② 实现计算机之间和计算机用户之间的通信交往。

③ 计算机之间或计算机用户之间的协同工作。

网络最基本的功能就是资源共享,并由此引申出网络信息服务等许多重要的应用。例如,联网之后,网络上所有贵重的硬件资源、软件资源都可以共享;为了提高工作效率,多个用户还可以联合开发大型程序。

1.2　计算机网络的分类

对计算机网络进行分类的标准很多。例如,按网络的作用范围分类、按拓扑结构分类、按网络协议分类、按信道访问方式分类、按数据传输方式分类,以及按网络构建性质分类等。下面主要介绍两种:

1. 按照网络的构建性质分类

按照网络的构建性质可以将计算机网络分为以下两类:

(1) 公用网(Public Network)

"公用网"一般指由国家电信和邮电部门构建的网络。因此,公用网的含义是指任何单位、部门或个人均可租用的网络,有时又被称为"公众网"。

(2) 专用网(Private Network)

"专用网"是指单位、部门为了某种目的而构建的私有网络。这种网络不为本部门以外的人员服务,例如,海关总署、军队、铁路、银行等均有自己的专用网络。

2. 按照网络的作用范围分类

本书按照一种能反映网络技术本质特征的分类标准,即按计算机网络的作用范围进行分类。根据计算机网络作用的地理范围的大小,可以将其分为以下 3 类:

① 局域网(Local Area Network,LAN)。

② 城域网(Metropolitan Area Network,MAN)。

③ 广域网(Wide Area Network,WAN)。

在表 1-1 中,大致给出了各类网络的作用范围。总的规律是作用范围越大,速率越低。例如,局域网距离最短,因此,传输速率最高。一般来说,传输速率是关键因素,它极大地影响着计算机网络硬件技术的各个方面。

表 1-1 各类计算机网络的特征参数

网络分类	缩　写	作用范围大约	处理机位于同一	应 用 实 例
局域网	LAN	10m	房间	小型办公室网络、智能大厦、校园或园区网络
		100m	建筑物	
		1km	校园	
城域网	MAN	10km	城市	城市网络
广域网	WAN	100km 或 1000km	国家或洲际	公用广域网、专用广域网

　　(1) 局域网

　　局域网就是局部区域的计算机网络。在局域网中,计算机及其他互连设备的分布范围一般在有限的地理范围内,因此,局域网的本质特征是作用范围短、数据传输速度快、延迟小、可靠性高。由于 LAN 具有成本低、应用广、组网方便和使用灵活等特点,因此,深受广大用户的欢迎,也是发展最快最活跃的一个分支。

　　(2) 广域网

　　广域网也称远程网。一般地,广域网是指作用在不同国家、地域甚至全球范围内的远程计算机通信网络,其骨干网络一般是公用网,速率较高,能够达到若干 Gb/s;但是,用户构建的专用广域网的传输速率一般较低,例如,2～100Mb/s。

　　(3) 城域网

　　城域网原本指的是介于局域网与广域网之间的一种大范围的高速网络,其作用范围是从几千米到几十千米的城市。目前,随着网络技术的迅速发展,局域网、城域网和广域网的界限已经变得十分模糊。例如,在实践中,人们既可以使用广域网的技术去构建城域网,也可以使用局域网的技术来构建城域网。因此,本书将不对城域网做更为详细的介绍。

1.3　计算机网络的组成

　　局域网可以划分为网络软件系统和硬件系统两大组成部分。只有在实现了这两部分之后,局域网才能真正满足人们的应用需求。此外,局域网中的其他组件如下:

1. 局域网的硬件系统

　　局域网的硬件系统是网络中信息传输的物质基础。网络的硬件系统常指局域网的基础设施。

　　局域网是一种分布范围较小的计算机网络。现代局域网一般采用基于服务器的网络类型,其硬件从逻辑上看,可以分为网络服务器、网络客户机或工作站、网卡、网络传输介质和网络共享设备等几个部分。硬件系统中的各种部件、设备的具体内容将在第 4 章做详细介绍。

2. 网络软件系统的类型与分层

（1）网络软件的 3 种主要类型

局域网的软件系统通常包括：网络操作系统、网络管理软件和网络应用软件等 3 类主要软件。其中的网络操作系统和网络管理软件是整个网络的核心，用来实现对网络的控制和管理，并向网络用户提供各种网络资源和服务。

① 网络操作系统。

网络操作系统是最主要的网络软件，它通常被安装在服务器上，并对网络实施高效、安全的管理；并使各类网络用户能够在各种网络工作站的站点上去方便、高效、安全地享用和管理网络上的各种资源；它还为用户提供各种网络服务功能以及负责提供网络系统安全性的管理和维护。例如，操作系统 Windows 7、Windows Server 2008 等。网络协议提供了网络中节点之间通信的约定和规则；而实现网络的各种应用、功能和服务时，除了网络操作系统外，还需要其他软件。

协议是网络节点之间通信与联系的语言。大部分协议软件都集成在网络操作或网络设备的系统中；而有时则需要手工安装或自行开发。计算机、网络设备上大都可以选择安装各种协议软件。在计算机中，一般具有实现多层协议、服务、应用功能的软件；而在通信节点、互连设备内，一般只有支持网络层以下的三层或两层协议软件。

② 网络管理软件。

网络管理软件用于监视和控制网络的运行。网络管理主要包括自动监控设备和线路的情况、网络流量及拥挤的程度、虚拟网络的配置和管理等。上述这些功能对于较大规模的网络来说是非常必要的。网络管理软件集通信技术、网络技术和信息技术于一体，通过调度和协调资源，进行配置管理、故障管理、性能管理、安全维护和计费等管理，达到使网络可靠、安全和高效运行的目的。网络管理系统作为一种网络工具，应具备的功能如下：

- 自动发现网络拓扑结构和网络配置。
- 告警功能。
- 监控功能。
- 灵活地增减网络管理系统的功能的能力。
- 能够管理不同厂商的网络设备，并支持第三方软件的运行。
- 访问控制功能。
- 友好的界面操作功能。
- 具有编程接口和开发工具。
- 具有故障记录和报告生成功能。

常用的网络管理软件有：HP 公司的 OpenView、IBM 公司的 NetView 等。

③ 各种应用软件平台和客户端软件。

用户通常可以利用各种应用软件的平台，开发属于自己业务范围内的网络应用软件。常用的开发平台一般为：基于客户机/服务器（Client/Server）或浏览器/服务器（Browser/Server）模式的各种信息管理系统和数据库应用管理系统。

常见的信息系统软件如下：

- 数据库管理系统：Oracle、Sybase、SQL Server、FoxPro 和 Access 等。
- 办公及管理信息系统软件：Office、MIS、Notes/Domino 等。
- 客户端软件：在浏览器/服务器工作模式中,客户机上必须安装的软件是浏览器,如 Internet Explorer、遨游、世界之窗等。

其他必要软件如下：

- 下载软件：如迅雷、网际快车、网络蚂蚁等。
- 杀毒软件：如 360 安全卫士、卡巴斯基、Norton Antivirus、金山毒霸、瑞星等。
- 网页制作软件：如 Macromedia Dreamweaver、Macromedia Fire Works 等。

网络应用软件的开发是网络建设中的一项艰巨而又重要的任务,没有应用软件,拥有再好的网络硬件也无济于事。因为这就像建好一条高速公路以后,没有车在上面行驶一样,会给投资者造成极大的浪费,而这一点正是当前各种局域网建设中的共同弊病之一。此外,应用软件的相应开发和使用人员的培养也是急需解决的问题之一。

（2）网络软件系统的运行层次

计算机网络的软件系统也是分层次的,网络计算机工作时,只有将各层软件依次调入内存以后,才能进行正常的通信,共享网上的资源。网络中的各种软件,既可以分布在计算机(服务器或客户机)中,也可以存在于通信节点或网络的连接设备内。在计算机中一般具有实现多层协议功能的软件,而通信节点或连接设备内,一般只支持网络层及以下各层协议的软件。

计算机系统的软件一般划分为 3 个部分,如 Windows 操作系统、编程语言和数据库管理系统以及用户应用程序,只有将这些软件依次调入机器内存之后,计算机才能进行正常工作。

3. 网络资源

在网络上任何用户可以获得的东西,均可以看做资源。例如,打印机、扫描仪、数据、应用程序、系统软件和信息等都是资源。

总之,各种网络系统都是由硬件和软件系统组成的。硬件是实现网络各种功能的基础与物质条件,就像人的身体及各个器官;而软件系统则是使用各种网络功能与服务的关键,这就像人的大脑、神经系统与思想。一个完整的局域网会在良好的软硬件系统基础上,实现各种服务与应用。

1.4 计算机网络体系结构

在认识 OSI 与 TCP/IP 体系结构之前,应当学习一些网络体系结构方面的知识与术语。

1. 网络体系结构的研究意义与划分原则

1974 年,美国 IBM 公司提出了世界上第一个网络体系结构 SNA 后,凡是遵循 SNA 结构的设备就可以方便地进行互连。随之而来的是,很多公司纷纷推出了自己的网络体系结构,如 Digital 公司的 DNA、ARPANet 的参考模型 ARM 等。这些网络体系结构的共同之处在于都采用了分层结构的层次技术,但每种模型所划分的层次、功能、采用的技术与术语等却各不相同。采用层次化网络体系结构的特点如下:

① 各层之间相互独立。这样,某一高层只需知道如何通过接口(界面)向下一层提出服务请求,并使用下层提供的服务,并不需要了解下层执行时的细节。

② 结构上独立分割。由于各层独立划分,因此,每层都可以选择最合适的实现技术。

③ 灵活性好。如果某一层发生变化,只要层的接口条件不变,则以上各层和以下各层的工作均不受影响,这样有利于技术进步和模型的修改。例如,结构中的某一层的服务不再需要时,可以取消这层的服务;而需要增加功能时,可以随时添加,并不影响其他层。

④ 易于实现和维护。由于整个系统被分割为多个容易实现和维护的小部分,因此,使得整个庞大而复杂的系统变得容易实现、管理和维护。

⑤ 有益于标准化的实现。由于每一层都有明确的定义,即功能和所提供的服务都很确切,因此,十分利于标准化的实施。

2. 层次化体系结构中的几个基本概念

(1) 协议(protocol)

协议是一种通信的约定。例如,在邮政的通信系统中,对写信的格式、信封的标准和书写格式、信件打包,以及邮包封面格式等都要进行实现的约定。与之类似,在计算机网络的通信过程中,为了保证计算机之间能够准确地进行数据通信,也必须制定通信的规则,这就是通信协议。

(2) 层次(layer)

层次是人们对复杂问题的一种基本处理方法。当人们遇到一个复杂问题的时候,通常习惯地将其分解为若干个小问题,再一一进行处理。

例如,在全国的邮政通信系统中,第一,将全国的邮政系统划分为各个不同的地区的邮政系统,这些系统都有相同的层次,每层都规定了各自的功能;第二,不同系统之间的同等层次具有相同的功能;第三,高层使用低层提供的服务时,并不需要知道该层的具体实现方法。邮政与计算机网络的通信系统使用的层次化体系结构有很多相似之处,其实质是对复杂问题采取的"分而治之"的模块化的处理方法。"层次"化处理方法可以大大降低问题的处理难度,因而是网络中研究各种分层模型的主要原因之一。所以,"层次"的概念又是网络体系结构中的重点和基本概念,需要很好地理解和掌握。

(3) 接口(interface)

接口就是同一节点内,相邻层之间交换信息的连接之点。例如,在邮政系统中,邮筒(或邮局)与投递信件人之间、邮局信件打包和转运部门、转运部门与运输部门之间,都是双方所规定好的"接口"。由此可知,同一节点内的各相邻层之间都应有明确的接口,高层通过接口向低层提出服务请求,低层通过接口向高层提供服务。

(4) 网络体系结构(Network Architecture)

一个功能完备的计算机网络系统,需要使用一整套复杂的协议集。对于复杂系统来说,由于采用了层次性的结构,因此,每层都会包含一个或多个协议。为此,将计算机网络的各个层次以及各层次协议的集合定义为计算机"网络的体系结构",又称"网络参考模型";网络体系结构通常位于网络中的计算机中。根据层次的不同,可以分为多种层次性模型,常见的有 OSI 和 TCP/IP 两种参考模型。无论哪种体系结构都是抽象的,而各个层次中的实体是具体的。在网络中真正运行与实现各层功能的是硬件和软件实体。

（5）实体（entity）

在网络的分层体系结构中,每一层都由一些实体组成。这些实体就是通信时的软件元素（如进程或子程序）或硬件元素（如计算机的输入/输出接口）。因此,实体就是通信时能发送和接收信息的具体的软硬件设施;例如,当客户机的用户访问 WWW 服务器时,使用的实体就是浏览器;Web 服务器中接受访问的是 Web 服务器程序,这些程序都是执行功能的具体实体。

（6）数据单元（Data Unit）

在邮政系统中,每层处理的"邮包"是不同的,例如,用户处理的是带有发件人和收件人地址的信件（邮件）;转运部门处理的是标有地区名称的大邮袋等。与邮政系统类似的是,在 OSI 参考模型的不同节点内的对等层传送的是相同名称的数据包。这种网络中传输的数据包,被称为"数据单元"。由于每一个层次完成的功能不同,处理的数据单元的大小、名称和内容也就不相同,如帧、分组、报文等;此外,与邮政系统邮包标签类似的是,每一层的数据单元的"头部"都会有该层的地址、控制等传递过程需要的信息。因此,数据单元不同,地址的类型也不相同,如物理（MAC）地址、IP 地址、进程地址、端口号等。

总之,计算机网络体系结构描述了网络系统的各个部分应完成的功能,各部分之间的关系,以及它们是怎样联系到一起的。另外,在网络通信中,深入理解网络系统的体系结构模型所涉及的基本概念,是选择与管理网络设备、网络服务,以及用好网络的基础;也是提高网络应用水平、改善网络性能的关键所在。

1.5 OSI/RM 七层参考模型

在学习网络技术时,必须十分了解计算机网络的标准体系结构 OSI/RM。

1. OSI/RM（Open System Interconnection/Reference Model）

OSI/RM 的中文名称是"开放系统互连参考模型",又称"网络的七层模型"。

2. 制定者-ISO（International Standards Organization）

OSI/RM 是由"国际标准化组织"于 1981 年颁布的概念模型。

3. OSI/RM 七层模型的各层功能

国际标准化组织（ISO）将其 OSI/RM 体系结构模型分为 7 层。而其他各种网络的体系结构模型的分层数目虽然是不同的,如分为 4 层、5 层或 6 层,但目的都是类似的,即都能够让各种计算机在共同的网络环境中运行,并实现彼此之间的数据通信和交换。各种完整的网络体系结构都位于计算机网络的"端节点"（计算机）上。OSI/RM 从上到下依次为应用层、表示层、会话层、传输层、网络层、数据链路层和物理层,如图 1-1 所示。每层的功能及特点介绍如下：

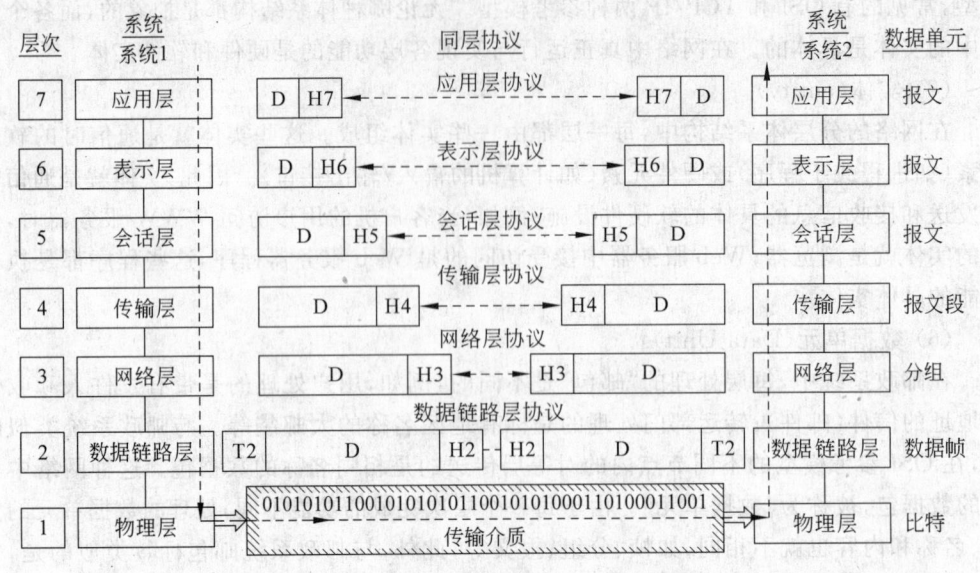

图 1-1　OSI/RM 网络模型的结构示意图

(1) 应用层(Application)

① 功能：满足用户的需要，确定进程之间的通信性质，完成用户程序或服务需要完成的工作。

② 处理的数据单元：应用层报文。

③ 处理的地址：进程接口，套接字，如目的主机为 192.168.0.1，标识为 21 的服务器进程。

(2) 表示层(Presentation)

表示层功能："保证一个系统应用层发出的信息能够为另一个系统的应用层理解，即处理节点间或通信系统间信息表示方式方面的问题"，如数据格式的转换、压缩与恢复，及加密与解密等。表示层在实用的 TCP/IP 网络体系结构中，与应用层合并。

(3) 会话层(Session)

① 功能："组织并协商两个应用进程之间的会话，并管理它们之间的数据交换"。会话层在实用的 TCP/IP 网络体系结构中，也与应用层合并。

② 会话的含义：会话层实现不同主机中应用进程间的建立、维持和断开联系。例如，一个会话可能是一个用户程序与网络服务器之间的登录请求进程。在会话开始时，进行身份的验证、确定会话的通信方式、建立会话；当会话建立后，其任务就是管理和维持会话；在会话结束时，负责断开会话。当然，会话进程也可能是两台主机之间的文件传递。

(4) 运输层(Transport)

① 功能：负责主机中两个应用进程之间的逻辑通信，即在两个端系统(源站和目的站)的会话层之间，建立一条可靠或不可靠的运输连接，以透明的方式传送报文段。

② 处理的数据单元(segment)：报文段。

③ 处理的地址：进程选择的连接标识，如 TCP 和 UDP 端口号。

（5）网络层（Network）

① 功能：使用逻辑地址（IP 地址）进行寻址，通过路由选择算法为数据分组，通过通信子网选择最适当的路径，并提供网络互连及拥塞控制功能。

② 处理的数据单元：分组、IP 数据报或数据包。

③ 处理的地址：逻辑地址，如 192.168.137.1，IP 地址。

（6）数据链路层（DataLink）

① 功能：负责在两个相邻节点间的线路上，无差错地传送以"帧"为单位的数据。是指在物理层服务的基础上，通过各种控制协议，将有差错的实际物理信道变为无差错的、能可靠传输数据的数据链路。

② 处理的数据单元：数据帧。

③ 处理的地址：物理地址，如 MAC 地址（如 20-C2-FF-01-0A-0B）。

（7）物理层（Physical）

① 功能：为数据链路层提供一个物理连接，以便其透明地传送二进制的比特流。这层定义的 4 个特性用以确定如何使用物理传输介质来实现两个节点间的具体物理连接。

• 机械性能：接口的形状，几何尺寸的大小，引脚的数目和排列方式等。

• 电气性能：接口规定信号的电压、电流、阻抗、波形、速率及平衡特性等。

• 工程规范：接口引脚的意义、特性、标准。

• 工作方式：确定二进制数据位流的传输方式，如单工、半双工或全双工。

② 物理层协议。

• 美国电子工业协会（EIA）：RS-232、RS-422、RS-423 和 RS-485 等。

• 国际电报电话咨询委员会（CCITT）：X.25 和 X.21 等。

• IEEE 802：802.3 和 802.5 等局域网的物理层规范。

• 处理的数据：二进制比特信号。

③ 处理的地址：直接面向物理端口的各个管脚，如 RS-232 的管脚。

说明：

• 连接性质：物理层直接与物理信道相连接，因此，它是 7 层中唯一的"实连接层"；而其他各层由于都间接地使用到物理层的功能，因此均为"虚连接层"。

• 透明：表示的是某一个实际存在的事物看起来却好像不存在一样。"透明"是网络中的一个重要的术语。例如，收发 E-mail 的双方好像是直接传递了邮件，而感觉不到网络中其他协议层的存在。又如，计算机网络的物理层，涉及多种物理设备和传输介质。对于物理层，传输介质是真实存在的，必须考虑各种媒体、接口和设备的具体特性；而对于两个不同节点的数据链路层之间的通信而言，就要尽可能地屏蔽掉下面一层物理介质的具体特性，仿佛是直接传输了数据帧；这样，数据链路层才能只考虑本层的协议和服务功能。

• OSI 模型仅仅是一个定义得非常好的协议规范集，它是一个理论的指导性的模型，它仅仅说明了每一层应该做什么。与实现模型最大的不同是其本身并未确切地描述用于各层的具体服务和协议。

4. OSI 参考模型节点间通信的数据流

网络中的计算机利用协议进行相互通信,根据设计准则,OSI 模型工作时,若两个网络设备通信,则每一个设备的同一层同另一个设备的类似层次进行通信。不同节点通信时,同等层次通过附加该层的信息头来进行相互的通信,数据通信中的数据流动如图 1-1 所示。

(1) 发送节点

在发送方节点内的上层和下层之间传输数据时,每经过一层都对数据附加一个信息头部,即"封装",而该层的功能正是通过这个"控制头"(附加的各种控制信息)来实现的。由于每一层都对发送的数据发生作用,因此,发送的数据越来越大,直到构成数据的二进制位流在物理介质上传输,如图 1-1 所示。

(2) 接收节点

在接收方节点内,这 7 层的功能又依次发挥作用,并将各自的"控制头"去掉,即"拆封",同时完成各层相应的功能,如路由、检错、传输等。在 OSI 参考模型中,当系统 1 作为发送节点,系统 2 作为接收节点时,发送节点和接收节点中的数据传输的数据流,如图 1-1 所示。

5. OSI 参考模型的 3 个部分

作为网络管理员在处理网络管理中的问题时,请务必注意不同的部分解决不同的问题。

(1) OSI 模型在功能上分为 3 个部分

① 第 1、2 层:"物理层"和"数据链路层"主要解决网络信道通信问题。

② 第 3、4 层:"网络层"和"传输层"主要解决传输的问题。

③ 第 5、6、7 层:"会话层"、"表示层"和"应用层"处理应用进程之间的访问问题。

(2) OSI 模型从控制上分为两个部分

① 第 1、2、3 层:即物理层、数据链路层和网络层属于通信子网,负责处理数据的传输、转发、交换等通信方面的问题。

② 第 4、5、6、7 层:即传输层、会话层、表示层和应用层属于资源子网,负责数据的处理、网络服务、网络资源的访问和服务方面的问题。

1.6　TCP/IP 网络的四层参考模型

Internet 在世界范围内的迅猛发展,使得 TCP/IP 得到了广泛的应用。虽然 TCP/IP 不是 ISO 的标准,但是由于 TCP/IP 的广泛应用,使其成为一种"实际上的标准"。TCP/IP 参考模型的分层思想、数据通信的过程中也与 OSI 模型十分类似。同理,TCP/IP 参考模型位于网络中的各个主机中。

1. 模型与制定者

(1) TCP/IP (Transmission Control Protocol/Internet Protocol)

TCP/IP 的中文名称是"传输控制协议/互连网络协议"。TCP/IP 网络四层模型是事实上的工业标准,也是 Internet 上使用的主要协议。TCP/IP 模型是一个协议栈,从上至下包括很多协议;由于应用最多的是 TCP 和 IP,因此,简称为 TCP/IP。

(2) ARPA(Advanced Research Projects Agency)

ARPA 为美国国防部高级研究计划局。ARPA 从 20 世纪 60 年代开始致力于研究不同类型计算机网络之间的互相连接问题,最终成功地开发出著名的 TCP/IP 参考模型。

2. RFCs 文档(Request for Comments)

RFC 文档描述了 Internet 的内部工作状态,TCP/IP 以一系列 RFC 文档的形式出版,RFC 文档分为 5 种不同类别来表示其当前发展的状态。当某项技术发展得较为完善时,就会被标记为标准状态的 RFC。

3. TCP/IP 模型的分层

TCP/IP 将相互通信的各个通信协议分配到了 4 层,从上到下依次为应用层、传输层、网际层(又称 IP 层或互连层)和网络接口层(主机-网络层),如表 1-2 所示。OSI 与 TCP/IP 的分层比较如表 1-3 所示。虽然 TCP/IP 不是一个定义完善的协议集,但是,它在应用中不断地发展和完善,并广泛地应用到网络的各个领域。

表 1-2　TCP/IP 参考模型与各层协议之间的关系

应用层	Telnet	FTP	SMTP	HTTP	DNS	SNMP	TFTP
传输层	TCP					UDP	
网际层	IP						
		ARP			RARP		
网络接口层	Ethernet		Token Ring		X.25	其他协议	

表 1-3　OSI 与 TCP/IP 标准比较

OSI 模型结构	TCP/IP 模型结构	TCP/IP 模型中的协议群	TCP/IP 模型各层的作用
应用层(Application)	应用层	FTP、HTTP、HTML、POP3、SMTP、Telnet、SNMP、RPC、NNTP、Ping、MIME、MIB、XML	向用户提供调用和访问网络中各种应用、服务和实用程序的接口
表示层(Presentation)			
会话层(Session)			
传输层(Transport)	传输层 TCP	TCP、UDP	提供端到端的可靠或不可靠的传输服务,可以实现流量控制、负载均衡
网络层(Network)	网际层 IP	IP、ARP、RARP、ICMP	提供逻辑地址和数据的打包(分组),并负责主机之间分组的路由选择
数据链路层(Data Link)	网络接口层(主机-网络层)	Ethernet、FDDI、ATM、PPP、Token-Ring	负责数据的分帧,管理物理层和数据链路层的设备,并负责与各种物理网络之间进行数据传输。使用 MAC 地址访问传输介质、进行错误的检测与修正
物理层(Physical)			

4. TCP/IP 各层协议及功能

(1) 网络接口层

TCP/IP 的最低层是网络接口层,常见的接口层协议直接支持局域网和广域网的各种协议有:Ethernet 802.3(以太网)、Token Ring 802.5(令牌环)、X.25(公用分组交换网)、Frame Relay(帧中继)、PPP(点对点)等。

(2) 网际层(Internet)

互联层也被称为网际层、IP 层、互联网络层或网间网络层。该层与 OSI 模型的网络层相对应,负责相邻计算机之间数据分组的逻辑(IP)地址寻址与路由。网际层中包含的主要协议的具体功能如下:

① IP(Internet Protocol,网际协议):其任务是为 IP 数据包进行寻址和路由,它使用 IP 地址确定收发端,并将数据包从一个网络转发到另一个网络。

② ICMP(Internet Control Message Protocol,网际控制报文协议):用于处理路由、协助 IP 层实现报文传送的控制机制,并为 IP 提供差错报告。

③ ARP(Address Resolution Protocol,地址解析协议):用于完成主机的 IP(Internet)地址向物理地址的转换。这种转换又被称为"映射"。

④ RARP(Reverse Address Resolution Protocol,逆向地址解析协议):用来完成主机的物理地址到 IP 地址的转换或映射功能。

(3) 传输层(Transport)

传输层在 IP 层服务的基础之上,提供端到端的可靠或不可靠的通信服务。端到端的通信服务通常是指网络节点间应用程序的服务。

① 传输层包含两个主要协议,它们都是建立在 IP 协议基础上的,其功能如下:

- TCP(Transmission Control Protocol,传输控制协议):是一种面向连接的、高可靠性的、提供流量与拥塞控制的传输层协议。
- UDP(User Datagram Protocol,用户数据报协议):是一种面向无连接的、不可靠的、没有流量控制的传输层协议。

② TCP 或 UDP 端口号(port)。

- 定义:在一台计算机中,不同的进程用进程号或进程标识唯一地标识出来。在 TCP/IP 协议簇中,这种进程标识符就是"端口号",也被称为"进程地址"。
- 端口号的表示:端口号的长度定义为 16 位二进制,其值可以是 0~65 535 之间的任意十进制整数。
- 全局端口号:TCP/IP 为每一种服务器应用程序都分配了确定的、全局有效的端口号,即"全局端口号"(又称"默认端口号"或"公认端口号"),每个客户进程都知道相应服务器的全局端口号。为了避免与其他应用程序混淆,默认端口号的值定义在 0~1023 范围内,例如,HTTP 使用了 TCP 的 80 端口号;FTP 使用了 TCP 的 20 和 21 号端口;SNMP 使用 UDP 的 161 号端口等。
- 端口号与传输层协议的关联:端口号与使用的 TCP 或 UDP 直接相关,TCP 和 UDP 有各自独立的端口号,其对应的常用全局端口号如表 1-4 和表 1-5 所示。

表 1-4　TCP 端口号与服务进程

端　口　号	服 务 进 程	说　　　明
20	FTP	文件传输协议(数据连接)
21	FTP	文件传输协议(控制连接)
23	Telnet	远程登录或仿真(虚拟)终端协议
25	SMTP	简单邮件传输协议
53	DNS	域名服务器
80	HTTP	超文本传输协议
110	POP	邮局协议
111	RPC	远程过程调用
……		

表 1-5　UDP 端口号与服务进程

端　口　号	服 务 进 程	说　　　明
53	DNS	域名协议
67	BOOTP	引导程序协议又称自举协议
67	DHCP 服务器	动态主机配置协议是 BOOTP 协议发展后的协议;应答配置
68	DHCP 客户	动态主机配置协议是 BOOTP 协议发展后的协议;广播请求配置
69	TFTP	简单文件传输协议
111	RPC	远程过程调用
123	NTP	网络时间协议
161	SNMP	简单网络管理协议
……		

③ 套接字(Socket):应用程序通过指定计算机的 IP 地址、服务类型(TCP 或 UDP),以及应用程序监控的端口来创建套接字。套接字中的 IP 地址组件可以协助标识和定位目标计算机,而其中的端口则决定数据所要送达的具体应用程序。

- 定义:套接字是 IP 地址和 TCP 端口或 UDP 端口的组合,Socket 地址又称"套接字"或"插口",它是应用子程序连接的标识,因此,也可以将其看为应用进程间的连接地址。
- 组成:套接字由 IP 地址(32 位)和端口号(16 位),总共 48 位二进制组成。
- 应用:有了编程套接字的信息,网络通信的编程才能实现。

例如:

$$\boxed{\text{TCP/UDP}+\text{IP}+\text{PORT}} \longleftrightarrow \boxed{\text{TCP/UDP}+\text{IP}+\text{PORT}}$$

源主机　　　　　　　　　　目的主机

其中，TCP/UDP＋IP＋PORT 分别表示了"服务协议＋机器＋应用程序"。

（4）应用层（Application）

TCP/IP 模型的应用层与 OSI 模型的上 3 层（应用层、表示层、会话层）相对应。应用层向用户提供调用和访问网络中各种应用程序的接口；并向用户提供各种标准的应用程序及相应的协议；用户也可以根据需要自行编制应用程序。应用层的协议很多，常用的有以下几类：

① 依赖于 TCP 的应用层协议。

- Telnet：远程终端服务，也称为网络虚拟终端协议。它使用默认端口 23，用于实现 Internet 或互连网络中的远程登录功能。它允许一台主机上的用户登录到另一台远程主机，并在该主机上进行工作，用户所在主机仿佛是远程主机上的一个终端。

- HTTP：超文本传输协议（Hypertext Transfer Protocol）使用默认端口 80，用于 WWW 服务，实现用户与 WWW 服务器之间的超文本数据传输功能。

- SMTP：简单邮件传输协议（Simple Mail Transfer Protocol）使用默认端口 25。该协议定义了电子邮件的格式，以及传输邮件的标准。在 Internet 中，电子邮件的传递是依靠 SMTP 进行的，即服务器之间的邮件的传送主要由 SMTP 负责。当用户主机发送电子邮件时，首先使用 SMTP 将邮件发送到本地的 SMTP 服务器上，该服务器再将邮件发送到 Internet 上。因此，用户计算机上需要填写 SMTP 服务器的域名或 IP 地址，例如，新浪的 smtp. vip. sina. com。

- POP3：邮件代理协议（Post Office Protocol），由于目前的版本为 POP 第三版，因此又称 POP3。POP3 协议主要负责接收邮件；当用户计算机与邮件服务器连通时，它负责将电子邮件服务器邮箱中的邮件直接传递到用户的本地计算机上。因此，用户计算机上需要填写 POP3 服务器的域名或 IP 地址，例如，新浪的 pop3. vip. sina. com。

- FTP：文件传输协议（File Transfer Protocol）使用默认端口 20/21。用于实现 Internet 中交互式文件传输的功能。FTP 为文件的传输提供了途径，它允许将数据从一台主机上传输到另一台主机上，也可以从 FTP 服务器上下载文件，或者是向 FTP 服务器上传文件。

② 依赖于无连接的 UDP 的应用层协议。

- SNMP：简单网络管理协议（Simple Network Management Protocol）使用默认端口 161，用于管理与监控网络设备。

- TFTP：简单文件传输协议使用默认端口 69，提供单纯的文件传输服务功能。

- RPC：远程过程调用协议使用默认端口 111，实现远程过程的调用功能。

- 既依赖于 TCP 也依赖于 UDP 协议的应用层协议。

- DNS：域名系统（Domain Name System）服务协议使用默认端口 53，用于实现网络设备名字到 IP 地址映射的网络服务功能。

- CMOT：通用管理信息协议。

③ 非标准化协议。

非标准化协议是属于用户自己开发的专用应用程序，它们建立在 TCP/IP 协议簇基础之上,但无法标准化的程序。例如,Windows sockets API 为使用 TCP 和 UDP 的软件提供了 Microsoft Windows 下的标准应用程序接口,在 Windows sockets API 上的应用软件可以在 TCP/IP 的许多版本上运行。

1.7 TCP/IP 网络中的地址与基本参数

Internet(因特网)正是通过 TCP/IP 和网络互连设备将分布在世界各地的各种规模的网络、计算机互连在一起。为了彼此识别,网络中的每个节点,每台主机都需要有地址。这个地址就是 Internet 地址,即 IP 地址。当前使用的 IP 地址是 IPv4 版,未来发展的趋势是使用 IPv6 版的 IP 地址。本节将介绍与 IPv4 版地址有关的知识与概念。

1.7.1 IPv4 编址技术

在 TCP/IP 网络中,每个节点(计算机或设备)都有一个唯一的 IP 地址。这个 IP 地址在网络中的作用就像住户的地址;在网络中,根据设备的 IP 地址即可找到这台设备,如根据某台计算机的 IP 地址,即可知道其所在网络的编号,以及该计算机在其网络上的主机编号。

1. IP 地址的表示

每个 IP 地址由 32 位二进制位组成;即 IP 地址分为 4 个部分,本书表示为 W. X. Y. Z 四个十进制数字。由于每个部分占有 8 位二进制,因此,每字段的取值范围为 0～255。由于部分间用“.”分隔,因此又被称为点分十进制表示,如 128.64.32.8。

2. IP 地址的结构

每个 IP 地址都由“网络地址”和“主机地址”两部分组成,其两层地址结构如图 1-2 所示。

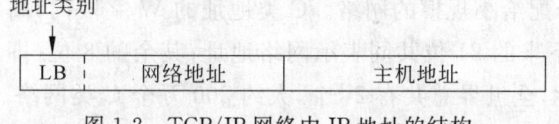

图 1-2　TCP/IP 网络中 IP 地址的结构

（1）网络地址
网络地址又被称为网络编号、网络 ID 或网络标识。网络地址用于辨认网络,同一网络中的所有 TCP/IP 主机的网络编号都相同。
（2）主机地址
主机地址又被称为主机编号、主机 ID 或主机标识,主机地址用于辨认同一网络中的主机,同一网络中,所有 TCP/IP 主机应当分配不同的主机编号。

3. IP 地址的划分

在网络中,每台运行 TCP/IP 的主机或设备的 IP 地址必须唯一,否则就会发生 IP 地址冲突,导致计算机(设备)之间不能正常的通信。

根据网络的大小,Internet 委员会定义了 5 种标准的 IP 地址类型,以适应各种不同规模的网络。在局域网中,仍沿用这个分类方法。这 5 类地址的格式示意图如图 1-3 所示。

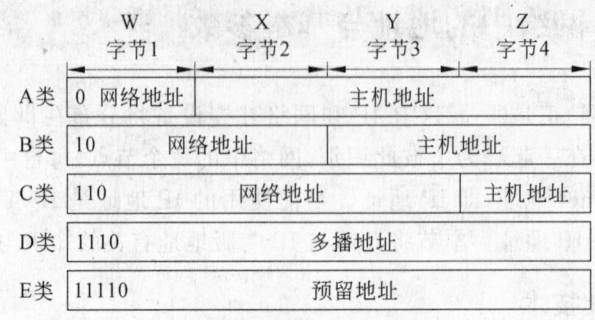

图 1-3　IP 地址的分类结构

（1）A 类地址

A 类地址分配给拥有大量主机的网络。A 类地址的 W 字段内高端的第 1 位为 LB,其值定为 0,与接下来的 7 位共同表示网络地址;其剩余的 24 位(即 X、Y、Z 字段)表示主机地址。因此,总共有 126 个 A 类网络;每个 A 类网络中有 $2^{24}-2$ 个主机,大约 1700 万个可用 IP 地址。

（2）B 类地址

B 类地址一般分配给中等规模的网络。B 类地址的 W 字段内,高端的前两位为 LB 的值定为 10,与接下来的 14 位共同表示网络地址;其余的 16 位(即 Y、Z 字段)表示主机地址。因此,总共有 16 384(2^{14})个 B 类网络;每个 B 类网络中有 $2^{16}-2$ 个主机,大约有 65 000 个可用 IP 地址。

（3）C 类地址

C 类地址一般分配给小规模的网络。C 类地址的 W 字段内,高端的前 3 位为 LB 的值固定为 110,与接下来的 21 位共同表示网络地址;其余的 8 位(即 Z 字段)表示 C 类网络的主机地址。因此,全世界总共有 2^{21} 个,大约 200 万个 C 类网络。每个 C 类网络中有 254 个主机。

（4）D 类地址

D 类地址的 W 字段内,高端的前 4 位为 LB,其值为 1110。D 类地址用于多播,所谓的多播就是把数据同时发送给一组主机,只有那些登记过可以接收多播地址的主机才能接收多播数据包。D 类地址的范围是 224.0.0.0~239.255.255.255。

（5）E 类地址

E 类地址的 W 字段内的高端的前 4 位为 LB,其值固定为 11110。E 类地址是为将来预留的,也可以作为实验地址,但是不能分配给主机(互连设备)使用。D 类地址的范围是 240.0.0.0~239.255.255.255。

综上所述,IP 地址的类型,不但定义了网络地址和主机地址应该使用的位,还定义了每类网络允许的最大网络数目,以及每类网络中可以包含的最大主机(互连设备)的数目。另外,表1-6、表1-7表明了 A、B、C 类 IP 地址的定义、网络地址和主机编号字段的取值范围,以及 A、B、C 3 类网络 IP 地址 W 段的取值范围、网络个数及主机个数等特征参数。在 Internet 中,标准 IP 地址的使用和分配由专门机构管理,但局域网中却不必受这些规定的约束。

表 1-6　网络类别、网络地址和主机编号字段的取值范围

网络类别	IP 地址	网络地址	主机编号	网络地址中 W 的取值范围
A	W. X. Y. Z	W	X. Y. Z	1～126
B	W. X. Y. Z	W. X	Y. Z	128～191
C	W. X. Y. Z	W. X. Y	Z	192～223

表 1-7　A、B、C 3 类网络的特性参数取值范围

网络类别	网络地址(W)的取值范围	网络个数(近似值)	IP 节点个数
A	1. X. Y. Z ～126. X. Y. Z	126(2^7-2)	$2^{24}-2$
B	128. X. Y. Z ～191. X. Y. Z	16 384(2^{14})	$2^{16}-2$
C	192. X. Y. Z ～223. X. Y. Z	大约 200 万个(2^{21})	2^8-2

4. 特殊 IP 地址及其使用

(1) 网络 IP 地址

将 IP 地址中主机地址位的各位全为 0 的 IP 地址叫做"本网地址",也被称为 0 地址。这个地址用来表示"本地网络";如用"128.16.0.0"的 IP 地址表示"128.16"这个 B 类网络。

(2) 直接广播地址(Directed Broadcasting)

将主机号各位全为"1"的 IP 地址称为直接广播地址。该地址主要用于广播,在使用时,用来代表该网络中的所有主机,例如,200.200.200.0 是一个 C 类的网络 IP 地址,该网络的广播地址就是 200.200.200.255;当该网络中的某台主机需要发送广播时,就可以使用这个地址向该网络上的所有主机发送报文。

(3) 有限广播地址(Limiting Broadcasting)

TCP/IP 规定,32 比特位全为"1"的 IP 地址(255.255.255.255)为"有限广播地址",这个地址主要用来进行本网广播。当需要在本网内广播,又不知道本网的网络号时,即可使用"有限广播地址"。

(4) 回送地址

IP 地址中以 127 开始的 IP 地址作为保留地址,被称为"回送地址"。回送地址用于网络软件的测试,以及本地进程的通信。顾名思义,任何程序一旦接到了目的地址为回送地址的数据包,则该程序将不转发该数据包,而是将其立即回送给源地址。例如,使用"ping 127.0.0.1"命令可以通过 ping 软件测试本地网卡。

1.7.2 IP 地址的使用

IP 地址是 Internet 中使用的一种地址。用户可以使用 IP 地址来访问 Internet 的各种资源。此外，IP 地址也是 Intranet，以及普通局域网中使用最为广泛的一种逻辑地址。

1. IP 地址中网络地址的使用规则

① 无论在 Internet 还是在局域网上，分配和使用网络地址（网络 ID）时，其取值范围如表 1-6 所示。

② 网络地址必须唯一。

③ 网络地址的各位不能全为"0"，如果全为 0 就表示信息发送到本网络中"网络编号"指定的主机。例如，当主机或路由器发送信息的源地址为 200.200.200.1，目的地址为 0.0.0.2 时，表示将信息包发送到这个网络的 2 号主机上。

④ 网络地址字段的各位不能全为"1"。

⑤ 网络地址不能以 127 开头。因为以 127 开头的 IP 地址保留给诊断用的回送函数使用。127.0.0.1 被称为"环回地址"，该地址代表本地主机（Local Host）的 IP 地址，用于测试。因此，该地址以及以 127 开头的 IP 地址不能分配给网络上的任何计算机使用。

⑥ IP 地址的 32 位不能全为 1，即配置的 IP 地址为 255.255.255.255，这个地址被称为"受限广播地址"，发送到该地址的数据包会发送给本地物理网络中的所有主机。

2. IP 地址中主机地址的使用规则

① 在网络地址相同时，主机地址（编号）必须唯一。

② 主机编号的各位不能全为 0。在 Internet 或 Intranet 中，每个网络都有一个 IP 地址，这就是每个网络中，主机号各位全 0 的 IP 地址，如 200.200.200.0 或 13.2.0.0。

③ 主机编号的各位不能全为"1"，主机号全为 1 的地址被称为"直接广播地址"。当需要将数据包发送（广播）到指定网络上的所有主机时，使用这个地址。这种情况下，各路由器均不转发这个信息包。例如，当某台主机使用的目的地址为 200.200.200.255 时，表示这个信息将直接广播发送给 200.200.200.0 网络中的所有主机。

3. 私有地址和公有地址

允许在 Internet 中使用的 IP 地址为公有地址，仅在局域网中使用的 IP 地址为私有地址。

（1）公有地址

为了确保 IP 地址在全球的唯一性，在 Internet（公网）中使用 IP 地址前，必须先到指定的机构（即 InterNIC，Internet 网络信息中心）去申请。申请到的通常是网络地址，其中的主机地址由该网络的管理员分配。因此，将可以在 Internet 中使用的 IP 地址称为"公有地址"，将 Internet 称为共有网络。

（2）私有地址

与公有地址对应的是在 Internet 上无效，只能在内部网络中使用的地址，称其为"私有地址"；使用私有地址的网络又被称为"私有网络"。私有网络中的主机，只能在私有网络的内部进行通信，而不能与 Internet 上的主机进行互连。但是，私有网络中的主机可以通过路由器或代理服务器与 Internet 上的主机通信。在私有网络中实现地址转换服务的是 NAT 服务器，它可以提供私有地址与公有地址之间的转换。通过这种方式，私有网络中的主机既可以访问公网上的主机，也可以有效地保证私有网络的安全。

InterNIC 在 IP 地址中专门保留了 3 个区域作为私有地址，这些地址的范围如下：

① 10.0.0.0/8：10.0.0.0～10.255.255.255，8 表示 32 位二进制中的前 8 位是网络地址。

② 172.16.0.0/12：172.16.0.0～172.31.255.255，12 表示 32 位中的前 12 位是网络地址。

③ 192.168.0.0/16：192.168.0.0～192.168.255.255，16 表示 32 位中的前 16 位是网络地址。

4. IP 地址的分配和使用的基本原则

在分配和使用 IP 地址时应遵循如下一些原则：

① 同一个网络内的所有主机应当分配相同的网络地址，而同一个网络内的所有主机必须分配不同的主机编号。例如，B 类网络 130.120.0.0 中的 A 主机和 B 主机分别使用的 IP 地址为：130.120.0.1 和 130.120.0.2。

② 不同网络内的主机必须分配不相同的网络地址，但是可以分配相同的主机编号。例如，不同网络 130.120.0.0 和 152.112.0.0 中的 A 主机和 X 主机，分别使用了 130.120.0.1 和 152.112.0.1。

③ 在网络中，仅使用 IP 地址是无法区分网络地址和主机编号的。因此，IP 地址必须结合子网掩码一起使用。例如，在网络中的 IP 地址 130.120.0.1，我们可以认为其网络地址为 130，也可以认为是 130.120。

1.7.3 TCP/IP 的基本参数

在配置 TCP/IP 时，一共有 3 个重要参数，即 IP 地址、子网掩码和默认网关。

1. 子网掩码（Subnet Masks）

(1) 什么是子网掩码

在 TCP/IP 网络中，每一台主机和路由器至少都会配置 IP 地址和子网掩码两个参数。子网掩码是由前面连续的 1 和后面连续的 0 组成，总共使用 32 位二进制来表示。

子网掩码中 1 所对应的 IP 地址部分是网络地址；而 0 所对应的部分是主机地址。例如，某 A 类网络中某主机的 IP 地址为 64.128.8.1，其子网掩码为 255.0.0.0；因此，可以区分出该 IP 地址中的网络地址的位数为"8"，其值为 64；而主机编号的位数为 24，其值为 128.8.1。

(2) 默认子网掩码的类型

在没有划分子网的 TCP/IP 网络中使用的是默认子网掩码。不同类型的网络的默认子网掩码的值是不同的,表 1-8 给出了各类网络所使用的默认子网掩码。

表 1-8　各类网络默认的子网掩码

网络类别	子网掩码(以二进制位表示)	子网掩码(以十进制表示)
A	11111111. 00000000. 00000000. 00000000	255. 0. 0. 0
B	11111111. 11111111. 00000000. 00000000	255. 255. 0. 0
C	11111111. 11111111. 11111111. 00000000	255. 255. 255. 0

(3) 子网掩码的两个功能

① 区分 IP 地址的网络编号与主机编号。在主机之间通信时,计算机会自动将目的主机的 IP 地址(二进制表示)与子网掩码(二进制表示)按位进行与运算。这样通过屏蔽掉 IP 地址中的一部分,就可以区分出 IP 地址中的网络号和主机号。同时,还可以进一步区分出目的主机是在本地网络上,还是在远程网络上。

例 1-1:源主机 64.128.8.1 向目的主机 64.128.8.2 发送信息包。

第一步:将源主机 IP 地址和子网掩码转换为二进制,并进行与运算,结果如下:

```
64.128.8.1  →   0100000 10000000 0001000 00000001
255.0.0.0   →   1111111 00000000 00000000 00000000
——————————————————————————————————————————
按位与运算   →   01000000 00000000 0000000 00000000
十进制表示的源网络的 IP 地址 → 64.0.0.0
```

第二步:将目的主机的 IP 地址,及源主机的子网掩码转换为二进制,进行与运算的结果如下:

```
64.128.8.2  →   0100000 10000000 0001000 00000001
255.0.0.0   →   1111111 00000000 0000000 00000000
——————————————————————————————————————————
按位与运算   →   01000000 00000000 0000000 00000000
十进制表示的目的网络的 IP 地址 → 64.0.0.0
```

第三步:由运算结果可知,目的网络和源网络的"网络地址"是相同的;因此,判断出这两台主机位于同一个网段,可以将数据包转接发送给目的主机。

② 用于划分子网。子网掩码的另一个重要功能是划分子网。

2. 默认网关或 IP 路由(Default Gateway 或 IP Router)

为什么需要默认网关?在两台主机间进行通信时,有些人可能认为只要知道对方的 IP 地址就可以进行通信了;但实际上,在两台计算机之间存在的通信路径可能有很多条。因此,两台计算机通信时,必须先判断彼此是否在同一个网络上;如果是就直接进行通信;否则,就转发到本网络的出口,即默认网关地址。

"默认网关"又称 IP 路由。简单地说,默认网关就是通向远程网络的接口。在局域网的子网之间进行通信时,各子网的主机也是通过默认网关将数据发送到目的主机的,默认网关的设备通常是路由器、第三层交换机或代理服务器。

默认网关负责对非本网段的数据包进行处理,并转发到目的网络上。由于默认网关是发送给远程网络(目的主机)信息包的地方,因此,在配置 TCP/IP 时若没有指明默认网关,则通信仅局限于本地网络。

综上所述,当 TCP/IP 主机在不同网络(包含子网段)之间通信时,至少应当配置 IP 地址、子网掩码和默认网关 3 个参数。通过 IP 地址和子网掩码可以区分出,目的主机是位于本地子网还是远程网;而默认网关地址指明了转发数据的出口地址。这个出口可以是路由器,也可以是加装了代理服务器软件的计算机。同一个网络段的计算机之间可以直接通信;不同网络段中的计算机通信时,则需要使用默认网关设备转发数据。

例 1-2:源主机 64.128.8.1 向目的主机 128.128.8.2 发送信息。

第一步:将源主机 IP 地址和子网掩码转换为二进制,并进行与运算,结果如下:

```
64.128.8.1  →01000000 10000000 00001000 00000001
255.0.0.0   →11111111 00000000 00000000 00000000
————————————————————————————————————
按位与运算   →01000000 00000000 00000000 00000000
源网络 IP 地址十进制表示→ 64.0.0.0
```

第二步:将目的主机的 IP 地址,及源主机的子网掩码转换为二进制,并进行与运算:

```
68.128.8.2  →  01000100 10000000 00001000 00000001
255.0.0.0   →  11111111 00000000 00000000 00000000
————————————————————————————————————
按位与运算   →  10000100 00000000 00000000 00000000
目的网络地址十进制表示→ 68.0.0.0
```

第三步:由运算结果可知,目的网络与源网络的"网络地址"不相同;因此,可以判断这两台主机不在同一个网段;应当先将数据包发送到默认网关指出的主机或设备处;再由默认网关处的主机或设备转发到远程主机。

习题

1. 什么是计算机网络?计算机网络是如何定义的?计算机网络的功能如何?

2. 计算机网络是如何分类的?

3. 按照网络的作用范围计算机网络分为几类?

4. 计算机网络系统由哪几部分组成?其中,硬件系统由哪些部分组成?

5. 网络软件系统的组成包含哪些类型?每类的主要作用是什么?

6. OSI 模型划分网络层次的原则是什么?OSI/RM 划分为几个层次?名称是什么?

7. 什么是同层协议?什么是接口协议?请举例说明什么是透明传输。

8. 什么是体系结构?在常用体系结构中,哪个是指导性的参考模型?哪个是实用参考模型?

9. OSI 模型每个层次完成的功能是什么？哪些层是"虚通信"？哪一层是"实通信"？

10. 什么是端口号？什么是全局端口号？全局端口号的取值范围是多少？

11. OSI 参考模型每一层传输的数据单元是什么？处理的地址又是什么？

12. 什么是套接字？它有什么作用？它是如何组成的？

13. OSI 参考模型和 TCP/IP 参考模型相比有何相同之处？区别有哪些？

14. 在局域网和 Internet 中使用 IP 地址是否一样？若不一样，请说明理由及可用 IP 地址范围。

15. 什么是私有地址？常用的私有地址的使用范围是什么？

16. 什么是 IP 地址？它有什么用？又是如何分类的？

17. 请写出 TCP/IP 的 3 个基本参数的名称和作用。

18. 使用 IP 地址时有哪些基本规则？

19. 什么是公有 IP 地址？如何才能合法使用公有 IP 地址？

第2章

数据通信基本技术

在计算机网络中,通信的目的是两台计算机之间的数据交换,其本质上是数据通信的问题。在介绍网络时不能不涉及数据通信中的基本问题,如信道、带宽、传输速率、多路复用、全双工等。为了使用户更好地理解网络的原理与技术,在本章将用比较通俗的方式集中介绍一些数据通信方面的基础知识与技术。

本章内容与学习要求

- 了解:数据通信的基础知识。
- 了解:数据传输方式的类型和特点。
- 掌握:数据传输的类型及相应的编码方法。
- 掌握:多路复用技术的分类和适用场合。
- 了解:数据通信中的同步技术。
- 掌握:差错控制技术的类型和方法。

2.1 数据通信中的基本概念与技术指标

2.1.1 数据通信涉及的基本知识

1. 信息和编码

信息的载体是文字、语音、图形和图像等。计算机及其外围设备产生和交换的信息都是由二进制代码表示的字母、数字或控制符号的组合。为了传送信息,必须对信息中所包含的所有字符进行编码。因此,用二进制代码来表示信息中的每一个字符就是二进制编码。

2. 二进制编码标准

在数据通信过程中,进行编码之前,必须确定所用的编码标准。目前,最常用的二进制编码标准为美国标准信息交换码(American Standard Code for Information Interchange,ASCII),它已被国际标准化组织(International Standards Organization,ISO)和国际电报电话咨询委员会(Consultative Committee International Telegraph and

Telephone,CCITT)采纳,并已经发展为国际通用的标准交换代码。因此,ASCII 不但是计算机内码的标准,也是数据通信的编码标准。ASCII 用 7 位二进制数字表示一个字母、数字或符号,如英文字母"A"的 ASCII 码是"1000001",数字"1"的 ASCII 码是"0110001"。信息中的每一个字符(含控制字符)经编码后,形成二进制代码。

3. 数据和信号

网络中传输的二进制代码被统称为"数据"。数据与信息的区别在于,数据仅涉及事物的表示形式,而信息则涉及这些数据的内容和解释。

对于计算机系统来说,它关心的是用什么样的编码标准(体制)来表示信息。例如,用 ASCII 标准还是用其他编码标准来表示字符、数字、符号、汉字、图形、图像和语音等;而对于数据通信系统来说,它关心的是数据的表示方式和传输方法。例如,如何将各类信息的二进制比特序列通过传输介质,在计算机和计算机之间进行传递。

"信号(signal)"是数据在传输过程中的电磁波表示形式。数据的表示方式有"数字信号"和"模拟信号"两种。从时间域来看,如图 2-1(a)所示的"数字信号"是一种离散信号;而如图 2-1(b)所示的"模拟信号"是一种连续变化的信号。

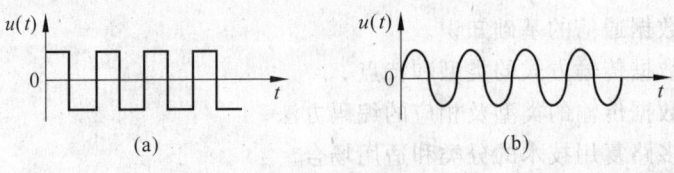

(a)　　　　　　　　　　(b)

图 2-1　数字信号和模拟信号

4. 信道及信道的分类

(1) 信道

"信道"是数据信号传输的必经之路,它一般由传输线路和传输设备组成。

(2) 物理信道和逻辑信道

在计算机网络中,有"物理信道"和"逻辑信道"之分。

① 物理信道:是指用来传送信号或数据的物理通路。它是由信道中的实际传输介质与相关设备组成。

② 逻辑信道:也是网络上的一种通路,它是指在信号的接收端与发送端之间的物理信道上,同时建立的多条逻辑上的"连接"。因此,在物理信道的基础上,通过节点内部建立的多条"连接"被称为"逻辑信道"。例如,在同一条 ADSL 电话线路上,用户可以同时建立上网和打电话两个逻辑上的连接;我们就说在同一物理信道上,建立了两个逻辑信道。

由此可见,在一条物理信道(如通话信道)上,可以建立多条逻辑信道,而每一条逻辑信道上,只允许一路信号通过。

(3) 有线信道和无线信道

根据传输介质是否有形,物理信道可以分为"有线信道"和"无线信道"。有线信道使用电话线、双绞线、同轴电缆、光缆等有形传输介质；而无线信道使用无线电、微波、卫星通信信道与远红外线无形传输介质，这些介质中的信号均以电磁波的形式在空间中传播。

（4）模拟信道和数字信道

按照信道中传输的数据信号的类型来分，物理信道又可以分为"模拟信道"和"数字信道"。通常，在模拟信道中传输的是连续的模拟信号，而在数字信道中传输的是离散的数字脉冲信号。如果要在模拟信道上传输计算机直接输出的二进制数字脉冲信号，就需要在信道两边分别安装调制解调器，对数字脉冲信号和模拟信号进行转换（调制或解调）。反之，如果要在数字信道上传递模拟信号，也要安装相应的信号转换设备。

（5）专用信道和公共交换信道

如果按照信道的使用方式来分，又可以分为"专用信道"和"公共交换信道"。

"专用信道"又称"专线"，它是一种连接用户之间设备的固定线路。专线可以是自行架设的专门线路，也可以是向电信部门租用的专用线路。专用线路一般用在距离较短，或者是数据传输量较大、安全性要求较高的场合。

"公共交换信道"是一种通过公共网络，为大量用户提供服务的信道。采用公共交换信道时，用户与用户之间的通信，通过电信部门的公共交换机到交换机之间的线路转接信息。例如，公共电话交换网和公共电视网等都属于公共交换信道。

5. 数据单元

在数据传输时，通常将较大的数据块（如报文）分割成较小的数据单元（如报文段、分组、数据帧），并在每一段数据上附加一些信息。这些数据单元及其附加的信息在一起被称为"数据单元"；其中附加的信息通常有序号、收发双方的地址、校验码等。网络中使用的报文、报文段、分组和帧等都是数据传输过程中所使用的数据单元的逻辑称谓。

2.1.2 通信系统的主要技术指标

在数据通信系统中，为了描述数据传输的特性，需要使用一些技术指标，如信号传输的速率（比特率、波特率）、信道的带宽、容量、误码率等。常用的重要指标如下：

1. 传输速率 S（比特率）

传输速率 S 是指在信道的有效带宽上，单位时间内所传送的二进制代码的有效位数。S 的单位为：b/s、千比特每秒 kb/s（1×10^3 b/s）、兆比特每秒 Mb/s（1×10^6 b/s）、吉比特每秒 Gb/s（1×10^9 b/s）或太比特每秒 Tb/s（1×10^{12} b/s）等。

说明：在计算机领域中的千（K）、兆（M）、吉（G）和太（T）等与通信领域中的含义有所不同，例如，在计算机领域中用大写的 K 表示 2^{10}，即 1024；而在通信领域中用小写的 k 表示 10^3，即 1000。而有些书大写的 K 既表示 1024 也表示 1000。由于没有统一，因此并不是很严格。

2. 波形调制速率 B（波特率）

"波特率"是一种调制速率，也称为"波形速率"或"码元速率"。因此，波特率是指数字信号经过调制后的速率,即经调制后的模拟信号每秒钟变化的次数。在计算机网络的通信过程中,从调制解调器输出的调制信号用波特速率表示,其含义是每秒钟载波调制状态改变的次数。在数据传输过程中,波特率的单位为 Baud/s(B/s)。

1B/s 就表示每秒钟传送一个码元或一个波形。波特率是数字信号经过调制后,模拟信号的传输速率,若以 T(秒)来表示每个波形的持续时间,则调制速率可以表示为

$$B = \frac{1}{T}(波特率:B/s)$$

3. 比特率和波特率之间的关系

比特率和波特率之间的关系可以表示为下面的算式:

$$S = B\log_2 n(比特率:b/s)$$

其中,n 为一个脉冲信号所表示的有效状态数。在二进制中,一个脉冲的"有"和"无"表示 0 和 1 两种状态。对于多相调制来说,n 表示相的数目。例如,在二相调制中,因为 $n=2$,故 $S=B$,即比特率与波特率相等。但在多相调制(n 大于 2)时,S 与 B 就不相同了,如表 2-1 所示。

表 2-1　比特率和波特率之间的关系

波特率 B(B/s)	1200	1200	1200	1200
多相调制的相数	二相调制($n=2$)	四相调制($n=4$)	八相调制($n=8$)	十六相调制($n=16$)
比特率 S(b/s)	1200	2400	3600	4800

波特率(调制速率)和比特率(数据传输速率)是两个最容易混淆的概念,但它们在数据通信中却很重要。为了使读者便于理解,表 2-1 给出了两者之间的数值关系。两者在实际应用中的区别与联系如图 2-2 所示。

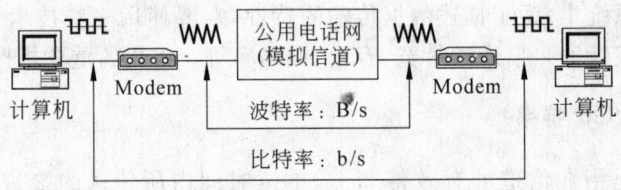

图 2-2　比特率和波特率的区别与联系

4. 带宽

对于模拟信道,带宽是指物理信道的频带宽度,其本来的意思是指信道允许传送信号的最高频率和最低频率之差,单位为:赫兹(Hz)、千赫(kHz)、兆赫(MHz)等。

对于数字信道,人们说的"带宽"是指在信道上能够传送的数字信号的速率,即数据传输速率 S。因此,此时带宽的单位就是比特每秒(b/s),表示为:b/s、kb/s、Mb/s 等。

5. 信道容量

信道容量是一个极限参数,一般是指物理信道上能够传输数据的最大能力。当信道上传输的数据速率大于信道所允许的数据速率时,信道就不能用来传输数据了。1948年,香农经研究得出了著名的香农定理。该定理指出,信道的带宽和信噪比越高,则信道的容量就越高。因此,在网络设计中,数据传输速率一定要低于信道容量(极限数据速率)所规定的数值。此外,由于信道的数据传输速率受到信道容量的限制,因此,要提高数据传输速率,无论采用什么方法,都无法超越信道容量所规定的数据极限速率值。基于上述原因,在实际应用中,高传输速率的通信设备常常被通信介质的信道容量所限制,而得不到充分利用。

6. 带宽、数据传输速率和信道容量的关联

带宽与数据传输速率这两个术语原来都是用来度量信道实际传输能力的指标,现在,一个物理信道常常既可以作为模拟信道,又可以作为数字信道,例如,人们使用电话线(模拟信道)既可以传递语音模拟信号,也可以直接传递二进制表示的数字信号。另外,最大传输速率与信道带宽之间存在着明确的关系,所以人们既可以使用"带宽",也可以使用"速率"来描述网络中信道的传输能力。

综上所述,由于历史的原因,在一些论述计算机网络的中外文书籍中,这几个词经常被混用,并用来描述网络中的数据传输能力。从技术角度来讲,读者应当注意区别这几个不同而又相互关联的概念。

7. 误码率 P_e

(1) 误码率 P_e 的定义

误码率是指二进制码元在数据传输中被传错的概率,也称"出错率"。P_e 的定义式如下:

$$P_e \approx \frac{N_e}{N}$$

式中:N 为传输的二进制码元总数,N_e 表示在接收码元中被传错的码元数。

(2) 误码率的性质、获取与实用意义

① 性质:误码率 P_e 是数据通信系统在正常工作状况下,传输的可靠性指标。

② 获取:在实际数据传输系统中,人们通过对某种通信信道进行大量重复测试,才能求出该信道的平均误码率。

③ 采用差错控制技术的意义:根据测试,在电话线路上,以 $300 \sim 2400\text{b/s}$ 速率传输时的平均误码率在 $10^{-4} \sim 10^{-6}$ 之间,在 $2400 \sim 9600\text{b/s}$ 速率传输时的平均误码率在 $10^{-2} \sim 10^{-4}$ 之间;而且,使用的数据传输速率越高,平均误码率就越低。而计算机网络通信系统中对平均误码率的最低要求是低于 10^{-6},即平均每传送 1 兆二进制位,才允许错一位。可见,在使用普通通信信道传输数据时,物理信道本身的平均误码率不满足可靠性指标的要求,因此,必须采用差错控制技术才能满足计算机通信系统对可靠性指标"误码

率"的要求。

2.2　数据通信过程中涉及的主要技术问题

网络中任意两台计算机的通信过程需要解决哪些技术问题呢?

例如,资源子网中的计算机主机 H_A 发送信息"A"给计算机主机 H_B。在计算机网络的数据通信系统中,必须面对和解决好以下一些基本问题:

① 二进制编码:在主机 H_A 中,用 ASCII 码对信息 A 进行二进制编码,结果得到二进制的数据 1000001。

② 传输的信号类型:是指在数据通信过程中,信号的表示方式。如是以数字信号表示,还是以模拟信号表示。当传输的是数字信号时,由编码器将二进制数据转换为相应的"数字信号";当传输的是模拟信号时,由调制器将二进制数据转换为相应的"模拟信号"。

③ 数据传输与通信方式:在数据通信过程中,是采用"串行通信"方式还是"并行通信"方式?是采用"单工通信"、"半双工"方式,还是采用"全双工通信"方式?

④ 同步技术:在通信时是采用的"同步通信方式",还是"异步通信方式"?

⑤ 多路复用技术:是指在通信的过程中,是否为了提高物理信道的利用率,采取了复用信道的技术。例如,在同一电话线(物理信道)上,是传送一路信号,还是多路信号?

⑥ 广域网数据交换技术:是指当使用远程网络连接时,采用什么样的数据交换技术?如是采用线路交换方式,还是选择存储转发技术?是采用报文交换,还是分组交换?是数据报方式还是虚电路方式?

⑦ 差错控制技术:实际的物理通信信道是有差错的,为了达到网络规定的可靠性技术指标,必须采用差错控制技术。因此,在差错控制技术中采用了何种检测和纠错技术?

综上所述,学习数据通信技术基础知识应当包括:数据通信的基本概念和术语、数据通信过程中采用的传输类型与相应的编码或调制技术、数据通信的方式、数据在通信子网中的交换方式、差错控制的内容与方法,以及数据通信中使用的主要技术指标等。

2.3　数据传输类型及相应技术

数据通信专指信源(发送信息的一方)和信宿(接收数据的一方)中信号的形式均为数字信号的通信方式。因此,可以将数据通信定义为:在不同的计算机和数字设备之间传送二进制代码 0、1 对应的比特位信号的过程。所传送的二进制信号,表示了信息中的各种字母、数字、符号和控制信息。计算机网络中的数据传输系统大都是数据通信系统。

在数据通信过程中,传输的数据信号的类型不同,使用的技术就不同。由于在计算机网络中传输的信号分为"数字信号"和"模拟信号"两种,因此,在数据传输过程中,分别对应了不同的"编码"技术或"调制"技术。为此,数据传输系统有"基带传输"和"频带传输"两种传输方式。

2.3.1 基带传输与数字信号的编码

1. 基带、基带信号和基带传输

在数据通信系统中，由计算机、终端等发出的信号都是二进制的数字信号。这些信号是典型的矩形电脉冲信号，其高、低电平可以用来代表数字信号的"0"或"1"。由于数字信号的频谱包含直流、低频和高频等多种成分，人们把数字信号频谱中，从直流（零频）开始到能量集中的一段频率范围称为"基本频带"（或固有频带），简称为"基带"。因此，数字信号也被称为"数字基带信号"，简称为"基带信号"。

在线路上直接传输基带信号的方法称为"基带传输"方法。在基带传输中，必须解决两个基本问题，其一，基带信号的编码问题；其二，收发双方之间的同步问题。

2. 数字信号的编码

在基带传输中，用不同极性的电压、电平值代表数字信号"0"和"1"的过程，称为基带信号的"编码"；其反过程称为"解码"。在发送端，编码器将计算机等信源设备产生的信源信号，变换为用于直接传输的基带信号；在接收端，解码器将接收到的基带信号，恢复为与发送端相同的、计算机可以接收的信号。

在基带传输中，可以使用不同的电平逻辑，例如，用负电压，如−5V，代表数字0；正电压，如+5V，代表数字1。当然，也可以使用相反的电平逻辑来表示二进制数字。

下面介绍3种基本的编码方法：

（1）非归零（Non-Return to Zero，NRZ）编码

① 编码规则：NRZ编码方法的示例如图2-3(a)所示。图中的NRZ编码规则定义为：用负电压代表数字0，正电压代表数字1；当然，也可以采用其他的编码定义方法，如用负电压代表数字1，用正电压代表数字0。

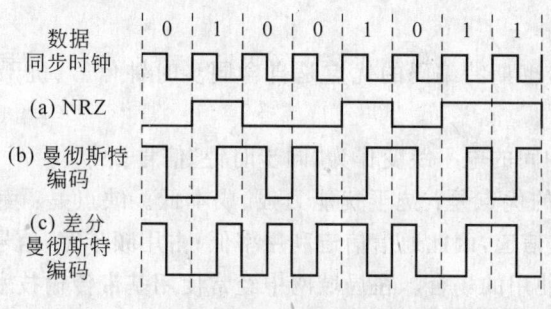

图 2-3　二进制数据的基带信号的编码波形

② 特点：NRZ编码的优点是简单、容易实现；缺点是接收方和发送方无法保持同步。

③ 位同步：为了保证收、发双方的按位同步，必须在发送NRZ编码的同时，用另一个信道同时发送同步时钟信号，如图2-3(a)上面的数据同步时钟信号。

④ 应用：计算机串口与调制解调器之间使用的就是基带传输中的非归零编码技术。

（2）曼彻斯特（Manchester）编码

① 编码规则：曼彻斯特编码的规则如下：

- 每比特的周期 T 分为前后两个相等的部分。
- 前半周期为该位值"反码"对应的电平值，后半周期为该位值的"原码"所对应的电平值。
- 中间的电平跳变作为双方的同步信号。

根据编码规则，当值为"1"时，前半部分为反码 0（低电平，$-5V$）；后半部分为原码 1（高电平，$+5V$）；中间有一次由低电平向高电平的跳跃。当值为"0"时，前半部分为反码 1（高电平，$+5V$）；后半部分为原码 0（低电平，$-5V$）；每位中间的由高电平向低电平的跳跃作为同步信号。曼彻斯特编码波形的示例，如图 2-3（b）所示。

② 曼彻斯特编码的特点和同步信号：曼彻斯特编码中的中间电平跳跃，既代表了数字信号的取值，也作为自带的"时钟"信号。因此，这是一种"自含时钟"的编码方法。

③ 特点：曼彻斯特编码的优点是收发信号的双方可以根据自带的"时钟"信号来保持同步，无须专门传递同步信号的线路，因此成本较低；曼彻斯特编码的缺点是效率较低。

④ 应用：曼彻斯特编码是应用最多的编码方法之一。典型的 10Base-T、10Base-2 和 10Base-5 低速以太网使用的就是曼彻斯特编码技术。

（3）差分曼彻斯特（De-manchester）编码

① 编码规则：简言之，差分曼彻斯特编码的规则是：遇 0 跳变，遇"1"保持，"中间跳变"。详细的差分曼彻斯特编码规则如下：

- 若本位值为 0，则其前半个波形的电平与上一个波形的后半个的电平值相反。若本位值为 1，则其前半个波形的电平与上一个波形的后半个电平值相同。
- 每位值无论是 1 还是 0 中间都有一次电平跳变，这个跳变为同步之用。

差分曼彻斯特编码是对曼彻斯特编码的改进，其示例的波形如图 2-3（c）所示。由图可见，若本位值为 0，开始处出现电平跳变；反之，若本位值为 1，则开始处不发生电平跳变。

② 特点：差分曼彻斯特编码的优点是自含同步时钟信号、抗干扰性能较好；缺点是实现的技术复杂。

③ 同步信号：中间的电平跳变作为"同步时钟"信号。

总之，基带传输的优点是：抗干扰能力强、成本低。缺点是：由于基带信号频带宽，传输时必须占用整个信道，因此通信信道利用率低；占用频带宽，信号易衰减；只能使用有线介质传输，限制了使用的场合。在局域网中经常使用基带传输技术。

2.3.2 频带传输与模拟信号的调制

1. 调制、解调与频带传输

在频带传输中，常用普通电话线作为传输介质，因为它是当今世界上覆盖范围最广、应用最普遍的一类通信信道。传统的电话通信信道是为传输语音信号而设计的，它本来只用于传输音频范围（300～3400Hz）的模拟信号，不适于直接传输频带很宽、又集中在低频段的计算机产生的数字基带信号。为了利用电话交换网实现计算机之间的数字信号传输，必须将数字信号转换成模拟信号。为此，需要在发送端选取某一频率的正（余）弦模拟信号作为载波，用它运载所要传输的数字信号，并通过电话信道将其送至另一端；在接收端再将数字信号从载波上分离出来，恢复为原来的数字信号波形。这种利用模拟信道实现数字信号传输的方法称为"频带传输"。

在发送端将数字信号转换成模拟信号的过程称为"调制"（modulation），相应的设备称为"调制器"（modulator）；在接收端把模拟信号还原为数字信号的过程称为"解调"（demodulation），相应的设备称为"解调器"（demodulator）；而同时具有调制与解调功能的设备被称为"调制解调器"（Modem）。Modem 就是数字信号与模拟信号之间的变换设备。

2. 数字数据（信号）的调制

为了利用模拟信道实现计算机数字信号的传输，必须先对计算机输出的数字数据（信号）进行调制。在调制过程中，运载数字数据的"载波信号"可以表示为：

$$u(t) = A(t)\sin(\omega t + \phi)$$

其中，振幅 A、角频率 ω、相位 ϕ 是载波信号的 3 个可变电参量，它们是正弦波的控制参数，也称为"调制参数"，它们的变化将对正弦载波的波形产生影响。人们通过改变这 3 个参量实现对数字数据（信号）的调制，其对应的调制方式分别为"幅度调制"、"频率调制"和"相位调制"。在应用时，须注意的是每次只变化一个电参数，固定另外两个电参量。

3. 幅度调制 ASK

① ASK 调制规则：幅度调制又称为"振幅键控"（Amplitude-shift Keying，ASK）。在幅度调制中，频率和相位都是常数，振幅为变量，即载波的幅度随发送的数字信号的值而变化。例如，可以用具有 A_m 幅度的载波信号表示二进制数字"1"，用幅度为 0 的载波信号表示二进制数字"0"。当然，也可以使用具有幅度 A_1 和 A_2 的同频率载波信号，分别表示二进制数字"1"和"0"。其数学表达式为：

$$\begin{cases} u(t) = A_m \cdot \sin(\omega_0 t + \phi_0) \rightarrow 数字 1 \\ u(t) = 0 \cdot \sin(\omega_0 t + \phi_0) \rightarrow 数字 0 \end{cases}$$

图 2-4(a)表示的是具有二进制数字 0 和 1 两种载波幅度值的调幅波形（二元制调幅波），其中 $\phi_0 = 0$。为了提高传输速度，还可以采用多幅度调制。

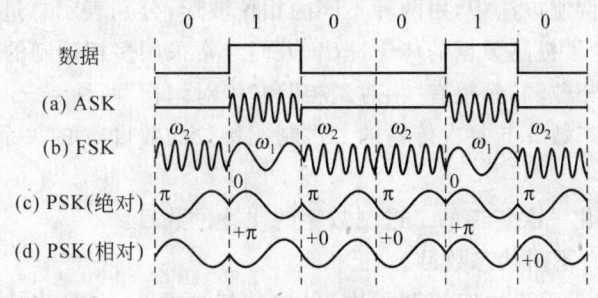

图 2-4 模拟数据信号的二相调制（编码）波形图

② ASK 的特点：幅度调制的技术比较简单，信号容易实现，但抗干扰的能力较差。

4. 频率调制 FSK

① FSK 调制规则：频率调制又称为"移频键控"（Frequency-shift Keying，FSK）。在频率调制中，把振幅和相位定为常量，频率为变量。其数学表达式为：

$$\begin{cases} u(t) = A_{m0} \cdot \sin(\omega_1 t + \phi_0) \rightarrow 数字\ 1 \\ u(t) = A_{m0} \cdot \sin(\omega_2 t + \phi_0) \rightarrow 数字\ 0 \end{cases}$$

在二元制中，分别用两种不同频率的波形来表示二进制数字 0 和 1。例如，用频率 $F_2(\omega_2)$ 的波形表示数字 0，用频率 $F_1(\omega_1)$ 的波形表示数字 1 的调制波形，如图 2-4(b) 所示，其中：$\phi_0 = 0$。

② FSK 的特点：频率调制的电路简单，抗干扰能力强，但频带的利用率低，适用于传输速率较低的数字信号。

5. 两相相位调制 PSK

PSK（Phase-shift Keying），相位调制又称为"移相键控"。在相位调制中，把振幅和频率定为常量，初始相位定为变量。在二元制情况下，分别用不同的初始相位的载波信号波形表示二进制数字 0 和 1。相位调制可以进一步分为绝对调相、相对调相和多相调相等。

① PSK 绝对调相。其调制规则为，在二元制中，用相位的绝对值表示数字信号 0、1。例如：用初始相位 $\phi_0 = 0$ 表示数字 1，$\phi_0 = \pi$ 表示数字 0，则数学表达式为：

$$\begin{cases} u(t) = A_{m0} \cdot \sin(\omega_0 t + 0) \rightarrow 数字\ 1 \\ u(t) = A_{m0} \cdot \sin(\omega_0 t + \pi) \rightarrow 数字\ 0 \end{cases}$$

其对应的绝对调相编码波形如图 2-4(c) 所示。

② PSK 相对调相：其编码规则为用当前波形的初始相位，相对于"前一个波形"的初始相位的偏移值来表示数字信号 0、1。例如，用当前波形的初始相位相对于前一波形初始相位 ϕ_0 的偏移量"+0（变化 0°）"表示数字信号 0；偏移量为"+π（变化 180°）"表示数字信号 1，其对应的相对调相编码波形如图 2-4(d) 所示。

6. 多相调相

在两相（$n=2$）调制方法中，用两种不同的相位波形，分别表示二进制的数据 0、1。在数据通信系统中，为了提高数据的传输速率，人们经常采用多相调制的方法。与两相相位调制类似的是多相相位调制，也有"相对调相"和"绝对调相"两种。

多相调制的状态数 n 与每次传输的二进制比特位的数目 m 的关系如下：

$$n = 2^m$$

式中，m：波形每变化一次传递的二进制数字的比特位数目。

n：波形的所有不同状态数目。

例如，在如图 2-5 所示的四相调相中，每次传递两个（$m=2$）比特位；共有 4 种（$n=2^2=4$）状态。在待发送的数字信号中，按两比特为一组进行编组，所有可能的组合有 4

种,即 00、01、10、11。因此,为了表示每一个双比特码元,应分别使用具有不同相位偏移值的波形,如图 2-5 所示。在调相信号的传输过程中,相位波形每改变一次,便传送两个比特的数据。同理,在八相调相中,如果将待发送的数字信号按每 3 个比特组成一组,那么一共有 8 种组合。这样,载波调制波形的状态每改变一次,便传送 3 个比特的数据。四相调相、八相调相、十六相调相中,各种相位的数据表示如表 2-2、表 2-3 和表 2-4 所示。

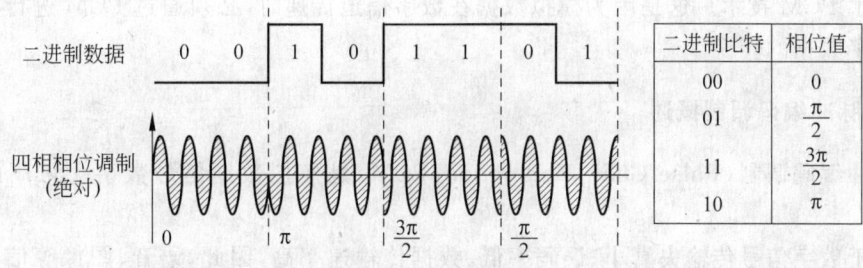

图 2-5　四相相位调制(绝对)波形图

表 2-2　四相调相的相位变化值

比　特　位	相对相位的偏移量
00.	0°
01	90°
10	180°
11	270°

表 2-3　八相调相的相位变化值

比　特　位	相对相位的偏移量
000	0°
001	45°
010	90°
011	135°
100	180°
101	225°
110	270°
111	315°

表 2-4　十六相调相的相位变化值

比　特　位	相对相位的偏移量
0000	0°
0001	22.5°
0010	45°
0011	67.5°
0100	90°
0101	112.5°
0110	135°
0111	157.5°
1000	180°
1001	202.5°
1010	225°
1011	247.5°
1100	270°
1101	292.5°
1110	315°
1111	337.5°

　　总之,相位调制技术占用频带较窄,抗干扰性能好,其中的相对调相则具有更高的抗干扰性能,在实际中经常使用。若希望得到较高的信息传输速率,必须采用在技术上更为复杂的多元振幅、相位混合调制方法。

2.3.3 脉冲编码调制方法

早在 1937 年,英国人 A. H. 里夫斯提出用脉冲的有无组合来传递话音信息的方法。他发明的脉冲编码调制(即 PCM)技术于 1939 年获得专利,并为现代数字电信网的建设奠定了基础。当前,各种信息的数字化已经成为网络发展的必然趋势。在现代通信技术中,除了在局域网中大量应用基带传输技术外;在语音、图像、视频等很多模拟应用场合大都使用了 PCM 技术。这是因为模拟数据在数字信道传递时,必须通过 PCM 进行模拟数据到数字数据的转换。

1. 脉冲编码调制概述

脉冲编码调制(Pulse Code Modulation,PCM)是模拟数据信号数字化采用的主要方法。

由于数字信号传输失真小、误码率低、数据传输速率高,因此,语音、图像等信息的数字化已经成为必然,但是这些信号必须数字化才能被计算机接收和处理。

(1) PCM 的主要优点

抗干扰能力强、失真小、传输特性稳定;此外,PCM 技术还可以采用压缩编码、纠错编码和保密编码等来提高系统的有效性、可靠性和保密性;另外,PCM 还可以在一个物理信道上使用"时分复用"技术传输多路信号。

(2) PCM 典型的应用——语音数字化

PCM 典型的应用是语音系统的数字化传输。人们通话时的声音,经过电话机转变为模拟信号。模拟的语音信号通过电话线(模拟信道)传递到电话交换网;在现代电话交换网中,在发送端,先使用 PCM 技术将其转换为数字信号,再进行基带传输或信号交换;在接收端,再将数字信号还原为语音信号传递给终端的语音用户。

在如图 2-6 所示的语音数字化过程中,在发送端通过"PCM 编码器"将语音数据变换为数字化的语音信号,通过通信信道传送到接收方;接收方再通过"PCM 解码器"还原成模拟语音信号。

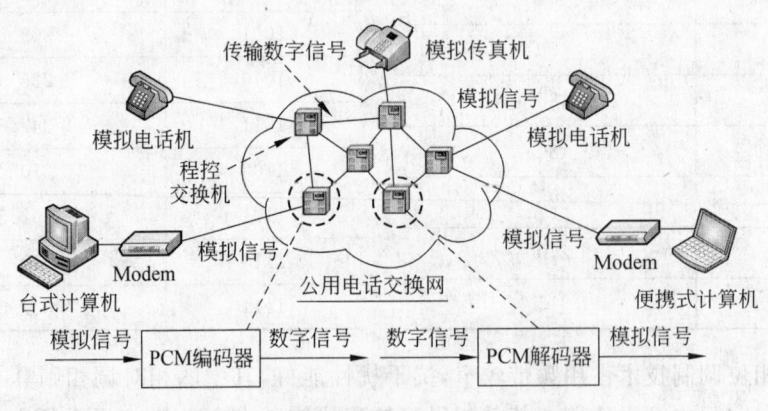

图 2-6　PCM 脉冲编码调制应用示意图

数字化语音数据传输速率高、失真小，可以存储在计算机中进行必要的处理。因此，在网络与通信的发展中语音数字化成为重要的部分。

2. PCM 的工作原理

脉冲编码调制包括 3 部分：采样、量化和编码，如图 2-7 所示。

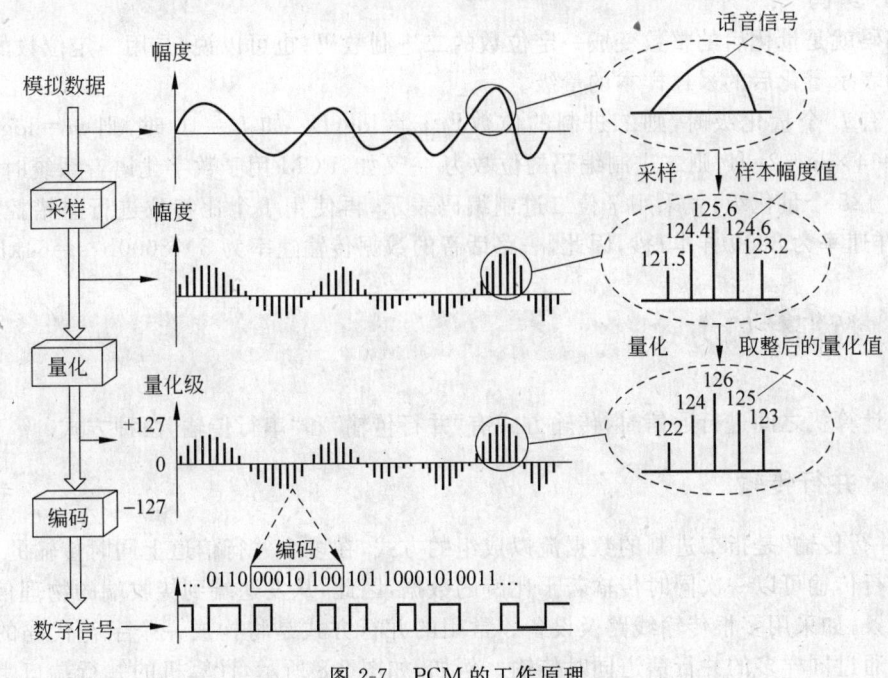

图 2-7   PCM 的工作原理

（1）采样

模拟信号数字化的第一个步骤就是"采样"。模拟信号是电平连续变化的信号，为了数字化，PCM 技术每隔一定的时间间隔，都要采集模拟信号的一个瞬时电平值作为样本。该样本就代表了模拟数据在这一区间随时间变化的值，采集时的间隔由采样频率 F_s 决定。

脉冲编码调制技术是以采样定理为基础的。经研究表明，以大于或等于信号最高频率或带宽 2 倍的采样频率，对连续变化的模拟信号进行周期性采样时，其样本就包含了重构原模拟信号需要的所有信息。因此，满足从采样样本重构原始信号的采样定理表达公式如下：

$$F_s(=1/T_s) \geqslant 2 \cdot F_{max} \quad \text{或} \quad F_s \geqslant 2 \cdot B_s$$

式中：T_s 为采样周期，单位为 s(秒)。

F_s 为采样频率，单位为样本/秒(次/秒)。

F_{max} 为原始信号的最高频率，单位为 Hz(赫兹)。

$B_s(=F_{max}-F_{min})$ 为原始信号的带宽，单位为 Hz(赫兹)。

例如，语音信道的带宽近似为 4kHz，则需要的采样频率应≥8000 样本/秒。

（2）量化

量化是指将取样样本的幅度,按量化级决定采样样本的取值过程,简言之,就是取整等级。经过量化,将模拟信号采样后的样本值,取整后变为时间轴上的离散值（整数）,例如,在图 2-7 中,将采样值 121.5、124.4、125.6 等分别量化为 122、124、126 等。量化级可以分为 8 级、16 级、32 级、……、128 级等量化级,主要取决于系统精确度的要求。

（3）编码

编码就是量化后的整数变成一定位数的二进制数码;也可以说,是用一定位数的二进制代码表示量化后的采样样本的量级。

当有 L 个量化级时,则二进制的位数为 $m=\log_2 L$。如 $L=16$ 时,则 $m=\log_2 16=\log_2 2^4=4\times\log_2 2=4$,则二进制编码的位数为 4;又如,PCM 用于数字化语音系统时,将声音分为 128 个量化级,就采用 7 位二进制编码表示,再使用 1 个比特位进行差错控制;这样,采样速率为 8000 样本/秒,因此,一路话音的数据传输速率为 $8\times8000\text{b/s}=64\text{kb/s}$。

2.4　数据传输方式

在计算机之间进行通信时,传输方式有"并行传输"和"串行传输"两种方式。

2.4.1　并行传输

"并行传输"是指二进制的数据流以成组的方式,在多个并行信道上同时传输的方式。

并行传输可以一次同时传输若干比特的数据,因此,从发送端到接收端的物理信道要安装多条,如采用多根传输线路及设备。常用的并行方式是将构成一个字符代码的若干位分别通过同样多的并行信道同时传输。例如,如图 2-8 所示,计算机的并行端口常用于连接打印机,一个字符分为 8 位,每次并行传输 8 比特信号。并行传输的速率高,但传输线路和设备都需要增加若干倍;因此,一般适用于短距离、传输速度要求高的场合。

2.4.2　串行传输

串行传输是指通信信号的数据流以串行方式,一位一位地在信道上传输,因此,从发送端到接收端只需一条传输线路。在串行传输方式下,虽然传输速率只有并行传输的几分之一,如图 2-9 中所示的 1/8。然而,由于串行通信时,在收发双方之间,理论上只需要

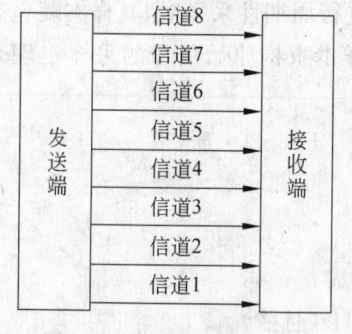

图 2-8　并行数据传输方式

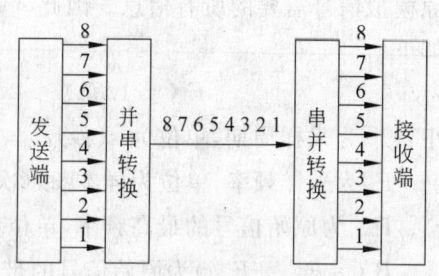

图 2-9　串行数据传输

一条通信信道,因此,可以节省大量的传输介质与设备;为此,串行传输方式,大量用于远程传输的场合。此外,串行传输具有易于实现的特点,因而是当前计算机网络中普遍采用的传输方式。

注意:由于计算机内部总线采用的是并行传输方式,因此,在计算机外部采用串行传输时,在计算机的发送端需使用并/串转换装置,将计算机输出的并行数据位流变为串行数据的位流;然后,通过串行信道传输到接收端。在接收端,则需要通过串/并转换装置将串行数据位流还原成并行数据位流后,再传输给计算机。

串行传输又有3种不同的方式:即单工通信、半双工通信和全双工通信,简介如下:

1. 单工通信(Single-duplex Communication,双线制)

在单工通信中,信号在信道中只能从发送端 A 传送到接收端 B。因此,理论上应采用"单线制",而实际采用"双线制"。因为在实际中需要用两个通信信道,一个用来传送数据,一个用来传送控制信号,简称为"二线制",如图 2-10 所示。例如,BP 机只能接收寻呼台发送的信息,而不能发送信息给寻呼台。

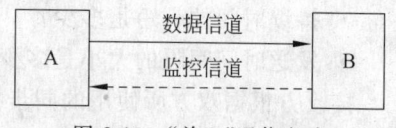

图 2-10 "单工"通信方式

2. 半双工通信(Half-duplex Communication,双线制+开关)

在半双工通信中,允许数据信号有条件双向传输,但不能同时双向传输。如图 2-11 所示,该方式要求 A、B 端都有发送装置和接收装置。若想改变信息的传输方向,则需利用开关进行切换。因此,理论上应采用"单线制-开关",而实际采用"双线制+开关",例如,使用无线电对讲机,在某一时刻,只能单向传输信息。当一方讲话时,另一方就无法讲,要等其讲完,另一方才能讲。

3. 全双工通信(Full-duplex Communication,四线制)

在全双工通信中,允许双方同时在两个方向进行数据传输,它相当于将两个方向相反的单工通信方式组合起来。因此,理论上应采用"双线制",而实际采用"四线制",如图 2-12 所示。例如,日常生活中使用的固定电话或移动电话,双方在讲话的同时,还可以收听电话。全双工通信效率高,控制简单,但造价高,适用于计算机之间的通信。

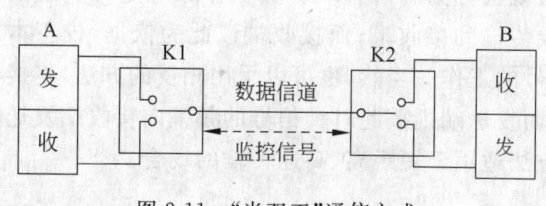

图 2-11 "半双工"通信方式

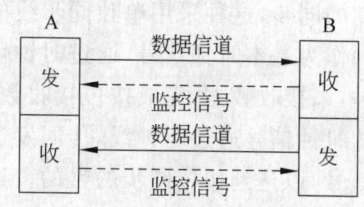

图 2-12 "全双工"通信方式

需要设置通信方式的设备有网卡、声卡。例如,打开网卡对应的"本地连接"的属性窗口;在"属性"窗口中,选择"常规"选项卡;单击"配置"按钮,在打开的窗口中,选择"常规"

选项卡,选择 Link Speed & Duplex,即可设置网卡的通信方式。

2.5 数据传输中的同步技术

在网络通信过程中,通信双方要交换数据,需要高度地协同工作。网络中收发双方用介质连接起来之后,双方怎样才能彼此理解? 比如发送方将数据的各位发送出去后,对方如何识别这些位数据,并将其组合成字符,进而形成有用的信息数据呢? 这是靠交换数据的设备之间的定时机制实现的。这个定时机制就是专家所说的"同步"技术。同步技术需要解决的主要问题如下:

- 何时开始发送数据?
- 发送过程中双方的数据传输速率是否一致?
- 持续时间的长短是多少?
- 发送时间间隔的大小是多少?

接收方根据双方所使用的同步技术,得以知道如何接收数据。也就是说,当发送端以某一速率,在一定的起始时间内发送数据时,接收端也必须以同一速率在相同的起始时间内接收数据。否则,接收端与发送端就会产生微小误差,随着时间的增加,误差将逐渐积累,并造成收发的失步(不同步),从而出现错误。为了避免收端与发端的失步,收端与发端的动作必须采取严格的同步措施。

2.5.1 位同步

在数据通信过程中,即使两台计算机标称的时钟频率值相同,其时钟频率仍会有所差异。这种差异虽然微小,但随着不断的积累,仍会造成彼此比每位周期的失步。因此,数据通信过程要求有严格的时序与时钟,以保证连续传输数据的每一位都能正确地传输。为此,要求传输的双方能够使用同一个时钟信号进行二进制信号的发送与接收,这就是术语"位同步"的含义。实现时钟信号位同步的技术有"外同步"和"内同步"两种方法:

1. 外同步——采用单独的数据线传输时钟信号

在传输的双方,除了使用一根数据传输线外,还需要使用一根专门的时钟传输线。这样,在数据线上传递每一位信号时,在时钟线上同时传递的同步时钟信号会进行每位时间周期的同步,这种采用单独同步线的方法就被称为"外同步"。其工作原理是将发送端的时钟作为基本时钟信号,通过时钟传输线传输到接收端;而接收端以此为依据,校正本地时钟,来接收数据,完成按位接收数据信号的工作。当然,也可以采用相反的方法,将接收端的时钟信号通过时钟线,传回发送端,而发送端则按此时钟信号的频率向接收端发送数据信号,以达到按位同步的目的。这种方法适用于短距离、高速传输的场合。

2. 内同步——采用信号编码的方法传输时钟信号

当数据传输距离较远时,为了降低投资,除数据传输线外,不再专门铺设专用的时钟传输线路;而采用在传输数据信号时,同时传递位同步信号的方法,这种方法就是"内同步"法。其工作原理是把时钟信号与数据信号一起编码,形成一个新的代码发送到接收端;接收端在收到编码的信号后,进行解码,从中不但分离出有用的数据信号,还会分离出作为位同步用的时钟信号。接收端使用分离出来的这个时钟信号作为接收端的工作时钟,以达到信号位同步的目的。这种方法常用在基带局域网的数据传输中。

例如,在基带传输中,发送端的数字信号使用曼彻斯特码或差分曼彻斯特编码形式发送;接收端接收信号之后,从中提取出信号中的"中间跳变"作为位同步的时钟信号。

在频带传输中,发送端的调制解调器,先将含有时钟信号的数字信号"调制"为载波信号,再进行远程传输;接收端的调制解调器,接收信号后,先行"解调",再将载波信号中的数字信号分离出来;之后,就可以从中提取其中的位同步时钟信号。

2.5.2 字符同步

在数据通信的过程中,为了解决何时开始发送和接收信号的问题。除了需要解决收发双方的位同步外,还要解决双方的字符接收同步问题。为此,在数据通信中采用"字符同步"技术,用来保证收发双方能够正确传输每个字符或字符块。因此,我们将在同步过程中采用的协调接收端与发送端收发动作的技术措施称为"字符同步"技术。

在"异步传输"和"同步传输"技术中,分别采用了"起始位/停止位"和"起始同步字符/终止同步字符"两种字符同步方式。

2.5.3 异步传输与同步传输

1. 异步传输方式

(1) 什么是异步传输方式

如图 2-13 所示,通过在被传送的字符前后加起止位实现的同步传输方式,被称为异步(也称起止式)传输方式。异步传输的特点是以一个个的字符为单位进行数据传输的。每个字符及字符前后附加的"起始位"和"停止位"共同组成字符数据帧。其中的标记数据起止的位就叫做成帧信息。

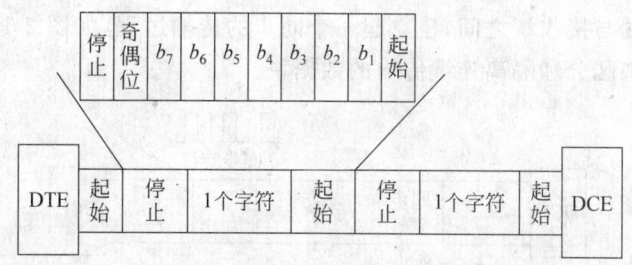

图 2-13   异步传输方式

在图 2-13 中的计算机数据传输中,数据终端设备(DTE)就是计算机的 RS-232C 接口,如计算机的串口 com1,计算机正是使用这个接口来与调制解调器或者其他串行设备交换数据的。而其中的 DCE 表示数据通信设备,如 Modem(调制解调器)。

异步传输的每个字符前有一个起始位,它的作用是表示字符开始传递,平时没有信号时,线路上处于"空号",即高电平状态。一旦接收端检测到传输线从高电平跳向低电平,也即接收端收到起始位,说明发送端已开始传输数据。接收端便利用传输线这种电平的跳变,启动内部时钟,使其对准接收信息的每一位进行采样,以确保正确的接收。当接收端收到停止位时,标志着传输结束。前面的一个起始位与后边的1～1.5个停止位组成"成帧信息"位。

（2）异步传输的工作特点

异步传输是指发送信息的一端可以在任何时刻向信道发送信息,而不管接收方是否准备好。接收方在收到"起始位"后,即可开始接收信息。

① 各个位以串行方式发送,并附有"起止位"作为识别符。

② 字符之间通过"空号"来分割。

（3）异步传输的应用特点

① 优点：收、发双方不需要严格的位同步;因此,设备简单,技术容易,设备廉价,费用低。

② 缺点：每传输一个字符,都需要2～3位的附加位（成帧信息）,浪费了传输时间,占用了信道的带宽;因此,具有传输速率低、开销大、效率低的特点。

例如,传送一个由7位二进制位组成的字符,加上起始位、奇偶校验位和停止位,一共需要10位。当选择的传输速率为2.8kb/s时,则每秒钟只能传送280个字符。

（4）异步传输的应用场合

由于异步传输过程的辅助开销过多,所以传输速率较低;为此,异步传输方式只适用于低速通信设备和低速（如10～1500字符/秒）通信的场合。例如,常用在分时终端（或异步Modem）与计算机的通信,低速终端与主机之间的通信和对话等低速数据传输的场合。

2. 同步传输方式

（1）什么是同步传输方式

同步传输是高速数据在传输过程中所使用的一种同步技术方式。在同步传输过程中,大的数据块是一起发送的,在数据块的前后使用一些特殊的字符作为成帧信息。这些特殊字符在发送端与接收端之间,建立起一个同步的传输过程,如图2-14所示。另外,这些成帧信息还用来区分和隔离连续传输的数据块。

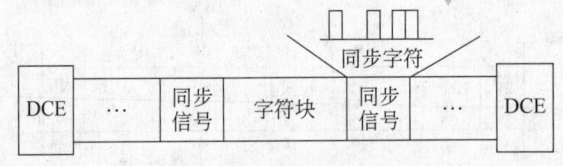

图 2-14 同步传输方式

（2）同步传输的工作特点

由于同步传输是大的字符块一起传送,因此,接收端和发送端的步调必须保持高度一致。因而,在同步传输中,不仅字符内部需要"位同步"来保证每位信号的严格同步;还要采用字符同步技术,以便在收发双方之间保持同步传输。同步传输的工作特点如下：

① 在同步传输中,信息不是以单个字符,而是以大的数据块的方式一起传输的。

② 使用同步字符(字节)传输前,双方需要进行同步测试和准备。

③ 用于同步传输的成帧信息(同步信号)的位数较异步方式少,因此同步传输的效率比异步传输高。

④ 为了实现通信双方的每一个比特都能够精确对位,在传输的二进制位流中采用"位同步(外同步或内同步)"技术来保证每位具有严格的时序。"位同步"技术用来确保接收端能够严格按照发送端发送的每位信息的时间间隔来接收信息,以实现每个字符内部的每一位的真正同步传输。

(3) 同步传输的应用特点

① 优点:由于同步传输以数据块的方式传输,因此,同步传输的效率比异步传输高,也因此而获得了较高的传输速度。

② 缺点:由于同步传输以数据块的方式传输,线路效率较高,也因此加重了 DCE(数据通信设备)的负担。另外,实现起来较复杂,需要精度较高的时钟装置。为此,同步装置比异步装置要贵很多。例如,同步调制解调器就比异步调制解调器贵得多。

(4) 同步传输的应用场合

同步传输方式,通常主要用在计算机与计算机之间的通信,智能终端与主机之间的通信,以及网络通信等高速数据通信的场合。

3. 同步与异步传输的区别

从工作角度看,异步传输方式并不要求发送方与接收方的时钟高度一致,其字符与字符间的传输是异步的。而在同步传输方式中发送方和接收方的时钟是统一的,由于大的数据块一起传输,因此,字符与字符间的传输是同步的,而且是无间隔的。两者的区别如下:

① 异步传输是面向字符传输的,而同步传输是面向比特传输的。

② 异步传输的单位是单个字符,而同步传输的单位是大的数据块。

③ 异步传输通过传输字符的"起止位"和"停止位"而进行收发双方的字符同步,但不需要每位严格同步;而同步传输不但需要每位精确同步,还需要在数据块的起始与终止位置,进行一个或多个同步字符的双方字符同步的过程。

④ 异步传输对时钟精度要求较低,而同步传输则要求高精度的时钟信号。

⑤ 异步传输相对于同步传输有效率较低、速度低、设备便宜、适用低速场合等特点。

2.6 多路复用技术

多路复用技术是当前研究和应用的热点,也是网络的基本技术之一。

2.6.1 多路复用技术概述

1. 多路复用技术(Multiplexing Technique)的定义

多路复用技术是指在同一传输介质上"同时"传送多路信号的技术。因此,多路复用技术就是指在一条物理线路上,同时建立多条逻辑上的通信信道的技术。在多路复用技术的各种方案中,被传送的各路信号分别由不同的信号源产生,信号之间必须互不影响。

2. 多路复用技术的实质和研究目的

多路复用技术的实际应用目标就是:如何在现有的通信介质和信道上提高利用率。

(1) 研究多路复用技术的原因与目的

① 通信工程中用于通信线路铺设的费用相当高。

② 无论在局域网还是广域网中,传输介质许可的传输速率(带宽)都超过单一信道需要的速率(带宽)。

基于上述主要原因,人们研究多路复用技术的目的就在于充分利用已有传输介质的带宽资源,减少新建项目的投资。

(2) 多路复用技术的实质与工作原理

多路复用技术的实质就是共享物理信道,更加有效地利用通信线路带宽资源。多路复用技术的组成结构如图 2-15 所示,其工作原理如下所述:

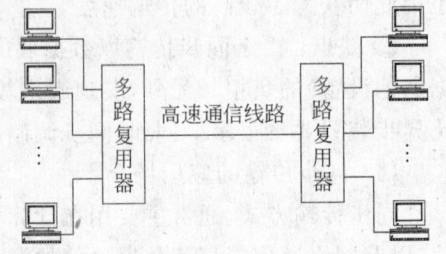

图 2-15　多路复用技术的工作原理图

在发送端,将一个区域的多路用户信息,通过多路复用器(MUX)汇集到一起;然后,将汇集起来的信息群,通过同一条物理线路传送到接收设备的复用器。

在接收端,通过多路复用器(MUX)接收到信息群,并负责分离成单个的信息,并将其一一发送给多个用户。

这样,人们利用一对多路复用器和一条物理通信线路,替代了多套发送和接收设备与多条通信线路,从而大大地节约了投资。

3. 多路复用技术的分类

① 频分多路复用:Frequency Division Multiplexing,FDM。

② 时分多路复用(静态):Time Division Multiplexing,TDM;又称为"同步时分多路复用"。

③ 波分多路复用:Wavelength Division Multiplexing,WDM。

④ 异步时分多路复用(动态):Asynchronous Time Division Multiplexing,ATDM;又称为"统计时分多路复用"。

⑤ 码分多址:Code Division Multiple Access,CDMA。

⑥ 空分复用:Space Division Multiplexing,SDM。

在上述多种复用技术中,只对 FDM、TDM、WDM 几种基本的技术进行介绍。

2.6.2　频分多路复用

在实际通信中,FDM 技术常用在多路模拟信号同时传递的场合。

1. 工作原理

在发送端，通过复用器将多路不同频率的模拟信号汇聚在一起；之后，在一条物理信道上传输；在接收端，通过复用器接收信号后，再将使用不同频率的多路模拟信号一一分离出来，并传输到相应的用户端。

FDM 技术将物理信道按频率划分为多个逻辑上的子信道，每个子信道用来传送一路信号，如图 2-16 所示。因此，对于使用 FDM 技术的网络来说，频带越宽，在频带宽度内所能划分的子信道就越多。

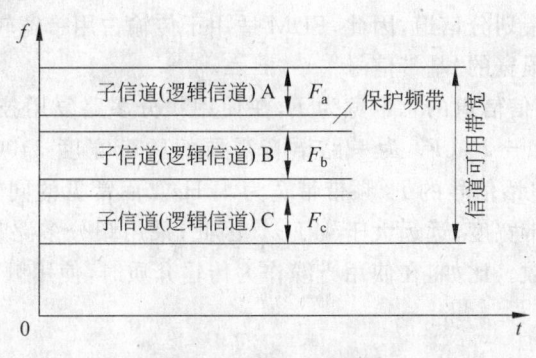

图 2-16　FDM 原理图

在实际应用时，FDM 技术通过调制技术将多路信号分别调制到各自不同的正弦载波频率上，并在各自的频段范围内进行传输。

在如图 2-16 所示的系统中，第一，将物理信道划分为 3 路带宽，分别用来传输数据、语音和图像等不同信息；第二，将每路信号分配到 3 个不同的频率段 F_a、F_b、F_c 中，在发送时，分别将它们调制到各自频段的中心载波频率 f_{a0}、f_{b0}、f_{c0} 上；第三，在各自的信道它们被传送至接收端，由解调器恢复成原来的波形。为了防止相互干扰，各子信道之间由保护频带隔开。例如，ADSL 使用的就是这样一种复用技术。

2. FDM 逻辑信道与物理信道

应用 FDM 技术时，其"物理信道"是指实际复用的真实信道；而"逻辑信道"是指划分出来的每个子信道。因此，在如图 2-16 所示的网络中，共有 3 个逻辑信道，1 个物理信道。FDM 将具有较大带宽的线路带宽划分为若干个频率范围，每个频带之间应当留出适当的频率范围，作为保护频带，以减少各段信号的相互干扰。

使用 FDM 技术时，单个信道的带宽与信道总带宽之间的关系式如下：

① 单个信道的带宽：

$$F_i = F_m + F_g$$

② 多路复用系统的总带宽：

$$F = N \times F_i = N \times (F_m + F_g)$$

其中：F_g 为警戒信道带宽，又称"保护信道"带宽；

　　　F_m 为单个信道的带宽；

　　　N 为频分多路复用信道的个数。

3. FDM 应用条件

在实际通信系统中,物理信道的"可用带宽"往往大于单个给定信号所需的带宽,FDM 技术正是利用了这一特点。因此,FDM 的应用条件是单个信号源所需的带宽大大小于物理信道总带宽。

4. FDM 的应用特点

采用频分多路复用(FDM)技术时,所有用户在同一个时刻,占用了不同的频带带宽资源。由于是按照频带划分信道,因此,FDM 适用于传输占用带宽较窄的"模拟信号",而不适合传输占用带宽很宽的"基带信号"。

例如,载波电话通信信道的总带宽为 F,在使用频分多路复用技术时,每一路电话所需要的带宽为 $F_i = F_m + F_g$(F_m 为一路语音需要的频带宽度 3400Hz,F_g 为保护频带 600Hz),则传输一路电话信号的 F_i 频带带宽为 4kHz。而常见的同轴电缆、双绞线、光纤等物理信道允许的频带宽度,远远大于 4kHz。因此,采用频分多路复用技术可以极大地提高同时通话的用户数。比如,在使用光缆作为传输介质时,使用频分多路复用技术可以同时传输上千路电话。

2.6.3 时分多路复用

在实际通信中,物理信道所允许的传输速率,往往大于单个信号源所需要的传输速率,TDM 技术正是利用了这一特点。时分多路复用技术,实质上是分时使用物理信道。

1. 工作原理

当信道允许的传输速率大大超过每路信号需要的传输速率时,就可以采用时分多路复用 TDM 技术。工作时,先将每路信号都调整到比需要的传输速率高的速率上,这样每路信号就可以按较高的速率进行传输。这样,每单位时间内多余出的时间,就可以用来传输其他路的信号。

例 2-1:在图 2-17 中,表示了 A、B、C 3 个信号源。假定 3 个都是基带信号源,每个信号源都要求 9.6kb/s 的传输速率,并且要求独占物理信道。那么,在图中,容量为 28.8kb/s 的物理信道,如何可以满足同时传输上述 3 路基带信号的要求?

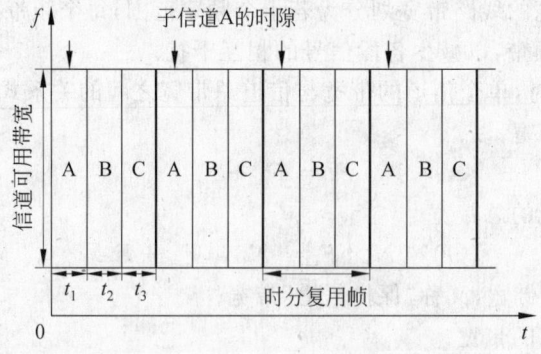

图 2-17　时分多路复用

分析：每次按原来的 9.6kb/s 速率传递信号,显然不能满足示例要求。

解决方法：先将各路信号各自的传输速率都调整到 28.8kb/s。这样,在第一秒的第一个 1/3 秒的 t_1 内,传输了 A 信号源的数据量 9.6kb;在第二个 1/3 秒的 t_2 内,传输了 B 信号源的数据量 9.6kb;在最后一个 1/3 秒的 t_3 内传输了 C 信号源的数据量 9.6kb。接下来,传递 A、B、C 3 个信号源在第 2 秒的数据……这就是 TDM 技术的应用。

2. FDM 逻辑信道与物理信道

应用 FDM 技术时,其"物理信道"是指实际复用的真实信道;而"逻辑信道"是指从宏观上看的每个子信道。如图 2-17 中的 A、B、C 3 个复用信号,分别在 t_1、t_2、t_3 3 个"时隙"内占用物理信道。工作时,在 t_1 时间内,传送信号 A;t_2 时间内,传送信号 B;t_3 时间内,传送信号 C。此处,专门用于某个信号的"时隙"序列,就称为该信道的逻辑信道,因此,如图 2-17 所示系统共有 A、B、C 3 个逻辑信道。

通常将多个时隙组成的数据帧,称为"时分复用帧"。这样,就可以使多路输入信号在不同的时隙内轮流、交替地使用物理信道进行传输,如图 2-17 所示。

所有用户在不同的时间里,占用同样的频带宽度,即物理信道的整个带宽。

3. TDM 应用条件

TDM 的应用条件是单个信号源所需的传输速率大大小于物理信道允许的传输速率。

4. TDM 应用特点

TDM 不像 FDM 那样同时传送多路信号,而是分时使用物理信道。每路信号使用每个"时分复用帧"的某一固定序号的时隙组成一个子信道;但是每个子信道占用的带宽都是一样的(通信介质的全部可用带宽);每个"时分复用帧"所占用的时间也是相同的。由于在 TDM 中每路信号可以使用信道的全部可用带宽,因此,时分多路复用技术更加适用于传输占用信道带宽较宽的数字基带信号,所以 TDM 技术常用于基带网络中。

2.6.4 波分多路复用

目前,光纤的应用越来越普遍,由于光纤的铺设和施工的费用都是很高的,因此波分多路复用技术的研究和应用必将有着光明的前景和广泛的社会应用价值。因而,对于使用光纤通道(Fiber Optic Channel)的网络来说,波分多路复用技术(Wavelength Division Multiplexing,WDM)是其适用的多路复用技术。

实际上波分复用就是光的频分复用。WDM 所用的技术原理、特点与前面介绍的 FDM 技术大致相同。WDM 技术的工作原理如图 2-18 所示。由图可见,通过光纤 1 和光纤 2 传输的两束光的频率是不同的,它们的波长分别为 W_1 和 W_2。当这两束光进入光栅(或棱镜)后,经处理、合成后,就可以使用一条共享光纤进行传输;合成光束到达目的地后,经过接收方光栅的处理,重新分离为两束光,并通过光纤 3 和光纤 4 传送给用户。在如图 2-18 所示的波分多路复用系统中,由光纤 1 进入的光波信号传送到光纤 3,而从光纤

2 进入的光波信号被传送到光纤 4。

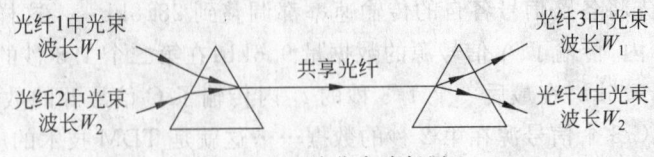

图 2-18　波分多路复用

综上所述,WDM 与 FDM 使用的技术原理是一样的,只要每个信道使用的频率(即波长)范围各不相同,它们就可以使用波分多路复用技术,通过一条共享光纤进行远距离的传输。与电信号使用的 FDM 技术不同的是,在 WDM 技术中,是利用光学系统中的衍射光栅,来实现多路不同频率光波信号的合成与分解。

习题

1. 通信系统的主要技术指标有哪些? 比特率和波特率的联系与区别是什么?

2. 在使用四相相对 PSK 中,如果数据传输速率为 9600b/s,则 B 等于多少?

3. 什么是数据? 什么是信号? 在数据通信系统中有几种信号形式?

4. 什么是信道? 常用的信道分类有几种? 什么是逻辑信道和物理信道?

5. 什么是数字信道和模拟信道? 什么是 Modem? 它使用什么类型的信道?

6. PCM 技术适用于什么场合? 它的主要技术方法分为哪 3 个阶段?

7. 什么是基带传输? 什么是频带传输?

8. 什么是同步技术? 它主要解决什么问题?

9. 常用的同步技术有几种? 各有什么特点? 适用于什么场合?

10. 什么是串行传输? 什么是并行传输? 请举例加以说明。

11. 什么是带宽与数据传输速率? 有何异同?

12. 何谓单工、半双工和全双工通信? 请举例说明它们的应用场合。

13. 什么是多路复用? 常用的多路复用技术有几种?

14. 在数据传输系统中为什么要采用同步技术? 试说明异步传输与同步传输的工作原理。

15. 在频带传输中采用哪几种调制技术? 画出数据"Y"的各种调制技术的二相调制波形图。

16. 画出"1100 0011 1011"的四相绝对相位调制波形图。

17. 在基带传输中采用哪几种编码方法? 试画出数据"E"的各种编码方法的波形图。

第3章

Internet 技术与应用

Internet 是世界上最大的网络。它不但是当今社会中最大的一个信息资源库；也是全球信息高速公路的基础。Internet 技术的飞速发展带给人们一个全新的互联网世界，正是通过 Internet，世界各国的信息才得以沟通和交流；也正是基于互联网，电子商务活动才成为当今信息社会的一种主要形式。为此，作为当代大学生应当具有有关 Internet 的基础知识、结构、资源、主要服务和电子商务等方面的基础知识与应用技术。

本章内容与学习要求

- 掌握：Internet 的定义、技术和基本术语。
- 了解：Internet 和中国互联网的组成结构。
- 了解：Internet 的主要资源和服务。
- 掌握：DNS 域名服务、系统与协议。
- 掌握：Internet 信息服务的类型、工作模式与常用协议。
- 掌握：Web、FTP 系统中的基本知识。
- 了解：Internet 中的主流下载技术与下载方法。
- 了解：电子商务的基本知识与术语。
- 掌握：电子商务的基本类型及网上购物的流程。
- 掌握：Internet 技术与相关的网络。
- 了解：新一代互联网的技术发展及 IPv6 地址的表示。

3.1 Internet 基础知识

Internet 是使用网络上公共语言（TCP/IP）进行通信的全球范围的计算机网络。它类似于国际电话系统，本身以大型网络的工作方式相连接，但整个系统却又不为任何人所拥有或控制。现将 Internet 的定义、特点和常用术语介绍如下。

3.1.1 Internet 的定义

1. Internet（因特网）的定义

因特网又称国际互联网，Internet 的简单定义如下：

Internet 就是由多个不同结构的网络,通过统一的协议和网络设备(如 TCP/IP 和路由器等)互相连接而成的、跨越国界的、世界范围的大型计算机互连网络。Internet 可以在全球范围内,提供电子邮件、WWW 信息浏览与查询、文件传输、电子新闻、多媒体通信等服务功能。Internet 的定义至少包含以下 3 个方面的内容:

① Internet 是一个基于 TCP/IP 协议簇的国际互连网络。实际上,Internet 就是将全世界各地存在着的各种不同的网络和计算机,例如,计算机、局域网、广域网、数据通信网以及公用电话交换网等,通过统一协议和互连设备建立起来的一个跨越国界范围的庞大的网络。因此,人们常使用"互联网"来形象地表示 Internet。

② Internet 是一个各种网络用户的集合,各种用户通过 Internet 来使用网络资源,同时也成为该网络的成员。

③ Internet 是包含了所有可以访问和利用的信息资源的集合。

2. 为什么要建立 Internet

建立 Internet 的最主要目的就是在计算机之间交换信息和共享资源,例如,通过 Internet 浏览、检索、传递信息与文件,进行网上交流和购物等。Internet 已成为当今世界上最大的信息数据库,它提供了最经济和快捷的联络与沟通途径。

3. Internet 的语言——TCP/IP

TCP/IP 及其包含的各种实用程序,为 Internet 上的各种不同用户和计算机提供了互连和互相访问的能力。因此,若要充分利用 Internet 上的各种资源,必须熟练掌握该协议的安装、配置、检测和使用技术。

4. Internet 的技术特点

Internet 通过 TCP/IP 将五花八门的计算机和网络连接起来。TCP/IP 是目前唯一可以供网络上各种计算机连接使用的通信协议集,其技术特点主要包含以下几个方面:

① Internet 提供了当今时代广为流行的、建立在 TCP/IP 基础之上的 WWW(World Wide Web)浏览服务。

② 在 Internet 上采用了 HTML、SMTP 以及 FTP 等各种公开标准。其中,HTML 是 Web 的通用语言;SMTP 是发送和传输电子邮件使用的协议;FTP 是文件传输协议。

③ Internet 采用的 DNS 域名服务器系统,巧妙地解决了计算机和用户之间的"地址"翻译问题。

3.1.2 Internet 中常用的术语

Internet 采用的 TCP/IP 包含了一系列的标准服务和协议,其相关知识如下:

1. 超文本标记语言 HTML(Hyper Text Markup Language)、静态与动态网页

① 早期的 WWW 服务器中的文档是通过 HTML 超文本标记语言来描述的。因此,WWW 文档又被称为 HTML 文档,通常以".html"或".htm"为网页文件扩展名。

HTML 是一种专门的编程语言,用于编制要通过 WWW 网站显示的超文本文件的页面。HTML 对文件显示的具体格式进行了详细的规定和描述。当浏览器读取 HTML 文件时,就会按照给出的命令去组成一个完整的页面。

② 静态网页:是指没有经过应用程序,而直接或间接制作成的.html 网页。这种网页的内容是固定的,修改和更新都必须要通过专用的网页制作工具,如 Dreamweaver 或 Frontpage 等。因此,只要修改了静态网页,哪怕是一个字符或一个图片,都要用重新上传的新网页来覆盖原来的页面。由此可见,维护静态网站的工作量是很大的。但静态网页并不是指网页上没有动画效果。

③ 动态网页:是指经过应用程序,即由网页脚本语言,如 PHP、ASP、ASP. NET、JSP 等编写的程序自动生成的网页。动态网页将网站的内容动态地存储到数据库,用户访问网站时,通过读取数据库来自动生成动态网页,因此,可以极大地减少工作量。在实现动态网页时,需要编写服务器端和客户机端的动态网页。动态网页应具有的 3 个特点如下:

- 交互性:是指网页能够根据用户的要求和选择而动态进行改变和响应。例如,网上购物时,用户在网页上在线填写表单;提交信息,经服务器的处理,将表单信息自动存储到后台数据库中,并显示出相应的订单页面。
- 自动更新:是指无须手动操作,便会自动生成新的页面。例如,在淘宝论坛中,发布信息后,其后台的服务器将自动生成相应的论坛新网页。
- 随机性:是指不同的用户、在不同的时间中访问同一网址时,会产生不同的页面效果,例如,在不同时间访问淘宝网时,会产生不同(时间、购物状态)访问页面。

2. 超文本传输协议(Hyper Text Transfer Protocol,HTTP)

超文本传输协议 HTTP 是一种简单的通信协议,也是 WWW 上用于发布信息的主要协议。用户通过该协议,可以在网络上查询文件,而上述文件中又包含了用户可以实现进一步查询的多个链接。

3. 环球信息网(World Wide Web,WWW)

WWW 简称 Web,也被称做"万维网"。这是因为万维网是由许多 Web 站点构成的,每个站点又由许多 Web 页面构成;每个 Web 站点的起始页叫做"主页"(Home Page)。WWW 通过超文本链接功能将文本、图像、声音和 Internet 上各种资源对象紧密地结合在一起,并存储在 Web 服务器上。用户通过浏览器对分布在全球的服务器进行查询、搜索和访问。在浏览器的超文本链接中,用户只须用鼠标单击链接处,即可链接到另一处地理位置、页面完全不同的 Internet 资源中。链接的目标可以是同一服务器的当前 WWW 页面,也可以是 Internet 上的任何一处页面。

4. 主页和网页超级链接

(1) 网页和主页(Home Page 和 Web Page)的构成

Web 上的所有页面都被称为"网页",也称为 Web 页面。如果把 Web 看做是图书馆,则 Web 站点就是一本书,而每一个 Web 页面就是书中的一页;而主页就是书的封面。当人们访问某一个 Web 站点时,看到的第一个页面就是站点的主页(首页),而其他的页面则被称为"网页"。网页由 4 种基本元素组成,它们是文本(text)、图像(image)、表格(table),以及超级链接。

(2) 超级链接、超文本和超媒体

① 超级链接(hyperlink):简称为超链接。超链接就是已嵌入 Web 地址的文字、表格、图形等对象。超链接是 HTML 中的重要元素之一,它用来连接各种 HTML 元素和其他网页。

② 超文本(hypertext):是指具有超级链接功能的文件。通过超文本上的超级链接,可以跳转至存在的其他位置。这些位置可包括硬盘上的其他文件(如 Microsoft Word 文档或 Excel 工作表)、因特网或局域网、Internet 地址(如 http://www.microsoft.com)、书签或幻灯片。"超链接"的作用域为所提示的文字,一般为蓝色并带下划线,用户单击"超链接"处,就可以跳转至其指定的位置。编辑超文本时,单击"插入"菜单中的"超级链接"命令,即可插入超链接。

③ 超媒体(hypermedia):就是包含文字(text)、影像(movie)、图片(image)、动画(animation)、声音(audio)等多种信息的文件。

(3) 浏览器与网页浏览

浏览器(Browser)是指安装在计算机上,用来显示指定文件的程序,常用的浏览器有微软的"Internet Explorer"(即 IE)和 Netscape 公司的"Navigator"。

5. 统一资源定位器(Uniform Resource Locator,URL)

(1) URL 用来表示 Internet 或 Web 的地址

URL 是英文 Uniform Resource Locator 的缩写,它的中文名称是"统一资源定位器"。每个 Web 页面,包括 Web 节点的网页,均具有唯一的存放地址,这就是统一资源定位器 URL。这是一种用于表示 Internet 上信息资源地址的统一格式。通俗地说,URL 可以用来指定某个信息所在的位置和使用方式。URL 不但指定了存储页面的计算机名、确切路径,而且还给出了此页面的存取方式。

(2) 标准的 URL 的组成

① 协议名。协议是使计算机之间能交换信息的一组规则和标准。

② 站点的位置。

③ 负责维护该站点的组织的名称。

④ 标识组织类型的后缀。例如,".com"表示商业组织等。

⑤ 有时,URL 除了上述信息之外还提供服务器接入时的通信端口号码。

(3) URL 的标准语法形式

可以用下列形式表示:

<协议>://<信息资源地址>[:网络端口/<文件路径>]

注:[]内的内容可以缺省,即使用系统的默认值。上述各项的解释如下所述:

• 协议:表示服务器所使用的通信协议。在 Internet 中,常用的通信协议及其定义如表 3-1 所示。

表 3-1　常见应用层协议对应的服务器、服务与公认端口号

应用层协议名称		访问的服务器	提供的服务	公认端口号
HTTP	超文本传输协议	Web 服务器	信息的发布与浏览服务	80
FTP	文件传输协议	FTP 服务器	文件的上传/下载服务	21
SNMP	简单网络管理协议	支持 SNMP 的网络设备	提供网络管理服务	161/162
POP	邮局协议	POP 服务器	邮件客户端与服务器间接收邮件的协议	110
SMTP	简单邮件传输协议	SMTP 服务器及邮件服务器之间	邮件服务器之间传递邮件的服务;邮件客户端与 SMTP 服务器之间发送邮件的协议	25
DNS	域名解析服务协议	DNS 服务器	域名和 IP 地址之间的解析服务	53
News	网络新闻传输协议	Usenet 服务器	网络新闻组访问服务	119
Telnet	远程终端登录协议	Telnet 服务器	远程终端的登录服务	23

- 信息资源地址：是指存放文件的主机地址，也叫域名，此处也可以直接输入该主机的 IP 地址。它指明了这台主机所处的国家、网络和计算机的地址。
- 网络端口：表示服务使用的通信端口编号，TCP/IP 为不同类型的服务进程，分配了不同的端口编号。
- 文件路径：根据查询的不同，在 URL 中，这一部分有时可以没有。如果需要指定文件路径，则应指出存放文件的地址和文件名。

例如，在 IE 浏览器的 URL 地址栏中输入如下信息：

"http://news.sohu.com/14/33/news147583314.shtml"，各信息的意义如下：

- "http://"：表示使用超文本传输协议查询信息。
- "news.sohu.com"：表示了 sohu 网站主机的域名。
- "/14/33/news147583314.shtml"：表示了该网站的新闻主页在主机上的路径和文件的具体名称。

6. Internet 服务提供者（Internet Service Provider，ISP）

对于各级网络用户来说，ISP 提供 Internet 的服务商，如网通的 ADSL 宽带服务；因此，也是各级网络用户需要首先确定的因素。ISP 通常都是需要付费的，在符合速率或带宽要求的前提下，应当尽量选择性能稳定、性能价格比高、售后服务好的 ISP。

3.2　Internet 的网络结构与组成

下面将介绍因特网的结构、组成及我国的骨干网资源。

3.2.1　Internet 的组成结构

Internet 是多层次网络结构，在美国、中国等许多国家的 Internet 都划分为 3 层网络

结构。

1. Internet 的 3 层网络结构

① 主干网：是 Internet 的基础和支柱，一般由政府提供的多个主干网络互连而成。
② 中间层网：由地区网络和商业网络构成。
③ 低层网：主要由基层的大学、企业等网络构成。

2. Internet 的硬件结构

Internet 的结构如图 3-1 所示，根据 Internet 的定义，它是由分布在世界各地的、各种不同规模、不同物理网络技术通过路由器等网络互连设备组成的大型综合信息网络。

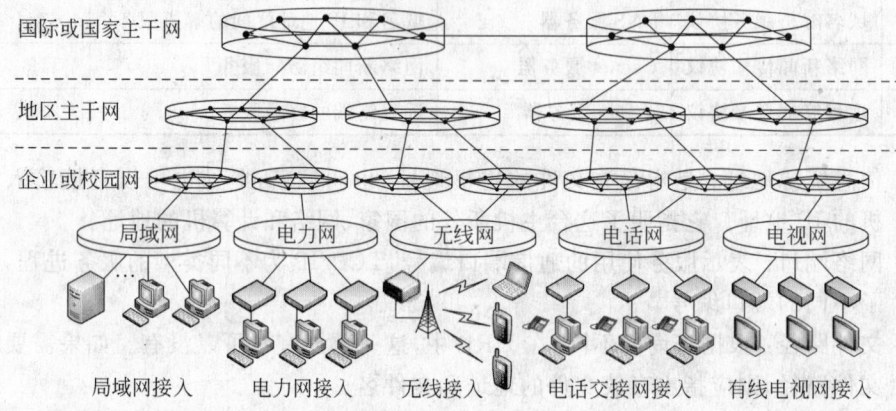

图 3-1　Internet 的基本结构示意图

3. Internet 的组成

如图 3-1 所示，Internet 由通信网络、通信线路、路由器、主机等硬件，以及分布在主机内的软件和信息资源组成。

① 通信网络：分布在世界各地，主要指局域网、主机接入 Internet 时能够使用的各种广域网，如 X.25、帧中继、DDN、ISDN、ADSL 等。

② 通信线路：主要指主机、局域网接入广域网的线路，以及局域网本身的连接介质。

③ 路由器：是指连接世界各地局域网和 Internet 的互连设备。由于 Internet 是分布在世界各地的复杂网络，在信息浏览时，目的主机和源主机之间的可能路径会有多条，因此，路由器的路选功能是 Internet 中必不可少的。所以，路由器是使用最多的局域网与通信网络或局域网和 Internet 的连接设备。

④ 主机：不但是资源子网的主要成员，也是 Internet 上各节点的主要设备。主机不但起着数据处理的任务，还是 Internet 上分布信息资源的载体，以及各种服务的提供者。主机的硬件可以是用户的普通微型计算机，也可以是从小型计算机到大型计算机的各类计算机系统。此外，根据作用不同，主机还可以分为服务器或客户机。

⑤ 信息资源：Internet 不但为广大互联网用户提供了便利的交流手段，更是一座丰

富的信息资源宝库。它的信息资源可以是文本、图像、声音、视频等多种媒体形式,用户通过自己的浏览器(如 IE)以及分布在世界各地的 WWW 服务器来检索和使用这些信息资源。随着 Internet 的普及,信息资源的发布和访问已经成为局域网和个人微型计算机必须考虑和解决的首要问题之一。

3.2.2 CHINANET——中国的主干网

在中国的骨干网中,CHINANET 是国际 Internet 在中国的延伸。它是中国最主要的主干网,占据了我国国际出入口总带宽的 80% 以上。无论是个人还是局域网用户,大多数都是通过 CHINANET 来使用 Internet 的。

1. CHINANET 的组成

CHINANET 由中国分组交换网(ChinaPAC)、中国公共数字网(ChinaDDN)、中国帧中继网(ChinaFM)、市话交换网(PSTN)和中国公用电子信息系统(ChinaMAIL)等网络互连而成。

2. CHINANET 的结构

① CHINANET 基本结构:由核心层和区域组成骨干网。
② CHINANET 核心层:由全国 8 大区中心节点构成,负责提供国际出入口、核心节点间的接入端口及中继电路。
③ CHINANET 接入层:由各省内的网络组成。
④ CHINANET 网管中心:负责 CHINANET 骨干网的管理。

3. CHINANET 的基础设施

CHINANET 的基础设施由公用分组交换网、公用数字数据网和公用帧中继宽带业务网的基础设施组成。

4. CHINANET 提供的服务

① CHINANET 提供的个人通信:电子邮件 E-mail、网络交谈 Talk 和网络聊天 Chat。
② CHINANET 提供的远程访问:远程登录 Telnet、文件传输 FTP。
③ CHINANET 提供的信息服务:WWW、Usenet、Gopher 等。

3.3 Internet 的管理机构

由于 Internet 是不为任何国家和部门所有的世界范围的公用网络,因此,没有一个绝对权威的管理机构。Internet 只是一个通过统一协议和互连设备连接起来,遵守共同规则的联合体,它的管理机构是 Internet 协会,这是一个由各国志愿者组成的团体。Internet 的国际和国内主要组织如下:

1. Internet 体系结构委员会（IAB）

IAB 的职责是制定 Internet 的技术标准、制定并发布 Internet 工作文件、制定 Internet 技术的发展规划，并进行 Internet 技术的国际协调工作。该委员会的工程任务组（IETF）负责 Internet 的技术管理工作；而研究任务组（IRTF）负责 Internet 的技术发展工作。

2. Internet 网络运行中心（NOC）

NOC 负责保证 Internet 的日常运行工作，以及监督 Internet 相关活动等工作。

3. Internet 网络信息中心（NIC）

NIC 为 Internet 代理服务商及广大用户提供信息支持。

4. 中国的 Internet 组织（CNNIC）

中国 Internet 最著名的组织就是中国互联网络信息中心，其英文缩写为 CNNIC。

在 1997 年 6 月 3 日，受国务院信息化工作领导小组办公室的委托，中国科学院在中国科学院计算机网络信息中心，组建起了中国互联网络信息中心 CNNIC，并行使国家互联网络信息中心的职责。目前 CNNIC 的主要成员是国内专家，以及国内的五大互联网，其主要职责如下：

① 向我国的国际互联网用户提供域名注册、IP 地址分配等项服务。

② 向我国的互联网用户提供政策法规、网络技术资料、入网方法、用户培训资料等 Internet 方面的信息服务。

③ 向我国的互联网用户提供网络通信目录、主页目录与各种信息库的目录服务。

3.4　Internet 提供的主要资源和服务

目前，Internet 已经成为人们生活中不可缺失的网络；另外，大家接触的局域网大都是使用 Internet 技术的网络；因此，我们应当十分熟悉 Internet 中的各种资源和服务。

3.4.1　Internet 的主要资源

Internet 作为一个整体，给使用者提供了越来越完善的信息服务。信息是 Internet 上最重要的资源，也是进入 Internet 的人们希望得到的东西。在 Internet 上，大量的信息资源存储在各个具体网络的计算机系统上，所有计算机系统存储的信息组成信息资源的大海洋。所以，对于经常使用 Internet 的用户来说，一个重要的任务就是要积累信息资源的地址。因此，使用 Internet 资源时，应当知道存储信息的资源服务器（或数据库）的地址、访问资源的方式（包括应用工具、进入方式、路径和选择项等）。

应当指出，在 Internet 上有几千万人在从事信息活动，Internet 本身又在急剧的扩展，所以网上的信息资源几乎每天都在增加和更新，重要的是要掌握信息资源的查找方法。另外，由于历史的原因，目前 Internet 上的信息资源主要来自美国，反映其他国家和地区的信息资源相对较少。目前在网上以中文形式存储的信息资源还不多，随着 Internet 在我国的发展，特别是 CHINANET、ChinaGBN、CERnet 和 CSTnet 在国内实现互连，将为中文信息大规模上网提供良好的国内网络环境。

3.4.2 Internet 的主要服务

Internet 是当今世界上最大的资源数据库，它具有最经济、快捷的沟通手段。Internet 能为人们提供的常用服务类型如下：

1. E-mail（Electronic Mail，电子邮件）服务

E-mail 服务向用户提供收发邮件的服务。在客户端使用 SMTP 协议发送邮件，而使用 POP 协议接收邮件。在 Internet 上的邮件服务器之间也使用 SMTP 协议传递信息。电子邮件能够以非常高的速度被发送到世界上任何提供此服务的地方。理论上讲，可以即发即到，也就是说用户的电子邮件可以在瞬间发送到对方的邮件服务器上，在几分钟之内传递到收件人手中，而所需要的费用却是极其低廉的。

2. WWW（World Wide Web，万维网）的信息浏览和访问服务

WWW 服务器的简称是 Web，又称为网站，用户通过浏览器和 HTTP（超文本传输协议）访问网站。在 WWW 创建之前，几乎所有的信息发布都是通过 E-mail、FTP 和 Telnet 等服务器。由于 Internet 上的信息无规律地分布在世界各处，因此除非准确地知道所需信息资源的位置（地址），否则将无法对信息进行搜索。

Web 服务器（网站）的创建巧妙地解决了 Internet 上信息的发布与传递的问题，它提供了一种交互式的查询方式。通过超文本链接的功能将文本、图像、声音和其他 Internet 上的资源紧密地结合起来，并显示在浏览器上。在超文本链接中，用户用鼠标单击链接处，就可以链接到另一处地理位置、页面完全不同的 Internet 资源中。链接的目标可以是同一服务器的当前 WWW 页面，也可以是 Internet 上的任何一处页面。这样，人们通过各自的浏览器及 HTTP 即可访问分布在世界各地的 Web 服务器，从而轻松地浏览到五彩缤纷的因特网世界。因此，人们可以在最短的时间内了解到最新的新闻、技术、时尚和产品等一切最新鲜的事物。

3. FTP（File Transfer Protocol，文件传输协议）服务

FTP 服务器提供文件的上传和下载服务，客户机访问 FTP 服务器使用 FTP 协议。Internet 是一座装满了各式各样文件的宝库，其中有许多免费或共享的软件，如图形、声音、图像、动画与视频文件；当然还有各种格式的信息库、书籍和参考资料。对于上述资源，用户可以采用多种办法传输到本地计算机上，其中最常见的办法就是通过 FTP。通过 FTP 服务器的服务，人们坐在家中即可查阅和下载分布在世界各地的共享资源，如访问美国国家图书馆里的资料。通过 Internet 的 FTP 服务，大量的资源可以被迅速地传递，这是传统手段无法比拟和实现的。

4. Telnet(Remote Login,远程登录)服务

Telnet 是用于远程连接服务的标准协议或者实现此协议的软件,也是 Internet 中提供的基本信息服务之一。远程登录是在网络通信协议的支持下,使本地计算机暂时成为远程计算机仿真终端的过程。因此,使用 Telnet 程序,用户可以远程登录到 Internet 上的另一台计算机上。此时,该用户的计算机就仿佛成为所登录计算机的一个终端,从而可以远程访问异地计算机中的资源,例如,从美国可以远程登录到中国国内的局域网,并使用其中的数据和磁盘等资源。Telnet 提供了大量的命令,这些命令可用于建立终端与远程主机的交互式对话,可使本地用户执行远程主机的命令。

5. BBS(Bulletin Board System,电子公告板系统)服务

BBS 是 Internet 上著名的信息服务系统之一,发展非常迅速,几乎遍及整个 Internet,因为它提供的信息服务涉及的主题相当广泛,如科学研究,时事评论等各个方面,世界各地的人们可以开展讨论,交流思想,寻求帮助。各个 BBS 站为用户开辟一块展示"公告"信息的公用存储空间作为"公告板"。

6. Usenet(新闻组网络)服务

Usenet 又称新闻组网络,它是众多专题讨论组的总称。Usenet 是一个基于网络的计算机组合,这些计算机可以交换以一个或多个可识别标签标识的文章。

Usenet 与 BBS 的功能相似,人们不但可以向新闻服务器张贴邮件,新闻服务器还会转发这些邮件。这样,张贴的邮件就可能被许多人阅读。因此,也可以把新闻组看做是一个巨大的电子论坛。综上,Usenet 与传统意义上的"新闻"的含义并不相同。

7. EC/EB(Electronic Commerce/Electronic Business,电子商务)服务

电子商务的概念有广义和狭义之分。狭义的电子商务主要是指利用因特网(Internet)进行的商务活动;而广义的电子商务指所有利用电子工具从事的商务活动,如市场分析、客户联系、物资调配等。这些商务活动可以发生于公司内部、公司之间及公司与客户之间。

电子商务系统由软件、硬件系统和通信网络 3 个要素组成。它作为一种新的商务形式具有的明显特征有:商务性、低成本、电子化、服务性、集成性、可扩展性、安全性等。人们把主要基于因特网的商务活动称为现代电子商务。现代电子商务已成为人们不可缺少的一项服务,越来越多的人通过 Internet 进行各种商务活动,例如,银行转账、网上书店、网上商店、网上购票,以及各种各样的网上服务。从各国的 Internet 发展状况来看,电子商务是计算机网络高速发展的产物。这是因为电子商务一般要求网络支持多种媒体,如视频、音频、文字、图像;此外,网络的电子支付还要求更高的安全性能。

上面列举的各种服务的前 5 项为 Internet 的 5 大基本服务;除此之外,还有网络游戏、视频会议、IP 电话、即时通信等更多的不断涌现和推陈出新的基于 Internet 的服务。

3.5 Internet 信息服务

为了适应目前互联网发展的潮流,各公司纷纷推出自己的产品,微软也不例外。在微软推出的一系列应用产品和开发工具中,有许多是免费提供给用户使用的,从而占有了很大的市场份额。在 Windows 中,实现 Internet 信息服务的系统为 IIS,使用这个产品可以实现 Intranet(使用 Internet 技术的私有网络)上的信息与应用程序服务;其中包括网站服务、FTP 文件传输服务、SMTP 简单邮件传输服务、NNTP 网络新闻传输服务。

1. IIS(Internet Information Server,Internet 信息服务器)

Internet 信息服务器是 Windows 应用程序服务器的重要支撑平台,它可以为广大的互联网用户提供集成化的、可靠的、安全的、易于管理的多种服务器的管理平台和解决方案。如 Windows Server 2003/2008 通过 ASP. NET 与 IIS 的集成提供了增强的开发环境。ASP. NET 不但能够识别大多数的 ASP 代码,还可以用来创建企业级的 Web 应用程序;此外,IIS 还在不断推出新的 Web 标准,如 XML、SOAP 和 Internet 新的协议版本。IIS 已经成为大多数应用程序的开发与运营的支撑平台。

2. IIS 的工作过程

IIS 中的各种服务(Web、FTP、SMTP、NNTP)子系统基本上都采用了基于"客户/服务器"(C/S)模式的服务请求和响应模式;如在网络客户端,用户通过 Web 浏览器(如 IE),以 URL 方式提交对 Web 服务器的服务请求信息;Web 服务器则返回超文本标记语言(HTML)方式页面,并通过浏览器将返回的响应传递给客户。

3.5.1 网站系统

互联网中,应用最多的是 Web 网站服务。Web 网站系统采用 B/S 工作模式,即由用户端的浏览器(Browser)和分布在不同地理位置的网站服务器(Web Server)组成。

1. Web 网站服务

Web 网站为用户在 Internet 上查看文档提供了一个图形化的、易于进入的界面。这些文档及其之间的链接组成了 Web 信息网。网站由 Web 服务器和客户机上的软件组成,服务器上安装 Web 服务器软件,客户端安装浏览器软件;两种软件按照 B/S 模式工作。

(1) Web 服务器

Web 服务器(网站)用于存储 Web 对象;每个 Web 对象可以由 URL 寻址和访问。因此,Web 服务器才能向 Web 浏览器提供信息的查询与浏览服务。

(2) WWW 系统的工作过程

① 启动 Web 客户端程序,即浏览器(又称导航器)。

② 输入以 URL 形式表示的、待查询的 Web 页面地址。

③ 客户程序使用 HTTP 与 Web 网站连通,并告诉 Web 服务器需要浏览的页面。

④ Web 服务器将该页面发送给客户程序,客户程序显示该页面。

在基于 Web 的工作过程中,用户单击任何 Web 页上的链接,均可以实现与其他页面的链接及目标的查询。

2. HTTP(Hyper Text Transfer Protocol,超文本传输协议)

超文本传输协议 HTTP 是一种简单的通信协议,也是 Web 上用于发布和访问信息的主要协议。用户通过 HTTP 提出查询请求,在查询的文件中又包含了实现进一步查询的多个超链接。因此,用户可以只关心要检索的信息,而无须考虑这些信息的存储地址。

为了从 Web 服务器上查询信息,HTTP 定义了简单事务处理的 4 个步骤:

① 客户与 Web 服务器建立连接。

② 客户向 Web 服务器递交请求,在请求中指明所要求的特定文件。

③ 若请求被接纳,则 Web 服务器便发回一个应答。

④ 客户与 Web 服务器结束连接。

3. 主页、网页和 Web

每个 Web(WWW)网站由许多 Web 页面构成,其起始页被称为"主页"(Home Page),其他页面叫做 Web 页面,简称"网页"。如果把 Web 看做是图书馆,则 Web 站点就是一本书,而每一个 Web 页面(即网页)就是书中的一页,主页就是书的封面。

Web 页面由各种对象组成,不同的对象均以文件的方式存在,如 HTML 文档、JPEG(GIF)图形文件、Java 程序等,所有文件通过 URL 地址与基本的 HTML 文件结合在一起。

4. HTML(Hyper text Markup Language,超文本标记语言)

Web 页面中的文档是通过 HTML 超文本标记语言来描述的。Web 文档被称为 HTML 文档,通常以".html"或".htm"为文件扩展名。HTML 是一种专门的编程语言,用于编制要通过 Web 显示的超文本文件的页面。HTML 对文件显示的具体格式进行了详细的规定和描述。它不仅规定了文件的标题、副标题、段落等如何显示,还规定了如何链接其他的超文本文件,以及如何在超文本文件中嵌入图像、声音和动画等。当浏览器读取 HTML 文件时,将按照给出的命令去组成一个完整的页面。

5. 超文本、超级链接和超媒体(Hypertext、Hyperlink、Hypermedia)

Web 网站中发布的文档通常是按 HTML 格式存储的文件;超文本文件通常是带有超级链接的超媒体(多媒体)文件,即除了包含文字、图像、动画和声音外,还包含超链接。

超链接(Hyperlink)是嵌入了 Web 地址的文字、图形或动画等。超链接是 Web 中应用最多的一种技巧,它通过事先定义好的关键字或图形,只要用户的鼠标点击文字或图形,就可以自动跳转到其他 Web 文件。通过这种方式,即可实现不同网页间的任意跳转。

因此,超链接可以使用户方便地从一个 Web 页面跳转到地理位置完全不同的另一个 Web 页。超级链接的表现形式通常是图片、图像和文字。带有超级链接的图片、图像和文字具有带颜色的边界,而且其中的文字带有下划线。由于超级链接处的文本与 Web 页面上的其余文本处的颜色不同,因此,人们通过超级链接处页面颜色的变化,可以很容易地识别页面上的超级链接。当用户把鼠标的指针指向某个超级链接时,鼠标的指示会从三角形的箭头形变成一只手的形状。这时,单击鼠标左键,就可以连接到其他的 Web 页面。这样,通过超级链接,用户可以方便地访问不同的 Web 页面。

超媒体(Hypermedia)就是包含了文字(Text)、影像(Movie)、图片(Image)、动画(Animation)、声音(Audio)等的多媒体文件。

3.5.2 FTP 系统

FTP 服务子系统是应用最多的服务之一。FTP 服务器遵循 TCP/IP 协议组中的 FTP(文件传输协议),并允许用户在 FTP 服务器与本地计算机之间可靠地传输文件。

1. FTP 文件传输协议

FTP 是 TCP/IP 模型中应用层的协议,同时也是用于传输文件的程序名称。早期,几乎所有的文件传输,无论它是通过 FTP 程序,还是通过一些下载的专用软件,大都采用了 FTP 进行传输。FTP 是为 FTP 服务器与客户机之间传输文件专门设计的协议。

2. FTP 的工作原理和术语

FTP 的工作原理与其他许多 Internet 应用层程序一样,也是基于客户/服务器模式的。

在 Internet 中,FTP 服务器一般都能够提供各种各样的信息列表和文件目录,其中有许多可供下载的文件。用户只要安装一个 FTP 客户端程序,就可以访问这些服务器;反之,用户需要时,也可以使用 FTP 的客户程序将个人计算机上的文件上传到 FTP 服务器上。

如图 3-2 所示,把各类远程网络上的文件传输到本地计算机的过程称为"下载"。反之,用户通过 FTP 将自己本地机上的文件传输到远程网络上的某台计算机的过程被称为"上传"。例如,我们说用户从某个共享网站下载软件,或者说将自己的主页上传到某个网站。

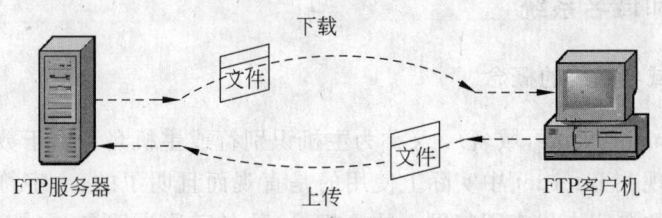

图 3-2 FTP 服务工作模式-客户/服务器

3. FTP 客户端程序

FTP 客户端软件负责接受客户的服务请求,并将许多需要的命令组合起来,负责转换成 FTP 服务器能够理解和接受的命令。因此,软件人员不断开发各种 FTP 客户端程序的目的就在于避免客户使用那些烦琐的 FTP 命令,这也是用户需要选择 FTP 客户端程序的原因。常用的 FTP 客户端程序有 WS_FTP、IE 浏览器、迅雷、网际快车和超级旋风等。

4. FTP 的两个功能

① FTP 可以在两个完全不同的计算机或系统之间传递文件或数据,例如,在大型的 UNIX 主机和微型的 Windows 主机之间传递文件。

② 局域网中的 FTP 服务器可以向用户提供方便、快捷的公用文件的传输服务。

由于上述两大功能使得 FTP 非常有用,因此用好 FTP 也是用好共享文件资源的关键。

FTP 不仅可以用来传送文本文件,也可以传递二进制文件,它包括各种文章、程序、数据、声音和图像等各类型的文件。

5. FTP 服务器与登录账户的类型

在访问 FTP 服务器时,另一个重要的概念就是 FTP 服务器的账户类型。不同类型的账户使用不同类型的"登录账户"进行登录,不同类型的账户可以拥有不同的访问权限。

FTP 服务器及其登录账户主要分为"注册"账户和"匿名(anonymous)"账户两种类型。前者为登录"注册 FTP 服务器"时使用;而后者为登录"匿名 FTP 服务器"时使用,登录匿名 FTP 服务器时使用的是匿名账号。这里所谓的"匿名账户",并非没有账号,而是指该账户的权限很低,只允许有限的访问资源的权限。

3.6 域名系统

在 Internet 或 Intranet 环境中,人们为了进行通信必须知道各自计算机的地址,但是那些枯燥且无意义的 IP 地址是很难记住的,于是出现了容易记忆的主机域名;DNS 服务器则充当了两者之间自动转换的"翻译"。

3.6.1 域名和域名系统

1. 域名和域名系统的概念

① DN(Domain Name,域名):又称为主机识别符或主机名。由于数字型的 IP 地址很难记忆,所以现在 Internet 中实际上使用的是直观而且明了的、由字符串组成的、有规律的、容易记忆的名字来代表因特网上的主机,这种名字称为域名,它是一种更为高级的地址形式,如 www.sina.com 或 www.sohu.com 等。

② DNS(Domain Name System,域名系统):由分布在世界各地的 DNS 服务器组成,担负着将形象的域名翻译为数字型 IP 地址的工作。

2. 域名的层次结构

(1) DNS 的名字

完整的 DNS 名字由不超过 255 个英文字符组成。在 DNS 的域名中,每一层的名字都不得超过 63 个字符,而且在其所在的层必须唯一。这样,才能保证整个域名在世界范围内不会重复。

(2) DNS 名称的树状组织结构

在 Internet 上,整个域名系统数据库类似于计算机中文件系统的结构。整个数据库仿佛是一棵倒立的树,如图 3-3 所示。该树状结构表示出整个域名空间。树的顶部为根节点;树中的每一个节点只代表整个数据库的某一部分,也就是域名系统的域;域还可以进一步划分为子域。每一个域都有一个域名,用于定义它在数据库中的位置。在域名系统中,域名全称是从该域名向上直到根的所有标记组成的串,标记之间由“.”分隔开。

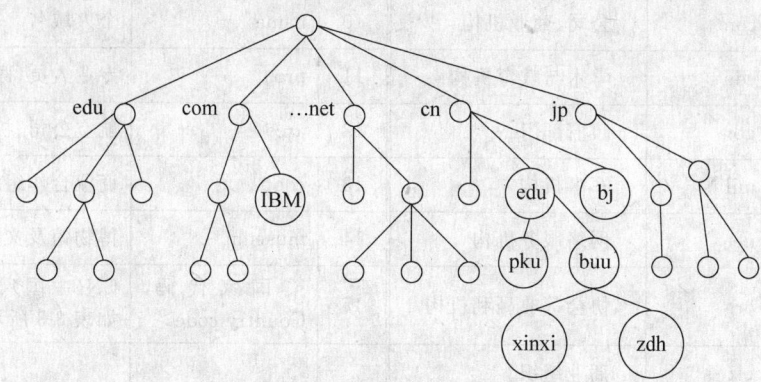

图 3-3　Internet 或 Intranet 的层次型域名系统树状结构示意图

3. DNS 服务器应具有的基本功能

为了完成 DNS 的工作,DNS 服务器必须具有以下基本功能:

① 具有保存了“主机”(即网络上的计算机)对应“IP”地址的数据库,即管理一个或多个区域(Zone)的数据。

② 可以接受 DNS 客户机提出的“主机名称”对应 IP 地址的查询请求。

③ 查询所请求的数据,若不在本服务器中,能够自动向其他“DNS 服务器”查询。

④ 向 DNS 客户机提供其“主机名称”对应的 IP 地址的查询结果。

3.6.2　互连网络的域名规定

1. 根网域(Root Domain,根域)

如图 3-3 所示,根域位于该结构的顶部。根域是名称空间的顶层网域,它代表整个

Internet 或 Intranet。根名为空标记"/",但在文本格式中被写成"."。根域由多台 DNS 服务器组成。根域由多个机构进行管理,其中最著名的有 InterNIC,为 Internet 网络信息中心的英文缩写,负责整个域名空间和域名登录的授权管理,它由分布在各地的子机构组成,例如中国的域名管理机构为 CNNIC。

2. 第一级域(Top-level Domain,顶级域)名

根域下面的域就是第一级域,即顶级域。该层由多个组织机构组成,包含多台 DNS 服务器,并进行分别的管理。负责一级域名管理的著名机构是 IAHC,即 Internet 国际特别委员会,它在全世界 7 个大区,选择了不超过 28 个注册中心来接受如表 3-2 所示的通用型第一级域名的注册申请工作。

表 3-2　Internet 第一级域名的代码及意义

序号	域名代码	适用机构	序号	域名代码	适用机构
1	ac	学术单位	9	info	信息服务机构
2	com	公司、商业机构	10	name	个人域名
3	edu	学术与教育机构	11	pro	专业人员(医生、律师)
4	gov	政府部门	12	areo	航空公司、机场
5	mil	军事机构	13	coop	商业合作组织
6	net	网络服务机构	14	museum	博物馆及文化遗产组织
7	org	协会等非赢利机构	15	<国家代码, Country code>	CN(中国)、JP(日本), 如表 3-3 所示
8	biz	商业组织			

由表 3-2 可以看出,前面 14 个域名对应于组织模式,第 15 个域名对应于地理模式(在主机名中,大小写字母等价)。组织模式是按组织管理的层次结构划分所产生的组织型域名,由 3 个字母组成。而地理模式则是按国别地理区域划分所产生的地理型域名,这类域名是世界各国和地区的名称,并且规定由两个字母组成,例如,"cn"和"CN"都表示中国,如表 3-3 所示。

3. 第二级域名

在顶级域名的下面可以细化为多个子域,由分布在各地的 InterNIC 子机构负责管理。第二级域名由长度不定的字符组成,该名字必须是唯一的,因此,在使用前必须向 InterNIC 子机构注册。例如,当用户需要使用顶级域名 cn 下面的第二级域名时,就应当向中国的域名管理机构为 CNNIC 提出申请,如 cn 下面的 edu、com、bj、hb 等。由此可见,第二级域名的名字空间的划分是基于"组名"(Group Name)的,它在各个网点内,又分出了若干个"管理组"(Administrative Group)。

表 3-3　第一级域名中国家或地区的部分代码

地 区 代 码	国家或地区	地 区 代 码	国家或地区
AR	阿根廷	IT	意大利
AU	澳大利亚	JP	日本
AT	奥地利	KR	韩国
BE	比利时	MO	中国澳门
BR	巴西	MY	马来西亚
CA	加拿大	MX	墨西哥
CL	智利	NL	荷兰
CN	中国	NZ	新西兰
CU	古巴	NO	挪威
DK	丹麦	PT	葡萄牙
EG	埃及	RU	俄罗斯
FI	苏兰	SG	新加坡
FR	法国	EA	南非
DE	德国	ES	西班牙
GL	希腊	SE	瑞典
HK	中国香港	CH	瑞士
ID	印度尼西亚	TW	中国台湾
IE	爱尔兰	TH	泰国
IL	以色列	UK	英国
IN	印度	US	美国

4. 子域（subdomain）名

第三级以下的域名被称为子域名，对于一个已经登记注册的域名来说，可以在申请到的组名下面添加子域，子域下面还可以划分任意多个低层子域，例如 edu. cn 中的 tsinghua、buu 等，这些子域的名称又称为"本地名"。

5. 主机名（Host Name）

主机名位于整个域名的最左边，一个主机名标志着网络上的某一台计算机，例如域名中的"www"通常用来标识某个子域中的 WWW 服务器，"ftp"常常用来标识文件服务器。

6. 完整域名的组成

一般情况下，一个完整而通用的层次型主机名（即域名）由如下 3 部分组成：

本地名.组名.网点名

由于在子域前面还有主机名,因而最终的层次型主机名可表示为:

主机名.本地名.组名.网点名

在 Internet 中,主机域名是不能够随意使用的,但是,在一个 Intranet 上使用的域名则可以不受约束,因此,在每个子域的内部,其名称是可以随便设置的。

例如,北京联合大学信息学院的域控制器的 DNS 域名是 www. xinxi. buu. edu. cn,自右向左,第一级域名是 cn,即中国;第二级域名是 edu,即中国的教育机构;作为 edu 的一个子域是 buu,代表北京联合大学;而其后的下一级子域名为"xinxi",表示该学校下面的信息学院;最左边的主机名为"www",是服务器的计算机名。假定该主机对应的 IP 地址是"202. 204. 224. 4"。在 Internet 上访问该系统时,既可以使用上述的主机名或域名,也可以使用它的 IP 地址。通常,五级以上的域名(含主机名)是很少见的。

综上,IP 地址、域名(DN)和域名系统(DNS)担负着因特网上计算机主机的唯一定位工作。在 Internet 或 Intranet 环境中,人们为了进行通信必须知道各自主机的地址。

3.6.3 Internet 的域名管理机构

1. Internet 的国际域名管理机构

Internet 的国际域名管理机构是国际互联网络信息中心(InterNIC),该组织为所有通过 Internet 互联的用户进行服务。

2. Internet 的中国域名管理机构

由于 Internet 具有庞大的规模,以及多种语言,因此,各国纷纷设立自己国家一级的互连网络信息中心,以便为本国的互连网络用户提供更及时和方便的服务。为了适应我国互连网络的发展,受国务院信息化工作领导小组办公室的委托,中国科学院在中国科学院计算机网络信息中心的基础上组建了 CNNIC,并行使国家互联网络信息中心的职责。

① 名称:CNNIC 的中文名称是中国互联网络信息中心,其英文全称为"China Network Information Center"。

② 成员:CNNIC 由国内知名的专家和国内的几大互连网络,如中国公用计算机互联网 CHINANET、中国教育和科研计算机网 CERnet、中国科学技术网 CSTnet 和中国金桥网 ChinaGBN 等组织的代表组成。

③ 主要作用:CNNIC 的主要业务之一,就是进行域名的注册服务,CNNIC 对域名的管理严格遵循《中国互联网络域名注册暂行管理办法》和《中国互联网络域名注册实施细则》的规定。CNNIC 是一个非赢利性管理和服务机构,负责对我国互连网络的发展、方针、政策及管理提出建议,协助国务院信息办实施对中国互连网络的管理。

3.6.4 域名解析

Internet 利用地址解析的方法将用户使用的域名方式的地址解析为最终的物理地

址,中间经历了两层的解析工作。

1. 域名与 IP 地址之间的解析

Internet 或 Intranet 中 DNS 系统的域名解析包括正向解析,即从域名到 IP 地址;以及逆向解析,即从 IP 地址到域名两个过程。例如,正向解析将用户习惯使用的域名(如 www.sina.com)解析为其对应的 IP 地址;反向解析将 IP 地址解析为域名。

2. IP 地址与物理地址之间的解析

Internet 利用 IP 地址统一了各自为政的物理地址;然而,这种统一表现在自 IP 层以上使用了统一格式的 IP 地址,而将设备真正的物理地址隐藏了起来。实际上,各种物理地址并未改动,在物理网络的内部仍然使用各自原来的物理地址。由于物理网络的多样性,决定了网络物理地址的五花八门。因此,在使用 Internet 技术的网络中必然存在着两种地址,即 IP 地址和各种物理网络的物理地址。若想把这两种地址统一起来,就必须建立两者之间的映射关系。这种地址之间的映射就称为"地址解析(resolution)",前面所说的正向地址解析(ARP)协议和逆向地址解析(RARP)协议正是 TCP/IP 中完成 IP 地址与物理地址解析的具体协议。

从 IP 地址到域名或者从域名到 IP 地址的解析是由域名服务系统的 DNS 服务器完成的。通常,DNS 提供的集中在线数据库,会把主机的域名解析成相应的 IP 地址。主机的域名比 IP 地址容易记忆,因此,更便于用户访问 Internet 上的主机。

域名系统是一个分布式的主机信息数据库,采用客户机/服务器模式。当一个应用程序要求把一个主机域名转换成 IP 地址时,该应用程序就成为域名系统 DNS 中的一个客户。该应用程序需要与域名服务器建立连接,把主机名传送给域名服务器,域名服务器经过查找,把主机的 IP 地址回送给应用程序。

计算机名字的查找过程完全是自动的,即 Internet 上的计算机只需要知道本地域名服务器的地址即可。至于查找远程计算机 IP 地址的工作,DNS 服务器将会自动完成。

3.7 Internet 中的主流下载技术与方法

从互联网下载各种资源是 Internet 中最重要的和不可缺少的应用。因此,互联网用户应当十分熟悉 Internet 中的主流下载技术,并熟练掌握常用的下载方法。

3.7.1 Internet 中的主流下载技术

当前,从互联网上下载文件流行的技术方式主要有 4 种:FTP 下载、HTTP 下载、P2P 下载和 Usenet 下载。下面仅对主流下载技术做如下简要介绍。

1. HTTP(超文本传输协议)下载技术

HTTP 是一种从 Web 服务器下载超文本到本地浏览器的一种传输协议。由于 Web

网站的迅速普及,因此,HTTP下载是最常用、最方便的一种下载方式,也是初级网络用户使用最多的一种下载方式。其特点仅做如下简单介绍。

(1) 优点

① 用户在浏览器中可以随时、随地地选择 Web 服务器网页上的图片、html 文件、软件、歌曲、音乐、压缩文件等资料下载。

② 用户条件:只需要使用操作系统内置的浏览器,如 IE 浏览器;不需要再下载和安装其他软件就能下载文件。

③ 操作简单、通用性好、适用性强。

(2) 缺点

① HTTP 下载时的技术简单,因此,下载速度慢。

② 由于 HTTP 下载时,不支持断点续传,因此只适合下载体积较小的文件,如普通的图片、文档;而不适用于传输或下载尺寸大的文件,如视频文件。

2. Usenet 下载技术

Usenet 实际上是专题新闻的讨论组,也是 Internet 上信息传播的一个重要组成部分。

(1) 功能

Usenet 是 Internet 上一种高效率的交流方式。网络新闻组服务器通过 Internet 向用户提供服务。网络新闻组服务器通常是由个人或公司进行管理。在互联网中,分布在世界各地的新闻组服务器,管理着各种主题的成千上万个不同的网络新闻组。

Usenet 除了提供新闻讨论外,另一个重要功能就是提供资源下载,如软件和电影资源的下载。在 Usenet 中,提供了数不清的资源以供下载,并且以每日数以千 GB 的速度增长着。

(2) 资源下载的位置

在互联网的 Usenet 中,所有文件,包括那些正常的发言和讨论,都包括在讨论组(groups)里,因此,Usenet 又被称为"新闻组"(newsgroup)。每个新闻组都有一个唯一的域名地址,如 alt. binaries. dvd 或 alt. binaries. mp3,前者可以下载 DVD 文件,后者可以下载 mp3 文件。

(3) Usenet 的特点

① 优点:

• 下载速度快,不暴露隐私、安全性好是 Usenet 最重要的优点,也是用户下载文件的最大需求。

• Usenet 中的资源涉及的范围、数量、类型都是其他下载方法不可比拟的;因此,在 Usenet 中用户可以获得许多其他下载方式无法获得的资源。

• 节省时间,在 Usenet 中,一次搜索就能获得用户需要的资料,而不必使用 Google 搜索引擎在互联网的信息海洋中逐一寻找,因此,极大地缩短了下载的时间。

• 可以找到各种题材的电影,如免费下载最新的大片。

② 缺点：

• 在中国的应用不够普及的一个重要原因是其提供的资源大多数是英文（或其他语言）的，所以要求用户具有一定的英文（外语）水平。

• 大部分 Usenet 服务提供的下载资源都是收费的。

（4）适合人群

① 咨询公司：可以找到需要行业的最新信息，如统计资料和电子书。

② 技术和管理人员：方便全球同行间的交流，获得免费海量最新技术电子书。

③ 电影爱好者：可以获得国外最新电影、电视剧、动画片等最新影视作品。

④ 音乐爱好者：方便获得各种流行、古典、当代和轻音乐等音乐作品。

⑤ 学习外语：因为大部分为英文方式，可以获得大量英文学习资料。

（5）Usenet 的资源下载要点

Usenet 资源的下载主要有以下 3 步：

① 打开浏览器输入：http://www.twinplan.de/AF_TP/MediaServer/UsenextClient；下载 Usenet 的客户端软件。

② 安装下载的软件，即可直接浏览或搜索自己要下载的资料。

③ 按照系统提示，获得免费账号，通常要求提供 E-mail 地址。

3. P2S（FTP 协议）下载技术

P2S 下载技术的原型是 C/S 客户端对服务器技术。早期专指 FTP 客户端对其服务器的下载，当前统指客户端（多点）对服务器（一点）的下载方式，这种下载方式具有稳定、安全的特点。

文件传输协议 FTP 是 Internet 传统的服务之一。在 Internet 和 Intranet（企业内联网）中，经常将网络中要共享的文件或数据资源集中存储在 FTP 服务器上，以供分布在各地的网络客户使用。FTP 是 Internet 传递文件最主要的方法，用户使用"FTP 文件传输协议"下载，通常使用匿名账户（Anonymous）用户名登录 FTP 服务器后，即可获取 FTP 服务器中的丰富资源。此外，FTP 服务器也可以提供非匿名用户登录、目录查询、文件操作及其他会话控制功能。

分布在世界各地或局域网内的网络客户，通常需要安装专用的 FTP 客户端程序；在连接到 FTP 服务器后，才能通过 FTP 下载感兴趣的文件资源。当 FTP 服务器允许时，还可以上传自己的程序、网页或文件。

4. P2P 下载技术

P2P 是 Peer to Peer 的英文缩写，其中文名称是"点对点"。P2P 是一种用户下载的协议或模式。这种技术是指多点对多点之间的传输、下载技术。支持这种技术的客户端软件，可以在一点上，从多个在线的客户端上，以 P2P 方式快速下载资源。传统的 P2P 方式进行的 BT 下载具有不稳定、不安全等缺点。当今，中国流行的下载工具软件大都支持改善了的 P2P 协议，其应用技术代表如下：

① BT：是一种互联网上新兴的 P2P 传输协议，其英文全名为 BitTorrent，中文全称为"比特流"。BT 采用了多目标的共享下载方式，使得客户端的下载速度可以随着下载用户数量的增加而不断提高，因此 BT 技术特别适合大型媒体文件的共享与下载。

② 多源文件传输协议：其英文全称是 the Multisource File Transfer Protocol，英文缩写是 MFTP。该协议是由 eDonkey（电驴）公司的 Jed McCaleb 于 2000 年创立的。其原理是通过检索分段，达到从多个用户那里下载文件的目的。最后，再将下载的文件片断拼成一个整个的文件。任何一个用户只要得到了一个文件的片断，系统就会立即将这个片断共享给网络上的其他用户；当然，通过选项的设置，用户可以对上传的速度做一些控制，然而，却无法关闭上传的操作；而且贡献越多，获得的下载速度就越大。

5. P2SP 下载技术

P2SP 是英文 Peer to Server&Peer 的缩写，其中文名称是"点对服务器和点"。P2SP 是指用户对服务器和用户的综合下载方式。

P2SP 是一种用户下载的协议或模式。P2SP 的出现使用户有了更好的选择，该协议不但可以涵盖 P2P，还多包含了一个"S（服务器）"。P2SP 通过多媒体检索数据库，将原本孤立的服务器及其镜像资源，以及 P2P 资源有效地整合到一起。

P2SP 技术与传统的 P2S，以及单纯的 P2P 技术相比，在下载稳定性和速度上有了极大的提高。基于 P2SP 技术的下载软件有很多，如迅雷 4.0 及以上的版本。另外，使用基于 P2SP 下载软件下载要比 P2P 方式对硬盘的损害小。

6. P4S 下载技术

P4S 下载算法或技术与 P2SP 类似。P4S 是一种结合了 P2P（点对点）和 P2S（客户端对服务器）两种技术特点的综合下载技术。P4S 技术是快车独创的，其最大的优点在于能够自动协调多种下载协议，从而突破了每种协议的界限。用户在使用快车下载时，不管采用任何下载协议，程序都会自动从其支持的所有下载协议中寻找相同的资源；因此，极大地提高了用户的下载速度。

3.7.2　Internet 的几种下载方法

随着进入 Internet 时间的增长，我们会发现，传统的 FTP 下载方式已经被五花八门的下载技术方式所取代。归纳起来，从网络上下载文件和资料，采用的常用方法主要有以下 5 种，它们分别应用了不同的下载技术。

1. 网页下载（保存网页）

网页下载是资源下载的最简单方法，也是大多数人最习惯使用的方法。其步骤为：第一，在 IE 浏览器中，选择好需要的资料；第二，依次单击菜单命令"文件"→"另存为"；第三，选择保存位置；第四，确定保存的"文件名"和"文件类型"；第五，单击"保存"按钮，即可完成资料的下载和保存。

2. 直接单击下载

在网上找到所需资源后,可以直接单击资源链接,从而可以根据激活的保存页面的提示进行保存。

3. 专用软件下载

当今网络的应用范围越来越广,资料的类型越来越复杂,很多资料的尺寸很大,下载时用时很长。这时,就不能再通过前两种方法来下载,而应当利用一些专用软件下载了。这也是本单元应当重点掌握的内容。

使用专用软件下载的两个最大优点就是"多线程下载"和"断点续传"功能。

(1) 多线程下载

资源下载实际上就是将资源所在计算机上的文件,复制到用户的计算机的硬盘中。因此,可以将下载资源比作搬家,单线程下载就像只有一个人、一辆车的搬家过程;而多线程下载就像有多个人和多辆车同时进行的搬家;显然后者要比前者快得多。因此,支持多线程下载是所有专用下载软件的基本功能。

(2) 断点续传

断点续传是指今天下载资源时,不管什么原因中断了,下次上网下载时,可以不必从头开始,软件能够自动接着上次中断的位置继续下载。当前,很多资源的尺寸很大,有时需要下载好几天。显然"断点续传"的功能也是人们需要的,而专用下载软件不可缺少的功能之一。

总之,专用下载软件能够极大地提高下载速度,节约时间,确保下载和下载资源的连续性。

4. BT 和 emule(电驴 VeryCD)下载

如今 BT 和电驴下载已经成为宽带用户下载方式的重要选择之一,许多大型软件、视频作品等都是通过 BT 和电驴而流传的。使用这两种方式下载时,用户都可以同时从多个计算机中下载,因而极大地提高了下载的速度。为此,BT、电驴 VeryCD 等下载工具的使用已经成为当今中国最流行的下载方式。

5. 右键单击下载

当安装了多种下载软件时,可能希望自行选择一种下载方法,这就是右键单击下载软件的方法。

3.8 电子商务系统

电子商务是一种新型的商业运营模式。当前,电子商务已全面进入到人们的生活中,如人们通过 Internet 可以进行订餐、订票、购书、团购、缴费、支付等各种电子商务活动。

总之,通过互联网可以进行各种信息查询、广告的发布及电子支付等各类商贸活动,这些活动都属于电子商务活动的范畴。

3.8.1 电子商务的基本知识

电子商务是伴随着 Internet/Intranet 的技术飞速发展起来的。当前,电子商务的规模迅速膨胀,电子商务的用户在全球的企业用户已达到上百万。据统计资料表明,中国 2010 年第 1 季度 B2B 市场交易规模占整个电子商务市场的 91.6%,B2C 占 0.73%,C2C 占 7.6%;中国电子商务市场正处于快速增长中。有报告预计到 2011 年,面向消费者个人的电子商务模式——B2C、C2C 市场规模总和将达 2149 亿元,由此可见,B2C 和 C2C 将迎来新一轮快速发展周期。

1. 电子商务(Electronic Commerce,EC)的定义

电子商务是社会信息化发展到一定程度的必然产物,也是计算机网络技术、信息通信技术、多媒体技术发展到一定阶段,传统商务活动变革后的产物。电子商务实际上是一种基于网络的买卖活动;为了区别于人们已经沿袭了成百数千年的"一手交钱,一手交货"的传统交易方式,人们称其为"电子商务"。电子商务包括任何通过 Internet 或其他网络而完成的商务或贸易活动;如电子商务可以是网上购物、网上炒股、电子贸易、电子付款、网上银行等;当然,也可以包括实现政府职能部门在网上提供的电子化商务服务,如消费者可以通过职能部门的网站进行网上纳税、网上报关等。

电子商务被定义为:利用电子化的技术和网络平台实现的商品和服务的交换活动。通常,电子商务利用简单、快捷、低成本的电子通信方式,无须买卖双方见面即可实现各种商贸活动。

2. 电子商务的基本特点

电子商务系统的基本特点包含两个主要方面:其一,是以电子方式和网络进行的,如通过 Internet 查看与订购商品,通过 E-mail 确认;其二,是商贸活动,如通过 Internet 确定电子合同,通过网络银行支付交易的费用。

3. 电子商务的应用模式及电子商务系统

电子商务系统通常是在因特网的开放网络环境下采用的基于 B/S(浏览器/服务器)的应用系统。电子商务系统是以电子数据交换、网络通信技术、Internet 技术和信息技术为依托的,在商贸领域中使用的商贸业务处理、数据传输与交换的综合电子数据处理系统。

电子商务系统使得买卖的双方,可以在不见面的前提下,通过 Internet 上实现各种商贸活动;如可以是消费者与商家之间的网上购物、商家之间进行的网上交易、商家之间的电子支付等各类商务、交易与金融活动。

4. 电子商务系统中应用的主要技术

电子商务综合了多种技术,包括电子数据交换技术(如电子数据交换 EDI、电子邮件)、电子资金转账技术、数据共享技术(如共享数据库、电子公告牌)、数据自动俘获技术(如条形码)、网络安全技术等。

5. 电子商务的作用

电子商务的作用可以分为直接作用和间接作用两个部分。

(1) 电子商务的直接作用

① 极度节约商务成本,尤其节约商务沟通和非实物交易的成本。

② 极大提高商务效率,尤其提高地域广阔但交易规则相同的商务效率。

③ 有利于进行商务(经济)宏观调控、中观调节和微观调整,可以将政府、市场和企业乃至个人连接起来,将"看得见的手"和"看不见的手"连接起来,既可克服"政府失灵"又可克服"市场失灵",既为政府服务又为企业和个人服务。

(2) 电子商务间接作用

① 促进整个国民经济和世界经济高效化、节约化和协调化。

② 带动一大批新兴产(事)业的发展,如信息产业、知识产业和教育事业等。

③ 物尽其用、保护环境,有利于人类社会可持续发展。作为一种商务活动过程,电子商务将带来一场史无前例的革命。

6. 电子商务的交易特征

一般来说,电子商务覆盖了因特网所能覆盖的范围,以及各种应用领域。与其他商贸活动类似的是它是交互式的,即要求贸易的双方能够以各种方式进行交流,如使用旺旺工具实时交流,当然也可以使用手机、E-mail 等工具。总之,电子商务充分利用了计算机和网络,将遍布全球的信息、资源、交易主体有机地联系在一起,形成了可以创造价值的服务网络。电子商务与传统商务相比具有以下一些明显特征:

(1) 交易方式

电子商务的基本特征是以电子方式(信息化)完成交易活动。

(2) 交易过程

电子商务的过程主要包含:网上广告、订货、电子支付、货物递交、销售和售后服务、市场调查分析、财务核算、生产安排等。

(3) 交易工具

电子商务的交换工具非常丰富,包括:电子数据交换、电子邮件、电子公告板、电子目录、电子合同、电子商品编码、信用卡、智能卡等。

(4) 交易中涉及的主要技术

电子商务系统在交易过程中,涉及的主要技术有:网络技术、数据交换、数据获取、数据统计、数据处理技术、多媒体、信息技术、安全技术等。

(5) 交易平台

因特网及网络交易平台,如淘宝网及商城、京东商城、当当网等提供的交易平台。

(6) 交易的时间与空间

很多电子商务网站号称的运行与交易时间为全天,即每周 7 天,每天 24 小时。然而,很多网站通常会在法定假期间不上班,或不能按照正常的交易时间完成交易。电子商务系统的交易空间,理论上是全球范围,然而由于支付手段、物流的限制,一般都局限于本国。

（7）交易环境

电子商务系统的平台,通常是在 Internet 联网状态下运行的软件系统,因此,其交易的必要环境是 Internet 联网环境。

3.8.2 电子商务的基本类型

电子商务有多种分类方法,通常根据交易主体的不同可以分为 B2B、B2C、B2G、C2C、C2G、C2A 和 B2A 等 7 类。其中基本的是如图 3-4 所示的 5 类。

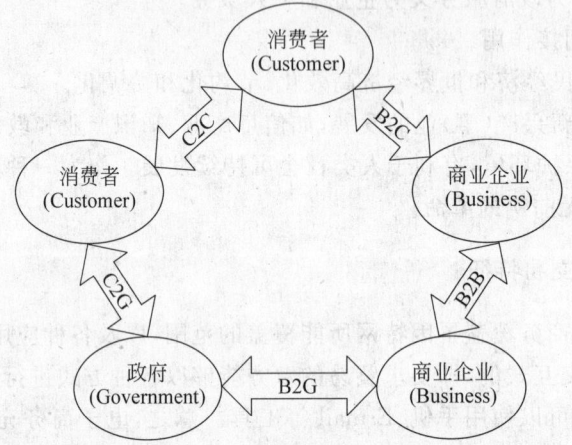

图 3-4 依消费主体不同进行的电子商务分类图

下面对各种电子商务模式的简介如下:

1. 企业间的电子商务 B2B 或 B-B 模式（Business to Business）

B2B 是指企业间的电子商务;又称"商家对商家"的电子商务活动。B2B 是指企业间通过 Internet 或专用网进行的电子商务活动,如企业与企业间通过互联网进行的产品信息发布、服务与信息的交换等。

说明:B2B 中的 2(two)的读音与 to 相同,因此,用 2 代表 to,下同。

（1）B2B 电子商务模式的几种基本模式

① 企业之间直接进行的电子商务:如大型超市的在线采购,供货商的在线供货等。

② 通过第三方电子商务网站平台进行的商务活动:如国内著名电子商务网站阿里巴巴(china. alibaba. com)就是一个 B2B 电子商务平台。各种类型的企业都可以通过阿里巴巴进行企业间的电子商务活动,如发布产品信息,查询供求信息,与潜在客户及供应商进行在线的交流与商务洽谈等。

③ 企业内部进行的电子商务:企业内部电子商务是指企业内部各部门之间,通过企业内联网(Intranet)而实现的商务活动,如企业内部进行的商贸信息交换、提供的客户服

务等。通常,在谈到电子商务时常指企业外部的商务活动。

(2) 支持 B2B 的著名网站

中国网库、阿里巴巴、电子电器网、慧聪网、八方资源等,如图 3-5 所示。

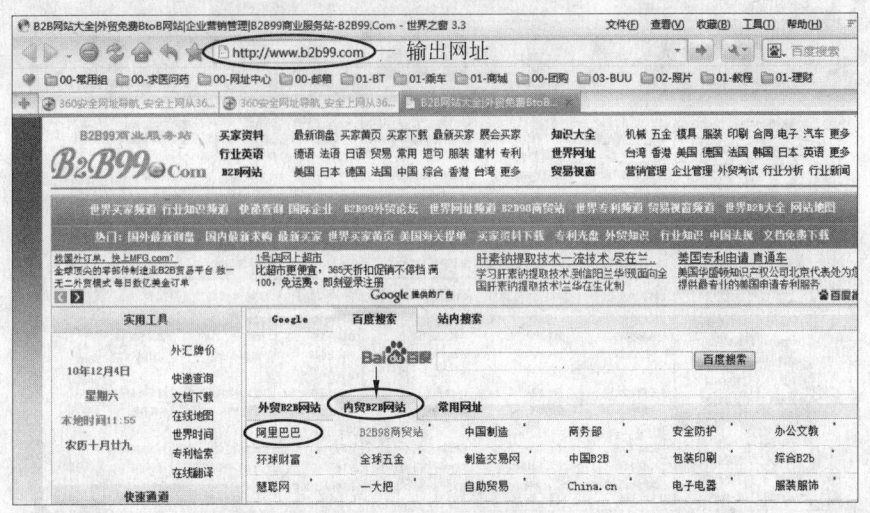

图 3-5 "B2B 网站大全"窗口

(3) B2B 网站的分类

为了企业交易方便,B2B 网站采用了多种分类方式,如,按照交易的区域分为外贸 B2B 网站和内贸 B2B 网站;按照交易的性质可以分为综合类 B2B 网站和行业 B2B 网站,如,阿里巴巴和服装服饰。企业用户应根据自身的需要进行选择,选择综合性商务网站阿里巴巴的操作步骤如下:

① 在浏览器的地址栏输入 http://www.b2b99.com 后,即可在打开的图 3-5 窗口;

② 在图 3-5 中,首先选中"内贸 B2B 网站";

③ 选中需要进入的网站,如"阿里巴巴"。

2. 企业与消费者间的电子商务 B2C 或 B-C 模式(Business to Customer)

B2C 是我国最早产生的电子商务模式。

(1) B2C 模式的定义

B2C 是指消费者在商业企业通过 Internet 为其提供的新型购物环境中进行的商贸活动,如消费者通过 Internet,在网上进行的购物、货品评价、支付和订单查询等商贸活动。由于这种模式节省了消费者(客户)和企业双方的时间和空间,因此,极大地提高了交易的效率,节省了开支。

对用户来讲,在电子交易的操作过程中,B2B 比 B2C 要麻烦;前者通常是做批发业务,适合大宗的买卖;而后者进行的通常是零售业务,因此,更容易操作,但交易量较小。

(2) B2C 模式的著名网站

在浏览器的地址栏,输入 http://www.kf98.com/intro/all.html;打开图 3-6 所示的 "B2C 网址大全"窗口,可以看到多个 B2C 网站,位于列表前面的就是 B2C 的著名网站,如,京东商城、卓越、当当、凡客诚品等。

图 3-6　购物网址大全——B2C 窗口

如果需要进一步了解、比较或进入 B2C 网站,只需单击选中的网站;如单击"京东商城介绍"的链接,即可了解到京东商场网站的主营项目、特价商品,以及经营特色等;当然,单击网页首部的"京东商城购物点击进入",可以直接链接网站。各 B2C 网站的访问方法类似,第一,先注册;第二,进行商贸活动,如,浏览购物、结算、查询订单等。

3. 消费者对消费者 C2C 或 C-C(Consumer to Consumer)

C2C 同 B2B、B2C 一样是电子商务中最重要的模式之一,也是发展最早和最快的电子商务活动。

(1) C2C 模式的定义

C2C 是指"消费者"对"消费者"的商务模式。它是指网络服务提供商利用计算机和网络技术,提供有偿或无偿使用的电子商务和交易服务的平台。通过这个平台,卖方用户可以将自己提供的商品发布到网站进行展示、拍卖;而买方用户可以像逛商场那样,自行浏览、选择商品,之后可以进行网上购物(一口价),或拍品的竞价。支持 C2C 模式的商务平台,就是为买卖双方提供的一个在线交易平台。

(2) C2C 模式及关联网站

在浏览器的地址栏,输入 http://c2c.b2b-b2c-c2c.com;打开图 3-7 所示的"B2C 网址大全"窗口,可以看到多个 C2C 网站,位于列表前面的就是 C2C 的著名网站,如,淘宝、卓越、ebay(英文)、拍拍、易趣等。此外,在图 3-7 所示的窗口,还会按照性质列出"综合C2C"以及与其密切相关的"银行支付"网站、"快递运输"、"易物换物"等相关联的网站网址,点击每项后面的"更多",还会列出更多的网站。

如果需要进入某个 C2C 网站,则点击选中的网站名称即可。各 C2C 网站的访问大同

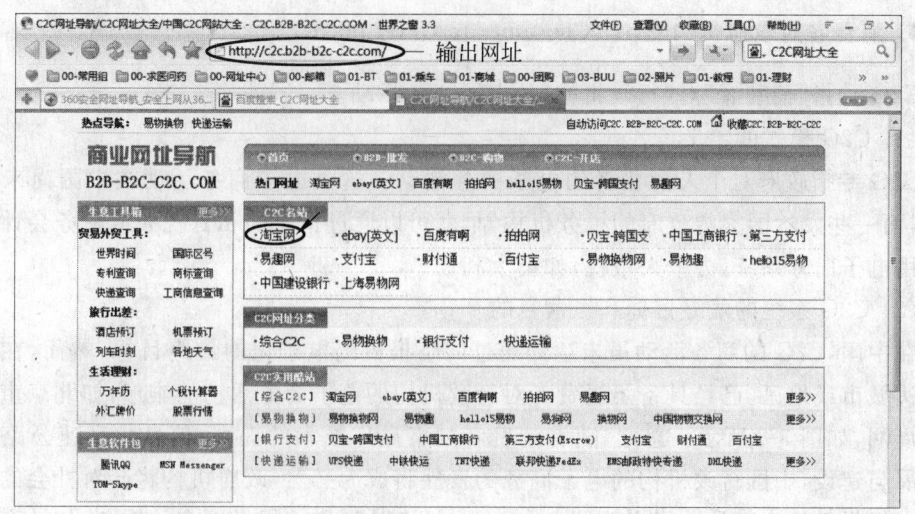

图 3-7 C2C 名站——"淘宝网"窗口

小异,第一,先注册;第二,进行商贸活动,浏览购物、结算、查询订单等。如单击图 3-7 中的"淘宝网",在随后打开的"淘宝网"窗口,即可开始自己的购物之旅。

(3) 中外 C2C 模式典型网站的区别

eBay 是美国 C2C 电子商务模式的典型代表。它创立于 1995 年 9 月,为全球首家网上拍卖的网站,成为 C2C 电子商务模式的先驱者;在欧美市场获得了巨大成功,在雅虎、亚马逊书店等著名网络公司普遍不能赢利的情况下,成为最早开始赢利的互联网公司之一。

淘宝网成立于 2003 年 5 月,它是中国 C2C 市场的主角,它打破了 eBay 的拍卖模式,从中国网络市场的实际出发,开发出有别于 eBay 的中国模式的 C2C 网站。

eBay 网的重点服务对象是熟悉技术、收入较高的白领,以及喜欢收藏和分享的用户;而"淘宝网"的服务对象则是普通民众;此外,eBay 长于拍卖业务,而淘宝网则定位于个人购物网站。

(4) 支持 C2C 模式的著名网站

① C2C 中文网站(如图 3-7 所示):淘宝网、易趣网、拍拍网等,其直接网址如下:

• 淘宝网:http://www.taobao.com/

• 易趣网:http://www.eachnet.com/

• 1 拍网:http://www.1pai.com.cn/

• 雅宝网:http://www.yabuy.com/

• 嘉德在线:http://www.clubciti.com/

• 大中华拍卖网:http://www.ibid.com.cn/

• 易必得拍卖网:http://www.ebid.com.cn/

② C2C 英文网站:eBay(http://www.ebay.com)、Ubid、Onsale、Yahoo Auction 等,如图 3-7 中的"国外 C2C 网站大全"下面的列表所示。

4. 消费者对政府机构 C2G（Consumer to Government）

C2G 是指"消费者"对"行政机构"的电子商务活动。

（1）C2G 模式的定义

C2G 专指政府对个人消费者的电子商务活动。这类电子商务活动在中国尚未形成气候，而一些发达国家的政府的税务机构，早就可以通过指定的私营税务或财务会计事务所使用电子商务系统，为个人报税，如澳大利亚。

（2）C2G 系统的最终目标和经营目的

在中国，C2G 的商务活动虽未达到通过网络报税的电子化的最终目标；然而，在我国的发达城市或地区，已经具备了消费者对行政机构的电子商务活动的雏形，如北京市地方税务局网，如图 3-8 所示。总之，随着消费者网络操作技术的提高，信息化高速公路的飞速发展与建设，中国行政机构的电子商务的发展将成为必然，政府机构将会对社会的个人消费者提供更为全面的电子方式服务，也会向社会的纳税人提供更多的服务，如社会福利金的支付、限价房的网上公示等，都会越来越依赖 C2G 电子商务系统存在。

C2G 是政府的电子商务行为，不以赢利为目的，主要包括网上报关、报税等，对整个电子商务行业不会产生大的影响。

例如，进入 C2G 的代表"北京市地方税务局"网站查询"申报个人所得税"，在 IE 7.0 浏览器的地址栏中输入 http://www.tax861.gov.cn；在打开的如图 3-8 所示的 C2G"北京市地方税务局"窗口中，可以进行有关的信息查询或操作，如单击"年所得税 12 万自行申报"选项等，即可进行"查询"或"申报个人所得税"的 C2G 电子商务活动。

图 3-8　C2G"北京市地方税务局"网站窗口

5. 商家对政府机构 B2G(Business to Government)

B2G 是指"企业(商业机构)"对"行政机构"的电子商务活动。

(1) B2G 模式的定义

B2G 是指商业机构对行政机构的电子商务,即企业与政府机构之间进行的电子商务活动。如政府将其有关单位的采购方案的细节公示在互联网的政府采购网站上,并通过在网上竞价的方式进行商业企业的招标。应标企业要以电子的方式在网络上进行投标,最终确定政府单位的采购方案。

(2) B2G 模式的发展前景

目前,B2G 在中国仍处于初期的试验阶段,预计会飞速发展起来,因为政府需要通过这种方式来树立现代化政府的形象。通过这种示范作用,将进一步促进各地的电子商务、政务系统的发展;此外,政府通过这类电子商务方式,可以实施对企业的行政事物的监控与管理。例如,我国的金关工程就是商业企业对行政机构进行的 B2G 电子商务活动范例;政府机构利用其电子商务平台,可以发放进出口许可证,进行进出口贸易的统计工作,而企业则可以通过 B2G 系统办理电子报关、进行出口退税等电子商务活动。

B2G 电子商务模式不仅包括上述商务活动,还包括"商业企业对政府机构"或"企业与政府机构"之间所有的电子商务或事务的处理。例如,政府机构将各种采购信息发布到网上,所有的公司都可以参与竞争进行交易。例如,进入 B2G 的"北京市政府采购"网站查询"协议采购商品"的信息。在地址栏中输入 http://www.ccgp-beijing.gov.cn;在打开的如图 3-9 所示的"北京市政府采购"网站窗口中,可以进行相应有关的商务活动。例如,对于设备生产厂家,可以进行投标;对于招标企业可以了解指标的情况。如单击"防火墙",在打开的防火墙网页中,可以了解到"协议采购商品——防火墙"的报价、厂商等信息。

图 3-9　B2G"北京市政府采购"网站窗口

6. 商家对代理商 B2M（Business to Manager）

B2M 对于 B2B、B2C、C2C 的电子商务模式而言，是一种全新的电子商务模式。

（1）B2M 模式的定义

B2M 模式是指由企业发布电子商业信息；经理人（代理人）获得该商业信息后，再将商品或服务提供给最终普通消费者的经营模式。

企业通过网络平台发布该企业的产品或者服务，其他合伙的职业经理人通过网络获取企业的产品或者服务信息，并且为该企业提供产品销售或者提供企业服务；企业通过合伙的职业经理人的服务达到销售产品或者获得服务的目的；职业经理人通过为企业提供服务而获取佣金。由此可见，B2M 模式的本质是一种代理模式。

（2）B2M 模式的特点

B2M 电子商务模式相对于以上提到的几种有着根本的不同；其本质区别在于这种模式的"目标客户群"的性质与其他模式的不同。前面提到的 3 种典型商务模式的目标客户群都是一种网上的消费者，而 B2M 针对的客户群则是其代理者，如该企业或该产品的销售者或者其他伙伴，而不是最终的消费者。这种与传统电子商务相比有了很大的改进，除了面对的客户群体不同外，B2M 模式具有的最大优势是将电子商务发展到线下。因为，通过上网的代理商才能将网络上的商品和服务信息完全地推到线下，既可以推向最终的网络消费者，也可以推向非网上的消费者，从而获取更多的最终消费者的利润。

7. 代理商对消费者 M2C（Manager to Consumer）

M2C 是针对于 B2M 的电子商务模式而出现的延伸概念。在 B2M 模式的环节中，企业通过网络平台发布该企业的产品或服务信息，职业经理人（代理人）通过网络获取到该企业的产品或服务信息后，才能销售该企业的产品或提供该企业的服务。

（1）M2C 模式的定义

M2C 模式是指企业通过经理人的服务达到向最终消费者提供产品或服务的目的。因此，M2C 模式是指在 B2M 环节中的职业经理（代理）人对最终消费者的商务活动。

M2C 模式是 B2M 的延伸，也是 B2M 新型电子商务模式中不可缺少的后续发展环节。经理（代理）人最终的目的还是要将产品或服务销售给最终消费者。

（2）M2C 模式的特点

在 M2C 模式中，也有很大一部分工作是通过电子商务的形式完成的。因此，它既类似于 C2C，又不相同。

C2C 是传统电子商务的赢利模式，赚取的是商品的进货、出货的差价。而 M2C 模式的赢利模式，则更灵活多样，其赚取的利润既可以是差价，也可以是佣金；另外，M2C 的物流管理模式也比 C2C 灵活，如该模式允许零库存，在现金流方面，其也较传统的 C2C 模式具有更大的优势与灵活性。以中国市场为例，传统电子商务网站面对 1.4 亿网民，而 B2M 通过 M2C 将面临 14 亿的中国全体公民。

3.9 使用 Internet 技术的网络

当前企业网大都与 Internet 技术密切相关。如今使用 Internet 技术的网络主要有 Internet、Intranet（企业内联网）和 Extranet（企业外联网）3 种。下面仅介绍其中的前两种。

3.9.1 Intranet

现在中等规模的局域网大都组建成 Intranet。Intranet 的有关概念如下：

1. Intranet 的定义

Intranet 通称为企业内联网，又称企业内部网，虽然它并非只用于企业，但却被简称为"企业网"。Intranet 由于在其局域网内部采用了 Internet 技术而得名。因此，Intranet 可以定义为：由私人、公司或企业等，利用 Internet 技术及其通信标准和工具建立的企业内部的 TCP/IP 信息网络。

2. Intranet 的物理与逻辑结构

对于大中型的企业网络来说，大都组建成 Intranet，其实际物理结构如图 3-10 所示，而其系统的逻辑结构如图 3-11 所示。

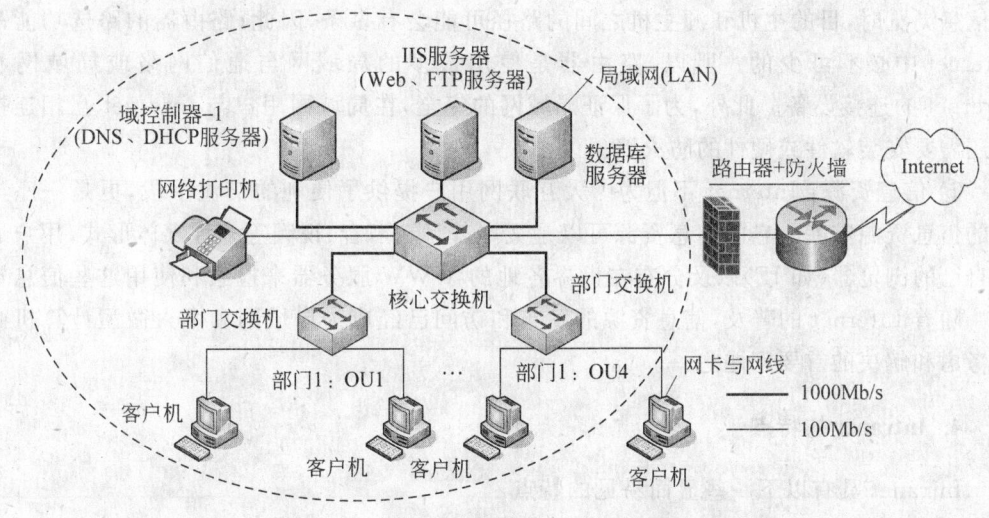

图 3-10 局域网与 Intranet 的物理组成结构图

3. Intranet 的逻辑组成

从逻辑上看，任何一个局域网都可以由通信线路、主机（服务器和工作站）、网络共享设备（交换机、路由器）等硬件设备，以及分布在主机内的软件和信息资源组成。

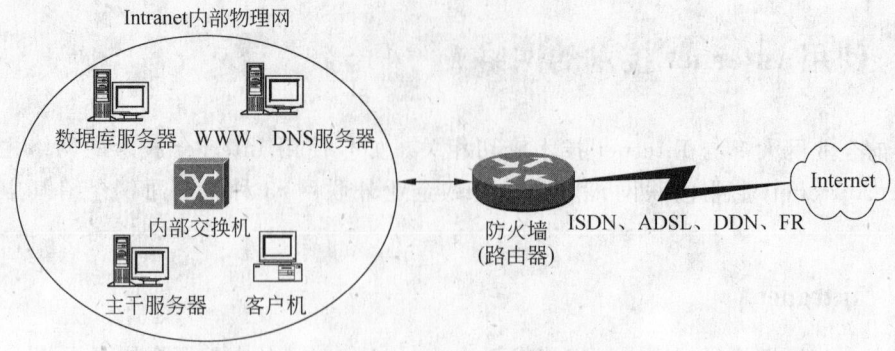

图 3-11　Intranet 的逻辑结构

① 通信线路：主要由局域网本身的连接介质，以及接入广域网的线路组成。

② 局域网：是指 Intranet 的内部物理网络，其结构有大有小，常见物理结构如图 3-10 所示。

③ 主机：不但是资源子网的主要成员，也是 Internet 上各节点的主要设备。主机不但担负数据处理的任务，还是 Internet 上分布信息资源的载体，以及各种服务的提供者。主机的硬件可以是用户的普通微型计算机，也可以是从小型计算机到大型计算机的各类计算机系统。此外，根据作用不同，主机又被分为服务器或客户机。

④ 防火墙（路由器）：是指连接世界各地局域网和 Internet 的互连和安全设备，可以是两个物理设备，也可以是一个物理设备。由于 Internet 是分布在世界各地的复杂网络，在信息浏览时，目的主机和源主机之间的路径可能会有多条，因此，路由器的路选功能是 Internet 中必不可少的。所以，路由器是使用最多的局域网与通信网络或局域网和 Internet 的连接设备。此外，为了保证局域网的安全，在局域网用户与 Internet 互相连接时还需要安装软件或硬件的防火墙。

⑤ 信息资源：Internet 不但为广大互联网用户提供了便利的交流手段，更是一座丰富的信息资源宝库。它的信息资源可以是文本、图像、声音、视频等多种媒体形式，用户通过自己的浏览器（如 IE）以及分布在世界各地的 WWW 服务器来检索和使用这些信息资源。随着 Internet 的普及，信息资源的发布和访问已经成为局域网和个人微型计算机必须考虑和解决的首要问题之一。

4. Intranet 的特点

Intranet 具有以下一些显而易见的特点：

① Intranet 是一种企业内部的计算机信息网络。

② Intranet 是一种利用 Internet 技术开发的开放式计算机信息网络。

③ Intranet 采用了统一的基于 WWW 的浏览器/服务器（B/S）技术去开发客户端软件。Intranet 用户使用的内部信息资源访问方式，具有友好和统一的用户界面，与使用 Internet 时类似。因此，文件格式具有一致性，有利于 Internet 与 Intranet 系统间的交换。

④ Intranet 使用的基于浏览器的瘦客户技术，成本低，网络伸缩性好，简化了用户培

训的过程。

⑤ Intranet 改善了用户的通信和交流环境,例如,其用户可以方便地使用和访问 Internet 上提供的各种服务和资源,同时 Internet 上的用户也可以方便地访问 Intranet 内部开放的不保密资源。

⑥ Intranet 为企业管理现代化提供了途径。例如,在企业内部不但可以传送电子邮件、各种公文、报表和各种各样文档;还可以实时传递"在线"的控制和管理信息,召开多媒体网络会议,使得企业的无纸办公成为可能。

⑦ Intranet 一般具有安全防范措施。例如,企业内部的信息一般分为两类,一类是供企业内部使用的保密信息;另一类是向社会开放的公开信息,如产品广告和销售信息等。为了保证企业内部信息及网络的安全性通常需要使用防火墙等安全装置。

5. WWW 技术是 Intranet 的核心

Intranet 的核心技术是 WWW。WWW 是一种以图形用户界面和超文本链接方式来组织信息页面的先进技术,它的 3 个关键组成部分是 URL、HTTP 和 HTML。Intranet 的几个基本组成部分如下所述:

① 网络协议:以 TCP/IP 四层参考模型的协议簇为核心。

② 硬件结构。以局域网的物理网络为网络硬件结构的基础。选择一定的接入技术与 Internet 互连。

③ 软件结构:其软件结构由浏览器、WWW 服务器、中间件和数据库组成。

6. Internet 和 Intranet 的关系

人们经常谈论的 Internet 和 Intranet 常常困惑着我们,它们有什么区别?

(1) Internet 和 Intranet 的联系

① Intranet 是利用 Internet 技术组建的企业内部网络,Intranet 要与 Internet 互连才能更好地发挥作用,才能成为开放的计算机信息网络。Intranet 所使用的主要技术与 Internet 一致,它使用的 WWW、电子邮件、FTP 与 Telnet 等与 Internet 一致,这是 Internet 和 Intranet 的主要共同之处。

② Intranet 采用统一的基于 WWW 浏览器(Browser)的技术来开发客户端软件。因此,对于 Intranet 用户来说,他们使用的用户界面与 Internet 普通用户使用的界面、软件都是相同的。因而,Intranet 用户可以方便地访问 Internet 上提供的各种服务和资源;同时 Internet 用户也可以方便地访问企业内联网(Intranet)上允许访问的各种资源。

总之,二者使用了相同的技术和应用方式,Intranet 只有通过与 Internet 互连才能更加充分地发挥自身的作用。

(2) Internet 和 Intranet 的区别

① Intranet 是属于某个企事业单位部门自己组建的内部计算机信息网络,而 Internet 是一种面向全世界用户开放的不属于任何部门所有的公共信息网络,这是两者在功能上的主要区别之一。

② Internet 允许任何人从任何一个站点访问其中的资源;而 Intranet 上的内部保密

信息则必须严格地进行保护,为此,Intranet 一般通过"防火墙"与外网(Internet)相连。

③ Intranet 内部的信息分为两类,一类是企业内部的保密信息;另一类是向社会公众开放的企业产品广告等信息。前一类信息不允许任何外部用户访问,而后一类信息则希望社会上广大用户尽可能多地访问。

3.9.2 主流网络的工作模式

当前的主流网络都是应用 Internet 技术的网络,主要是指 Internet、Intranet、Extranet 等网络,其中应用最多的是 Intranet。

随着 Internet/Intranet 的广泛使用,计算机"网络化"和"信息化"是当今企事业单位发展的总趋势。由于企事业单位的经营、生产和运作方式的改变,网络技术迅速普及并飞速发展,随之而来的是 Web 技术的出现和发展。如今,C/S 网络结构已经发展为新的 B/S 形式。B/S 结构的客户端采用了人们普遍使用的浏览器,它是一个简单的、低廉的、以 Web 技术为基础的"瘦"型系统。其服务器端除了原有的服务器外,通常增添了高效的 Web 服务器。这就是 20 世纪 90 年代中期(1996 年)以后开始出现并迅速流行的浏览器/服务器结构。

1. 网络模式

通常采用基于 B/S 模式的网络信息系统。它采用了 3 层或更多层的结构,即"客户机浏览器—Web 服务器—数据库服务器"。B/S 模式以 Web 服务器为系统的中心,用户端通过其浏览器,向 Web 服务器提出查询请求(HTTP 方式),Web 服务器根据需要向数据库服务器发出数据请求。数据库则根据查询或查询的条件返回相应的数据结果给 Web 服务器,最后 Web 服务器将结果翻译成为 HTML 或各类脚本语言的格式,并传送给客户机上的浏览器,用户通过浏览器即可浏览自己所需的结果。

为了解决应用程序对网络的过分依赖问题,C/S 模式在其发展的过程中,引入了"中间件(middle-ware)"的概念,同时将网络模式逐步发展为 B/S 模式。

2. B/S 模式的特点

B/S 模式通过浏览器访问数据库时为 3 层或 3 层以上的方式。它与 C/S 结构的两层结构相比,具有以下一些特点:

① 由于客户端软件廉价,因此,具有成本低,易于更新和改动的优点,用户可以自行安装浏览器软件,并使用通用的浏览器进行访问,与网络平台完全无关。

② 提高了网站系统的性能。中间件可以对服务的进程进行管理,使得一个服务进程能够处理多个用户的访问请求,而不像 C/S 结构中那样每个服务进程只能处理一个访问请求。当访问请求的数量超过服务器的处理极限时,中间件还会利用队列的缓冲机制,把服务器未能及时处理的请求放入队列中,等待服务器空闲时再进行处理。

③ 提高了数据库的响应速度。通过中间件,服务进程与数据库之间一直保持着连接,因此,当用户访问网站的信息系统时,大大减少了与数据库的连接次数和时间,从而有效地解决了由于数据库的频繁连接而导致的数据库性能下降的问题。

④ 提高了应用系统的安全性。中间件将客户端与数据库隔离起来,因此,客户端无权直接访问数据库,因而,十分有利于网站的安全管理,可有效地防止恶意的攻击。此外,还可以利用中间件的安全管理性能进行权限的控制与管理。

⑤ 提高了网站系统的扩充能力。采用中间件时,如果需要提高系统的性能和处理速度,可以随时扩充中间层的应用服务器的数量或能力,以分担部分应用服务。

总之,使用 Internet 技术的网络,虽然大小、范围不同;但是物理网络的组成与工作模式却是相似的。由于它们都使用了 B/S 的工作模式,因此,都能提供基于 WWW、DNS、数据库服务器的信息浏览服务。

3.10　下一代因特网

随着计算机技术的不断发展,因特网的迅速普及、发展,以及网络传输速率的明显提升,现在 IPv4 协议及地址已经远远不能满足人们的需求。

3.10.1　解决 IPv4 地址耗尽的技术措施

为了解决 IPv4 地址即将耗尽的问题,人们采取了以下 3 种主要措施:
- 采用无类别编址 CIDR,使现有的 IPv4 的地址分配与管理更加合理。
- 采用 NAT(网络地址转换)方法,以节省全球 IP 地址;即在局域网内部使用不受限制的私有地址,接入 Internet 时,再转换为在 Internet 有效的。
- 采用具有更大地址空间的新版本 IPv6 协议。

3.10.2　IPv6 协议

IPv6 是互联网协议的第 6 版;最初它被称为互联网新一代国际协议;目前,正式广泛使用的 IPv6 是互联网新一代国际协议 IPv6 的第 2 版。IPv6 协议的设计更加适应当前 Internet 的结构,它克服了 IPv4 的局限性,提供了更多的 IP 地址空间,提高了协议效率与安全性。

1. IPv6 协议的主要功能和特征

(1) 增加 IP 地址的长度与数量

IPv6 地址从现在 IPv4 的 32 位增大到 128 位,使得 IP 地址的空间增大了 296 倍。由于 IPv6 协议采用了 128 位的二进制(16 字节)的地址,因此,理论上可以使用有 $2^{128} \approx 10^{40}$ 个不同的 IP 地址。

(2) 技术改善与功能扩充

① 改变的协议报头:改善后的 IPv6 协议报头可以加快路由器的处理速度。

② 更加有效的地址结构:IPv6 的地址结构的划分,使其更加适应 Internet 的路由层次与现代 Internet 的结构特点。

③ 利于管理:IPv6 支持地址的自动配置,因此,简化了使用,提高了管理效率。

④ 安全性:IPv6 增强了网络的安全性能。

⑤ 良好的兼容性：IPv6 可以与 IPv4 协议向下兼容。

⑥ 内置安全性：IPv6 支持 IPSec 协议，为网络安全性提供了一种标准的解决方案。

⑦ 协议更加简洁：ICMPv6 具备了 ICMPv4 的所有基本功能，合并了 ICMP、IGMP 与 ARP 等多个协议的功能，使协议体系变得更加简洁。

⑧ 可扩展性：协议添加新的扩展协议头，可以很方便地实现功能的扩展。

2. IPv6 的冒号十六进制（Colon Hexadecimal）表示法

RFC 2373 对 IPv6 地址空间结构与地址基本表示方法进行了定义；其中 RFC 是与 Internet 相关标准密切相关的文档。

（1）IPv6 地址表示"冒号十六进制"完整形式

如前所述，IPv4 的地址长度为 32 位。书写 IPv4 时采用了点分十进制表示方法，如 8.1.64.128。对于 128 位的 IPv6 地址，考虑到 IPv6 地址的长度是原来的 4 倍，RFC 1884 规定的标准语法建议把 IPv6 地址的 128 位（16 个字节）写成冒号十六进制表示方法，如 3FFE：3201：1401：0001：0280：C8FF：FE4D：DB39，即采用了 8 个十六进制的无符号整数位段，每个整数用 4 位十六进制数表示，数与数之间用冒号"："分隔。

例 3-1：将二进制格式表示的 128 位的 IPv6 地址表示为"冒号十六进制"形式。

① 二进制表示：

```
0010000111011010000000000000000 000000000000000000000000000000000
00000010101010100000000000001111 1111111000001000100111000010111010
```

② 十六进制完整表示：

• 分段：先将 128 位的 IPv6 地址，划分为每段 16 位二进制的 8 个位段，结果如下：

```
0010000111011010 0000000000000000
0000000000000000 0000000000000000
0000001010101010 0000000000001111
1111111000001000 1001110001011010
```

• 完整表示：

```
21DA:0000:0000:0000:02AA:000F:FE08:9C5A
```

（2）IPv6 地址表示为"冒号十六进制"前导零压缩形式

例 3-2：将例 3-1 表示为"冒号十六进制"的前导零压缩形式。

结果：

```
21DA:0:0:0:02AA:000F:FE08:9C5A
```

（3）IPv6 地址为"冒号十六进制"双冒号压缩形式

IPv6 协议规定可以用符号"::"表示一系列的 0，其规则是如果 IPv6 地址的几个连续位段的值为 0，则可以简写用"::"替代这些 0。

例 3-3：将例 3-1 的数据表示为"冒号十六进制"双冒号压缩形式。

结果：

21DA::02AA:000F:FE08:9C5A

例 3-4：将"1080::8800:200C:417A:0:A00:1"地址写为"冒号十六进制"的完整形式。

结果：

1080:0000:8800:200C:417A:0000:0A00:0001

（4）IPv6 地址表示时需要注意的几个问题

① 在使用零压缩法时，不能把一个位段内部的有效 0 也压缩掉；例如，不能将"FF08：80：0：0：0：0：0：5"简写为"FF8：8::5"。

② "::"双冒号在 IPv6 地址中只能出现一次；如地址"0：0：0：2AA：12：0：0：0"不能表示为"::2AA：12::"。

3. IPv4 到 IPv6 的过渡

（1）双协议栈

在完全过渡到 IPv6 之前，使一部分主机和路由器装有两个协议，一个 IPv4 协议和一个 IPv6 协议。

（2）隧道技术

在 IPv4 区域中打通了一个 IPv6 隧道来传输 IPv6 数据分组。

习题

1. Internet 的主要技术特点有哪些？Internet 中使用的主要协议是什么？

2. 中国的哪些单位最早连入了 Internet？中国从何时开始正式连入 Internet？

3. 什么是 CHINANET？它由哪些机构组成？

4. 目前中国有哪些互连网络直接连入 Internet？它们的国际出口带宽各是多少？

5. Internet 包括哪 3 层网络结构？写出其组成，画出其硬件结构示意图。

6. Internet 的主要管理机构有哪些？

7. Internet 上提供的主要资源、应用和服务有哪些？

8. 什么是主页、网页和超级链接？它们之间的联系和区别又是什么？

9. 什么是 IP 地址和域名解析？它们之间有什么关联？

10. 什么是 URL？URL 包含几个部分？写出 http://www.sina.com 中各部分的含义。

11. http://www.sina.com 和 http://www.sina.com.cn 的一级和二级域名各是什么？

12. 什么是 ISP？写出你上网时使用的 ISP 的名称、带宽与付费标准。

13. 什么是 DN？什么是 DNS？它们之间的关系是什么？

14. 什么是 FTP？FTP 服务器提供什么功能？

15. 什么是 E-mail，在邮件客户端软件中，发送和接收邮件各使用什么协议？

16. 什么是 Usenet？它与 BBS 有什么区别？

17. 在 Internet 中各个邮件服务器之间传递信息时使用什么协议？

18. Internet 中的主流下载技术有哪几种？各有什么特点？

19. 解决 IPv4 地址耗尽的技术措施有哪些？为什么要使用 IPv6 协议？

20. IPv4 与 IPv6 在 IP 地址的表示上有什么区别？

21. 请登录 http://www.cnnic.cn 下载第 26 和 27 次的"中国互联网络发展状况统计报告"。

22. 什么是电子商务？电子商务是如何定义的？

23. 电子商务有哪几种类型？对于普通消费者来说,电子商务又有哪几种基本类型？

24. 在网络上购书时,应用的是哪种类型？这种类型的特点是什么？

25. 在电子商务网站购物时,应当注意哪些事项？

26. 电子商务的基本特点有哪些？

27. 请举实例说明,电子商务交易中涉及的主要技术有哪些？

28. 如何迅速获取分布在全国各地的网上商城和网上书店的网址？

29. 如何应用 B2C 网站在网上书店购书？应当注意些什么？

30. 写出 3 个 B2C 网站的链接地址,以及该网站的特点。

31. 登录 B2C 著名的电子产品购物网站"京东商城",写出其购物流程。

32. 写出 3 个 C2C 网站的链接地址,以及该网站的特点。

33. 写出在著名 C2C 网站"淘宝网"的购物流程及注意事项。

34. 使用 Internet 技术的网络有哪些？

35. 什么是 Intranet？它与 LAN 有什么联系和区别？

36. 画出 Intranet 的逻辑结构图,以及所在学校的 Intranet 物理结构图。

37. 将 IPv6 地址"FF8:6::6"写成 IPv6 地址的完整形式。

38. 将 IPv6 地址"0:0:0:6BA:46:0:0:0"写成双冒号压缩方式。

本章实训环境和条件

① 接入 Internet 的设备和线路,如 Modem、网卡、交换机,以及接入 ISP 的账户和密码。

② 已安装 Windows 2000/XP/Vista 操作系统的计算机。

本章实训内容

1. 实训 1：IE 浏览器的高级操作实训

（1）实训目标

掌握 Internet 中使用 IE 浏览器的技巧。

（2）实训内容

① 在一台计算机上收藏 5 个 Web 站点的网址,通过 IE 浏览器的收藏夹导出并存储到 U(软)盘上,完成 IE 浏览器中收藏夹的导出任务。提示：依次选择"收藏"→"更多功

能"→"导出收藏夹"菜单选项,定位存储位置,如 U 盘。

② 在另一台计算机上使用 IE 浏览器导入在 IE 中导出并存储在 U 盘的网址。提示:依次选择"收藏"→"更多功能"→"从文件导入…"选项,定位存储位置,如 U 盘。

2. 实训 2:导航网站的应用

(1) 实训目标

掌握通过导航网站进行网上购书、搜索公交线路、定位搜索目标的方法,以及在网上进行其他实用搜索的基本技术。

(2) 实训内容

① 通过关键字"网址大全"的搜索,列出 3 个"导航网站"的网址。

② 完成"清华大学"所在地理位置的查询。

③ 完成从"北京站"至"清华大学"公交换乘线路的查询。

3. 实训 3:网上实用信息查询实训

(1) 实训目标

掌握网上各种实用信息的搜索方法。

(2) 实训内容

① 通过关键字"网址大全"的搜索,列出 3 个"网址大全网"的网址,找到网上求职的 5 个网站。

② 完成"身份证号码"和"IP 地址"的查询。

③ 完成自己喜爱的 mp3 歌曲的查询。

4. 实训 4:网上购物和网上购书实训

(1) 实训目标

掌握"电子商务网站大全"定位网上商城和网上书店的方法,以及在网上进行安全购物的基本技术。

(2) 实训内容

① 上网后,打开 IE 浏览器。在地址栏中输入 http://www.5566.net/。

② 在"5566_中国网络之门_精彩网址大全"首页中,单击"中国图书网"选项。

③ 在打开的"中国图书网"窗口中,单击"高级检索"按钮,右侧就会出现"图书检索(组合查找)"表格。在表格中,填写具体的查询条件,例如,作者姓名"尚晓航",即可获得该网站所有关于该作者的书籍。

④ 选中要购买的书籍后,单击"购买"按钮,按照提示流程完成即可。

5. 实训 5:迅雷软件的安装与基本应用实训

(1) 实训目标

掌握专用下载软件迅雷 7 安装和下载的基本技术。

(2) 实训内容

① 在互联网中,搜索"迅雷软件下载",通过 WWW 完成最新版迅雷软件的下载。

② 完成迅雷软件的安装,如迅雷7。

③ 在互联网中,搜索"电驴软件下载",使用迅雷下载搜索到的软件。

④ 完成 VeryCD 电驴软件的安装。

⑤ 在电驴中,搜索"网页制作视频教程",使用电驴下载一个视频教程。

6. 实训 6:"G2C 网站购物"实训

(1) 实训目标

进入中国排名前 3 名的一个 G2C 网站,以货到付款的方式购买一本书。通过购物和应用实例,认识和掌握电子商务 G2C 网站购物的基本流程与方法。

(2) 实训内容

① 写出购物流程。

② 截取购物中各个环节的界面,如注册、登录、购物、下订单、查询订单、收货、付款(现金或划卡)、评价。

7. 实训 7:"C2C 网站购物"实训

(1) 实训目标

进入中国排名前 3 名的一个 C2C 网站,以第三方担保的支付方式购买一件商品。通过购物和应用实例,认识和掌握在 C2C 网站购物的基本流程与方法。

(2) 实训内容

① 写出购物流程。

② 截取购物中各个环节的界面,如注册、登录、购物、下订单、付款到第三方担保、查询订单、收货、将货款支付给卖家、进行评价。

第2篇

计算机网络实现篇

第4章

组建局域网与接入 Internet

局域网是应用最多的一种计算机网络。它是最基本的网络类型,也是网络应用技术的基础平台。本章主要涉及局域网的硬件系统,包括局域网的组成、工作原理、从物理层到网络层的局域网的部件与设备,以及以太网、虚拟局域网与无线局域网等相关的基本原理、知识与应用技术;另外,还介绍了局域网接入 Internet 的相关知识、技术、方案等。除了理论知识外,本章还较为详细地介绍了网线、网卡、小型有线和无线路由器等在网络中的具体实现技术。

本章内容与学习要求

- 了解:局域网的硬件组成。
- 了解:网络的主要部件的类型。
- 了解:常用传输介质的分类和选型。
- 掌握:网络适配器的组成、工作与选择。
- 掌握:物理层设备的应用特点。
- 掌握:数据链路层设备的应用特点。
- 掌握:网络层设备的应用特点。
- 掌握:典型以太网组网技术。
- 掌握:共享式高速以太网组网技术。
- 掌握:交换式以太网组网技术与 VLAN 技术。
- 了解:局域网接入 Internet 的基本知识、设备和各种规模用户的接入方案。
- 掌握:常用的通信服务、接入线路的类型及服务运营商。
- 了解:WLAN 的标准、主要设备。
- 掌握:小型网络通过无线和有线路由器接入 Internet 的技术。

4.1 局域网

通常是指小区域范围内各种数据通信设备互相连接在一起而构成的一种通信网络,其主要目的是在园区、建筑和办公室内实现数据通信和资源共享。

1. 局域网的定义

局域网(Local Area Network,LAN)是一种小范围内(一般为几千米),以实现资源共享、数据传递和彼此通信为基本目的,由网络节点(计算机或网络连接)设备和通信线路等硬件按照某种网络结构连接而成的,配有相应软件的高速计算机网络。

① 局域网所覆盖的地理范围:通常是一个办公室、建筑物、机关、厂矿、公司、学校等,目前,其距离被限定在几千米之内的较小范围内。

② 局域网组建的目的:以资源共享和数据通信为基本目的。

③ 局域网中所连接的节点设备是广义的,它可以是在传输介质上连接并进行通信的任何设备,如计算机、集线器、交换机、网络打印机等各种设备。

④ 复合结构:局域网通常是由硬件、软件组成的复合系统;其中的计算机节点,在脱离网络后,仍然能够进行独立的工作。

2. 局域网的特征

(1) 共享传输信道

在局域网中通常将多个计算机和网络设备连接到一条共享的传输介质上,因此,其传输信道由连入的多个计算机节点和网络设备共享。

(2) 高传输速率

局域网是一种应用最广的计算机网络。它具有较高的数据传输速率,通信线路所提供的带宽一般不小于 10Mb/s,最快可达到 1000Mb/s 甚至是 10 000Mb/s,应用最多的是 10～100Mb/s。目前 LAN 正向着更高的速率发展,例如,光纤局域网、ATM 局域网、千兆以太网等。通常桌面计算机接入网络的速度为 10Mb/s 或 100Mb/s,主干线的速率则应当在 1000Mb/s 及以上。

(3) 有限传输距离

在局域网中,所有物理设备的分布半径通常为几千米内的较小的地理范围,此距离没有严格的限定,通常认为是在 10m～25km 内。这个距离通常由通信线路(如光缆或双绞线)所允许的最大传输距离来决定。局域网主要用于小公司、机关、企业、学校等内部,因此,涉及的范围可能是一个办公室、一座或几座建筑或有限地域的园区。

(4) 低误码率

局域网通常具有高可靠性。由于局域网的传输距离短,所经过的网络连接设备就比较少,因此,具有较好的传输质量,误码率通常在 10^{-8}～10^{-11} 之间。

(5) 连接规范整齐

局域网内的连接一般十分规范,都遵循着严格的标准。

(6) 用户集中,归属与管理单一

局域网通常由一个单位或组织组建,主要服务于本单位的用户。由于局域网的所有权属于某个具体的单位,因此局域网的设计、安装、使用和管理等均不受公共网络的束缚。

(7) 采用多种传输介质及相应的访问控制技术

局域网既可以支持粗缆、细缆、双绞线、光缆等有线传输介质;也可以支持红外线、激

光、微波等无线传输。因此，局域网中使用的媒体访问控制技术也有多种，例如，带有冲突检测的载波侦听多路访问(CSMA/CD)技术、令牌环访问控制(Token Ring)技术、光纤分布式数据接口(FDDI)技术等。

(8) 一般采用分布式控制和广播式通信

在局域网中各节点的地位平等，通常采用点对多点的广播通信方式，但是，也支持简单的点对点通信方式。

(9) 简单的低层协议

局域网通常采用总线型、环型、星型或树型等共享信道类型的拓扑结构，网内一般不需要中间转接，流量控制和路由选择等功能大为简化。局域网的通信处理功能一般由计算机的网卡、网络连接设备和传输介质共同完成。

(10) 易于安装、组建和维护

局域网通常具有较好的灵活性。局域网既可以允许速度不同的网络连接设备接入，也允许不同型号、不同厂家的产品接入网络中。

3. 网络的拓扑结构

网络拓扑结构是网络规划和设计的重要内容，也是网络设计的第一步。从计算机网络拓扑结构的定义来看，将网络中的节点(如计算机、网络设备)抽象为"点"，将网络中的介质抽象为"线"，点线结合的几何图形就是计算机网络的拓扑结构。

网络的拓扑结构通常可以分为以下两类。

① 逻辑拓扑结构：用来描述网络中各节点间的信息流动形式，即由网络中的介质访问控制方法决定的拓扑结构。

② 物理拓扑结构：用来描述网络硬件的布局，即网络中各部件的物理连接形状。

在设计网络时，不同拓扑的选择，将直接影响网络的投资、运行速率、安装、维护和诊断等各种性能。目前，局域网上广泛使用的拓扑结构类型有：总线型、环型拓扑、星型拓扑和树型拓扑(又称扩展星型)。

4.2 局域网的基本组成

前面学习了局域网的基本概念及工作原理。为了实现局域网的功能，如资源共享，还要清楚局域网的组成。局域网可以划分为网络软件系统和硬件系统两大组成部分，依次实现各部分后，局域网才能真正满足人们的需求。局域网的基本组成如下：

1. 局域网的软件系统

局域网的软件系统通常包括：网络操作系统和桌面操作系统、网络管理软件和网络应用软件等3类软件。其中的网络操作系统和网络管理软件是整个网络的核心，用来实现对网络的控制和管理，并向网络用户提供各种网络资源和服务。

2. 局域网的硬件系统

局域网是一种分布范围较小的计算机网络。现代局域网一般采用基于服务器的Intranet类型,因此如图4-1所示,其硬件从逻辑上看,可以分为网络服务器、网络客户机(工作站)、网卡、网络传输介质和网络共享设备等几个部分。

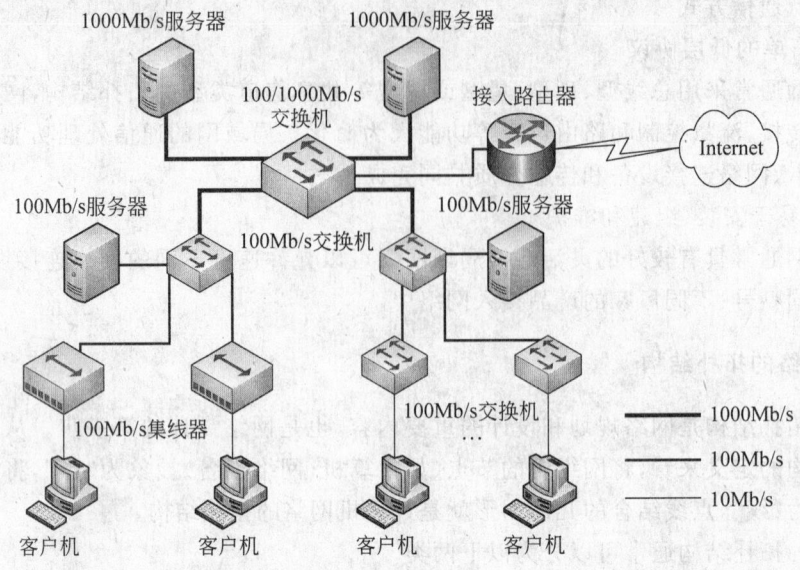

图 4-1 Intranet

① 网络服务器(Server):涉及网络模型的物理层到应用层;它是网络的服务中心,通常由一台或多台规模大、功能强的计算机担任,它们可以同时为网络上的多个计算机或用户提供服务。服务器可以具有多个CPU,因此,具有高速处理能力,大容量内存,并配置有快速存储能力的、大容量存储空间的磁盘或光盘存储器。

② 网络工作站(Workstation):涉及网络模型的物理层到应用层;连接到网络上的用户各种使用的终端计算机,都可以称为网络工作站,其功能通常比服务器弱。网络用户(客户)通过工作站来使用服务器提供的各种服务与资源,网络工作站也被称为客户机。

③ 网络传输介质:主要涉及网络模型的物理层;它是实现网络物理连接的线路,可以是各种有线或无线传输介质。例如,同轴电缆、光纤、双绞线、微波等及其相应的配件。

④ 网络适配器(Network Adapter):简称为网卡,主要涉及网络模型的物理层和数据链路层。网卡是实现网络连接的接口电路板。各种服务器或者工作站都必须安装网卡,才能实现网络通信或者资源共享。在局域网中,网卡是通信子网的主要部件。

⑤ 网络连接与互连设备:涉及网络模型的物理层到网络层。除了上述部件外,其余的网络连接设备还有很多,例如,收发器、中继器、集线器、网桥、交换机、路由器和网关等。这些连接与互连的设备被网络上的多个节点共享,因此也叫做网络共享部件(设备)。各种网络应根据自身功能的要求来确定这些设备的配置。

3. 局域网中的其他组件

① 网络资源：在网络上任何用户可以获得的东西,均可以看做资源。例如,打印机、扫描仪、数据、应用程序、系统软件和信息等都是资源。

② 用户：任何使用客户机访问网络资源的人。

③ 协议：协议是计算机之间通信和联系的语言。

总之,一个完成功能的局域网会涉及上述的各种硬件,这些硬件不同,局域网的工作原理就不同,网络的性能也不会相同。因此,掌握好网络各种部件是组建和应用网络的关键。

4.2.1 网络服务器

目前,在稍大的局域网中,各种服务器是网络中的核心,因此,是基于服务器的网络。网络服务器通常会涉及网络模型的各个层次。在网络中,应当首先确定服务器的功能类型;之后,应当考虑功能服务器所涉及的特定服务器技术;如果选择成品服务器,则应当考虑是选择"通用型服务器",还是"专用型服务器"。

1. 按网络服务器的功能分类

根据网络计算模式的不同,每个网络系统中服务器的数量和规模会有所不同。在基于服务器的网络中,根据服务器的功能,可以分为：主干服务器(又称文件服务器)、功能(专用)服务器和应用服务器等。

(1) 网络主干服务器

主干服务器是指系统中的一个或多个装有网络操作系统的高性能的服务器。网络中可以有一台或多台主干(控)服务器,这些服务器是网络中的管理核心,因此,又被称为核心服务器。它们在网络中能够实现对计算机、用户或资源对象的控制与管理;并能够提供各种通用网络服务。例如,在微软网络中的 Windows 2003/2008 域控制器,在 Novell 网络中的文件服务器等。主干服务器应当具有的功能和要求如下：

① 运行和安装了网络操作系统,如 Windows 2003/2008 服务器版。

② 网络管理员通过主干服务器对网络中的各种对象,如用户、设备、资源和安全等进行全方位的集中、可靠管理。

③ 是实现网络中软件、硬件和数据信息资源共享和集中管理的主要计算机。

④ 主干服务器对处理能力、内存容量与类型、硬盘容量和可靠性等均有较高的要求。主干服务器配置的大容量的磁盘空间可以直接为"无盘"或者"有盘"工作站的客户提供应用空间。另外,由于它需要接受和处理来自多个客户机的数据处理、资源访问和网络服务等服务器请求,因此,对服务器的 CPU 的数量、内存容量,以及质量的要求均比较高,建议选择通用服务器。

(2) 功能(专用)服务器

人们也可以根据服务器作用的不同进行分类。功能(专用)服务器是指系统中为某一种或某几种功能而专门设计的服务器,如 Web(WWW)服务器、DNS 服务器、DHCP 服务器、FTP 服务器、邮件服务器、远程访问服务器、打印服务器、代理服务器、视频点播服务器等。常见的功能性服务器有以下几种,这些服务器可以根据自身的需求选择相应的专用服务器硬件。

① WWW(Web)服务器:提供基于浏览器的 WWW 信息发布、浏览和资源访问服务;有了 Web 服务器,用户才能通过计算机中的浏览器访问世界各地的位于 Web 服务器中的各种信息资源。

② DNS 服务器:提供形象的"域名"与抽象的 IP 地址之间的转换服务。

③ DHCP 服务器:提供 TCP/IP 参数的自动配置与 IP 地址的分配与管理服务。

④ 打印服务器:通常是一台与物理打印设备相连接的计算机。它负责接受来自客户机的打印服务请求,并进行打印作业的队列管理,控制实际的物理打印设备的打印输出。例如,对不同级别的客户分配不同的打印优先级,组织或均衡打印负荷等。通过服务器内部的打印和排队服务,使所有网络用户都可以共享这些打印机,并且管理各个工作站的打印工作。

⑤ 通信和远程访问服务器(RAS):负责网络客户之间的通信联系、共享通信设备的管理,以及控制网络客户的远程登录和访问等。例如,可以对多个高速 Modem、ADSL 接入设备、DDN 路由器等的通信和管理;此外,还提供基于计算机网络的电子媒体信件的交换服务。利用通信服务器和客户端软件,通信服务器不但可以在企业内部实现电子邮件的传递,还可以为企事业单位员工提供快捷、简单、费用低廉、可靠的 Internet 上的电子邮件服务,以及客户的远程通信。

⑥ VOD 服务器:随着多媒体技术的广泛应用,网络的服务也不再单一,而是图、文、声、像的结合。VOD 就是多媒体应用中的一种,其英文全称为"Video On Demand",中文名称为"视频点播"。VOD 系统也采用了客户机/服务器的工作模式。人们将多媒体图文、视频、音频等素材存放于 VOD 视频服务器中,客户端的计算机即可通过企业内部的 Intranet,进行交互式查询,并且可以随时随地来点播服务器中自己喜欢的多媒体文件。

(3) 网络的应用服务器

应用(程序)服务器通常指网络中专为用户应用提供服务的计算机。应用服务器通常将来源于数据库服务器的数据库信息与最终用户的客户端程序(如 IE)联系到一起。例如,Microsoft 的应用程序服务器,Oracle 公司的应用程序服务器等。网络的应用服务器主要用于网络的各种应用系统。又如,通过 Excel 应用服务器,可以将电子表格软件 MS Excel 与大型数据库管理系统集成为一个网络数据业务协同工作环境。在这个平台上,用户可以充分发挥 Excel 的应用水平,通过设计模板、定义工作流、定义表间公式等简易直观的操作,实现管理意图,轻松、快速构建能够适应变化的 ERP(企业的资源管理)、OA、CRM(顾客关系管理)、SCM(供应链关系管理)等管理信息系统。

2. 按服务器技术分类

无论选择哪种服务器硬件都会涉及服务器技术。由于服务器的特殊性,其性能好坏将直接影响着整个局域网的效率、可靠性、耐用性;因此,选择好网络服务器的硬件是组建局域网的关键。在选择服务器硬件时涉及的技术可以考虑以下方面:

① 多处理机技术：是指服务器或工作站使用一个或多个中央处理器(CPU)。

② 总线能力：是指服务器具有高带宽总线、多总线等技术。总线是计算机中的"主干线路"，由于多数服务器需要传输的数据量要比其他计算机大，因而服务器的总线能力是服务器的一个重要选择因素。如总线的位数可以为 32 位、64 和 128 位等。

③ 内存：是指服务器中 RAM 随机访问存储器的类型。常见的内存种类有非奇偶校验 RAM、奇偶校验 RAM 和带有错误检测及更正的(ECC)RAM 等 3 类。

④ 磁盘接口和容错技术：外存储器"硬盘驱动器"，光盘驱动器等也是服务器的重要组成部分。与这些磁盘驱动器相关的技术如下：

- 接口技术：常用的硬盘、光驱等设备的接口有两类，第一类，是工作站常用的 EIDE(增强型 IDE 接口，IDE 即集成电路设备)接口；第二类，是各种服务器常用的 SCSI(小型计算机系统)接口；后者比前者有着更高的性能和功能。
- 容错技术：是指在计算机的硬件或软件出现故障的时候，系统采用的某种技术。当服务器采用了容错技术时，即使出现故障，服务器仍然能够继续运行。因此，容错技术使服务器具有容忍故障的能力。容错技术既可以通过软件实现，也可以通过硬件的方法来实现。前者被称为软件容错，而后者被称为硬件容错。例如，RIAD 1(磁盘镜像)技术，通过将系统中的每一个数据，同时写入多块硬盘，这样，一旦系统崩溃，数据仍可恢复，系统就能继续运行。

⑤ 其他常用的服务器技术：设备的热插拔技术、双机热备份、集群技术等。

3. 网络服务器物理设备的选择和配备

对于服务器的物理硬件设备，没有统一的规定，可以设计为一台，也可以是多台，一般可根据网络规模而定。在较小的局域网内，至少需要配置一台高性能的通用服务器，这台服务器在充当主干服务器的同时，还可以充当其他的功能服务器；如果网络的规模较大，也可以配置多台专用服务器，分别用来承担不同的功能；而在大规模的网络中，对于某一种服务器，还可能由多台专用服务器共同承担。

(1) 集成的服务器

集成的服务器的设计主要应用在中小型网络中。所谓的"集成"就是在一台物理设备上，通过软件的安装和配置，使其同时完成多种功能。例如，某局域网中，其主控服务器的计算机，在作为主控服务器的同时，还充当了打印服务器、邮件服务器、WWW 服务器、域名(DNS)服务器和动态主机配置协议(DHCP)服务器等多种类型的服务器。当然，如果出现了服务器的网络瓶颈时，就应当使用多台物理计算机来分别承担上述的各种功能。

(2) 专用的服务器

在较大的网络中，服务器的物理设备往往根据其身份而分别设置，即采用专用的服务器完成专门的工作。例如，网络中的主控服务器本身就可能有多台，因此，各个服务器也就不再担任其他角色；而打印服务器则往往直接购买专用的打印服务器。

对于中等规模的网络，用户可以根据自身的需求，在上述两者之间进行服务器的选配。

4. 选购网络服务器时需要考虑的主要因素

① 价格因素：在中小型网络中，服务器的负荷通常会比其他工作站的负荷高得多，因此，不要使用一般的微型计算机作为服务器，而应当选择专业服务器生产厂家的产品；如果资金实在紧张，至少也应当选择品牌计算机。在网络工程预算中，一般购买服务器的费用应占总投资的 10%～20%。

② 系统的开放性、系统的延续性、系统的可扩展性、系统互连性能、应用软件的支持、性能价格比的合理性，生产厂商的技术支持等各种因素。

③ 选择网络服务器的其他主要因素还有：服务器的总体结构合理、安全；CPU 速度快，可以考虑安装多个 CPU。应当注意选择主流品牌；足够的高质量内存；高品质的硬盘；不同功能服务器对服务器技术的需求应当有所不同。例如，主干服务器对 CPU 的性能和数量、内存的性能和容量、快速总线技术和热插拔等要求较高；Web 服务器则需要多 CPU、快速总线、快速硬盘和大容量内存；而数据库服务器的 CPU 的性能越高、数量越多则数据库服务器的性能就较高；此外，各种服务器技术所依赖的网络操作系统也有影响。例如，UNIX 和 Windows 2003/2008 服务器版等对 CPU 的数量与技术的支持就各不相同。

4.2.2 客户机或工作站

在网络中，用户连入网络的计算机就是客户机，也被称为工作站。与服务器类似，网络中的各种计算机均会涉及网络模型的各个层次。

1. 网络客户机（工作站）应具有的功能

网络中的客户机（工作站）是网络的前端窗口，用户通过它与网络连接。为此，客户机（工作站）应当具有接受网络服务、访问网络资源和接受网络管理的接口，以及必要的处理能力。在 C/S 或 B/S 工作模式的网络中，用户通过客户机上的软件程序向服务器程序发出请求服务的命令或访问共享资源的请求；服务器经过运算和处理后，将服务的结果返回客户机的接口；客户机则会通过本地的 CPU 和 RAM 进行进一步的运算和处理，并将最终结果返回给网络用户。

2. 网络客户机（工作站）的配置要求

各种类型的微型计算机均可以成为网络客户机（工作站）。最低档的客户机可能是"无盘工作站"；而最高档的多媒体工作站则可能有很高的配置。

（1）硬件条件

各种客户机（工作站）都需要安装网卡，并经过与之相连的网络传输介质、其他网络连接器件与网络服务器或其他网络节点相连接。

（2）软件条件

客户机（工作站）通常具有自己单独的操作系统，以便离开网络时可以独立工作。客户机上一般安装普通的桌面操作系统，如 Windows XP/7 等；倘若有特殊的需求，也可以选择其他类型的操作系统或网络操作系统,如 Windows 2003/2008 服务器版。

客户机(工作站)与网络相连时,需要将操作系统中的"网络连接软件"安装在客户机(工作站)上,形成一个专门的引导、连接程序。客户机通过软盘或硬盘的引导后,连接到网络中,进而可以访问服务器或网络中的资源。

4.3 网络中的主要硬件

局域网中的硬件系统主要涉及网络的物理层、数据链路层和网络层。在建立和管理网络之前,必须选择和确定网络中的各种硬件设备和部件。

4.3.1 传输介质

传输介质是网络中信息传输的媒体,也是网络通信的物质基础之一。传输介质的性能特点对传输速率、通信距离、传输的可靠性、可连接的节点数目等均有很大的影响。因此,必须根据不同的通信要求,合理地选择传输介质。

1. 选择传输介质应考虑的具体因素

① 成本:这是决定传输介质的一个最重要的因素。

② 安装的难易程度:这也是决定使用某种传输介质的一个主要因素。例如,光纤的高额安装费用和需要的高技能安装人员使得许多用户望而生畏。

③ 容量:这指传输介质的传输信息的最大能力,一般与传输介质的带宽和传输速率等因素有关,有时也用带宽和传输速率来表示传输介质的容量,它们同样是描述传输介质的重要特性。

- 带宽:传输介质的带宽即传输介质允许使用的频带宽度。
- 传输速率:指在传输介质的有效带宽上,单位时间内可靠传输的二进制的位数,一般使用 b/s、Kb/s、Mb/s 等表示网卡的速率。

④ 衰减及最大距离:衰减是指信号在传递过程中被衰减或失真的程度;而最大网线距离是指在允许的衰减或失真程度上,可用的最大距离。因此,在实际网络设计中,这也是需要考虑的重要因素。在实际中,所谓的"高衰减"就是指允许的传输距离短;反之,"低衰减"就是指允许的传输距离长。

⑤ 抗干扰能力:是传输介质选择的一个主要特性,这里的干扰主要指电磁干扰(Electro Magnetic Interference,EMI)。

⑥ 网络拓扑结构:光纤适合环型拓扑结构图。

⑦ 网络连接方式:同轴电缆适合一点对多点的传输方式。

⑧ 环境因素:地理分布、气象影响、环境温度、节点间距等。

传输介质的选择与应用是局域网的实现技术之一。

2. 传输介质的分类

网络中常用的传输介质通常分为"有线"和"无线"两类;其中,有线传输介质又称为约束类传输介质;无线传输介质又称为自由介质。常用的有线传输介质包括:双绞线、同轴电缆和光导纤维3类。下面对有线和无线传输介质做如下介绍:

(1) 双绞线(Twisted Pair,TP)

双绞线电缆是综合布线工程中最常用的一种传输介质。双绞线电缆分为无屏蔽双绞线(Unshielded Twisted Pair,UTP)和有屏蔽双绞线(Shielded Twisted Pair,STP)两种。在这两大类中,又分为100欧姆电缆、双体电缆、大对数电缆、150欧姆屏蔽电缆等。

① 双绞线的物理结构。

双绞线(又称双扭线)由两根具有绝缘保护层的铜导线组成。双绞线中的每两根绝缘的铜导线按一定密度绞合在一起,是为了降低信号干扰的程度,因为每一根导线在传输中辐射的电波会被另一根线上发出的电波抵消。双绞线一般由两根22~26号绝缘铜导线相互缠绕而成。如果将一对或多对双绞线放在一个绝缘套管中就是双绞线电缆,网络中常用的是4对双绞线电缆,如图4-2所示。

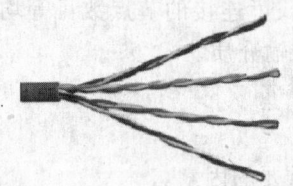

图4-2　4对8根双绞线(UTP和STP)

② 无屏蔽双绞线(UTP)。

网络中常用的非屏蔽双绞线通常分成5类。市面上常见的有5类和超5类几种双绞线,它们的主要特性参数如表4-1所示。其中的3类双绞线用于10Mb/s以下的数据传输,已不多见;5类双绞线电缆是当前使用最多的,其保护层较厚,价格也很便宜,适用于大部分计算机网络、语音和多媒体等100Mb/s的高速和大容量数据的传输。此外,超5类双绞线也属于非屏蔽双绞线,它与5类双绞线相比,在传送信号时的衰减更小、抗干扰能力更强,如在100Mb/s的网络中,用户设备受到的干扰只有普通5类线的1/4,可以为网络未来一段时间的发展提供较大的余地,例如,超5类UTP可以支持155Mb/s的异步传输模式下ATM的数据传输。

表4-1　各类铜质UTP的主要性能参数

UTP类别	型号	最高工作频率(MHz)	最高数据传输速率(Mb/s)	主　要　用　途
3类	AT&T 1010	16	10	语音和10Mb/s低速网络
5类	AT&T 1061	100	100	语音和多媒体等100Mb/s高速网络
超5类	AT&T 1061C	125和200	155	适用于10Mb/s、100Mb/s、1000Mb/s及ATM等各种网络环境
6类		200	>155	适用于以上的各种网络环境,尤其适用于10 000Mb/s(万兆以太网)

UTP 是网络中最常见的传输介质,其主要应用特性如下:

- 成本:低成本,由于 UTP 的低廉价格,因此被广泛应用。
- 易维护:安装和维护容易。
- 高容量:与同轴电缆等介质相比,具有较高的数据传输能力。
- 高衰减:100 米以内的低传输距离。
- 抗干扰:抗 EMI 能力较差。UTP 没有金属保护膜,因此,对电磁干扰十分敏感。同其他传输介质相比在传输距离、带宽和数据传输速度方面均有一定的限制,例如,5UTP 双绞线缆的最长传输距离为 100 米。
- UTP 的优点:价格便宜,易于安装,所以单对双绞线被广泛地应用于电话系统,4 对双绞线电缆被广泛地用于局域网的数据传输中。
- UTP 的缺点:绝缘性能不好,分布电容参数较大,信号衰减比较严重,所以,一般来说,主要应用在传输速率不高,传输距离有限的场合。例如,UTP 被广泛地应用于传输模拟信号的电话系统和近距离的局域网中。

③ 有屏蔽双绞线。

STP 和 UTP 的不同之处是,在双绞线和外层保护套中间增加了一层金属屏蔽保护膜,用以减少信号传送时所产生的电磁干扰,并具有减小辐射、防止信息被窃听的功能。STP 相对 UTP 来讲价格较贵。目前,除了在某些特殊场合(如电磁干扰和辐射严重、对传输质量有较高要求等)使用 STP 外,一般都使用 UTP。理论上 STP 的传输速率可达到 500Mb/s,实际的数据传输速率在 10~155Mb/s 以内。目前常用的 5 类 STP 在 100 米内的数据传输速率为 155Mb/s。STP 分为 1、2、5、6、7、9 等类别。STP 的应用特性如下:

- 中等成本:由于整个系统都需要屏蔽器件,因此价格比 UTP 高一倍以上。
- 安装难易程度中等:STP 比 UTP 更难安装与维护,因此,维护费用较高。
- 高衰减:100 米以内的低传输距离。
- 抗干扰(EMI)能力中等。较 UTP 高,尤其是在频率超过 30MHz 时,最有效的控制方法就是采用 STP。
- 保密性:STP 比 UTP 系统高。

④ 双绞线的应用。

双绞线一般应用在如图 4-3 所示的星型网络结构中,计算机可采用已成为主流的 10/100/1000Mb/s 速率的,有 RJ-45 接口的网卡。

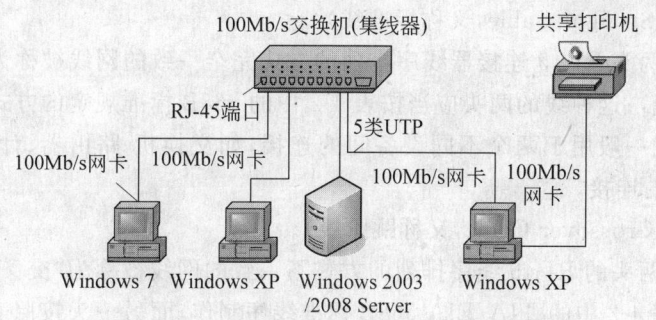

图 4-3 使用双绞线的星型以太网

在如图 4-3 所示的使用双绞线连接的 10/100/1000Base 的双绞线以太网中,每个计算机使用的双绞线电缆的两端都装有 RJ-45 型连接器(又称水晶头),如图 4-4(a)所示;双绞线一端连接集线器或交换机,另一端连接计算机上的网卡,如图 4-4(c)所示;而墙面上的 RJ-45 接口插座如图 4-4(b)所示。

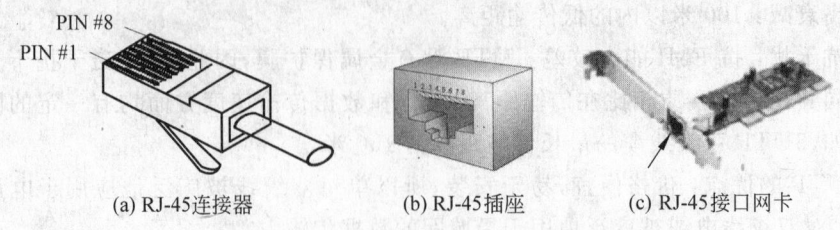

(a) RJ-45连接器　　　　(b) RJ-45插座　　　　(c) RJ-45接口网卡

图 4-4　RJ-45 类型的连接器、插座和网卡

(2) 双绞线制线标准与跳线应用

UTP 的 8 芯线与 RJ-45 连接头的 8 个引脚连接时,常用的制线标准有两个:TIA/EIA 568B 和 TIA/EIA 568A,其线序有两种,如图 4-5 和表 4-2 所示。

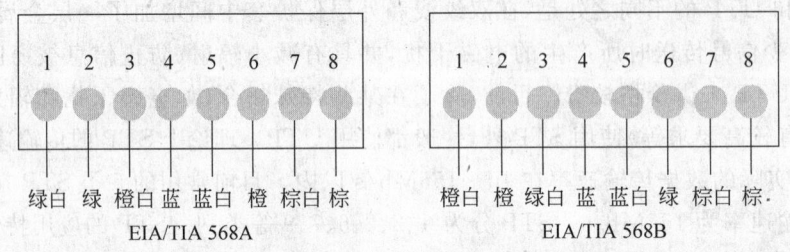

图 4-5　EIA/TIA 568B 和 568A(10/100/1000Base-T)RJ-45 连接器及接口的连接规范

表 4-2　TIA/EIA 568A 和 568B 标准定义的双绞线与 RJ-45 连接器(接头)连接顺序表

标准 \ 引脚 色线	1	2	3	4	5	6	7	8
TIA/EIA 568A	绿白 W-G	绿 G	橙白 W-O	蓝 BL	蓝白 W-BL	橙 O	棕白 W-BR	棕 BR
TIA/EIA 568B	橙白 W-O	橙 O	绿白 W-G	蓝 BL	蓝白 W-BL	绿 G	棕白 W-BR	棕 BR

在连接网络设备时,应注意以下两种跳线的制作与使用:

① 直通线(Straight Cable,又称标准线)。

在制线时,两头 RJ-45 连接器线序排列的方式完全一致的网线被称为"标准线"(又称直通线或直连线);这种线的两头应当按表 4-2 中的 568B 标准规定的方式来制作。

直通双绞线一般用于两个不同设备间的连接,如交换机-路由器、计算机-Hub、计算机-交换机之间的连接。

② 交叉线(Crossover Cable,又称跳阶线)。

在制线时,两头的 RJ-45 线序排列的方式不一致的网线被称为"交叉线"或"跳接线"。它的一头按照表 4-2 中的 TIA/EIA 568B 标准线序制作;而另一头按照表 4-2 中的 TIA/

EIA 568A 标准的线序制作。交叉线主要用于两个相同设备之间的连接。

交叉线的连接场合有：计算机-计算机、交换机-交换机、集线器-集线器、路由器-路由器、计算机-路由器之间同类端口的连接。

（3）双绞线的传输距离

双绞线在局域网的最长单段传输距离为 100m，但作为远程中继线时最长为15km。

3. 同轴电缆

（1）同轴电缆的物理结构

同轴电缆(Coaxial Cable)是网络中最常用的传输介质，因其内部包含两条相互平行的导线而得名。一般的同轴电缆共有 4 层，最内层的"导体"通常是铜质的，该铜线可以是实心的，也可以是绞合线。在中央导体的外面依次为绝缘层、屏蔽层(外部导体)和保护套，如图 4-6(a)所示。绝缘层一般为类似塑料的白色绝缘材料，用于将中心的导体和屏蔽层隔开。而屏蔽层为铜质的精细网状物，用来将电磁干扰(EMI)屏蔽在电缆之外。

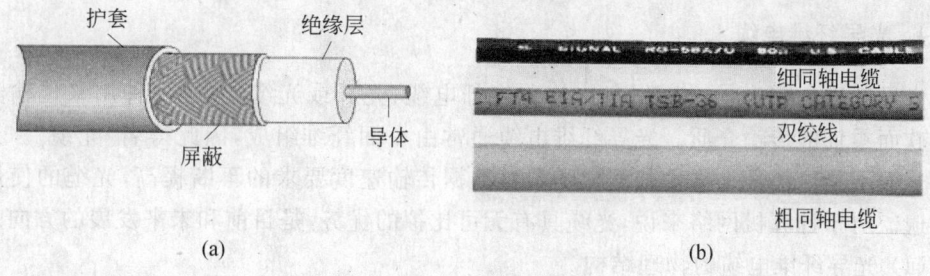

(a)   (b)

图 4-6 电缆的结构和外形

在实际使用中，网络的数据通过中心导体进行传输；电磁干扰被外部导体屏蔽。因此，为了消除电磁干扰，同轴电缆的屏蔽层应当接地。

（2）同轴电缆的分类与应用

大部分人都见过同轴电缆，例如，有线电视使用的就是一种同轴电缆。按带宽和用途来划分，同轴电缆可以分为基带(Base-band)和宽带(Broad-band)。在小型局域网中，常使用基带同轴电缆；在电视网或基于电视网络的局域网中，常使用宽带同轴电缆。

基带同轴电缆传输的是数字信号，在传输过程中，信号将占用整个信道，数字信号包括由 0 到该基带同轴电缆所能传输的最高频率，因此，在同一时间内，基带同轴电缆仅能传送一种信号。同轴电缆主要用于总线拓扑结构的网络。同轴电缆应用时，两端必须安装终结器，以连通网络和吸收波的反射。常用的同轴电缆类型与应用场合如下：

① RG-58A/U，用于 10Base-2，阻抗为 50Ω，直径为 0.18 英寸的同轴电缆线，又称"细同轴电缆"。它是计算机网络中最常见的同轴电缆线，就 Ethernet 标准而言，它常与 BNC 接头配合连接，参见图 4-6(b)。

② RG-11，用于 10Base-5，阻抗为 50Ω，直径为 0.4 英寸的同轴电缆线，又称"粗同轴电缆"。它需要配合收发器(Transceiver)使用，参见图 4-6(b)。

③ RG-59U，阻抗为 75Ω，直径为 0.25 英寸的同轴电缆线，常用于电视电缆线，也可

作为宽带的数据传输线，ARCnet 用的就是此类电缆线。

同轴电缆一般安装在设备与设备之间。在每个用户的位置上都装有一个连接器为用户提供接口。目前，局域网上主要使用基带同轴电缆。

(3) 常用基带同轴电缆的应用特点

① 成本：低成本。

② 安装维护：易于安装与维护，扩展方便；故障诊断不易，如单段电缆的损坏将导致整个总线网络的瘫痪。

③ 低容量：最高 10Mb/s 的容量。

④ 衰减：中等衰减，即无中继时为中等传输距离，如 10Base-5 的传输距离为 500 米。

⑤ 抗干扰：抗 EMI 能力中等。

(4) 同轴电缆的传输距离

在局域网中常用的基带同轴电缆的单段最大传输距离为几百米；而使用宽带同轴电缆时的最大传输距离为几十千米。

4. 光导纤维电缆

光导纤维电缆（Optical Fiber），简称光纤电缆、光纤或光缆，它是一种用来传输光束的细软而柔韧的传输介质。光导纤维电缆通常由一捆纤维组成，因此得名"光缆"。光纤使用光而不是电信号来传输数据。随着对数据传输速度要求的不断提高，光缆的使用日益普遍。对于计算机网络来说，光缆具有无可比拟的优势，是目前和未来发展的方向。

(1) 光导纤维电缆的物理结构

光缆由纤芯、包层和护套层组成。其中纤芯由玻璃或塑料制成，包层由玻璃制成，护套由塑料制成，其结构如图 4-7 所示。光缆的中心是玻璃束或纤芯，由激光器产生的光通过玻璃束传送到另一台设备。在纤芯的周围是一层反光材料，称为覆层。由于覆层的存在，没有光可以从玻璃束中逃逸。

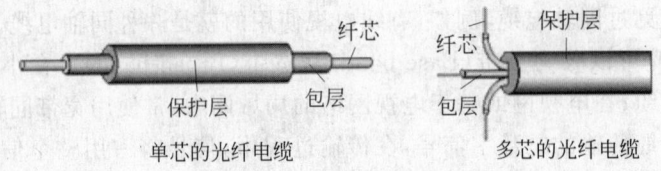

图 4-7　光纤电缆的物理结构

(2) 光纤通信系统的工作原理

光纤通信系统是以光波为信号的载体、以光导纤维为传输介质的通信系统。光纤通信系统由光纤、光发送机和光接收机等部分组成，如图 4-8 所示。各部分的主要作用如下：

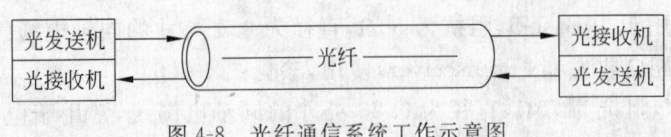

图 4-8　光纤通信系统工作示意图

① 光纤是传输光波的物理媒体。

② 光发送机主要由光源和驱动两部分组成。负责产生光束、将 0 和 1 组成的电信号转换为光信号,进行光信号的编码,并将光信号导入光纤。

③ 光接收机主要由光检测和放大两部分组成。负责接收从光纤上传输来的光信号、将光信号转换为电信号、解码后转换成计算机可以处理的 0 和 1 组成的信号。

④ 光中继机是为了解决长距离传输过程中的光能衰减的问题,在大容量、远距离的光纤系统中,每间隔一定的距离需要设置一个中继机,以解决光信息传输质量下降的问题。以保证光纤的高可靠、高质量的远距离传输。

在光缆中,光只能沿一个方向移动,两个设备若要实现双向通信,必须使用两束光纤,或者使用双股光缆,一条用来发送信息,另一条用来接收信息。

(3) 光导纤维电缆的分类与性能参数

几年前光缆的价格是十分昂贵的,近几年已经大幅度下降。由于安装光缆的工作需要具有高技能的技术人员进行操作,因此,铺设光纤网络的绝大部分费用是安装费。光纤有两种,单模式(Single Mode)和多模式(Multimode)。单模式光纤比多模式光纤具有更快的传输速度和更长的传输距离,自然费用也就更贵。

① 单模式光纤:简称单模光纤,以激光作为光源。由于单模式光纤仅允许一束光通过,因此只能传输一路信号;其传输距离远,设备比多模光纤贵。

② 多模式光纤:简称多模光纤,以发光二极管作为光源。由于多模式光纤允许多路光束通过,因此可传输多路信号。其传输的距离较近,设备比单模的便宜。

在使用光纤介质建设网络时,必须考虑光纤的单向性。光纤在普通计算机网络中使用时,安装是从用户设备端开始的,如果需要双向通信,应该使用双股光纤,一路用于输入,另一路用于输出。光纤电缆两端应当接到光设备接口上。

(4) 光纤电缆的接口与常用设备

① 光纤的接口标准:有 ST(圆形)、SC(方形)、FC 型几种,其中 FC 为圆形的螺纹式结构,SC 型是矩形的插拔式结构,ST 型是圆形卡口式结构。

② 光电转换器(Transceiver):也称光纤收发器,是物理层的设备,用于光信号和电信号的相互转换,适用于传输距离较长、而设备中没有光纤接口的场合。

(5) 光导纤维电缆的主要应用特点

光纤与其他传输介质的比较,如表 4-3 所示。光纤迅速发展的原因在于它具有如下特点:

① 传输信号的频带宽,通信容量大。

② 传输损耗小,传输(中继)距离长。

③ 误码率低,传输可靠性高。一般,误码率低于 10^{-9}。

④ 抗干扰能力强。由于光纤是非金属材料,因此不受电磁波的干扰和电噪声的影响。保密性好。例如,数据不易被窃听,或者被截取。

⑤ 体积小,重量轻。

⑥ 价格昂贵,但正在不断下降,是最有发展的传输介质。

表 4-3 常用的光导纤维电缆与同轴电缆比较

电缆线类型		频率（MHz）	衰减（dB/km）	无中继距离
电缆	粗缆	1	24	185m
		30	28.7	
	细缆	1	42	500m
		30	18.77	
光纤	0.85μm 单模	200～1000	<3	4km
	1.55μm 单模	10～100GHz	<3	100km
	1.3μm 多模	>1000	<1	30km

⑦ 安装十分困难，需要专业的技术人员。例如，切断和连接时较为麻烦。

⑧ 质地脆、机械强度低。

（6）光导纤维电缆的应用场合

光缆适用于长距离、布线条件特殊的情况，以及语音、数据和视频图像等应用领域；另外，在较大规模的计算机局域网络中，目前广泛地采用光缆作为外界数据传输的干线，这样一方面可以有效地防止电磁干扰的入侵，另一方面可以极大地扩展网络距离。

光纤很少用于连接交换机（集线器）和工作站；但却常用于交换机到服务器的连接，交换机到交换机的连接。

5. 无线（自由）传输介质

无线传输介质，简称无线（自由或无形）介质或空间介质。无线传输介质是指在两个通信设备之间不使用任何物理的连接器，通常这种传输介质通过空气进行信号传输。当通信设备之间由于存在物理障碍，而不能使用普通传输介质时，可以考虑使用无线介质。常见的无线介质有无线电波（30MHz～1GHz）、微波（300MHz～300GHz）、红外线和激光几种，它们是根据电磁波的频率进行划分的。因此，根据使用无线介质的不同，无线传输系统大致分为广播通信系统、地面微波通信系统、卫星微波通信系统和红外线通信系统。

（1）无线电波通信

无线电波通信主要用在广播通信中。

（2）无线电微波通信

无线电微波通信在数据通信中占有重要地位。微波的频率范围为 300MHz～300GHz，它主要使用 2～40GHz 的频率范围。微波在空间中是直线传播，由于微波会穿透电离层而进入宇宙空间，因此，它不像短波通信那样，可以经电离层反射和传播到地面上很远的地方。微波通信有两种主要的方式：地面微波接力通信和卫星通信。

4.3.2 网络适配器

网络适配器（Network Adapter），又称为网络接口卡（Network Interface Card），简称网卡或 NIC。网卡是连接计算机与网线的设备，也是计算机与网络通信的接口。网卡通常安装在每台计算机的扩展插槽中。它是网络通信的主要部件,也是网络通信的主要瓶颈之一。网卡的品种和质量的好坏将直接影响网络的性能和网络上运行软件的效果。

1. 网络适配器的组成与连接

① 网卡的组成:网卡由 CPU、RAM、ROM 和 I/O 接口等组成。如图 4-9 所示,网卡与计算机以并行方式传输信号;而与外部传输介质,则是以串行方式传输信号;由于这两种信号的传输速率并不相同,因此,网卡上必须有用于数据存储的缓存芯片。

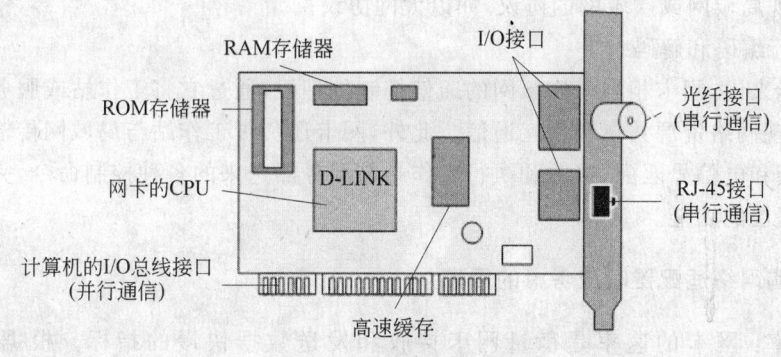

图 4-9 网卡的结构示意图

② 网卡与 LAN 的连接:网卡通过传输介质的接口连接,如 RJ-45 与双绞线连接,进而与局域网连接。在传输介质中,信号以串行方式传输。

③ 网卡与计算机的连接:网卡通过计算机内主板上的 I/O 总线与计算机连接。在计算机的 I/O 总线上,信号以并行方式传输。

④ 网卡的硬件地址:为了区别于网络中的其他计算机和设备,每块网卡都有一个唯一的硬件地址。这个地址就是"介质访问控制地址",其英文缩写为 MAC 地址,又称为"物理地址"。对于每一台设备该地址都是唯一的,如路由器的端口、网卡都有自己的 MAC 地址。MAC 地址是由 12 位十六进制数(0~F)组成,用二进制表示为 48 位。网卡 MAC 地址的前 24 位标识厂商,需要向指定机构申请和购买,而后 24 位则是由厂商指定的网卡序列号,如 00-0A-EB-5F-B6-8F。

2. 网络适配器的基本功能

网卡工作在 OSI 模型的第 2 层,它实现"物理层"和"数据链路层"的功能。

(1)网卡的工作流程

工作站通过网卡的介质接口、介质连接器、传输介质与局域网进行连接。按照要求的物理连接和电信号进行匹配;接收和执行工作站与服务器送来的各种控制命令,完成物理层和数据链路层的功能。

① 发送端计算机:网卡负责将计算机待发送的数据转换为能够通过传输介质传送的数据信号,并通过传输介质传递信号到目的设备。为了便于转送,要发送的数据会被分割成小的数据包,即数据帧;数据帧的头部写有发送方(源)的 MAC 地址和接收方(目标)的 MAC 地址。

② 接收端的计算机：计算机网卡侦听网络上的所有数据帧，并且会根据每个数据帧头部的 MAC 地址信息来判断是否是发送给自己的；如果是则接收该数据帧。总之，网卡负责接收传输介质中传递给本网卡的数据帧信号，并将其重新组合、还原为原数据。

（2）网卡的功能

① 进行串行/并行转换。

② 对数据进行缓存。

③ 在计算机的操作系统安装设备驱动程序。

④ 实现局域网或广域网的协议，如以太网协议。

⑤ 进行编码和解码。

从功能来说，网卡相当于广域网的通信控制处理机，通过它将工作站或服务器连接到网络上，实现网络资源共享和相互通信。此外，网卡还负责工作站与局域网传输介质之间的物理连接和电信号匹配，接收和执行工作站与服务器送来的各种控制命令，完成物理层和数据链路层的功能。

3. 选购网络适配器时应考虑的因素

① 速率：网卡的速率是衡量网卡接收和发送数据快慢的指标。根据需要选购 100Mb/s 或 1000Mb/s 的以太网、ATM 网卡或其他类型的网卡。

② 计算机中的总线插槽和连接类型：常见的有 ISA、EISA、VESA、PCI 和 PCMCIA 等，因此，所选网卡应当与所插入的计算机的总线类型一致。另外，目前很多设备都采用了 USB(Universal Serial Bus，通用串行总线)接口，USB 设备具有热插拔、不用占用计算机的总线插槽、安装和使用方便等显著的优点；与其他 USB 设备一样，在 Windows 中使用时，USB 的有线和无线网卡一旦被接入，可以立即被计算机识别。总之，应尽量选购高速的 PCI 自适应网卡；这是因为 PCI 是一种完善的标准，其设计目标是"自动配置"。计算机中的 PCI 总线接口，保证了一台计算机可以由它的 BIOS 或操作系统进行自动配置工作，并为 PCI 的部件自动建立配置注册表，从而在根本上解决了 PCI 设备与其他设备间的硬件冲突；而自适应网卡，则能够自动匹配各种速率的网络。

③ 有线网卡：应根据支持的局域网类型和有线介质的不同进行选择，常见的有以太网网卡、令牌环网卡、光纤分布式接口(FDDI)网卡和 ATM 网卡等。例如，以太网的常用介质接口共有 3 种类型，分别为双绞线(RJ-45)接口、光纤接口和同轴电缆接口，它们分别用在不同的以太网中。

④ 无线网卡：无须有线电缆的连接，具有布线容易、移动性强、组网灵活和成本低廉等特点。主要用于无线网络(WLAN)。

4.3.3 物理层设备与部件

物理层的设备主要有收发器、中继器、集线器，以及无线接入点 AP；网络部件主要有传输介质、介质连接器、各类转换部件(RJ-45-AUI)等，它们都工作在 OSI 模型的第一层"物理层"。

1. 理论作用

具有信号接收、放大、整形、向所有端口转发数据的作用;没有判断是否转发的功能。

2. 实际应用

物理层互连设备在网络中的实际作用:增长传输距离、增加网络节点数目、不同介质网络的连接及组网。例如,当局域网网段中节点相距过远时,信号的衰减会导致接收设备无法识别。此时,就应加装中继器、收发器或集线器,以加强信号;又如,当 8 口集线器不够时,就需要使用其他集线器进行扩充,以求连接更多的计算机,如图 4-10 所示。此外,使用带有光纤接口的 Hub 可以连接一个使用双绞线和一个使用光纤的以太网。

3. 冲突域和广播域

物理层设备互连的网络的各个节点收到信息时,会向所有端口转发;一个节点发送数据时,其他节点就不能发送数据,因此,互连的所有节点都处于同一个冲突域。

由于物理层设备将收到的信息转发到所有端口,因此,不能隔离广播信息的传播,所以互连的网段都处于同一个广播域。例如,当如图 4-11 所示的 8 口集线器上,连接有 4 个计算机节点时,其冲突域的数目为 1,广播域的个数也为 1。

图 4-10　无线接入点 AP

图 4-11　独立式交换机(Hub)

使用物理层设备互连的节点数目越多,冲突域和广播域的范围就越大,网络的性能也越差;因此,若想改善网络的性能,应使用其他层的网络设备来设法减小冲突域和广播域的范围,增加冲突域的个数。

4. 常见设备和部件

物理层的常见设备主要有:中继器、集线器,以及其他各种类型的转接器。由于网络的类型多样化,介质和介质连接器的种类繁多,因此,在实际工程中经常需要各种物理层的转换部件。应运而生的网络市场上就有诸如:AUI-RJ-45,BNC-RJ-45,ST-RJ-45 等不同类型的接口转换器,有时也称其为"跳线"。例如,ST-SC 就是一款光纤跳线,使用它可以实现不同光纤接口(多模跳线)的转换连接。

5. 有线和无线集线器

集线器主要指共享式集线器,又被称为多端口中继器。它工作在 OSI 模型的物理层,其作用与中继器类似。集线器的端口数目可以从 4 端口直到几百个端口不等。集线器的基本功能仍然是强化和转发信号。此外,集线器还具有组网、指示和隔离故障站点等功能。本节主要讨论有线集线器。

(1) 无线集线器——AP

AP 相当于有线网络中的集线器,其外形如图 4-10 所示。AP 用来连接周边的无线网络终端,形成星型网络结构。

(2) 有线集线器的分类

集线器和交换机的外形十分相似,按外形可以分为:独立式集线器、堆叠式集线器和模块式集线器 3 种,如图 4-11、图 4-12 和图 4-13 所示;按照速率可以分为:10Mb/s、100Mb/s 和 1000Mb/s。

图 4-12　堆叠交换机(Hub)　　　　　图 4-13　千兆模块式交换机(Hub)

堆叠式集线器采用了集线器背板来支持多个中继网段。这种集线器的实质是具有多个接口卡槽位的机箱系统。此外,在市场上以太网的交换式集线器也被称为集线器,但是它与共享式集线器有着本质的不同,其实质是具有内置网桥功能的多端口网桥,即后边将要介绍的交换机。

4.3.4　数据链路层设备

数据链路层设备的主要部件有有线和无线网卡;主要互连设备有网桥、交换机和无线网桥等,它们都工作在 OSI 模型的第 2 层"数据链路层"。交换机与网桥的工作原理类似,因此,又被称为"多端口网桥"。但是,交换机的应用更为广泛。

1. 理论作用

数据链路层设备的主要部件有网卡;主要设备有网桥、交换机和无线网桥等,它们都工作在 OSI 模型的第 2 层"数据链路层"。在网络中,这层设备能够识别数据链路层的地址,如 MAC 地址;并负责接收和转发数据帧。数据链路层设备包含了物理层设备的功能,但是比物理层设备具有更高的智能。其理论与实际功能如下:

① 学习功能:这层设备不但能读懂第 2 层"数据帧"头部的 MAC 地址信息;还能根据读出的端口和物理(MAC)地址信息自动学习、建立起"转发表"(MAC 地址表);并依据

转发表中的数据进行过滤和筛选,最终依所选的端口转发数据帧。这层设备允许不同端口间的并发通信;因此,可以增加冲突域的数量。

② 过滤和转发:当交换机(网桥)的"学习"过程完成后,这层设备就能根据学习到的转发表和目的地地址,进行数据帧的过滤或转发,并自动维护交换机的"转发表"。由于网络上的各种设备和工作站都有一个 MAC 地址,因此,当交换机(网桥)接到一个信息帧时,如果目标地址与源地址在同一网络(端口号相同),则自动废除该信息帧,这就是"过滤"功能;反之,如果目标地址与源地址不在同一网络(端口号不同),则交换机(网桥)就会转发这个数据帧,这就是"转发"功能。

例如,当图 4-14 中 PC1 发送数据给 PC2 时,由于端口号均为"1",因此,交换机(网桥)判断两台主机是在同一网络,因此会执行"过滤"功能,不转发这个数据帧。当图 4-14 中 PC1 发送数据给 PC3 时,由于交换机发现这两台主机所在的端口号不同,因此,交换机(网桥)判断这两台主机不在同一网络,因此,会从"端口 1"转发数据帧到"端口 2"。

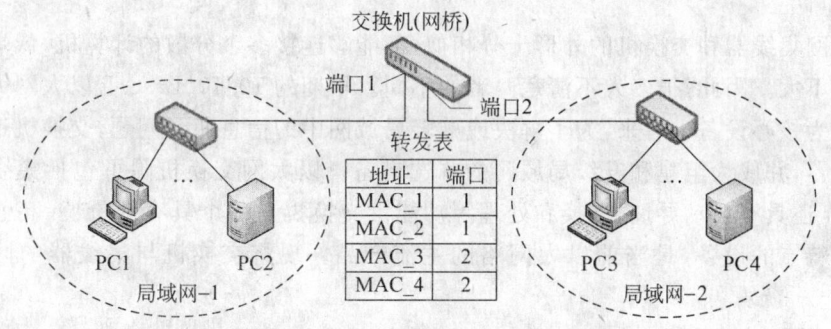

图 4-14　连接两个本地局域网的交换机

2. 冲突域和广播域

这层设备经常用于互连使用相同网络号的 IP 子网。交换机和网桥都是端口冲突和传播所有的广播信息的设备;端口冲突是指多个计算机节点如果同时访问同一端口则会发生冲突,如果不同时访问同一个端口则不会发生冲突。因此,网桥和第 2 层交换机互连的网络处于多个冲突域和同一个广播域,如图 4-14 所示的交换机(网桥)互连了两个物理网段,因此,具有一个广播域和两个冲突域。又如,一个 24 口交换机,连接了 8 台计算机;则其冲突域为 8 个,而广播域只有一个。

3. 实际作用

网桥和交换机都是一个软件和硬件的综合系统。但网桥出现得较早,目前,在局域网中,交换机已经基本上取代了网桥和传统的集线器。局域网交换机的引入,使得端口的各站点可独享带宽,减弱了冲突,减少了出错及重发,提高了传输效率。交换机最重要的作用就是可以维护几个独立的、互不影响的并行通信进程。交换机在实际中的作用如下:

① 组网,即作为连接终端设备的各种节点计算机和设备;低速交换机常用于连接计算机节点,而高速交换机常作为局域网内部的核心或骨干节点互连局域网内部的不同

网段。

② 增加冲突域的个数,减小冲突域的范围,使得共享网络进行分段,从而改善和提高网络性能。在图 4-3 所示的使用集线器共享以太网中,当节点过多导致性能下降时,可以将其中的集线器替换为交换机,从而达到改善网络的性能的目的。因为,在同样连接有 4 个计算机节点时,改善前的共享以太网的冲突域为 1 个,改善后的交换式以太网的冲突域为 4 个,由于改善后冲突域中的节点减少,从而改善了网络性能。

③ 增加广播域的个数,减小广播域的范围,通过交换机的 VLAN 功能可以将原来的一个广播域划分为多个广播域,可以更近一步提高网络的性能。

交换机(网桥)应用时,应注意其转发所有的广播数据,因此不能控制广播信息和广播风暴;但是,启用了 VLAN 功能的交换机除外。此外,这层设备不能识别第 3 层地址,因此,只能互连使用相同网络号的 IP 子网。

4.以太网交换机与集线器的区别

以太网集线器和交换机的外形十分相似,都能够连接多个分散的计算机,低端产品的价位区别不大。因此,很多人不清楚两者的不同。早期的 10/100Base-T 以太网大都使用集线器作为核心设备。后来,为了解决或减轻局域网中的信息瓶颈问题,交换机迅速地取代了集线器,并成为组建和升级局域网的首选设备。以太网交换机除了包括集线器的所有特性外,还具有自动寻址、交换和处理等功能。交换机是一个具有低价位、高性能和高端口密度特点的设备,是当前以太网络的主流产品。现将交换机与集线器的区别归纳如下:

(1) 不同之处

集线器和交换机(网桥)分别处于 OSI 模型的物理层和数据链路层;因此,它们分别实现不同层的功能。集线器被称为"多端口中继器",实现物理层的功能,转发所有信息到所有端口。而传统交换机是在多端口网桥的基础上发展起来的,它实现 OSI 模型的下两层协议,交换机又被称为"多端口网桥",交换机(网桥)依据转发表进行转发数据,而不是转发所有信息到所有的端口。

① 工作原理不同:交换机(网桥)按照每一个信息帧头部中的目的地址(第二层地址,如 MAC)和学习到的"转发表"来筛选、转发以太网的数据帧。它不向所有的端口转发数据帧,而只向目的端口转发数据帧,因此可以显著地提高网络的传输性能。集线器则不同,当它检测到某个以太网端口发来数据帧时,直接将该数据帧发往其他所有端口,这样就导致了共享式局域网中的竞争信道的问题。有些交换机不但具有过滤、学习功能,还具有差错控制的功能,因此,可以进一步保证数据传输的完整性和正确性。

② 网络工作方式不同:集线器按广播模式进行工作,当集线器的某个端口工作时,其他所有端口都能够收听到信息,容易产生广播风暴,当网络较大时,网络性能会由于冲突的大量产生,而急剧下降。交换机工作的时候,只在发出请求的端口和目的端口之间进行通信,不会影响到其他端口,这样就减少了信号在网络上发生碰撞的机会,因此,交换机能够隔离冲突域。

③ 带宽不同:共享式网络的最大问题是网络中的所有节点用户共享带宽,因此,在

某一个时刻只允许一个用户传递信息。这样,当多个用户需要同时传递信息时,就只能采用"争用"的规则来争取信道的使用权利,因此大量用户经常处于"等待"状态,严重地影响了网络的性能。而交换机可以为每个端口提供专用带宽的信息通道,并允许多对节点同时传递信息。因此,除非是两个用户同时向同一个端口的用户发送信息,否则不会发生冲突。总之,集线器的各端口共享集线器的带宽,而交换机的各端口独享带宽,即交换机的信息流通量为各个端口节点专用传输速率之和。例如,如果背板速率足够宽,则一个16口共享式的10Base-T集线器最多只能提供10Mb/s的数据流通量;而一个16口的10Mb/s交换机,当16个节点同时与其他交换机的节点通信时,总的传输速率最多为160Mb/s。然而,在同一交换机的16个端口之间通信时,最多只能同时提供8对并行数据通信信道。

④ 端口通信模式和速率不同:交换机不但可以在半双工模式下工作,还可以在全双工模式下工作;但集线器只能工作在半双工模式下。交换机各个端口的速率可以相同或不同,但集线器的各个端口共享同一个信道的带宽。

⑤ 冲突域数目不同:交换机为端口冲突域,因此,交换机连接的网络是多冲突域,而集线器网络中的所有节点处于同一个冲突域。

（2）相同之处

交换机和集线器只是在工作方式上不同,而在其他方面则完全一致,例如,连线方式、物理拓扑结构、故障指示、组网功能,以及网卡、传输介质和速度选择等。交换机与集线器互连的网络都不能隔离广播信息,因此,所有节点都处于同一广播域。

（3）交换机端口类型与参数

① 单/多 MAC 地址:单 MAC 交换机主要用于连接最终用户、网络共享资源或非桥接路由器,它们不能用于连接集线器。而多 MAC 交换机则可以用来连接一个多端口共享设备,如集线器。

② 专用端口和共享端口:由于单 MAC 交换机只能连接单个计算机节点,所以此类端口被称为"专用端口";而多 MAC 交换机可以用来连接集线器或交换机等具有多个节点的共享设备,因此,这类端口就被称为"共享端口"。

③ 端口密度:端口密度一般是指以太网交换机能够提供的主要端口的数目;有时也定义为设备端口的数量。常见以太网交换机的端口密度为 4 的倍数,我们常说 4 口、8 口、16 口、24 口、32 口和 48 口的交换机。例如,市场上的端口密度为 16 口或 24 口的100Mb/s 桌面交换机,分别可以提供 16 个或 24 个 100Mb/s 端口。

④ 高速端口:高速端口是指交换机上大于普通端口速率的端口,此类端口主要用来连接高速节点或下级交换机。例如,10/100Mb/s 交换机中的 100Mb/s 端口。这类端口可以进一步分为 100Mb/s 专用端口或 100Mb/s 共享端口;前者用来连接 100Mb/s 专用带宽的网络节点(如网络服务器);后者用来连接共享设备,如 100Mb/s 的共享集线器或下级的 10Mb/s 交换机。

⑤ 管理端口:交换机上通常配置有管理端口,通常使用窗口线连接终端或计算机。通过设置端口可以对交换机的端口进行配置,实现其提供的管理功能,如实现交换机的VLAN 功能。

⑥ 其他连接端口：交换机与集线器类似，设备上除了具有多个用于连接双绞线的 RJ-45 接口外，通常还具有一个或多个与其他类型网络或介质连接的端口，如用于连接细同轴电缆的 BNC 接口、连接粗同轴电缆的 AUI 接口，以及连接光纤的 SC 或 ST 接口等。

（4）按照外形分类

交换机和集线器按照它的外形可以分为以下 3 类：

① 独立形式：独立型交换机（集线器）的外形如图 4-11 所示。它通常是较为便宜的设备，常常没有管理功能。它们最适合小型独立的工作小组、部门或者办公室使用。

② 堆叠式：堆叠式交换机（集线器）如图 4-12 所示，它采用的背板技术可以支持多个网段。它使用专用的堆叠电缆进行连接，因此，多个交换机堆叠后可以当做一个设备来进行管理，适用于目前只有少量的投资，而未来可能会迅速增长的场合。

③ 模块式：模块化交换机（集线器）如图 4-13 所示，它配有机架或卡箱，带多个卡槽；每个槽内可以安装一块通信卡。每个卡的作用就相当于一个独立型交换机（集线器）。当通信卡安放在机架内卡槽中时，它们就被连接到通信底板上，这样，底板上的两个通信卡的端口间就可以方便地进行通信。模块式交换机（集线器）的功能较强，价格较高，可作为一个设备来进行管理。

（5）交换机的应用

在网络应用中，交换机按照网络的规模进行应用时，由小到大依次为：桌面交换机、工作组交换机、骨干（部门）交换机和企业交换机。3 级交换式（由低至高：接入层、分布层和核心层）网络的应用结构如图 4-15 所示。

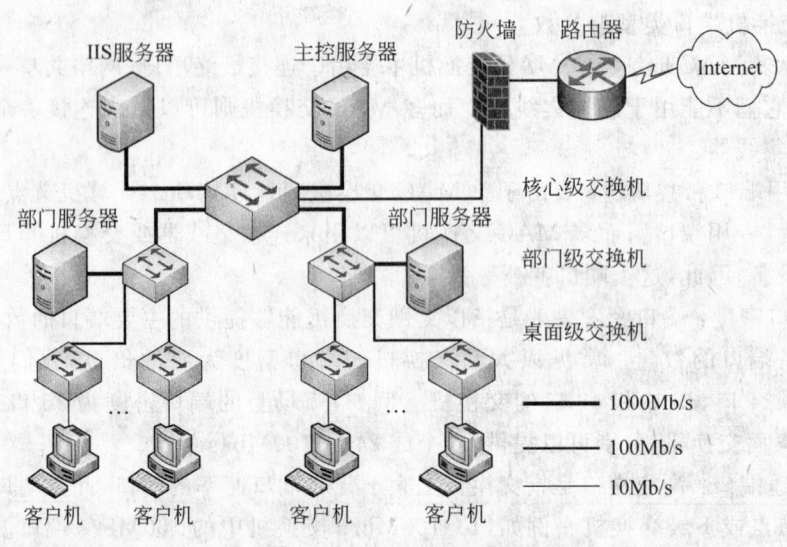

图 4-15　千兆位 3 级交换式网络

① 桌面型交换机。

桌面型交换机是最常见的一种交换机，也是最便宜的交换机。它区别于其他交换机的一个重要特点是支持的每端口 MAC 地址数目很少，通常是每端口支持 1～4 个 MAC 地址。从端口传输速度上看，现代桌面型交换机大都提供多个具有 10/100Mb/s 自适应能力的端口。桌面型交换机的作用是直接连接各计算机工作节点,而不是共享型节点(如Hub)。一般适用于办公室、小型机房和受理业务较为集中的业务部门、多媒体制作中心、网站管理中心等部门。

② 工作组交换机。

工作组交换机常用做网络的扩充设备,当桌面型交换机不能满足需求时,大多直接考虑替换为工作组型交换机。虽然工作组型交换机只有较少的端口数量,但却支持比桌面型交换机更多的 MAC 地址,使用更复杂的算法,并具有良好的扩充能力,端口的传输速度基本上为 100Mb/s。

③ 部门交换机。

部门交换机与工作组交换机的不同之处在于它的端口数量和性能方面的差异。一个部门交换机通常有 8~16 个端口,并在所有的端口上支持全双工操作。另外,它的可靠性、可管理性和速度等性能上往往要高于工作组交换机。

④ 校园网(骨干)交换机。

校园网交换机一般作为网络的骨干交换机使用,因此也被称为骨干(核心)级交换机。它通常具有 12~32 个端口,一般至少有一个端口用于连接其他类型的网络,如 FDDI 或ATM 网络的连接端口。此外,它还支持第 3 层交换中的虚拟局域网,并具有多种扩充功能选项。总之,校园网交换机具有数据的快速交换能力、各端口的全双工能力,还可以提供容错等智能特性,价格也比较高,因而更适用于大型网络。

⑤ 企业交换机。

企业交换机虽然非常类似于校园网交换机,但它能够提供更多、更高速率的端口。它与后者最大的不同是,企业交换机允许接入一个大的底盘,该底盘产品通常能够支持多种不同类型的网络组件,更加有利于网络系统的硬件集成。例如,具有快速以太网和以太网的中继器、FDDI 集中器、令牌环的 MAU,以及路由器等多种功能组件。这些功能组件对于保护先前网络系统的投资,以及对其他网络技术的支持都是非常重要的,因而十分有利于企业级别的网络建设。基于底盘的设备通常具有强大的管理特征,非常适合于企业网络管理环境;然而,基于底盘设备的缺点是它们的成本都很高。

4.3.5 网络层设备

网络层的互连设备主要有第三层交换机和路由器,它们都工作在 OSI 模型的第 3 层"网络层"。在 TCP/IP 网络中,它们的主要任务是负责不同 IP 子网之间数据包的转发,以及远程网络的接入和互连。

1. 理论作用

在网络中,网络层设备负责接收和转发数据分组,它们通常包含了物理层和数据链路层设备的功能,但是它比数据链路层设备具有更高的智能。它们不但能读懂第 3 层"数据包"头部的 IP 地址信息,还能根据手动或自动建立起的"路由表"选择通信双方的最佳路径,并从所选择的最佳路径转发数据分组。这层设备丢弃收到的广播信息,因此,可以将广播信息隔离在端口连接的网段内部。

2. 实际应用

在网络中,路由器和第三层交换机都是一个软件和硬件的综合系统;但前者的路径选择偏软,后者的路径选择偏硬。路由器主要负责 IP 数据包的路由选择和转发。因此,在实际中,路由器更多地应用在 WAN-WAN、LAN-WAN、LAN-WAN-LAN 等网络之间的互连;而交换机通常用做局域网内部的核心或骨干交换机,用来互连局域网内部的不同子网。

第三层交换机在很多方面与二层交换机相同,但是从本质上,它是带有路由功能的交换机,它主要用在局域网内部,其实际应用如图 4-15 中的"千兆核心交换机"所示。在实际应用中,路由器最常见的任务是将局域网通过 WAN 的资源连接到 Internet。另外,也经常用于互连多个远程局域网。总之,网络层设备在实际中的作用如下:

① 网络互连:支持各种广域网和局域网的接口,主要用于不同网络编号的 LAN 与 WAN、LAN 与 LAN 的近程与远程互连。

② 网络管理:支持配置管理、性能管理、流量控制和容错处理等功能。

③ 其他作用:在实际中,这层设备能够隔离各子网的广播信息,从而提高各子网的传输性能、安全性、可管理性及保密性能的作用。

3. 冲突域和广播域

网络层设备主要用于互连使用不同网络编号的 IP 子网。如图 4-15 所示,第三层互连设备在局域网中会与下面的第二层设备连接,如交换机或网桥,因此,互连的网络节点一般处于多冲突域。另外,第三层设备丢弃所有的广播信息,因此,互连的网络分别处于不同的广播域。

如图 4-16 所示的网络系统,其广播域为 5,冲突域的数目为 7。又如,当一个 4 口路由器上连接有 3 个子网时,其广播域为 3;冲突域的多少还要根据其具体连接的子网的网络设备的类型来确定。

4. 接入 Internet 的首选设备路由器(Router)

随着 Internet 和 Intranet 的迅猛发展,路由器的使用频率一路攀升。目前,路由器已经成为建设企业网或校园网中使用最为广泛和最为重要的一种互连设备。它被广泛应用在局域网和局域网、局域网与广域网、广域网与广域网之间的互连,也是大中型单位局域网接入 Internet 的首选设备之一,如图 4-15 所示。

路由器是工作在 OSI 模型第三层(网络层)上的,一种在网络中负责寻径和数据分组转发的设备。路由器不只是一个硬件设备,而且是一个软件和硬件结合的综合系统。

(1)路由器的定义与功能

可将路由器定义为:用来连接两个以上复杂网络的、具有路由选择及协议转换的、可以进行有条件异种网络互连的、工作在 OSI 参考模型第三层的网络互连设备。路由器工作在 OSI 模型的第 3 层,即网络层。在 Internet 或 WAN 中,它负责 IP 数据包的路由及转发。路由器的主要功能如下:

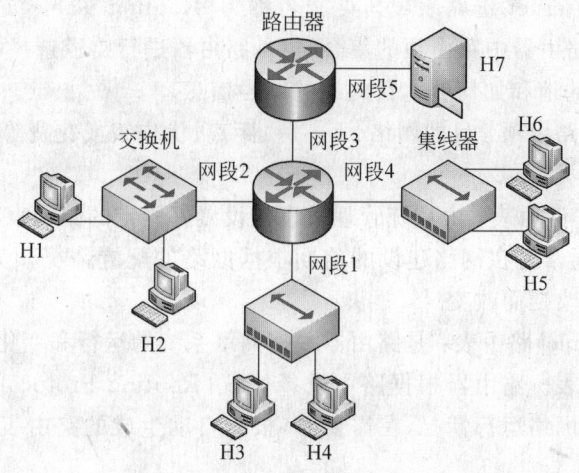

图 4-16 以路由器互连的网络

① 网络互连：支持各种广域网和局域网接口，并连接 WAN 和 LAN。

② 数据处理：提供分组过滤、分组转发、优先级、复用、加密、压缩和防火墙等处理功能。

③ 网络管理：支持配置管理、性能管理、流量控制和容错处理等功能。

（2）什么是路由

简单地说，路由就是选择一条数据分组传输路径的过程。在广域网中，从一点到另一点通常有多条路径，每条路径的长度、负荷和花费都是不同的，因此，选择一条最佳路径无疑是远程网络中最重要的功能之一。总之，路由是指通过相互连接的网络将信息从源节点移动到目的节点的活动。

（3）路由器的工作过程

路由器接收来自各个网络入口的分组，根据路由表选择一个合适的路径后，再把分组从所选的端口转发出去。路由器根据收到的数据包中的目的地址选择一个合适的路径，并通过所选的网络接口将数据包传送到下一个路由器。路径上的最后一个路由器负责将数据包交给目的主机。当主机或路由器需要路由数据包时，它们首先查询其路由表，然后才能决定将数据包发送到何处。如果遇到路由表中没有的目的网络地址时，则选路程序将数据发送到默认路由器上。

（4）路由表

① 路由段：人们将路由器的数据包在某个网络中走过的通道（从进入到离开该网络为止）称为逻辑上的一个路由单位，并将此路由单位称为一个路由段（Hop）。

② 相邻的路由器：是指这两个路由器都连接在同一个网络上，某个路由器到其直接连接的端口中的某个主机的路由段数计为"0"。

③ 因特网中的路由选择：Internet 将网络中的路由器看成网络中的节点，将连接节点的链路称为路由段。于是在 Internet 中的路由选择就可以简化为简单网络中的路由选择。所谓的简单网络是指 2～3 个远程局域网的连接。

④ 路由表或 Internet 选路表：其英文名称为"Routing Table"或"Internet Routing Table"。路由表是路由器中路由项的集合，也是路由器进行路径选择的依据，路由表中存储了所有可能的目的地和如何到达目的地的路径信息。

⑤ 路由表中的路由项：目的网络、下一跳、距离、优先级或花费等。

⑥ 路由表的分类：

- 静态(Static)路由表：由系统管理员事先设置好固定的路径表称为静态路由表，网络开支小，通常是在网络建设的前期根据网络的配置情况预先设定的，它不会随网络结构的改变而改变。

- 动态(Dynamic)路由表：是路由器根据网络系统的运行和变化情况而自动调整并得来的路由表。路由器根据路由选择协议(Routing Protocol)提供的功能，自动学习和记忆网络运行情况，在需要时，根据自动生成的路由表自动计算数据传输的最佳路径。

5. 路由器在实际网络连接中的作用

(1) 延伸距离

目前，由于局域网的距离很少超过 20km，因此在局域网的建设中，常使用 5 类双绞线或光纤作为传输介质。其中双绞线的最大传输距离为 100m，光纤的传输距离则比较远。但是，如果一个公司需要连接两个相距遥远的局域网，例如，一个在北京，而另一个在上海，那么，各个公司通常不会采取自己铺设专用线路（双绞线或光纤）的方法，因为这将需要一笔巨额的投资。通常采取的方法是租用电信局的线路来实现不同地域局域网的相互连接，这样投资和运行的费用都不太高。

(2) 将局域网连接到 Internet

由于电信局的线路是利用广域网技术来进行传输的，所以运行在局域网技术上的数据，若想通过电信局的线路进行传输就必须进行相应的"数据格式"转换，这时就需要使用路由器来转换局域网和广域网之间的数据格式。同理，当某个公司租用电信局的专线（ISDN、DDN、帧中继或 ADSL）接入 Internet 时，也需要配备路由器以进行相应数据格式的转换。对于普通用户而言，只需知道路由器是接入 Internet 的、用于转换广域网和局域网数据格式的专用设备即可。但对于网络组建和维护的专业人员来讲，应该十分熟悉路由器的路由选择功能，以及配置技术。

(3) 远程局域网间的互连

所谓路由器的路由选择功能，是指它可以在互连的多个网络中，从多条可能的路径中寻找一条最佳网络路径提供给用户通信。这个最佳路径可能是当前通信量最少的一条。换言之，在网络的远程连接中，通常有多个不同的线路都可以到达同一目的地，路由器可以人工或智能地选择其中的一条最佳线路，并从该线路转发和传递数据。

总之，路由器在网络连接中的基本作用就是数据格式的转换、路由选择和数据转发，其主要任务是将通信以最佳的方式引导到目的地网络。因特网常常有多个通道，路由器能够确保各个通道得到最有效的使用。

4.4 以太网

当前的局域网大都采用了以太网的标准。以太网使用 CSMA/CD 协议作为网络介质访问控制的协议;该协议主要用于物理拓扑结构为总线(bus)、星型(star)或树型(tree)的共享以太网中,其标准为 IEEE 802.3。

4.4.1 以太网的工作原理

1. CSMA/CD 方法

在采用 CSMA/CD 协议的网线上,任何时刻,只能有一方在传送数据,而不允许两个以上的数据同时传送。CSMA/CD 方法的工作原理可以简单地概括为以下 4 点:
① 先听后发。
② 边听边发。
③ 冲突停止。
④ 随机延迟后重发。

2. 以太网中数据的发送与接收

如图 4-17 所示,在以太网中发送给所有节点的数据都被称为"以太帧"。当 A 站向 B 站发送数据帧时,所有节点都会收到该帧。该帧的首部注明了发送站点(MAC_A)和接收站点的地址(MAC_B);仅当数据帧中的目的地址(MAC_B)与计算机(MAC_B)的物理地址一致时,计算机 B 才会接收该数据帧;否则,不会接收,并丢弃收到的数据帧。

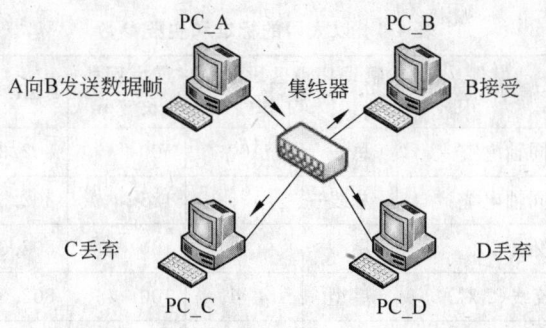

图 4-17 以太网数据的发送与接收

3. 使用 CSMA/CD 的以太网的工作特点

在总线网络中的所有节点可以平等地使用公用信道,并以广播的方式发送信息,因此,一个节点发出的数据,其他节点都能收到;但是在一段时间内只能为一个节点提供服务,这便出现了信道的竞争与冲突。可见,这种网络中的所有节点处于同一个冲突域。

使用 CSMA/CD 协议的以太网的性能特点是:采用了"争用"型介质访问控制方法,

各节点地位平等,因此,无法设置介质访问的优先权;在低负荷时,响应较快,具有较高的工作效率;在高负荷(节点激增)时,随着冲突的急剧增加,传输延时剧增,导致网络性能的急剧下降;此外,有冲突型的网络,时间不确定,因此,不适合控制型网络。

4.4.2 典型以太网概述

以太网是最常用的局域网,它可以支持各种协议和计算机硬件平台。正是由于以太网具有组网的低成本,对协议和硬件的广泛支持,才使得它被广泛地采用。下面将介绍国内外广泛应用的几种局域网的结构组成、技术特点,及其实用组网技术。

1. 以太网的拓扑结构

共享式以太网的逻辑拓扑结构是"总线型",这是根据其使用的介质访问控制方式而定义的;其物理拓扑结构有总线、星型(树型,即扩展星型)几种,最常用的是星型拓扑。

2. 以太网的介质访问控制方式

以太网采用 CSMA/CD 方式,在 IEEE 802.3 标准中的物理层规范中规定了其电缆中传输的二进制信号的编码方式,如低速以太网采用了"曼彻斯特"及"差分曼彻斯特"编码。

3. 以太网的产品标准与分类

以太网中常见网络的主要参数如表 4-4 所示。采用不同以太网组网时,所采用的传输介质,以及相应的组网技术、网络速度、允许的节点数目和介质缆段的最大长度等都各不相同。

表 4-4 以太网的标准和主要参数

以太网标准	传 输 介 质	物理拓扑结构	区段最多工作站(个)	最大区段长度 m	IEEE 规范	标准接头	速度 Mb/s
10Base-5	50Ω 粗同轴电缆	总线	100	500	802.3	AUI	10
10Base-2	50Ω 细同轴电缆	总线	30	185	802.3a	BNC	10
10Base-T	3 类双绞线	星型	1	100	802.3i	RJ-45	10
100Base-TX	5 类双绞线(2 对)	星型	1	100	802.3u	RJ-45	100
100Base-T4	3 类双绞线(4 对)	星型	1	100	802.3u	RJ-45	100
100Base-FX	2 芯多模或单模光纤	星型	1	400~2000	802.3u	MIC、ST、SC	100
1000Base-SX	2 芯多模(光纤直径 62.5μm 或 50μm)光纤	星型	1	260 或 525	802.3z	MIC、ST、SC	1000
1000Base-T	5 类双绞线(4 对)	星型	1	100	802.3ab	RJ-45	1000

(1)低速产品的常见标准

符合 IEEE 802.3 标准的以太网络低端产品的传输速率通常为 10Mb/s,其常用的正式标准有以下 3 种：

①	10Base-5：标准以太网，即"粗缆以太网"，使用曼彻斯特编码，基带传输。

②	10Base-2：廉价的以太网，即"细缆以太网"，使用曼彻斯特编码，基带传输。

③	10Base-T：双绞线以太网，基带传输，使用曼彻斯特编码，基带传输。

（2）其他以太网标准

除了低速以太网外，还在不断推出新的以太网标准。这些标准倾向于更长的传输距离、更快的传输速度，以及更新的技术，如交换技术、虚拟局域网技术。

常见以太网标准中比较著名的有以下几种：

①	100Base 系列：快速以太网。

②	1000Base 系列：千兆位以太网。

③	交换式以太网系列：由 10Mb/s、100Mb/s 和 1000Mb/s 交换机连接的以太网。

（3）共享以太网的总结

①	传输速度：10、100 或 1000Mb/s。

②	介质访问控制方法：CSMA/CD。

③	拓扑结构：逻辑拓扑为"总线"结构；物理拓扑为"总线"和"星型"结构。

④	传输类型：帧交换。

⑤	其他指标：各种以太网的组网技术有所不同，例如，100Base-TX 高速局域网中距离的限制等将在后续章节分别介绍。

⑥	典型、快速和千兆以太网：典型以太网是指速率在 10Mb/s 及以下的低速共享式以太网；快速以太网的速率为 100Mb/s；千兆以太网的速率为 1000Mb/s。

4. 以太网的主要设计特点

①	简易性。结构简单，易于实现和修改。

②	低成本。各种连接设备的成本不断下降。

③	兼容性。各种类型、速度的以太网可以很好地集成在一个局域网中。

④	扩展性。所有按照以太网协议的网段，都可以方便地扩展到以太网中。

⑤	均等性。各节点对介质的访问都基于 CSMA/CD 方式，所以它们对网络的访问的机会均等，采用"争用"的方式取得发送信息的权力，并以广播方式传递信息。

总之，以太网经过长期的发展和完善，具有较高的传输速率、结构简单、组网灵活、便于扩充、易于实现和低成本等优点，从而成为当前应用最为广泛的局域网技术。

4.4.3 双绞线以太网

表 4-4 中的 10/100/1000Base 以太标准 T 系列中的 T 代表 Twisted-pair，即双绞线；为此，通常称其为双绞线以太网；它使用物理的星型拓扑，逻辑上的总线拓扑结构。

在共享式以太网中，任何时刻只能有一个节点计算机发送信息，IEEE 802.3 的 MAC 子层的 CSMA/CD 协议规定了它的介质访问控制方法。由于该协议制定的是逻辑总线的使用规则，因此，使用 Hub 和 CSMA/CD 协议的共享式以太网的逻辑拓扑结构都是总线型。

1. 双绞线以太网的硬件结构

10/100/1000Base 的 T 系列是在"共享模式"的设计思想基础上设计出来的双绞线以太网，它利用 3 类、5 类或超 5 类的非屏蔽双绞线、RJ-45 接头和集线器连接为物理拓扑结构为"星型"的网络，如图 4-3 所示。双绞线以太网使用不超过 100 米的双绞线，将每一台计算机或设备连接到中心节点的共享集线器上。它克服了"总线"式网络中单点故障会引起整个网络瘫痪的问题。由于双绞线以太网的高灵活性，因而，更适合那些需要不断增长的网络。

（1）集线器（Hub）

图 4-11 中所示的独立式有源集线器是共享式双绞线以太网的核心连接设备。Hub 会将网络中任意一台节点（计算机）发送的信息，转发到所有与之相连的端口。其主要功能如下：

① 组网功能：Hub 上有多个 RJ-45 接口，因此，能支持多个计算机入网。Hub 上的 RJ-45（级联或普通）接口可以与其他 Hub 或交换机相连，因此，很易于扩展网络。

② 与其他介质连接的功能：通过 Hub 上的 AUI、BNC、光纤等其他介质的连接接口，可以与使用粗缆、细缆和光纤的以太网直接相连。

③ 信号的强化功能：Hub 能对收到的计算机信号进行放大整形，并传播信号到网络上的所有接口。

④ 自动检测与强化"碰撞"信号的功能：在检测到"碰撞"信号后，Hub 会立即发送出一个阻塞（JAM）信号，以强化"冲突"信号；因而，增强了整个网络的抗冲突的能力。

⑤ 故障的检测与处理：能够自动指示有故障的计算机节点，并切除其与网络的通信。

（2）网卡（RJ-45 接口）、双绞线电缆和 RJ-45 接头

连入 10Base-T 网络的每个计算机节点，需要一块支持 RJ-45 接口、10Mb/s 速率的以太网网卡。网卡与双绞线电缆上的 RJ-45 型接头直接连接，如图 4-4(c) 所示。

① RJ-45 头：双绞线电缆的两头均与 RJ-45 型接头直接连接，如图 4-4(a) 所示。

② 网络设备接口：主要指网卡上的 RJ-45 接口、集线器或交换机上的普通 RJ-45 端口，如图 4-4(b) 所示。端口共有 8 个引脚，只使用第 1、2、3、6 号来传输数据，其余的没有使用。其信号的含义如表 4-2 所示。

③ 网卡：网卡上的 RJ-45 接口如图 4-4(c) 所示，接口共有 8 个引脚，一般只使用了第 1、2、3、6 号，其余的没有使用。连入 10Base-T 网络的每个计算机节点都需要一块支持 RJ-45 接口的 10Mb/s 速率以太网网卡（台式机或便携机）。

④ 网线：一般为 UTP，其 8 芯线中仅使用了 4 芯，其中的一对用于发送信号，另一对用于接收信号。UTP 上使用的 RJ-45 连接器如图 4-4(a) 所示，共有 8 个引脚，也是只使用了第 1、2、3、6 号；但是，其定义却与网卡等不同，其意义如表 4-2 所示。

2. 双绞线以太网的组建方法

典型独立集线器（Hub）结构的双绞线以太网组网实例如图 4-3 所示。所有节点（服

务器或工作站)均通过自身的 RJ-45 网卡、带有 RJ-45 接头的传输介质(标准线)连接到 Hub,形成物理的星型网络。每个节点到 Hub 之间双绞线的最大距离为 100 米。单集线器结构适合小型工作组规模的局域网,如小办公室、实验室和网吧等,其中心节点通常为具有 8、16、24 个普通 RJ-45 端口的共享型集线器。为了连接其他以太网,Hub 上通常还会有一个或多个 BNC、AUI 或 ST(SC)等其他传输介质的连接端口。

总之,由于以太网有多种物理层规范(见表 4-4),作为双绞线以太网核心设备的集线器(交换机),往往支持多种传输介质;因此,使用不同传输介质的以太网的互连十分方便。连接时,主干网的传输介质应当采用光纤,并通过分支网络的双绞线形成树型网络(如图 4-15 所示)。这样既可以提高干线的带宽、可靠性与干扰能力,还可以延长传输距离,增加网络的节点数目。

3. 双绞线以太网的应用特点

双绞线以太网络包括核心设备使用 Hub 和交换机的两种网络,它们得到了世人的青睐和瞩目,并得到了广泛的应用。其原因就在于它具有以下特点。

(1) 优点

① 容易检测故障:当某一段线路、计算机、互连的网络设备,如某个 Hub 出现故障时,Hub 会将故障节点自动排除在网络之外,从而保证了剩余部分的正常工作。由于不用中断网络的运行,就可以维护网络,因而简化了网络故障诊断的过程,从而节省了时间,从根本上改善了局域网难于维护的缺点。

② 容易组建:双绞线以太网的安装、管理和使用都很简单。因此,中小型单位可以自行组建局域网。

③ 低成本:线路安装可以与电话线路的安装同时进行,从而减少了网络安装费用。

④ 扩展方便:网络站点数目不受线段长度和节点与节点距离的限制,因此,扩充极为方便。此外,由于 Hub 和交换机都可以与其他以太网兼容,因此,与 100Base-FX 或 10Base-5 等不同物理层标准的网络互连时,无须改变网络系统中的硬件和软件设置。

⑤ 容易改变网络的布局:可以容易地改变网络的某一部分布局,例如,扩充与减少节点(计算机或其他网络设备)不会影响或中断整个网络的工作。

⑥ 允许多种媒体共存:通常每个 Hub(交换机)有 N(8、16、24)个 RJ-45 接口和 M(1、2、3、4)个其他型号的向上接口,如集线器或交换机都可以既拥有连接双绞线的 RJ-45 端口,也具有连接同轴电缆的 AUI 接口,以及连接光纤的 ST 或 SC 接口。因此,可根据通信量需求的大小和节点分布的情况选择和设计不同规模、使用不同介质的网络。

(2) 缺点

① 对于使用集线器和 CSMA/CD 的共享网络来说,随着网络计算机节点的增加,网络的响应速度会不断下降,响应的时间过长,导致网络的性能的急剧下降。有实验表明,一个单 Hub 的 10Base-T,虽然具有 10Mb/s 的带宽,但是,当网络工作节点增至 20 个的时候,其实际的可用带宽将降至原来的 30%~40%。此外,当使用多个 Hub(最多 4 个)级联时,或者是与其他以太网连接之后,所有的网络节点将共享 10Mb/s 的带宽。因此,Hub 所连接的节点越多,每个工作节点得到的平均带宽就越窄。在高负荷时,网络性能

急剧下降。解决的方法是将核心设备更换为交换机,这将在后面章节详细介绍。

② 网络的中央节点的负荷过重,一旦 Hub 出现故障,将导致整段或全部网络瘫痪。

③ 双绞线的抗干扰能力弱,因此,选择时应十分注意它的电器特性。

④ 由于每个单段网线只能连接一个工作节点,所以网络通信线路的利用率很低。

4. 10Base-T 双绞线以太网的总结

① 拓扑结构:由于介质访问控制方法为 CSMA/CD,因此,核心设备是 Hub 的双绞线以太网逻辑上是总线型拓扑结构;物理上是星型拓扑结构。

② 网线类型:3 类、5 类或 6 类非屏蔽双绞线。

③ 传输速度:10/100/1000Mb/s。

④ 最大网络节点数目:1024 个。

⑤ 每段最大节点数目:1 个。

⑥ 最大网络长度:无最大长度。

⑦ 最大网段长度:100m。

综上所述,虽然各种类型的局域网上的传输介质,可以是粗缆、细缆、双绞线和光纤,但是从当前的发展趋势来看,局域网正在由早期的粗缆、细缆向双绞线和光纤转向;共享网络已经向交换式网络全面转换。然而,组网的方法基本上没有什么变化;因此,当前最常见的是双绞线交换式以太网与光纤干线网的混合连接。这是因为大多数的办公室都安装有双绞线的 RJ-45 网络接口,而主干的光纤能为干线提供优良的传输特性,如具有速度高、抗干扰能力强,以及传输距离长等优点。

4.4.4 高速局域网与改善性能的方法

为了适应信息时代的需要,目前的局域网正向着高速、模块、交换和虚拟局域网的方向发展。自 1992 年以来,100Mb/s、1000Mb/s 和 10Gb/s 的以太网,以及其他高速局域网的技术正逐步成熟,并且得到了广泛的应用。流行的高速局域网类型有:共享式快速以太网、交换式高速以太网、虚拟局域网(Virtual LAN)、千兆位(1000Mb/s)以太网、FDDI 和 ATM 局域网等。

1. 高速局域网基本概念

(1)高速局域网

一般将数据传输速率在 100Mb/s 以上的局域网称为高速局域网。

(2)改善网络性能的传统手段

① 采用"缆段细化"的方法,将一个大的局域网分割成若干个小的子网,然后通过网桥、路由器、网关等进行连接,最终成为可以互相传递信息的网络信息系统。

② 采用更高速率的局域网:是指从提高缆线的传输速率着手来提高网络性能。

(3)当前改善网络性能的手段

随着网络技术的应用和发展,由于传统方法不能解决网络的通信瓶颈问题;提高传输介质的传输速率涉及布线工程,具有成本高、实现困难等特点;因而,不得不进行改进,以适应时代发展的需要。当前提高网络性能的主要思路有以下两个：

① 交换式：通常是从多缆段所连接的核心设备，如集线器入手，将共享式的设备变换为交换式。交换技术从根本上改善了介质的访问方式，废除了"竞争"的访问方式，采用了各个节点间的并发、多连接交换链路。

② 其他技术：在现代局域网中，通过软件与硬件的结合，可以更大地提高网段的性能。例如，在交换式以太网中，引入虚拟局域网（VLAN）或 IP 子网技术，可以重新划分冲突域（是指节点访问的冲突范围）和广播域（是指广播信息所到达的范围），极大地提高网段的传输性能，提高安全性和可管理性。

2. 提高网络性能的几种常用解决方案

在局域网中，为了克服网络规模与网络性能间的矛盾，人们提出了以下几种解决方案：

① 提高传输速率：增加绝对带宽。例如，从传统的 10Mb/s 以太网升级到 100Mb/s 快速以太网和 1000Mb/s 千兆位的以太网，以及正在发展的万兆以太网（10 Gigabit Ethernet）。

② 采用网络分段：缆段细化的方法。例如，可以将一个大型局域网络划分成多个子网，并用网桥、交换机或路由器等进行互连。通过网桥、交换机或路由器等可以隔离子网之间的通信量，并减少每个子网冲突域或广播域内部的节点数，从而使网络性能得到改善。

③ 将"共享式局域网"变化为"交换式局域网"：替换核心设备，改变技术。例如，使用 100Mb/s 交换机替代 100Mb/s 集线器，从而将 100Base-TX 快速共享式以太网变换为快速交换式以太网。这种技术以其组网灵活、方便、网络流通量大、网络传输冲突少、造价低，以及充分保护原有的投资，而成为当今高速局域网的主流技术。

④ 采用更先进的技术：随着网络和信息技术的发展，新的技术层出不穷。例如，采用 ATM 交换技术的局域网，网络响应时间能够降至 20～30ms，因此它更适合于交互式多媒体信息处理的应用场合。又如，在交换式以太网中，采用 VLAN 和 IP 子网划分技术。

随着多媒体、信息、电子商务技术，以及网络用户的迅速发展，如今的网络需要更高的速度。常见高速局域网的标准和主要参数如表 4-4 所示。

3. 典型高速以太网

典型高速局域网的标准有 100Mb/s、1000M(1G)b/s、10Gb/s 以太网和 FDDI 系列的高速局域网。它们的主干网的数据传输速率都大于或等于 100Mb/s。在众多高速网络技术中，应用最多的还是以太网技术，其最大优点就在于它的不断发展，以及兼容和扩展能力。当用户提出新的要求时，都可以找到增强型的现有标准，或者是新的以太网标准。

下面将介绍几种常见的高速局域网的组网技术。在实际应用中，往往是一种或几种方法的综合使用。例如，在划分 VLAN 的 100Base-TX 交换式以太网中，第一，使用了 100Mb/s 提高绝对传输速率的方法；第二，采用了交换技术的方法增加了冲突域；第三，采用了 VLAN 技术增加了广播域。

（1）共享式高速以太网

近年来常用的快速以太网发展迅速，这是因为该标准不但能够以 10Mb/s 和 100Mb/s 两种速度传输，还能够通过 UTP 或光缆等多种传输介质进行传输。

① 100Base 快速以太网的结构。

100Base-TX 快速以太网的结构与图 4-3 所示的 10Base-T 类似，只是在快速以太网中，其中心控制设备为 100Mb/s 的共享式集线器。根据所使用的传输介质的不同，已经制定了以下 3 个标准。其主要参数如表 4-4 所示，使用的介质简单介绍如下：

- 100Base-TX：使用两对 5 类 UTP 或 STP 双绞线（网线最大长度 100m）。
- 100Base-T4：使用 4 对 3～5 类 UTP 双绞线（网线最大长度 100m）。
- 100Base-FX：使用 S/M MF 型光纤（网线最大长度 400～2000m）。

其中：UTP 为非屏蔽双绞线；STP 为屏蔽双绞线；S/M MF 为单模或多模式光纤。

上述标准与 IEEE 802.3(10Base-T) 的协议和数据帧结构基本相同，仅仅是速度上的升级。快速以太网采用物理的星型拓扑结构，以及逻辑的总线拓扑结构。100Mb/s 的双绞线以太网的组网方式与 10Mb/s 基本相同。其相同之处归纳如下：

- 采用相同的介质访问控制方式，即 CSMA/CD 协议。
- 采用相同的数据传输的帧格式。
- 相同的组网方法。
- 同样的低成本、易扩展性能。

② 千兆位以太网。

使用 1000Mb/s 技术组建网络时，与原有 10Mb/s 或 100Mb/s 网络的相同之处如下：

- 相同的组网方法。
- 半双工通信时，采用的介质访问控制方式与传统以太网类似，即 CSMA/CD 协议。
- 同样的低成本、易扩展性能。

千兆位以太网遵循 IEEE 802.3z 标准，该标准的重点是发展以光纤为传输介质的高速网络。该标准规定使用单模光纤的无中继传输距离最高达 3000m；而采用多模光纤的无中继的最高连接距离为 550m；此外，还可以采用 5 类及超 5 类的 UTP 连接千兆网络设备，但是两个采用 UTP 的网络设备的最大距离仅为 25m。

目前，千兆位以太网技术主要用在主干网中，而在中小型网络中则很少采用。这是由于：第一，千兆位以太网对传输介质的要求较高，即使在 100m 的距离也需使用光纤，这样增加了组网的成本和技术难度；第二，在中小型网络中，使用技术成熟的 100Mb/s 共享式和交换式的混合网络可以满足当前网络中数据传输的需要。

人们通常采用千兆位以太网组建校园或企业的主干网络，其应用方式如图 4-15 所示。这样可以将已有的 10Mb/s 和 100Mb/s 局域网集成或升级到 1000Mb/s 以太网，达到了保护原有投资，节约资金的目的。另外，网络的技术人员不用重新培训就可以维护和管理新的网络。其应用结构如下：

- 企业级采用速率为 1000Mb/s 的千兆以太网作为主干网。

- 部门采用速率为 100Mb/s 的快速共享或交换式以太网。
- 桌面采用速率为 10Mb/s 的共享或交换式双绞线以太网。

(2) 共享式高速以太网中使用的主要网络产品

① 高速共享集线器：就是常见的 100/1000Mb/s 集线器，仅用于半双工格式，网络的最大直径为 200m。主要用于连接桌面计算机和服务器。

② 高速以太网卡：常见的 100/1000Mb/s（全双工）网卡，其主要作用是将服务器接入网络；网卡的主要类型为 32/64 位 PCI 总线类型，网卡应具有智能处理器。例如，使用全双工千兆网卡，最大可以提供 2Gb/s 的传输速度，从而真正解决服务器的网络传输带宽的瓶颈问题。为了方便升级为交换式网络，在网卡选择时，还需注意：第一，符合所设计的千兆位以太网的标准；第二，支持 VLAN（虚拟局域网）功能，这样可以方便集中化的管理，控制网络风暴，增加安全性；第三，应当具有即插即用和全双工等功能。

③ 高速以太网标准规定的传输介质：

- 光纤：是千兆位以太网的首选传输介质，适用于长距离传输。
- 铜缆：只在短距离的交换机之间进行连接时，才使用高性能铜质屏蔽双绞线。
- UTP：5 类、6 类或超 5 类线是专门为高速双绞线以太网设计的，与之配合的设备和技术都已经相当成熟。
- 其他配件：无论使用何种传输介质，都应当注意插座、配线架、线缆等的配套问题。另外，应尽量选用相同厂商的系列产品。

(3) 高速（千兆）以太网的应用领域

① 多媒体通信：如 Web 通信、电视会议、高清晰度图像和声影像等信息的传输。

② 视频应用：如数字电视、高清晰度电视和视频点播等。

③ 电子商务：如虚拟现实、电子购物和电子商场等。

④ 教育和考试：如远程教学、可视化计算、CAD/CAM、数字图像处理等。

⑤ 数据仓库。

4.4.5　交换式以太网

共享式网络的特点是"共享介质"，即平分可用带宽，例如，某共享式以太网络上的数据传输速率是 100Mb/s，当 10 个节点同时使用时，每个节点可以使用的最大平均传输速率就只有 10Mb/s。当用户数量和通信量超过一定数量时，将会造成碰撞，使得冲突增加。因此，共享式网络在联网计算机的数目较少的时候，有较好的响应和性能；而在负荷较大时，将导致网络中计算机得到的带宽急剧减少，网络的传输速率和质量将迅速下降。而使用交换技术替代共享局域网，则可以很好地解决上述问题。

交换式以太网是在 10/100Mb/s 双绞线以太网基础上发展起来的一种高速网络，其组网技术与共享式双绞线以太网类似。不同的是，其关键的核心设备使用的是以太网的交换机（switch），而不是集线器。低速交换机常常用于连接计算机节点，而高速交换机通常作为局域网内部的核心或骨干交换机互连局域网内部的不同网段。

在实际应用中，为了改善和提高共享网络的性能，常常通过使用交换机的方法来增加网络中的冲突域的个数，减小冲突域的范围，使得原有的共享网络得以进行分段。例如，当 100Base-TX 快速以太网的性能下降时,可以通过将其集线器替换为交换机的方法改善性能。交换式以太网的典型应用方案如下:

1. 利用 10/100Mb/s 交换机与原有的 10Base-T 以太网用户组网

目前小型单位在组网时,常选择如图 4-18 所示的方式。由于网络服务器的传输数据量大、工作频繁,因此网络交换机和网络服务器之间的传输线路成为网络传输性能的瓶颈,是设计时应考虑的重点因素。为此,在上层交换机可选择带有 1~2 个 100Mb/s 端口的交换机。

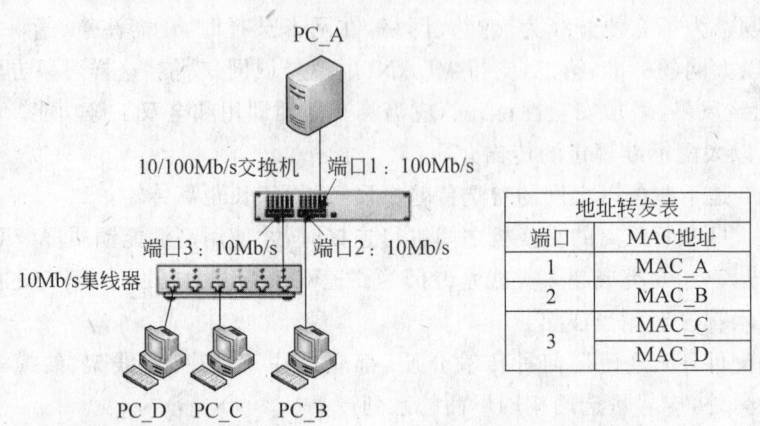

图 4-18 交换式与共享式以太网组网的结构及 MAC 地址转发表

① 将有高传输速率要求的服务器接入交换机的 100Mb/s 专用端口,以保证服务器的专用的 100Mb/s 传输速率需求。

② 使用 10Mb/s 共享端口连接共享式集线器,从而保留了原有 10Base-T 网络上的所有低速节点和设备。

③ 尽可能多地将一些有固定带宽要求的高性能工作站,及其他计算机接入交换机的 10Mb/s 专有端口,以满足这类节点对专有传输速率的需求。

2. 利用 10/100Mb/s 和 10Mb/s 交换机组建单位网络

本方案是图 4-18 方案的改良和扩展。设计要点如下:
① 将网络服务器连入上层交换机的 100Mb/s 端口。
② 将其中的集线器改换为 10Mb/s 交换机,并接入上层交换机的 100Mb/s 端口。
③ 这样可以将共享式的以太网改变为交换式以太网,并将有固定带宽要求的高性能节点,如服务器及下层交换机,接入交换机的高速端口保证其专属高带宽的需求。

总之,这个方案满足了各方面的需要,解决了网络瓶颈,提高了网络传输性能,保护了原有的投资,降低了工程造价。因此,是向中小型企事业单位推荐的网络结构。

3. 利用 100/1000Mb/s 和多个 100Base-T 交换机组网

对于那些网络上所有用户的计算机节点都需要专用的 100Mb/s 传输速率的场合,网络中的信息传输量比较大,传送的信息往往是大容量的图像和声音等多媒体数据。此时应该选用一个 100/1000Mb/s 三层核心级交换机,以及多个 100Mb/s 交换机级联成的多层交换式网络,如图 4-15 所示。由于交换机比共享式集线器的价格贵很多,所以此方案的造价较高。

不加说明时,交换机通常指工作在 OSI 第二层的传统交换机,它只能够识别第二层数据帧中的 MAC 地址,不能识别 IP 地址。而第三层交换机工作在 OSI 模型的第三层,它可以识别第三层数据分组中的 IP 地址。第二层设备常用来分隔多个冲突域;而第三层设备则用来分隔广播域,即隔离不同 IP 子网之间的广播信息。另外,第二层交换机主要用做部门或桌面,用户计算机通过它们接入局域网,其价格很便宜;第三层交换机常用做网络中的主干交换机,用于连接服务器和网络设备,其价格昂贵。

在实际组网时,用户应根据实际情况,兼顾到原有网络及不同用户的需求和各个工作组的数据流通量灵活组网。公司或企业的办公场所往往设在高层建筑上,通常在每层设计一个 IP 子网,每个子网可以由多个工作组(实际工作部门)组成,而每个工作组又由多个服务器和客户机组成。各个局部的子网通过主干网交换机连接起来,各个远程子网之间,则可以通过路由器连接到主服务器。因此,企业或校园的交换式快速以太网的实施工程包括如下几项:

① 各工作站、集线器、交换机、路由器、服务器的合理选择和设置。

② 网络综合布线,包括各种传输介质的更换、安装、施工与连接。

③ 主干网络的实施。

④ 各节点网卡的调整、安装与设置。

⑤ 各网络服务器的设置与调试。

⑥ 各站点网络操作系统、桌面操作系统和应用软件的安装、设置和实施。

4.4.6 虚拟局域网

随着以太网技术的普及,网络的规模不断扩大。传统共享式以太网,由于其所有节点共处于同一个冲突域和广播域,因此已不能满足网络性能、安全和管理的需求;于是出现了第二层交换式以太网。交换式网络将共享以太网的一个冲突域变为多个冲突域,并因此实现了数据链路层的网段划分,改善了网络的性能;但是,这种网络对其中的广播信息,仍然无法控制。广播信息的大量传输不仅会造成带宽的浪费,还可能引发广播风暴,从而造成网络的瘫痪。若想控制广播信息,交换式网络的核心层必须采用第三层交换机,然而,其高昂的投资和管理费用不能不让一些捉襟见肘的中小型企业望而生畏,于是虚拟局域网应运而生。

1. 虚拟局域网的基本概念

(1) 什么是虚拟局域网

虚拟局域网(Virtual Local Area Network,VLAN)是建立在物理局域网基础上,通过支持 VLAN 功能的网络设备(如交换机与路由交换机)及其管理软件构建的,可以跨越不同网段、不同网络(如 ATM、FDDI 和交换式以太网)的逻辑网络。

利用 VLAN 技术将一个交换式网络划分为多个 VLAN 后,每个 VLAN 组成一个逻辑上的工作组;同一工作组的成员处于同一个广播域;每个逻辑子网可以覆盖多个网络设备,并允许处于不同地理位置的网络用户加入到同一个逻辑子网中。

由此可见,VLAN 技术就是指交换式网络中的各个站点,可以通过软件,而不必拘泥于各自所处的物理位置,可根据需要灵活地加入不同的逻辑子网(VLAN)中的一种网络技术。

(2) VLAN 使用的技术标准

1996 年 3 月发布的 IEEE 802.1Q 标准就是 VLAN 的标准,目前已得到众多厂商的支持。

(3) VLAN 的分类与技术基础

交换技术是近年来迅速发展起来的一种网络技术,根据交换技术的方式不同,主要分为:基于以太网(LAN)交换机的帧交换和基于异步传输模式(ATM)机的信元交换两种。由于交换技术可以有"目的"地转发数据,这就为灵活地划分逻辑子网提供了可能性和技术支持。因此,可以说交换技术为 VLAN 的实现奠定了坚实的技术基础。

(4) VLAN 的适用场合

虚拟局域网的各子网之间的广播数据不会相互扩散,因此可以保障网络上资源的私有性和安全性。一般地,在几十台以下计算机构成的小型局域网中,除非需要彼此的数据隔绝,否则没有必要划分虚拟局域网。在几百台乃至上千台计算机构成的大中型局域网中,划分和建立虚拟局域网,应当说是十分必要的。这是因为大型局域网产生广播风暴的可能性大大增加,而虚拟局域网技术能够有效地隔离广播风暴。

2. 建立 VLAN 的技术条件

VLAN 是建立在物理网络基础上的一种逻辑子网,因此建立 VLAN 需要相应的支持 VLAN 技术的网络设备。当网络中不同的 VLAN 之间进行相互通信时,还需要路由的支持,这时就需要增加路由设备。下面是建立 VLAN 的必要技术条件:

(1) 硬件条件

构建虚拟局域网的站点必须连接到具有 VLAN 功能的交换机,如以太网交换机或者 ATM 交换机。早期的 VLAN 主要是基于交换技术的端口或 MAC 地址划分的 VLAN;现在很多厂家提供的第三层交换机是"交换技术"与"路由技术"的有机结合,并可以实现第三层 VLAN 的划分。因此,实现不同 VLAN 技术时,应该选择具有相应硬件条件的网络设备。

(2) 软件条件

网络设备中的 VLAN 管理软件是实现相应 VLAN 的软件条件。此外,由于 VLAN 软件并非标准,各个厂家均有自己专用的软件,因此,实现虚拟局域网的软件条件,还应包含熟悉企业网络产品 VLAN 管理技术的管理员。

3. 虚拟局域网的功能特点

虚拟网络是以物理网络为物质基础的,其组网的方法与传统交换式局域网没有什么不同,其最根本的区别就在于"虚拟"二字。VLAN 的一组站点并不局限于某一个物理网络或范围内,VLAN 的成员站点和用户可以位于一个城市内的不同物理区域,甚至是位于不同的国家。因此,他们之间的相互通信,完全不受物理位置的限制,仿佛都位于同一个局域网之中。

(1) 使用 VLAN 技术的优点

① 提高网络性能。采用 VLAN 技术后,通常可以在不增加额外投资的条件下,增加广播域的数量,减小广播域的范围;使得广播信息只在本 VLAN 中传播,因此,增加了网络的有效带宽,提高了网络性能。

② 简化网络管理。VLAN 提供了灵活的组合机制。网络管理员借助于各种 VLAN 划分技术,即可在不改动原有网络物理连接和设备的情况下;仅仅通过软件的设置,达到将工作站在工作组或子网之间任意移动的目的,从而轻松地管理大范围的 VLAN 网络的节点和用户。

③ 能够控制广播风暴。由于一个 VLAN 就是一个逻辑上的广播域,即 VLAN 限制了接收广播信息的节点数目,因此,通过创建多个 VLAN,可以增加广播域的数量,缩小广播域的范围。从而实现了减少、控制和隔离广播风暴的目的。

④ 提高了网络安全性。传统共享式局域网之所以难以保证网络的安全,是因为用户只要接入交换机的一个活动端口就可以访问到整个网络。而在使用 VLAN 技术的校园网中,一个 VLAN 中的用户接收不到其他 VLAN 中用户的数据,因而提高了交换式网络的整体性能和安全性。例如,当管理员通过路由访问列表、MAC 地址或 IP 地址等方法划分 VLAN 后,即可通过相应的原则来控制用户访问的权限和逻辑网段的大小,最终实现控制广播分组所能到达的区域。

(2) 使用 VLAN 技术的缺点

① 在使用 MAC 地址定义 VLAN 的技术中,必须进行初始配置。而对大规模的网络进行初始化工作时,需要把成百上千的用户配置到某个虚拟局域网之中,因此,初始工作过于烦琐。

② 当使用局域网交换机的端口划分 VLAN 成员的方法时,用户从一个交换机的端口移动到另一个端口时,网络管理员必须对 VLAN 的成员重新配置。

③ 需要专职的网络管理员和必要的专业技术支持。

4. 虚拟局域网实现的基本原则

在实现 VLAN 时,应当考虑并遵循下面一些基本原则:

① 兼容性。考虑到交换机软件的兼容性,在整个局域网中应当尽量使用同一厂家的 VLAN 交换机。

② 选择支持 VLAN 的交换机。为了方便未来网络的统一管理,应尽量使用交换机而不是集线器或路由器,并且尽可能多地将计算机接入交换机的端口。此外,在整个网络的核心层应尽量使用第三层或以上层次的 VLAN 交换机来取代传统路由器。这是由于实现路由功能时,既可以采用路由器,也可以采用第三层交换机(路由交换机)。在虚拟局域网中,只有采用三层交换机,才能很好地综合交换和路由这两种功能。这样,既保证了

传统路由功能的实现,也能保证 VLAN 技术的实现。

③ 尽可能地采用树型拓扑结构。由于 VLAN 是以物理网络的连通性为物质基础的,因此,应尽可能地使整个网络成为树型的拓扑结构,以保证整个网络的层次性,以及 VLAN 的物理连通性。此外,通过 VLAN 交换机软件划分的多个 VLAN 之间,既可以设置为相互连通,也可以设置为互不相通。

④ 按需选择 VLAN 技术。由于高层 VLAN 交换机比第二层的 VLAN 交换机贵许多,因此,应当根据用户的应用需要来选择交换机,不必盲目追高。

5. 虚拟局域网划分的基本方法

划分 VLAN 的基本方法取决于 VLAN 的划分策略,而这些策略是需要 VLAN 交换机上管理软件的支持的。根据不同的策略,VLAN 一般使用以下几种方法进行划分。

(1) 基于交换机端口的 VLAN

基于交换机端口划分 VLAN 的方法如图 4-19 和表 4-5 所示,该技术是把一个或多个交换机上的若干端口划分为一个逻辑组。这是最简单、最有效的划分方法。该方法只需对网络设备的交换端口进行分配和设置,不用考虑该端口所连接的设备。

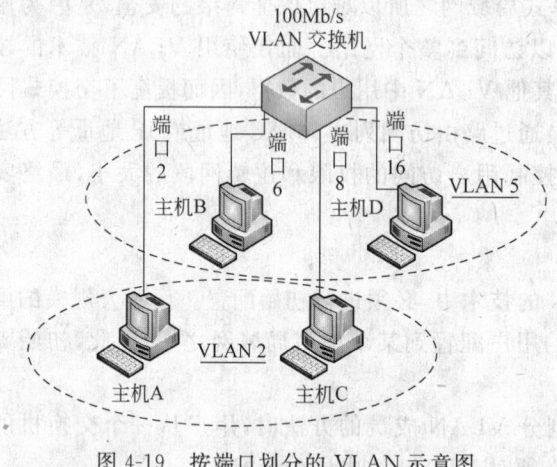

图 4-19 按端口划分的 VLAN 示意图

表 4-5 基于端口的 VLAN 划分表

端口号	所属 VLAN
端口 2	VLAN 2
端口 6	VLAN 5
端口 8	VLAN 2
端口 16	VLAN 5

按照端口划分 VLAN 的技术,同一 VLAN 的节点既可以位于同一交换机,也可以跨越多个交换机的多个不同端口。在图 4-19 所示的示例中,将交换机的 2 与 8 端口组成 VLAN 2,将 6、16 端口组成 VLAN 5。

基于交换机端口划分 VLAN 的技术特点如下:

① 优点:基于端口划分的交换机是最便宜的 VLAN 设备,当前几乎所有的交换机都支持这种划分方式,其配置过程简单、易于理解和实现,因此是目前最便宜和最常用的一种划分方式。

② 缺点:第一,基于端口划分的方式不允许多个 VLAN 共享一个交换机端口,例如,同一端口的设备不能加入多个 VLAN;第二,不方便节点的移动,当某一个 VLAN 用户从一个端口所在的虚拟网移动到另一个端口所在的虚拟网时,网络管理员必须重新进行

设置,这对于拥有众多移动用户的网络来说,管理将是非常困难的;第三,当交换机的端口连接的是共享设备(如集线器)时,则只能将该共享设备上的所有成员都划分在同一个VLAN中。

(2) 基于 MAC 地址的 VLAN

基于 MAC 地址划分的 VLAN 就是根据网卡或网络设备的 MAC 地址来决定隶属的虚拟网。MAC 地址是指网卡的标识符,每一块网卡的 MAC 地址都是唯一的,并且已经固化在网卡上。MAC 地址由 12 位十六进制数表示,前 8 位为厂商标识,后 4 位为网卡标识。

示例:网络管理员将如图 4-20 和表 4-6 所示的交换式网络的主机 A 和主机 C 的 MAC_A 与 MAC_C 划分为一个逻辑子网 VLAN 2,而将主机 B 和主机 D 的 MAC B 与 MAC_D 划分为另一个逻辑子网 VLAN 5。

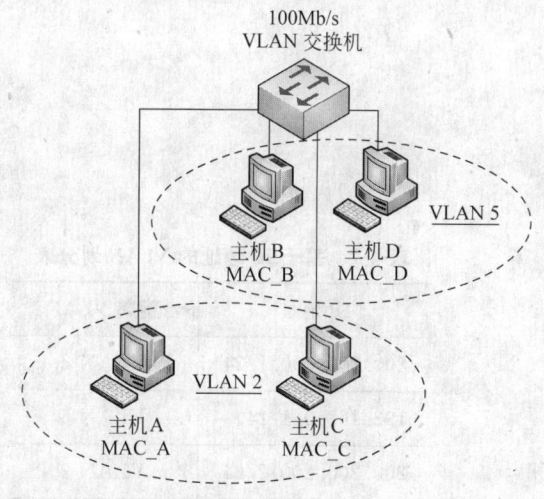

图 4-20   按 MAC 地址划分的 VLAN 示意图

表 4-6   基于 MAC 地址的 VLAN 划分表

MAC 地址	所属 VLAN
MAC_A	VLAN 2
MAC_B	VLAN 5
MAC_C	VLAN 2
MAC_D	VLAN 5

基于 MAC 地址划分 VLAN 的技术特点如下:

① 优点:这种 VLAN 的成员与站点的物理位置无关。由于 MAC 地址是捆绑在网卡上的,因此,当网络设备从一个物理位置移动到另一个位置的时候,会自动保留其所属虚拟网段的成员身份,因此,无须重新配置 VLAN。另外,这种方式独立于网络的高层协议,如 TCP/IP、IP 或 IPX 等。因此,从这个意义上讲,利用 MAC 地址定义虚拟网可以看成是一种基于用户的网络划分手段。

② 缺点:第一,更换网卡后,需要重新配置 VLAN;第二,由于 VLAN 成员与设备绑定,用户的主机将不能随意接入其他VLAN;因此,每个用户主机至少要设定在某个VLAN 上,在这种初始化工作完成之后,对用户的自动跟踪才成为可能;第三,对于较大网络来说,前期配置较为困难。因此,在一个拥有成千上万用户的大型网络中,很难要求管理员将每个用户都划分到一个虚拟网。为此,一些厂商便将这项配置 MAC 地址的复杂劳动推给了相应的网络管理工具。这些网管工具可以根据当前网络的使用情况,在MAC 地址的基础上自动划分虚拟网。

(3) 基于网络层地址的 VLAN

基于网络层地址划分的 VLAN 就是根据网络设备的网络层地址来确定的 VLAN 成员。即按照交换机所连接设备的网络层地址(IP 地址或 IPX 地址)来划分 VLAN,从而确定交换机端口所隶属的广播域。

在网络设备的配置过程中,除了使用 IP 地址和子网掩码的表示方式外,还有一种"网络前缀标识法",即 CIDR 表示方式。由于子网掩码的高位为连续的"1",低位为连续的"0",因此,可以用"/<位数>"来定义网络地址的位数。例如,表 4-7 中的 200.200.200.1/24 定义了其 IP 地址的 32 位中,网络地址为 24 位。

示例:网络管理员将如图 4-21 和表 4-7 所示的交换式网络的主机 A 和主机 C 的 IP 地址,200.200.200.1 与 200.200.200.2 划分为一个逻辑子网 VLAN 2,而将主机 B 和主机 D 的 IP 地址 192.168.0.1 与 192.168.0.2 划分为另一个逻辑子网 VLAN 5。

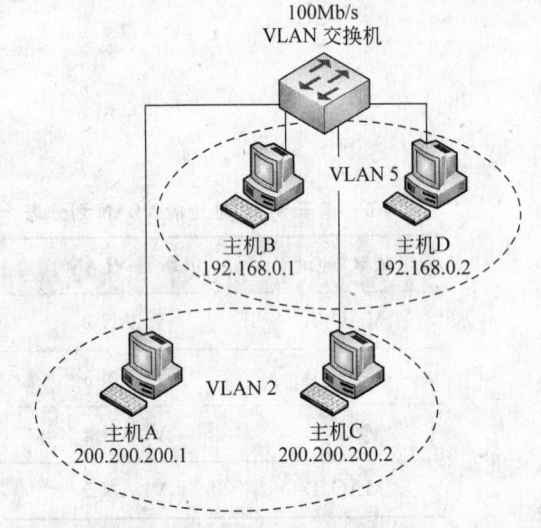

表 4-7 基于 IP 地址的 VLAN 划分表

IP 地址	所属 VLAN
200.200.200.1/24	VLAN 2
192.168.0.1/24	VLAN 5
200.200.200.2/24	VLAN 2
192.168.0.2/24	VLAN 5

图 4-21 按网络层地址(IP 地址)划分的 VLAN 示意图

基于不同 IP 地址划分的 VLAN 的特点如下:

① 优点:第一,这种 VLAN 的广播域的控制与路由器类似,因此,可以用交换机的 VLAN 来取代路由器的子网;第二,不用更改配置,即可允许网络节点的随意移动;第三,有利于建立基于某种服务或应用的 VLAN。

② 缺点:第一,不同 VLAN 之间(如不同 IP 网段)的连接,仍需使用第 3 层(路由)交换机来实现;第二,第三层交换机比第二层贵很多,而且第三层交换设备的速度较第二层的慢。

(4) 基于网络层协议的 VLAN

基于网络层协议划分的 VLAN 就是根据网络设备所使用的网络层协议来确定 VLAN 的成员。路由协议工作在网络层,相应的工作设备有路由器和路由交换机(即三层交换机)。基于网络层协议的虚拟网有多种划分方式,例如,当网络中存在多种第三层路由协议(IP、IPX 或 AppleTALK)时,可以通过不同的可路由协议来划分多个 VLAN,

并确定虚拟网络的成员。

示例：网络管理员将如图 4-22 和表 4-8 所示的交换式网络，将使用 IP 协议的主机 A
和主机 C 划分为一个逻辑子网 VLAN 2，而将使用 IPX 协议的主机 B 和主机 D 划分为另
一个逻辑子网 VLAN 5。

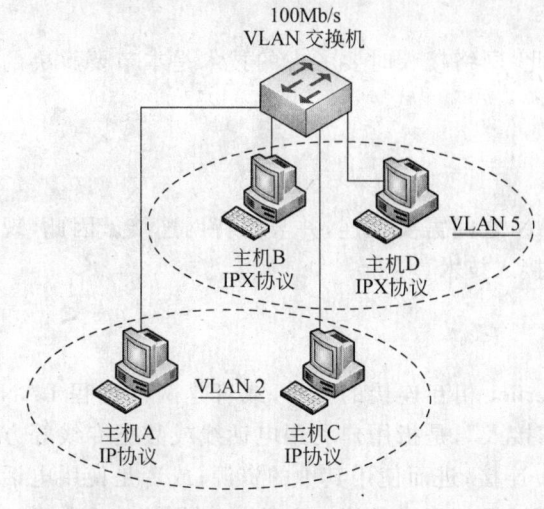

图 4-22　按网络层协议划分 VLAN 的示意图

表 4-8　基于网络层协议的 VLAN 划分表

网络层协议	所属 VLAN
IP	VLAN 2
IPX	VLAN 5
IP	VLAN 2
IPX	VLAN 5

基于不同网络协议划分 VLAN 的技术特点如下：

① 优点：第一，可以提供根据协议和服务的类型进行逻辑分组；第二，一个端口可以
加入多个 VLAN；第三，用户可以随意移动，而不必重新配置交换机。

② 缺点：第一，必须获取第三层信息，因此速度较慢；第二，使用网络层协议的第三
层设备较贵；第三，不支持"非路由协议"的划分，例如，支持可路由协议 IP、IPX 的划分，
不支持不可路由协议 NetBIOS 的划分。

在上述的实现 VLAN 的各种划分方法中，目前主要采取上述的第 1 和第 3 种方式，
并使用第 2 种方式作为辅助性的方案。其中的第 3 种基于网络层地址划分的 VLAN，智
能化程度较高，实现起来也最复杂。

（5）其他划分 VLAN 的方法

其他划分 VLAN 的方法还有：按照 IP 组播划分 VLAN，该方法可以将 VLAN 技术
扩大到广域网，是更加灵活的一种划分方式；按照策略划分 VLAN，能够实现端口划分、
MAC 地址划分、IP 地址或网络层协议等多种划分方法的自由组合；此外，还有按照用户
定义、非用户授权等很多种划分 VLAN 的方法。

总之，VLAN 充分体现了现代网络技术的特征，即高速、灵活、管理方便、扩展和使用
容易，因此是未来网络发展的潮流和趋势。随着网络技术的发展，新的交换设备层出不
穷，因此，新的划分方法也在不断涌现出来，作为网络管理员将会面临更多种划分 VLAN
的方式，如基于用户、基于策略等。各种方法的侧重点不同，达到的效果也不相同。但是，
有一点是可以肯定的，即交换机工作在 OSI 模型的层次越高，设备的智能化程度就较高，
划分也就越灵活，管理就越简单，所支持设备的价格就越贵，速度就越慢。

目前,许多厂家已经开始着手在各自的网络产品中融合众多定义虚拟网的方法,以便向网络管理员提供一种能够根据实际情况选择的、最适合当前管理需要的途径。

4.5 局域网接入 Internet 与远程连接

当代的局域网都会接入 Internet。因此,网络接入时要考虑的技术是本节要解决的问题。

4.5.1 网络接入相关的知识

随着网络的迅速普及,愈来愈多的 LAN 之间需要互连,并与因特网连接。因此,现代广域网技术的核心就是 Internet 的网络接入技术。

1. 什么是网络接入技术

网络接入技术是指一个局域网与 Internet 相互连接的技术,或者是两个远程 LAN 与 LAN 间相互连接的技术。这里所指的"接入",是指用户利用电话线或数据专线等方式,将个人或单位的计算机系统与 Internet 连接,进而使用其中的资源;或者是使用电话线或数据专线连接两个或多个局域网,实现远程访问或通信。注意,有时网络接入常常专指"宽带接入"技术。综上所述,网络接入技术的实质就是网络互连技术。

2. 什么是 ISP 和 ICP

无论是个人用户还是局域网用户,上网前必须先选择 Internet 的接入和信息服务商。首先,应根据实际情况,从可能选择的上网方式中进行选择。为此,应当深入了解所选 ISP 的一次性投入所需的费用与需要使用的设备;此外,还应了解维持运行的收费数量等。

① ISP 是英文 Internet Service Provider 的缩写,它代表 Internet 网络服务商。不同 ISP 提供的服务,以及收取的费用不相同。

② ICP 是英文 Internet Content Provider 的缩写,它代表 Internet 信息服务商。

③ ISP 和 ICP 的区别与联系:ISP 是为用户提供 Internet 连接服务的组织或单位,而 ICP 提供的是信息访问的服务。ICP 需要在 ISP 连接之后,才能进行,因此,ISP 是 ICP 的物质基础。没有 ISP 提供的连接 Internet 的途径,就无从使用 ICP 提供的 Internet 上的信息服务。

3. 网络接入技术中应考虑的因素

① 带宽或速率的要求,可以指定上行和下行方向不同速率的带宽或速率。

② 即连即用,需要上网时即可连入 Internet。

③ 投资和运行费用合理、适宜。

④ 可靠性高,必要时设计双重接入通道,例如,使用路由器的一个主通道(高带宽)接入 Internet,使用路由器的一个备用接口(低带宽)辅助接入 Internet,这样,当主通道出现

故障时,还可以使用备用通道与外界连接。

4. 接入线路的分类

根据传输介质的不同,可以分为有线和无线接入。主要分为以下几类:

(1)铜线接入

铜线接入是指使用普通的电话铜线作为传输介质时的接入技术。为了提高铜线的传输速率,必须采用各种先进的调制技术和编码技术。铜线接入技术必须解决的是传输速率和传输距离之间的矛盾。常用的铜线接入技术如下:

① Modem,电话线调制解调器接入,最大的数据传输速率为 56kb/s。

② ADSL(Asymmetric Digital Subscriber Line),非对称数字用户环路接入采用频分复用技术,通过单对电话线路向用户同时提供语音电话和数据的服务。它可以为用户提供较高的数据传输速率,其下行方向的传输速率为 32kb/s~8.192Mb/s,上行方向的传输速率为 32kb/s~1.088Mb/s。

(2)电视线路接入

是指通过有线电视的线路和同轴电缆调制解调器(Cable Modem)的接入方式,其最大的下行方向传输速率为 30Mb/s,上行方向传输速率为 10Mb/s。目前,中国存在大约8000 万个有线电视用户,因此,这种接入技术被认为是信息高速公路中的优选方案之一。

(3)光纤接入

光纤是目前传输带宽最宽的传输介质,被广泛地应用在局域网的主干网上。由于前面的两种接入技术各有优缺点,而光纤技术正在飞速地发展和普及,光纤网络的价格也在迅速下降,因此,光纤到户正在被人们接受和喜爱。目前,常用的是光纤到社区,双绞线入户,如长城宽带。

(4)同轴电缆和光纤混合(HFC)接入

这是有线电视公司开发的一种基于 CATV 的光纤与同轴电缆的混合网络。HFC 是一种集电视、电话和数据服务于一体的宽带综合业务接入网。

(5)无线接入

无线接入技术是指通过计算机(含无线网卡)或手机通过无线线路接入 Internet 的方式。目前,应用较多的是通过笔记本和手机,通过 GPRS 服务接入互联网。

5. 广域网提供的通信服务类型

在进行局域网接入 Internet 或进行远程网络的互连时,首先必须选择广域网的通信类型;之后,根据所选择的服务类型确定连接设备与线路。常用的广域网服务类型如下:

(1)PSTN(Public Switching Telephone Network)

公用电话交换网,提供通过电话网的计算机通信服务,采用拨号呼叫方式,使用公用电话网进行远程通信时数据传输速率较低,最高速率为 56kb/s。它是以时间和距离计费的,因此,费用较高。在公用数据网出现之前,它是远程数据通信的唯一传输途径。

(2)CHINAPAC(X.25)

公用分组交换网提供数据报和虚电路两类服务,可提供比普通电话线高的信道容量和可靠性。它是最常用的一种广域网资源,目前已连接了县以上的城市和地区。城市间的最高传输速率为 64～256kb/s,而用户的数据传输速率为 2.4kb/s、4.8kb/s 和 9.6kb/s。

(3) ISDN(Integrated Service Digital Network)

ISDN 的中文名称是综合业务数字网,俗称"一线通",它采用数字传输和数字交换技术将电话、传真、数据、图像等多种业务综合在一个统一的数字网络中进行传输和处理,可以为用户提供:电话、传真、可视图文及数据通信等经济有效的数字化综合服务。

① ISDN 的基本速率接口(BRI):向用户提供两个 B 通道,一个 D 通道。其中一个 B 通道的数据传输速率为 64kb/s 用来传递数据;D 通道一般用来传递控制信号,其传输速率为 16kb/s。因此,普通的 ISDN 线路提供的最高数据传输速率为 128kb/s,当 D 通道也用来传递数据时,BRI 的最高传输速率可达 144kb/s。

② ISDN 的基群速率接口(PRI):在不同地区和国家内的 PRI 提供的总传输速率有所不同,例如,在北美和日本的 PRI 提供 23B+D 的数据通信服务,其最高的数据传输速率为 1.544Mb/s;而欧洲、中国与澳大利亚等地区,向用户提供 30B+D 的数据通信服务,最高的数据传输速率则为 2.048Mb/s。目前,对于集团客户来说,这也是电信部门所能提供的具有较高速率、较高带宽的一种通信服务,具有较好的性能价格比。

(4) DDN(Digital Data Network)

DDN 为数字数据网,而 ChinaDDN 特指中国数字数据网。DDN 的主干网的传输媒介有光纤、数字微波、卫星信道等。而用户端的传输介质多采用普通电缆和双绞线。DDN 利用数字信道传输数据信号,这与传统的模拟信道相比有着本质的区别。利用 DDN 传输数据时,具有质量高、速度快、网络时延小等一系列的优点,特别适合于计算机主机之间、局域网之间、计算机主机与远程终端之间的大容量、多媒体、中高速通信的传输,DDN 可以说是我国的中高速信息通道。

DDN 通常可以向用户提供专线电路、帧中继、语音、传真及虚拟专用网等业务服务,工作方式均为同步。目前,DDN 网络的干线传输速率为 2.048～33Mb/s,最高可达 150Mb/s。向用户提供的数据通信业务分为低速(50～19.2kb/s)和高速两种,例如,北京用户可以根据通信速率的需要在 $N×64kb/s(N=1～32)$ 之间进行选择,当然速度越快租用费用也就越高。DDN 专线的基本月租费,从 2000～20 000 元人民币不等,因此,个人和中小企业一般很少采用。

DDN 作为一种特殊的接入方式有着它自身的优势和特点,也有着它特定的目标群体,它是集团客户和对传输质量要求较高、信息量较大的客户的最佳选择。

(5) 帧中继(FrameRelay,FM)接入

帧中继是一种网络与数据终端设备(DTE)的接口标准。目前帧中继的主要应用之一是局域网互连,或者是接入 Internet。帧中继的主要特点是:使用光纤作为传输介质,因此误码率极低,能实现近似无差错传输,减少了进行差错校验的开销,提高了网络的吞吐量。帧中继是一种宽带分组交换,使用多路复用技术后,其传输速率高达 44.6Mb/s。但是,帧中继不适合于传输诸如话音、电视等实时信息,它仅限于传输数据。总之,使用帧中继接入或互连时,具有低网络时延、低设备费用、高带宽利用率等优点。

(6) VSAT(Very Small Aperture Satellite)

VSAT 表示"超小口径卫星终端",即各个地球站终端通过静止的通信卫星,与主站一起构成卫星通信网。卫星通信网的用户需要在单位或驻地建立起 VSAT 站(终端),以便通过卫星进行数据通信。VSAT 适用于通信线路架设困难的场合,它容易受气候的影响,也不易在城市应用,其费用较高。

6. 接入技术的性能比较

局域网用户可以利用运营商提供的 PSTN、ISDN、ADSL、FR 与 DDN 等通信服务接入 Internet。现将它们使用的连接方式、性能等特点进行比较,如表 4-9 所示。

表 4-9　PSTN、ISDN 与 DDN 专线上网比较表

比 较 项 目	PSTN	ISDN	ADSL	DDN 专线
连接方式	拨号	拨号	拨号	专线
速率(b/s)	低于 56k	64k 或 128k	1～8M	9.6k～2M
承载信号	模拟信号	数字信号	模拟信号	数字信号
传输质量	低	很高	很高	高
支持多任务	弱	强	强	弱
支持多媒体	弱	强	强	弱
一次性投入	低	较低	较高	高
使用费用	低	较高	较高	高
使用灵活性	按需连接	按需连接	按需连接	永久连接

7. 中国著名的基础电信运营商

选择了广域网的服务类型后,即可选择提供该种服务的运营商,例如,是选择中国电信的 ADSL,还是选择中国铁通的 ADSL? 目前,中国最著名的基础电信运营商及其网站如下:

(1) 中国电信集团公司(http://www.chinatelecom.com.cn)

简称"中国电信"。它是按国家电信体制改革方案组建的特大型国有通信运营企业。目前主要经营国内、国际各类固定电信网络设施,包括本地无线环路;基于电信网络的语音、数据、图像及多媒体通信与信息服务。可以提供各种广域网服务,如拨号上网、ADSL、DDN、ISDN 接入等基本服务。

(2) 中国网络通信集团公司(http://www.chinanetcom.com.cn)

简称"中国网通"。它是由中央管理的特大型国有通信运营公司;主要经营国内、国际各类固定电信网络与设施,包含本地无线环路;基于电信网络的语音、数据、图像及多媒体通信与信息服务。它可以提供接入 Internet 的常见基本服务,如拨号上网、ADSL 等。

（3）中国联通（http://www.chinaunicom.com.cn）

中国联通是国内唯一一家同时在纽约、香港、上海3地上市的电信运营企业，也是中国国内的唯一、全业务运营商。它同时运营GSM、CDMA、固网，因此，可以提供上述网络运行的各种上网服务，如提供GPRS及CDMA无线上网服务。

（4）铁道通信信息有限责任公司（http://www.crc.net.cn）

简称"铁通公司"或"中国铁通"。它是经国务院批准的国有大型电信运营企业，也是国有独资基础的电信运营企业。目前，铁通公司已开展固定网的本地电话、国内国际长途电话、IP电话、数据传送、互联网、视讯业务等除公众移动业服务以外的各项基础和增值电信业务。它也可以提供常见的接入Internet的基本服务，如拨号上网、ADSL等。

（5）中国移动通信集团公司（http://www.chinamobile.com）

简称"中国移动通信"或"中国移动"。它是根据国家关于电信体制改革的部署和要求，在原中国电信移动通信资产总体剥离的基础上组建的国有重要骨干企业，由中央直接管理。中国移动通信主要经营移动话音、数据、IP电话和多媒体业务，并具有计算机互联网国际联网单位经营权和国际出入口局业务经营权。除提供基本话音业务外，还提供传真、数据、IP电话等多种增值业务，目前，主要运营GSM网络，从接入Internet角度看，主要提供GPRS及EDGE无线上网等服务。

（6）中国卫通（http://www.chinasatcom.com）

中国卫通是卫星通信的运营商。它是中央管理的基础电信运营企业之一，下设31个省级分公司。中国卫通主要经营通信、广播及其他领域的卫星空间段业务，卫星移动通信业务，互联网业务，VSAT通信业务，以及基于卫星传输技术的话音、数据、多媒体通信业务服务，如提供GPRS无线业务。

"中国卫通"主营服务大都是基于卫星通信的，由于通信费用比较昂贵，因此，目前在局域网接入时，主要选择上述的前5个运营商。为此，将上述的前5大运营商称为"中国5大基础运营商"。运营商具体的服务与收费情况，可以到运营商网站进行查询。

4.5.2 不同规模用户与Internet的连接方案

在选择了广域网通信类型后，即可选择本地一个合适的运营商来提供具体的接入Internet的服务，并根据实际情况选择传输介质和设备类型。最后，还应选择接入方式。

局域网用户接入Internet的技术方式通常有两类，即局域网接入方式和计算机接入方式。前者使用路由器（交换机）接入Internet（专用网络），后者则使用计算机（代理/ICS/NAT服务器）及单机接入设备（Modem或数据终端设备）共享接入Internet。

1. 小型网络共享接入Internet

非常小的网络可以通过共享Modem及相应的线路接入Internet，例如，可以使用普通Modem、ADSL Modem、ISDN Modem、Cable Modem等设备，通过PSTN（公用电话交换网）的普通电话线、ADSL电话线路、ISDN电话线路、电视线路等接入Internet。

（1）接入设备——Modem

Modem即调制解调器，有时也叫"猫"，此处的Modem为广义Modem，即可以指普通 Modem、ADSL Modem、ISDN Modem、Cable Modem 等通信设备。Modem 的主要作用是传递和变换计算机与线路之间的信号，例如，普通 Modem 是计算机的数字信号与电话线的语音信号之间进行转换的设备。

Modem 的形式主要有两种，一种插在计算机内，也叫内置 Modem，即"内猫"，通常为插在计算机内部的卡；另一种连接在计算机的外部，也叫外置 Modem，即"外猫"，通常是通过计算机的串口或 USB 口连接的独立设备。

① 一条线路。

线路是网络通信的媒体，用来传递调制解调器（Modem）输出或输入的信号，如电话线、双绞线或同轴电缆等。

② ISP 的账号和密码。

根据个人的需要，在选择了 ISP 之后，就会得到一个 ISP 的账号和密码，以及拨入时使用的电话号码。例如，选择了网通的 ADSL 接入服务，即可获得相应的账号和密码。

（2）小型网络共享接入 Internet 的设计方案

局域网通过 Modem 共享接入 Internet 时的软件和硬件条件，以及连接方式如下所述：

① 硬件条件。

局域网需要的所有设备，如集线器或交换机、Modem、电话线、双接口的代理服务器（如连接 LAN 的网卡和连接 WAN 的 Modem）、计算机（含网卡）及网线（如直通双绞线）等。

② 软件条件。

• 服务器端。

接有 Modem 的计算机充当网络中的"代理"（即接入 Internet 的代理）服务器。作为服务器的计算机，除了需要安装操作系统软件外，还需要安装各种"代理"软件，例如，安装和设置 WinGate、SyGate、WinRoute、ICS 或 NAT，以便代理局域网内的其他计算机用户访问 Internet。

• 客户端或单机用户。

作为使用代理服务的客户机，只需要安装微软桌面操作系统，之后，利用其内置的联网、协议和通信软件的功能即可实现访问 Internet 的目的。

③ Internet 的连接设计。

局域网使用 Modem 连入 Internet 时，通常使用如图 4-23 所示的连接方式。

• 服务器：作为代理局域网用户接入 Internet 的计算机，一方面通过 Modem、接入线路与 ISP 的广域网线路进行连接；另一方面，通过局域网网卡连入局域网，如接入交换机（集线器）。除了硬件外，还需要安装代理（Internet 共享）服务器软件，如可以将 Windows XP/7 设置为 ICS 服务器；或将 Windows Server 2003/2008 设置成 NAT 服务器。

• 客户机：通过自身的网卡连接到局域网中的互连设备，如交换机（集线器）。每台计算机通过其安装的操作系统，以及 TCP/IP 即可实现接入和访问 Internet 的目的。例如，使用 Windows XP/7 及其内置的网络功能即可轻松接入 Internet。

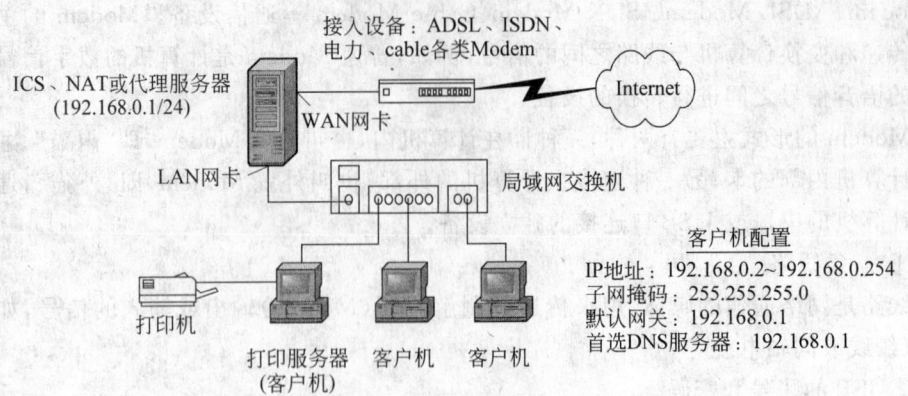

图 4-23   用调制解调器连接 Internet

（3）通过 Modem 接入 Internet 的应用特点

① 优点：所需设备简单，实现容易，投资和维持费用低廉；速度可以选择，如 ADSL 可以在 1～8Mb/s 间选择。

② 缺点：传输信号质量较低、性能一般，可靠性不太高。

③ 适用场合：这种方式只适用于数据通信量较小的局域网或个人微型计算机接入 Internet 时采用。

2. 中型单位通过硬件路由器接入 Internet

对于大中型单位的用户来说，通常使用硬件路由器与 Internet 进行连接。

（1）接入设备——路由器

接入设备为路由器。通常会根据所选择的 WAN 和 LAN 类型选择路由器。如带有 RJ-45 接口，具有拨号功能，可以与 4Mb/s ADSL 线路连接的有线路由器。

（2）中型网络通过路由器接入 Internet 的设计方案

所有计算机安装微软操作系统，并安装有 TCP/IP。局域网通过路由器接入 Internet 时的软件和硬件条件，以及连接方式如图 4-24 所示，具体设计如下所述：

① 硬件条件。

局域网设备：集线器或交换机、路由器（LAN 和 WAN 连接端口）、计算机（含网卡）及网线（如直通双绞线）等。所有计算机通过其网卡连接到局域网中的互连设备，如交换机（集线器）。

② 软件条件。

每台计算机应安装操作系统，如 Windows XP/7；通过 TCP/IP 的设置（操作系统内置的网络服务功能），即可实现接入和访问 Internet 的目的。

路由器在这里充当代理服务器的作用，因此，利用路由器内置的软件，即可设置 WAN 口和 LAN 口的参数，以及与 ISP 连接的用户名和密码。局域网中的所有计算机经过设置，都可以通过路由器接入 Internet。计算机的设置内容：网卡的 TCP/IP 的 IP 地址、子网掩码、DNS 地址和默认网关地址（即路由器的 IP 地址）等参数。

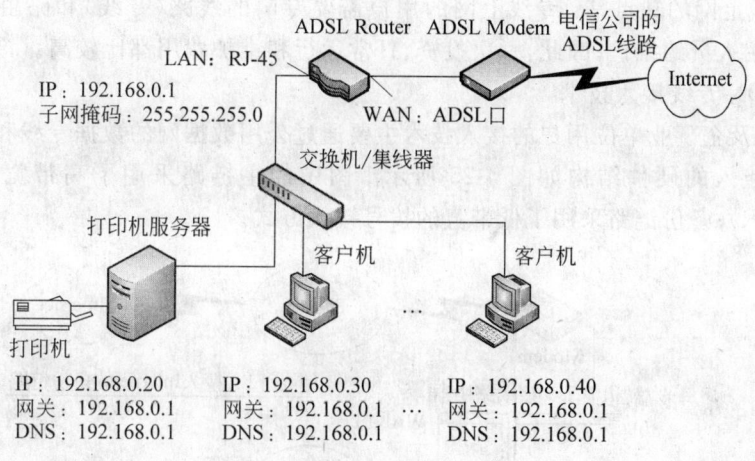

图 4-24　通过路由器连接 Internet

③ Internet 的连接设计。

局域网用户采用"集线器(交换机)＋路由器"接入 Internet 时,其接入的硬件结构如图 4-24 所示。首先,确认租用电信部门的公用网服务类型、线路,如采用 4Mb/s 的 ADSL 电话线路;其次,确定接入设备,如路由器接入,应注意 WAN 接口的匹配,如类型为 ADSL,速度为 4Mb/s;当局域网采用 100Mb/s 以太网时,路由器的 LAN 接口应当是支持 RJ-45 的 100Mb/s 端口。

(3) 路由器接入的费用构成

包括"一次性投资"与"运行和维持"费用两部分。例如,对于采用如图 4-24 所示的局域网,其一次投资包括图中的路由器及其他硬件费用;维持费用为租用广域网服务的费用,如 4Mb/s 的 ADSL 线路的年费。

(4) 通过中型路由器接入 Internet 的应用特点

① 优点:所需设备简单,实现容易,投资和维持费用中等;速度可以选择,如 ADSL 可以在 1~8Mb/s 间选择,传输信号质量较好。

② 缺点:需要专业人员及技术,性能中等,可靠性中等。

③ 适用场合:这种方式适用于数据通信量中等的局域网接入 Internet 时采用。

3. 大型局域网的接入方案

较大的公司及企事业单位一般采用专线连接或局域网连接方式。专线连接方式主要指用户利用专用电缆将自己的局域网或计算机接入 ISP 的方式。

(1) 专线接入的特点

通过公用通信网的数据专线接入 Internet 时,可以租用或铺设专线;此线路由大型机构或单位独占,因此,称之为"专线"。目前,常见的专线接入主要有 X.25、FR(帧中继)、DDN、ISDN 等几种类型。

① 专线上网的优点是:通信速率高,适合于业务量大的网络用户使用,此外,接入 Internet 后,网上的所有用户均可以使用 Internet 提供的服务。

② 专线上网的缺点是：专线上网的用户需要专门的线路（专线）和路由器等专用设备，以及专用人员的维护；因此，一次投资、日常运行和维护费用都比较高。

（2）DDN 专线接入技术

大公司及企事业单位用户的接入技术主要通过公用数据网的数据专线和拨号上网两种方式，其接入的硬件结构如图 4-25 所示。图中的主链路采用了高带宽的数据专线（DDN 和 FR）；备份链路采用了低带宽的拨号接入方式。

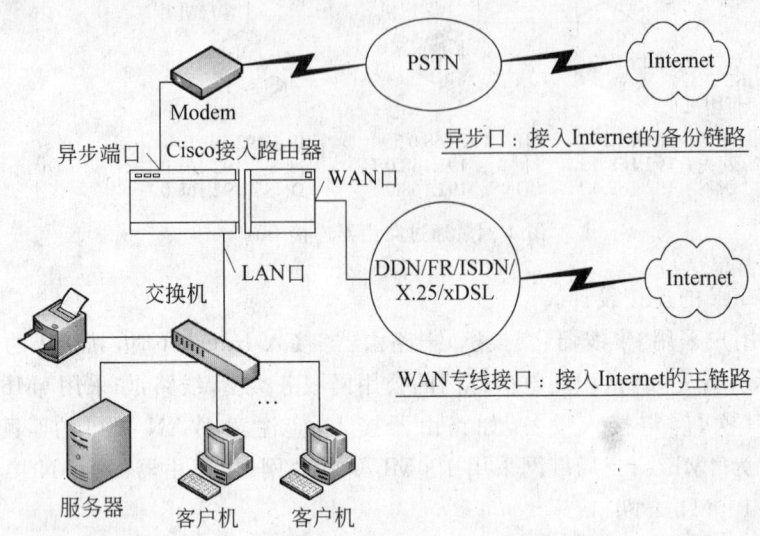

图 4-25　带有备份链路的专线方式接入 Internet 的结构

DDN 专线用户的接入方案如图 4-25 所示。这种接入方式主要指局域网用户通过路由器先接入 DDN，再接入 Internet；即局域网与互联网的互连。在这里，DDN 作为数据通信的支撑网络，为局域网用户提供了高速、优质的数据传输通道。

（3）高速用户终端网络的接入方法

① 距离较近时，可以直接接入 DDN。

② 距离较远时，可以通过用户集中设备接入 DDN。

③ 通过 2048kb/s 数字电路接入 DDN。

④ 通过模拟电路接入 DDN。

（4）DDN 和 FR 的应用场合

DDN 和 FR 进行网络间互连的应用场合如下：

① 局域网之间通过 DDN 互连。

② 分组交换网与 DDN 互连。

③ 用户的交换网与 DDN 互连。

④ 专用 DDN 与公用 DDN 互连。

4.5.3　局域网之间的远程互连技术

对于大中型单位的局域网用户来说，除了需要与 Internet 连接，访问 Internet 中的共享资源外;还会遇到远程局域网之间的互连问题。例如,大型调查公司在各地的分公司需要进行互连共享数据,其业务员在异地对公司内部局域网的访问等都是远程访问的示例。

RAS 的中文全称是远程访问服务,英文全称是 Remote Access Service。RAS 技术是指通过位于本地网络以外的计算机或局域网,连接并访问本地网络及资源的技术。当启用远程访问时,远程客户可以通过远程访问技术像直接连接到本地网络一样来使用本地网络中的资源。

1. 小型局域网的 RAS 解决方案

小型局域网的远程访问服务的解决方案主要有以下两种:

① RAS 连接的远程访问方案:是指通过建立远程拨号网络,实现远程局域网客户机之间的访问方案。例如,利用模拟电话线路、普通 Modem,以及建立的 Windows 2008/2003 的 RAS 服务器,实现 RAS 客户机的远程访问。

② VPN 连接的远程访问方案:VPN 的中文全称是"虚拟专用网络",英文全称是 Virtual Private Network。VPN 是指利用 Internet 和 VPN 服务器建立起的点对点的专用逻辑信道实现的远程访问。作为 VPN 的客户端,在任何位置都可以通过 Internet,及 VPN 服务器实现远程访问。例如,利用模拟电话线路、ADSL Modem,使用安装了 Windows 2003/2008 的计算机就可以建立起以 VPN 服务器为访问控制中心的远程访问网络。

小规模局域网的远程访问大都采用了虚拟专用网络。VPN 是一门网络新技术,它为我们提供了一种通过公用网络安全地对企业内部专用网络进行远程访问的连接方案。

2. 大中型局域网的 RAS 解决方案

(1) RAS 互连技术

对于大中型的局域网,通常使用专用的网络设备(远程访问路由器)来实现远程局域网之间的互连。通过远程路由器设备,以及电信部门的专用线路实现的远程访问的解决方案如图 4-26 所示。

① 在图 4-26 中,上部分是通过远程访问路由器中的"同步接口"连接的 Modem(8/16)池;用来实现多个远程客户机通过电话线和 Modem 进行的远程访问。

② 在图 4-26 的下部系统是通过远程访问路由器实现的远程域网之间的相互访问;在这个方案中,还可以通过远程访问路由器上的其他广域网端口、接入设备及线路,如基带 Modem 和 DDN 线路接入 Internet。

(2) 帧中继(FR)技术

"帧中继"进行远程局域网之间互连时的硬件结构如图 4-26 所示。在广域网中的各类服务中,帧中继线路常常用来进行远程局域网的互连。因为,使用 FR 进行互连,可以简化网络规程、提高网络传输速度、缩小延时时间、提高吞吐量,提供高达 $1.54 \sim 45 \mathrm{Mb/s}$ 速率的高速宽带业务服务。

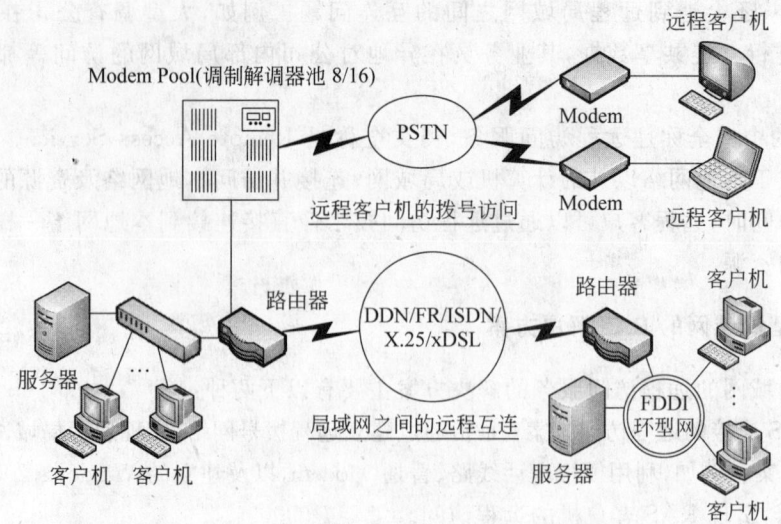

图 4-26　远程客户机和远程局域网之间的互连方案

4.6　小型局域网通过路由器接入 Internet

通过小型路由器接入 Internet 分为路由器(服务器)和计算机(客户机)两个方面。

1. 通过路由器接入时的结构图

通过小型路由器与 ADSL 线路接入 Internet 的系统结构与设置参数,如图 4-24 所示。

2. 网络设备的配置方法

无论是路由器还是交换机它们都没有显示器和键盘,因此,若要对这些设备进行配置,必须先通过计算机或终端与该设备建立连接;成功登录设备后,才能进行设置。之后,才能实现网络设备的各种应用功能。由此可见,网络设备正常工作的前提条件是网络操作员正确配置了网络设备,配置的方法有很多种。

例如,华为、思科、D-Link 系列的交换机和路由器都提供了以下几种配置方法:

① 通过 Console 口进行本地配置管理。

② 通过 Telnet 进行本地的或远程的配置管理。

③ 本地设置后,通过浏览器以 Web 方式进行配置和管理。

④ 登录成功后,使用系统配置或维护命令进行配置。

网络管理员应当能够根据当时的条件进行正确地选择管理方法。网络设备的不同配置方法适用于不同场合,通常可以分为两个主类:

(1) 本地配置

顾名思义,本地配置是指在与网络设备直接连接的计算机中进行配置。首次设置时,应先将计算机与网络设备的 Console 口进行连接;然后,在仿真终端(计算机)上,通过

Console 端口对网络设备进行初始设置。本地设置是管理员对交换机或路由器等网络设备进行配置、管理的最基本和最常用的方法,也是管理员应当熟练掌握的基本技能。

（2）远程配置

远程配置是指通过网络对网络设备进行设置。远程配置又分为：Web 方式和 Telnet 方式。只有在初始化设置之后,才能使用 Telnet 方式或 Web 等方式,从远程登录到网络设备上进行设置。远程设置的条件是网络设备已经设置了 IP 地址等信息。

3. 小型路由器的管理

专业网络设备与家用的小型设备的操作的复杂程度、设置界面等完全不同;因而,对于专业网络设备的配置,将在"网络设备管理"一章中做详细介绍。

为了使用户对网络接入 Internet 的实现技术有所了解,下面将以家庭和小办公室使用的小型网络设备为例,做如下简单介绍。下面仅以 D-Link DI-624＋A 型小型路由器的操作为例,其产品外观如图 4-27 所示。

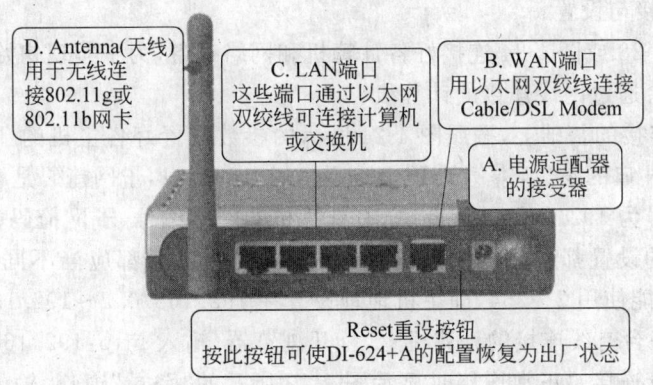

图 4-27　D-Link DI-624＋A 型无线路由器

（1）小型路由器的产品与应用

无线路由器在小型局域网（如家庭或小办公室）接入 Internet 时的产品如图 4-27 所示,其应用结构如图 4-28 所示。这种路由器通常都有若干 LAN 口,以及至少一个 WAN 口,因此是组建小型有线和无线网络的首选设备。这种小型路由器是一个集有线和无线交换机,以及路由器两种功能的复合设备;因此,它既可以用于有线或无线局域网的连接;也可以代理有线网络和无线网络中的计算机接入 Internet,其应用时的连接结构如图 4-28 所示。

（2）小型路由器的设置和管理流程

① 初始设置：包含管理员的用户名和密码等。

② LAN 设置：包含 TCP/IP 参数的手工或自动（DHCP）设置。

③ WAN 设置：包括接入 Internet 的 ISP 的用户名和密码等设置。

④ 管理设置：可以通过路由器的管理软件查看和管理 LAN、WAN 和 WLAN 相关的信息,如查看网络成员、流量和 NAT（网络地址转换）的出港和入港的数据包,或者设置无线网络的网络标识、信道、安全方式等。

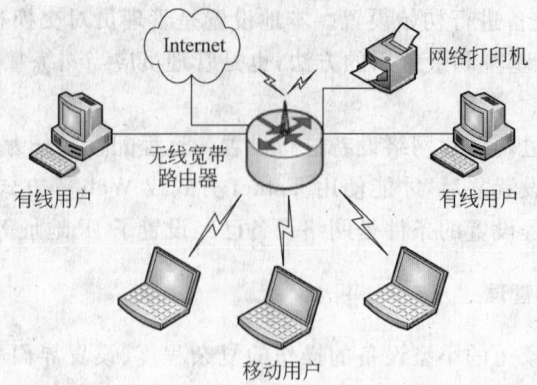

图 4-28　小型无线宽带路由器接入 Internet

4. 实现小型路由器代理 LAN 用户接入 Internet

（1）初始连接与设置

① 按照图 4-28 或图 4-24 连接好各计算机和网络设备，为了实现初始 Web 方式的配置，至少要有一台通过网线连接的计算机。

② 在硬件连接的基础上，按照图 4-24 所示的参数设置好各主机的 TCP/IP 参数，注意路由器的 LAN 口的参数，本例的 IP 地址为 192.168.0.1，子网掩码是 255.255.255.0；为此，其网络编号为 192.168.0，因此，所有计算机的网络编号、子网掩码、首选 DNS 服务器、默认网关处的设置都是相同的；而每台计算机的主机号都应当不同，路由器占据了"1"，其他主机只能使用 2～254，即主机地址设置在 192.168.0.2～192.168.0.254。

③ 在任何一台有线连接的计算机上，打开浏览器，输入 http:192.168.0.1 与路由器以 Web 方式进行连接。正常连接时显示图 4-29 所示的"登录"窗口，输入路由器的管理员账户名和密码后，单击"确定"按钮，打开如图 4-30 所示窗口。

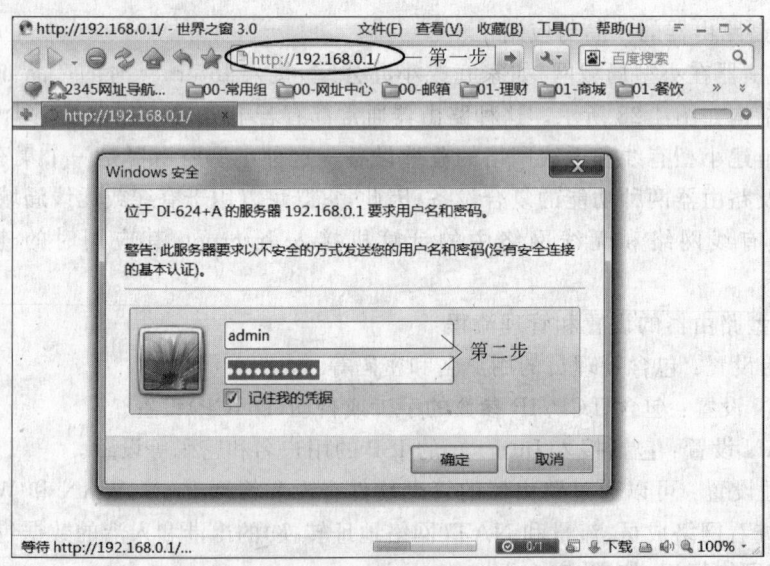

图 4-29　浏览器中宽带路由器的"登录"窗口

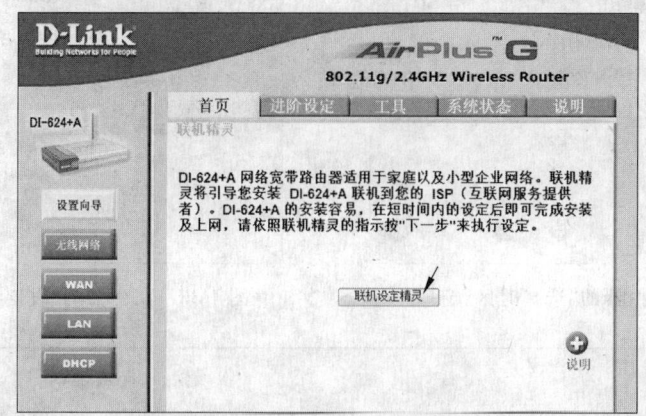

图 4-30　浏览器中"路由器的首页"窗口

（2）自动设置

① 小型路由器内一般都有设置向导，跟随向导即可完成全部的设置任务。在图 4-30 所示的浏览器中的"路由器的首页"窗口，单击"联机设定精灵"按钮，打开如图 4-31 所示窗口。

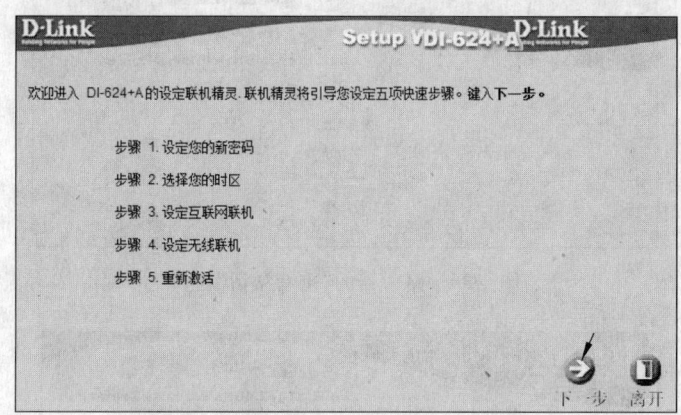

图 4-31　浏览器中"联机设定精灵"窗口

② 在如图 4-31 所示的窗口中，单击【下一步】按钮，跟随设置向导即可完成 LAN、WAN、WLAN、路由器信息等各项目的设置，主要步骤如图 4-31～图 4-35 所示。

③ 在如图 4-35 所示的"重新激活"窗口中，单击【继续】按钮，返回图 4-31 所示窗口。

（3）手动设置

首次设置后，如果需要修改参数，则可以在如图 4-36 所示窗口左侧的目录中，选中要设置的目录，即可进行手动设置，例如，选中 LAN 选项，设置或查看路由器的 IP 地址。

（4）设置与接入检测

设置成功后，可以关闭图 4-31 所示窗口。在任何一台计算机中，使用浏览器访问一个网站，如 http://www.sina.com，如果能够打开该网站，则说明局域网与接入 Internet 均已经成功。

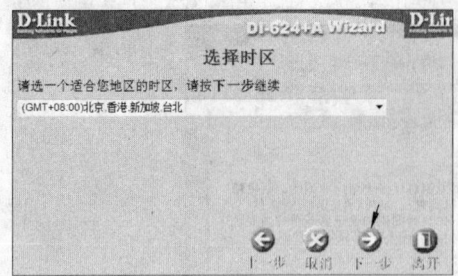

图 4-32　路由器的"选择时区"窗口

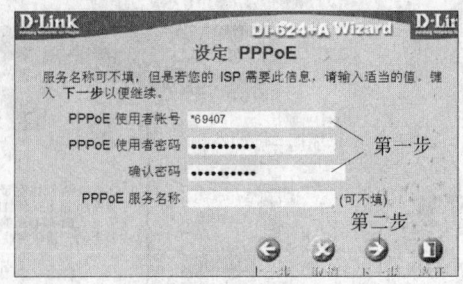

图 4-33　路由器的"设定 PPPoE"窗口

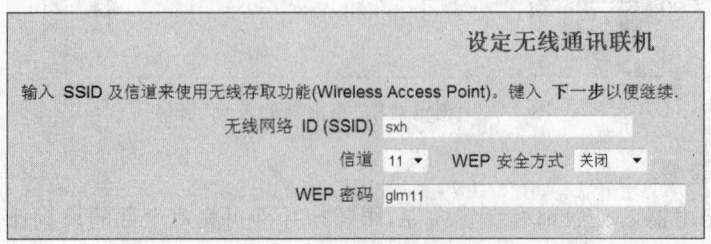

图 4-34　路由器的"设定无线通信联机"窗口

图 4-35　路由器的"重新激活"窗口

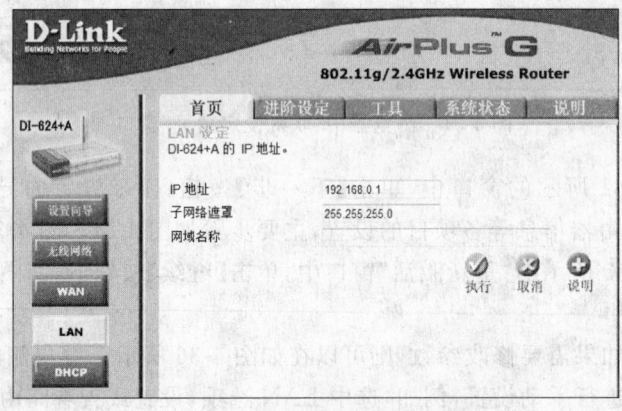

图 4-36　路由器首页的 LAN 设置窗口

　　如果不成功,应着重检查图 4-24 中每台计算机 TCP/IP 参数的设置,尤其是计算机配置的"默认网关"值,应当与图 4-36 中路由器的 IP 一致。

4.7 无线网络基础与接入 Internet

随着无线网络及笔记本的普及,越来越多的家庭或办公室采用无线路由器组建无线局域网,并接入 Internet。

4.7.1 无线网络的基础

计算机网络就是将分布在不同物理位置的自主计算机、网络设备等有机地连接在一起,并由网络软件支持和管理的可以相互通信和资源共享的计算机复合系统。计算机局域网通常采用的传输介质是光纤、双绞线或同轴电缆等有线介质。但是,有线网络信道的不足之处有:初始的综合布线工程及运行期的改线工程量大,线路易损坏,网络中的各节点不便于移动。为了弥补有线网络的上述不足,扩展有线网络的应用领域。近几年来无线网络迅速崛起,并得以迅猛发展。

在无线网络迅猛发展的今天,无线局域网已成为许多 SOHO 家庭网络的首选。此外,在局域网的会议室,在展览会的展厅都会见到 WLAN 的踪影。但无线网络的出现决非要取代有线网络,而只是要弥补有线网络的不足,拓宽应用领域。

1. 什么是无线局域网

① 名称:无线局域网的英文全称是"Wireless Local Area Network",简称为 WLAN。
② 定义:无线局域网是指以无线信道作为传输介质的计算机局域网。
③ 无线传输介质:常用的类型如下:
- 无线电波:短波、超短波、微波。
- 光波:红外线、激光。

2. 无线局域网的体系结构

无线网工业标准的制定对无线局域网的推广起到了重要的作用,只有依赖这些标准,不同厂商生产的各种无线设备才可能互连在一起,进行可靠地工作。1997 年,IEEE(电子电气工程师协会)制定了 802.11 标准。该标准对原有 802 协议集进行了扩充,并在数据链路层的 MAC 子层加入了新的标准。从网络体系结构的角度看,IEEE 802.11 标准主要涉及的是媒体访问控制子层(MAC)及物理层。802.11 协议在数据链路层的逻辑链路控制(LLC)子层保留了原有的 802.2 标准,但是,在 MAC 子层采用了新的媒体访问控制方法——CSMA/CA(即载波侦听、多路访问与冲突避免)。这是和以太网的 CSMA/CD(载波侦听、多路访问与冲突检测)兼容的媒体访问控制方法。在有线局域网中,共享介质传输的冲突检测是极容易实现的,而在无线局域网中,由于信号覆盖范围有限,冲突检测则不易实现。于是采用了有别于以太网的 CSMA/CA 冲突避免机制。

3. 无线局域网的标准

IEEE 制定的 802.11 系列标准是无线局域网的标准。目前,在选择产品时,应注意选择以下几种常用的标准,而不要选择已经过时的 IEEE 802.11a 的设备。IEEE 802.11n 这个标准正在制定中,计划于 2007 年完成,该标准的目的是通过同时使用多个信道实现 100Mb/s 的最大吞吐率,具体使用哪个频段还没有最后确定。

① IEEE 802.11b 无线局域网标准,使用的频段为 2.4GHz,带宽最高可达 11Mb/s。

② IEEE 802.11g 无线局域网标准,使用的频段为 2.4GHz,带宽最高可达 54Mb/s。

③ IEEE 802.11g＋无线局域网标准,带宽最高可达 108Mb/s。

4. 有中心无线局域网的拓扑结构

无线网络有两种拓扑结构,即"无中心拓扑"和"有中心拓扑"。目前,应用最多的是图 4-37 右侧虚线中所示的"有中心拓扑";有线网络与无线网络的联合应用如图 4-37 所示。

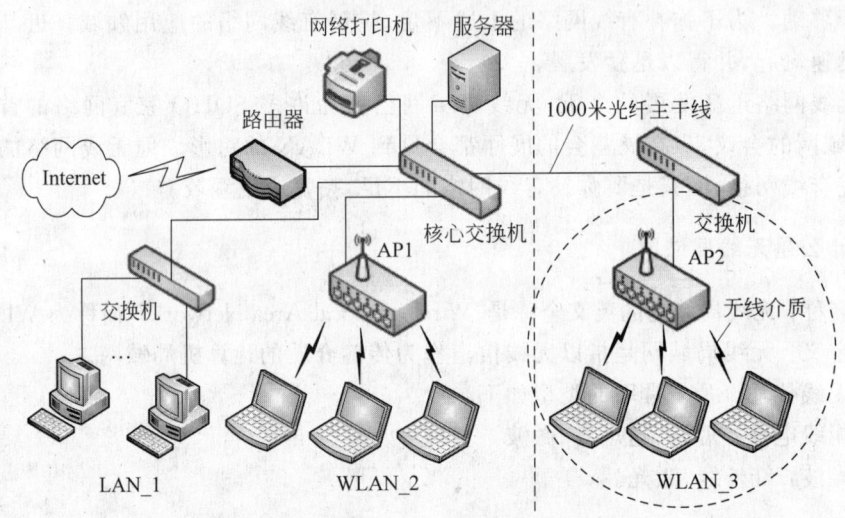

图 4-37　多个 AP 有中心无线网络与有线网络的联合应用结构图

5. 无线局域网的应用场合

例 4-1:某学校的图书馆阅览室提供的无线网络接入功能的方案如图 4-37 所示。

方案分析:为了解决 AP 接入点覆盖范围有限的问题,设计了如图 4-37 所示的方案。该方案使用了多个 AP 接入点组成了多中心无线网络,并与有线网络有机地联合起来,使得前来阅读的教师和学生,可以在不同的房间或楼层,随时通过自己携带的笔记本或阅览室的计算机访问到 Internet 及有线网络的资源。这种设计使得有线网络变得更加灵活方便。

在有线网络基础上新增的器件有:

① 无线网卡:在各个 MT(移动终端是指移动计算机)上都要安装一片无线网卡。

② 无线接入点:英文名称为 Access Point,简称 AP。它相当于有线网络中的集线器,它一方面负责连接周边的无线站点 MT(移动终端),形成星型网络结构;另一方面负责与有线网络的连接,因此要考虑其与有线网连接的接口。

总之,无线局域网的通信范围不受环境条件的限制,网络的传输范围得以拓宽,其最大传输范围可高达几十千米。例如,在有线局域网中两个节点间的最大距离通常被限制在几百米之内,即使采用单模光纤也只能达到 3000m。而在无线局域网中两个站点间的距离目前可达到 50km。因此,无线局域网可以将分布距离在数千米范围内建筑物中的网络集成为同一个局域网。在实际应用中,无线网络可具有的功能、适用场合及优点归纳为表 4-10。

表 4-10 无线网络的适用场合和优点

适 用 场 合	优 点
不易接线的区域	在不易接线或接线费用较高的区域中提供网络服务,例如,有文物价值的建筑物,有石棉的建筑物,以及教室
灵活的工作组	需要不断进行网络配置的工作组,WLAN 能够降低成本
网络化的会议室	用户需要经常移动,如从一个会议室移动到另一个会议室时,需要随时进行网络连接,以获得最新的信息,并且可在决策时相互交流
特殊网络	现场决策小组使用 WLAN 能够快速安装、兼容系统软件,并提高工作效率
子公司网络	为远程或销售办公室提供易于安装、使用和维护的网络,如展馆
部门范围的网络移动	漫游功能使企业可以建立易于使用的无线网络,可覆盖所有部门

4.7.2 无线局域网的设备

无线局域网的产品和设备一般包括:无线网卡、无线接入点(AP)、无线网桥、无线路由器和无线网关。其中使用最多的是:无线网卡、无线接入点(AP)和无线路由器。

1. 无线网卡

无线网卡是计算机和无线网络的接口,它是数据链路层的设备,负责完成数据的封装、差错控制和执行 CSMA/CA。无线网卡按照总线的接口类型可分为:PCI 无线网卡、USB 无线网卡(外形就像一个 U 盘)和 PCMCIA 无线网卡(包括 CF 接口)等几种。每个移动(无线)的计算机节点都需要安装无线网卡。

2. 无线接入点

如图 4-37 所示的 AP,也可以理解为无线集线器。在 AP 信号允许的覆盖范围内,安装了无线网卡的 PC 或便携机,就能够通过 AP 接入网络,从而实现资源共享或交互信息。从产品上看,有些 AP 接入点拥有很多内置的服务,如 DHCP、打印服务器等。目前,小型的无线路由器中往往集成了 AP、交换机和路由器的功能,如图 4-27 所示。

3. 无线网桥

无线网桥与有线网桥类似,都是数据链路层的设备,其功能类似,都可以用来划分冲突域。与一般有线网桥不同的是,无线网桥支持无线连接,因此,省去了布线的烦琐。

无线网桥可以提供点到点、点到多点的连接方式,它与功率放大器、定向天线配合即可将传输距离扩展到几十千米的范围。无线网桥一般安装在建筑物的顶部，通常安装于室外。安装时，通常要使用两个或两个以上的无线网桥进行互连。而前面所说的 AP 则可以单独使用。因此，当需要连接相距数千米的两个或两个以上的局域网时，由于借助于广域网技术租用线路的成本太高，自己布线却又可能遇到不可逾越的建筑物、河流等；而借助于无线桥接等设备即可廉价、快速地实现多个远程建筑物之间的无线连接和资源共享。

无线网桥用于将两个或位于不同建筑物内的多个独立局域网互连为一个网络，可用于 Internet、数据传输、多媒体、图像和声音等多种网络的应用。它可以实现点对点、点对多点的网络结构，并可以取代 T1/E1、DSL 等有线网络。其具有性能高、成本低的优势。

4. 无线路由器

目前的无线路由器通常是指带有无线接入功能的路由器，其主要应用是用户上网和无线局域网的连接。由此可见，这类无线路由器就是单纯的 AP 与宽带路由器的结合型产品；借助于其路由器功能，可以实现家庭无线网络中的 Internet 连接共享，如可以实现 ADSL 或小区宽带的无线共享接入。市场上的无线路由器一般都支持专线 xDSL/Cable、动态 xDSL 和 PPTP 等几种接入方式，此外，它还具有 DHCP 服务、NAT 防火墙及 MAC 地址过滤等一些常见的网络管理功能。较好的路由器还可以提供多种安全和保密特性，如包括：双重防火墙（SPI＋NAT）、多路 VPN（虚拟专用网），以及下一代无线加密 WPA 等。无线路由器在小型局域网（如家庭或小办公室）接入 Internet 时的产品如图 4-27 所示，其应用结构如图 4-28 所示。这种路由器是组建小型有线和无线网络的首选设备。

综上所述，在无线网络飞速发展的今天，无线设备的品种和功能也是日新月异；然而，作为网络设备，无论怎么发展，每种产品都有自己独有的特点与使用场合，现将其归纳于表 4-11 中。

表 4-11　无线网络设备的功能、应用范围与特点

名称 功能	无线接入点 AP	无 线 网 桥	无 线 路 由 器
传输距离	覆盖多个信息点区域	两个或多个局域网之间的无线连接	接入 Internet 与覆盖多个信息点
应用范围	小于 50 千米	小于 50 千米	30～500 米
无线连接的对象	AP 客户端的无线网卡	楼宇之间的无线传输与小区电信级带宽的接入	家庭、办公室信息点的无线覆盖及接入 Internet
工作在 OSI 模型的 X 层	物理层	数据链路层	网络层

4.7.3　通过无线路由器和 ADSL 线路接入 Internet

小型的无线路由器与真正的路由器通常是交换机与接入路由器的组合设备。通常可以连接两种类型的网络，第一种，无线网络设备；第二种，连接 ADSL 接入线路。通常无须安装设备驱动程序，也不必对每个端口进行设置；其接入部分需要进行设置，一般是基

于浏览器的 Web 方式。下面以 TP-LINK TL-WR941N 无线路由器为例,介绍组建无线工作组网络,以及通过无线路由器和 ADSL 线路接入 Internet 的方法。

1. 硬件连接

通过 TP-LINK TL-WR941N 无线路由器实现小型局域网的 ADSL 接入时的硬件连接示意图如图 4-28 所示。每台计算机应当连接有无线网卡。

2. 路由器的初始配置

如前所述,无线路由器允许组成有线或无线局域网。初始配置时,需要通过本地计算机以有线的方式连接到路由器进行初始化设置。之后,才能使用 Web、Telnet 等网络方式进行配置。

3. 路由器有关 WLAN 的配置

在首次设置后,既可以使用路由器中的设置向导再次进行自动设置,也可以通过手工进行专项设置,如设置 WLAN。

(1) 设置步骤

① 在浏览器地址栏中输入 http://192.168.0.1,打开如图 4-36 所示的路由器首页。

② 在左侧窗口选中"无线网络"选项,打开如图 4-38 所示窗口。

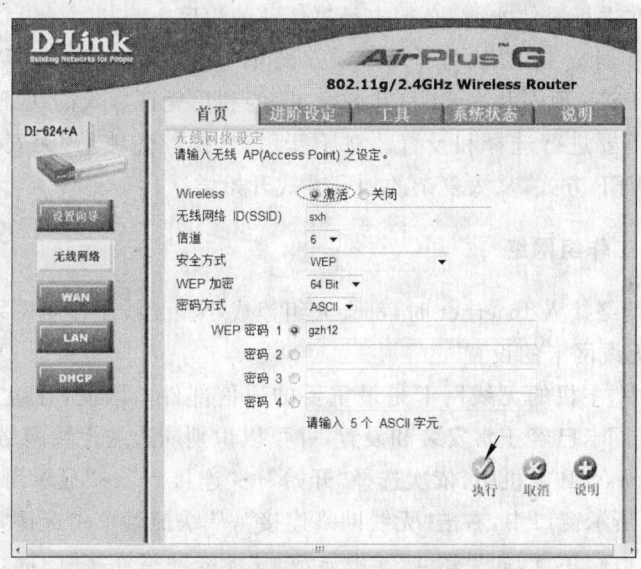

图 4-38 浏览器中的"路由器-无线网络"设置窗口

③ 在如图 4-38 所示的"路由器-无线网络"窗口中操作如下:

• 确认无线网络的标识,如 sxh。

• 设置信道,即无线路由器使用的无线信号频段,如选择 6。

• 输入安全有关的信息,如选择 WEP,加密方式 64 位,以及 5 位 ASCII 密码 "gzh12",该密码是计算机登录无线网络 sxh 的密码。

• 设置之后,单击【执行】按钮,进入重新激活状态,打开如图 4-35 所示窗口。

④ 在如图 4-35 所示的"重新激活"窗口中,单击【继续】按钮,返回图 4-31 所示窗口。关闭浏览器,完成路由器的有关设置,以及有关无线网络的管理操作。

(2) 设置参数

① 无线网络 ID(Service Set Identifier,SSID):为自己定义的服务组的识别码,即无线局域网络的专用名称。客户机的网卡能够识别出附近的所有无线网络。SSID 出厂时的默认值为"default"。在图 4-38 中用户可以轻易变更其名称;当然,也可以建立一个新的无线网络。

② 信道:又被称做"频段(Channel)",可以设定的信道范围为 1～11。信道代表无线信号传输数据的传送通道。由于无线宽带路由器允许在多个不同信道上运行,而位于邻近范围内的多个无线网络设备只有在不同的信道上传递信号才有效,否则会产生信号之间的干扰。因此,在网络上,如果安装有多个无线路由器及无线访问点 AP,则每个设备使用的信道应当错开。802.11g、802.11b 无线标准都有 11 条信道,但只有 3 条是非重叠信道(即信道 1、信道 6、信道 11)。如果 WLAN 中只有一个设备,则建议使用中间的频段号,即默认值 6。如果在 WLAN 中还存在着其他干扰设备(如来自于本区域内的蓝牙、微波炉、移动电话发射塔或其他 AP),则可以将信道设置为其他值。

③ 安全模式:用于设定无线网络的使用权认证。认证(Authentication)的目的是确认加入对象的身份合法性,以免与身份不明的对象沟通,泄漏了重要的机密。在后面实现 WLAN 时,双方在进行通信之前,必须先经过认证的程序。

④ 无线路由器支持的认证(加密)方式有多种:无、WEP(Wired Equivalent Protocol)、WPA-PSK(预先共享金钥)和 802.1x 的利用凭证方式的认证方式。用户可以根据自身的安全需要进行选择和设置。对于新用户,推荐先使用"无安全"方式;调通之后,设置为使用 WEP 方式,从太复杂的加密方式开始尝试。

4. 组建无线工作组网络

在通过无线网络接入 Internet 时,都会先组建成小型无线工作组网络。

(1) 计算机无线网卡的设置

在无线网络中,主机的无线网卡是最重要的通信部件。因此,在组建无线局域网之前,应当确认无线网卡已经正常安装和设置,并可以识别周边的无线网络。

① 在 Windows XP 主机中,依次选择"开始"→"连接到"→"显示所有连接"选项;在打开的如图 4-39 所示窗口中,右击"无线网络连接",从快捷菜单中选择"属性"选项,打开如图 4-40 所示窗口。注意,如果图 4-39 中显示了"无线网络连接"图标,则表示已成功安装了无线网卡;如果没有此连接,或此连接显示异常,则应首先检查解决无线网卡的问题。

② 在如图 4-40 所示的"无线网络连接 属性"对话框中,选中要设置的网络组件,如选中"Internet 协议 (TCP/IP)"选项,单击【属性】按钮,打开如图 4-41 所示对话框。

③ 在如图 4-41 所示的对话框中,将 IP 地址设为 192.168.0.20,子网掩码设为 255.255.255.0,默认网关和首选 DNS 服务器地址均设置为路由器的 IP 地址 192.168.0.1;之后,依次单击【确定】按钮,关闭图 4-40 和图 4-41 所示对话框。

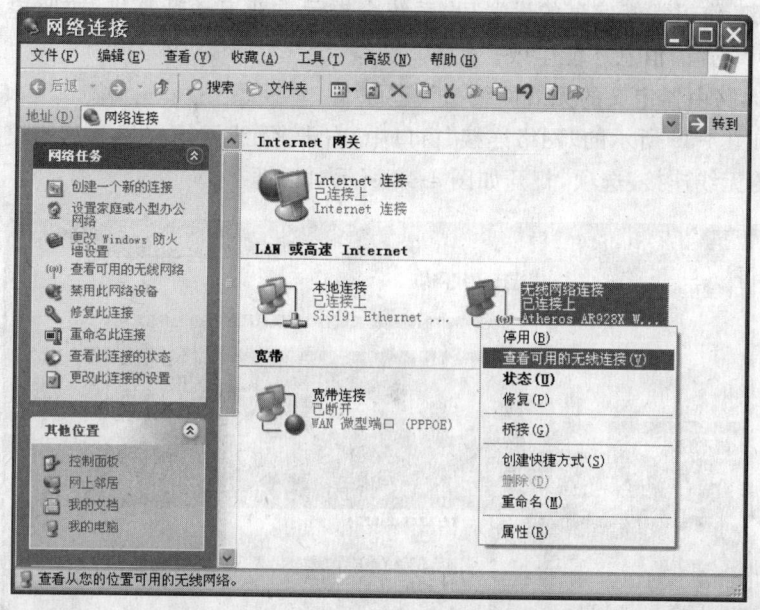

图 4-39 Windows XP 的"网络连接"窗口

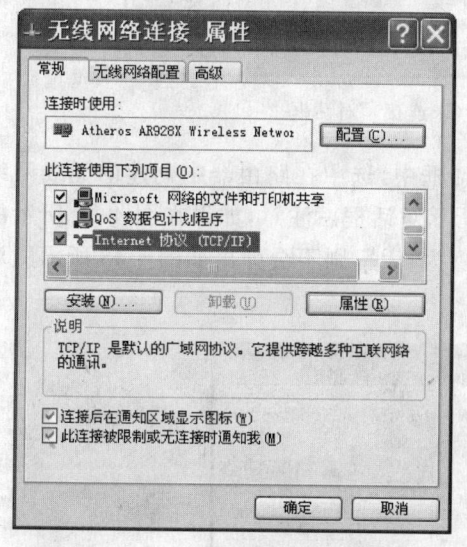

图 4-40 "无线网络连接 属性"对话框

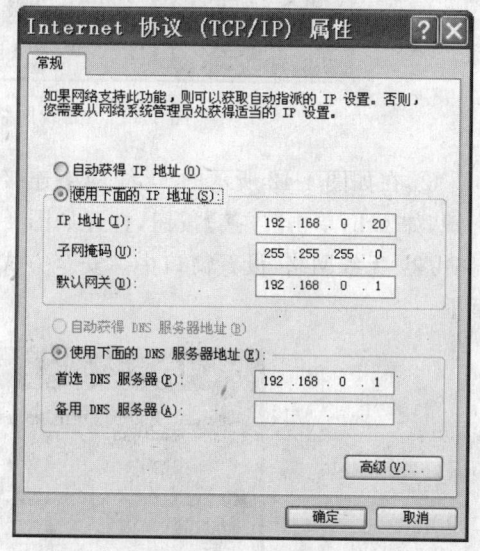

图 4-41 "Internet 协议(ICP/IP)属性"对话框

（2）设置常规信息

① 在桌面上，右击"我的电脑"图标，在快捷菜单中选中"属性"选项；或者选择"控制面板"→"系统"选项。

② 打开"计算机名"选项卡；单击【更改】按钮。

③ 在"计算机名称更改"对话框中，第一，输入计算机名，如 HSXP；第二，输入工作组名称，如 WG10；第三，单击【确定】按钮；在"欢迎加入工作组"对话框中，单击【确定】按钮。

④ 完成工作组常规信息的设置后，系统会提示重新启动计算机；按照提示重新启动计算机后，所设置的信息才能生效。

（3）加入路由器定义的无线网络

① 在如图 4-39 所示的"网络连接"窗口中，右击"无线网络连接"，从快捷菜单中选择"查看可用的无线连接"选项，打开如图 4-42 所示对话框。

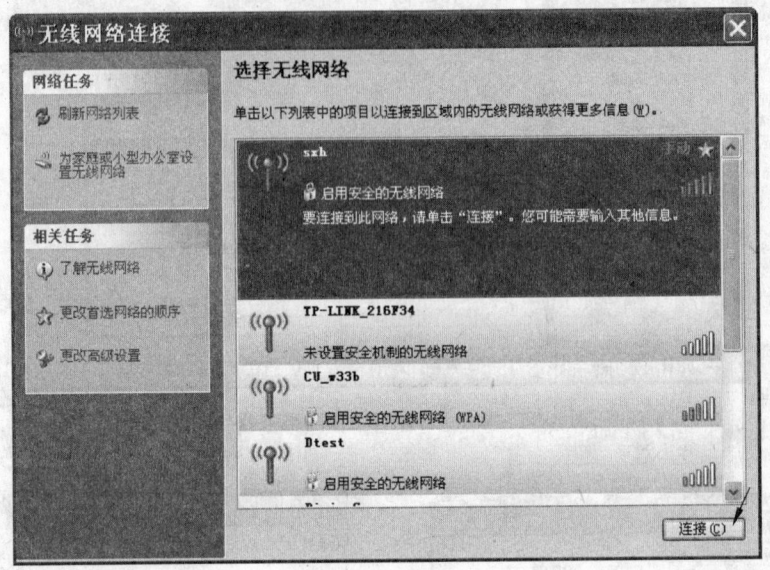

图 4-42　"无线网络连接（未连接）"对话框

② 在如图 4-42 所示的"无线网络连接"对话框中，选中在路由器中创建的无线网络标识，如 sxh；单击【连接】按钮，打开如图 4-43 所示对话框。注意，如果在图 4-38 所示的"路由器-无线网络"设置窗口中，"安全方式"设置为"无"，则不会弹出如图 4-43 所示的对话框。

图 4-43　"无线网络连接-网络密钥"对话框

③ 在如图 4-43 所示的"无线网络连接-网络密钥"对话框中，输入所选无线网络的"网络密钥"，如图 4-38 中规定的"gzh12"；之后，单击【连接】按钮，当加入的无线网络变为"已连接上"状态时，说明该计算机已正常加入了无线网络，如图 4-44 所示。

④ 在 Windows XP 主机中，打开浏览器，输入网址 http://www.sina.com，如果能够浏览到该网站，则说明通过无线网络和 ADSL 线路接入 Internet 已经成功。

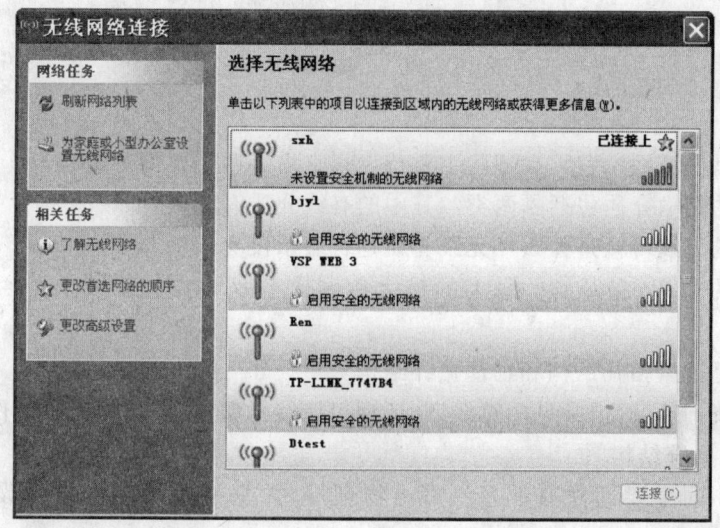

图 4-44 "无线网络连接(已连接上)"对话框

(4)设置无线工作组网络

① 进入路由器的首页,在左侧目录树中选择"无线网络",执行步骤(3)加入选中的无线网络,如 sxh;当显示为图 4-44 时,表示已经成功连接。

② 双击计算机桌面上的"网上邻居"图标。

③ 在打开的窗口中,依次选择"整个网络"→Microsoft Windows Network→"WG10(工作组)"选项;在打开的如图 4-42 所示的"网上邻居"窗口中,双击选定的工作组,如WG10,如果能够看到本工作组中的其他计算机成员就表示无线工作组网络组建成功,如图 4-45 所示。

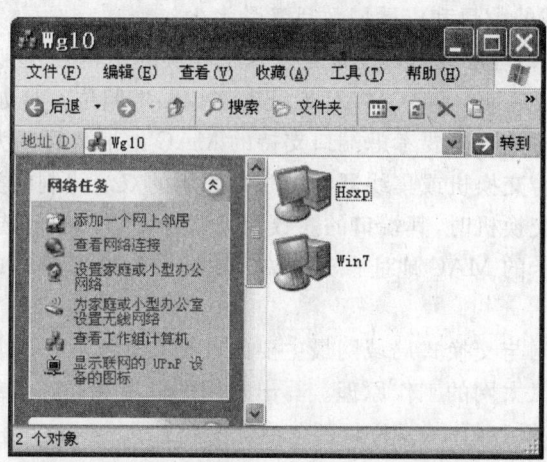

图 4-45 Windows XP 的无线网络"工作组"窗口

④ 在本机共享一个文件夹,设置访问权限,如给 everyone 组"只读"的权限。

⑤ 登录无线工作组网络中的另外一台计算机,如果能够访问刚才共享的文件夹,则说明无线工作组网络组建成功。

习题

1. 什么是局域网？它具有哪些主要特点？它由哪些主要部分组成？

2. 常用的传输介质包括哪两类？其中的有线介质有几类？

3. 常用的无线传输是什么？无线介质是否表示没有传输介质？

4. 常见的 UTP 有几类？每类的最大传输速率是多少？双绞线是否表示只有两根线？

5. 什么是逻辑拓扑结构和物理拓扑结构？

6. 上网查询后,画出常见的总线型、环型、星型(树型)拓扑结构的示意图和实际应用时对应的网络系统结构图。

7. 网络中的主要部件有哪些？写出物理层、数据链路层和网络层设备的类型和特点。

8. 双绞线分为几类？每类的特性参数是什么？各用在哪种网络标准中？

9. 什么是直通双绞线？什么是交叉双绞线？请举例说明它们各自适用的场合。

10. 网卡的功能有哪些？它工作在 OSI 模型的第几层？

11. 网络适配器的其他名称是什么？它由哪几部分组成？如何选择和购买网络适配器？

12. 工作在物理层和数据链路层的部件和设备各有哪些？

13. 交换机与集线器的主要区别是什么？

14. 什么是冲突域和广播域？请问一个使用 24 口集线器的 100Base-TX 网络中,如果连接有 10 个计算机节点,其冲突域的数目和广播域数目各是多少？如果将集线器换为传统交换机,其冲突域的数目和广播域数目又是多少？

15. 从理论上看,物理层设备的功能是什么？在实际中,物理层设备的功能是什么？

16. 什么是 MAC 地址？每个 MAC 地址占多少二进制位？是如何表示的？

17. 选择交换机时是否需要考虑端口支持的 MAC 地址数目？为什么？

18. 如何进行两台交换机或集线器的级联？使用的双绞线制线类型是什么？

19. 请说明选择交换机时,其端口的参数和类型有哪些？如何选择交换机？

20. 如何查看网卡的 MAC 地址？其 MAC 地址由哪两部分组成？每部分表示了什么含义？

21. 共享式局域网与交换式局域网最主要的区别是什么？

22. 写出共享式以太网的工作原理。写出常用的低速和高速双绞线以太网的标准。

23. 1000Base-T 和 100Base-FX 每部分的含义是什么？

24. 什么是高速局域网？提高共享式以太网性能的主要思路和方法有哪些？

25. 什么是虚拟局域网？使用 VLAN 的优点有哪些？建立 VLAN 的技术条件是什么？

26. 实现虚拟局域网时的基本原则有哪些？划分方法有哪些,各有什么应用特点？

27. 虚拟局域网和一般局域网的最根本的区别是什么？关联又是什么？

28. 局域网的软件系统通常包括哪几类软件？各有什么用？

29. 在组建交换式以太网时应当如何进行网络结构的设计？如何保证网络的性能？

30. 从应用规模看，常见的交换机有哪些类型？各适用在什么场合？

31. 接入线路有哪些类型？

32. 广域网提供的通信服务类型有哪些？

33. 写出 6 个中国著名的基础电信运营商。运营商与广域网提供的通信服务类型有何关联？

34. 写出所在地区个人用户可选的接入线路、通信服务类型和运营商，及其收取的费用。

35. 网络接入系统中常用的硬件设备有哪些？各有什么特点？

36. LAN 接入 Internet 时的首选设备有哪几种？分别画出使用 PSTN、ADSL 和 DDN 时的用户端网络系统结构图。

37. ADSL 的工作原理是什么？使用 ADSL 上网的特点有哪些、优势是什么？

38. 写出局域网通过 ADSL 线路和 ICS 服务器与 Internet 连接的主要设置流程。

39. 写出局域网通过 ADSL 线路和有线（无线）路由器与 Internet 连接的流程。

40. 画出局域网实现远程网络工作站与局域网连接的系统结构示意图。

41. DDN 的最高传输速率是多少？对应的投入和运行费用分别为多少？

42. DDN 接入的申请过程有哪些？DDN 用户接入方式有哪几种？所用的设备是什么？

43. 经过调查写出局域网使用 DDN 接入 Internet 的过程。

44. 无线接入点 AP、无线网桥与无线路由器的区别有哪些？

45. 什么是有中心无线网络拓扑结构？多中心无线网络用于什么场合？

46. 什么是 WLAN？其主要标准有哪些？什么是 SSID，它在何处使用？

47. 在组建 WLAN 时，信道是什么？如何设置信道？原则是什么？

48. 如何通过 2Mb/s 的 ADSL 线路实现小型局域网与 Internet 的连接？画出系统结构图；说明设备选择时的注意事项；以及一次投资和年运行的维持费用。

49. 某个公司目前的网络结构如图 4-46 所示，采用了具有中央集线器的以太网，由于网络节点的不断扩充，各种网络应用日益增加，网络性能不断下降，因此该网络急需升级和扩充，请问：

① 为什么该网络的性能会随着网络节点的扩充而下降？分析一下技术原因。

② 如果要将该网络升级为 100Mb/s 交换式以太网，应该如何解决？画出拓扑结构图，并列出需要更换的网络设备。

③ 如果在该网络中，所有客户机与服务器之间的通信非常频繁，为了克服入出服务器通信量的"瓶颈"，该如何处理？

50. 由 4 个集线器组成的网络拓扑结构如图 4-47 所示。12 个工作站分布在 3 个楼层中，构成了 3 个局域网，即 LAN1（A1、A2、A3、A4）、LAN2（B1、B2、B3、B4）和 LAN3（C1、C2、C3、C4）。假定用户管理的性质需要发生变化，须将 A1、B1、C1 和 B4 4 个节点，A2、A3、B2、C2 4 个节点，A4、B3、C3、C4 4 个节点划分为 3 个工作组。若在不改变网络拓

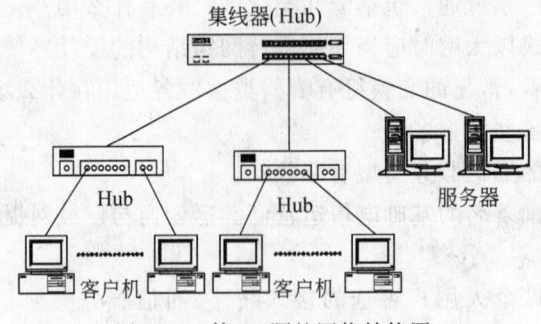

图 4-46　第 49 题的网络结构图

扑结构,及网络工作站的布线工程连接的前提下,希望限制接收广播信息的工作站数量,应如何实现上述要求? 请说明理由,画出新的网络系统结构图,并说明需要改变的硬件设备和软件。

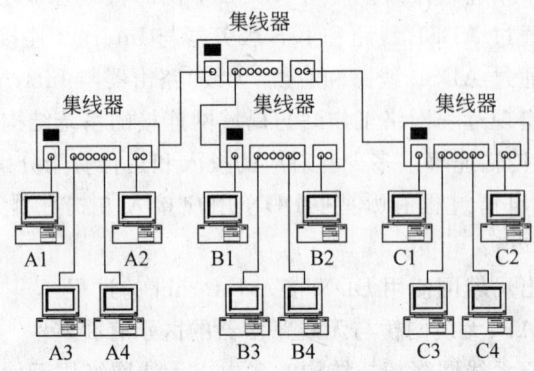

图 4-47　第 50 题的网络结构图

51. 一个位于某工业园区的小型单位的 100Base-T 交换式局域网与 Internet 有两个连接(一个是与园区局域网的本地连接,一个是通过 ADSL 电话线的拨号连接),要求使用 ICS 服务器将这两个连接共享给该局域网的所有用户。

〔要求〕:第一,为该网络进行设计,并画出连接示意图;第二,说明所设计方案的特色和主要性能指标;第三,写出投资部件的清单(含费用明细)和年维持费用的组成。

52. 某个单位的 3 个部门根据自己特定的需要,计划建一个 100Mb/s 交换式以太网。

〔要求〕:

① 画出交换式网络的系统结构图。在图中,标出最远节点之间的距离值,各部分使用传输介质类型;并列出需要使用的网络设备清单。

② 网络中的所有用户都要通过连接的交换机接入 Internet,应如何连接? 需要添加什么设备? 画出上述交换式网络接入 Internet 后的系统结构图。

53. 请为 34 题局域网的两间 30 平方米的会议厅各增加一个 WLAN;每个会议厅最多可以有 15 个移动的便携式笔记本;这些笔记本使用自身携带的无线网卡登录到局域网,并且可以通过有线局域网中的接入路由器接入到 Internet。

① 画出有线网络与无线网络的结构示意连接图。

② 说明该会议厅需要增加的部件,列出清单,说明每个部件的作用。

③ 计算出一次性投资,写出系统调试的主要步骤。

实训环境与条件

1. 网络硬件环境

① 制线工具、RJ-45 连接器、UTP 及网线测试仪。

② 具有可以接入 Internet 的小型有线路由器;每台连接两台计算机(含有线网卡)。

③ 具有可以接入 Internet 的小型无线路由器;每台连接两台计算机(含无线网卡)。

④ 具有一般的局域网环境,如已组建的 100Base-TX 变换或共享式以太网。

2. 网络软件环境

① 安装了 Windows 的主机一台,并与交换机的 RJ-45 端口连接。

② 真实路由器和交换机内置的设置程序。

③ 接入环境及账户,如具有接入 Internet 的账户和密码。

④ 安装有 Windows XP 的计算机。

⑤ 硬件路由器及其 WAN 口的 ISP 用户名和密码,如 ADSL 路由器、电话线,以及网通的 ADSL 用户名与密码。

注:本实验的所有参数应当与学生学号挂钩,如计算机名 PCXX、计算机本机 IP 地址为 192.168.0.XX、子网掩码为 255.255.255.0,其中的 XX 代表学号,如 01、02……

实训项目

实训 1:网线制作与应用

(1) 实训目标

① 标准线和交叉线的制作。

② 标准线和交叉线的应用。

③ 集线器或交换机的应用。

(2) 实训内容

① 按照表 4-2 制作一根直通双绞线(标准线)和一根交叉线。

② 使用直通双绞线连接两台集线器(交换机)的 Uplink 端口和普通 RJ-45。

③ 使用直通线将两台计算机连接到两台集线器(交换机)上。

④ 配置好两台计算机的 IP 地址、子网掩码,使用 ping 命令测试计算机的连通性。

⑤ 使用交叉线直接连接两台计算机的网卡,配置好 IP 地址使其连通。

实训 2:有线路由器接入 Internet

(1) 实训目标

① 学习网络设备的基本配置。

② 掌握网络互连设备的配置流程。

③ 掌握局域网中的计算机通过交换机与有线路由器访问 Internet 的设置。

（2）实训内容

① 完成交换机和路由器的初始配置和上电及引导任务。

② 设置好有线路由器的 LAN 和 WAN 端口的参数,如 LAN 口地址为 192.168.XX.1。

③ 设置好局域网中各计算机的 TCP/IP 参数,如 192.168.XX.(2～254);设置好 DNS 服务器地址及默认网关地址,如 192.168.XX.1。

④ 从该计算机中的浏览器,如 IE,访问 Internet 的新浪网站。

实训 3：无线路由器接入 Internet

（1）实训目标

① 学习网络设备的基本配置。

② 掌握无线路由器的配置流程。

③ 掌握 WLAN 工作组网络的组建技术。

④ 掌握小型局域网中的计算机通过无线路由器访问 Internet 的技术。

（2）实训内容

① 完成无线路由器的初始配置任务。

② 使用无线路由器的安装向导,逐步完成如下的设置任务。

③ 设置好无线路由器的 LAN 及 WAN 端口的参数,如,LAN 口地址为 192.168.XX.1; WAN 端口为 ADSL 拨号连接。

④ 设置无线网络,无线网络标识为 WLXX,信道为 6,安全方式为无。

⑤ 设置局域网中各计算机的 TCP/IP 参数,如 IP 地址 192.168.XX.(2～254),子网 掩码为 255.255.255.0,默认网关和首选 DNS 服务器均为 192.168.XX.1。

⑥ 在计算机上搜索可连接的无线网络,将计算机加入自己建立的 WLXX。

⑦ 查看网上邻居,应当有所有的计算机图标,进行两台计算机之间的文件共享。

⑧ 从至少两台计算机的浏览器,如 IE 中,访问 Internet 的新浪网站。

第5章

局域网的设备管理

随着网络规模的扩大,大部分的网络都不是单一网络,而是由若干个大大小小的子网组成,同时集成了多种网络操作系统的平台,包括各种不同厂家、公司的网络设备和产品。为了让网络运行起来,达到网络服务的功能,首先,管理员应当了解网络管理的定义、基本模块,以及每个模块所包含的基本管理内容;其次,为了让网络发挥其基本功能,应当让所有网络的设备正常运行,在众多设备中交换机与路由器又是最基本的,因此,应当熟练掌握其配置的方法与技术。另外,对于现代计算机网络管理与应用的大学生,网络模拟器无疑是了解和掌握网络设备的有力工具和职场练兵的利器。

本章内容与学习要求
- 了解:局域网管理的内容和对象。
- 了解:网络设备的内置软件、初始化与配置方法。
- 掌握:网络设备模拟器的安装和使用。
- 掌握:交换机的配置与 VLAN、Trunk 技术。
- 掌握:路由器的基本配置。
- 掌握:路由器的静态路由与动态路由的实现技术。

5.1 局域网的管理基础

在网络中,为了提供各种网络服务,除了网络硬件外,还集成了多种网络软件。如果没有一个高效的网络管理系统,则很难向网络用户提供正常的网络服务,也很难保障网络能无故障、安全地运行。为了保证计算机网络中硬件设备和软件的正常运转,除了需要专门的网络管理技术人员之外,还需要利用专用的网络管理工具来维护和管理网络的运行。

现代化的网络管理技术集通信技术、网络技术、Internet 服务技术和信息处理技术等于一身。而现代化网络的管理员则应当是能够通过网络管理平台和管理工具调度和协调资源的使用,并可以对网络实行配置管理、故障管理、性能管理和安全管理等多方面管理工作的人员。因此,局域网的管理问题是应用网络必须解决的首要问题。

1. 网络管理（Network Management）

对于一个网络来说，首先，是建立起网络，实现网络的规划设计功能；其次，是通过网络的管理系统来确保建立的网络系统能够持续、正常、稳定、安全和高效地运行。此外，当网络出现故障时，网络管理系统还应当能够及时地报告和处理，从而保障网络的正常运行。因此，网络管理就是为了完成网络管理目标，而对网络系统实施的一系列方法和措施。在局域网管理中，可以分为局域网的设备管理与系统管理两大部分，前者决定网络能否正常运行，而后者依赖于前者，并决定网络的各种应用能否实现。

2. 网络管理 5 大功能域

国际标准化组织（ISO）从较大规模网络的管理应用实际出发，在 ISO/IEC 7498—4 文档中定义了网络管理 5 大功能域，这些功能被广泛接受和认可。中小型网络往往只包括下述的 5 大功能域中的一个或几个。实现网络管理的各种功能时，既可以由网络管理软件完成，也可以由网络管理员借助网络工具完成。

（1）网络的配置管理（Configuration Management）

网络的配置管理是指发现和设置网络上关键设备的过程，其目标是为了实现特定的网络功能，或者是使网络的性能达到最优。在日常管理中，配置管理是实现网络各种功能的起点，它既可以用于配置网络，也可以用于优化网络。

① 发现网络设备的配置管理。发现网络设备的清单和位置的工作一般由网络中的拓扑自动发现模型完成，当然也可以由管理人员添加和删除管理对象。配置管理模块应当能够掌握和控制网络的状态，包括网内各种设备的状态及连接；如在社区宽带网中，安装的网络管理软件，能够自动监控网络上的在线工作节点。

② 网络设备的配置管理。是指设置网络关键设备的参数、服务和连接，使它们能够完成预期的任务。例如，在新组建的网络中，完成网络中各设备的功能、设备之间的连接关系和工作参数的配置。诸如网卡、路由器或交换机等的起始状态参数的配置，例如，某学校的网络通过交换机和路由器的设备实现局域网内部的 VLAN、子网间的互访，以及接入 Internet。

（2）网络的安全管理（Security Management）

网络安全管理的目标是保证网络不被非法使用和破坏，保证网络管理系统的安全，并防止用户资源的非法访问，确保网络资源和网络用户的安全。由于网络病毒、黑客不断出现，各种网络都会把计算机和网络的安全放在重要的位置。例如，在网络中安装防病毒与防木马的软件。

（3）网络的故障管理（Fault Management）

网络的故障管理是网络管理的基本功能之一。它包括故障的诊断、隔离和纠正 3 个方面。其主要内容是检测、定位和排除网络软件和硬件中出现的故障。故障管理主要用来维持网络的正常运行。

（4）网络的性能管理（Performance Management）

网络性能管理的主要内容是考察网络和网络中各个对象的利用率和性能，以验证网络服务是否达到了预期的水平;此外,还能够找出网络现有的和潜在的瓶颈,并实施相应的调整措施。

(5) 网络的计费管理(Accounting Management)

计费管理又被称为记账管理,其主要功能包括:维护用户基本信息、输入计费的策略、统计出网络通信资源和信息资源的使用情况、分析预测网络业务量。例如,根据用户的基本信息和计费策略计算出用户的账单,向用户提供计费信息查询,以及控制用户使用的最大费用和资源等。

3. 局域网的基本配置管理

受篇幅所限,本章仅介绍让网络设备正常运行的配置管理。为了实现中小型网络的基本功能,要完成的配置如下:

(1) 局域网设备管理

在局域网中,从物理层到网络层涉及管理的主要设备和部件如下:

① 传输介质。在网络中使用各种传输介质之前首要的就是介质连接器的使用,如UTP 与 RJ-45 连接器的连接;细同轴电缆与 BNC 连接器的连接;调制解调器(Modem)与计算机、电话线的连接等。

② 网卡。是计算机与局域网连接的重要部件,在进行局域网管理之前,必须确认网卡已经正常安装了硬件,以及网卡驱动程序。

③ 物理层设备。常见的有中继器、集线器、Modem。在与各种网线连接器正常连接后,物理层的连接设备通常是即插即用,无须进行配置即可运行;但 Modem 是个例外,它通常需要在连接计算机后,确保正确安装和设置了驱动程序与相应的拨号软件。

④ 数据链路层设备。主要包括网桥与传统交换机。这两种设备在与各种网线连接器正常连接后,一般都支持即插即用。但需要注意的是,该层设备及物理层设备连接的所有计算机节点的 IP 地址应当配置在同一网段;另外,传统交换机的 VLAN(虚拟局域网)功能并不是即插即用,只有经过管理员的正确配置后才能实现。

⑤ 网络层设备。主要指第三层交换机和路由器。它们都不支持即插即用,因此,只有经过正确的配置才能实现其功能。值得注意的是:第三层设备的每个端口通常用于连接不同的 IP 子网,因此,每个端口都应当设置在不同的 IP 网段。

(2) 局域网系统的基本管理

在局域网的各种基本设备和部件正常运行后,网络管理的重心主要体现在网络功能的运行、实现、管理与维护上。网络中的计算机又称端系统,通常执行从下层到上层的所有功能,如 OSI 的全部 7 层、TCP/IP 的全部 4 层,因此需要进行的基本管理如下:

① 应根据网络的管理模式正常安装好计算机中的操作系统,以及各种硬件驱动程序;例如,在 C/S 方式管理的网络中,在服务器和客户机上分别安装 Windows Server 2003/2008,在客户机上则应当安装 Windows XP/7。

② 物理层、数据链路层的功能:安装好各种硬件驱动,如确保 ADSL Modem、网卡等正常工作。

③ 传输层、网络层的协议:在 TCP/IP 网络中,计算机等应加载 TCP/IPv4 协议,配

置好 IP 地址、DNS 服务器地址等。

④ 应用层配置：根据计算机在网络中的作用，安装和配置好网络服务器端或客户端的程序，如安装和配置 Web 服务器程序和浏览器程序。

⑤ 安装好网络安全软件，如安装 360 木马防火墙和 360 杀毒软件。

⑥ 安装特殊的网络应用程序，如安装 Office 2007、SQL Server 等。

⑦ 发布各种网络应用程序，如发布 ASP、JSP 等应用程序。

在上述软件安装好之后的维护、运行阶段，还要注意各种应用、管理和操作系统的维护。为服务器、客户机等制作备份，以便在系统崩溃时及时恢复系统，如制作客户机和服务器系统分区的 GHOST 备份。

4. CIDR（Classless Inter Domain Routing，无类域间路由）

在进行网络设备管理时，必须清楚 CIDR 的含义及表示法。CIDR 是一种在 Internet 上创建附加地址的方法，创建的这些地址提供给 ISP，再由 ISP 分配给客户。CIDR 将路由集中起来，通过使用一个 IP 地址代表主要骨干 ISP 的几千个 IP 地址，从而减轻了 Internet 路由器的负担。CIDR 的工作建立在"超网"的基础上，可看做子网划分的逆过程。在子网划分时，从 IP 地址中的主机部分借位给子网，并将其合并为网络部分；而在超网中，则是将网络部分的某些位合并进主机部分。无类别的"超网"技术通过将一组较小的无类别网络汇聚为一个较大的单一路由表项，而大大地减少了 Internet 路由域中路由表条目的数量。

CIDR 表示法采用 13～27 位的可变网络 ID，而不是 A、B、C 类网络编号所使用的固定的 8、16 和 24 位。CIDR 表示法又称为"网络前缀标识"法。在 CIDR 表示的地址中，包含了标准的 32 位 IP 地址和有关网络的前缀位数信息。例如，CIDR 表示的地址200.200.200.18/27，其等同于 IP 地址 200.200.200.18 和子网掩码为 255.255.255.224；其中的"/27"表示其前面 IP 地址中的前 27 位代表网络部分，其余位代表主机部分。同理，CIDR 地址 10.0.0.1/24 等同于 IP 地址 10.0.0.1 和子网掩码为 255.255.255.0。在网络的配置图中，大都采用 CIDR 法表示。

5.2   交换机与路由器的软件及初始化

由于物理层的网络设备基本不用配置，因此，在进行网络设备配置时，主要进行的是交换机、路由器、防火墙等的配置。

5.2.1   网络设备的软件

在网络中，与计算机类似的是每台网络设备（交换机或路由器）都有自己的引导软件。网络设备通常也有 CPU、存储器和 I/O 接口等，因此实质上也是计算机，可以将其看做是特殊用途的计算机。IOS 是嵌入到所有网络设备的软件体系，其服务功能如下：

• 提供网络协议和功能的选择与设置。

• 提供设备之间的高速连接。

- 提供有效用户的安全认证机制,能够允许或拒绝网络用户的接入。
- 提供扩展空间,以便适应网络的增长。
- 确保接入网络资源的可靠性。

目前,市场上使用最多的有 Cisco(思科)公司和华为公司的两种网络设备的 IOS,前者应用得最多。

1. Cisco 公司的网络操作系统

思科网络设备操作系统的名称缩写是"Cisco IOS",其中 IOS 的英文全称是"Internetwork Operating System",其中文名称是"网际操作系统"。运行 IOS 操作系统的思科产品包括:路由器、局域网交换机、拨号访问服务器,以及专用硬件防火墙等。IOS 的服务功能如下:

① 提供网络协议和功能的选择与设置。
② 提供设备之间的高速连接。
③ 提供有效用户的安全认证机制,能够允许或拒绝网络用户的接入。
④ 提供扩展空间,以便适应网络的增长。
⑤ 确保接入网络资源的可靠性。

2. 华为公司的网络操作系统

华为公司网络操作系统的英文全称是"Versatile Routing Platform",其缩写是 VRP,其中文名称是"通用路由平台"。VRP 是华为所有基于 IP/ATM 构架的数据通信产品操作系统平台。运行 VRP 操作系统的华为产品包括:路由器、局域网交换机、ATM 交换机、拨号访问服务器、IP 电话网关、电信级综合业务接入平台、智能业务选择网关,以及专用硬件防火墙等。

3. 引导程序

在网络设备上运行的初始软件被称为"引导软件",网络设备刚一上电时,首先运行的是"加电自检"软件;随后,才能找到被称为闪存(Flash)的引导设备,其中包含网络设备操作系统的副本。设备的引导程序用于启动 IOS(VRP)软件,其目的在于引导网络设备进行初始化。引导程序负责的任务如下。

① 检测与启动网络设备及其他相关硬件,只有当硬件检测通过后才能进行软件初始化。
② 从存储器中找到并加载网络设备的操作系统,如 IOS 或 VRP 软件。
③ 从存储器中找到网络设备的配置说明,并按照说明的要求配置网络的协议、服务和端口。

5.2.2 登录交换机和路由器

无论是路由器还是交换机,它们都没有显示器和键盘,因此,若要对这些设备进行配置,必须借助于计算机或终端的显示器和键盘。所以,只有通过计算机或终端与网络设备建立连接、登录设备后，才能进行设置，并实现网络设备的各种应用功能。

1. 网络设备的配置方法

网络设备正常工作的前提条件是网络操作员正确配置了网络设备，配置的方法有很多种。网络管理员应当能够正确选择，网络设备的不同配置方法适用于不同场合，通常可以分为以下几类：

（1）本地配置

顾名思义，本地配置是指在与网络设备直接连接的计算机中进行配置。网络设备首次设置时，应将计算机与网络设备的 Console 口进行连接；然后，在仿真终端（计算机）上，通过 Console 端口对网络设备进行初始设置。本地设置是管理员对交换机或路由器等网络设备进行配置、管理的最基本和最常用的方法，也是管理员应当熟练掌握的基本技能。

（2）远程配置

远程配置是指通过网络中的远程节点对网络设备进行设置。只有在初始化设置之后，才能使用 Telnet 方式或 Web 等方式，从远程登录到网络设备上进行设置。因而，远程设置的条件是网络设备已经正确设置了 IP 地址等信息，这样才能通过计算机上的网卡（Modem）与网络设备进行远程连接。常使用的是：Web 和 Telnet 两类方式。

Cisco（思科）和 Quidway S（华为）系列的网络设备提供了如图 5-1 所示的几种配置方法：

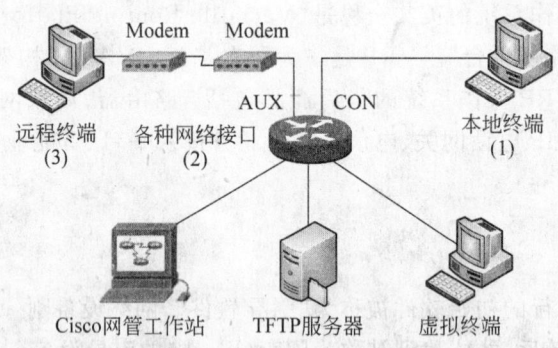

图 5-1　网络设备的各种端口连接配置示意图

① 通过 Console 口连接的本地终端，进行配置管理，如图 5-1(1)所示。

② 已经设置了 IP 地址的网络设备，可以通过各种网络接口进行管理，如图 5-1(2)所示；在登录网络设备成功后，使用系统配置或维护命令进行配置，常见的方法如下：

- 通过网络中的任何一台计算机，使用 Telnet 命令对网络设备进行网络的远程配置管理。
- 通过网络中网管工作站对网络设备进行管理。
- 通过 TFTP 文件服务器及相应命令对网络设备进行管理。

③ 还可以通过远程终端与网络设备 AUX 接口间连接的一对 Modem-Modem 进行管理如图 5-1 中(3)所示。

2. 交换机和路由器的 Console 口管理

下面仅以华为的真实交换机为例，介绍网络设备的配置环境、配置方式和命令状态。路由器的配置方式与之类似。交换机的连接与启动步骤如下：

（1）搭建配置环境

在设备首次使用时（初始化前）只能使用 Console 口进行本地的配置管理。配置环境和连接如图 5-2 所示，前者图 5-2（a）包括了两种连接，即本地连接和远程（网卡）的连接；而后者图 5-2（b）仅包含了本地连接。

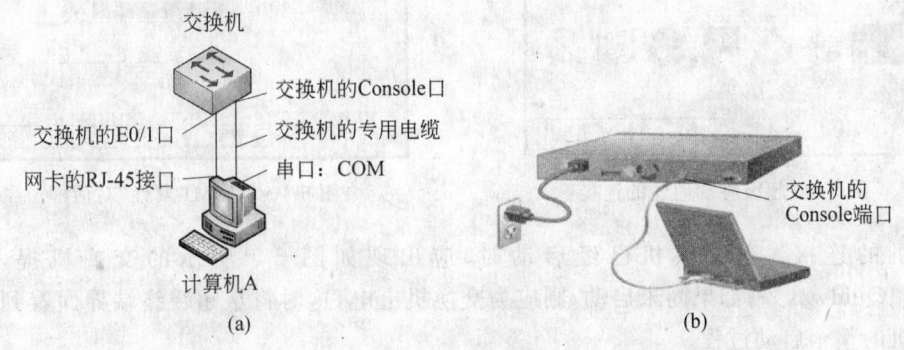

图 5-2　计算机串口与交换机 Console 口的连接图

（2）配置电缆连接

在进行配置管理之前，需要使用专用配置电缆，分别连接交换机或路由器，以及配置用的计算机。

① 将配置电缆的 DB-9（或 DB-25）孔式插头与要计算机或终端的串口（COM）对接。

② 将配置电缆的 RJ-45 连接器与交换机（路由器）的配置（Console）口对接。

（3）设置微型计算机或终端的参数

微型计算机或终端需要设置的参数有：波特率－9600，数据位－8，奇偶校验－无，停止位－1，流量控制－无，选择的终端仿真－VT100。

① 交换机的初始配置步骤。

- 确认交换机的专用连接电缆已经由交换机（路由器）的 Console 口连接到计算机（终端）的串口（COM1 或 COM2），并确认计算机所连接的端口号，如 COM1。

- 交换机（路由器）上电后，在计算机上选择"开始"→"所有程序"→"附件"→"通讯"→"超级终端"选项。打开如图 5-3 所示的"连接描述"窗口。

- 在图 5-3 所示的"连接描述"窗口中，输入连接名"123"后，单击【确定】按钮。

- 在随后打开的"连接到"窗口中，选中连接交换机的 COM（COM1）口后，单击【确定】按钮。

- 在打开的图 5-4 所示的"COM1 属性"对话框中，选择和配置必要的参数后，单击【确定】按钮。

- 完成上述配置后，应当确认交换机已经上电和启动，按下 Enter 键后，建立与交换

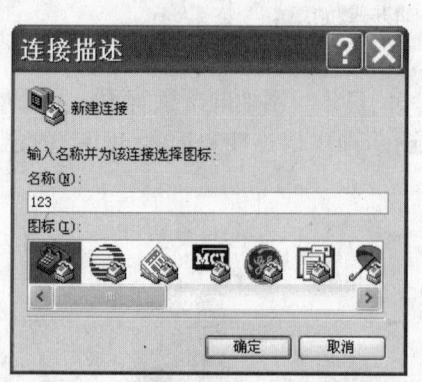

图 5-3　超级终端创建的连接

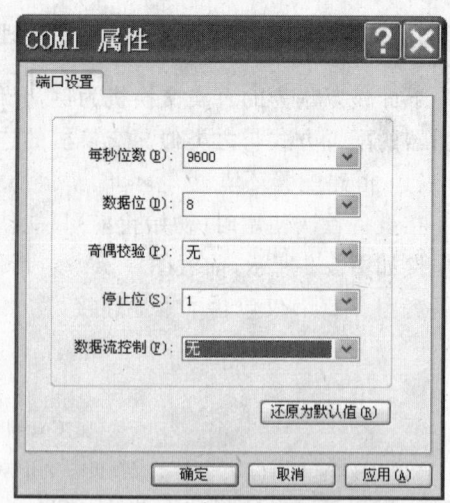

图 5-4　"COM1 属性"对话框

机的连接。当交换机已经启动时,应出现如图 5-5 所示的交换机提示符
<Quidway>;如果尚未启动,则应为交换机上电,这时将从超级终端界面看到交换
机的整个启动过程。

② 路由器的初始配置步骤。

路由器的初始设置步骤与"交换机的初始配置步骤"相似,不同参数的设置如下:

- 在打开的如图 5-5 所示的"超级终端"窗口中,依次选择"文件"→"属性"命令。
- 打开所建连接的属性窗口,在"连接到"选项卡中,可以修改串口等参数;选择"配置"选项卡。
- 打开如图 5-6 所示的"设置"选项卡,选择"终端仿真"为 VT100,单击【确定】按钮。

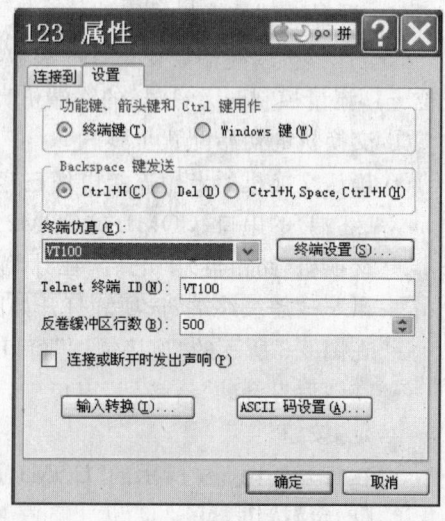

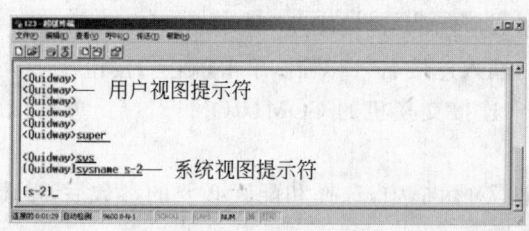

图 5-5　连接成功后的"交换机-超级终端"窗口

图 5-6　超级终端中"设置"选项卡

- 确认路由器与配置计算机(终端)的连接正确,以及终端参数的设置正确后,即可对路由器上电。

5.2.3 网络设备的操作系统与接口模式

在设置网络设备时,首先将面对网络设备的操作系统,它与计算机操作系统的作用类似,所有的数据和应用都建立在操作系统正常运行的基础上。但是,网络设备的操作系统与计算机的操作系统的用户操作界面是不同的;前者使用的是命令界面,而后者使用的是图形界面;因此,后者比前者更容易掌握。另外,不同厂商操作系统的用户接口也不相同。例如,Cisco 设备操作系统的名称是"IOS",而华为的名称为"VRP"。另外,设备操作系统中不同级别、不同层次的命令也不同。因此,首先初学者应弄清要配置设备的操作系统类型;其次,掌握其不同层次所对应的用户接口模式下可以使用的基本命令。因为只有在正确的级别(模式)下,才能执行对应级别特定的命令。最后,应注意:不同层次的操作管理员具有不同的操作权限,某操作维护员只能使用命令级别小于等于自己身份级别的命令。因此,为了确保网络的安全,应当为不同级别操作的管理员分别设置本级别的保护口令。

1. Cisco IOS(Internetwork Operating System,互联网操作系统)的主要命令模式

IOS 是思科的路由、交换设备的操作系统。每台路由交换设备都有一个内置的 IOS,路由器与交换机使用的命令是相似的。但是,需要注意命令的生效模式(即用户接口模式的类型),只有使用在规定模式下允许使用的命令才会生效;在思科设备上,各种模式之间的转换命令、提示符如图 5-7 所示。

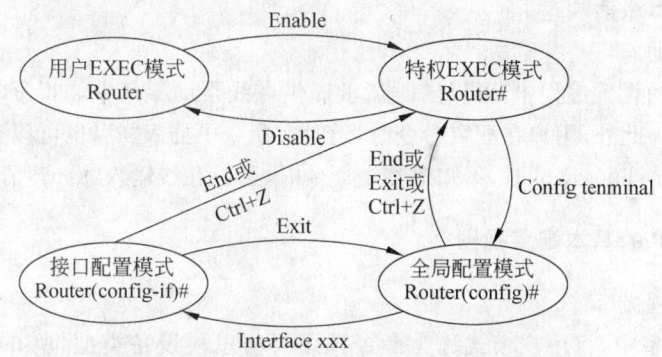

图 5-7 IOS 各种配置模式之间的转换命令

(1)用户(执行)模式

开机将直接进入这种模式,在该模式下只能查询使用一些简单命令,例如,浏览路由器、交换机的一些基本信息,其提示符为:hostname>,注意 hostname 为设备的名称,如图 5-7 中的 Router>。

(2)特权(执行)模式

在此模式下可以访问设备的所有配置和管理命令,例如,查看路由器的配置信息、路由表和调试信息等。在开机的普通用户模式下,输入"enable"命令及正确的密码后,即可

进入特权用户模式,其提示符为:hostname#。

(3) 全局配置模式

在实现网络设备(如路由器)的各种功能时,需要使用 IOS 的各种配置命令。这些配置命令都是从全局配置模式出发进行配置的。处于此模式之后,才可以进入各种子模式进一步进行配置。在特权用户模式下,输入"configure terminal"命令,即可进入全局配置模式。在全局配置模式下,可以完成全局参数的配置,其提示符为:hostname(config)#。

总之,Cisco IOS 的命令模式主要有:用户(执行)模式、特权(执行)模式、全局配置模式,以及各种子模式,如接口配置模式、路由协议配置模式等。各种命令应用时均可使用缩写,如 enable 与 en 等同。

(4) 设置用户的访问控制权限

为了保证网络设备的正常运行,网络设备应该具有一定的安全措施,如管理员访问控制等。网络设备通常会提供多种访问权限的级别,管理员或用户只能依权限的级别来使用配置命令,这样的设计才能确保网络设备不会因为非管理员级别用户的非法操作而受到损害。不同公司产品所设置的权限级别和名称会有所区别,但是级别的功能都是相似的。

(5) 注销

在当前模式执行 Exit(end、Ctrl+Z)等命令,即可从高级别的命令模式返回到低级别的用户模式。同一级别的配置模式之间可以互相切换。

(6) no 命令

在命令前加入 no 时,一般表示与命令相反的含义。如 shutdown 表示关闭端口,则 no shutdown 表示激活端口。

(7) 命令帮助

在网络设备的设置过程中,可以随时请求提供在线帮助。其中,"?"命令显示关于整个帮助体系的信息。此外,用户在配置命令时,随时在命令中插入"?",也可以获取所用命令的使用帮助,如输入"shutdown"时,不知道整个命令时,可以在线输入"shu?"请求帮助。

2. 华为 VRP 的基本配置视图

(1) 命令行视图

在华为的设备中,将用户模式称为命令视图。与思科设备类似,所在的视图不同,对应的可使用命令就不同。因此,在使用华为交换机和路由器之前,也需要了解其操作系统的"命令视图"。

(2) 新华为的 VRP 操作系统中的视图类型

① 用户视图:用户视图的提示符为<Quidway>。如图 5-5 所示的交换机启动完成后,交换机就处于用户视图的状态。在此视图下可以完成简单的网络测试,以及配置信息的查看等工作。

② 系统视图:系统视图的提示符为 Router#,在用户视图下输入命令"system-view"(或"sys"),按下 Enter 键,即可进入系统视图。在系统视图下可以完成很多全局变量的配置,也可以启动多种网络协议;如在系统视图中,可以设置交换机的 IP 地址。

③ 端口视图：以太网端口视图的提示符为[Quidway-Ethernet0/1]；此外，还有串口视图。在端口视图下，可以完成端口参数的配置及信息查看等。

④ 协议视图：协议视图的种类很多，常见的有路由协议 RIP 视图，以及 OSPF 视图等。例如，在系统视图下，输入命令"OSPF"，即可进入 OSPF 协议视图；该视图的提示符为[Quidway-ospf]，其余协议的操作和视图提示符可以此类推。在不同协议视图下，可以完成该协议的相关配置。

⑤ VLAN 配置视图：在系统视图下，输入命令"VLAN 2"，即可进入 VLAN 2 的配置视图，其视图的提示符为[Quidway-vlan2]；在 VLAN 2 视图下，即可对 VLAN 2 所属的端口进行增加、删除等操作。

说明：Quidway S 系列的以太网交换机还有很多其他视图，在进行各种功能设置时，可以参照设备说明书详细指导。在每一级视图中，输入命令"quit"可以退回到前一级视图；如果按快捷键 Ctrl+Z 可以从当前视图直接退回到用户视图。

例如，Quidway S 系列产品的权限类别如下：

① 缺省权限：是指在 Console 口登录的用户所具有的权限。这个级别的用户拥有最高权限级别，即无须口令认证，就可以使用所有配置命令。

② 用户接口权限：在 AUX 用户的接口视图下，能够设置 Console 用户登录的 3 种认证方式：

• None：不需要口令认证。

• Password：需要简单的本地口令认证。

• Scheme：通过 RADIUS 服务器或本地提供用户名和口令认证。

综上所述，不同厂商的网络设备的配置命令的使用都是分层的，只有在合适的层次，具有该级别用户权限的密码和用户名后，所使用的命令才能被正确执行。由于网络设备不断推新，更多的厂家不断涌现，因此，在实际配置时，应当首先浏览相应设备的配置手册。

5.3 网络设备的基本配置与应用

本节将介绍网络模拟器的基本状况，以及思科模拟器的主要基本配置命令。对于没有真实设备的学校或个人来说，使用网络模拟器无疑是提高职业技能的最佳选择；而对于具有真实设备的单位来说，则不必舍近求远，可以直接设置真实的网络设备。总之，使用各类网络模拟器相当于将该设备的网络实验室请回了家。对于复杂一些的网络配置，建议先在模拟器上调通，再到真实网络设备中进行调试，这样可以达到事半功倍的效果。

5.3.1 网络模拟器

1. 模拟器的产生

网络模拟器是在网络设备操作系统(ISO 或 VRP)版本的开发、调试和测试中应运而生的。当调试程序需要多台真实网络设备的相互通信时,对实际的网络设备的需求是大量的,受到产品硬件种类或数量的限制,势必需要开发出模拟的软件平台,使得开发人员可以先在模拟器上进行方便和灵活的调试。此外,还可以省去真实设备调试中,不断上传和下载网络操作系统所需的大量时间。

网络模拟器也被称为网络仿真平台,配置网络设备操作系统仿真平台的目的就是仿真网络设备的底层硬件。这样,使用人员仅仅在几台 PC 上,就可仿真出多种复杂网络环境下的开发、配置、测试或管理。并且,可以模拟出整个网络系统的网络拓扑的实现、管理与调试过程。

2. 常见模拟器的类型

目前,国内网络设备的主要厂商有思科与华为—3com 两家。因此,网络模拟器比较著名的也分为思科和华为两类。当前,各种网络培训中心、学校、岗前培训班等,利用网络仿真平台来熟悉相应公司的网络产品,及其配置和管理。由于网络设备的仿真平台既直观,又无须任何复杂的培训设备,因此,可以取得事半功倍的效果。常见网络模拟器的名称如下:

- 思科模拟器:软件的名称,如 boson netsim、CCNA Network Visualizer、RouterSim 等。
- 华为模拟器:软件的名称,如 HW-RouteSim。

3. 网络模拟器软件的获取

在下面网址处即可获得需要的网络模拟器。当然,通过互联网的其他网址,也可以轻而易举地获得各种需要的网络模拟器软件资源。

- http://download.chinaitlab.com/testdoc/files/9329.html
- http://www.30xz.com/
- http://www.pchomesoft.net/SoftView
- http://dl.pconline.com.cn/download/52817.html

华为模拟器的功能虽然较思科模拟器简单,但思科网络模拟器的应用更为普遍。这是由于 CCNA(Certified Cisco Network Associate)和 CCNP(Cisco Certified Network Professional)等思科网络工程师和资深网络工程师的认证考级大都使用了支持思科设备的网络模拟器。思科模拟器有多种版本,下面将利用 Network Visualizer 4 的思科模拟器,对思科交换机和路由器设备进行基本的配置与管理。

4. 安装和初用网络路由模拟器

(1) 安装 Cisco 路由模拟器

① 双击下载的 Netvis4_bsci_single 程序图标,跟随向导完成思科路由模拟器的安装。

② 在如图 5-8 所示的 Network Visualizer 路由模拟器菜单窗口中,单击 Net Visualizer Screen 按钮。

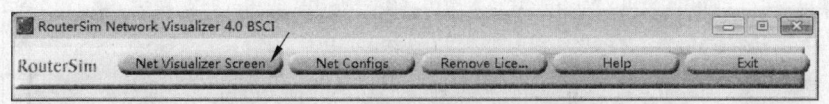

图 5-8　RouterSim Network Visualizer 4.0 BSCI 的路由模拟器菜单窗口

③ 打开如图 5-9 所示的 RouterSim Network Visualizer 窗口,该窗口是实验的起点,初始状态应当是空白的。

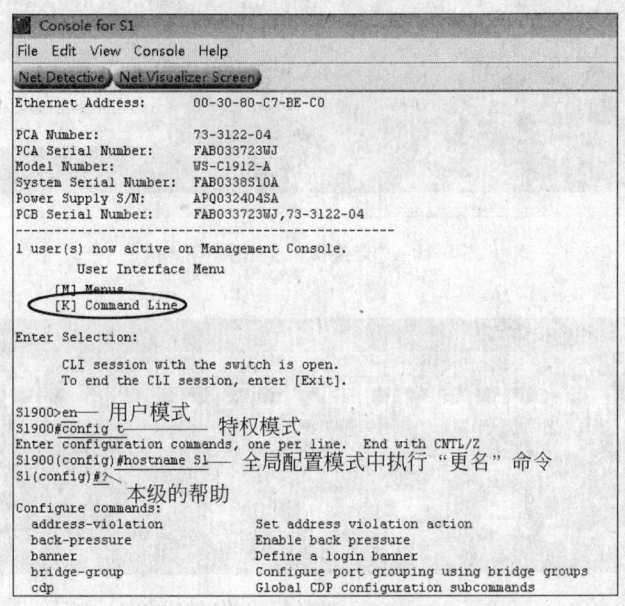

图 5-9　交换机中的各级模式的转换与"更名命令"窗口

④ 思科交换机的初始登录与工作窗口如图 5-9 所示,其中包含了不同接口的提示符,不同用户模式之间的转换命令、设备的更名以及帮助等命令的应用;详细命令与具体解释如表 5-1 所示。

(2) 网络拓扑结构(交换机)的绘制与基本配置

在任何网络中,首先是完成运行网络的拓扑结构。在真实网络中,应当使用各种网线(安装了介质连接器的传输介质,如直通线)连接好网络中的各种节点(网络设备和计算机);模拟器中的操作与之类似。

在传统交换机的实验中,应当先完成实验的拓扑,即添加设备和网线。

① 在如图 5-10 所示的窗口中,依次选择 Add→Switch 1900 菜单命令,添加所需要的设备,如交换机、4 台 Host(主机)。

② 右击已添加设备 Switch 1900 的图标,打开如图 5-11 所示的窗口;选中 1900 交换机的 E0/2(E 表示 10Mb/s 以太网)接口;右击 Host A 图标,显示其"端口与操作菜单",单击其中的 E0/0 完成 Host A 端的连线;单击 Close 按钮,完成计算机与网线的连接。

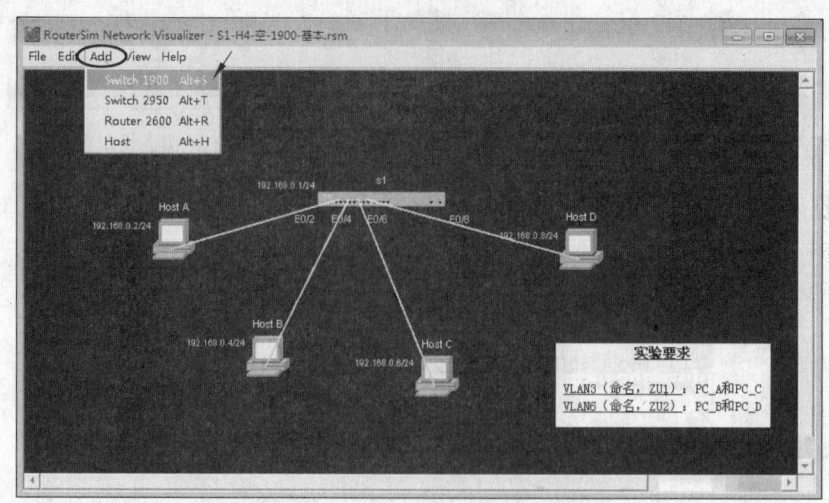

图 5-10 "交换机的拓扑结构"窗口

图 5-11 "交换机-计算机的连接"窗口

③ 重复上述步骤,完成 4 台计算机的网线连接,结果如图 5-10 所示。

④ 设置主机 A 的 IP 地址等参数,在如图 5-10 所示的窗口中,右击 Host A,在弹出的"端口与操作"菜单中,单击 IP Config 按钮,输入分配给主机 A 的 IP 地址、子网掩码和默认网关等参数,如 192.168.0.2、255.255.255.0 和 192.168.0.254;之后,单击 Close 按钮完成该主机的配置。

⑤ 重复上述步骤完成所有 4 台主机的配置。在实际网络中,传统交换机是即插即用设备,因此,只需将所有计算机设置在一个网段,相互之间即可进行通信。

⑥ 在真实网络中,网络设备可能位于网管中心,而管理可能需要在现场进行。因此,经常需要对设备进行远程管理,而远程管理的前提条件是交换机已配置 IP 地址、子网掩码和默认网关等信息。具体设置的用户接口与命令格式如图 5-12 和表 5-1 所示。

⑦ 网络设备设置后都应当进行测试,以确定设备是否正常运行,例如,在主机 A 上测试与主机 D 的连通性的操作:双击 Host A,在打开的窗口中,输入检测命令测试与各台主机的连通性,因为要测试与 Host D 的连通状况,应输入"ping 192.168.0.8"(主机 D 的IP 地址),如果能 ping 通(丢包率为 0%)就说明这两个网络节点及交换机的工作都正常,

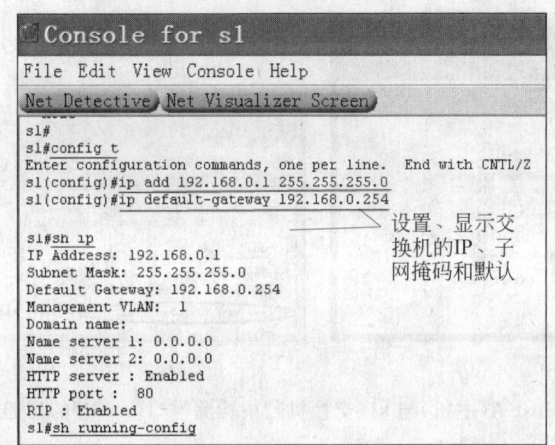

图 5-12　设置、显示交换机的 IP、子网掩码和默认网关地址的窗口

表 5-1　1900 交换机的主要命令

用户模式类型及提示符	命 令 格 式	命 令 功 能
Switch>	enable	进入特权执行模式
Switch#	Show IP	显示当前 IP 地址等配置信息
Switch#	Show interfaces	显示接口信息
Switch#	configure terminal	进入全局配置模式
Switch#	Show vlan	显示 VLAN 信息
Switch(config)#	hostname NAME	交换机命名为 NAME
Switch(config)#	ip address 192.168.0.1 255.255.255.0	设置交换机 IP 地址和子网掩码
Switch(config)#	ip default-gateway 192.168.0.254	设置交换机的默认网关地址
Switch(config)#	VLAN NO NAME vlanname	创建名为 vlanname 号码为 NO 的 VLAN
Switch(config)#	interface ethernet 0/1 (int e0/1)	进入以太网接口 e0/1 的配置模式
Switch(config-if)#	Vlan-membership static 3	将当前端口加入到 VLAN 3
Switch(config-if)#	Duplex full{half}	配置端口工作状态为全双工
Switch(config-if)#	description PC_A	描述当前端口为"PC_A"

注：不同型号的交换机中的命令有所不同。

如图 5-13(a)所示。

⑧ 当交换机设置了 IP 地址后,也可以进行与计算机中类似的连通性检测,如图 5-13(b)所示。设置之后,依次选择 File→save Network 命令,可以将调试好的网络系统文件存储起来,其后缀为".rsm";反之,以后需要使用这个系统时,依次选择 File→Load Network 命令,可以将之前存储的网络系统文件重新调入模拟器。

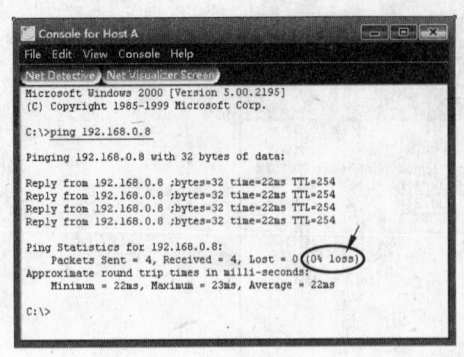

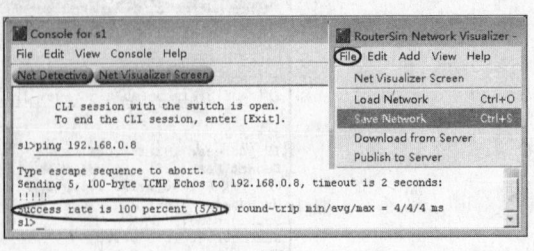

(a)   (b)

图 5-13 "Host A(主机)与 s1(交换机)"中检测与"Host D"的连通性命令窗口

5. Cisco 模拟器交换机的基本命令

为了使用方便,表 5-1 列出了网络模拟器中交换机(1900)使用的主要命令。这些命令与真实设备上使用的基本一致。但是,在操作真实设备之前,应对照设备使用手册确认使用命令格式的正确性。在仿真交换机上使用的主要命令的格式和功能如表 5-1 所示。

总之,各种网络设备的模拟器是初学者和网络管理员调试和运营网络不可缺少的助手;然而,任何软件都有其不足之处,模拟器中的基本命令与真实设备没有什么区别。但是,也会遇到一些真实设备可以执行,而仿真模拟器不能运行的状况,因此,在实际设备调试时,应首先阅读产品手册。

5.3.2 实现交换机的 VLAN 与 TRUNK 技术

在当前网络中,各类交换机大都具有端口 VLAN 功能,因此,VLAN 的划分是网络的典型应用技术。在实现 VLAN 时,必然遇到在单个或多个交换机上实现 VLAN 的情况。由于这是最典型的应用,因此 VLAN 的划分与 TRUNK 技术也成为交换机中最基本的管理技术。

1. 实现单交换机多 VLAN 网络

(1) 组网需求

某小公司的企业网络如图 5-10 所示,假定网络中有 4 台计算机。根据需要划分两个 VLAN,要求同一 VLAN 的成员之间可以通信,不同 VLAN 成员之间不能通信。

(2) VLAN 成员的规划

在网络系统实现时,由于网络中的端口较多,设备繁杂,因此,应切记"先规划,再配置"的原则。将如图 5-10 所示的拓扑结构,按照端口划分模式划分为两个 VLAN 的规划如表 5-2 所示。

(3) 绘制与配置网络系统拓扑结构

参照 5.3.1 节的内容,完成如图 5-10 所示网络拓扑结构的绘制与基本配置。

(4) 创建和配置 VLAN 10 和 VLAN 20

参照图 5-10 和表 5-1 中的命令进行配置。

表 5-2　VLAN 端口的规划表

主机	交换机端口	主机 IP	所属 VLAN	主机	交换机端口	主机 IP	所属 VLAN
Host A	e0/2	192.168.0.2	VLAN 10	Host C	e0/6	192.168.0.6	VLAN 10
Host B	e0/4	192.168.0.4	VLAN 20	Host D	e0/8	192.168.0.8	VLAN 20

① 完成创建和命名 VLAN 10 和 VLAN 20 的任务,如表 5-1 所示。

② 进入指定端口,进行端口状态的设置和描述,如图 5-14 所示。

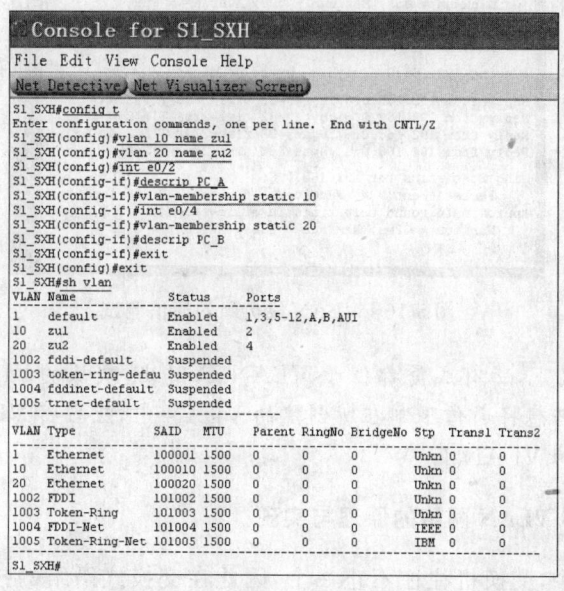

图 5-14　命名、划分与配置 VLAN 10 和 VLAN 20

③ 参照表 5-1 和图 5-14 的命令,先创建 VLAN;再进入端口,最后将该端口加入到指定 VLAN 中。

④ 显示各 VLAN 的成员,确定各端口符合规划,如图 5-15 所示。

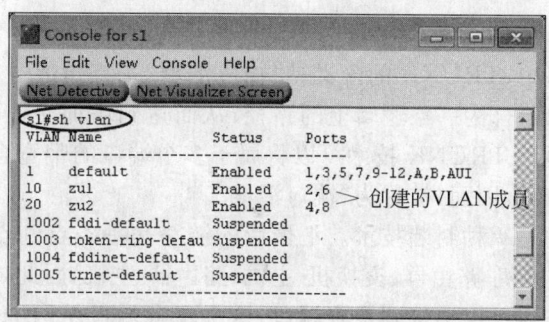

图 5-15　显示所创建的 VLAN 10 和 VLAN 20 成员

⑤ 双击 Host A 图标,按照图 5-16 所示的步骤,使用 ping 命令进行测试。同一 VLAN 的成员处于同一广播域,应当可以直接通信;不同 VLAN 成员,则不能进行通信。

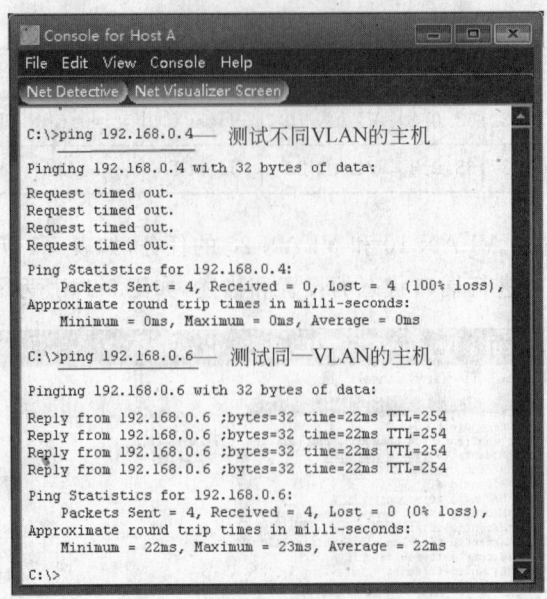

图 5-16　VLAN 成员间的通信测试

　　注意：默认情况下，所有成员都位于 VLAN 1；因此，默认的 VLAN 1 中的成员之间都可以进行通信。若想将通信限制在所创建的 VLAN 中，应当将 VLAN 10 和 VLAN 20 中的端口移出默认的 VLAN 1。

　　2. 多交换机-多 VLAN 网络的原理与实现

　　在大中型网络中，交换机往往不止一个，因此在交换式网络的技术领域中还应掌握 TRUNK 技术。

　　(1) TRUNK

　　TRUNK 的中文名称可以有主干、干线、中继线、长途线等多种含义。因此，TRUNK 在不同的场合会有不同的含义。在交换式网络中，主要指 VLAN 中的 TRUNK (TRUNKING)。

　　(2) 分层交换网络中的"端口聚合"

　　在分层交换网络中，TRUNK 的含义是"端口汇聚"。特指通过交换机软件的设置将两个或多个物理端口组合为一条逻辑上的路径；从而达到增加交换机与网络节点之间的传输带宽的目的。通过 TRUNK 技术可以将属于多个端口的带宽合并，从而提供一个几倍于单个端口的高带宽，因而，被称为"端口汇聚"。

　　TRUNK 实现的是一种封装技术。汇聚后的链路是一条点到点的链路，链路的两端是交换机-交换机、交换机-路由器、交换机-主机、路由器-主机，因此，有着十分广泛的应用场合，例如，主干服务器可以连接到聚合端口，这个聚合端口是两个普通交换机端口聚合后的端口。

　　总之，基于端口汇聚功能，在交换机与交换机、交换机与路由器、主机与交换机或路由器之间，通过两个或多个端口的并行连接，可以同时传输更高速率的信息。从而满足了更高带宽、更大吞吐量的网络需求，有效地改善网络瓶颈，从而大幅度提高整个网络的传输能力。

（3）多交换机多 VLAN 的 TRUNK

在多交换机多 VLAN 的实际应用中，TRUNKING（TRUNK）是指在不同的交换机之间进行 VLAN 的连接，以保证在跨越多个交换机上建立的同一个 VLAN 的成员能够相互通信。

① TRUNKING：在 Cisco 交换机上，通过创建中继链路来标识 VLAN。在如图 5-17 所示的应用领域，多个 VLAN 的端口聚合，在大多数场合被称为 TRUNKING，但也有人称为 TRUNK。总之，主干道是指两台交换机"主干端口"间的一条点到点的链路。这条链路可以用来传输属于多个不同 VLAN 的数据流；通过这种干道（TRUNKING/TRUNK）技术，Cisco 将 VLAN 的范围从一台交换机扩展到了另一台交换机。

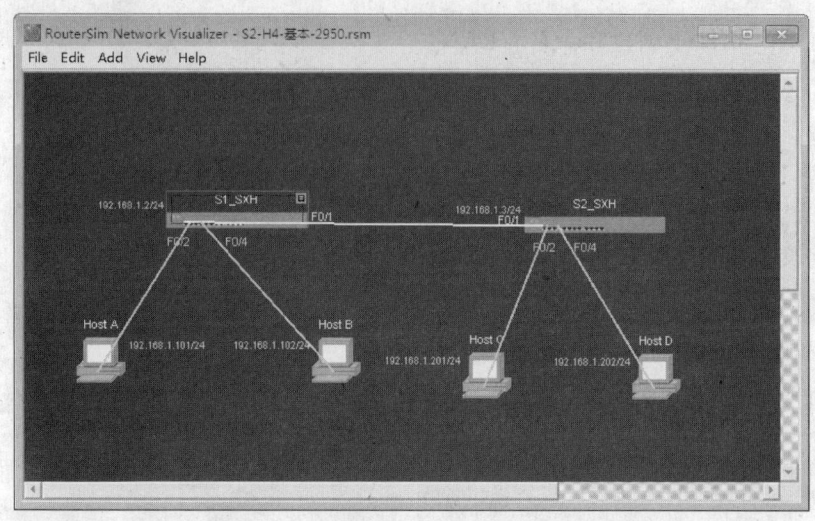

图 5-17　多交换机多 VLAN 通过"主干道"端口的传输

② 主干端口的特点：在思科低速交换机上，通常将一个高速端口设置为"干道端口"，该端口由多个 VLAN 共享，并且可以传输属于多个不同 VLAN 的数据。

（4）组网需求

某中型公司的企业网络，要求实现思科 1900 双交换机的多 VLAN 网络，其网络拓扑如图 5-17 所示。为简化设置，假定网络中只有 4 台计算机，根据需要划分为两个 VLAN。要求跨交换机的同一 VLAN 的成员之间可以通信，不同 VLAN 成员之间不能通信。

（5）绘制拓扑结构与规划 VLAN 成员

规划的公司网络系统结构和 VLAN 成员的规划表，如图 5-17 和表 5-3 所示。

表 5-3　VLAN 端口的规划表

主　机	交换机端口	主机 IP	所属 VLAN
Host A	S1_SXH：f0/2	192.168.1.101	VLAN10
Host B	S1_SXH：f0/4	192.168.1.102	VLAN20
Host C	S2_SXH：f0/2	192.168.1.201	VLAN10
Host D	S2_SXH：f0/4	192.168.1.202	VLAN20

（6）实现跨交换机的 VLAN 10 和 VLAN 20

实现交换机的主干道采用 TRUNK 技术。基本配置参照实现单交换机多 VLAN 网络依次进行,其他配置及主要步骤如下:

① 按照图 5-17 配置交换机的基本参数,包含交换机名称 S1_SXH 和 S2_SXH、IP 地址、子网掩码、默认网关等。

② 为连接的主机配置与交换机同网段的 IP 地址、子网掩码和缺省网关,参照表 5-3。

③ 检测同一交换机中各个主机的连通性,未划分 VLAN 前各个主机均能连通。

④ 显示 VLAN 的接口信息:

```
S1_SXH# show vlan
```

⑤ 在 S1_SXH 上创建和命名 VLAN:

```
S1_SXH# vlan database
S1_SXH (vlan)# vlan 10 name ZU1
S1_SXH (vlan)# vlan 20 name ZU2
S1_SXH(vlan)# exit
```

⑥ 将交换机 S1_SXH 的 2 端口加入 VLAN 10:

```
S1_SXH(config)# interface ethernet 0/2
S1_SXH(config-if)# Vlan-membership static 10
```

⑦ 将交换机 S1_SXH 的 4 端口加入 VLAN 20:

```
S1_SXH(config)# interface ethernet 0/4
S1_SXH(config-if)# Vlan-membership static 20
```

⑧ 参照步骤⑤,在 S2_SXH 上创建和命名 VLAN;重复⑤~⑦步,将指定端口加入相应的 VLAN。

⑨ 显示两个交换机的 VLAN 信息:

```
S1_SXH# show vlan
S2_SXH# show vlan
```

⑩ 使用 ping 命令测试各个 VLAN,同一交换机中的同一 VLAN 的成员之间能够通信;而不同交换机的同一 VLAN 的成员之间不能够通信。

⑪ 创建交换机的"主干道",如图 5-18 所示。

• 交换机 1 上的操作:

```
S1_SXH(config)# interface fastethernet 0/26
S1_SXH(config-if)# trunk on
S2_SXH(config-if)# exit
```

• 交换机 2 上的操作:

```
S2_SXH(config)# interface fastethernet 0/26
S2_SXH(config-if)# trunk on
S2_SXH(config-if)# exit
```

⑫ 建立主干道之后,测试 TRUNK;使用 ping 命令测试各个 VLAN,不同交换机的同一 VLAN 的成员之间应当能够进行通信,如图 5-19 所示。

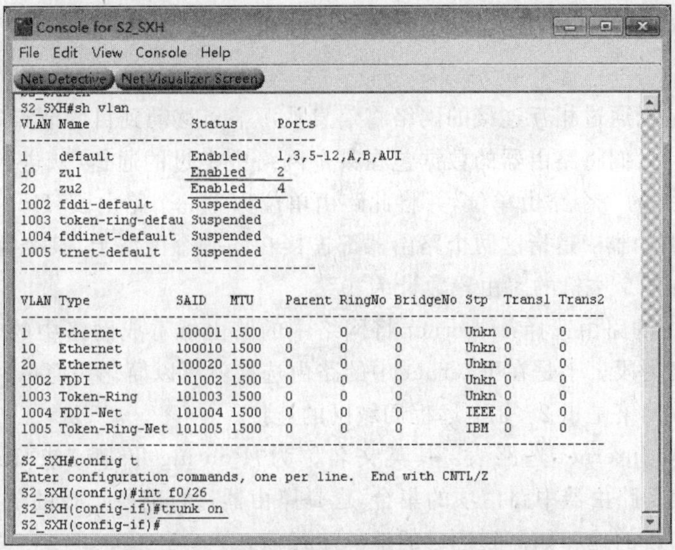

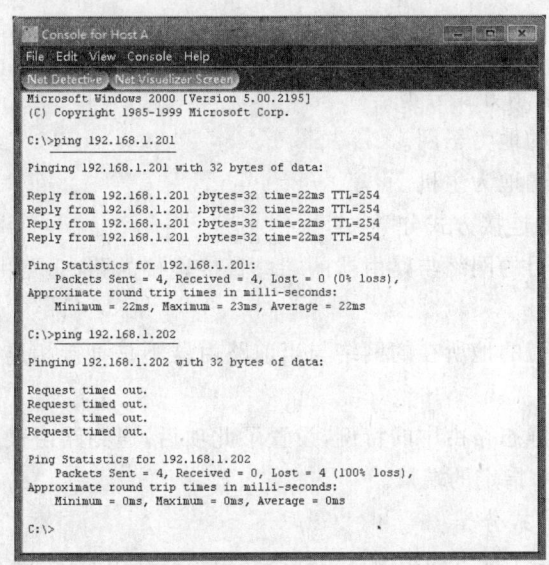

图 5-18 设置跨交换机的"主干端口 f0/26"

图 5-19 跨交换机多 VLAN 成员通信测试

5.4 路由器的配置与管理

路由器的主要功能是不同子网间的分组转发。路由器根据要转发数据分组中的目的地址,在路由选择协议和路由表的作用下,将数据包从最合适的端口和路径转发出去,从而实现不同子网间的通信。

5.4.1 路由器管理概述

1. 路由表

① 路由：是指通过相互连接的网络将信息从源节点移动到目的节点的活动。

② 路由段：人们将路由器的数据包在某个网络中走过的通道（从进入到离开该网络为止）称为逻辑上的一个路由单位，并将此路由单位称为一个路由段（Hop）。

③ 相邻的路由器：是指这两个路由器都连接在同一个网络上，某个路由器到其直接连接的端口中的某个主机的路由段数计为"0"。

④ 因特网中的路由选择：Internet 将网络中的路由器看成网络中的节点，将连接节点的链路称为路由段。于是在 Internet 中的路由选择就可以简化为简单网络中的路由选择。所谓的简单网络是指 2～3 个远程局域网的连接。

⑤ 路由表或 Internet 选路表：其英文名称为"Routing Table"或"Internet Routing Table"。路由表是路由器中路由项的集合，也是路由器进行路径选择的依据，路由表中存储了所有可能的目的地和如何到达目的地的路径信息。

⑥ 路由表中的路由项：目的网络、下一跳、距离、优先级或花费等。

2. 路由分类

（1）按目的地的表示方式分类

① 子网路由：目的地为子网。

② 主机路由：目的地为主机。

（2）按与路由器的连接方式分类

① 直接路由：指目的网络与路由器的端口直接连接的路由，路由器对直连网络有直接的转发能力。

② 间接路由：指目的地所在的网络与当前路由器不是直接相连的，需要转发数据包到下一个路由器。

③ 默认路由：是静态路由中的特例，设置了此项后，遇到路由表找不到的数据包时，就将其传送到默认路由指定的端口。

（3）按配置管理方式分类

① 静态路由：经手工配置的路由称为静态路由。在路由器中，静态路由表是设置固定的路由表；并由管理员负责创建和维护；除非网络管理员干预，否则静态路由不会发生变化。

② 动态路由：经路由协议产生的路由表称为动态路由表。动态路由是网络中的路由器之间相互通信，自动传递路由信息，利用收到的路由信息更新路由表的过程。

3. 路由的匹配与优先原则

查询路由表时，其匹配和优先的顺序如下：

① 直接路由：直连的网络优先级最高。

② 静态路由：优先级可设，一般高于动态路由。

③ 动态路由：相同花费时，长掩码的子网优先。

④ 默认路由：路由表应当包括默认路由。未设默认路由时，路由器只能将找不到路径的数据包丢弃。

4. 路由选择协议

静态路由器仅适用于简单的网络。这是由于静态路由器依赖网络管理员来构造其静态路由表。小型网络的路由信息比较简单，又不需要经常性的维护，因此，适于采用静态路由。

对于大中型的网络的子网数目较多、路由表复杂，只有采用动态路由表才能实时地适应网络结构的变化。这是由于使用动态路由选择协议的路由器能够在网络发生变化后，自动进行路由的更新。目前，应用较多的路由选择协议有 OSPF、RIP、IGRP 和 BGP 等；同一路由器在选择不同路由选择协议后，相应的路由软件就会根据所选的路由选择协议计算路由，并随时发出新的路由更新信息。

5. 路由器和路由表的应用示例

在配置静态路由表时，事先规划好选路表（路由表）是十分必要的。

例 5-1：4 个 IP 网络通过 3 个路由器相连，其网络系统示意图如图 5-20 所示。各个网络与路由器的连接端口及网络地址如图 5-20 所示。

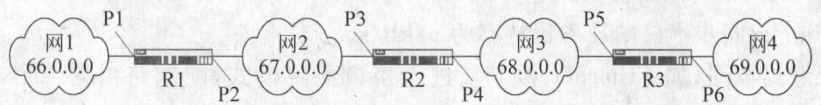

图 5-20　多个网络与路由器连接的结构示意图

要求：

① 写出规划给各路由器端口 P1、P2、P3、P4、P5、P6 的 IP 地址。

② 选路表的表项包括：目的网络的 IP 地址、下一个路由器的端口和距离（跳数）。

③ 分析写出 R2、R3 路由器的路由表。

解：根据题目要求写出 R2 和 R3 的选路表，如表 5-4 所示。

表 5-4(a)　端口 IP 地址分配表　　表 5-4(b)　路由器 R2 的选路表　　表 5-4(c)　路由器 R3 的选路表

路由器端口	路由器端口 IP 地址	目的网络的 IP 地址	到达目的网络的路由器地址	距离	目的网络的 IP 地址	到达目的网络的路由器地址	距离
P1	66.0.0.1						
P2	67.0.0.1	66.0.0.0	P2	1	66.0.0.0	P4	2
P3	67.0.0.2	67.0.0.0	直接：P3	0	67.0.0.0	P4	1
P4	68.0.0.1						
P5	68.0.0.2	68.0.0.0	直接：P4	0	68.0.0.0	直接：P5	0
P6	69.0.0.1	69.0.0.0	P5	1	69.0.0.0	直接：P6	0

5.4.2 路由器的配置与调试

一般,局域网的路由器主要用于接入 Internet,其配置要素和过程如下:

1. 一条静态路由的 5 个要素

① 目标网络:IP 地址。

② 网络掩码:子网掩码常用网络前缀标识方法,即 CIDR 法表示。

③ 输出端口:指明数据包的输出端口。

④ 下一跳 IP 地址:指明数据包经由的下一个 IP 地址。

⑤ 本条静态路由加入到 IP 核心路由表的优先级:针对同一个目的地,可能存在多条可能的下一跳的路由;这可能是由不同路由协议发现的,也可能是手工配置的静态路由。优先级高(如距离数值小)的路由总是被先加入到核心路由表中去。IP 接口上直接相连的路由优先级最高(距离为 0)。用户可配置多条到同一目的地、但优先级不同的路由,这些路由按照优先级的顺序选取唯一的一条加入到核心路由表中。

2. 局域网路由器的配置要素

① 配置串(serial)口:进入接口配置模式、配置接口 IP 地址及子网掩码、进行接口封装(如,帧中继)、指定路由器的工作方式(如 DTE)等多项参数。异步串口的缺省波特率为 9600Baud/s,同步串口的缺省比特率为 64kb/s。

② 配置局域网(如 Ethernet)端口:进入接口配置模式,配置路由器 LAN 口的 IP 地址。

③ 设置路由器的参数和路由表:如配置静态路由表项 192.168.0.1,255.255.255.0,10.0.1.2。

④ 配置网络中的各台主机:在网络中的每台计算机上,设置默认网关为路由器的局域网端口地址。

说明:同步串口有两种工作方式——DTE(数据终端设备)和 DCE(数据通信设备)。不同的工作方式有不同的时钟设置。当设备的同步串口作为 DCE 设备时,就需要选择和设置其时钟频率;这是因为 DCE 设备需要向对端的 DTE 设备提供时钟;当同步串口作为DTE 设备时,则会接受对端 DCE 设备提供的时钟。

3. 综合调试

当路由器的各个端口和参数配置完成后,应进行综合调试。调试基本步骤如下:

① 激活路由器上所有使用的以太网口及串口。方法是进入该端口,在思科路由器中执行"no shutdown"命令;在华为路由器中,则执行"undo shut"命令。

② 为与路由器相连的所有主机添加必要的路由;否则,将不能正常通信。

③ 先 ping 本机默认网关指向的路由器以太网口(E0、E1);若不通,则说明路由器的以太网口可能尚未打开;或者是本机的 IP 与路由器的以太网口的 IP 不在同一网段上。再 ping 对方主机的以太网口;若不通,说明没有为对方主机设置路由。

④ 先 ping 本地路由器连接的广域网口；若不通，则说明没有为主机添加路由。再 ping 对方的广域网口；若不通，则说明路由器的配置有错误。

⑤ 使用"tracert"（路由跟踪）命令对指定的路由进行跟踪，以确定尚未连通的网段。

4. 思科路由器的基本命令

在思科路由模拟器上使用的主要命令格式和功能如表 5-5 所示。

表 5-5　思科模拟器"路由器"的主要命令

用户模式类型及提示符	命 令 格 式	命 令 功 能
router>	Enable (en)	进入特权执行模式
Router#	configure terminal (config t)	进入全局配置模式
Router#	show interfaces (sh int)	显示接口信息
Router#	show ip route (sh ip route)	显示路由信息
Router(config)#	hostname aabbcc	更改主机名
Router(config)#	password 123456	设置口令
Router(config)#	interface serial0 (int s0)	进入接口 s0
Router(config-if)#	encapsulation ppp	ppp 封装
Router(config-if)#	[no]ip address <ip> <mask>(ip add 192. 168.0.1 255.255.255.0)	〔删除〕配置端口 IP 地址、子网掩码
Router(config-if)#	no shutdown(no shut)	激活端口
Router(config)#	ip route <net-ip><mask><ip address>	配置静态路由
Router(config)#	ip route 200.200.200.0 255.255.255.0 200.	200.201.1(到达 200.200.200.200.0 经由 200.200.201.1 可以到达) 应用示例
Router(config)#	ip route 0.0.0.0 0.0.0.0 10.0.0.2	应用示例（默认路由）
Router(config)#	router RIP	启动 RIP 协议
Router(config-router)#	Network network-number(network 200.200. 200.0)	通告直连网络
Router(config)#	Router OSPF	启动 OSPF 协议
Router#	Show cdp neighbor	查看 cdp 邻居
Router#	Show ip interface brie	查看接口基本参数
Router#	Show int e0(f0/1)	查看 E0(f0/1)相关参数
Router#	Show run	查看当前运行配置
RA(config-if)#	clock rate 64000	配置 DCE 方的时钟频率

5.4.3 实现静态路由

静态路由器的典型应用示例：各子网间的"近程"和"远程"路由。下面仅以两个路由器的网络为例：

1. 局域网段的静态路由

例 5-2：3 个 IP 局域网段通过两个路由器相连，其网络系统拓扑结构如图 5-21 所示。在图 5-21 中，依次选择 View→Net Configs 命令，可以显示如图 5-22 所示的各网络设备的名称、端口、地址等信息。

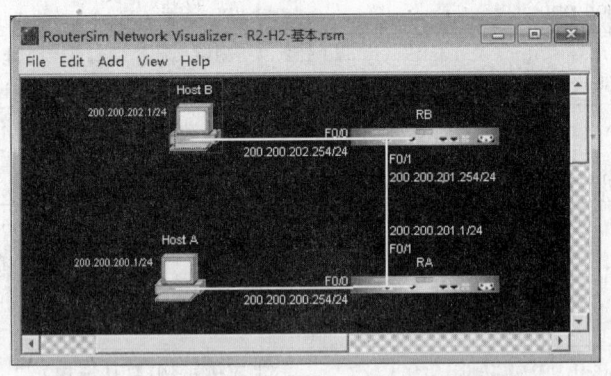

图 5-21　两个路由器互连 3 个网段的拓扑结构示意图　　图 5-22　网络设备的配置参数表

要求：

① 分析写出 RA 和 RB 的路由表。

② Post A 和 Post B 通过路由器 RA 和 RB 用静态路由的方法实现互通。

管理步骤：

① 根据题目要求写出 RA 和 RB 的选路表，如表 5-6 所示。

② 根据图 5-22 所示的参数、表 5-5 中的命令格式，以及表 5-6 所示规划的路由表；在思科模拟器中，路由器 RA 上的主要配置命令如表 5-7、图 5-21～图 5-24 所示；最终显示的静态路由表如图 5-24 所示。

③ 根据图 5-22 所示的参数，表 5-5 中的命令，以及表 5-6 所示规划的路由表；在思科

```
Console for RA

File Edit View Console Help
Net Detective Net Visualizer Screen

Router>en
Router#config t
Enter configuration commands, one per line.  End with CNTL/Z
Router(config)#hostname RA
RA(config)#int f0/0
RA(config-if)#ip add 200.200.200.254 255.255.255.0
RA(config-if)#no shut
15:21:26 %LINK-3-UPDOWN:  Interface Fastethernet0/0, changed state to up
15:21:26 %LINEPROTO-5-UPDOWN: Line protocol on Interface Fastethernet0/0, changed state to up

RA(config-if)#exit
RA(config)#int f0/1
RA(config-if)#ip add 200.200.201.1 255.255.255.0
RA(config-if)#no shut
15:22:27 %LINK-3-UPDOWN:  Interface Fastethernet0/1, changed state to up
15:22:27 %LINEPROTO-5-UPDOWN: Line protocol on Interface Fastethernet0/1, changed state to up

RA(config-if)#exit
RA(config)#exit
RA#show ip route
Codes: C - connected, S - static, I - IGRP, R - RIP, M - mobile, B - BGP
       D - EIGRP, EX - EIGRP external, O- OSPF, IA - OSPF inter area
       N1 - OSPF NSSA external type 1, N2 - OSPF NSSA external type 2
       i - IS-IS, L1 - IS-IS level-1, L2 - IS-IS level-2, * - candidate default
       U - per-user static route, o - ODR, P - periodic downloaded static route
       T - traffic engineered route

Gateway of last resort is not set
C    200.200.200.0/24 is directly connected, FastEthernet0/0
C    200.200.201.0/24 is directly connected, FastEthernet0/1
RA#show int
```

图 5-23 路由器 RA 中的基本配置

```
RA>en
RA#
RA#sh ip route
Codes: C - connected, S - static, I - IGRP, R - RIP, M - mobile, B - BGP
       D - EIGRP, EX - EIGRP external, O- OSPF, IA - OSPF inter area
       N1 - OSPF NSSA external type 1, N2 - OSPF NSSA external type 2
       i - IS-IS, L1 - IS-IS level-1, L2 - IS-IS level-2, * - candidate default
       U - per-user static route, o - ODR, P - periodic downloaded static route
       T - traffic engineered route

Gateway of last resort is not set
S    200.200.202.0 [1/0] via 200.200.201.254
C    200.200.200.0/24 is directly connected, FastEthernet0/0
C    200.200.201.0/24 is directly connected, FastEthernet0/1
RA#
```

图 5-24 路由器 RA 中显示的最终静态路由表

模拟器中,参照路由器 RA 上的主要配置命令对路由器 RB 进行配置。

表 5-6(a) 路由器端口 IP 地址表

路由器端口	路由器端口 IP 地址
RA:f0/0	200.200.200.254
RA:f0/1	200.200.201.1
RB:f0/0	200.200.202.254
RB:f0/1	200.200.201.254

表 5-6(b) 路由器 RA 的选路表

目的网络的 IP 地址	到达目的网络的路由器地址	距离
200.200.200.0	RA:f0/0 直接	0
200.200.201.0	RA:f0/1 直接	0
200.200.202.0	200.200.201.254	1

表 5-6(c) 路由器 RB 的选路表

目的网络的 IP 地址	到达目的网络的路由器地址	距离
200.200.200.0	200.200.201.1	1
200.200.201.0	RB:f0/1 直接	0
200.200.202.0	RB:f0/0 直接	0

④ 设置完成后,在 PCA 和 PCB 中,使用 ping 命令双向测试连通性,正常是双向可以ping 通。

表 5-7　路由器 RA 中的调试命令

路由器提示符	配 置 命 令	简 单 说 明
Router#	Config t	进入全局配置模式
Router(config)#	hostname RA	将路由器 A 更名为 RA
RA(config)#	int f0/0	进入以太 f0/0 口
RA(config-if)#	ip address 200. 200. 200. 254 255. 255. 255. 0	配置快速以太网端口的 IP 和子网掩码
RA(config-if)#	no shut	激活 f0/0 口
RA(config-if)#	Exit	退出接口配置模式
RA(config)#	int f0/1	进入 f0/1
RA(config-if)#	ip add 200. 200. 201. 1 255. 255. 255. 0	配置串口 1 的 IP 地址
RA(config-if)#	no shut	激活 f0/1 口
RA(config-if)#	Exit	退出接口配置模式
Router#	Show ip route	显示基本配置后的路由表,只有直连口
RA(config)#	ip route 200. 200. 202. 0 255. 255. 255. 0 200. 200. 201. 254	配置到对端 Host B 所在网段(200. 200. 202.0)的静态路由
Router#	Show ip route	显示基本配置后的路由表,应当有 3 个网段

2. 远程网段的静态路由

在多个远程局域网互连时一般使用串口进行互连,如图 5-25 所示。远程互连时的设置、实现步骤与局域网互连基本相同;不同点就是串口的配置。路由器之间通过一对串口远程互连时,需要指定其中的一个接口为 DTE(Data Terminal Equipment,数据终端设备);另一个为 DCE(Data Communications Equipment,数据通信设备)。DTE 设备的设

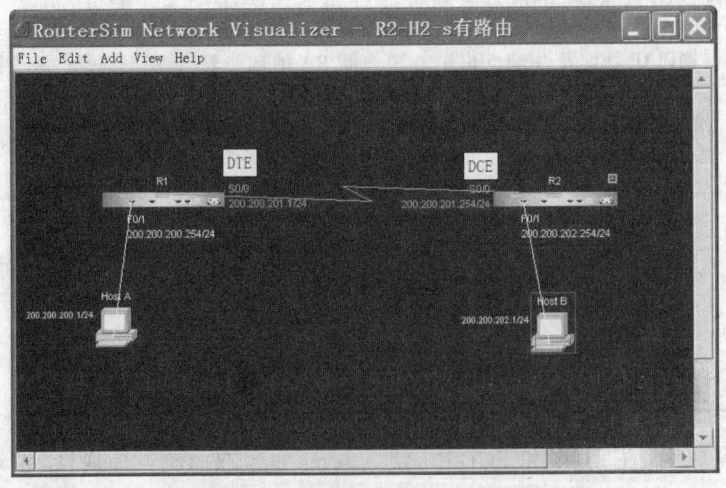

图 5-25　路由器 R1-R2 通过串口远程互连

置与前面一样,而 DCE 设备则需要指定其时钟频率的数值。受篇幅所限,这个网络的实现步骤可以参照"局域网段的静态路由"依次进行,有关 R2(DCE)的设置命令如图 5-26 所示。

```
Router>en
Router#config t
Enter configuration commands, one per line.  End with CNTL/Z
Router(config)#host R2
R2(config)#int f0/1
R2(config-if)#ip add 200.200.202.254 255.255.255.0
R2(config-if)#no shut
09:49:32 %LINK-3-UPDOWN:  Interface Fastethernet0/1, changed state to up
09:49:32 %LINEPROTO-5-UPDOWN: Line protocol on Interface Fastethernet0/1, changed state to up

R2(config-if)#exit
R2(config)#int s0/0
R2(config-if)#ip add 200.200.201.254 255.255.255.0
R2(config-if)#clock rate 64000 ── 设置：DCE时钟频率
R2(config-if)#no shut
09:50:51 %LINK-3-UPDOWN:  Interface Serial0/0, changed state to up
09:50:51 %LINEPROTO-5-UPDOWN: Line protocol on Interface Serial0/0, changed state to up

R2(config-if)#exit
R2(config)#ip route 200.200.200.0 255.255.255.0 200.200.201.1
R2(config)#exit
R2#sh ip route
Codes: C - connected, S - static, I - IGRP, R - RIP, M - mobile, B - BGP
       D - EIGRP, EX - EIGRP external, O- OSPF, IA - OSPF inter area
       N1 - OSPF NSSA external type 1, N2 - OSPF NSSA external type 2
       i - IS-IS, L1 - IS-IS level-1, L2 - IS-IS level-2, * - candidate default
       U - per-user static route, o - ODR, P - periodic downloaded static route
       T - traffic engineered route

Gateway of last resort is not set
C    200.200.201.0/24 is directly connected, Serial0/0
C    200.200.202.0/24 is directly connected, FastEthernet0/1
S    200.200.200.0 [1/0] via 200.200.201.1
R2#ping 200.200.200.1
```

图 5-26　路由器 R2(DCE)端的配置

3. 默认路由(Default Route)

(1) 什么是默认路由

默认路由是路由表与转发数据包目的地址间没有匹配的表项时,路由器做出的一种选择。没有设置默认路由的场合,当转发数据包的路由器,在包的目的地址与路由表没有匹配项时,只能将这个数据包丢弃;而设置了默认路由时,则会将这个数据包转发到默认路由指定的路由器端口。

(2) 默认路由的工作过程

在网络的实际管理中,用好默认路由可以极大地简化路由器的配置,减轻管理员的负担,并提高网络的性能。大中型网络的默认路由大都被设置成与外网(通常指互联网、城域网、VPN)连接的末端路由器,例如,连接 ISP 的路由器端口(如联通的 ADSL 线路接口)。这样,只要目的地址不是本地网络的数据包都会被转到 ISP 的路由器进行处理;当然,ISP 路由器所在的网络同样也会设置有它的默认路由(即 ISP 的末端网络的出口);就这样,低一级的网络向高一级的网络转发,直至互联网的主干线。

(3) 默认路由的应用示例

默认路由选择技术是一种简化的路由选择方法。在 Intranet 中,一般将局域网内部各子网之间的路由,使用明确指定的路由,而将发往 Internet 的路由统一表示为默认路由,即"0.0.0.0"。

(4) 默认路由的设置

默认路由就是静态路由的一种应用,默认路由参见表 5-5。又如,在图 5-27 中的路由器 2 指定默认路由的命令如下:

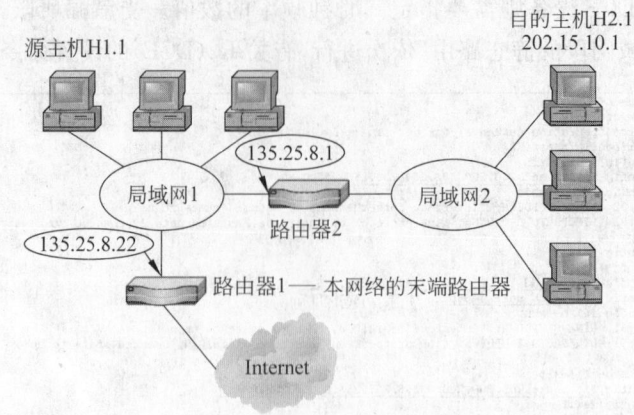

图 5-27　默认路由选择工作示意图

```
Router(config)#ip route 0.0.0.0 0.0.0.0 135.25.8.22
```

5.4.4　实现动态路由

由于路由是通过相互连接的网络将信息从源节点移动到目标节点的活动,因此,实现路由的技术关键是如何确保选择某条最佳路径将信息分组发送到目标节点。这个最佳路径的生成依赖于路由生成算法与路由表,而使用哪种路由算法取决于选择的动态路由选择协议。

1. 多个路由器动态路由的应用示例

例 5-3: 某公司的网络由 6 个 IP 网段和 3 个路由器互连而成,如图 5-28 所示。

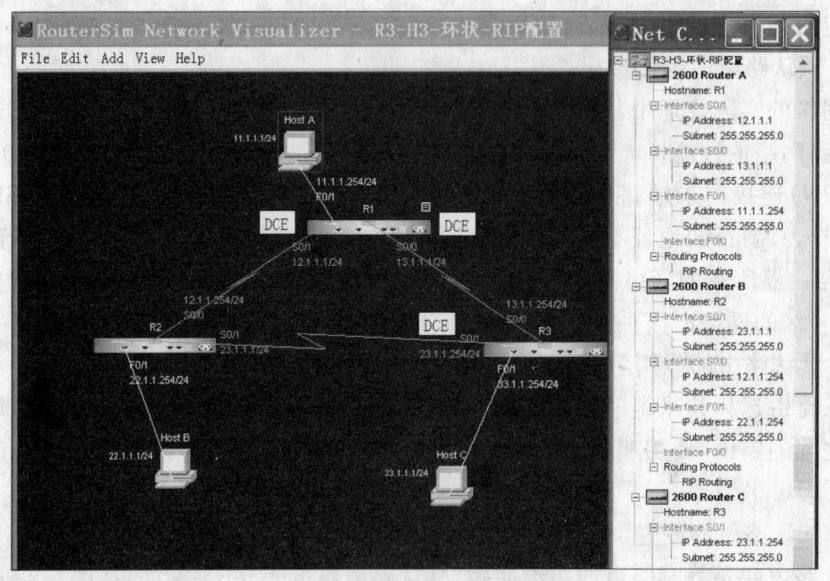

图 5-28　3 个路由器的拓扑结构图和配置参数

要求：Host A、Host B、Host C 等 3 台主机能够通过 3 个路由器的动态路由协议 RIP 实现互通。

管理步骤：按照图 5-28 右侧参数进行基本配置；各路由器和计算机的操作步骤如下：

① 3 对远程连接中指定的 DCE 设备如图 5-28 所示。

② 根据计划的拓扑结构和参数，路由器 R1 和 R2 中的调试命令如表 5-8 和表 5-9 所示。

表 5-8   路由器 R1 中的调试命令

路由器提示符	配 置 命 令	简 单 说 明
Router#	Config t	进入全局配置模式
Router(config)#	hostname R1	将路由器更名为 R1
R1(config)#	int f0/1	进入以太 f0/1 口
R1(config-if)#	ip address 11.1.1.254 255.255.255.0	配置快速以太网端口的 IP 和子网掩码
R1(config-if)#	no shut	激活 f0/1 口
R1(config)#	int s0/1	进入串口 s0/1
R1(config-if)#	ip add 12.1.1.1 255.255.255.0	配置串口 s0/1 的 IP 地址和子网掩码
R1(config-if)#	clock rate 64000	配置时钟频率(DCE 端)
R1(config-if)#	no shut	激活 s0/1 口
R1(config)#	int s0/0	进入串口 s0/0
R1(config-if)#	ip address 13.1.1.1 255.255.255.0	配置串口 s0/0 的 IP 地址和子网掩码
R1(config-if)#	clock rate 64000	配置时钟频率(DCE 端)
R1(config-if)#	no shut	激活 s0/0 口
R1(config)#	router rip	启动 RIP 协议
R1(config-router)#	network 11.0.0.0	通告直连网络
R1(config-router)#	network 12.0.0.0	通告直连网络
R1(config-router)#	network 13.0.0.0	通告直连网络

③ 根据计划的拓扑结构和参数，路由器 R2 中的调试命令如表 5-9 所示。

表 5-9   路由器 R2 中的调试命令

路由器提示符	配 置 命 令	简 单 说 明
Router#	Config t	进入全局配置模式
Router(config)#	hostname R2	将路由器更名为 R2
R2(config)#	int f0/1	进入以太 f0/1 口
R2(config-if)#	ip address 22.1.1.254 255.255.255.0	配置快速以太网端口的 IP 和子网掩码

路由器提示符	配 置 命 令	简 单 说 明
R2(config-if)#	no shut	激活 f0/1 口
R2(config)#	int s0/1	进入串口 s0/1
R2(config-if)#	ip add 23.1.1.1 255.255.255.0	配置串口 s0/1 的 IP 地址和子网掩码
R2(config-if)#	no shut	激活 s0/1 口
R2(config)#	int s0/0	进入串口 s0/0
R2(config-if)#	ip address 12.1.1.254 255.255.255.0	配置串口 s0/0 的 IP 地址和子网掩码
R2(config-if)#	no shut	激活 s0/0 口
R2(config)#	router rip	启动 RIP 协议
R2(config-router)#	network 12.0.0.0	通告直连网络
R2(config-router)#	network 22.0.0.0	通告直连网络
R2(config-router)#	Network 23.0.0.0	通告直连网络

④ 路由器 R3 中的调试命令从略,可参照表 5-8 和表 5-9 进行设置。

⑤ 网络各种设备和主机的配置结果如图 5-28 右侧所示。

⑥ 3 个路由器设置完成后,应当在每个路由器中进行检测,参照图 5-29 所示的 R2 中的步骤进行。

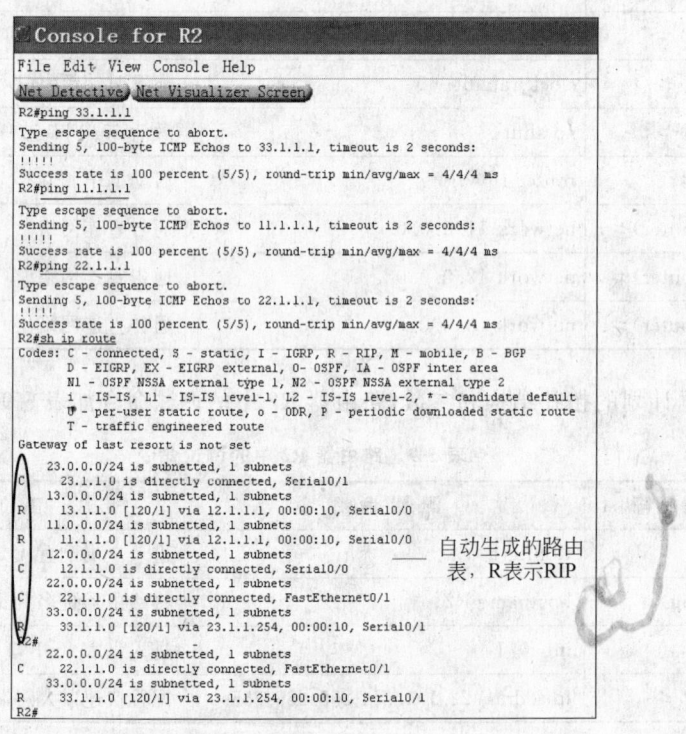

图 5-29 路由器 R2 中的 ping 命令与路由表

⑦ 配置完成之后,应分别在主机 A、B、C 中使用 ping 命令进行互连测试。

5.4.5 交换机与路由器综合应用

例 5-4:某小公司的企业网络如图 5-30 所示,假定网络中有 4 台计算机,一台交换机和一台路由器。

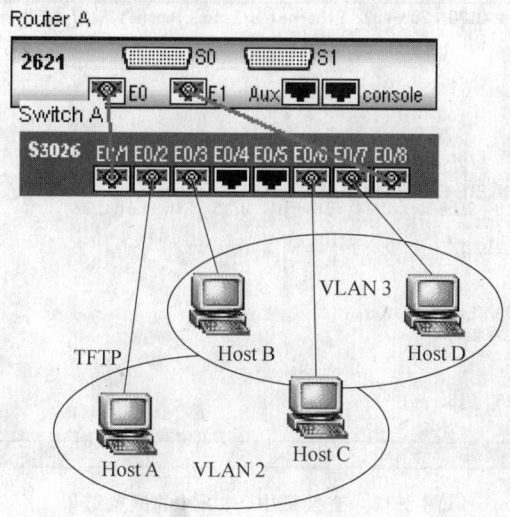

图 5-30 二层交换机的 VLAN 通过路由器互连

要求:VLAN 的划分与 IP 地址的分配如表 5-10 所示;要求使用实际的网络互连设备,建立如图中所示的网络。其中的 VLAN 2 与 VLAN 3 的主机分别设置在两个不同的 IP(190.1.1.0/24 和 190.1.2.0/24)网段;要求这两个 VLAN 能够通过路由器的两个以太端口进行 VLAN 之间的路由;以达到彼此通信的目的。

表 5-10 VLAN 划分表

主 机 名	交换机端口	主机 IP	所属 VLAN
PCA	e0/2	190.1.1.2/24	VLAN 2
PCB	e0/6	190.1.1.3/24	VLAN 2
PCC	e0/3	190.1.2.4/24	VLAN 3
PCD	e0/7	190.1.2.5/24	VLAN 3

说明:PC3 连接 Switch 的 Console 口;PC4 连接 Router 的 Console 口;路由器的端口配置为:e0 口配置为 190.1.1.1/24;e1 口配置为 190.1.2.1/24。

配置步骤

① 按照如图 5-30 所示的网络结构,使用正确的电缆进行连接。连接之后,由于真实设备与模拟器的命令基本相同,因此,计算机、交换机上的配置命令可以直接参照模拟器中的命令进行。

注意：第一，各计算机上必须配置默认网关；第二，图 5-30 只表示该网络的拓扑结构；真实设备上分配的端口和 IP 地址如表 5-10 所示。

② 在华为 2016 交换机上设置 VLAN 的结果如图 5-31 所示。

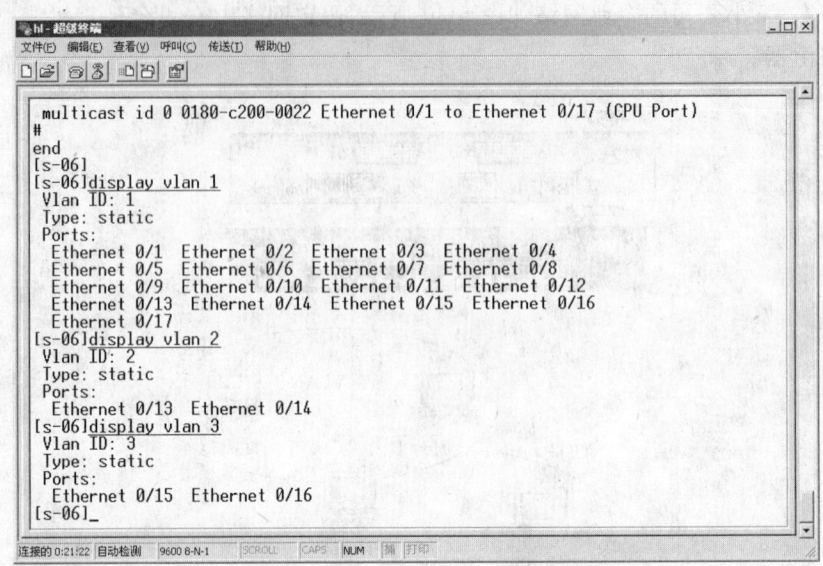

图 5-31　交换机中 VLAN 的配置结果

③ 在华为 2621 路由器上使用的主要配置命令及顺序如图 5-32 所示。路由器上应用了改名，以及设置 e0 和 e1 端口 IP 地址和子网掩码等主要命令。

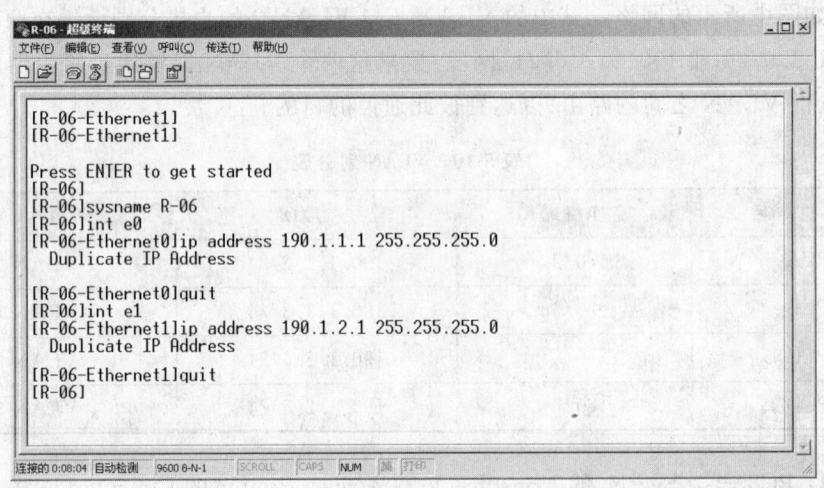

图 5-32　路由器中的配置窗口

④ 在交换机和路由器上设置后，在两个 VLAN 上主机中分别使用 ping 命令进行测试，可以发现原来不能通信的两个 VLAN（IP 网段）在设置后可以相互通信了。

习题

1. 网络管理的定义是什么？网络管理的 5 大功能域又是什么？配置管理包含哪些基本内容？

2. 什么是 CIDR？它有什么用？其表示方式如何？写出 130.25.28.225/18 对应的 IP 地址和子网掩码。

3. 什么是 VLAN？为什么要划分 VLAN？不同 VLAN 的主机之间能否相互 ping 通？

4. 什么是 VLAN 的 TRUNK，它用于何种场合？

5. 思科网络设备的操作系统软件的名称是什么？华为网络设备操作系统的名称又是什么？

6. 登录交换机和路由器进行管理的方法有几种？首次配置网络设备时的登录方法是什么？

7. 通过超级终端进入路由器时，波特率一般设置为多少？

8. 常见网络模拟器有几种？什么场合会使用网络模拟器？

9. 思科交换机和路由器的各种配置模式有哪些？写出路由器每种模式的提示符。

10. 请画出交换机与路由器的连接和配置环境示意图，并写出启动的步骤。

11. 路由器的主要功能是什么？请简述路由器的工作过程。

12. 一条静态路由的 5 个要素是什么？局域网中路由器的配置要素有哪些？

13. 查看路由表的命令是什么？查看所有端口的命令又是什么？

14. 什么是静态路由选择？什么是动态路由选择？它们各有什么优缺点？

15. 什么是路由表？它有几类？请举例说明常用的路由项目。

16. 路由的匹配与优先原则是什么？

17. 在全局配置模式下，使用什么符号或命令来寻求命令帮助？

18. 4 个网络通过 3 个路由器相连，网络连接、网络地址和路由器端口地址如图 5-33 所示，请写出 3 个路由器的路由表（网络地址、下一个路由器、距离）。假定每个子网有一台主机，从左至右依次为 A、B、C、D，它们分别使用了本网络的最后一个 IP 地址，使用模拟器实现每对主机之间的互通。

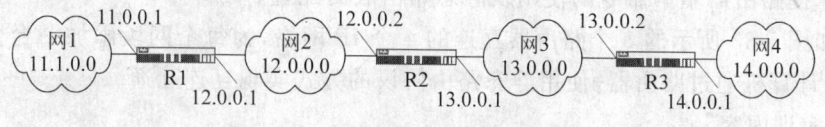

图 5-33　18 题的网络结构示意图

本章实训环境和条件

① 网络环境（具有相应网络设备的专用电缆）或思科路由模拟器。

② 每组一台交换机、一台路由器和 4 台计算机；每台交换机连接 3 台计算机，1 台计

算机连接路由器。

③ 计算机安装有 Windows XP 或 Windows 7,并与交换机的端口连接。

④ 具有端口连接的电缆,如串口-串口(s0 或 s1)的连接电缆。

本章实验中的所有设备的名称应包含"××(学号)",如 S1××,表示××学号同学的交换机 1。所有 IP 地址的第 3 段使用学号,如 192.0.××.1。

实训项目

实训 1: VLAN 应用-双交换机-3 个 VLAN 的网络

(1) 实训目标

① 掌握思科路由模拟器的使用。

② 组建交换式虚拟网络。

③ 掌握思科交换机的基本配置命令。

④ 掌握 VLAN 划分和 TRUNK 技术。

(2) 实训内容

① 实现双交换机上,划分 3 个 VLAN(V2、V4、V6)的任务。每个 VLAN 有 4 台计算机,分别在不同的交换机上。即"交换机 1"和"交换机 2"上各有 6 台计算机(每两台计算机属于同一个 VLAN)。

② 完成该网络拓扑结构图的连接任务。

③ 在两个交换机未配置之前,显示 VLAN 1 的配置。

④ 在两个交换机上分别完成 3 个 VLAN 的划分及成员添加的任务。

⑤ 测试不同交换机上同一 VLAN 的成员之间,以及同一交换机上同一 VLAN 成员之间的通信状况。

⑥ 使用 TRUNK 技术完成上述 3 个 VLAN 跨交换机通信的问题。

⑦ 在 TRUNK 技术应用后用 ping 命令测试各个 VLAN 主机之间的连通性是否满足实训的目标。

实训 2: 静态路由应用

(1) 实训目标

① 掌握路由器基本命令的使用及静态路由表的配置。

② 如图 5-33 所示的 3 个路由器互连的 4 个 IP 网络,为每个网段添加一台主机。要求各网段计算机通过路由器,使用静态路由协议的方式实现互连互通。

(2) 实训内容

① 使用思科模拟器画出如图 5-33 所示的网络拓扑结构图。

② 参照 5.4.3 节中的内容为本实训的网络规划好 R1、R2、R3 的路由表。

③ 参照 5.4.3 节中的步骤,实现多子网的静态路由和子网间的互连。

④ 假定 R3 的 f0/1 连接 Internet,请添加默认路由。

⑤ 显示各路由器的路由表,每个路由表应当有 5 个路由项。

⑥ 在各网段主机上,用 ping 命令测试各个网段间的连通性。

实训 3：动态路由的应用

(1) 实训目标

3 个路由器互连的 6 个 IP 网络,每个网段各有一台代表的主机。要求各网段计算机通过路由器使用的 RIP 协议实现互连互通。

(2) 实训内容

① 参照图 5-28 画出该网络的系统结构图示意图。

② 规划的 6 个网段分别是：61.0.0.0、62.0.0.0、63.0.0.0、64.0.0.0、65.0.0.0、66.0.0.0,各网段子网掩码都是 255.0.0.0。请写出各路由器使用的端口类型和 IP 地址,以及各网段主机使用的默认网关值。

③ 对 R1、R2、R3 路由器进行端口设置,并设置为使用动态路由协议 RIP。

④ 设置各主机的 TCP/IP 参数,并通过动态路由器实现 6 个网段之间的互连和互通。

⑤ 在各个网段的主机上,用 ping 命令进行各网段间的连通性测试。

实训 4：真实交换机上划分 VLAN

(1) 实训目标

① 了解网络互连设备的配置流程,学习网络设备的基本配置。

② 掌握网络设备的配置连接与登录命令。

③ 掌握交换机的基本配置命令。

④ 实现单个交换机划分 VLAN。

(2) 实训内容

① 按照图 5-2 和 5.2.2 节中的步骤连接交换机和用于设置的计算机。

② 在一台交换机的 4 个端口上连接 4 台计算机,参照图 5-10。

③ 完成上电引导任务,登录交换机。

④ 为交换机配置设备名称 SXX,并配置 IP 地址,如 192.168.XX.1。

⑤ 为每台计算机配置与交换机同网段的 IP 地址,如 192.168.XX.11~192.168.XX.14。

⑥ 在交换机中,显示 VLAN 1 的配置信息以及成员状况。

⑦ 在超级终端中,使用交换机的配置命令完成两个 VLAN(V2、V4)的划分任务,每个 VLAN 包含两台计算机。

⑧ 划分前和划分后用 ping 命令测试各个 VLAN 主机间的连通性。

第6章

管理网络的软件系统

在已经组建起局域网的硬件系统,而且所有网络设备已配置就绪时,接下来要解决的问题是让网络的软件系统正常运行起来,并实现各种网络功能。例如,在一个小型局域网中,组建一个工作组网络,并实现网络中 IP 地址的自动分配与管理,以及资源的共享和访问、通过 ICS/NAT 服务器接入 Internet 等。这些都是网络软件系统管理要解决的问题。

本章内容与学习要求

- 掌握:计算模式与组织方式间的关系与相应网络的应用特点。
- 了解:Windows 操作系统的类型及应用特点。
- 掌握:安装操作系统的方法。
- 掌握:管理工作组网络。
- 掌握:工作组中共享文件夹的管理与应用。
- 掌握:TCP/IP 网络的配置与管理。
- 掌握:通过 ICS 服务器接入 Internet 的技术。
- 掌握:NAT 服务器的基本功能与接入 Internet 的技术。

6.1　网络系统的组织

根据选定的网络计算模式及网络组织结构,让 Windows 网络运行起来,是网络系统管理的起始工作。只有设计和组织良好的网络系统,加上必要的网络管理,才能使网络处于一个良性运行的状态。因此,作为网络的管理者,应当有能力根据本单位需求情况,进行网络系统的组织、规划和设计。

在实现一个可运营的网络系统时,首要任务就是选择网络计算模式;其次,选择网络操作系统;第三,确定网络系统的管理与组织方式。常见的网络计算模式及微软对应的组织方式有以下两种:

1. 两种网络计算模式

在组建微软网络时,计算机之间的组织,通常按照以下两种计算模式进行:

(1) 对等网模式

对等网模式又称 Peer-to-Peer 模式。在小型局域网中,常使用 Windows XP/7 桌面操作系统组成小型对等模式的工作组网络。在这种网络中,各个计算机节点的地位平等,采用分布式的管理方式。由各台计算机上的管理员分别管理各自的资源和用户账户;因此,其管理的方式为基于本机的分散式的管理方式。

（2）客户/服务器模式

客户/服务器模式又称 C/S(Client/Server)模式。这种网络的规模一般较对等网大。在这种网络中,各计算机节点的地位是不平等的,因此又被称为主-从式管理。在这种网络中,通常采用服务器和网络管理员集中式管理的方式;这种模式常常用在大中型网络中。实现 C/S 网络系统时,在服务器端应安装 Windows Server 2003/2008 版本,在客户端则可以安装 Windows 桌面操作系统的任何一个版本,如 Windows XP/7。

2. 微软运营网络系统的组织结构

微软网络系统的组织方式是指采用微软操作系统组成网络系统时,网络的组织与管理形式。不同网络系统的组织模型对应着不同的管理方式,以及不同的目录数据库和目录服务。

（1）"工作组"结构的网络

在微软网络中,"工作组"网络使用"对等网"模式进行工作。工作组网络一般由每台计算机的管理员自行管理账号和资源,其特点是地位平等、规模较小、资源和账户的管理分散,其成员的数目一般不超过 10 台计算机。

（2）"域"结构的网络

在微软网络中,"域"网络使用 C/S 模式进行工作。在域网络中,由管理员在域控制器上,统一管理全域的用户账户、服务、各种对象和安全数据;这种域组织方式的网络采用了基于全域目录数据库的统一、集中管理方式。

3. 典型网络的实现方案

网络的规划、组织、实现与管理技术是本章的工作目标。为了更好地理解工作目标,下面将以两个典型网络为例进行介绍。

（1）小型网络的解决方案

① 硬件:由于是不超过 10 台计算机的一个小型的办公网络。硬件采用了 100Base-TX 交换式星型网络拓扑结构。

② 计算模式:由于用户的需求是有一定安全保障的资源共享型网络,因此,选择"对等式"计算模式。

③ 组织方式:使用微软网络的组织方式是"工作组"网络。如工作组名定为"WG"。

④ 操作系统:由于现有计算机大都使用了微软的操作系统,因此,工作组中的每台计算机可以选择微软的 Windows XP/7 或任何一款 Windows 操作系统。

⑤ 对象管理:在工作组网络的每一台计算机上为网络中的所有用户建立账户,对每一台计算机开放(共享)的资源设置访问控制权限。

⑥ 安全保障:分散的安全保障策略,对开放(共享)的资源,实施访问控制。

（2）大中型网络的解决方案

① 硬件：由于是超过 50 台计算机以上的一个中型的信息网络。硬件可以采用 1000/100Mb/s 的双绞线交换式星型网络拓扑结构，如图 6-1 所示。

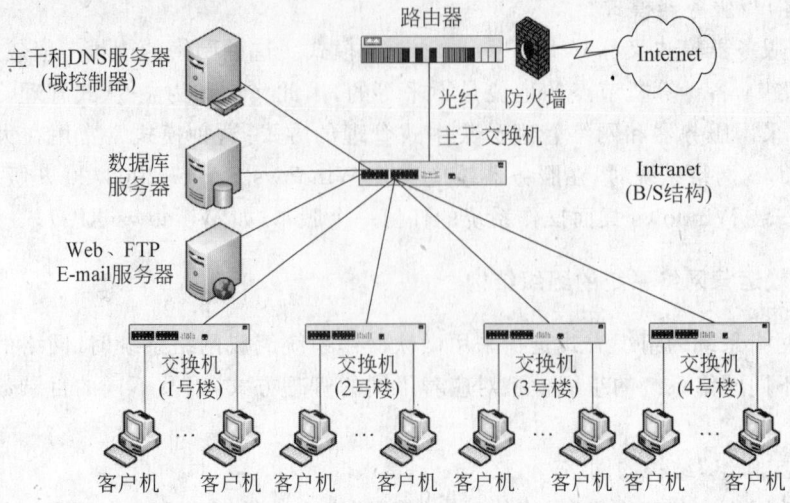

图 6-1　C/S 模式的 Intranet 结构

② 计算模式：由于用户的需求是集中控制网络用户、资源或其他对象的网络，因此，选择 C/S 计算模式。

③ 组织方式：使用微软网络，确定 C/S 的网络组织方式为"域"网络。

④ 操作系统：选择大多数用户习惯的微软操作系统。域控制器（Server，服务器）上安装微软的 Windows 2003/2008 服务器版；客户机（Client）上安装 Windows XP/7。

⑤ 对象管理：在集中控制的主控服务器的活动目录中，建立和管理集中控制管理的各种对象，例如，为所有网络的用户和组建立账户和组，为各个部门建立组织单位，发布共享文件夹资源对象和打印机对象等。

⑥ 安全保障：建立集中的安全策略环节。

4. 典型网络系统实现的基本流程

在建立和管理典型的运营网络时，可以归纳为以下基本操作流程：

① 确定硬件结构。

② 确定计算模式。

③ 选择操作系统。

④ 确定和实现网络的组织模型。

⑤ 确定和实现网络对象的基本管理方式。

⑥ 确定和实现安全保障策略。

在组建和管理网络时，除硬件设备和系统的管理外，很多管理工作都是针对软件系统的。在本章各节中，将陆续介绍软件系统管理中最为基本的内容。由于工作组网络较为简单，其中的网络组件、权限设置是所有高级网络管理与应用的基础，因此进行着重介绍。虽然 C/S 域网络是大中型网络系统管理的主要模式,但受篇幅所限,本书不做详细介绍。

6.2　安装网络操作系统

网络操作系统是网络系统运营管理的起点,也是各种网络服务的基石。因此,在确定了网络的组织结构之后,就要确定在每台计算机上,安装何种类型的操作系统。当前微软有多种操作系统的版本;不同的操作系统的功能不同,安装的操作却类似;为此,我们要解决以下两个问题:

① 确定要安装的操作系统类型。

② 安装选中的操作系统。

6.2.1　确定网络操作系统的类型

对于中小型的 Intranet"域"网络来说,由于还需要 DNS、应用服务器等的支持;因此,可以在作为域控制器的计算机上安装 Windows Server 2003/2008 服务器版的网络操作系统;而在域中的其他计算机上,则只需安装 Windows XP/7 桌面操作系统即可。因此,在组建微软网络前,应对微软操作系统家族产品有所了解;其中的主要产品如下:

1. 微软网络的工作站版本

大多数家庭计算机或工作站的计算机都安装的是普通操作系统,如 Windows XP/Vista/7 等桌面操作系统产品;这些产品适于安装在商业台式计算机或便携式计算机上。在以服务器为中心的域网络中,主要用做客户计算机的操作系统平台。

2. 微软网络的服务器版本

微软网络的服务器上,主要安装服务器版操作系统,当前主流的 Windows Server 2008 中文版是 Windows Server 2003 的升级换代产品,它是流行网络操作系统中的一种,特别适用于构建各种规模的企业级和商业网络;它也是多用途网络操作系统,可以提供文件服务器、邮件服务器、打印服务器、应用程序服务器、Web 服务器和通信服务器等功能。本书重点介绍的是各种服务器的管理。选择的版本不同,对硬件设备的支持、性能、提供的服务功能就不同。因此,用户应当根据本单位网络的应用需要进行选择。

Windows Server 2008 共有 8 个版本,如 Windows Server 2008 Standard(标准版)、Windows Server 2008 Enterprise(企业版)、Windows Server 2008 Datacenter(数据中心版)等,不同版本对 CPU 数量、总线、集群、内存等方面的支持都是不同的;因此,在选择 C/S 域网络结构的那些局域网中,应权衡后再行定夺。安装 Windows Server 2008 的硬件需求随着版本的不同而有所不同,表 6-1 列出了安装 Windows Server 2008 的最小需求。

表 6-1　安装 Windows Server 2008 主机的配置条件

项目	最小配置	推荐配置	项目	最小配置	推荐配置
硬盘	10GB	30GB 以上	DVD 光驱	1 个	
内存	512MB	2GB 以上	高速网卡	1 块	两块以上
CPU	1GHz(32 位版)	2GHz 以上			

3. 选择操作系统

① 对等式的工作组网络：选择任何版本的操作系统都可以实现，通常可以选择计算机已安装的操作系统即可；如通过已安装的 Windows XP/7 即可组建工作组网络。

② 对于 C/S 的域网络：域控制器、DNS、DHCP 等服务器，可以选择安装 Windows Server 2003/2008 服务器版操作系统；而域中的普通客户计算机的选择同上，如通过已安装的 Windows XP/7 加入域。

6.2.2　安装网络操作系统

在安装 Windows 之前，需要进行的准备工作主要有：准备安装中需要的基本信息、选择安装环境、检查硬件的需求和兼容性、选择文件系统、分配计算机的角色等。

1. 安装前的准备

(1) 确定文件系统格式

在服务器上一般选择的文件系统格式为 NTFS；在客户机上可以选择 FAT32 或 NTFS 格式。选择 NTFS 的最主要原因在于 NTFS 比 FAT32 文件系统格式有更高级的安全特性，支持更大的分区容量，以及 NTFS 支持活动目录服务。

(2) 选择安装操作系统的方式

微软的各种操作系统的安装方式主要有：光盘安装、硬盘保护卡安装、克隆安装或通过网络安装等多种方式。一般在服务器或单个计算机上可以采用光盘安装；而在客户机上可以采用克隆、网络或硬盘保护卡等安装方式。

(3) 备份系统

无论是升级安装，还是全新安装。作为网络管理员应当养成备份的习惯，这样一旦安装失败，可以及时地恢复系统或用户数据。因此，在安装之前，应当备份好系统及用户的各种文件。建议重要数据至少制作两个备份；而且不应当存放在硬盘的其他分区，而应当异地存放，如分别备份在活动硬盘、磁带或 DVD 光盘 3 种媒体中。

(4) 确认硬件和软件的兼容性

在启动安装系统之前，管理员应当对服务器对网络操作系统的硬件或软件的支持程度心中有数。确认计算机符合所选操作系统的硬件和软件的安装条件。如果不符合，应确认可以下载到硬件的驱动程序或软件要求的补丁程序。

（5）许可协议及其许可访问的客户（机）数量

在安装和购置网络操作系统时，应注意有无要求用户许可协议数量的限制。

（6）准备安装中的必要信息

① 用户的姓名和所在公司名称。

② 计算机名。

③ 语言（地区）和时区。

④ 确定要加入的"工作组"名称，推荐先加入工作组，再改变为其他身份。

⑤ 管理员账户：准备好管理员账户 Administrator 的口令。

⑥ 确定是选择"全新"安装还是"升级"安装。

2. 安装方式与工具的选择

对于单机安装，无论是微软服务器版，还是普通操作系统，安装的操作步骤都是类似的。因此，仅以 Windows Server 2008 的安装操作为例，介绍安装过程中的主要步骤：

① 工具：可以自动启动安装的 Windows Server 2008 安装光盘。

② 适用场合：在安装少量的计算机时，可采用从光盘直接安装的方法，例如，网络服务器就可以采用光盘安装的方法。

③ 文件系统格式：目前大都选择 NTFS 格式。

3. 安装 Windows Server 2008 Standard（全功能标准版）

（1）设置光盘为引导分区

① 启动计算机后，应先进入计算机的 BIOS 设置菜单，如图 6-2 所示。

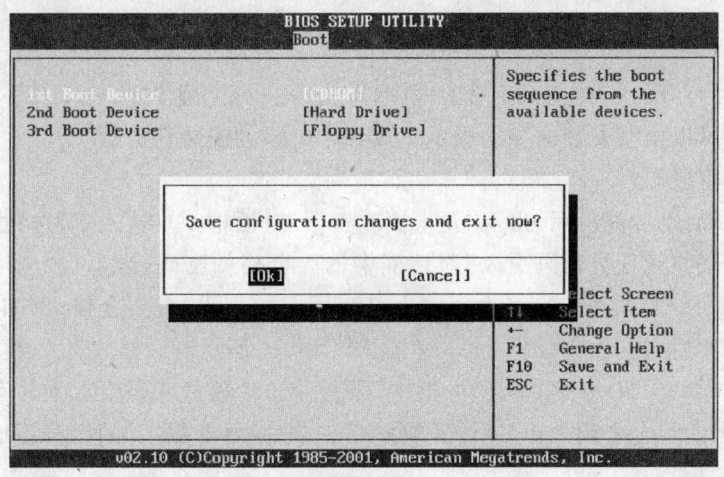

图 6-2　BIOS 中"引导盘"设置窗口

② 在如图 6-2 所示的计算机主板的 BIOS 设置菜单中，先将计算机的 1st Boot Device（第一引导驱动器）设置为 CDROM。之后，保存 BIOS 的设置后退出。例如，按 F10 键后，弹出中间的窗口；按 Ok 按钮，保存并退出（Save and Exit）BIOS 的设置窗口。

设置时，不同计算机主板的 BIOS 的设置菜单窗口、命令，以及进入的命令都会有所区别;设置窗口通常有英文提示,如按 F1 键为 Help(帮助)、按 Esc 键为 Exit(退出)等。

（2）安装阶段

① 将 Windows Server 2008 的光盘放入光驱内,然后重新启动计算机,并按照屏幕的提示,从 DVD-ROM 引导系统。

② 当屏幕出现"Windows is loading files…"时,表示安装程序已正常启动,正在加载安装文件。

③ 当出现如图 6-3 所示对话框时,第一步,下载要安装的语言,如"中文（简体）";第二步,进行其他项目的选择后,单击【下一步】按钮。

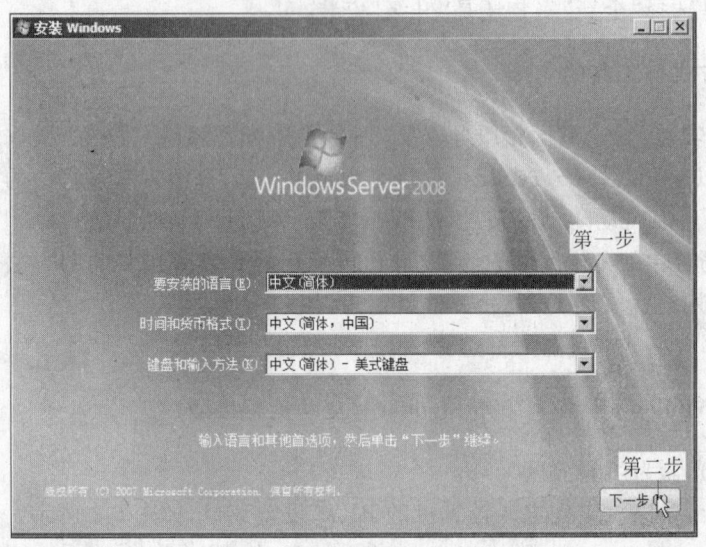

图 6-3 "安装 Windows"对话框

④ 在随后打开的"现在安装"对话框中,单击【现在安装】按钮。

⑤ 随后,可以根据安装向导的提示完成各个阶段的安装任务。

（3）登录阶段

① 在重新启动计算机后,出现"要求更改密码"对话框,单击【确定】按钮。

② 在打开的"管理员密码更改"对话框中输入合格的密码,当出现"……密码不符合要求"的提示对话框时,用户应当重新输入符合要求的密码,直至合格;例如,输入密码为"aaa111＋＋＋"后,按 Enter 键;之后,将打开如图 6-4 所示对话框。

- 在 Windows Server 2008 服务器中,服务器的管理员密码要求十分苛刻。其要求是密码的组合必须是由"字母"、"数字"和"非字母非数字"的字符组成;另外,密码应足够长。

- 请千万不要遗失 Administrator 管理员账户的密码,它是管理 Windows Server 2008 服务器的起点和钥匙。

（4）Windows Server 2008 安装后的登录测试

① 如果计算机内只安装了一个操作系统,则系统启动后,会直接打开如图 6-4 所示的对话框。

图 6-4　Windows 2008 的"登录验证"对话框

② 在图 6-4 所示的"Windows Server 2008 企业版登录"对话框中，输入管理员账户名"Administrator"及其密码后，单击 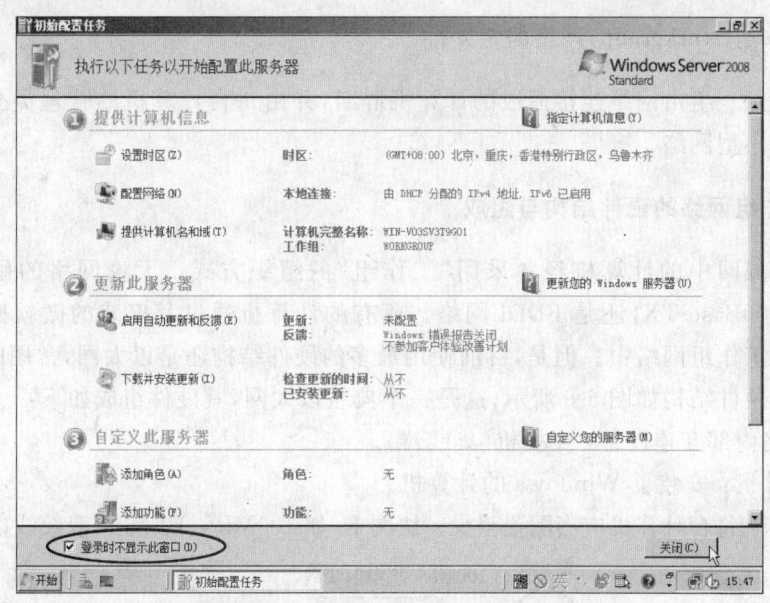 按钮，登录 Windows Server 2008 本机进行验证；成功后，自动打开如图 6-5 所示窗口。

图 6-5　首次登录后的"初始配置任务"窗口

③ 在如图 6-5 所示的"初始配置任务"窗口中，如果选中了"登录时不显示此窗口"复选框，则以后再次登录时，将不再显示该窗口；否则将每次打开这个窗口。

至此，已经完成了 Windows Server 2008 标准版的基本安装过程。此后，应当检查显示卡、声卡和网卡等硬件设备的工作是否正常，不正常时，应安装和配置相应的驱动程序。直至各硬件设备的工作都正常为止。

6.3 实现工作组网络

小型局域网常采用微软的"工作组"的组织结构。工作组中所有的计算机都安装类似的操作系统,如安装了 Windows XP/Vista/2008/7 各种版本的操作系统。在工作组中每台计算机的地位是平等的,不设专用的服务器,每台计算机的管理员都有绝对的自主权。在管理和安全使用小型工作组网络时,可以将所有任务分解为以下 3 个基本任务分别进行:

- 实现"工作组"网络,将各台计算机加入指定的工作组。
- 分散管理工作组中的用户账户。
- 分散管理和使用工作组中的共享资源,如共享文件夹。

6.3.1 工作组的基本概念

按对等模式工作的网络,简称"对等网",在微软网络中被称为"工作组"网络。对等网具有设置简单、管理容易、使用方便和成本低等特点,因此是一种最常见的基本网络。

1. 工作组(workgroup)网络的定义

工作组是一组由网络连接而成的计算机群组,并由每台计算机的管理员分散管理账户和资源的小型网络。

2. 工作组网络的硬件结构与组成

小型局域网中的计算机经常采用"工作组"的组织方式。无论网络的硬件标准是 10Base-T、100Base-TX,还是 FDDI 网络。所有的计算机通过其安装的微软操作系统都可以加入到工作组网络中。但是,目前使用最多的硬件结构还是以太网,常用的百兆交换式以太网的硬件结构如图 6-6 所示;这是一个典型以太网,其硬件组成如下:

① 网络内部互连设备:交换机(集线器)。

② 计算机:安装了 Windows 的计算机。

③ 网卡:每台计算机应当配置至少一块网卡,如 100Mb/s RJ-45 口双绞线以太网卡。

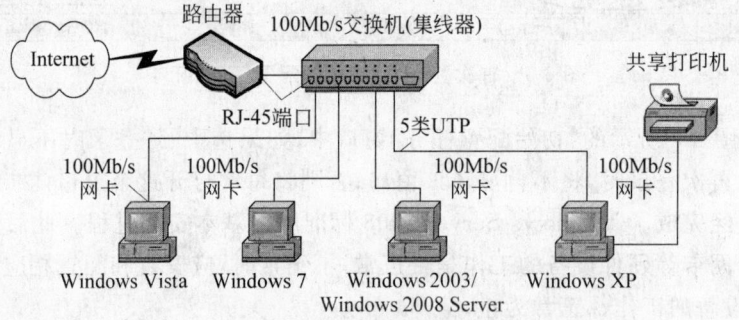

图 6-6 单交换机(集线器)的 100Base-TX 网络结构

④ 其他：网线、RJ-45 连接器、共享打印机、其他共享资源。

⑤ 网络接入设备：各种规模的网络都需要接入 Internet，使用最多的接入设备就是路由器。

3. 工作组网络的适用场合

工作组网络适用于小型办公室、实验室、游戏厅和家庭等小规模网络，微软操作系统对工作组成员的要求是"不超过 10 台计算机"。因此，对于以资源共享为主要目的的小型办公室来说，工作组网是最好的选择。

实际上很多单位工作组网络中计算机的数目都超过了 10 台；这是因为"10 台"是指在工作组网络中，每一台计算机允许同时连接的数目。因此，只要同时连接到一台计算机的数目没有超过 10，也能够工作；但超过 10 台后，网络的安全、维护和管理将变得十分困难。

4. 工作组网络常用的操作系统

微软操作系统都支持对等式的"工作组"网络；因此，很多单位都采用桌面操作系统中内置的网络功能直接组建"工作组"网络。具有内置"工作组"网络功能的常见操作系统有：

① Windows 2000 专业版/服务器版。

② Windows XP/Vista/7。

③ Windows 2003/2008 服务器版。

除了列出的产品外，支持"对等网"的操作系统产品还有很多。虽然不同公司产品的称谓可能不同，但网络的计算模式都是"对等式"。

5. 工作组网络的工作特点

(1) 优点

① 节点地位平等，使用容易，且工作站上的资源可直接共享，并自行管理。

② 无须购置专用软件，利用现有流行软件中的内置网络功能，可以容易地组建起对等网。

③ 建立、安装与维护都很方便。

④ 价格低廉、大众化。

⑤ 无须专门的服务器和专门的网络管理员。

(2) 缺点

① 分散管理的本地目录数据库。

② 账户和资源由分散在各个计算机中的本地管理员进行管理。

③ 无集中管理，安全性能较差。

④ 文件管理分散，因此数据和资源分散，数据的保密性差。

⑤ 需要对用户进行培训，否则经常会出现网络问题。

⑥ 工作组成员的数目一般受操作系统版本所限，如 Windows XP 不多于 10 台。

总之,工作组网络在拓扑结构、硬件等方面与后边将介绍的 C/S 网络模式的差别不大;其主要区别在于计算机网络的组织模式。因此,其硬件系统可以使用各种标准,如 10Base-T、100Base-TX 和 1000Base-T 或 FDDI 等标准来架构工作组网络的硬件系统。

6.3.2 实现"工作组"网络

1. 安装网卡

(1) 安装网卡硬件

先将选用的网卡插入计算机内与其对应的总线插槽内;其次,连接本机的网线,即连接网络传输介质,如将网线一端的 RJ-45 接头与计算机网卡进行连接,而另一端则应当与其他网络连接设备连接,如交换机。当前的网卡接口一般为 RJ-45,传输介质通常是 5 类或 6 类 UTP。

(2) 安装网卡的硬件驱动

网卡的设置包括:硬件配置和软件配置两个部分。目前的网卡大多都不需要进行硬件配置。对于软件配置来说,主要是安装网卡的驱动程序,由于 Windows XP/7/2008 都有极好的兼容性,因此对于市面上常见的 PCI(即插即用)网卡来说,操作系统大都能够自动安装好网卡驱动程序。对于不能自动安装或安装后有问题的网卡,应当在"设备管理器"中,手动安装其驱动程序。

2. 设置网络组件

在网络中有许多组件,但是,最基本的网络组件就是协议、客户和服务。

(1) 协议

网络中的协议是网络中计算机之间通信的语言和基础,是网络中相互通信的规程和约定。在 Windows XP/Vista/7 中常用的协议和功能如下:

① TCP/IP:是为广域网设计的一套工业标准,也是 Internet 上唯一公认的标准。它能够连接各种不同网络或产品的协议。它也是 Internet 和 Intranet 的首选协议。其优点是:通用性好、可路由、当网络较大时路由效果好;其缺点是速度慢、尺寸大、占用内存多、配置较为复杂。TCP/IP 有 IPv4 和 IPv6 两个版本,当前经常设置的是 IPv4。

② AppleTalk 协议:使用该协议可以实现 Apple 计算机与微软网络中的计算机和打印机通信。该协议为可路由协议。

③ Microsoft TCP/IP 版本 6:用于兼容 IPv6 设备。

④ NWlink IPX/SPX/NetBIOS Compatible Protocol:用于与 Novell 网络中的计算机,以及安装了 Windows 9x 的计算机通信。

⑤ 可靠的多播协议:用于实现多播服务,即发送到多点的通信服务。

⑥ 网络监视器驱动程序:用于实现服务器的网络监视。

当我们对常用的协议有所了解之后,应当能够对其进行正确的选择。由于只有协议相同才能相互通信,因此,选择和配置协议的原则是协议相同。例如,服务器上应当选择所有客户机上需要使用的协议,客户机应当安装服务器中有的协议;如某台安装了微软操作系统的计算机需要与 Novell 网通信时，必须选择它支持的协议，如 NWlink 协议；当建设一个 Intranet，或者接入 Internet 时就必须采用 TCP/IP。

（2）客户

客户组件提供了网络资源访问的条件。微软主要提供以下两种客户类型：

① Microsoft 网络客户端：选择此选项的主机可以访问微软网络的各种软硬件资源。

② NetWare 网络客户端：选择了这个选项的计算机，不用安装 NetWare 客户端软件，就可以访问 Novell 网络 NetWare 服务器和客户机上的各种软硬件资源。

（3）网络服务

网络服务组件是网络中可以提供给用户的各种网络功能。在微软中，提供了以下两种基本的服务类型，其中最基本的是"网络的文件和打印机共享"服务：

① Microsoft 网络的文件和打印机共享服务。

② Microsoft 服务广告协议。

3. 实现 Windows XP 工作组

实现微软工作组包含两个设置步骤：其一，网络组件，在网络组件中通常只需配置协议，客户和服务只要添加即可；其二，工作组常规信息。与 Windows XP 设置相似的有 Windows 2000/2003，因此，早期微软版本的用户可以参照 Windows XP 进行。

（1）添加和配置网络组件

① 配置网络协议。

• 在 Windows XP 主机中，依次选择"开始"→"连接到"→"显示所有连接"选项；在打开的窗口中，右击"本地连接"，在快捷菜单中选择"属性"选项，打开如图 6-7 所示对话框。

• 在图 6-7 所示的"本地连接 属性"对话框中，选中要设置的网络组件，例如，选中 "Internet 协议（TCP/IP）"选项，单击【属性】按钮，打开如图 6-8 所示对话框。

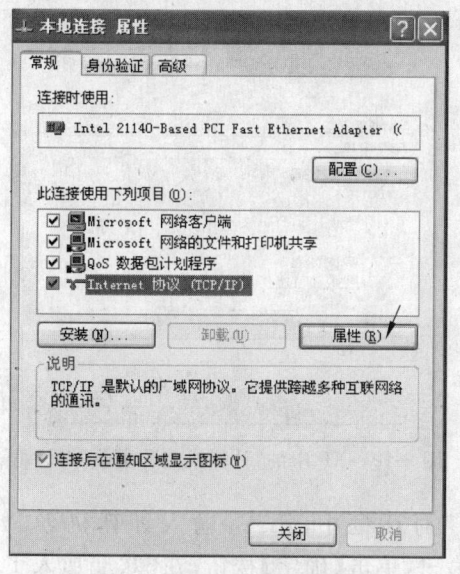

图 6-7 "本地连接 属性"对话框

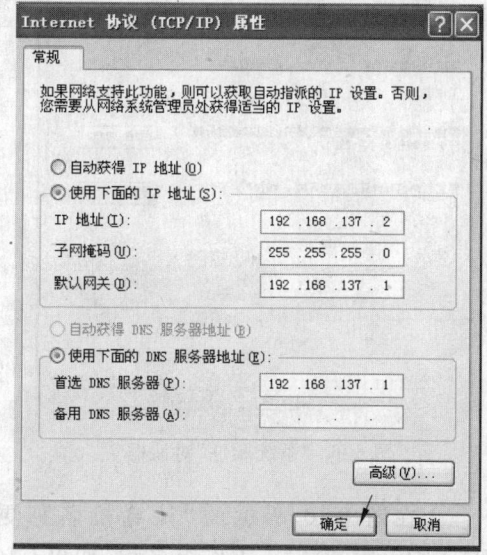

图 6-8 "Internet 协议（TCP/IP）属性"对话框

• 在图 6-8 所示的对话框中,将 IP 地址设为 192.168.137.2,子网掩码设为 255.255.255.0;之后,依次单击【确定】按钮,依次关闭图 6-8 和图 6-7 所示对话框。

在同一个子网内,所有计算机配置的子网掩码和网络编号的值都应相同,而每个计算机的主机编号则应不同。在图 6-6 所示的工作组网络中,每台计算机的子网掩码都设置为 255.255.255.0;网络编号部分都为 192.168.137;而图 6-8 所示的计算机对应的主机编号部分为 2,在配置其他计算机时,这个编号部分应该不同。

② 添加和配置网络客户。

系统默认的网络客户是"Microsoft 网络客户",选择了此选项的用户就可以访问 Microsoft 网络上的各种软硬件资源。当然,用户也可以根据实际需要选择其他的网络客户。

③ 添加基本网络服务。

系统一般已经默认安装了最基本的网络服务,即"Microsoft 网络的文件和打印机共享"选项;如果尚未安装,请在图 6-7 所示的对话框中,单击【安装】按钮,选择添加此选项。

(2) 设置网络的常规信息

在工作组网络的硬件、软件、驱动和网络组件等工作完成之后,各计算机中的网络配置部分的工作就是设置工作组网络的常规信息。常规信息的设置步骤如下:

① 在桌面上,右击"我的电脑"图标,在快捷菜单中选中"属性"选项;或者选择"控制面板"→"系统"选项,都可以打开图 6-9 所示对话框。

② 在图 6-9 所示的"计算机名"选项卡中,单击【更改】按钮,打开图 6-10 所示对话框。

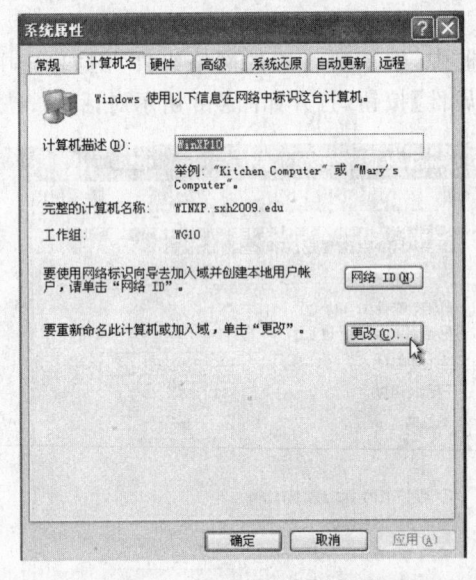

图 6-9 "系统属性"对话框

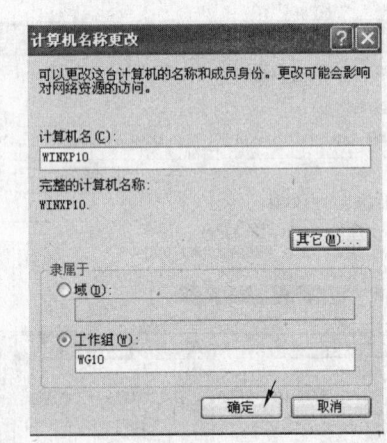

图 6-10 XP 中的"计算机名称更改"对话框

③ 在图 6-10 所示的"计算机名称更改"对话框中,第一,输入计算机名,如, WINXP10;第二,输入工作组名称,如 WG10;第三,单击【确定】按钮;在"欢迎加入工作

组"对话框中,单击【确定】按钮。

④ 完成工作组常规信息的设置后,系统会提示重新启动计算机;按照提示重新启动计算机后,所设置的信息才能生效。

至此,已经完成了组建 Windows XP 工作组的设置任务,工作组中的其他主机参照设置即可。设置时应当注意的是:同一工作组中计算机的"工作组"名称应一致,而计算机名则应互不相同,如将工作组名设为"WG10",计算机名称设置为 XPXX(XX:学号,如 3);由于在班级中,学号是唯一的,因此可以保证在班级网络中计算机名的唯一性。

(3) 查看工作组网络的成员

① 在 Windows XP 主机中,双击计算机桌面上的"网上邻居"图标。

② 在打开的窗口中,依次选择"整个网络"→Microsoft Windows Network→"WOKGROUP(工作组)"选项;在打开的如图 6-11 所示的"网上邻居"窗口中,双击选定的工作组,如 WG10,如果能够看到本工作组中的其他计算机成员,则说明工作组组建成功。

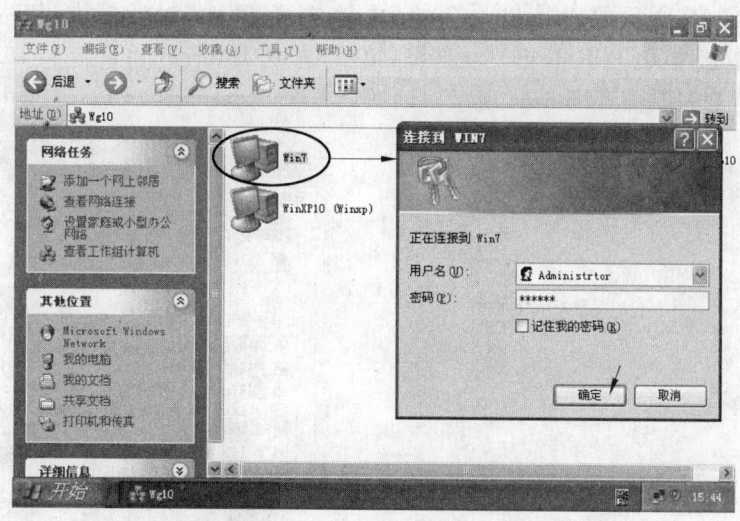

图 6-11 Windows XP 的"网上邻居-工作组"窗口

4. 实现 Windows 7 工作组

随着计算机硬件的飞速发展,计算机操作系统也逐步升级为 Windows 7,与其操作相似的还有 Windows Vista 和 Windows Server 2008。

(1) 设置网卡的 TCP/IP

① 在图 6-12 所示的 Windows 7 桌面上,第一,单击任务栏右侧的"网络"图标;第二,在打开的快捷菜单中,单击"打开网络和共享中心"选项,打开如图 6-13 所示窗口。

② 在图 6-13 所示的 Windows 7 的"网络和共享中心"窗口中,单击 Local Area Connection

图 6-12 Windows 7 系统的桌面

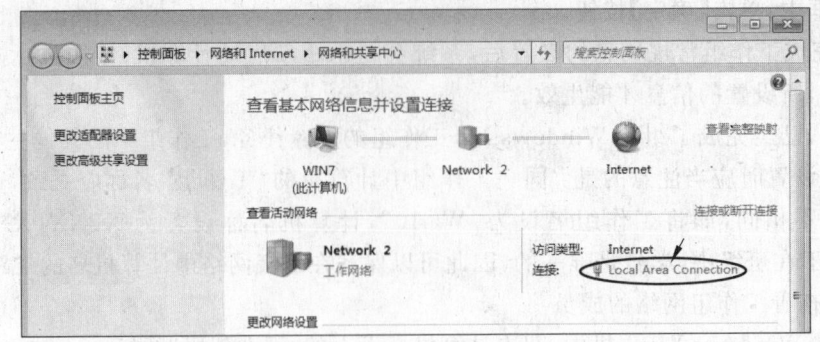

图 6-13 Windows 7 的"网络和共享中心"窗口

(本地连接)选项,打开图 6-14 所示对话框。

　　③ 在图 6-14 所示的"本地连接 状态"对话框中,单击【属性】按钮,打开图 6-15 所示对话框。

　　④ 在图 6-15 所示的 Windows 7 的"本地连接 属性"对话框中,第一,取消选择"Internet 协议版本 6(TCP/IPv6)"复选框;第二,选中"Internet 协议版本 4(TCP/IPv4)"后,单击【属性】按钮,打开图 6-16 所示对话框。

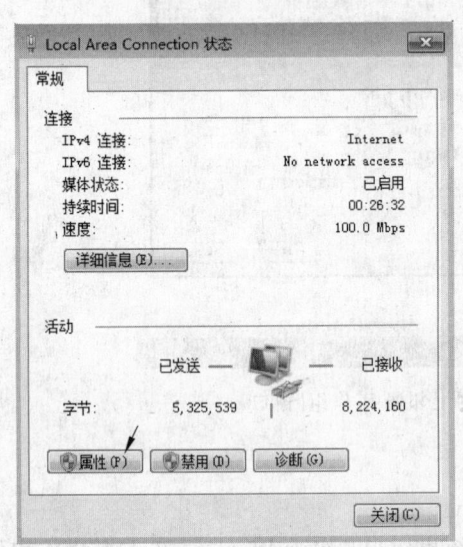

图 6-14　Windows 7 的"本地连接 状态"对话框

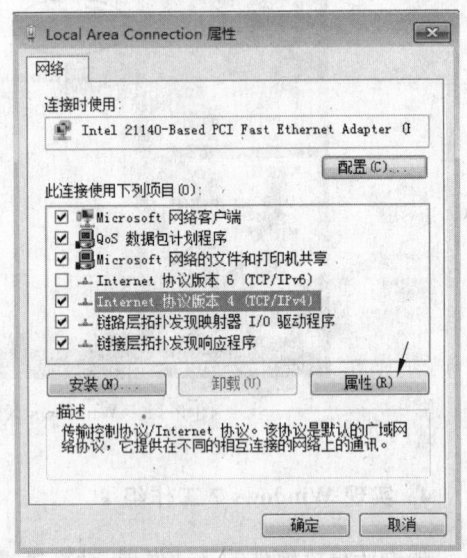

图 6-15　Windows 7 的"本地连接 属性"对话框

　　⑤ 在图 6-16 所示的"常规"选项卡中,第一,将 IP 地址设为 192.168.137.1、子网掩码设为 255.255.255.0;如果需要接入 Internet,还应设置默认网关、首选 DNS 服务器地址。第二,单击【确定】按钮;而后,依次单击【关闭】按钮,关闭各对话框,完成网卡的设置。

　　(2) 设置网络的常规信息

　　组建 Windows 7 工作组网络时,首先,设置协议;在网络连通后,就应当进行网络的常规设置,如计算机名、工作组名,网络发现、文件和打印机共享等。

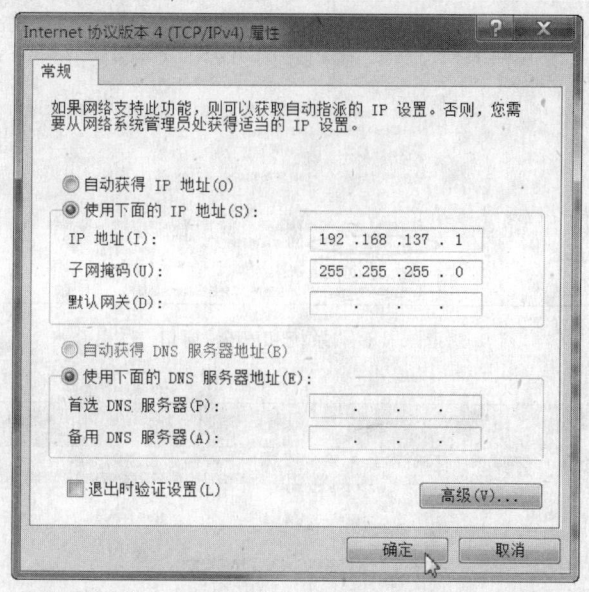

图 6-16　"常规"选项卡

① 在图 6-12 所示的 Windows 7 中，依次选择"开始"→"控制面板"选项，打开如图 6-17 所示窗口。

图 6-17　"控制面板"窗口

② 在图 6-17 所示的"控制面板"窗口中，单击"系统和安全"选项，打开图 6-18 所示窗口。

③ 在图 6-18 所示的"系统和安全"窗口中单击"设置该计算机的名称"选项。

④ 在图 6-19 所示的 Windows 7 中的"系统"窗口中，单击"更改设置"选项。

图 6-18 "系统和安全"窗口

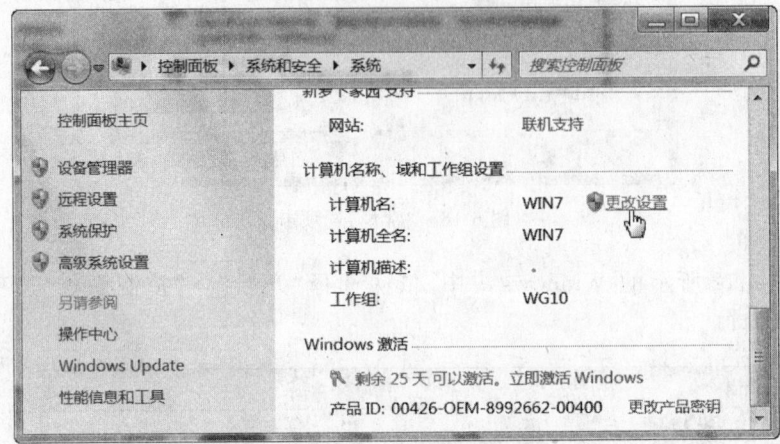

图 6-19 Windows 7 中的"系统"窗口

⑤ 在图 6-20 所示的 Windows 7 的"系统属性"对话框中,核对"计算机全名"和"工作组"。

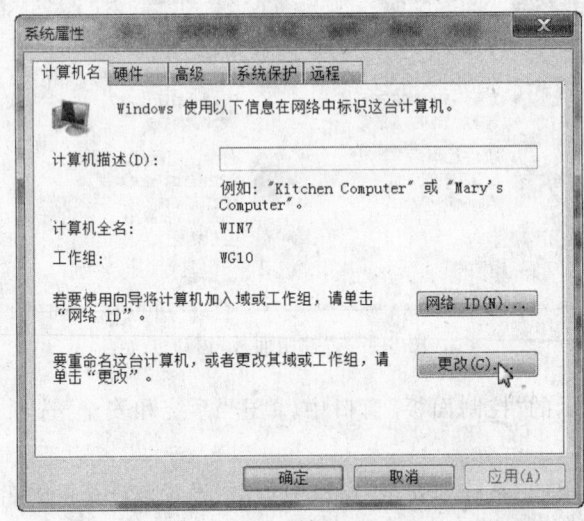

图 6-20 Windows 7 中的"系统属性"对话框

⑥ 要更改时,单击【更改】按钮,在图 6-21 所示的 Windows 7 的"计算机名/域更改"对话框中,可以进行更改;之后,单击【确定】按钮,重新启动计算机使得设置生效。

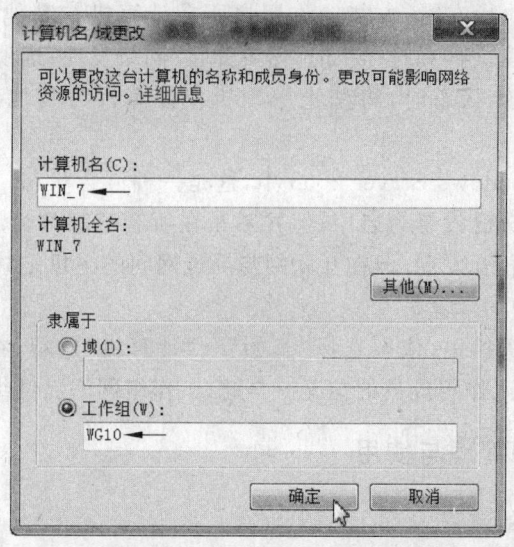

图 6-21　Windows 7 的"计算机名/域更改"对话框

⑦ 在图 6-13 所示的 Windows 7 的"网络和共享中心"左侧窗口中,选中"高级共享设置"选项;打开图 6-22 所示窗口。

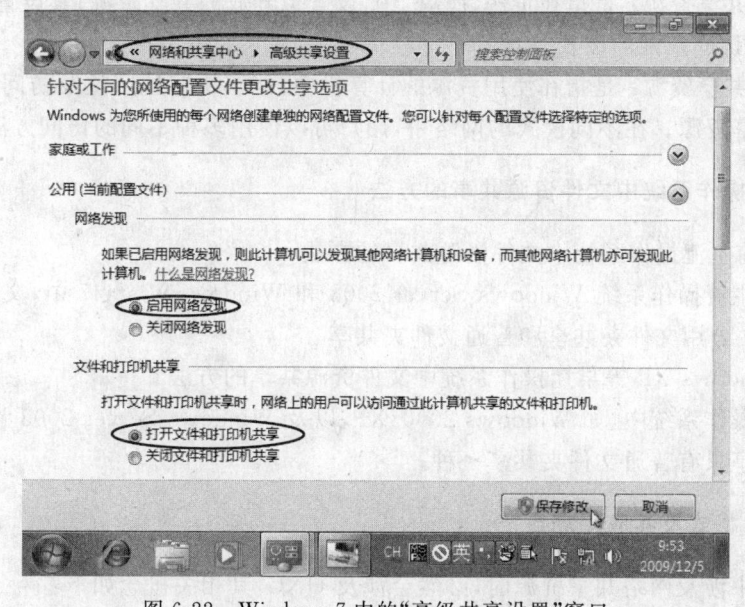

图 6-22　Windows 7 中的"高级共享设置"窗口

⑧ 在图 6-22 所示的"高级共享设置"窗口中,第一,选中"启用网络发现"单选项;第二,选中"打开文件和打印机共享"选项;最后,单击【保存修改】按钮。网络发现是 Windows Vista/2008/7 中的一种网络设置。这项设置将会影响到网络中计算机的互相

查看。因此,在这些计算机中,必须先将网络发现改为自定义或启用。网络发现的 3 种状态含义:

- 启用:设置为此状态时,方能允许用户所在计算机与其他计算机之间的相互查看。在进行共享文件和打印机时,需要先将"网络发现"选项设置为这种状态。
- 关闭:设置为此状态时,将禁止用户所在计算机与其他计算机间的相互查看操作。
- 自定义:在 Windows Server 2008 中,这是一种混合状态,在此状态下,表示网络发现的有关部分已设置为启用,但并不是在所有范围都为启用状态,如在局域网中的主机可以相互发现,但在互联网与局域网间的主机是禁止相互发现的。

(3) 查看工作组中的计算机

在 Windows 7 计算机中,依次选择"开始"→"计算机"选项;在打开的窗口中,选中"网络"选项,可以查看工作组成员的情况。至此,工作组网络已经组建成功。

6.3.3 共享文件的管理与使用

1. 网络文件访问的流程

在各个计算机上开放和使用共享资源的流程或方法,无非就是"开放"和"访问(使用)"共享资源(通常是文件夹)两部分。网络文件的访问目标是既要实现共享资源的互访,又要保证文件资源的安全。

① 开放共享资源:是指在资源计算机中,设置拟开放的共享资源;其设置包括:共享名、访问者和访问权限的设置。

② 访问共享资源:是指在使用资源的计算机中,能够快速地定位及访问到网络中已经开放的共享资源。在不同模式的网络中,用户可以使用多种不同的访问方法。

2. 不同操作系统中文件资源共享的方法

(1) 当前主流操作系统中文件资源共享的方法

在当前主流操作系统 Windows Server 2008 和 Windows Vista/7 中,文件资源有两种共享方法:公用文件夹共享和普通文件夹共享。

(2) Windows XP 等早期操作系统中文件资源共享的方法

在早期操作系统中,如 Windows 2000/XP,以及 Windows Server 2003 计算机上,文件资源的共享只有普通文件夹共享一种。

3. UNC 格式及其应用场合

在网络中涉及网络共享资源时,必然会涉及 UNC,其相关概念如下:

① UNC:Universal Naming Conversion,即通用命名标准。

② UNC 的定义格式:

\\计算机名(IP)\资源的共享名

- 符合 UNC 定义的共享资源的名称为 \ \ servername \ sharename:其中的

servername 是服务器名称,即资源主机名称(计算机名或 IP 地址);sharename 是资源的共享名。

- 目录或文件的 UNC 名称:除了上述的定义外,还可以将目录的路径包括在共享名称之后,其使用的语法为"\\servername\sharename\directory\filename"(\\计算机名(IP 地址)\共享名\目录\文件名)。

③ UNC 格式使用:用户可以在许多地方,通过不同方法,采用 UNC 方式来直接调用某台主机上的共享资源。由于 UNC 直接指明了共享资源的地址和名称,因此,比在网上邻居搜索资源快得多。例如,用户可以在后面介绍的"映射网络驱动器"对话框、"运行"对话框、"地址栏"等处直接使用 UNC 格式来访问各类共享资源。

4. 共享和共享文件夹

① 共享:指定的资源共享后,其他用户才能从网络上访问到它。因此,一个文件夹只有被共享后,用户才能够通过网络连接到该文件夹中,进而访问到该文件夹中的文件。

② 共享文件夹:是指网络上其他用户可以使用的、非本计算机上的文件夹。

③ 权限:用来控制资源的访问对象及访问的权限或方式。权限由对象的所有者分配。

④ 共享资源:是指可以由多个其他设备或程序使用的任何设备、数据或程序。对于 Windows 来说,共享资源指所有可用于网络用户访问的资源,如文件夹、文件、打印机和命名管道等。共享资源也可以专指服务器上网络用户可以使用的资源。

5. 在 Windows 中开放共享

设置共享是指开放自己的共享资源,操作时一般包括设置"共享名称"和"共享权限"两项。在 Windows XP 中默认的是简单文件共享,因此,与一般 Windows 7/2008 的操作略有区别。在 Windows XP 中进行下述操作后,其他设置步骤与 Windows 7 类似:

(1) 设置共享的权限用户

在 Windows 操作系统中,可以设置共享权限的用户为 Administrator 或者是 Administrators 组的成员。

(2) 在 Windows XP 中取消简单共享

由于 Windows XP 中默认的共享方式是简单文件共享,为了与其他 Windows 版本的操作统一,现将 Windows XP 转换为标准共享,即取消简单共享,其操作步骤如下:

① 右击【开始】按钮,在打开的快捷菜单中,选择其中的"资源管理器"选项。打开"资源管理器"窗口,依次选择"工具"→"文件夹选项"命令;在打开的"文件夹选项"对话框中,选择"查看"选项卡,如图 6-23 所示。

② 在图 6-23 所示的对话框中,选择"高级设置"窗格,去掉"使用简单文件共享(推荐)"选项前复选框中的"√"后,单击【确定】按钮。

(3) 在 Windows"资源管理器"中创建共享文件夹

在资源管理器中设置共享操作时一般包括设置共享和共享权限两项。在安装了微软操作系统 Windows 的计算机上,通过"资源管理器"开放共享资源的步骤如下:

① 在 Windows XP 中开放共享资源。

在资源管理器中,右击要共享的文件夹,如 Tool,在快捷菜单中,选中"属性"选项;在打开的图 6-24 所示的选项卡中,第一,输入共享名,如 Tool＄;第二,单击【权限】按钮;第三,在打开的对话框中,分别设置允许访问此文件夹的每个用户账户和组账户的访问权限后,跟随向导可完成设置。注意,共享名的形式有两种,即 Tool 或 Tool＄,前者为显式共享,后者为隐藏共享(即在网络直接搜索时不可见的共享)。只在用户打算隐藏自己的共享资源时,才在设置的共享资源名后面加上字符＄。对于隐含共享用户应当注意以下几点:

- 在使用隐含共享时,应当注意"＄"是共享名的一部分。
- 隐含共享文件夹被系统认做特殊的共享资源,这种共享资源在"Windows 资源管理器"中是不可见的,如将共享文件夹 soft 的共享名设置为"soft＄"。
- 使用系统隐含的默认共享或自定义的隐含共享时一般采用 UNC 方式,如在映射驱动器方法、运行栏或地址栏中输入 UNC 名称等。

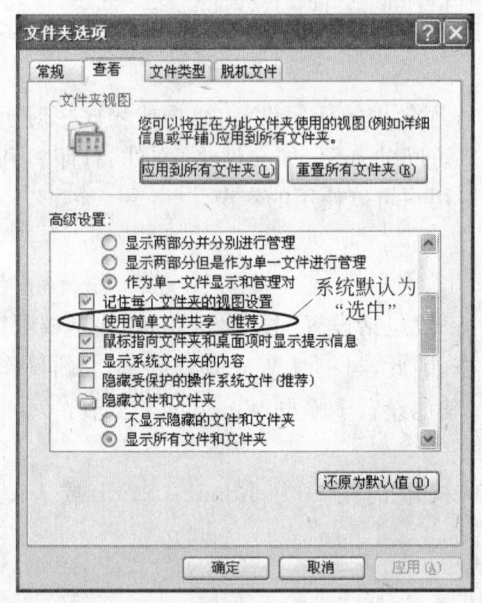

图 6-23　文件夹选项的"查看"选项卡

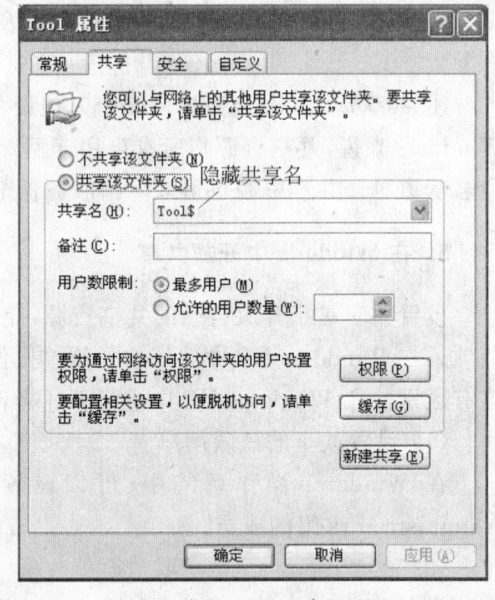

图 6-24　共享文件夹 属性"共享"选项卡

② Windows 7 中开放共享资源。

- 打开"资源管理器"的方法:在 Windows 7 计算机上,右击【开始】按钮,在打开的快捷菜单中,选择其中的"资源管理器"选项。
- 在图 6-25 所示的"资源管理器"窗口中,选中允许他人访问的资源,如"D:\00-VPC",右击鼠标;在快捷菜单中,依次选择"共享"→"特定用户"选项。
- 在打开的图 6-26 所示的"文件共享"对话框中,第一,核对已经列出的可使用资源的共享用户;第二,展开用户列表,从中选择要添加的共享用户,如 guolimin;第三,单击【添加】按钮,添加选中的用户;重复上述步骤,直至添加好所有的用户;

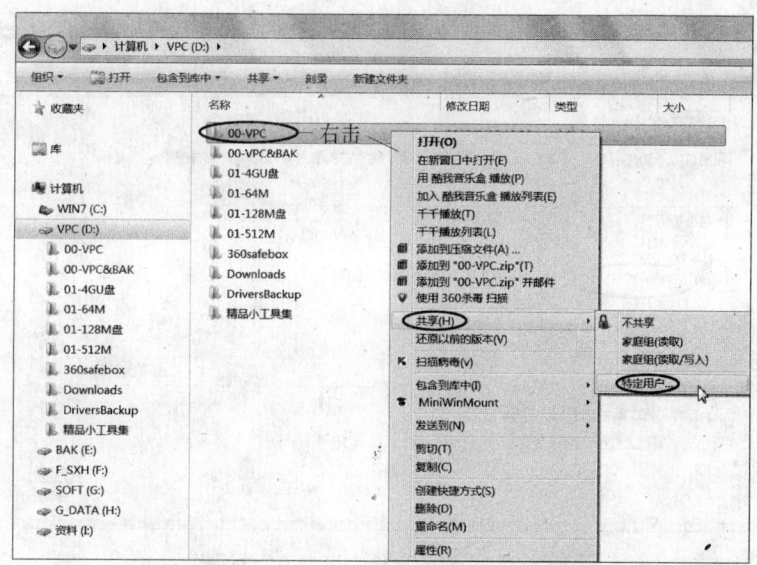

图 6-25　Windows 7"资源管理器"窗口快捷菜单

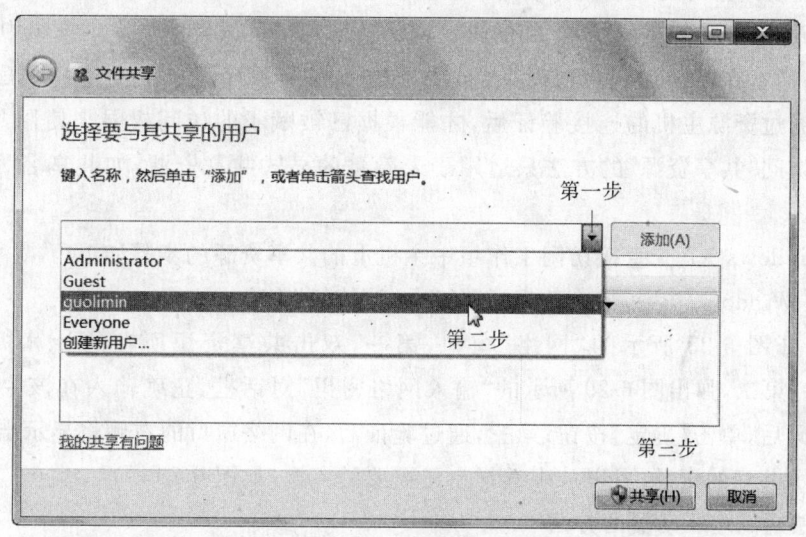

图 6-26　"文件共享"对话框

第四,单击【共享】按钮,打开图 6-27 所示对话框。

- 在打开的图 6-27 所示的"您的文件夹已共享"对话框中,显示出访问此共享文件夹的 UNC 名称;单击【完成】按钮。至此,已经完成普通文件夹共享的操作。

6. 使用共享资源的方法

开放共享资源后,其他计算机上的网络用户就可以使用资源计算机上的共享资源了。使用共享资源的方法有许多种,下面仅介绍如下两种:

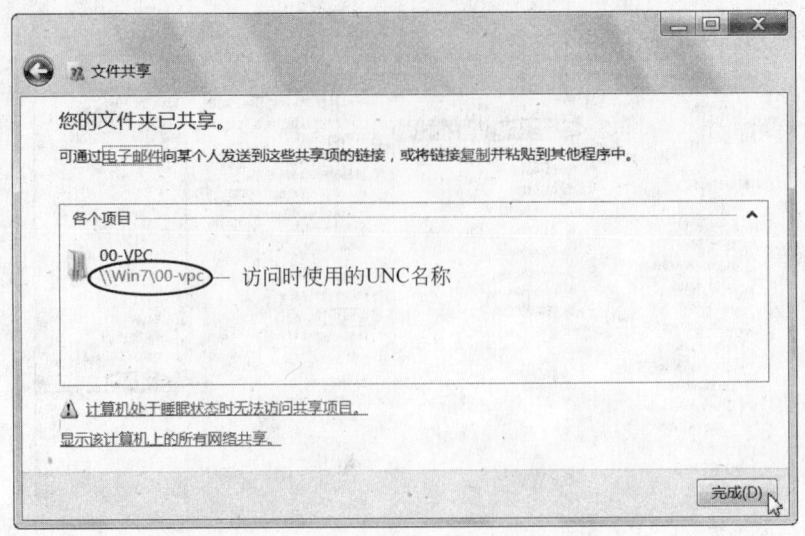

图 6-27 "您的文件夹已共享"对话框

(1) 直接浏览访问共享资源

在 Windows 计算机的"网上邻居"或"网络"中,用户可以直接浏览工作组中已开放的共享资源;通常在连接远程主机时,会被要求输入在资源计算机上的"用户账号"和"密码";只有通过资源主机的连接验证后,才能根据已被赋予的访问权限来使用共享资源。直接浏览访问"共享资源"的方法只适用于未隐藏的显式共享资源,如共享名为"soft"的共享资源。

在 Windows XP/7 直接访问工作组中主机上的共享资源的步骤如下:

① 在 Windows 7 中,依次选择"开始"→"计算机"命令。

② 打开图 6-28 所示的"网络"窗口,第一,双击共享资源所在的计算机图标,如WINXP10;第二,弹出图 6-29 所示的"输入网络密码"对话框,正确输入在该主机中的用户名和密码后,单击【确定】按钮;第三,通过验证后,在网络窗口的右侧将显示出该主机中的所有显示共享的资源;可以从中选择自己需要的资源,如图 6-28 所示。

(2) 映射网络驱动器的方法

① 网络驱动器:是指使用 UNC 路径映射生成的网络驱动器。

② 适应场合:映射驱动器使用"共享资源"的方法既能够用于共享名为"soft"方式的显式共享资源;也适用于共享名为"tool＄"方式的隐藏共享资源以及允许访问的系统默认的"C＄、D＄…"式的用于管理的特殊共享。

③ 操作步骤:在 Windows 7 中映射网络驱动器的步骤如下:

• 在 Windows 7 中,依次选择"开始"→"计算机"命令选项,打开如图 6-28 所示窗口;当出现图 6-29 所示的"输入网络密码"对话框时,输入该计算机的用户名和密码。

• 在图 6-28 所示的"网络"窗口中,右击选中的共享资源,如 soft;选择"映射网络驱

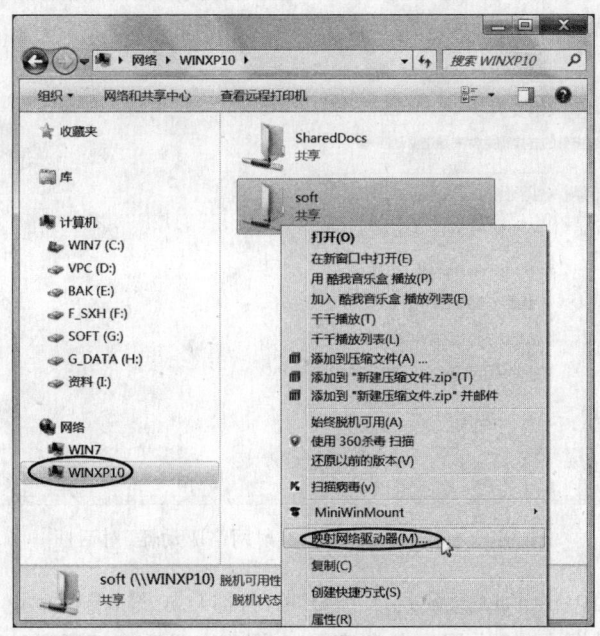

图 6-28　Windows 7 的"网络"窗口

图 6-29　Windows 7 的"输入网络密码"对话框

动器"快捷菜单命令,打开图 6-30 所示对话框。

- 在图 6-30 所示的"映射网络驱动器"对话框中,第一,选择驱动器符号,如 Z;第二,
  单击【浏览】按钮,可以重新浏览定位要映射的共享文件夹;第三,单击【完成】按
  钮,完成映射网络驱动器的操作;自动打开已经映射的网络驱动器 Z。

(3) 使用 UNC 命名方式访问共享文件夹

在各种 Windows 中,用户均可以在"映射网络驱动器"对话框、"运行"对话框、"地址
栏"中直接使用 UNC 格式访问各类共享资源。由于在不同操作系统中的操作方法都是
相似的,因此,下面仅以 Windows 7 为例:

① 选择【开始】图标,第一,在"搜索程序和文件"文本框中,输入要访问资源的 UNC

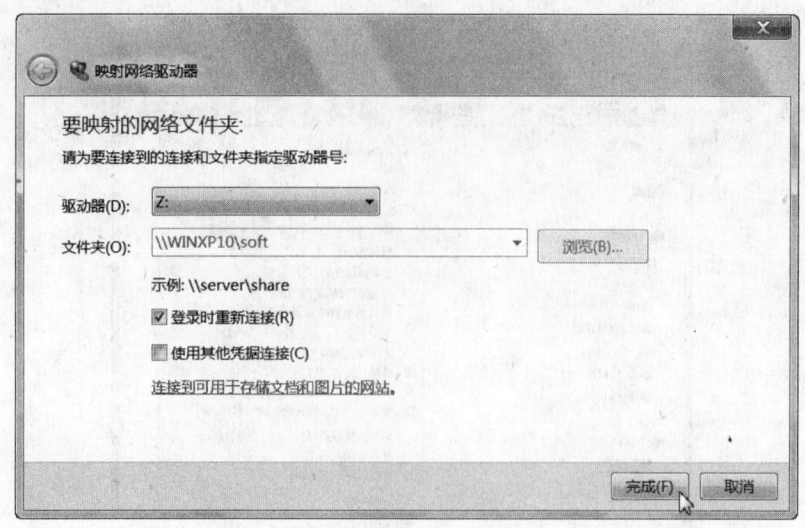

图 6-30　Windows 7 的"映射网络驱动器"对话框

名称,如\\WINXP10\tool＄(隐藏共享的 UNC 名称),如图 6-31 所示,按 Enter 键;第二,在图 6-29 所示对话框中,输入用户名和密码。通过验证后将打开要访问的共享文件夹。

图 6-31　"UNC 命名方式"的访问对话框

　　② 在 Windows 地址栏中输入 UNC 格式的系统共享资源\\winxp_pro\D＄;打开"连接到 winxp_pro"对话框,输入在该计算机中具有 D＄访问权限的"用户名"和"密码",如图 6-32 所示。验证合格后,即可访问指定计算机中特殊的系统共享资源 D＄(D 盘)。

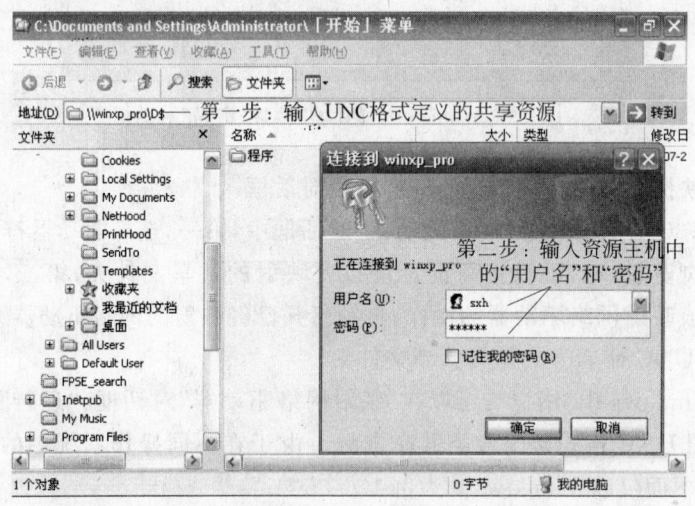

图 6-32　"UNC 方式访问特殊共享资源"对话框

6.3.4 实现工作组网络的流程

现将实现、管理与使用微软"工作组"网络的要点归纳总结如下：

① 检查联网硬件：确认网络的硬件是否已经连接好，如交换机、网卡、网线的连接。

② 选择安装操作系统：根据各自选择的操作系统，确认其已经正常运行。

③ 安装硬件驱动：安装好网卡、声卡、显卡、Modem 等驱动程序。

④ 设置网络组件：设置好网络的客户、协议和服务等。

⑤ 设置常规信息：设置好计算机、工作组名称等信息。

⑥ 用户和组账户：应根据实际，建立必要的用户和组账户，以便进行安全及资源的访问控制。

⑦ 网络应用软件：安装和设置必要的应用软件，如主页制作、安全防护等软件。

⑧ 安全共享网络资源：在各主机中共享目录、打印机等资源，并为其设置好用户的访问权限。

⑨ 网络资源的访问：采用映射驱动器或直接使用的方法访问网络中的共享资源。

6.3.5 网络连通性测试

与管理网络设备相似的是：管理员在操作系统中，也会使用系统内置的一些程序判断网络的状态、参数等，如使用 ping 命令进行网络连通性的测试，使用 ipconfig 显示配置参数。ping 命令是在"命令提示符"窗口中使用的测试连通性的命令。ping 命令的使用步骤如下：

1. ping 127.0.0.1

① 命令格式：ping 127.0.0.1。

② 作用：用来验证网卡是否可以正常加载、运行 TCP/IP 协议。

③ 结果分析：正常时将显示图 6-33 所示的相似结果；如果显示的信息是"目标主机无法访问"时，则表示该网卡不能正常运行 TCP/IP。

④ 故障处理：重新安装网卡驱动、设置 TCP/IP，如果还有问题，则应更换网卡。

⑤ 操作步骤：

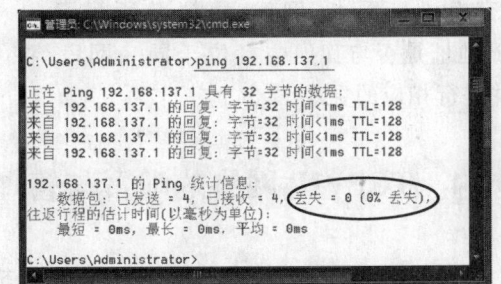

图 6-33 "ping 本机 IP 地址"正常时的响应

- 选择【开始】命令，在"搜索和运行程序"文本框中，输入"cmd"命令；之后，按 Enter 键，打开如图 6-33 所示的窗口。

- 在"命令提示符"窗口中，输入"ping 127.0.0.1"，按 Enter 键；正常时应显示"……丢失＝0(0％丢失)"，这表示用于测试数据包的丢包率为 0％；当显示"请求超时……丢失＝4(100％丢失)"时，表示测试用的数据包全部丢失。因此，该网卡不能正常运行 TCP/IP。

说明：使用"ping 127.0.0.1"命令正常时，仅表示发出的 4 个数据包通过网卡的"输出缓冲区"从"输入缓冲区"直接返回，没有离开网卡；因此，不能判断网络的状况。

2. ping 本机 IP 地址

① 命令格式：ping"本机 IP 地址"。

② 作用：验证网络上本主机使用的 IP 地址是否与其他计算机使用的 IP 地址发生冲突。

③ 结果分析：正常的响应如图 6-33 所示，应显示"……丢失＝0(0％丢失)"。本机的 IP 地址已经正确入网；如果显示的信息是"请求超时……丢失＝4(100％丢失)"时，则表示所设置的 IP 地址、子网掩码等有问题。

④ 操作步骤：输入"ping 192.168.137.1(ping 本机 IP 地址)"，如图 6-33 所示。

⑤ 故障处理：如果 IP 地址冲突，则应当更改 IP 地址参数，重新进行设置和检测。

3. ping 同网段其他主机 IP 地址

① 命令格式：ping"本网段已正常入网的其他主机的 IP 地址"。

② 作用：检查网络连通性好坏。

③ 结果分析：正常的响应窗口如图 6-34 所示，即显示为"……丢失＝0(0％丢失)"，等信息；如果出现"请求超时……丢失＝4(100％丢失)"时，则表示本机不能通过网络与该主机连接。

④ 操作步骤：输入"ping 192.168.137.2(本网段其他主机的 IP 地址)"，如图 6-34 所示。

⑤ 故障处理：应当分别检查集线器（交换机）、网卡、网线、协议及所配置的 IP 地址是否与其他主机位于同一网段等，并进行相应的更改。

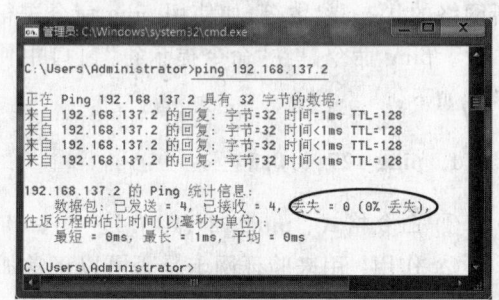

图 6-34　"ping 其他主机 IP"正常时的响应

6.4　TCP/IP 网络的配置与管理

在使用 TCP/IP 技术的网络中，每台主机都需要进行配置，因此，在网络系统的管理中，排在首位的管理，就是"IP 管理"。"IP 管理"其实并非只是 IP 地址的管理，而是包括了 TCP/IP 中 IP 地址、子网掩码、默认网关等多个相关参数的配置管理。

6.4.1　TCP/IP 网络的配置管理方法

在使用 TCP/IP 的网络中，有多种可以使用的管理方法，每种方法适用于不同的网络对象和场合。TCP/IP 网络的管理方法可以分为以下 3 类：

· 第一种，静态 IP 地址管理。

- 第二种,自动专用地址管理。
- 第三种,动态 IP 地址管理。

在这几种管理方式中,第一种方法经常使用,在前面的工作组的管理中,使用的就是静态管理方法;第二种方法很简单,在本节仅做简要介绍;第三种是网络管理员必须熟练掌握的、应用最多的一种管理方法,也是本节的重点内容。

1. 静态 IP 地址及 TCP/IP 的静态管理

(1) 静态 IP 地址

静态 IP 地址是指为一个主机配置的 IP 地址是固定不变的,也可以理解为是静态(即手工)分配的 IP 地址。

(2) TCP/IP 的静态管理

TCP/IP 的静态管理是指在进行 IP 地址的规划之后,由网络管理员对网络中的每一个主机,及各种网络设备(路由器或网关)进行手工配置。这些配置包括一切与 TCP/IP 有关的各种信息,如 IP 地址、子网掩码、默认网关、首选 DNS 服务器等。

(3) 适用场合

在较小的局域网中,经常使用静态管理方式。配置时,网络管理员对网络中的各主机的 TCP/IP 逐一进行手工配置。在局域网内部,所配置的 IP 地址通常没有什么特殊的要求,而在 Internet 上使用的静态 IP 地址需要到指定的机构去申请。

2. 自动专用 IP 地址及 TCP/IP 的动态管理

(1) 什么是 APIPA

APIPA 的是 Automatic Private IP Addressing 的英文缩写,其中文名称是自动专用 IP 寻址。它是 Windows 98 以后微软各操作系统版本的一个增强功能。

(2) 自动专用 IP 地址及 APIPA 的动态管理

当网络中设置有 DHCP(动态主机配置)服务器时,倘若因为某种原因,如 DHCP 服务器尚未开启、IP 地址池的 IP 地址已经告罄或者是 DHCP 服务器出现故障,都会导致 DHCP 客户机无法索取到 IP 地址。这时,计算机就会自动产生一个自动专用的 IP 地址。在使用这个 IP 地址之前,该主机还要使用广播的手段将这个 IP 地址送到网络上进行确认,如果这个 IP 没有其他主机使用,则使用所产生的这个 IP;否则重复上述过程,直至得到一个尚未使用的 IP。自动产生的 IP 地址的网络标识为 169.254,其范围为 169.254.0.1~169.254.255.254;自动配置的默认子网掩码为 255.255.0.0。

(3) 适用场合

对于小型的家庭或办公室网络,网络中通常不设置 DHCP 服务器。为了简化 TCP/IP 的配置管理,用户可以将所有的计算机设置为"自动获得 IP 地址"。这样,网络中的每台计算机都会被分配一个自动产生的"自动专用 IP 地址",该地址是在 169.254.0.1~169.254.255.254 范围内的 IP 地址。这些地址不能在 Internet 上使用,但是可以在小型办公室中使用。Windows 的当前版本都支持 APIPA 功能,因此,微软计算机网络都适用。

3. 动态 IP 地址及 TCP/IP 的动态管理

（1）动态 IP 地址

动态 IP 地址是指由网络中的 DHCP 服务器动态分配的 IP 地址。一个使用 DHCP 服务的主机，每次入网时，所使用的 IP 地址可以是不相同的。这是由于各主机连入网络时，会向 DHCP 服务器临时租借一个 IP 地址，用过之后还会归还给 DHCP 服务器。这种临时租借的 IP 地址，每次的值不一定相同，因此称为动态 IP 地址。

（2）DHCP

DHCP 是 Dynamic Host Configuration Protocol 的英文简写，其中文名称是动态主机配置协议。它是一种简化主机 IP 配置管理的 TCP/IP 高层的协议。DHCP 标准为动态管理 IP 地址、自动配置 DHCP 客户机的 TCP/IP 协议参数提供了有效的管理手段。

（3）TCP/IP 的动态管理

当网络中主机数目较多时，为了方便管理，网络中通常配置有一个或多个 DHCP（动态主机配置协议）服务器。它们负责为网络中的客户机提供动态的 IP 地址，并对 TCP/IP 有关的各种配置信息进行统一的管理。如接入 Internet 的各 ISP，在向用户提供服务时，除了提供给用户主机一个动态 IP 地址外，还会同时提供各种相关信息。这种由管理员配置的 DHCP 服务器，为网络客户自动提供配置信息服务的方式就是 TCP/IP 的动态管理。

（4）适用场合

DHCP 服务适用于具有较多主机的，以及所获得的静态 IP 地址数量不够多的场合。例如，在大中型局域网中及各 ISP 都无一例外地使用了 TCP/IP 的动态管理。这样，客户机上的 TCP/IP 只要设置为"自动获得 IP 地址"和"自动获得 DNS 服务器地址"选项，就可以自动获得 TCP/IP 所需的各种配置信息。又如，在一些 Intranet 或 ISP 站点中，由于 IP 地址紧缺，经常只能获得少于网络节点数目的网络地址；例如，一个具有 500 个节点的网络，仅获得一个 C 类网络地址，如果使用静态 IP 地址管理的话，最多只能配置 254 个节点。但网络中的这 500 个节点并非同时工作，因此，当同时工作的节点最大数目不超过 254 个时，使用 DHCP 服务是解决这个问题的最佳途径。

由于在使用 TCP/IP 的网络是利用 IP 地址来表示网络中的每台计算机的，网络中每一台使用 TCP/IP 的主机都必须获得一个唯一的 IP 地址及其他相关参数。因此，作为网络管理员，应当对 TCP/IP 的 3 种管理方式的操作都十分熟悉。

6.4.2 网络主机自动配置管理基础

在大中型以上的 Windows 网络中，通常使用 TCP/IP 的动态管理技术。因此，作为网络管理员和网络用户，应当正确理解 DHCP 服务器的应用目的、工作原理及相关概念。

1. 使用 DHCP 的主要目的

在 Internet（互联网）、Intranet（企业内联网）和 Extranet（企业外联网）中使用 DHCP 服务的主要原因有以下 4 个：

① 提供安全可靠的 TCP/IP 配置。很多普通用户对 TCP/IP 不了解，因此，无法正确配置其基本参数。其次，管理员或用户在对 TCP/IP 的 3 个参数进行配置时，可能手误将一些参数输错，结果也会导致计算机不能正常通信。

② 避免 IP 冲突。DHCP 服务器的自动配置管理可以有效地防止由于各种原因而引起的 TCP/IP 参数重复配置而引起的 IP 地址冲突问题。

③ 极大地减少了配置管理工作量。自动配置管理可以大大降低管理员手工配置主机的工作强度。另外，有些计算机需要经常在多个子网间移动，这将给客户和不同网段的管理员造成使用和配置方面的严重负担；因为当客户机处于某一子网时，它必须使用属于这个子网的 IP 地址才能与该子网中的其他计算机通信。因此，当客户机从一个子网中迁移至另一个子网时，必须及时地更改所使用的 TCP/IP 的多个参数，方能正常通信。

④ 网络中的 IP 地址资源紧缺。如申请到的网络地址所允许的节点数目少于网络中实际的节点数目，但是，大于网络中同时工作的节点数目。

总之，在 TCP/IP 网络中引入 DHCP 服务器后，可以极大地减少网络管理工作量，更有效地利用有限的 IP 地址资源。为此，在大中型网络中，大都安装了 DHCP 服务器。这样，广大的 Internet、Intranet 用户只需登录到 ISP 或大中网络，即可获得 DHCP 服务器提供的自动配置服务。

2. DHCP 服务的基本概念

(1) DHCP 的工作模式

DHCP 系统采用了 C/S 网络工作模式，因此，其实现技术包括服务器和客户机两端。

① DHCP 服务器：在网络中提供 DHCP 服务的计算机被称为 DHCP 服务器。它能够提供 IP 地址、子网掩码、默认网关(路由)、首选 DNS 服务器等各种信息的自动配置服务。

② DHCP 客户机：在 TCP/IP 网络中使用 DHCP 服务的计算机被称为 DHCP 客户机。

(2) DHCP 服务器动态配置和管理的信息

DHCP 服务器中的信息数据库可以向 DHCP 客户机提供如下 TCP/IP 的配置信息：

① DHCP 客户机的自动配置内容有：子网掩码、默认网关(IP 路由器)、首选 DNS 服务器和 WINS 服务器等。

② 提供有效使用的 IP 地址池：包括可以提供给客户使用的 IP 地址区域，以及保留下来用于手工配置的保留 IP 地址信息。

③ 有效租约期限的控制：DHCP 服务器对于客户机的租约指定了 IP 地址的有效期范围，例如，指定为"永久租用"或"限定租期"。

(3) DHCP 服务器和客户机可以安装的操作系统

① DHCP 服务器：只能安装微软的服务器版本的操作系统，如 Windows 2000/2003/2008 服务器版。

② DHCP 客户机：可以安装微软各个版本的操作系统，但是安装服务器版本软件的计算机应当是非 DHCP 服务器的计算机；例如，可以是安装了 Windows XP/7 版或 Windows 服务器版的非 DHCP 服务器的计算机。

3. DHCP 服务的工作原理

DHCP 的工作原理如图 6-35 所示,主要包括以下 4 个阶段。

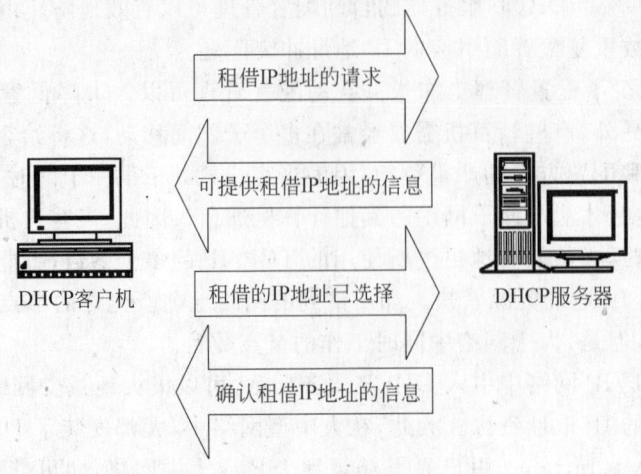

图 6-35　DHCP 服务器工作过程

① 广播租借信息。DHCP 客户机向 DHCP 服务器发出请求,要求租借一个 IP 地址。这是由于此时的 DHCP 客户机上的 TCP/IP 尚未初始化,尚未获得一个 IP 地址,因此,只能使用广播的手段,向网上所有 DHCP 服务器发出租借请求。

② 广播回复可提供信息。网上所有接收到该请求的 DHCP 服务器,首先检查自己的 IP 地址池中是否还有空余的 IP 地址。如果有,则向该客户机发送一个"可提供 IP 地址"的(offer)信息。此时,由于客户机尚无 IP 地址,因此,仍然使用广播发送的手段。

③ 广播回复确认信息。DHCP 客户机一旦接收到来自某一个 DHCP 服务器的"可提供 IP 地址"的(offer)信息时,它就向网上所有的 DHCP 服务器发送广播,表示自己已经选择了一个 IP 地址。

④ 广播确认信息。被选中的 DHCP 服务器向 DHCP 客户机广播发送一个确认信息,而其他的 DHCP 服务器则收回它们的"可提供 IP 地址"的(offer)信息。

6.4.3　建立 DHCP 服务器

1. DHCP 服务器的安装条件

① 是安装了 Windows 2000/2003/2008 服务器版的计算机。
② 是启动并安装了 DHCP 服务功能的计算机。
③ DHCP 服务器本身必须具有静态 IP 地址、子网掩码和默认网关。
④ 配置 DHCP 服务器之前,应当规划好其 IP 地址池。

2. 管理 DHCP 服务器的术语

① 作用域:网络上可使用的 IP 地址连续范围,如 192.168.137.1～192.168.137.254。

② 排除范围：为了满足网络中需要使用静态 IP 地址的服务器或计算机的需求，在提供的 IP 地址范围中，应当排除一些 IP 地址；被排除的 IP 地址不会租借给其他客户机使用。因此，网络中可以租借给 DHCP 客户机使用的 IP 地址数量为"作用域的 IP 个数－排除地址的 IP 地址个数"。

③ 租约：用于确定客户机可以使用的时间范围。

④ 保留：为一些需要租用固定 IP 地址的客户"保留"永久和固定的 IP 地址；通常为网上的路由器等硬件设备保留 IP 地址，确保其租用到相同的 IP 地址。保留地址应添加为排除地址。

⑤ 选项类型：指定 DHCP 服务器在向其客户机提供 IP 地址租约时，同时提供的其他自动配置信息。如子网掩码、默认网关（路由器）、DNS 服务器、WINS 服务器等，应根据网络中提供的其他服务进行选择和设置。

3. 安装 DHCP 服务

在安装 DHCP 服务器时，通常会遇到以下两种不同的安装情况：

① 域网络：既可以在"域控制器"上安装与集成的 DHCP 服务器上，也可以在域中的成员服务器（安装 Windows 服务器版加入域的非域控制器计算机）上建立 DHCP 服务器。

② 工作组网络：是指在独立服务器（安装了 Windows 服务器版又加入了工作组的计算机）上启用和建立 DHCP 服务器。

无论是上述哪种情况，安装的步骤都是相似的，只是域中的 DHCP 服务器需要授权，而工作组中的则无须进行授权操作。下面仅以工作组中的 DHCP 为例进行介绍：

① 依次选择"开始"→"服务器管理器"命令。

② 在打开的"服务器管理器"窗口中，双击右侧的"添加角色"选项。

③ 打开"开始之前"对话框，单击【下一步】按钮。

④ 打开如图 6-36 所示的"选择服务器角色"对话框，选中要安装的服务器，如"DHCP 服务器"；之后，单击【下一步】按钮。

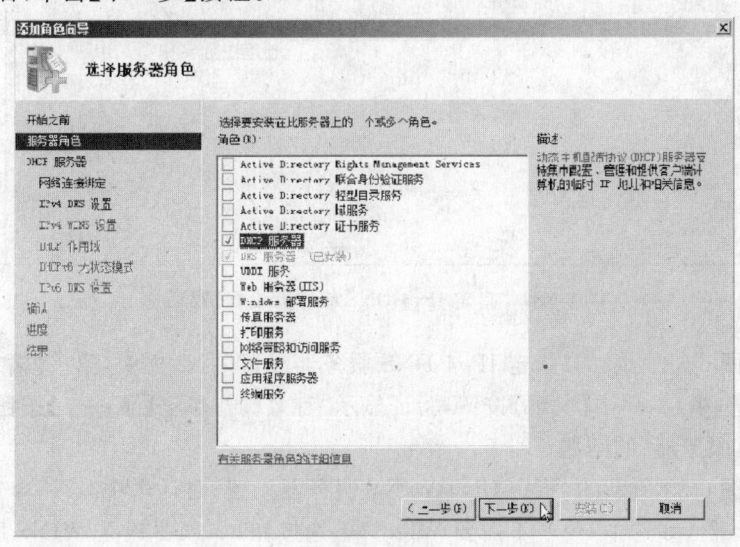

图 6-36　"选择服务器角色"对话框

⑤ 在打开的"DHCP 服务器"对话框中,单击【下一步】按钮,打开如图 6-37 所示对话框。

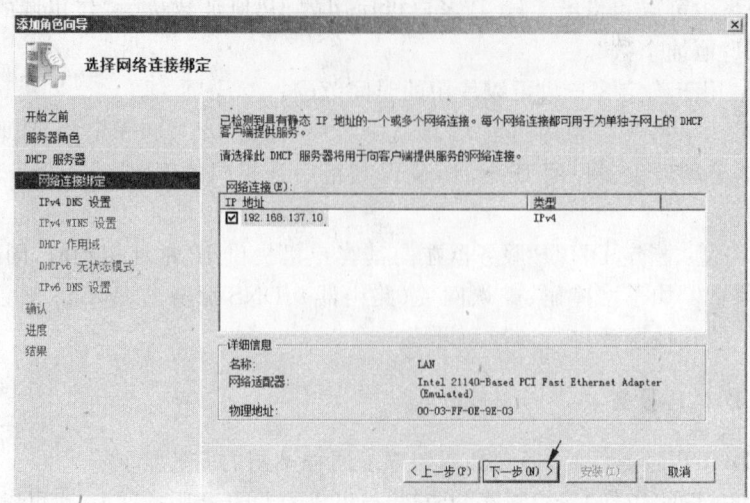

图 6-37 "选择网络连接绑定"对话框

⑥ 在如图 6-37 所示的对话框左侧,依次单击 DHCP 服务器要设置的项目,如选择"网络连接绑定"之后,单击【下一步】按钮,打开如图 6-38 所示对话框。

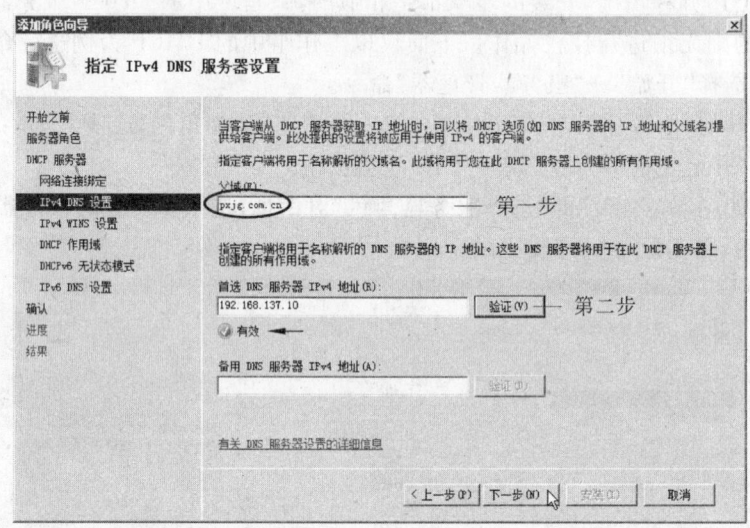

图 6-38 "指定 IPv4 DNS 服务器设置"对话框

⑦ 在如图 6-38 所示的"指定 IPv4 DNS 服务器设置"对话框中,第一,输入 DNS 服务器的各种信息;第二,单击【验证】按钮,验证显示"有效"时,单击【下一步】按钮;否则,需要先解决"DNS 服务器"的问题。

⑧ 在如图 6-39 所示的"指定 IPv4 WINS 服务器设置"对话框中,第一步,选择是否建立 WINS 服务器,如选中"……不需要 WINS"单选按钮;如果要建立 WINS 服务器,应输

入其 IP 地址;第二,选择之后,单击【下一步】按钮。

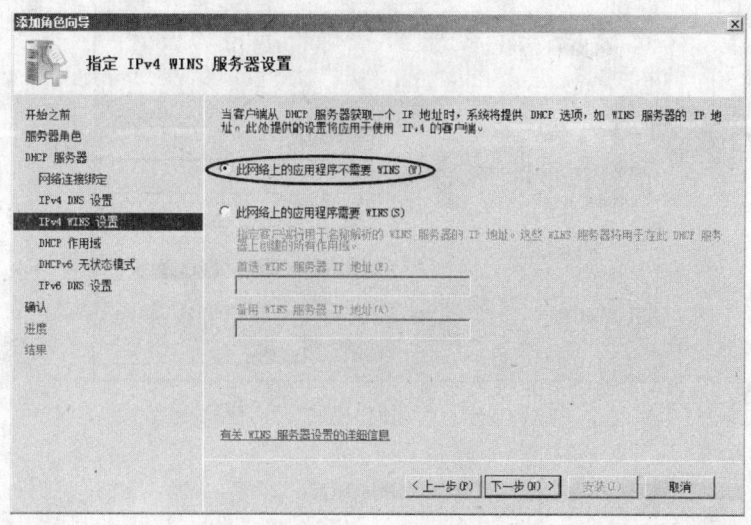

图 6-39 "指定 IPv4 WINS 服务器设置"对话框

⑨ 打开如图 6-40 所示的"添加或编辑 DHCP 作用域"对话框,在添加作用域之前,中间为空白;单击右侧的【添加】按钮。

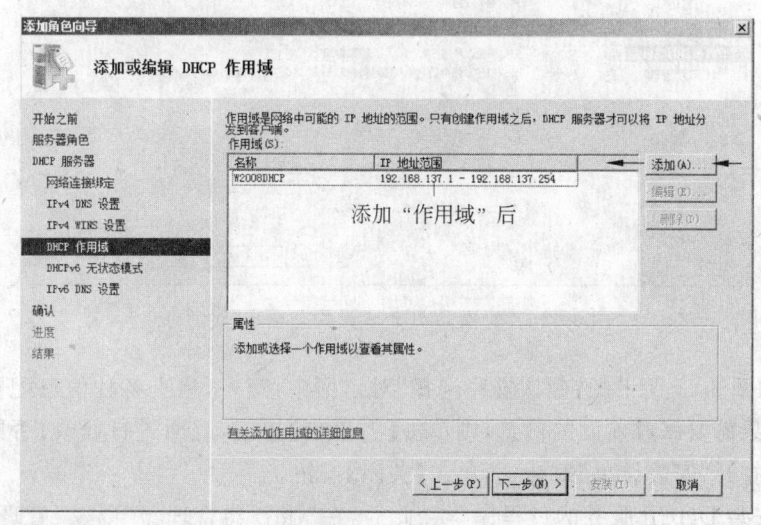

图 6-40 "添加或编辑 DHCP 作用域"对话框

⑩ 打开如图 6-41 所示的"添加作用域"对话框,第一,填写本地网络或子网的连续 IP 范围及其他信息。每个子网只能有一个连续的作用域,如 C 类地址的 IP 地址使用范围为 192.168.137.1~192.168.137.254;第二,单击【下一步】按钮。

⑪ 在返回如图 6-40 所示的对话框后,可以看到添加的信息,单击【下一步】按钮。

⑫ 打开如图 6-42 所示的"配置 DHCPv6 无状态模式"对话框,第一,选择是否需要支持 IPv6 协议,如选择"对此服务器禁用 DHCPv6 无状态模式";第二,单击【下一步】按钮。

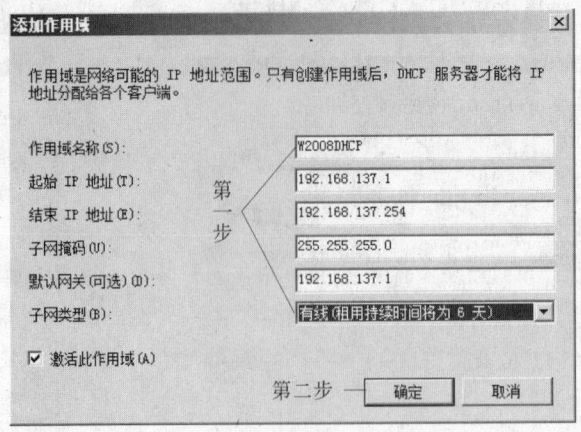

图 6-41 "添加作用域"对话框

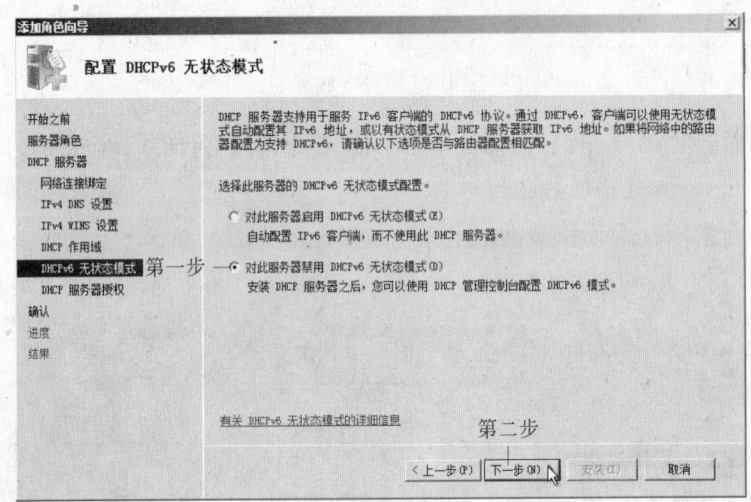

图 6-42 "配置 DHCPv6 无状态模式"对话框

⑬ 在如图 6-43 所示的"确认安装选择"对话框中,第一,检查各种信息配置得是否正确;第二,如果需要修改前面的信息,则单击【上一步】按钮,返回进行修改;否则,单击【下一步】按钮,打开"安装结果"对话框,单击【关闭】按钮。

至此,安装 DHCP 服务的过程完毕。此后,在"服务器管理器"以及"管理工具"的命令菜单中都会增加一个用于启动 DHCP 的选项,使用这两者都可以控制、管理与设置 DHCP 服务器。

6.4.4 DHCP 服务器的配置

1. 启动 DHCP 控制台查看基本配置

DHCP 服务器建立后还要进行一些设置才能提供服务。启动 DHCP 控制台的方法如下:

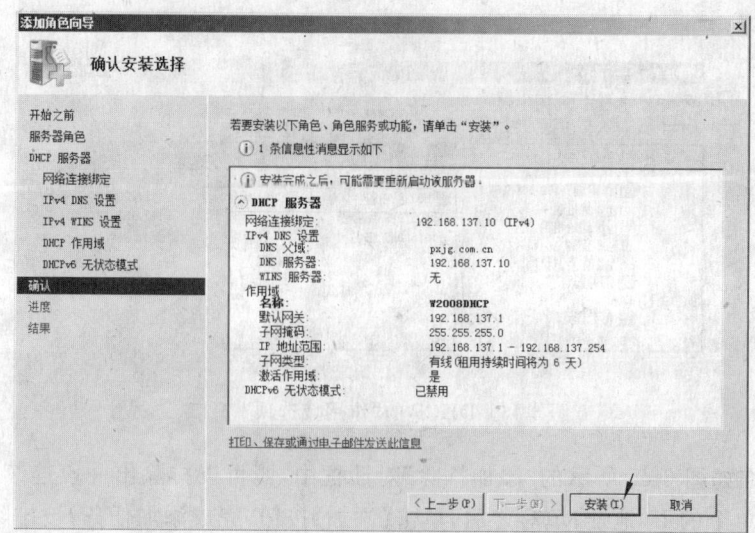

图 6-43 "确认安装选择"对话框

① 在 Windows Server 2008 的任务栏中,依次选择"开始"→"管理工具"→"DHCP"命令选项,可以打开独立的 DHCP 控制台,如图 6-44 所示。

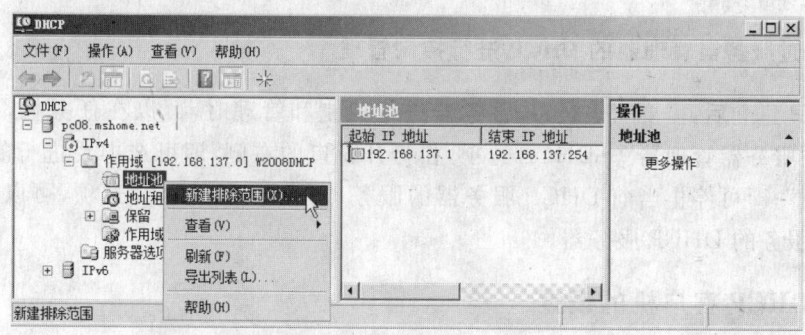

图 6-44 独立服务器的 DHCP 控制台

② 在如图 6-44 所示的 DHCP 控制台的窗口左侧,选中 IPv4。在控制台的右侧窗口,可以查看和管理整个地址池的设置。例如,右击窗口左侧的"地址池"选项,在快捷菜单中,选择"新建排除范围"选项。

③ 打开如图 6-45 所示的"添加排除"对话框,输入排除的 IP 地址或范围后,单击【添加】按钮。

④ 在如图 6-44 所示的 DHCP 控制台中,还可以修改或添加设置"选项",如在图 6-45 所示窗口的左侧,选中"作用域"选项。

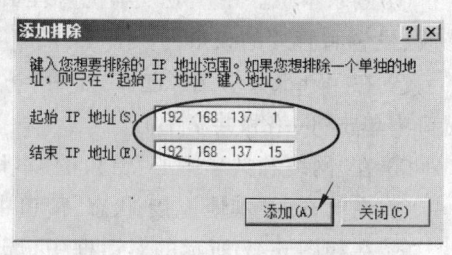

图 6-45 "添加排除"对话框

⑤ 在如图 6-46 所示的"作用域选项"窗口的右侧可以看到已经设置的作用域信息;需要修改时,右击选中的项目,单击"属性"选项,

即可进行修改。

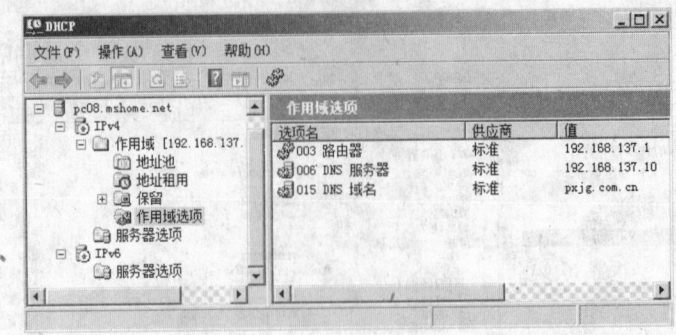

图 6-46 DHCP 的"作用域选项"窗口

说明：在如图 6-45 所示的"添加排除"对话框中，既可以排除出一段连续的 IP 地址，也可以排除单个的 IP 地址；填写之后，单击【添加】按钮，完成添加任务；被排除的 IP 地址通常是服务器等使用的静态 IP 地址；排除后，这些地址就不会被租借给客户机使用。配置后，即可建立起可租用的 IP 地址池。当 DHCP 客户机请求 IP 地址时，DHCP 服务器将从地址池的地址范围中，抓取一个尚未使用（出租）的 IP 地址，并将其分配给提出请求的 DHCP 客户机使用。

2. 通过服务器管理器的 DHCP 进行控制管理

DHCP 建立后，需要对 DHCP 服务器进行控制和管理时，可以在任务栏，依次选择"开始"→"服务器管理器"→DHCP 选项，在打开窗口的右侧，即可选中要进行的操作，如选中"停止"；即可停止当前 DHCP 服务器的服务；之后，选择"启动"选项，可以再次启动已经停止服务的 DHCP 服务器。

6.4.5 DHCP 客户机的设置

按照客户机/服务器的工作模式，DHCP 客户机是指那些使用 DHCP 服务功能的计算机。因此，安装微软各版操作系统的计算机都可以成为 DHCP 客户机。其设置大致相同。由于 Windows 7/2008 中的操作类似，因此，仅以 Windows 7 客户机的设置为例：

① 登录本机。用户应以本机管理员的身份登录，如 Administrator 账户；否则将没有修改、设置和管理的权限。

② 在 Windows 7 中，选择"开始"→"控制面板"→"网络和 Internet"命令，在打开的窗口中单击"网络和共享中心"。

③ 在"网络和共享中心"窗口的"本地连接"栏，单击"查看状态"处的链接。

④ 在打开的"本地连接 状态"窗口中，单击【属性】按钮，打开如图 6-47 所示对话框。

⑤ 在如图 6-47 所示的对话框中，选中"Internet 协议版本 4（TCP/IPv4）"复选框；之后，单击【属性】按钮，打开如图 6-48 所示对话框。

⑥ 在如图 6-48 所示的"Internet 协议版本 4（TCP/IPv4）属性"对话框中，选中"自动获得 IP 地址"和"自动获得 DNS 服务器地址"单选按钮后，单击【确定】按钮，返回图 6-47

所示对话框。

 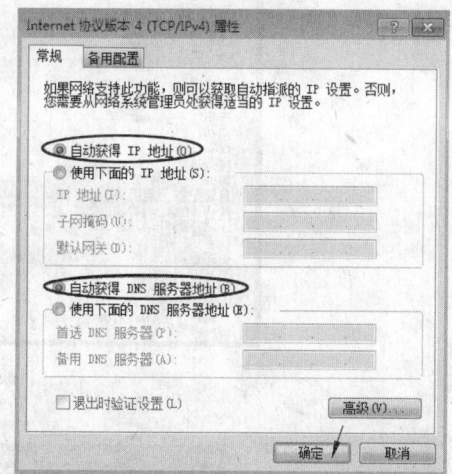

图 6-47　Windows 7 的"LAN 属性"对话框　　图 6-48　Windows 7 的"Internet 协议版本 4
　　　　　　　　　　　　　　　　　　　　　　　　　　　　　　（TCP/IPv4)属性"对话框

⑦ 在图 6-47 所示对话框中,单击【确定】按钮,完成客户端的设置。

⑧ 最后,依次关闭各对话框,完成 Windows 7 客户机的设置任务。

1. Windows 客户机获得信息的查看与测试

① 在 Windows 7(Vista)主机中,选择【开始】命令,在"搜索和运行程序"文本框中输入"cmd"后,按 Enter 键。

② 打开如图 6-49 所示的"命令提示符"窗口,输入"ipconfig/all"命令,按 Enter 键;将显示该计算机从 DHCP 服务器自动获得的 IP 地址、子网掩码和默认网关等信息。

③ 由于客户机需要加入域或使用 WWW 服务,因此,需要测试自动获得的 DNS 服务状况;在图中,使用"ping 完整域名",如 www.pxjg.com.cn,正常的响应如图 6-50 所示。

2. DHCP 控制台查看和管理客户机

在如图 6-51 所示的 DHCP 服务器的左侧窗口,展开"地址租用"选项,可以看到客户机租用的 IP 地址,如 192.168.137.17。在右侧窗口即可对选中的客户机进行查看与操作。

在使用 DHCP 服务器的网络中,DHCP 服务器断电或终止服务后,DHCP 客户机将自动使用自动专用地址中的一个地址,即获得 169.254.0.1~169.254.255.254 中的一个地址,以及 255.255.0.0 的子网掩码。在使用自动专用地址期间,客户机还会不断查询 DHCP 服务器是否已经工作,DHCP 服务器恢复工作后,客户机将重新获得其服务。由

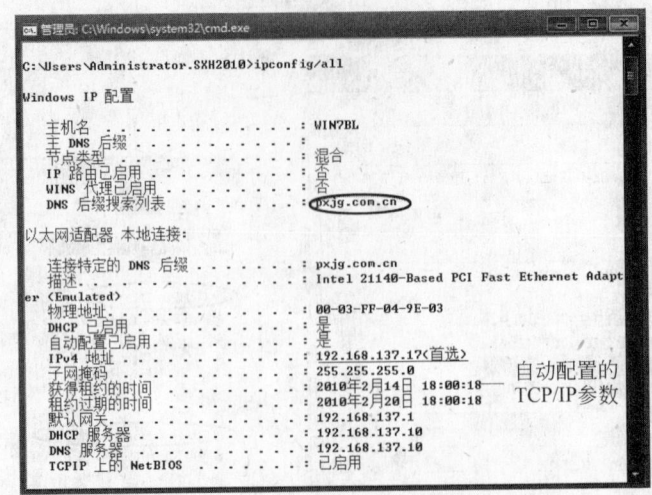

图 6-49　Windows 7 主机的 ipconfig/all 窗口

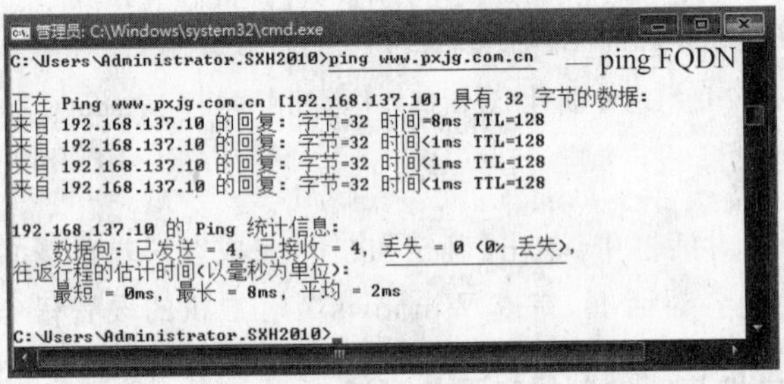

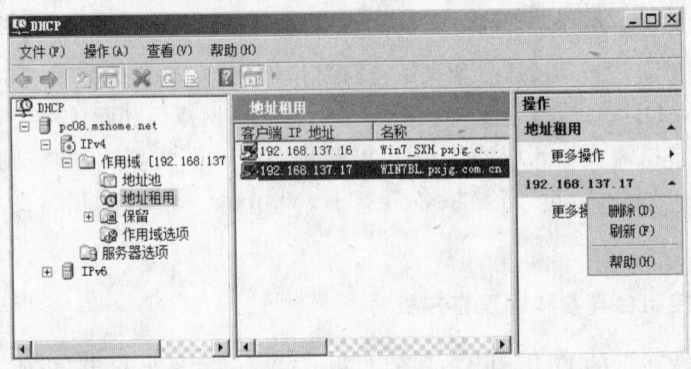

图 6-50　Windows 7 主机的 ping FQDN 窗口

图 6-51　在 DHCP 控制台查看 Windows 7 的租约

于只能获得 IP 地址和子网掩码两个参数,因此,只能进行简单的资源共享,不能通过默认网关接入 Internet,也不能使用 DNS 服务器的服务。

　　总之,在 Windows 的 DHCP 客户机上配置 TCP/IP 时,只需将 IP 地址和首选 DNS 服务器选项分别设置为"自动获得 IP 地址"和"自动获得 DNS 服务器地址"即可。

6.5 通过 ICS 服务器接入 Internet

提到共享上网,人们很容易想到使用代理服务器或前面介绍的硬件路由器,其实对于小型局域网用户来说,最廉价的选择是使用 Windows 系统本身提供的共享上网功能。

6.5.1 ICS 概述

1. 名称

ICS 是"Internet Connection Sharing"的英文缩写,其中文名称是"Internet 连接共享"。

2. 功能

ICS 是 Windows 系统为家庭网络,或者小型 Intranet 提供的一种 Internet 连接共享服务。由于在局域网内部,客户计算机使用的是私有地址和端口号;因此,在接入 Internet 之前,ICS 服务器会将私有 IP 地址和端口号,转换为公有的 IP 地址及 TCP/UDP 端口。

通过网络地址转换器将原来局域网主机使用的私有地址转换成 ISP 分配的一个公有 IP 地址,从而实现局域网主机对 Internet 的连接访问。因此,ICS 服务器实质上就是一种网络地址转换器。在微软的 Windows 98 以后的操作系统中,都能提供 ICS 服务功能。ICS 服务实际上是 NAT 服务的简化版。

3. 用途

当小型局域网(如工作组网络)只有一个公用 IP 地址时,启用和设置 ICS 服务器,即可让同网段内的其他使用私有 IP 地址的主机共享接入 Internet。

4. 通过 ICS 服务器接入 Internet 的硬件连接方式

(1) 网络系统结构图

通过 ICS 接入 Internet 的硬件连接方式如图 4-23 所示。在网络中,将连接接入设备的计算机称为 ICS 服务器(又称 ICS 计算机);而将使用 ICS 服务的其他计算机称为 ICS 客户机。ICS 服务器为网络中的所有计算机提供网络地址转换服务,同时它还可以成为一台 DNS 的代理服务器,提供 IP 地址和域名地址之间的名称解析服务。

(2) ICS 服务器的连接

ICS 服务器(计算机)的硬件接入设备可以采用 Modem、ISDN 适配器或高速连接设备,如网卡(即通过 NIC 接入宽带网络)、ADSL 接入设备(ADSL Modem 或 ADSL 路由器)或 Cable Modem 等。接入时连接的要点如下:

① 如果采用的是 Modem 或 ISDN 适配器接入,则只需正确地安装接入设备,再经过简单的设置即可实现 ICS 服务。

② 如果采用的是 ADSL 或 Cable Modem 接入,则 ICS 服务器上需要安装两块网卡,一块 LAN(内)网卡用于连接内部网络,一块 WAN(外)网卡用于连接接入网络或设备。

说明:当内部网络中有一台计算机通过接入设备实现了与 Internet 的连接时,则只需启用这台计算机的 ICS 功能,即可实现通过它代理其他用户接入 Internet 的目标。

(3) ICS 客户机的连接

ICS 客户计算机通过局域网的网卡连接到局域网中的 Hub(集线器)或 Switch(交换机)上即可。

6.5.2　通过 ICS 服务器接入 Internet

通过 ICS 服务器接入 Internet 的实现技术,包括 ICS 服务器端(即与拨号接入设备直接相连的计算机)和 ICS 客户端两个方面。ICS 服务器又包含接入 WAN 和共享给局域网两项主要设置。

1. 确认网络已经组建

本节的设置前提是已组建起局域网系统,如在工作组中已看见所有成员。

2. ICS 服务器的设置

在 ICS 服务器中的设置主要包括:接入 Internet 的拨号连接设置和局域网设置两个方面。前者将提供 Internet 的连接,或者将确保与局域网其他用户正常连通。

(1) 确认接入(ADSL_LAN)网卡和本地(LAN2)网卡工作正常

LAN 连接是指通过网线与局域网设备交换机(集线器)连接的网卡;WAN 连接是指与 ISP 接入设备连接的网卡,如与 ADSL Modem 连接网卡的连接。

① 在 ICS 服务器上,以管理员(Administrator)的身份登录到 Windows 7 系统。

② 在设置之前,应当确认网卡的硬件驱动已经正常安装。对于即插即用型网卡通常不用安装,只需确认网卡的工作正常。依次选择"控制面板"→"网络和 Internet"→"网络和共享中心选项"。

③ 在打开的如图 6-52 所示的"网络和共享中心"窗口中,分别选择要确认的连接(网卡),如单击 ADSL_LAN 选项;在打开的对话框中,单击【属性】按钮。

④ 在如图 6-53 所示的"ADSL_LAN 属性"对话框中,单击【配置】按钮;在打开的"网络适配器"配置窗口中,确认该网卡的工作正常;最后,单击【确定】按钮,返回图 6-53 所示对话框。

⑤ 同理,打开"LAN2 属性"对话框,确认 LAN 网卡的工作状态正常。

(2) 设置接入网卡

在安装了 Windows 7 具有双网卡的 ICS 服务器上:

① 接入网卡:在"ADSL_LAN 属性"对话框中,选中"Internet 协议版本 4(TCP/IPv4)",单击【属性】按钮,打开如图 6-54 所示的"Internet 协议版本 4(TCP/IPv4)属性"对话框。

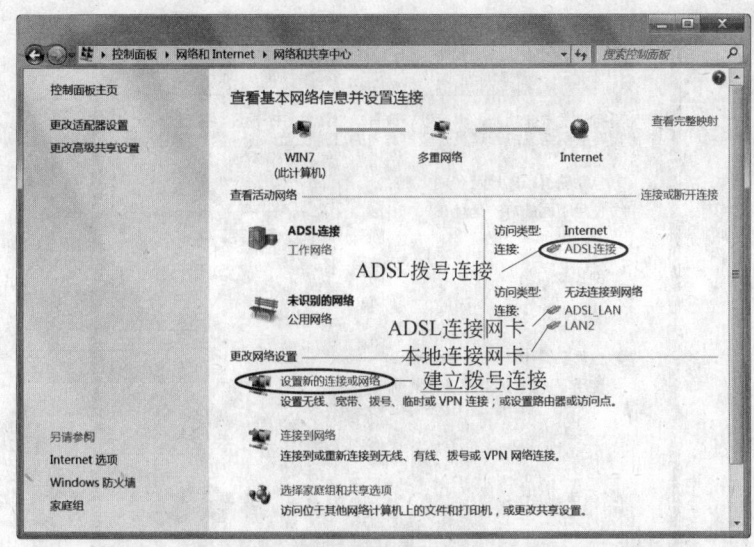

图 6-52 "网络和共享中心"窗口

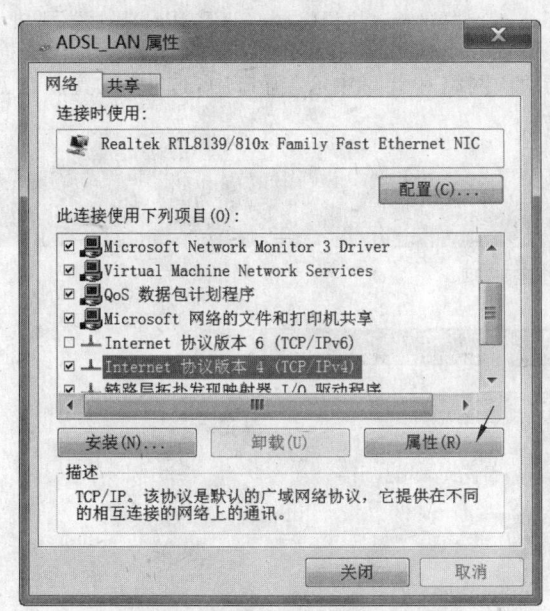

图 6-53 "ADSL_LAN 属性"对话框

② 在如图 6-54 所示的对话框中,第一,选中"自动获得 IP 地址"和"自动获得 DNS 服务器地址"两个单选按钮;第二,单击【确定】按钮,完成 ADSL_LAN 连接网卡的设置。

说明:对于申请到静态 IP 地址的单位,在图 6-54 所示对话框中应输入申请到的 IP 地址、子网掩码、默认网关、DNS 服务器等信息。

(3) 建立接入的拨号连接

在接入网卡已设好的前提下,建立 ADSL 虚拟拨号连接的操作步骤如下:

① 依次选择"控制面板"→"网络和共享中心"选项,打开如图 6-52 所示窗口。

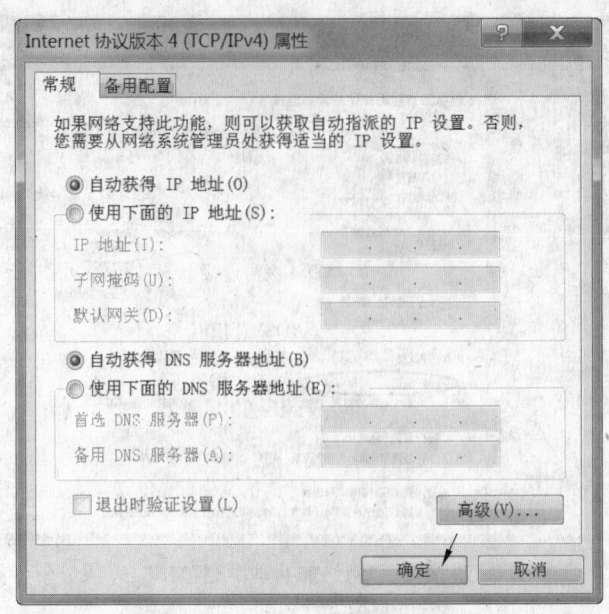

图 6-54 "Internet 协议版本 4(TCP/IPv4)属性"对话框

② 在图 6-52 所示的"网络和共享中心"窗口中,选中"设置新的连接或网络"选项,打开如图 6-55 所示对话框。

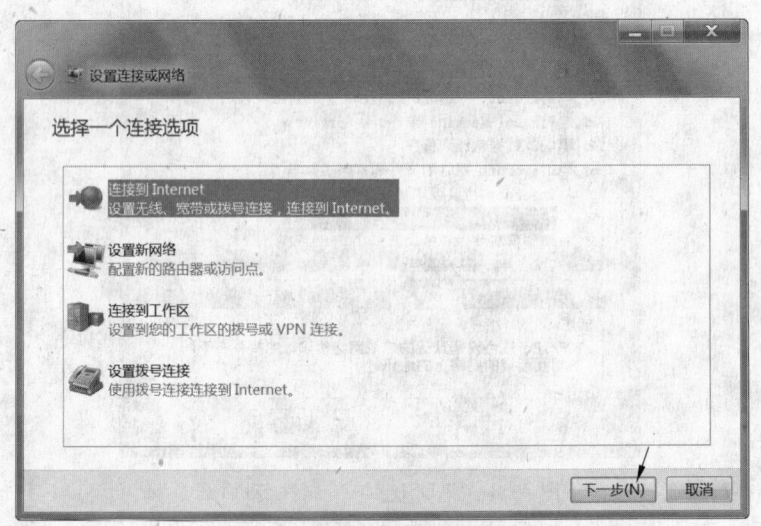

图 6-55 "设置连接或网络"对话框

③ 在图 6-55 所示的"设置连接或网络"对话框中,选中"连接到 Internet"选项,单击【下一步】按钮,打开如图 6-56 所示对话框。

④ 在图 6-56 所示的"您想如何连接"对话框中,选中"宽带(PPPoE)(R)"选项。

⑤ 打开如图 6-57 所示的对话框,第一,输入登录 ISP 需要的信息,如用户名、密码等;第二,单击【连接】按钮,打开如图 6-58 所示对话框。

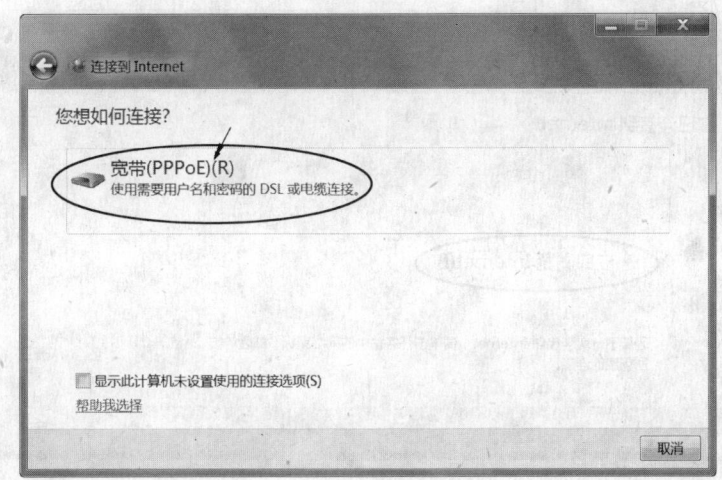

图 6-56 "您想如何连接"对话框

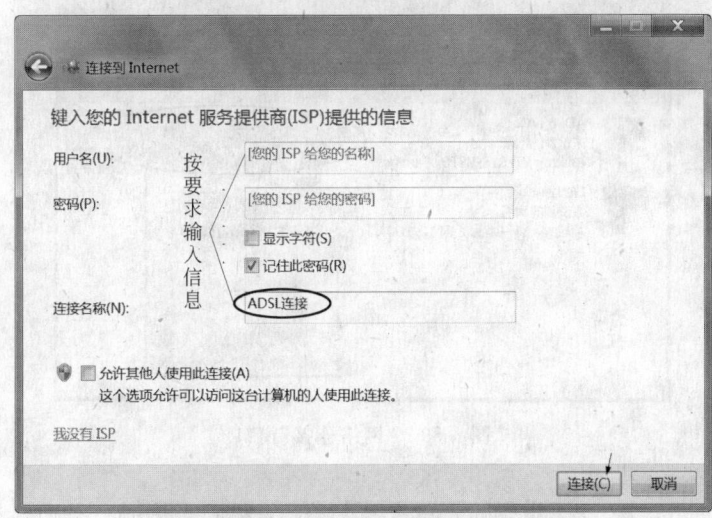

图 6-57 "输入您的 ISP 信息"对话框

⑥ 在图 6-58 所示的"您已连接到 Internet"对话框中,选中"立即浏览 Internet"选项,打开 IE 可以浏览 Web 网站;单击【关闭】按钮,结束建立虚拟拨号的任务。

⑦ 单击图 6-52 左侧目录树的"更改适配器设置"选项,打开如图 6-59 所示的"网络连接"窗口,可以看到所有连接,如拨号用的 ADSL 连接、本地网卡的 LAN2,及接入网卡 ADSL_LAN。

(4) 将接入连接共享给 LAN 连接

① 在图 6-59 所示的"网络连接"窗口中,第一,右击要共享的连接,如"ADSL 连接";第二,在弹出的快捷菜单中,单击【属性】选项,打开如图 6-60 所示对话框。

② 在图 6-60 所示的"ADSL 连接 属性"对话框中,选中"共享"选项卡;第一,选中"允许其他网络用户通过此计算机……"复选框;第二,在"家庭网络连接"选项列表中,选择一

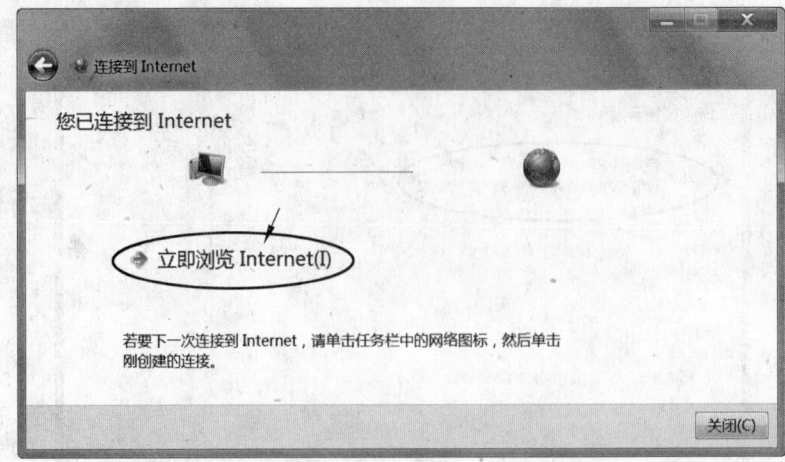

图 6-58 "您已连接到 Internet"对话框

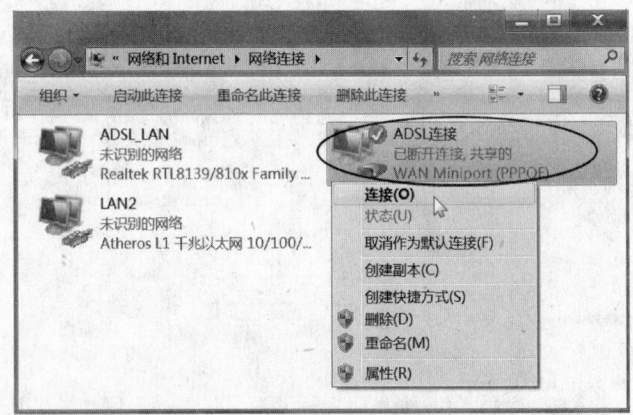

图 6-59 "网络连接"窗口

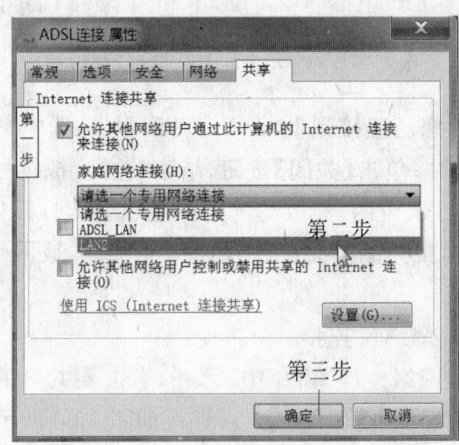

图 6-60 "ADSL 连接 属性"对话框"共享"选项卡

个与专用局域网相连的连接,如 LAN2;第三,单击【确定】按钮,根据提示完成操作。

说明:如果 ICS 服务器最终的接入设备是网卡,而不是 ADSL Modem 的拨号连接,则要共享的连接就是接入网卡的连接。总之,谁接入 Internet 就共享谁。

③ 在如图 6-61 所示的"网络连接"的提示窗口中,系统提示和询问"Internet 连接共享被启用时,您的 LAN 适配器将被设置成使用 IP 地址 192.168.137.1……",单击【是】按钮,接受设置。

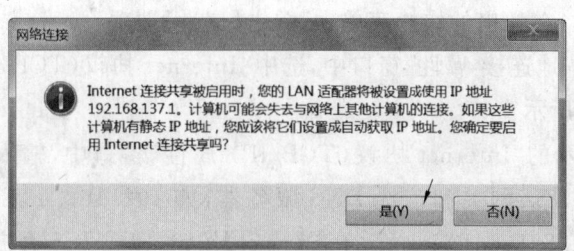

图 6-61 "网络连接"的提示窗口

④ 再次打开图 6-59 所示的"网络连接"窗口,选择局域网网卡对应的 LAN2 连接,单击鼠标右键,在弹出的快捷菜单中,单击"属性"选项。

⑤ 打开"LAN2 属性"对话框,第一,选中"Internet 协议版本 4(TCP/IPv4)"选项;第二,单击【属性】按钮,打开图 6-62 所示的 ICS 服务器端"Internet 协议版本 4(TCP/IPv4)属性"对话框,可以看到 IP 地址已被自动设置:IP 地址和首选 DNS 服务器地址均为 192.168.137.1,子网掩码为 255.255.255.0。

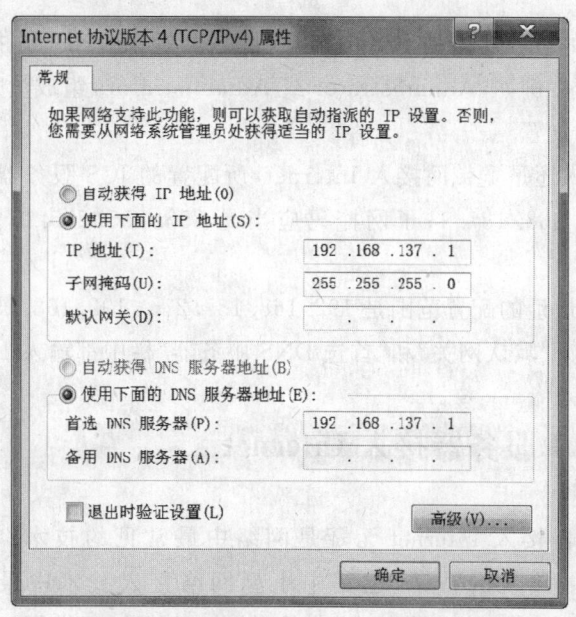

图 6-62 ICS 服务器端"Internet 协议版本 4(TCP/IPv4)属性"对话框

⑥ 在图 6-62 所示的对话框中,单击【确定】按钮,完成 ICS 服务器端的所有设置。

3. ICS 客户机（Windows XP）的设置

① 在 ICS 客户机上，以管理员（Administrator）的身份登录到 Windows XP 系统中，确定计算机已经加入网络，如工作组 WG10。

② 依次选择"开始"→"控制面板"→"网络连接"选项。

③ 在打开的 ICS 客户机的"网络连接"窗口中，选择局域网网卡所对应的"本地连接"选项；单击鼠标右键，在弹出的快捷菜单中，单击【属性】选项。

④ 在打开的"本地连接 属性"窗口中，选中"Internet 协议（TCP/IP）"后，单击【属性】按钮，打开如图 6-8 所示窗口。

⑤ 在图 6-8 所示的"Internet 协议（TCP/IP）属性"窗口中，输入分配给该客户机的 IP 地址、子网掩码、默认网关和首选 DNS 服务器，如 192.168.137.2、255.255.255.0、192.168.137.1 和 192.168.137.1 后，单击【确定】按钮，完成 ICS 客户端的设置。

⑥ 先将 ICS 服务器接入 Internet 后，打开客户机的浏览器进行信息浏览测试。

注意：第一，ICS 客户机设置时，每台客户机的 IP 地址应当不同，而子网掩码、默认网关和首选 DNS 服务器等处输入的值都应当相同。第二，如果网络中安装了 DHCP 服务器，应先在 DHCP 服务器中修改 IP 地址范围、默认网关等信息；再到图 6-8 所示的对话框中，选择"自动获得 IP 地址"和"自动获得 DNS 服务器地址"。

4. 实现 Internet 共享中要注意的问题

（1）登录身份

无论是在 ICS 的服务器还是 ICS 的客户机端，配置 Internet 连接共享时，必须以管理员账户的身份登录，例如，Administrator 或 Administrators 组成员账户登录。

（2）TCP/IP 的配置

无论是拨号接入还是宽带网接入 Internet，所配置的 ICS 服务器的本地局域网卡的 IP 地址一定是 192.168.137.1；子网掩码应当是 255.255.255.0；默认网关地址应当空白。

ICS 客户机 IP 地址的配置范围是 192.168.137.2 ~ 192.168.137.254；子网掩码应当是 255.255.255.0；"默认网关"和"首选 DNS 服务器"栏中都输入 192.168.137.1。

6.6　通过 NAT 服务器接入 Internet

通过硬件路由器接入 Internet 无疑是网络中最常见的技术。但是，通过软件路由器中的 NAT 功能接入的技术，也是中小型网络接入技术中最常用的方法之一。下面介绍通过个人计算机的多网卡、宽带网络（如 ADSL 宽带网）和局域网的连接设备（如集线器或交换机），以及 Windows Server 2008 中的 NAT 服务器接入 Internet 的实现技术。

6.6.1 NAT 相关的基本知识

1. 网络地址转换(Network Address Transition,NAT)服务器

NAT 服务器实现的功能之一：可以在 TCP/IP 网络中实现私有地址、端口号到公有地址、端口号之间的自动转换服务。由于在私有网络中使用的是私有 IP 地址和私有端口号，Internet 上是不能识别使用私有地址的主机的；因此，只有通过地址转换(NAT、ICS)服务器的转换服务，才能访问 Internet。由此可见，NAT(ICS)服务器实质上就是一台转换服务器，它可以对所有出站和进站的 IP 地址、端口号进行自动的转换服务。

2. ICS 与 NAT 的区别及适用场合

在 Windows Server 2008 中，两种软件接入技术既有相似之处，也有不同。

(1) ICS 接入 Internet 的特点

ICS 的功能比较简单，设置容易，无须太多专业知识，更加适用于小型的家庭或办公室的网络环境。ICS 接入 Internet 的特点如下：

① 由于 ICS 只能使用一个公用 IP 地址，因此无须注册多个公用 IP 地址，因而它的维持费用较低。

② 使用 ICS 服务的局域网中的私有 IP 地址受到限制。ICS 服务器(计算机)只能使用 192.168.137.1，而其他主机使用的 IP 地址范围是 192.168.137.2～192.168.137.254。注意，早期微软版本中的私有 IP 范围是 192.168.0.2～192.168.0.254。

③ ICS 本身没有任何安全措施，如果局域网中的各个计算机需要安全保护措施，则应当在 ICS 服务器(计算机)上安装防火墙。

④ ICS 对系统平台无特殊要求，任何安装了 Windows 98 以上版本的计算机都可以配置成 ICS 的服务器(计算机)。

(2) NAT 接入 Internet 的特点

配置 NAT 服务器时，安装者除了需要有 IP 地址和路由方面的专业知识外，还需要具备一定的专业知识，因此更适合于公司的办公网络环境。NAT 接入 Internet 的特点如下：

① NAT 能够使用多个公用 IP 地址，从而使局域网用户可以使用多个合法的 IP 地址访问 Internet；为此，可以适用于中小型的局域网。例如，某公司有一条上网的 ADSL 电话线，还有一条可以上网的电视线路，都可以通过同一个 NAT 服务器进行接入服务。而 ICS 服务器则不行，ICS 服务器只能对一条上网的线路进行转换服务。

② 由于 NAT 是基于 IP 路由的，因此其安全性比 ICS 高得多。但是，对于使用 NAT 共享上网的局域网来说，安装防火墙可以进一步提高安全性。

③ NAT 网络中的客户机可以设置自己需要的静态内部 IP 地址，因而更具灵活性。

④ 由于支持 NAT 功能的操作系统只有 Windows Server 2003/2008，因此，小型的家庭或办公室用户不方便使用，也因此使得其投资和维护成本增加。

⑤ 除了 IP 地址和端口的转换服务功能外，NAT 服务器还可以通过软件设置为路由

器、VPN（虚拟专用网）服务器、远程专用网络的互连等，而 ICS 服务器则不行。

3. NAT 接入时的软件结构

（1）NAT 服务器

在微软网络中，NAT 服务器是指安装了 Windows 服务器版，如 Windows Server 2008，并启用和配置了 NAT 功能的计算机。因此，NAT 服务器是指一台已经连入了 Internet 的计算机，并能够向全体使用私有 IP 地址的其他计算机提供 NAT 服务，实现全体局域网用户接入 Internet 的计算机。

（2）NAT 客户机

NAT 客户机是指非 NAT 服务器的其他计算机，其上应当安装有合适的桌面操作系统，如 Windows XP/Vista/7 等。它们通过内置网络功能和 NAT 服务器即可接入 Internet。

（3）其他条件

至少具有一个能够接入 Internet 的宽带网账号或公有 IP 地址，如长城宽带网或网通 ADSL 等的用户名或账号。

6.6.2　通过 NAT 服务器接入 Internet

1. NAT 服务器的组成与网络系统结构图

如图 4-23 所示，NAT 服务器至少有两个网络的接口，一个接口（可以是网卡或 Modem）用来连接公用网络（ISP 的 WAN），该接口通常使用 Internet 上有效的公有 IP 地址和端口号；另一个接口（通常是 LAN 网卡）用来连接私有网络（LAN），通常配置为局域网内部有效的私有地址。

2. NAT 系统的准备

① 安装好接入 ISP 的硬件，如 ADSL Modem 及 NAT 服务器上的 WAN 网卡。
② 安装网卡和网卡驱动程序，将网络连通；组建好微软网络，如工作组网络。

3. NAT 服务器上的设置

（1）设置接入 WAN 的网卡
参见 6.5.2 节中相应段落。
（2）建立接入 Internet 的拨号连接
参见 6.5.2 节中相应段落。
（3）安装"路由和远程访问"服务
① 在安装了 Windows Server 2008 的 NAT 服务器上，以管理员（Administrator）的身份登录系统。
② 依次选择"开始"→"程序"→"管理工具"→"服务器管理器"选项，打开图 6-63 所示的"服务器管理器"窗口，单击"角色摘要"下的"添加角色"选项。

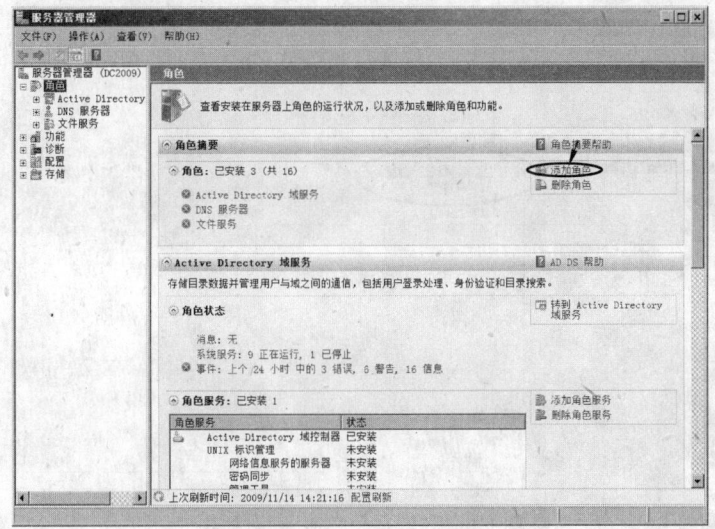

图 6-63 "服务器管理器-添加角色"窗口

③ 打开"添加角色向导-开始之前"对话框,单击【下一步】按钮,打开如图 6-64 所示对话框。

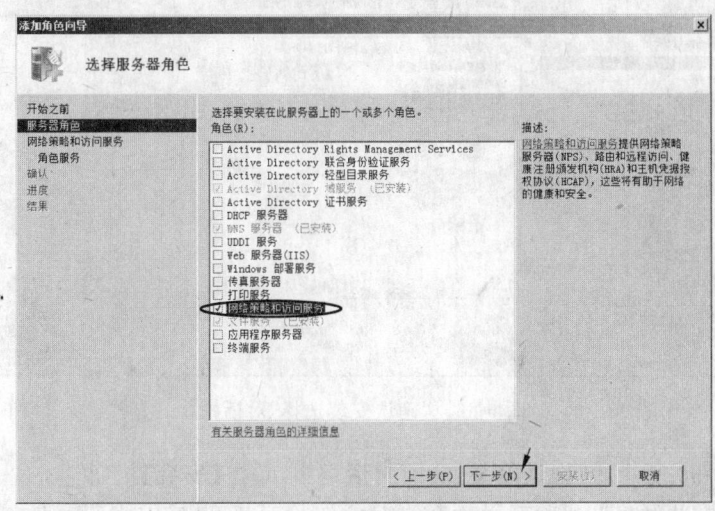

图 6-64 "选择服务器角色"对话框

④ 在图 6-64 所示的"选择服务器角色"对话框中,确认选中了"网络策略和访问服务"选项后,单击【下一步】按钮。

⑤ 打开"网络策略和访问服务"对话框,单击【下一步】按钮,打开如图 6-65 所示对话框。

⑥ 在图 6-65 所示"选择角色服务"对话框中,在角色服务列表中选中"网络策略服务器"和"路由和远程访问服务"中的所有角色服务;当然,也可以单独选中其中的某一项。之后,单击【下一步】按钮,打开如图 6-66 所示对话框。

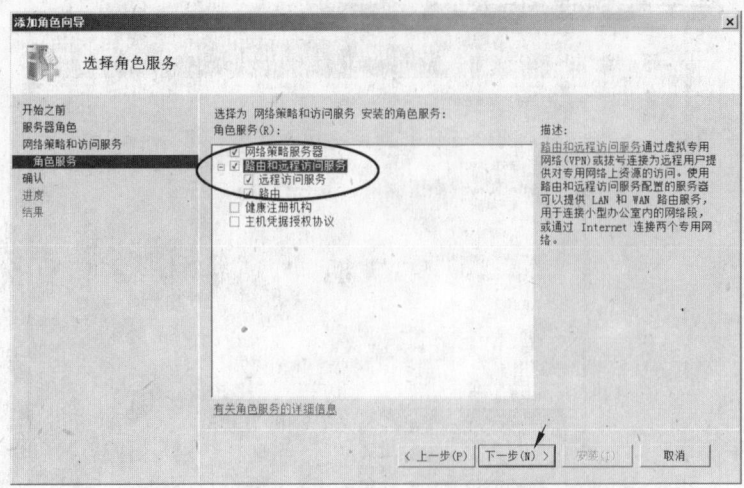

图 6-65 "选择角色服务"对话框

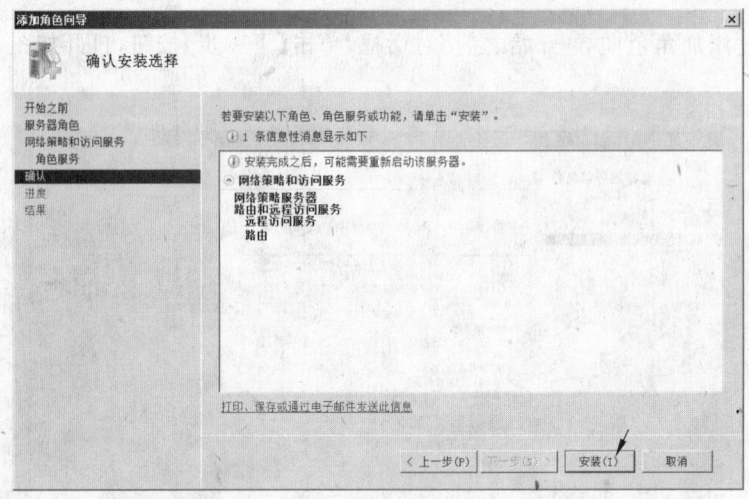

图 6-66 "确认安装选择"对话框

⑦ 在图 6-66 所示的"确认安装选择"对话框中,单击【安装】按钮。

⑧ 打开"安装结果"对话框,单击【关闭】按钮。至此,已经完成所选角色的安装。

(4) 配置 LAN 网卡

NAT 服务器接入本地专用局域网的 LAN 网卡连接的配置步骤如下:

① 打开图 6-59 所示的"网络连接"窗口,选择局域网网卡对应的 LAN 连接,单击鼠标右键,在弹出的快捷菜单中,单击"属性"选项。

② 打开"LAN 属性"对话框,第一,选中"Internet 协议版本 4(ICP/IPv4)"选项;第二,单击【属性】按钮,打开图 6-67 所示的对话框,选择"使用下面的 IP 地址选项"单选按钮后,输入分配给该网卡的 IP 地址、子网掩码、首选 DNS 服务器等信息,如 200.200.200.1、255.255.255.0、200.200.200.1 等;之后,单击【确定】按钮,完成设置。

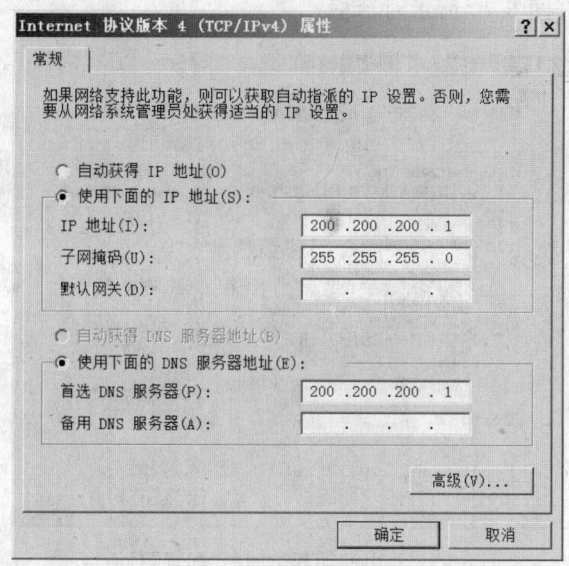

图 6-67　NAT-LAN 的"Internet 协议版本 4(TCP/IPv4)属性"对话框

（5）启用路由和远程访问服务器

在 NAT 服务器上，启用和设置"路由和远程访问"服务的步骤如下：

① 依次选择"开始"→"程序"→"管理工具"→"路由和远程访问"选项。

② 打开图 6-68 所示的"路由和远程访问"窗口，右击 NAT 服务器的名称，在打开的快捷菜单中，选择"配置并启用路由和远程访问"选项。

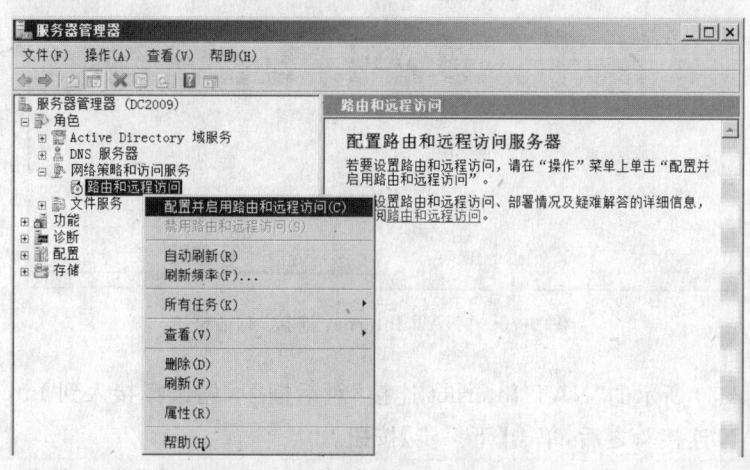

图 6-68　"路由和远程访问"窗口

③ 在打开的"路由和远程访问服务器安装向导"对话框中，单击【下一步】按钮。

④ 在打开的"选择总结"对话框中，单击【下一步】按钮。

⑤ 在打开的"路由和远程服务器安装向导"对话框中，单击【下一步】按钮。

⑥ 在打开的图 6-69 所示的路由和远程访问的"配置"对话框中，第一，选择服务器的类型，如选中"网络地址转换（NAT）"选项，表示此计算机将充当 NAT 服务器。第二，单

击【下一步】按钮，打开图 6-70 所示对话框。

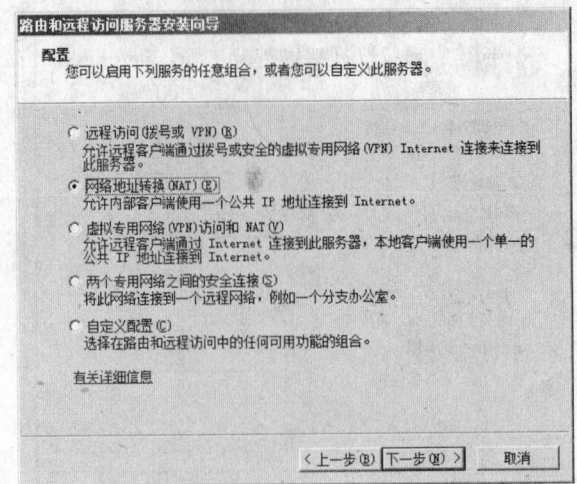

图 6-69　路由和远程访问的"配置"对话框

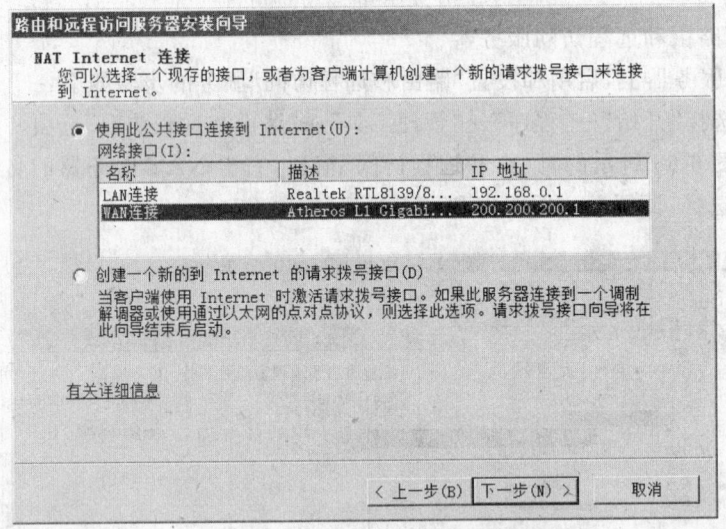

图 6-70　"NAT Internet 连接"对话框

　　⑦ 在图 6-70 所示的"NAT Internet 连接"对话框中，先选择接入到 Internet 的网络接口，如"WAN 连接"；之后，单击【下一步】按钮。

　　⑧ 在打开的图 6-71 所示的路由和远程访问的"正在完成"对话框中，单击【完成】按钮。

　　⑨ 再次选择"开始"→"程序"→"管理工具"→"路由和远程访问"选项，打开图 6-72 所示的窗口。可以看到服务器的名称，已经由红色箭头图标变为绿色的箭头图标，这表示 NAT 服务已正常启动。在"路由和远程访问"的左侧窗格中，依次选择 IPv4→"常规"→ NAT 选项，在右侧窗格中可以显示 NAT 服务的实时映射状态。

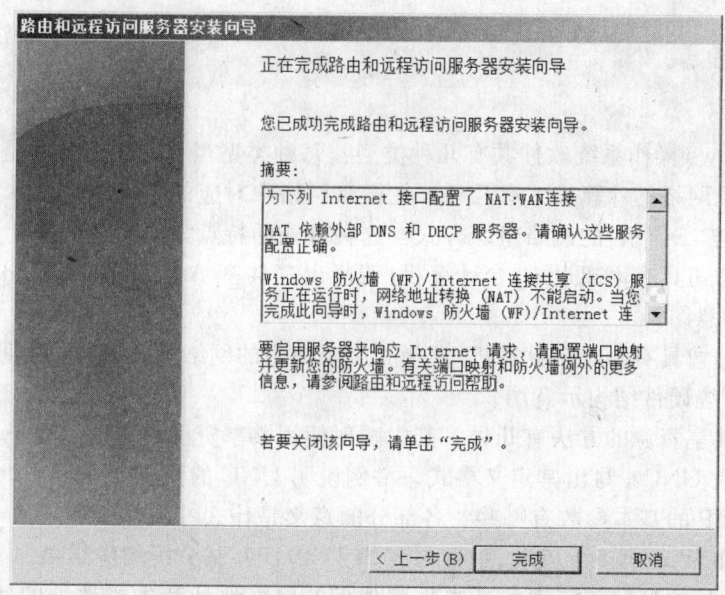

图 6-71 路由和远程访问"正在完成"对话框

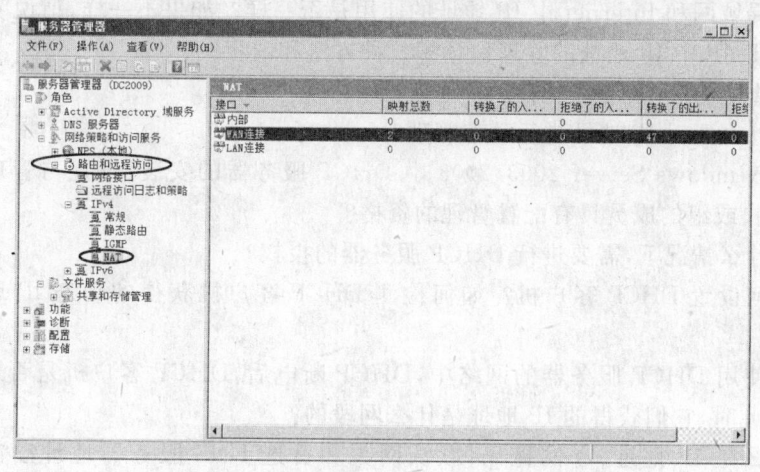

图 6-72 "服务器管理器-路由和远程访问"窗口

4. NAT 的 Windows 客户机上的设置

① 在 Windows 7 或 XP 客户机上,以管理员(Administrator)的身份登录;如登录到 Windows XP 系统中,确定计算机已经加入网络,如工作组 WG10。

② 在打开的"本地连接 属性"窗口中,选中"Internet 协议(TCP/IP)"后,单击【属性】按钮。在图 6-16(或图 6-8)所示的"Internet 协议(TCP/IP) 属性"对话框中,应当输入分配给该客户机的 IP 地址、子网掩码、默认网关和首选 DNS 服务器(应当是 NAT 服务器局域网网卡的 IP 地址 200.200.200.1);之后,单击【确定】按钮,完成 NAT 客户端的设置。即可开始 Internet 上的漫游。

习题

1. Windows 操作系统软件共有几种类型？每种类型当前的主流版本是什么？

2. 计算机网络的计算模式有几种？在微软网络中对应的组织结构名称又是什么？

3. 什么是"工作组"的网络组织方式？这种方式的特点如何？适用在什么场合？

4. 某小公司具有不超过 10 台计算机，请画出其共享 Adsl 线路和 Modem 上网的系统硬件结构示意图。

5. 某中公司具有 100 台计算机，选择其应当使用的网络模式，请说明理由，并画出其共享上网的系统硬件结构示意图。

6. 使用共享资源的方法有几种？其中映射使用共享资源的方法适合于什么场合？

7. 什么是 UNC？写出其定义格式。举例说明 UNC 的使用。

8. TCP/IP 的基本参数有哪些？各部分的意义是什么？

9. 如何在 Windows 中安装、配置与测试 TCP/IP？试分析相应结果。

10. IP 地址的分配和使用的基本规则如何？网络地址和主机地址的使用规则各有哪些？

11. 在局域网和 Internet 中 IP 地址的使用是否一样？如果不一样，请说明理由。

12. TCP/IP 中 IP 地址的管理包括哪几种方法和内容？

13. 什么是静态 IP 地址、动态 IP 地址？

14. 为什么要对 IP 地址进行动态管理？

15. 在 Windows Server 2003/2008 中 DHCP 服务器的安装、设置与管理要点有哪些？哪些账户或组的成员具有配置管理的资格？

16. 在什么情况下，需要进行 DHCP 服务器的授权？

17. 如何设置 DHCP 客户机？如何检测 DHCP 客户机获得的动态 IP 地址及其他信息？

18. 在使用 DHCP 服务器的网络中，DHCP 断电后，DHCP 客户机是否还能够进行资源共享？此时，它们获得的 IP 地址是什么网段的？

19. 什么是 IP 地址、子网掩码、默认网关和首选 DNS 服务器地址？它们各有什么用？

20. 使用"ipconfig/?"命令查一下常用的参数有哪些？请解释 ipconfig/renew 的用途。

21. 使用"ping/?"命令查一下其常用参数有哪些？

22. 什么是 ICS 和 NAT 服务？它们有什么相同和不同？

23. 安装了 NAT 服务的计算机能够充当哪些服务角色？

24. 写出局域网通过 ADSL 线路和 ICS 服务器与 Internet 连接的软硬件条件和设置流程。

25. 写出局域网通过 ADSL 线路和 NAT 服务器与 Internet 连接的软硬件条件和设置流程。

本章实训环境和条件

① 网络环境。

② 具有网络操作系统的光盘或安装软件,如准备 Windows Server 2008 的安装光盘。

③ 安装了 Windows XP/7 的计算机两台充当工作组成员(客户机)或 ICS 服务器。

④ 安装有 Windows Server 2008 的计算机充当服务器,如 DHCP 和 NAT 服务器。

实训项目

1. 实训 1:网络的基本设置

(1) 实训目标

① 掌握网卡驱动程序的安装和参数修改技术。

② 明确网络中的基本组件,掌握网络基本组件的安装步骤。

(2) 实训内容

在微软计算机中,完成以下内容:

① 添加网卡驱动程序:记录该网卡使用的 IRQ 和 I/O 地址。

② 安装和配置网络组件:网络中最基本的组件就是网络的协议、客户和服务。

③ 添加的协议:TCP/IP,前者无须配置,后者配置为静态 IP,例如,IP 为 200.200.200.XX(XX 在 1~254 之间取值,可以是学号或计算机编号;下同)、子网掩码为 255.255.255.0。

④ 添加网络客户,例如,安装了 Microsoft 网络客户端。

⑤ 添加基本网络服务,例如,安装了"Microsoft 网络的文件和打印机共享"。

2. 实训 2:组建工作组网络

(1) 实训目标

掌握在微软中组建对等网(工作组网络)所需的主要步骤。

(2) 实训内容

① 网络常规信息配置:主要指计算机名称(HXX)、工作组(WG11)名称等的配置。

② 创建本地用户和组:在 Windows 7 中,依次选择"控制面板"→"用户和家庭安全"窗口,建立两个账户 u1、u2 和一个本地组 g1(含 u1 和 u2)。

③ 开放共享资源与设置访问控制权限:实现网络资源的安全互访。应当包括开放共享资源(共享、添加用户和设置用户的访问权限)。例如,在本机中,建立一个共享目录"D:\software",将其设置为共享,添加 g1 组,并赋予其"更改"权限,删除"everyone"组的默认权限。

④ 使用已开放的共享资源:第一步,非本机(工作组中的其他计算机)登录;第二,依次使用"开始"→"网上邻居"命令,在打开的对话框中,浏览定位到具有共享目录"D:\software"的计算机上;第三,通过两种方法使用共享资源(直接使用和网络映射法),验证访问的权限是否满足"更改"的设置。

3. 实训 3：完成 DHCP 服务器和客户机端的设置

（1）实训目标

在一个 Intranet 中，实现 DHCP 服务子系统。掌握设置 DHCP 服务器与客户端的基本管理技术。

（2）实训内容

① DHCP 服务器端的设置。

- 安装和配置 DHCP 服务器，含静态 IP 地址、子网掩码等信息。
- 在工作组网络中，添加 DHCP 服务器，启动 DHCP 控制台。
- 设置"IP 地址池"：添加"作用域"和"排除地址"。
- 检查与管理"作用域"选项：子网掩码、路由器（默认网关）、DNS 服务器和 WINS 服务器等。
- 设置的租约为"1 天"。

② 分别在 Windows XP/7 的 DHCP 客户机上完成客户端的设置。

- 在 Windows 的"命令提示符"窗口中，使用"ipconfig /all"命令程序，检测计算机所配置的 TCP/IP 有关的各种信息，并对其响应进行分析和记录。
- 在 Windows 的"命令提示符"窗口中，使用"ipconfig /release"和"ipconfig /renew"命令程序释放并再次获得 IP 地址。
- 在客户机端的运行窗口，输入"cmd"；打开命令提示符窗口输入命令"ping www.sina.com"。

③ 在 DHCP 服务器端的管理：

记录和管理有效租用的客户机的计算机名称。

4. 实训 4：完成 TCP/IP 网络的自动管理目标

（1）实训目标

一个具有 1000 台主机的中型 Intranet，已经申请并获得了一个 C 类网络的地址，其网络 IP 为 192.168.137.0。

（2）用户需求分析

该网络具有 1000 台主机，其中的各种服务器（含 DHCP 服务器）需要 20 个静态 IP 地址；同时使用的客户计算机的总数不超过 230 个，通过路由器接入 Internet。该 Intranet 要求可以实现 TCP/IP 的自动配置管理。

（3）实训内容与要求

① 进行系统分析与规划设计，正确选择 TCP/IP 的管理方法，说明理由。

② 完成服务器和客户机的配置。

③ 检测网络中使用公网 DNS 服务器时的 DNS 服务，如访问 sohu 网站。

5. 实训 5：单机接入 Internet 的实训

（1）实训目标

在准备充当 ICS（或代理）服务器的计算机上，设置接入设备，如网卡（或 Modem）；并接入 Internet。

（2）实训内容

① 安装和诊断接入设备：如安装网卡（或 Modem）的驱动程序。

② 在充当接入服务器的计算机中，安装设置接入设备，如网卡或 Modem。

③ 测试充当服务器的计算机是否可以正常上网，如浏览信息或发送邮件。

6. 实训 6：局域网用户通过 ICS(NAT)服务器和 ADSL 线路共享上网

（1）实训目标

实现局域网用户通过建立的"拨号连接"及 ICS 和 NAT 服务器共享接入 Internet。

（2）实训内容

① 打开"网络连接"窗口；启动"新建连接向导"窗口，建立 ADSL 拨号连接。

② ICS(NAT)服务器端：进行硬件安装（接入设备和局域网网卡）和软件配置。

③ ICS(NAT)客户机端：进行硬件安装（局域网网卡）和软件配置。

④ 在客户机端测试是否可以浏览网页 http://www.sohu.com

第3篇

计算机网络应用篇

计算机网络应用系统模式

随着信息技术的不断发展,计算机网络技术也在不断地更新换代,计算机网络结构模式也随之发展。计算机网络系统模式主要包括:对等式网络结构模式(P2P)、客户机/服务器网络结构模式(C/S)和浏览器/服务器网络结构模式(B/S)。作为改变现有 Internet 应用模式的主要技术之一,对等式网络(P2P)是目前新一代互联网技术研究的热点。对等式网络试图有效地整合互联网的潜在资源,为用户提供了前所未有的自由和便利。C/S 网络系统模式是 20 世纪 80 年代伴随着计算机网络技术和数据库技术的发展而诞生的。在 C/S 网络系统模式中,提出服务请求的一方称为客户机,而提供服务的一方则称为服务器。服务器是网络的核心,而客户机是网络的基础,客户机依靠服务器获得所需要的网络资源,而服务器为客户机提供网络必需的信息与操作、运算资源。以 Web 技术为基础的浏览器/服务器(B/S)网络系统模式日益显现其先进性。B/S 网络系统模式是随着 Internet 技术的兴起,对 C/S 结构的一种变化或者改进的结构。目前,B/S 网络系统模式正得到广泛应用。

本章内容与学习要求

- 了解:基本的计算机网络系统模式类型。
- 了解:对等式网络结构的 3 种模式。
- 掌握:C/S 网络结构的基本构成及其特点。
- 掌握:B/S 网络结构的基本构成及其特点。
- 掌握:3 种计算机网络系统模式的区别。
- 了解:3 种计算机网络系统模式的适用场合。

7.1 对等式网络结构

在对等式网络中,用户之间可以直接通信、共享资源、协同工作,而无须经过服务器。各台计算机有相同的功能,无主从之分,网上任意节点计算机既可以作为网络服务器,为其他计算机提供资源;也可以作为工作站,分享其他服务器的资源。小型局域网常常采用对等式网络作为组网方式。对等式网络除了共享文件资源之外,还可以共享打印机。对等式网上的打印机可被网络上的任一节点使用,如同使用本地打印机一样方便。因为对等式网络不需要专门的服务器,也不需要其他组件来提高网络的性能,因而相对便宜很多。

1. 对等式网络结构系统组成

对等式网络也被称为工作组。对等式网络一般采用星型网络拓扑结构,最简单地对等式网络由使用双绞线直接相连的两台计算机构成。对等式网络结构使用的硬件与客户机/服务器结构几乎完全相同,例如,都可以使用以太网或令牌环网的网卡、双绞线等。它们之间的主要差别在于网络资源的逻辑编排和网络操作系统不同。在对等式网络结构中,没有专用的服务器,每一个工作站既起客户机作用又起服务器作用。对等式网络结构如图 7-1 所示。图中实线表示通过物理线路直接连接,虚线则表示在对等式网络中,一台计算机可以共享其他计算机的文件资源。

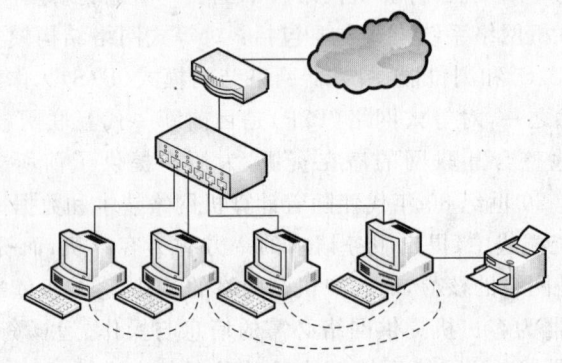

图 7-1   对等式网络结构

2. 对等式网络操作系统

对等式网络常用的操作系统包括：Microsoft Windows 2000/2003/XP、Microsoft Windows for Workgroup、Microsoft Windows NT Workstation 以及 OS/2 等,使用这些操作系统,可以方便地组建对等网。

3. 对等式网络模型

对等式网络是一种具有较高扩展性的分布式系统结构。所谓"对等"是指网络中的物理节点在逻辑上具有相同的地位,而并非处理能力的对等。迄今为止,对等式网络已经历了 3 代不同网络模型,各种模型各有优缺点,有的还存在着本身难以克服的缺陷,因此对等式网络尚未成熟,各种网络结构依然能够共存,甚至呈现相互借鉴的形式。

(1) 集中目录式结构

集中目录式是最早出现的对等式网络模型,因其具有中心化的特点,所以也被称为非纯粹的对等式网络模型。专门用于共享 MP3 音乐文件的 Napster 是最典型的代表,Napster 提供的 MP3 下载服务就是最早的对等式网络模式的实践。但是,Napster 并不提供 MP3 音乐资源,只是提供动态刷新的 MP3 目录服务。音乐来源于互联网用户,借助

Napster 几乎可以找到任何一首歌曲,因此,Napster 采用了一种集中式对等网络模式。Napster 结构如图 7-2 所示。其中,P 表示对等节点。

集中目录式结构模型的结构决定了它还存在很多问题,主要表现为:

① 对中央服务器的依赖性强。中心化的模式容易遭到直接的攻击,中央服务器瘫痪容易导致整个网络的崩溃,因此,可靠性和安全性较低。

② 维护更新成本高。随着网络规模的扩大,中央目录服务器维护和更新的费用将急剧增加。

③ 中央服务器的存在引起共享资源在版权问题上的纠纷,这也是导致 Napster 破产的一个直接原因。

④ 缺乏有效的强制共享机制,资源可用性差。

⑤ 资源浪费严重。

(2) 纯对等式网络模型

以 Gnutella 和 eDonkey 为代表的后来者们吸取了 Napster 的失败教训,将 Napster 的理念推进到纯对等式网络模式。纯对等式网络模式也被称为广播式模型。与集中目录式结构的最大区别在于纯对等式网络模式取消了中央服务器,从而使得每个用户随机接入网络,并与自己相邻的一组邻居节点通过端到端连接构成一个逻辑覆盖的网络。在纯对等式网络中,对等节点之间的查询和共享都是直接通过相邻节点广播接力传递,同时每个节点还会记录搜索轨迹,以防止搜索环路的产生。Gnutella 纯对等式网络结构如图 7-3 所示。图中,P 表示对等节点。

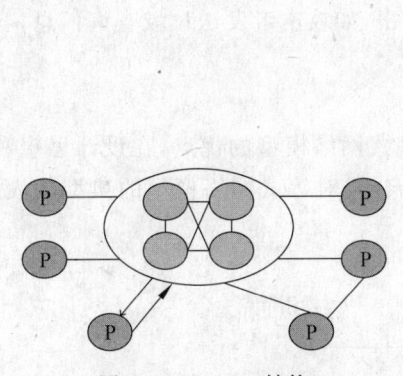

图 7-2 Napster 结构

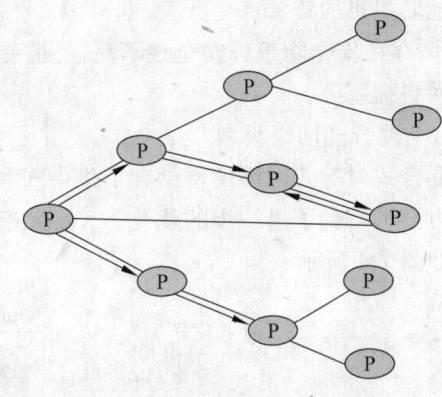

图 7-3 Gnutella 纯对等式网络结构

下面以 Gnutella 网络为例说明纯对等式网络的工作原理。

① 接入过程:一台新对等机首先通过访问某特殊站点提供的"主机缓存服务"(Host Cache Services)机制来得到一台活动对等机地址,通过与它建立一个连接将自己接入 Gnutella 网络。

② 广播查询:该新对等机主动探查网络中的其他对等机,找到相邻的对等机节点。该对等机首先向相邻的所有活动对等点发送一个查询描述符,在其他对等机接收到该查询描述符后,检查本地是否有符合查询请求的文件内容,如果有,则按查询描述符的发送路径返回一个查询响应描述符。

③ 建立连接：一旦定位了响应查询文件的对等机，就与响应对等机建立了 TCP 连接。

④ 下载文件：从响应对等机中下载所需文件资料。

可见，Gnutella 网络的特点主要体现在以下几方面：

① 文件传输过程通过 HTTP 实现，而且文件的传输不再经过 Gnutella 网络，从而实现了点对点的传输。

② 在查询过程中，无论本地是否存在符合查询请求的文件，其他对等机都会将该查询包通过扩散方式继续在网络中传递，直至查询包中 TTL(Time-to-Live)为 0，从而保证了对等机最大可能获取所需资源。

③ 它不再是简单的点到点通信，而是更高效、更复杂的网络通信。

④ 引入了强制共享机制，在一定程度上避免了集中目录式结构中纯个人服务器管理带来的随意性以及产生的低效率。

Gnutella 网络的缺点主要体现在以下几方面：

① 搜索花销大：搜索请求要经过很大的范围甚至整个网络才能得到结果，因此，这种模式占用很多带宽，而且返回结果需要较长时间。

② 网络的可扩展性较差。随着网络规模的扩大，通过扩散方式定位对等点及查询信息的方法将会造成网络流量急剧增加，从而导致网络拥塞，最终使 Gnutella 网络被分片，使得查询访问只能在网络的一片很小范围内进行。

③ 该模式很难被企业所利用，因为这种模式不能准确地把握网络上的用户节点数以及对他们提供的资源。

④ 存在安全隐患。安全性不高，易遭受恶意攻击，如攻击者发送垃圾查询信息，容易造成网络拥塞等。

（3）混合式网络模型

混合式对等式网络模型结合了集中式和纯对等式网络模型的优点，在设计思想和处理能力上都得到了进一步的优化。Kazaa 模型是混合式对等式网络模型的典型代表，其结构如图 7-4 所示。

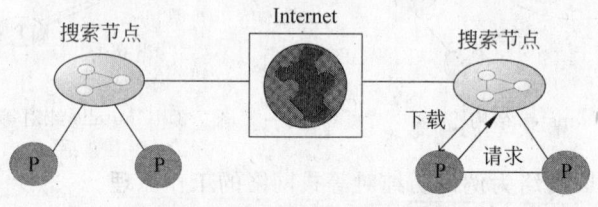

图 7-4　混合式对等式网络模型

图中，P 表示用户节点。Kazaa 模型在纯对等式网络模型基础上，根据节点承担任务和能力不同（如计算能力、内存大小、连接带宽、网络滞留时间等）把这些节点分为 3 类：

① 用户节点：即普通节点，这类节点不具有任何特殊的功能。

② 搜索节点：处理搜索请求，从它们的子节点中搜索文件列表，这些节点至少具有 128kb/s RAM 的网络连接速度，因此一般使用高性能处理器。

③ 索引节点：索引节点要求连接速度快、内存容量大。索引节点用于保存可以利用的搜索节点信息，并搜集状态信息，以便维护网络结构信息。

混合式对等式网络模型的工作原理如下：搜索节点与其临近的若干普通节点之间构成一个自治簇，簇内则采用集中目录式结构模式，不同簇之间再通过纯对等式网络模式将搜索节点相连，甚至也可以在各个搜索节点之间再次选取性能最优的节点，或者另外引入性能最优的节点作为索引节点，该节点负责保存整个网络中可以利用的搜索节点信息，并且负责维护整个网络的结构。

混合式对等式网络模型的主要特点包括以下几方面：

① 对任何节点而言，它可以既是搜索节点又是索引节点。

② 引入了父子节点的概念。用户节点可以选择 3 个搜索节点作为其父节点，如果父节点接受该用户节点作为其子节点，那么该用户节点就可以提交其所要共享的列表给父节点。

③ 搜索节点起到独特功能。搜索节点负责管理所属用户的文件列表。用户节点通过索引节点获得搜索节点信息后，用户节点就与获得的搜索节点相连，每一次查询都通过该搜索节点进行。

④ 有效防止了泛洪。由于普通节点的文件搜索先在本地簇内进行，只有查询结果不理想时，才通过搜索节点之间进行有限的泛洪。这样就有效地消除了纯对等式网络结构中使用泛洪算法带来的网络拥塞、搜索迟缓等各种不利影响。

⑤ 提高了安全性和负载均衡。由于每个簇中的搜索节点监控着所有普通节点的行为，在网络局部范围内控制了一些恶意攻击，并且搜索节点也在一定程度上提高了整个网络的负载平衡。

4. 对等式网络的组网步骤

对等式网络一般采取如下安装步骤：

① 确定对等式网络的拓扑结构。对等式网络一般采用星型拓扑结构。

② 选择合适的传输介质。

③ 根据传输介质的类型、网络的运行速度、网络的覆盖范围等选择网络连接设备。

④ 硬件连接。

⑤ 网络软件的安装。

⑥ 设置资源共享。

5. 对等式网络的软件类型

对等式网络软件主要有以下类型：

① 即时通信软件，如 ICQ、Yahoo Messenger、MSN Messenger 等。

② 实现共享文件资源的软件，如 Napster、Gnutella 和 CenterSpan 等。用户可以直接从任意一台安装同类软件的节点上上传和下载资料。

③ 游戏软件。目前的许多网络游戏都是通过对等式网络方式实现的。

④ 存储软件，如 Farsite。用于在网络上将存储对象分散存储。

⑤ 数据搜索及查询软件,如 Infrasearch、Pointera。用来在对等式网络中检索资源。

⑥ 分布式计算软件,如 Netbatch、Entropia 等。致力于计算能力分享,可连接成千上万台计算机,进行分布式计算。

⑦ 协同管理与合作。如惠普计划将其 e-speak 产品推广到对等式网络中。

⑧ 基于 P2P 技术的网络电视,如 PPStream、PPLive、QQLive 等。

6. 对等式网络适合场合

① 对等式网络能够提供灵活的共享模式,组网简单、方便,可在企业局域网中部署,如可设置在小型办公室、游戏室、实验室和家庭等场所。在对等式局域网络中,计算机数量比较少,一般对等式网络的计算机数目在 10 台以内,所以对等式网络相对比较简单。超过 10 台以后,对等式网络的维护就变得异常困难。因此,当用户的计算机数量不多,且以共享资源为主要目标时,建议采用这种网络结构。

② 现在对等式网络正在 Internet 范围内推广。但是对等式网络安全管理分散,数据保密性差,因此对等式网络一般不能设置在安全性要求较高的部门,如保密机关。

7.2 客户机/服务器(C/S)网络系统模式

在 C/S 网络系统模式中,大多数应用软件的系统开发都是基于 Client/Server 形式的 3 层结构,即客户机、服务器和中间件。软件应用系统不断向分布式的 Web 应用发展,使得 Web 和 Client/Server 应用都可以处理同样的业务,而且可以应用不同的模块共享逻辑组件。因此,内部的和外部的用户都可以访问新的和现有的应用系统,通过现有应用系统中的逻辑可以扩展出新的应用系统。这是 C/S 网络系统模式与对等式网络模式的重要差别。

1. C/S 网络系统模式的构成与特点

在 C/S 网络系统模式中,提出服务请求的一方称为客户机,而提供服务的一方则称为服务器。C/S 网络系统模式结构如图 7-5 所示。

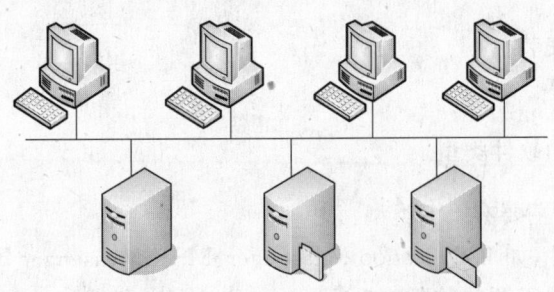

图 7-5 C/S 网络系统模式结构

C/S 网络系统模式有 3 个基本组成部分:客户机、服务器和中间件。一般地,客户机负责用户与数据交互的任务,服务器负责管理系统资源,而中间件则是客户机与服务器之

间的桥梁,协同完成两者的交互,满足用户查询数据的需求。下面具体描述一个 C/S 网络系统模式中的 3 个组成部分:

(1) 客户机

客户机部分是一个运行在客户机上的数据请求程序,对应于数据库服务器,当需要对数据库中的数据进行任何操作时,客户程序就自动地寻找服务器程序,并向其发出请求,服务器程序根据预定的规则做出应答,送回结果。客户机部分主要有以下几个特点:

① 管理用户接口。由客户机执行的计算称为前端处理,它接收用户命令和输入数据,接着产生相应的数据库请求,然后将这些请求发送到服务器,最后从服务器返回用户要求得到的结果。C/S 网络系统模式中可以包括多个客户机,所以同一系统中可能有多个接口。

② 从用户处接收数据,并返回服务器处理的用户请求。客户机用一个预定义的结构化查询语言构成一条或多条发送到服务器的命令,通过操作系统的进程间通信机制和服务器进行通信,并把客户机对服务器返回的结果进行分析处理后提交给用户。

③ 客户机可以是微型计算机、工作站、小型计算机直到大型计算机,但考虑到价格因素,绝大多数客户机选用微型计算机。

④ 客户机上可运行多种操作系统,如 DOS、Windows、UNIX 或 Linux 等。除此之外,开发客户机程序还必须安装适用于数据库应用软件开发的工具,如 Visual Basic、Delphi、PowerBuilder、VB. NET 等类似工具,这些工具具有较好的用户界面,可以为用户提供应用程序开发和运行环境。

(2) 服务器

服务器向网络上的一个或多个客户机提供服务。因此,服务器必须速度高、数据存储能力大、数据处理和管理能力强,能够并发运行程序。在 C/S 网络系统模式中,服务器主要有以下功能:

① 服务器从客户机接受数据请求。

② 进行处理后格式化结果。

③ 将结果传送给客户机。

④ 提供完整性检查。

⑤ 事务故障处理。

在 C/S 网络系统模式中,服务器的特点主要表现在:

① 被动服务。服务器向客户机提供一种服务,从不主动和任何客户机建立会话,而只是作为一个信息的存储者或服务的提供者。

② 适用广泛。服务器程序可在各类计算机平台上运行,从微型计算机、工作站、小型计算机直到大型计算机。比如,大型的网络环境需要采用大型计算机作为服务器,这样更能充分发挥大型计算机本身的优势;对于一般规模的网络,如企业内部网,可选用小型计算机作为服务器;局域网中的服务器则选择配置较好的微型计算机作为服务器。

③ 支持多种操作系统,如 Windows NT、UNIX 或 Linux 等。

④ 支持多种网络数据库管理软件,如 SQL Server、MySQL、Sybase、DB2 或 Oracle 等关系数据库。

⑤ 提供并行处理功能。随着网络规模的扩展,网络中可以有多个服务器来同时处理各种客户机的多种请求。

（3）中间件

中间件(middleware)属于可复用软件的范畴。顾名思义,中间件处于操作系统软件与用户的应用软件之间,是一种独立的系统软件或服务程序,分布式应用软件借助这种软件在不同的技术之间共享资源,中间件位于客户机服务器的操作系统之上,管理计算资源和网络通信。在 C/S 网络系统模式中,中间件是服务器与客户机的接口,包括软件和硬件两部分。其中,软件连接主要包括网络协议、网络应用接口和数据库的连接接口等。硬件主要有网卡和通信介质等。中间件最主要的目的是实现网络中软件和硬件间的透明连接,隐藏网络部件的异构性,为程序员提供简单的、较高层次的应用程序编程接口,把下层网络技术屏蔽起来,可以让程序员把精力集中在应用方面,而不是在通信问题上。按性质分,中间件通常分为通用中间件和专用中间件两种。前者主要包括网络操作系统、网络传输协议;后者主要指事务处理中间件、组件中间件、对象中间件以及 DB 中间件。按用途分,中间件主要包括数据访问中间件、过程调用中间件、对象调用中间件和面向消息的中间件。

中间件主要包括以下特点:

① 运行于多种硬件和操作系统平台上。

② 支持分布计算。

③ 提供多种透明性,包括跨网络、硬件、服务器、语言及操作系统平台透明性的应用或服务的交互。

④ 支持标准的协议。

⑤ 支持标准的接口。

用户选择中间件时主要考虑以下因素:

① 中间件产品应对各种硬件平台、操作系统、网络数据库产品以及 Client 端兼容和开放。

② 中间件应保持良好的平台透明性,从而不必考虑操作系统的工作原理和过程。

③ 中间件应实现对事务的一致性和完整性保护,提高了系统的可靠性。

④ 开发成本低。

⑤ 能有效提高工作效率。

⑥ 无须考虑大部分的编程工作,使用户可以将注意力集中于个性化的增值应用方面,并缩短开发周期。

2. C/S 网络系统模式的优缺点

（1）优点

① C/S 网络系统模式提供了统一、友好的用户界面。

② C/S 网络系统模式提供了集中式管理、分布式和协作式处理共存的多种模式。

③ 具有较强的抗灾难性能和较高的可靠性及安全性。提供了集中化的安全管理措施,如身份识别、登录验证、资源访问控制和审计。

④ 具有较好的系统可扩充性。C/S 网络系统模式的可扩充性可以分为两种：水平可扩充性和垂直可扩充性。前者指添加客户机，这种扩充对系统整体性能影响有限；后者指移植到性能更强的服务器或者多服务器系统中，这种扩充将有效提高系统的整体性能。

⑤ 数据的储存管理功能较为透明。

⑥ 服务器运行数据负荷较轻。

⑦ 不对称协议。在客户机和服务器之间存在着多对一的关系，且这种关系是主从式的，即客户机通过请求与服务器对话，而服务器则是被动与客户机对话（等待客户机请求信息）。

（2）缺点

① C/S 网络系统模式管理较为困难。主从式结构仍属分散式处理信息的方法，所以比集中式方法更为复杂，尤其管理分布式资源比较困难。

② C/S 网络系统模式开发环境较为困难，移植困难。因为主从式结构采取开放方式，不同厂商运用不同的开发工具开发的应用程序，一般互不兼容，不能直接搬到其他平台上运行的。

③ C/S 网络系统模式维护成本高，发生一次升级，则所有客户端的程序都需要改变。

④ 适用面窄，C/S 网络系统模式通常用于局域网中。因此，C/S 网络系统模式常被应用于各种要求安全性能较高、便于管理、具有各种计算机档次的中小型单位中，如企业网、公司办公网和校园网等。

7.3 浏览器/服务器（B/S）网络系统模式

B/S(Browser/Server)结构即浏览器和服务器结构，是一种以 Web 技术为基础的新型网络系统模式，它将传统的 C/S 模式中的服务器分解为一个数据服务器和一个或多个应用服务器，从而构成一个三层(3-Tier)结构体系。

1. B/S 网络系统模式的特点与构成

在 B/S 结构下，用户所有的工作都通过浏览器（如 Internet Explore 等）来实现，极少部分事务逻辑是在前端(Browser)实现，而主要事务逻辑在服务器端(Server)实现，形成所谓的 Web 的 3 层结构，极大地减轻了客户端载荷。B/S 的体系结构如图 7-6 所示。

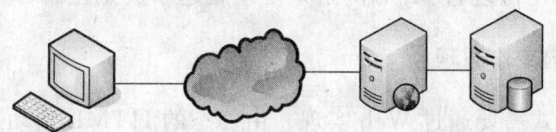

图 7-6 B/S 网络系统模式

2. B/S 网络系统模式的优缺点

（1）B/S 网络系统模式的优点

① 维护方便，能够降低总体开发成本。客户端运行软件，就像我们平时上网浏览网

页一样,客户端拥有浏览器即可,不用安装其他软件,在互联网上即可以运行软件。基于 B/S 结构的应用软件所有的维护、升级工作都只在服务器上进行,客户端就能获得最新版本的软件界面。

② 实现了异构网络融合。由于 B/S 网络系统模式支持 TCP/IP、HTTP,使互联网与局域网都可以做到连接,从而解决了各种网络互连问题。

③ 易于服务。由于 Web 采用了"瘦客户端",使系统的开放性得到很大的改善,系统对将要访问系统的用户数限制不再十分严格。一个应用程序只需要被安装在一个 Web 服务器上,用户就可以自动升级,一个解决方案只需要部署一次即可。

④ 扩展性好。B/S 网络系统模式可直接连入 Internet,具有良好的扩展性。

⑤ 使用简单。用户以浏览器方式接收应用程序,界面统一,操作简单,易于使用。

⑥ 对业务规则和数据捕获的应用逻辑模块容易分发。

⑦ 信息资源共享性高。以 Internet 为平台,真正实现了内外资源的共享。

(2) B/S 网络系统模式的缺点

① 由于 B/S 网络系统模式的管理软件只安装在服务器端,网络管理人员只需要管理服务器即可,用户界面主要事务逻辑在服务器端完全通过浏览器实现,极少部分事务逻辑在前端(Browser)实现,所有的客户端只有浏览器,网络管理人员只需要做硬件维护。但是,应用服务器运行数据负荷较重,服务器一旦崩溃,后果不堪设想。

② 存在安全隐患。B/S 网络系统模式建立在广域网之上,对安全的控制能力相对较弱,面向的是未知用户群。因此,安全性上需要花费巨大的设计成本,这是 B/S 网络系统模式的最大问题。在开放的 Internet 环境下,如何保证网络资源的安全、有效就成为重要课题。

③ 当跨浏览器时,B/S 网络系统模式往往不尽如人意。

④ 速度是制约 B/S 网络系统模式发展的重要"瓶颈"。客户端与服务器端的交互是请求-响应模式,通常需要刷新页面。针对这一问题,计算机界内积极寻求对策,如 Ajax 技术在一定程度上提高了访问速度。

基于上述 B/S 网络系统模式对安全以及访问速度的多重考虑,需要比 C/S 网络系统模式有更高的要求。总之,B/S 结构的程序架构是发展的趋势,从 .NET 系列的 BizTalk 2000、Exchange 2000 等,全面支持网络的构件搭建的系统。随着 SUN 和 IBM 的 JavaBean 等构件技术的出现,使 B/S 网络系统模式趋于成熟化。

3. Web 体系结构工作原理

B/S 网络系统模式需要通过 Web 实现。由静态的 HTML 到动态的 CGI、ASP、JSP、PHP 等网页技术,Web 正在经历着重要的变革。Web 数据库是数据库技术与 Web 技术有机融合的产物,实现了数据库技术与网络技术的无缝连接。Web 数据库由 3 部分组成,分别是浏览器、Web 服务器和数据库服务器。

利用 Web 访问数据库的工作过程描述如下:

① 用户通过浏览器提交访问请求。

② 指定的 Web 服务器接到浏览器请求后,把 URL 转换成页面所在服务器上的文件

路径名,并通过中间件访问数据库服务器。

③ Web 服务器将访问结果以页面形式返回给用户。

与传统方式相比,通过 WWW 访问数据库的优点在于:

① 借用现成的浏览器软件,无须开发数据库前端。如果能够通过 WWW 来访问网络数据库,不需要开发客户端的程序,都可以通过浏览器来实现,界面统一,也减少了培训费用,能使广大用户很方便地访问数据库。

② 标准统一,开发过程简单。HTML 是 WWW 信息的组织方式,是一种国际标准,使用的是 WWW 服务器,开发者甚至只需要学习 HTML 一种语言,使用者只需要学习一种界面——浏览器界面。

③ 交叉平台支持。几乎在各种操作系统上都有现成的浏览器可供使用,为一个 WWW 服务器书写的 HTML 文档,可以被所有平台的浏览器所浏览,实现了跨平台操作。

④ 实现 Web 访问数据库系统的连接和应用可采取两种方法:一种是在 Web 服务器端提供中间件来连接 Web 服务器和数据库服务器;另一种是把应用程序下载到客户端并在客户端直接访问数据库。

习题

1. 常见的网络系统模式有几种?它们各有何特点?
2. 设计对等式网络时需要考虑哪些因素?
3. B/S 网络系统模式与 C/S 网络系统模式相比,有何优势?
4. C/S 网络系统模式由几部分组成?各起什么功能?
5. 什么是中间件?试述中间件的作用。
6. 试述 B/S 网络系统模式中,Web 体系结构的工作原理。
7. 比较 3 种网络系统模式的优缺点。
8. 3 种网络系统模式各适用于什么场合?

第8章

网页制作与编程基础

随着计算机的普及和 Internet 的广泛使用,能够完成网页制作和开发工作已经成为高校计算机相关专业毕业生所具备的基本能力要求。网页(Web Page)是网站中的一页,是构成网站的基本元素,是承载各种网站应用的平台,通常是 HTML 格式(文件扩展名为.html 或.htm 或.asp 或.aspx 或.php 或.jsp 等)。网页通常用图像档来提供图画,并使用网页浏览器来阅读。本章分为 4 节,首先将介绍网页的本质和基本构成;然后再介绍 HTML 基础,包括 HTML 定义、基本结构和标记符及属性;最后又介绍 Dreamweaver 8 的安装步骤和使用 Dreamweaver 8 设计网页的方法。

本章内容与学习要求

- 掌握网页的本质。
- 掌握网页的基本构成元素。
- 熟悉 HTML 的定义。
- 掌握 HTML 的基本结构。
- 掌握 HTML 中的标记符及属性。
- 掌握 Dreamweaver 8 制作网页的基本方法。
- 能够利用 Dreamweaver 8 进行简单的网页设计与开发。

8.1 剖析网页

1. 网页的本质

网页是一个文件,在这个文件中包含了 HTML 指令,网页制作的本质是对 HTML 的编写,所以这些文件就被称为 HTML 文件。HTML 是一种描述性的标签语言,这些标签符用来定义 HTML 文件中信息的格式和功能。

2. 网页的基本构成

网页可以包含多种类型的内容,这些内容称为网页的"元素"。最基本的元素是文字,还包括其他各种元素,如图片、声音、动画、视频等各种多媒体文件。

网页中的信息主要是以文字为主,在网页中可以通过字体、大小、颜色、底纹、边框等来设置文字的属性。此外,丰富多彩的网页主要是因为有了图像,可见图像在网页中的重要性。用于网页上的图片一般为 JPG 和 GIF 格式的,即以.jpg(或.jpeg)和.gif 为后缀的文件。

如果想查看网页的基本构成,在网页上单击鼠标右键,选择菜单中的"查看源文件",就可以通过记事本看到网页的实际内容。可以看到,网页实际上只是一个纯文本文件,它通过各式各样的标记对页面上的文字、图片、表格、声音等元素进行描述(例如字体、颜色、大小),而浏览器则对这些标记进行解释并生成页面,于是就得到现在所看到的画面。在源文件中看不到图片和视频等信息,因为网页文件仅存放于多媒体文件的链接位置。

3. 网页的分类

网页有多种分类,按照表现形式可分为动态网页和静态网页。静态页面多通过网站设计软件来进行设计和更改,如 Dreamweaver 等。动态页面通过网页脚本与语言自动处理自动更新的页面,通常采用 ASP、PHP、CGI 等程序,由网站服务器运行程序,自动处理信息。

按网页在网站中所处的位置,可将网页划分为"主页"和"内页"。"主页"是指进入网站时看到的第一页,一般是以 index.html 为文件名称,"内页"是指与主页相链接的其他页面。

8.2 HTML 基础

1. HTML 的定义

HTML(Hypertext Marked Language,超文本标记语言)是一种用来制作超文本文档的标签语言,利用标签来描述文档结构,指定文档内容在浏览器中的显示格式、位置等。

HTML 文档是由 HTML 元素组成的文本文件,它能独立于各种操作系统平台(如 Linux,Windows 等)供客户浏览。有两种方式来产生 HTML 文件:一种是用户自己写 HTML 文件;另一种是使用 HTML 编辑器,它可以辅助用户进行网页的编写工作。

HTML 是网页实现的基础,在互联网上浏览的网页都是由 HTML 文件组成的。这些网页中可以包含上述所说的文字、图片、动画和声音,还可以从当前文件跳转到另一个文件,与网络世界中各地主机上的文件相连接,故被称为超文本文件。

2. HTML 的基本结构

一个 HTML 文件通过标签来通知浏览器应该如何显示文本、图像以及网页的背景,这些标记被称为 HTML 标签。一个 HTML 文件包含两部分信息,其一是文本内容,其二即为标签。标签分为单独出现的标签和成对出现的标签两种。

HTML 标签用来限定文档的显示格式,当浏览器接收到 HTML 文件后,就解释

HTML 文件内的标签符,根据标签符去执行相应的显示功能或实现某些其他功能。整个 HTML 文档由文档头和文档主体两部分构成,这两部分内容分别用头部标签<HEAD>和体部标签<BODY>来界定。表 8-1 中列出了常用的 HTML 标签。

表 8-1 常用的 HTML 标签

标　签	含　义
<html></html>	声明这个文件是一个 HTML 文件,在文件的开头为开始标记,在文件的结尾为结束标记
<head></head>	声明网页文件头,紧跟在 HTML 开始标记之后
<title></title>	声明网页的标题,在 HAED 的开始和结束标记之间
<body></body>	声明文件主体,包括所有的文本、图片及文档中其他标记
<font color=""></font>	声明文字颜色
 	插入一个空行
<ul></ul>	声明一个无序列表
<ol></ol>	声明一个有序列表
<li>	声明一个列表项
<b></b>	声明其包含部分中的文字使用粗体
<i></i>	声明其包含部分中的文字使用斜体
<a href=""></a>	说明其包含的部分是个超链接,等号后面是链接内容的 URL
<img scr="">	插入一个图片文件,等号后面是图片文件的 URL
<hr>	插入一个水平分隔线

在使用 HTML 时,应注意以下几点:

① 所有 HTML 标记都是由“<”号和“>”号括住,标记名称不区分大小写。

② 多数标记是成对出现的,一对标记的前面一个是起始标记,第二个是结束标记。在起始标记的标记名称前加上符号“/”便是结束标记。

③ HTML 文档的标签是可以嵌套的。

④ 有些标签(例如<HTML>)没有任何属性,而有些标签(例如<BODY>)则可包含一个或多个属性,属性及其属性值对大小写不敏感,不同属性间用空格分隔。

⑤ 元素名称对大小写不敏感。

⑥ 有些标签只能出现在文档头部中,而绝大多数标签只能出现在文档主体中。

⑦ HTML 中规定了专门的标签来作为注释标记,注释标记用来在 HTML 源文件中插入注释,以“<!－－”开头,以“－－>”结束。

HTML 的文件结构主要由以下 3 组标记构成:

(1) HTML 标签

<html>标签用以告知浏览器从这里开始是 HTML 文件,放在 HTML 文件的开头让浏览器认出并正确处理此 HTML 文件。</html>为结束标签。

（2）文件头标签

HTML 文件头部分用文件头标签＜head＞和＜/head＞标识，一般放在＜html＞标签的后面。文件头部分用以记录与网页有关的重要信息，例如标题、字符集等。文件头部分的内容基本上都不会在浏览器中显示，浏览器中只显示正文部分的内容。HTML 文件头部分可以使用一些专用的标记来记载信息，常用于文件头部分的标记有＜title＞和＜meta＞。

① ＜title＞标记用于指定文档标题，浏览器通常都会将文件标题显示在浏览器窗口的左上角，因此这个标题很有用，使用格式如下：

```
<title>文档标题</title>
```

② ＜meta＞标记是记录有关当前页面的信息（如字符编码、作者、版权信息或关键字）的 head 元素，该标记也可以用来向服务器提供信息，如页面的失效日期、刷新间隔等。为了完成这些功能，＜meta＞标记提供了两个附加属性：name 和 http-equiv。

name 主要用于描述网页，以便于搜索引擎对网页进行查找、分类，目前几乎所有的搜索引擎都使用网上机器自动查找 meta 值来给网页进行分类。这其中最重要的是 description（用于网页在搜索引擎上的描述）和 keywords（定义搜索引擎用来分类的关键词）。从应用角度来看，应该给网站中的每一页都插入这两个 name 属性值。例如：

```
<meta name="keywords" content="关键内容">
```

其中，"HTML 文档结构"为所设置的当前网页的关键字。在文件头加上这样的定义后，搜索引擎就能够让读者根据这些关键字查找到网页，并由此了解网页内容。

（3）文件体标签

文件体标签为＜body＞和＜/body＞。这对标签一般都被用来指明 HTML 文档的内容，例如文字、标题、段落和列表等，也可以用来定义主页背景颜色。＜body＞标签之间包含的是浏览器中所显示的页面内容。作为对页面的设置，＜body＞标签有一些附带的属性用于设置页面的背景颜色、正文文字颜色、链接文字颜色和页面背景图像等，下面逐一介绍这些属性。

① background 属性用于设置背景图像。例如：

```
<body background="img/pics.jpg">
```

上述标签将站点中 img 目录下的 pics.jpg 图像文件设置为网页背景图像，注意背景图像不宜太复杂，以免影响正文的显示效果。

② bgcolor 属性用于设置页面背景颜色。例如：

```
<body bgcolor="red">
```

上述标签将页面背景设置为红色。

③ text 属性用来设置页面的文字颜色,格式如下:

```
<body text="颜色指定">~</body>
```

一个 HTML 文档的格式如下:

```
<html>
    <head>
        文件头信息
    </head>
    <body>
        文件体内容:HTML 文件的正文
    </body>
</html>
```

举例来说,下面显示的是一个简单的 HTML 文件脚本程序:

```
<html>
  <head>
    <title>北京联合大学信息学院</title>
    </head>
    <body bgcolor=red>
      <P>网页测试文件。</P>
    </body>
</html>
```

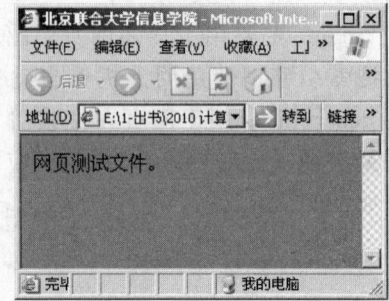

图 8-1　简单的 HTML 文件

执行后如图 8-1 所示。

3. HTML 中的标记及属性

(1) 网页中的文字

网页中最基本、最常用的内容是文字,所以设置合理美观的文字属性至关重要,好的排版格式会让人思路清晰。

① 换行标签。

在 HTML 规范里,每当浏览器窗口被缩小时,浏览器会自动将右边的文字转至下一行。如果未到换行的位置,希望强制换行,可以在需要换行的地方,插入一个简单的换行符
。

例 8-1:文字换行标签应用举例。

```
<html>
    <head>
    <title>换行示例--白居易诗词
    </title>
    </head>
    <body bgcolor=yellow>
    七夕
```

```
        <br>烟霄微月澹长空，
        <br>银汉秋期万古同。
        <br>几许欢情与离恨，
        <br>年年并在此宵中。
    </body>
</html>
```

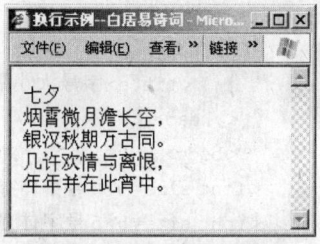

图 8-2　换行标签应用举例

其效果如图 8-2 所示。

② 文字字体、大小和颜色设定。

HTML 提供了定义字体的功能，使用<FONT>标签的"face"属性实现。"face"的属性值可以是本机上的任一字体类型，需要注意的是，只有对方的计算机中装有相同的字体才可以在对方的浏览器中出现你预先设计的风格。使用<FONT>标签的"size"属性可以实现对文字字号大小的设定，"size"属性的有效范围是 1～7，其中默认值是 3。可以在"size"属性值之前加上"＋"、"－"字符，来指定相对于字号初始值的增量或减量。

例 8-2：文字字体标签应用举例。

```
<html>
    <head>
        <title>字体设定</title>
    </head>
    <body>
        <center>
            <font face="宋体">宋体显示文字字体</font><P>
            <font face="仿宋_GB2312">仿宋显示文字字体</font><P>
            <font face="黑体">黑体显示文字内容</font><P>
            <font face="Arial">computer network</font><P>
        </center>
    </body>
</html>
```

其效果如图 8-3 所示。

为了丰富文字变化，强调某些部分内容，HTML 还提供了如下常用的标签实现文字效果：

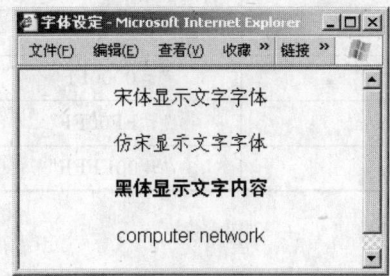

图 8-3　文字字体标签应用举例

- "<B>"和"</B>"：粗体。
- "<I>"和"</I>"：斜体。
- "<U>"和"</U>"：加下划线。
- "<TT>"和"</TT>"：打字机字体。
- "<BIG>"和"</BIG>"：大型字体。
- "<SMALL>"和"</SMALL>"：小型字体。
- "<BLINK>"和"</BLINK>"：闪烁效果。

- "<EM>"和"</EM>"：表示强调，一般为斜体。

例 8-3：文字大小标签应用举例。

```
<html>
   <head>
       <title>字号大小展示</title>
   </head>
   <body>
<font size=6>6号字体显示效果。</font><P>
<font size=5>5号字体显示效果。</font><P>
<font size=4>4号字体显示效果。</font><P>
<font size=3>3号字体显示效果。</font><P>
<font size=2>2号字体显示效果。</font><P>
<font size=1>1号字体显示效果。</font><P>
<font size=-1>-1号字体显示效果。</font><P>
   </body>
</html>
```

其效果如图 8-4 所示。

文字颜色由一个十六进制符号来定义，这个符号由红色、绿色和蓝色的值组成（RGB）。每种颜色的最小值是 0（十六进制：♯00）。最大值是 255（十六进制：♯FF）。文字颜色设置格式如下，颜色名称及其对应的十六进制数信息如表 8-2 所示。

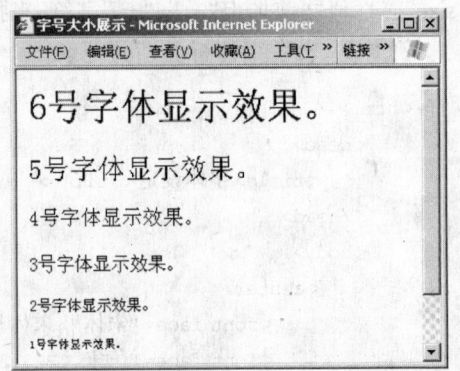

图 8-4　文字大小标签应用举例

```
<font color=color_value>…</font>
```

表 8-2　颜色名称及其对应的十六进制数表

颜 色 名 称	十六进制数	颜 色 名 称	十六进制数
Black	"♯000000"	White	"♯FFFFFF"
Green	"♯008000"	Yellow	"♯FFFF00"
Silver	"♯C0C0C0"	Maroon	"♯800000"
Lime	"♯00FF00"	Navy	"♯000080"
Gray	"♯808080"	Red	"♯FF0000"
Olive	"♯808000"	Blue	"♯0000FF"
Purple	"♯800080"	Fuchsia	"♯FF00FF"
Teal	"♯008080"	Aqua	"♯00FFFF"

现在通过例 8-4 来查看文字颜色设置的效果。

例 8-4：文字字体颜色标签应用举例。

```
<html>
```

```
<head>
    <title>文字的颜色</title>
</head>
<body>
    <br><font color=Green>HTML字体颜色设置</font>
    <br><font color=Red>HTML字体颜色设置</font>
    <br><font color=Purple>HTML字体颜色设置</font>
    <br><font color=Blue>HTML字体颜色设置</font>
</body>
</html>
```

其效果如图 8-5 所示。

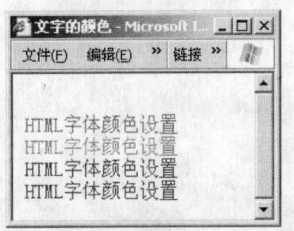

图 8-5　文字颜色标签应用举例

③ 段落标签设定。

为了使文字段落排列得整齐,在文字段落之间,常用"<P>"和"</P>"来做标签。段落的开始用"<P>"标签,段落的结束用"</P>"标签。其中"</P>"标签是可以省略的。

"<P>"标签还有一个属性"align",它用来指明字符显示时的对齐方式。文字的对齐方向可用<p align="#">表示,#号为 left 表示向左对齐(预设值);center 表示居中对齐;right 表示向右对齐。<p align="#">之后的文字都会以所设的对齐方式显示,直到出现另一个<p align="#">改变其对齐方向,或遇到<hr>aaa</hr>标签时会自动设回预设的向左对齐。

例 8-5:文字段落标签应用举例。

```
<html>
    <head>
        <title>段落标签__李白诗词</title>
    </head>
    <body bgcolor="blue">

<P align=center><font color=white>关山月
 <P><font color=white>明月出天山,苍茫云海间。
 <P><font color=white>长风几万里,吹度玉门关。
 <P><font color=white>汉下白登道,胡窥青海湾。
 <P><font color=white>由来征战地,不见有人还。
 <P><font color=white>戍客望边色,思归多苦颜。
 <P><font color=white>高楼当此夜,叹息未应闲。</P>
    </body>
</html>
```

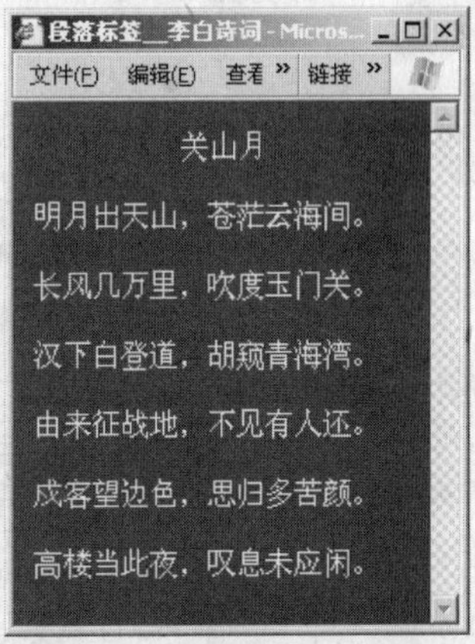

图 8-6　段落标签应用举例

其效果如图 8-6 所示。

④ 无序号列表标签。

无序号列表使用的一对标签是"<UL>"和"</UL>",每一个列表项前使用

"<LI>",在"<LI>"中的 type 说明了无序列表的样式。其格式如下所示：

```
<UL>
    <LI type=" ">第一项</LI>
    <LI>type=" "第二项</LI>
    ……
</UL>
```

例 8-6：无序号列表标签设置示例。

```
<html>
    <head>
        <title>无序列表__健康口诀(摘自互联网)</title>
    </head>
    <body>
一、二、三、四、五;红、黄、绿、白、黑:
        <P>
        <ul>
            <li>一：每日一杯牛奶或一杯酸奶；
            <li>二：每餐二两粮食；
            <li>三：每日三份蛋白,每份指肉类二两或豆制品二两或鸡蛋一个；
            <li>四,四句话,有粗有细,不咸不甜,三四五顿,七八分饱；
            <li>五,每日吃 500 克蔬菜和水果,保持身体处于弱碱性,有助于防病防癌；
            <li>红 西红柿、红葡萄酒(100 毫升以内)等；
            <li>黄 南瓜、胡萝卜、黄豆、玉米等；
            <li>绿 绿茶、深绿色蔬菜等；
            <li type=square >白 燕麦、茭白、白萝卜等
            <li type=circle.>黑 香菇、黑木耳、黑芝麻等
        </ul>
    </body>
</html>
```

其效果如图 8-7 所示。

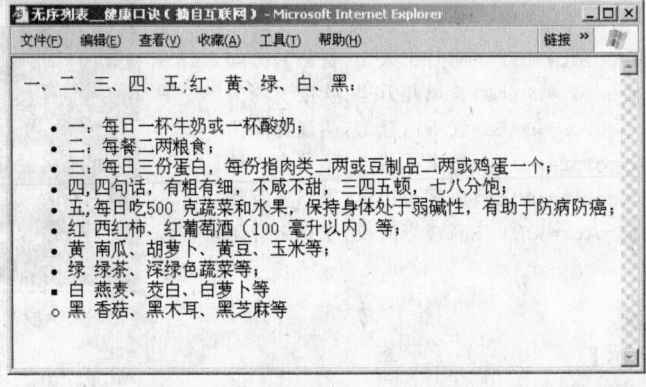

图 8-7　无序号列表标签应用举例

⑤ 有序号列表标签。

有序号列表使用标签"<OL>"和"</OL>",每一个列表项前使用"<LI>",在"<LI>"中的 type 说明了有序列表的样式。每个项目都有前后顺序之分,多数用数字表示,其格式如下所示:

```
<OL>
    <LI type=" ">第一项</LI>
    <LI type=" ">第二项</LI>
    ……
</OL>
```

例 8-7:有序号列表标签应用举例。

```
<html>
    <head>
        <title>有序列表__健康口诀(摘自互联网)</title>
    </head>
    <body>
    一、二、三、四、五;红、黄、绿、白、黑:
        <P>

        <ol>
            <li>一:每日一杯牛奶或一杯酸奶;;
            <li>二:每餐二两粮食;
            <li>三:每日三份蛋白,每份指肉类二两或豆制品二两或鸡蛋一个;
            <li>四:四句话,有粗有细,不咸不甜,三四五顿,七八分饱;
            <li>五:每日吃 500 克蔬菜和水果,保持身体处于弱碱性,有助于防病防癌;
        </ol>
        <ol start=6>
            <li type=A>红 西红柿、红葡萄酒(100 毫升以内)等;
            <li type=a>黄 南瓜、胡萝卜、黄豆、玉米等;
            <li type=I>绿 绿茶、深绿色蔬菜等;
            <li>白 燕麦、茭白、白萝卜等;
            <li type=disc>黑 香菇、黑木耳、黑芝麻等。
        </ol>
    </body>
</html>
```

其效果如图 8-8 所示。

例 8-8:超链接颜色设置举例。

```
<html>
    <head>
        <title>链接颜色的变化</title>
    </head>
    <body text=red alink=blue vlink=green link=yellow>
```

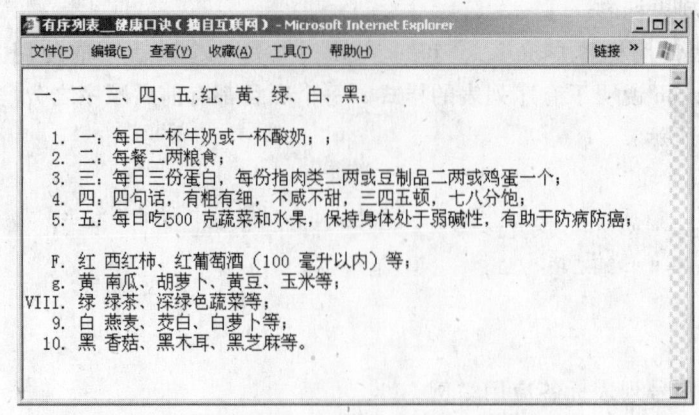

图 8-8　有序号列表标签应用举例

　　　　　　注意<a href=AA.html>颜色</a>的变化

　　　</body>

</html>

　　上面的标记设置网页正文文字为红色,链接文字为黄色,激活的链接文字为蓝色,已访问过的链接文字为绿色。

　　(2) 网页中的图片格式

　　图片是网页中的重要元素,合理地在网页中使用图片可以使网页内容更加丰富。目前网页上主要使用的图片格式有 GIF 和 JPG 两种。其中 GIF 格式支持 256 色以内的图像,且为无损压缩存储。如果图片颜色总数少于 256 色,就应该使用 GIF 格式,文件体积小,而且清晰度非常高,同时支持透明色,可使图像浮现在背景之上。JPG 格式为静态图像压缩标准格式,并为摄影图片提供了一种标准的有损耗压缩方案,它可以保留大约 1670 万种颜色,因为它比 GIF 图片小,下载速度比较快。

　　使用<img>标签可以插入图片,其中属性"src"是该标签的必要属性,该属性制定导入图片的保存位置和名称。需要注意的是,如果导入的图片与 HTML 文件不在同一目录下,需要采用设定目录的方式来导入。

　　例 8-9：图片标签属性的应用举例。

```
<html>
    <head>
        <title>图片标签属性的应用举例</title>
    </head>
    <body>
<img src=a.jpg height=200>
        <img src=b.jpg width=200>
        <img src=c.jpg height=100 width=200>
    </body>
</html>
```

其效果如图 8-9 所示。

图 8-9　图片标签属性的应用举例

"height"和"width"分别控制图片的高度和宽度。当图片仅设置一个属性时,另一个会自动依据原始图片的两个属性的比例进行变化。比如原始图片设定的是 100×75,当只设定图片的宽度是 120 时,高度将自动设定为 90 来显示图片。

"height"和"width"的语法结构是＜img width＝x 或 y%＞、＜img height＝x 或 y%＞,其中 x 表示一个数值,单位是像素;y 表示一个百分比,取 0~100 即可,图片将以相对于当前窗口大小的百分比来显示。

(3) 网页中的超链接设定

超链接就是当用鼠标单击一些文字、图片或其他网页元素时,浏览器就会根据其指示载入一个新的页面或跳转到页面的其他位置。与超链接相关的一个概念是定位点,它指明了网页中一个确定的位置,以便超链接跳转时定位。

例 8-10:超链接标签属性的应用举例。

```
<head>
    <title>超链接后的变化</title>
</head>
<body text=blue alink= red vlink=yellow link=green>
    注意<a href=a.html>颜色</a>的变化
</body>
</html>
```

其效果如图 8-10 所示。

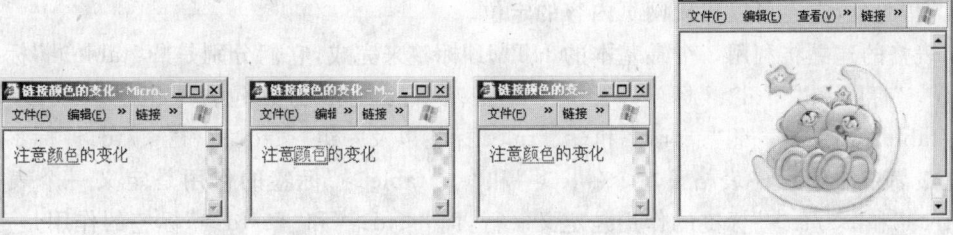

图 8-10　超链接标签属性的应用举例

上面所述的超链接将直接链接到 a.html，这是相对当前文档的路径表述方式，还有一种路径表述方法，就是使用相对根目录的表述方式，如"/第 8 章/a.html"。

此外，当网页内容过长时，用户查看网页内容就会很不方便，这时可以使用超链接方法在网页开头设定向导链接，以实现特定目标的链接，这个目标称为"锚记"。

例 8-11：超链接锚记的应用举例。

```html
<html>
    <head>
        <title>指定目标链接_李白诗词</title>
    </head>
    <body>
        <h1>李白诗词</h1><p>
        <h3>单击<a href=#望庐山瀑布>望庐山瀑布</a></h3><p>
        <h3>单击<a href=#清溪行>清溪行</a></h3><p>
         <a name=望庐山瀑布><h2>望庐山瀑布</h2></a>
        日照香炉生紫烟,<p>
        遥看瀑布挂前川。<p>
        飞流直下三千尺,<p>
        疑是银河落九天。<p>
        <br><br><br>
        <a name=清溪行><h2>清溪行</h2></a>
        清溪清我心,水色异诸水。<p>
        借问新安江,见底何如此?<p>
        人行明镜中,鸟度屏风里。<p>
        向晚猩猩啼,空悲远游子。<p>
        <br><br><br>
        <br><br><br>
    </body>
</html>
```

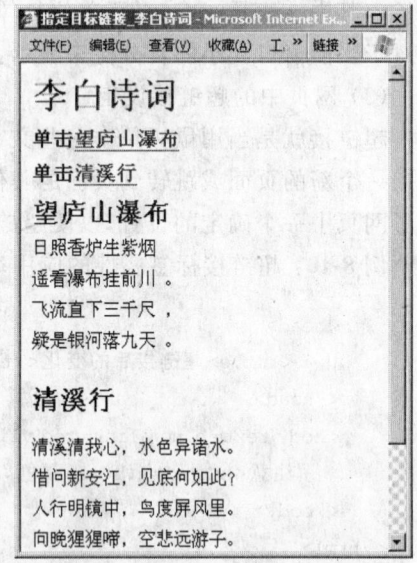

图 8-11 超链接锚记的应用举例

其效果如图 8-11 所示。

（4）网页中的表格设定

表格是网页中常用的一种表现形式，通过表格可以清晰地显示数据信息，例如学生的基本信息列表显示、股票行情的数据列表、个人网上银行账户清单信息等。表格的主要作用是显示数据，此外，它还可以实现网页内容的定位。

表格的建立将利用 3 个最基本的 HTML 标签来完成，它们分别是"<table>"标签、"<tr>"标签和"<td>"标签。建立一个最基本的表格，必须包含一组"<table>"和"</table>"标签、一组"<tr>"和"</tr>"标签以及一组"<td>"和"</td>"标签，这也是最简单的单元格表格。"<table>"和"</table>"标签的作用是定义一个表格，"<tr>"和"</tr>"标签的作用是定义一行，而"<td>"和"</td>"标签的作用是定义一个单元格。

例 8-12：用网页的表格设计一个专家应诊信息展示。

```html
<html>
<head>
<meta http-equiv="Content-Type" content="text/html; charset=gb2312">
<title>无标题文档</title>
</head>
<body>
<p align="center" class="STYLE1">专家就诊表</p>
<table width="340" height="128" border="1" align="center" bordercolor="red" >
  <tr>
    <td width="62" height="39" bgcolor="#FFFFFF"><div align="center">日期</div></td>
    <td width="131" bgcolor="#FFFFFF"><div align="center" >上午</div></td>
    <td width="131" bgcolor="#FFFFFF"><div align="center" >下午</div></td>
  </tr>
  <tr>
    <td bgcolor="#FFFFFF"><div align="center"><span >2 月 1 日</span></div></td>
    <td bgcolor="#FFFFFF"><div align="center">王琴画</div></td>
    <td bgcolor="#FFFFFF"><div align="center" >张珊</div></td>
  </tr>
  <tr>
    <td bgcolor="#FFFFFF"><div align="center"><span >2 月 2 日</span></div></td>
    <td bgcolor="#FFFFFF"><div align="center" >吴越</div></td>
    <td bgcolor="#FFFFFF"><div align="center" >田为</div></td>
  </tr>
  <tr>
    <td bgcolor="#FFFFFF"><div align="center"><span >2 月 3 日</span></div></td>
    <td bgcolor="#FFFFFF"><div align="center" >张元</div></td>
    <td bgcolor="#FFFFFF"><div align="center" >李华为</div></td>
  </tr>
</table>
<p></p>
</body>
</html>
```

其效果如图 8-12 所示。

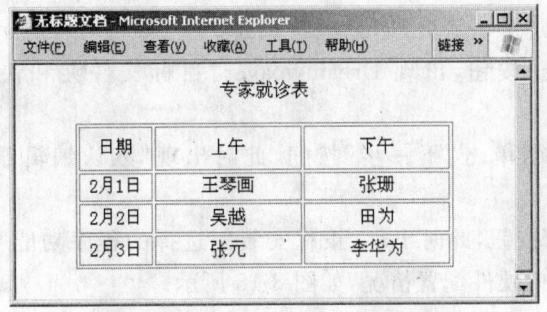

图 8-12 专家应诊信息展示

8.3　Dreamweaver 8 安装与使用

Macromedia Dreamweaver 是一个由 Macromedia 公司开发的著名网站开发工具,它使用所见即所得的界面,也有 HTML 编辑的功能。它现在有 Mac 和 Windows 系统的版本。Macromedia 已计划开发 Linux 版本的 Dreamweaver。Windows 系统下的版本 Dreamweaver 8,功能强大,支持 ASP、JSP、PHP、ASP. NET 等程序的编写与调试,特别是提供了对微软 ASP. NET 的支持(C♯ 和 VB. NET),不需要编写任何代码,即可实现动态的网页。在本节中,将首先简要介绍 Dreamweaver 8 的安装过程,然后依次介绍操作界面,以及网页页面属性的设置。

1. Dreamweaver 8 安装步骤

安装前需要购买正版的 Dreamweaver 8 软件,然后运行安装文件。具体步骤如下:

① 双击 Dreamweaver 8 安装盘中的 setup. exe 文件,此时开始加载安装向导,出现 Installshield Wizard 界面,如图 8-13 所示。

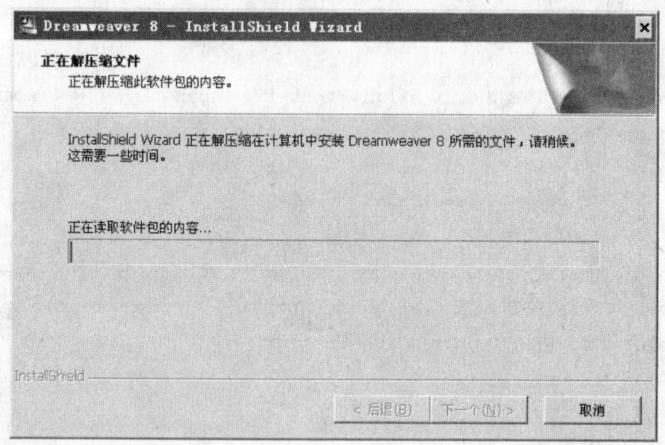

图 8-13　加载安装向导

② 接着出现欢迎使用 Dreamweaver 和一些版权警告信息,如图 8-14 所示。

③ 单击"下一步"按钮,出现 Dreamweaver"许可证协议"对话框,选择"我接受该许可证协议中的条款",通过协议认证,如图 8-15 所示。

④ 单击"下一步"按钮,出现 Dreamweaver"目标文件夹和快捷方式"对话框,如图 8-16 所示。

⑤ 选择相应选项,单击"下一步"按钮,此时出现"默认编辑器"对话框,如图 8-17 所示。

⑥ 单击"下一步"按钮,此时出现"正在安装您选择的程序功能"对话框,安装时间的长短取决于安装计算机硬件配置情况,如图 8-18 所示。

⑦ 安装完后,直接单击"完成"按钮,如图 8-19 所示。

图 8-14 "欢迎使用和版权警告"对话框

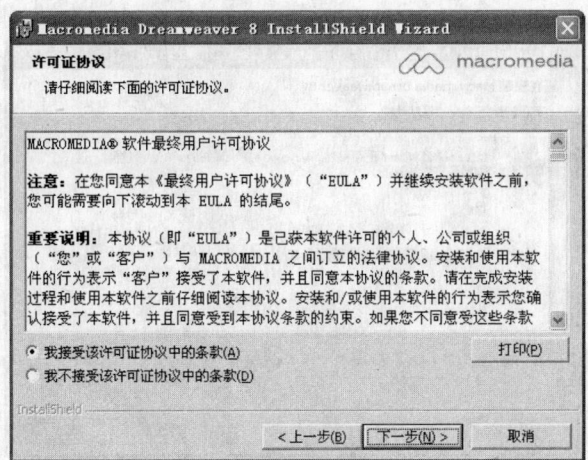

图 8-15 "许可证协议"对话框

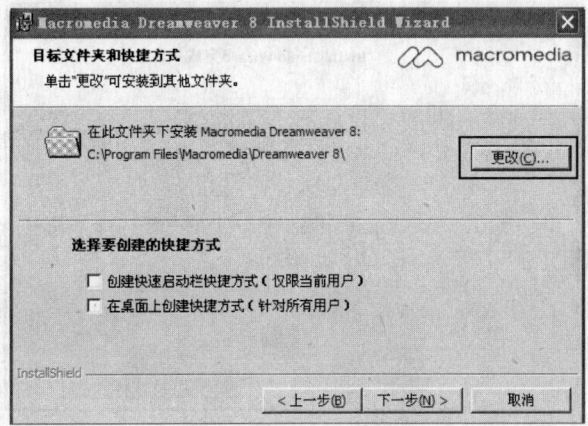

图 8-16 "目标文件夹和快捷方式"对话框

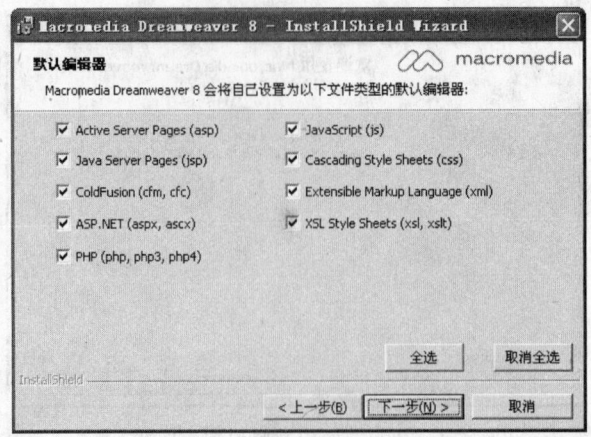

图 8-17 "默认编辑器"对话框

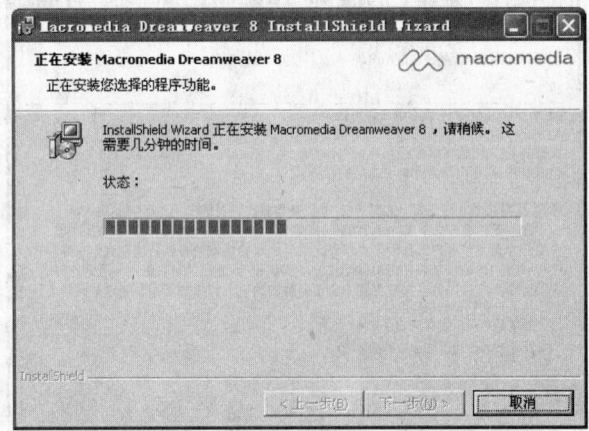

图 8-18 "正在安装您选择的程序功能"对话框

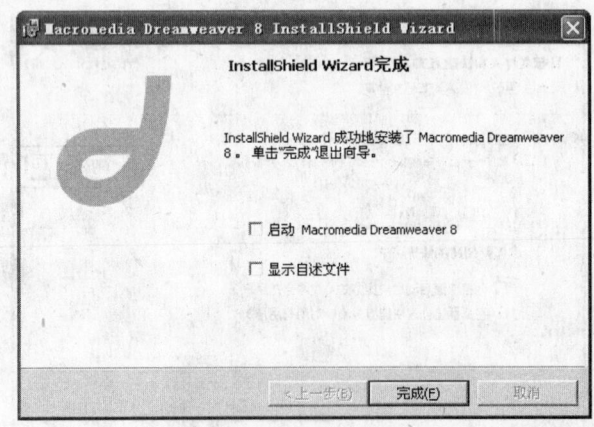

图 8-19 安装完成

2．Dreamweaver 8 操作界面组成

Dreamweaver 8 操作界面主要由标题栏、工具栏、菜单栏、面板栏（组）、属性面板、状态栏和工作区（文档窗口）等部分组成，如图 8-20 所示。

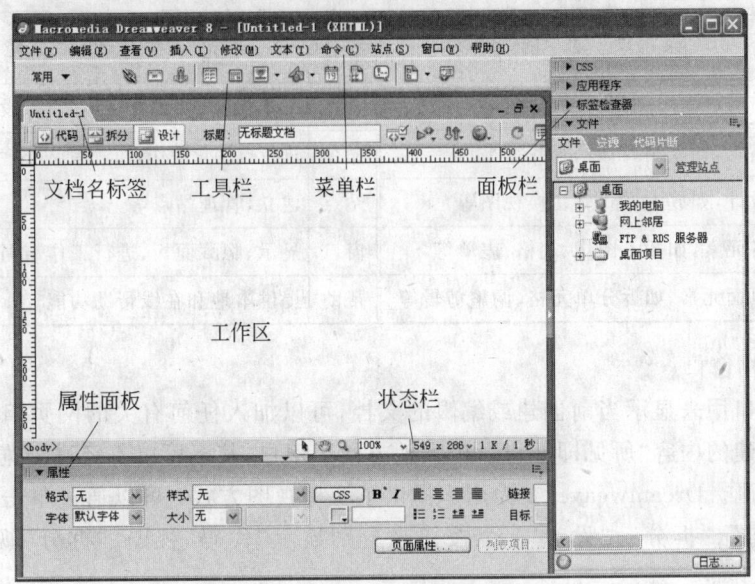

图 8-20　Dreamweaver 8 的操作界面

（1）标题栏

Dreamweaver 8 软件的最上面是标题栏，显示程序名称和当时编辑的文件名，如果该文件改动后没有保存，则文件名后面会有一个"＊"号，还有"最大化"按钮，"最小化"按钮和"关闭"按钮，如图 8-21 所示。

图 8-21　标题栏

（2）工具栏

工具栏把一些菜单中常用的功能提取出来以方便用户操作。工具栏中包含："插入"、"样式呈现"、"文档"、"标准"4 个子工具栏。在窗口相应位置处单击鼠标右键，可以把这 4 个子工具栏逐一显示出来，如图 8-22 所示。

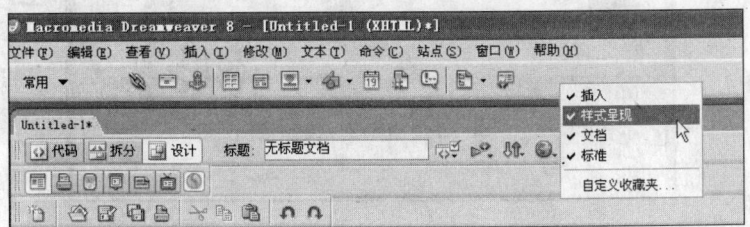

图 8-22　工具栏

(3) 菜单栏

Dreamweaver 8 的绝大部分操作都可以使用菜单栏来完成,它主要包括 10 个菜单,其功能如表 8-3 所示。

表 8-3 Dreamweaver 8 菜单组成及功能

菜单名称	菜 单 功 能	菜单名称	菜 单 功 能
文件	文件打开、保存、关闭、导入导出等	文本	文本操作,如设置字体颜色、设置 CSS 等
编辑	文本编辑,如复制、粘贴、查找等	命令	进行自动化操作,如清除 Word 生成的 HTML
查看	辅助设计,如放大、缩小、切换视图等	站点	建立、管理站点等
插入	插入各元素,如插入图像、表格、表单等	窗口	显示、隐藏面板、进行工作布局、显示方式等
修改	修改页面元素,如拆分单元格、调整剪辑等	帮助	提供本地和在线帮助功能

(4) 文档窗口

文档窗口用来显示当前创建或编辑的文档,可以加入任何有关的网页组件。默认的文档窗口创建的内容"所见即所得",极大地方便了用户,甚至可以不经过浏览器直接在文档中播放动画。Dreamweaver 8 为用户提供了 3 种视图方式:可以通过单击"文档"工具栏中的"代码"、"拆分"、"设计"3 个按钮来分别显示"代码"视图、"拆分"视图、"设计"视图。

"代码"视图是个手工编码环境,如可以用于编写 HTML、CSS、JavaScript 以及服务器端脚本语言(如 ASP,PHP,JSP 等),如图 8-23 所示。

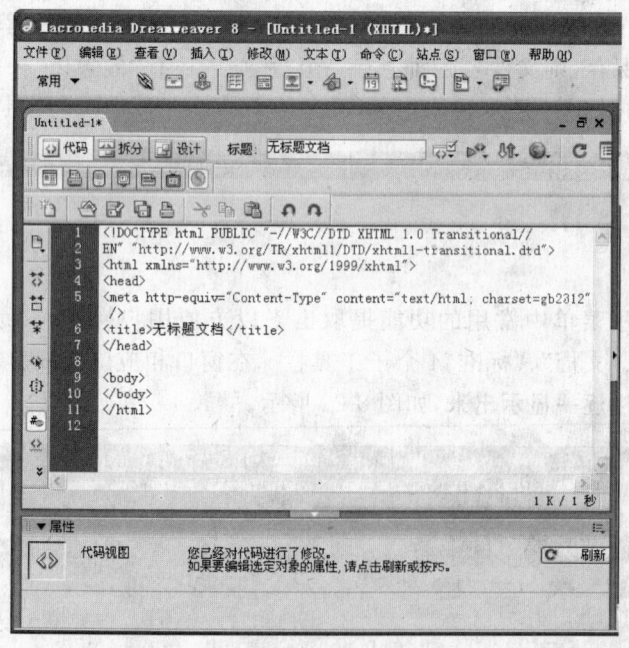

图 8-23 "代码"视图

"设计"视图是重点,它"所见即所得",用于可视化页面布局、可视化编辑文档、可视化开发服务器端脚本语言等,如图 8-24 所示。

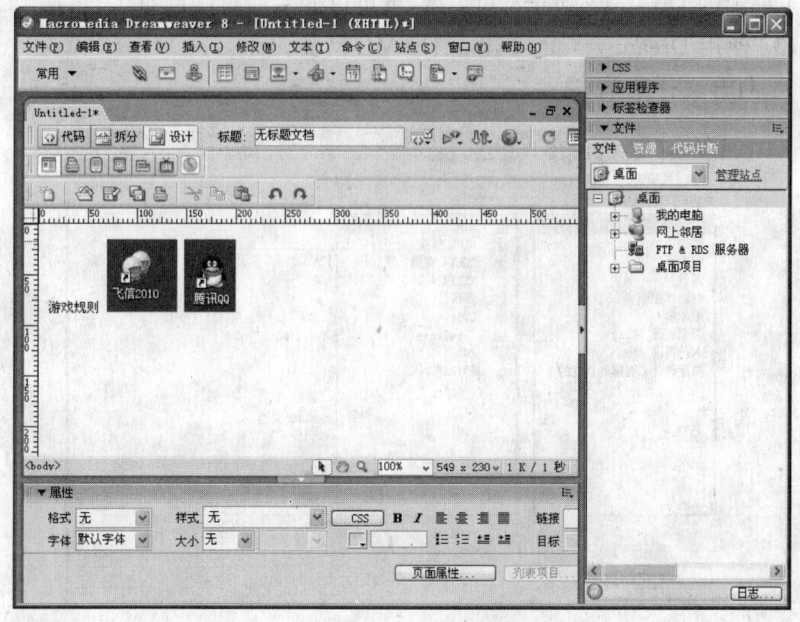

图 8-24 "设计"视图

"拆分"视图同时兼顾"代码"视图和"设计"视图的编辑方式,用户可以在单个窗口中同时体验代码编写和可视化编辑两种方式的优点,如图 8-25 所示。

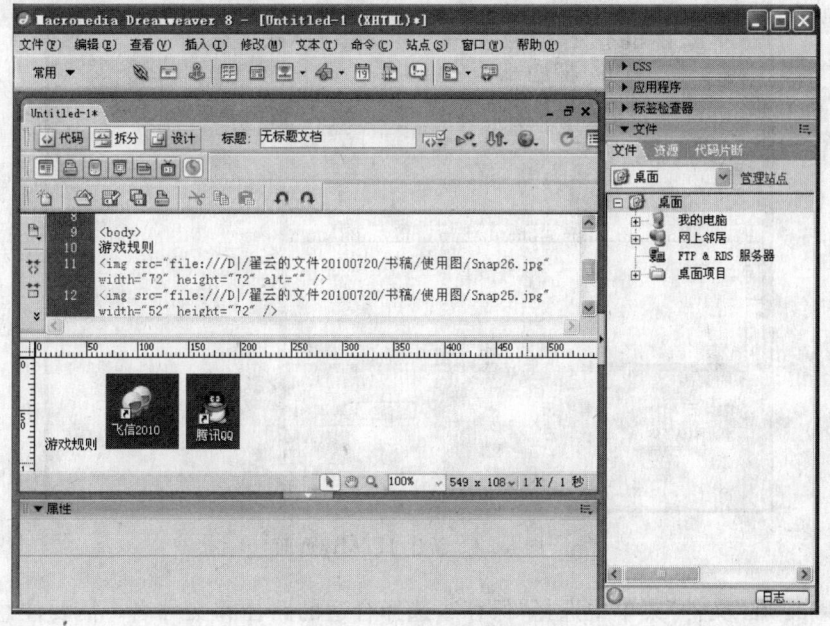

图 8-25 "拆分"视图

3. 使用 Dreamweaver 8 开发网页

具备了一定的 Dreamweaver 8 知识后,就可以开发简单的网页了。

例 8-13:使用 Dreamweaver 8 建立 HTML 网页。

步骤 1:打开文件菜单,选择"新建",如图 8-26 所示。

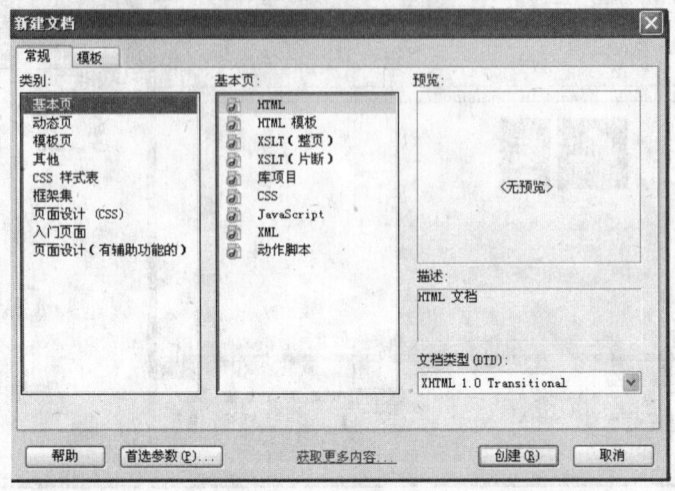

图 8-26 新建文档

步骤 2:在"类别"标签中选择"基本页",在"基本页"标签中选择 HTML,如图 8-27 所示。

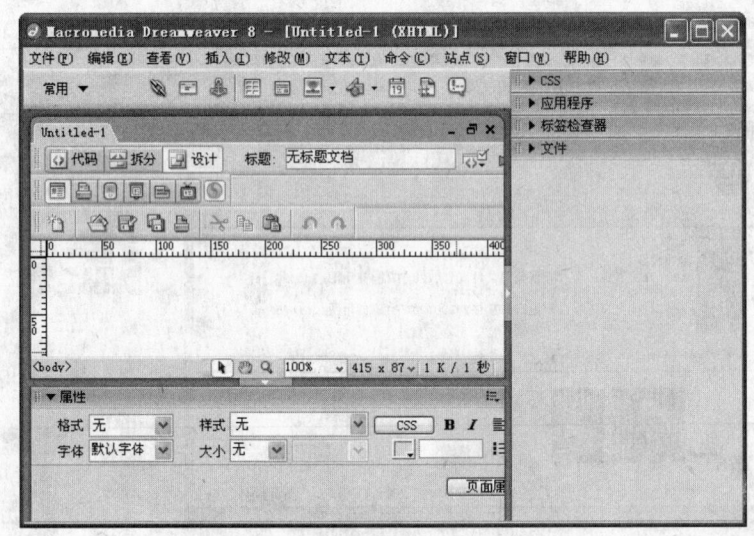

图 8-27 新建 HTML 页面

步骤 3:在"文件"菜单中选择"保存",选择合适的路径和文件名。需要注意的是,静态的首页文件一般命名为 index.html 或 index.htm。如果是包含程序代码的动态页面,比如 ASP 文件,则命名为 index.asp,如图 8-28 所示。

图 8-28　保存 HTML 网页

新建网页后,一般都要对页面进行一些属性设置,便于后面编辑网页内容。

例 8-14:使用 Dreamweaver 8 建立静态网页,完成一个唐诗欣赏网页文件,并对文字进行属性设置,包括设置页面字体、大小、颜色,页面背景颜色或背景图像,以及页面的四周边距的设置。

步骤:单击属性面板上的"页面属性"按钮,或者选择"修改"菜单下的"页面属性"命令,此时将打开"页面属性"对话框,如图 8-29 所示。

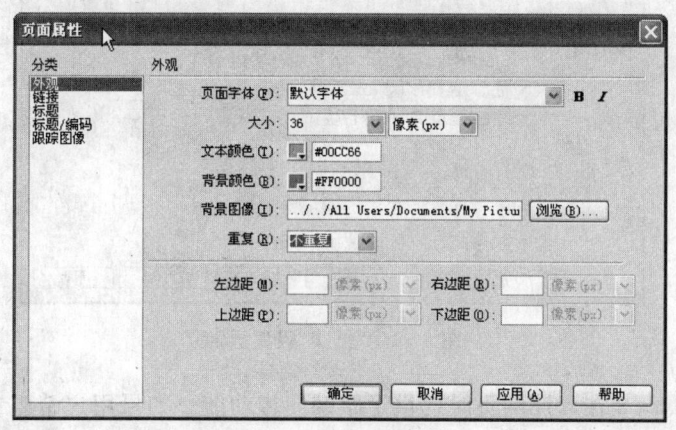

图 8-29　页面属性设置

设置结果如图 8-30 所示。

例 8-15:使用 Dreamweaver 8 建立静态网页,实现超链接锚记。

步骤:单击"页面属性"对话框左侧"分类"列表中的"链接",可打开"链接"设置画面。利用"链接"设置画面可以设置页面中链接文字的字体、大小、颜色,是否为链接文字增加

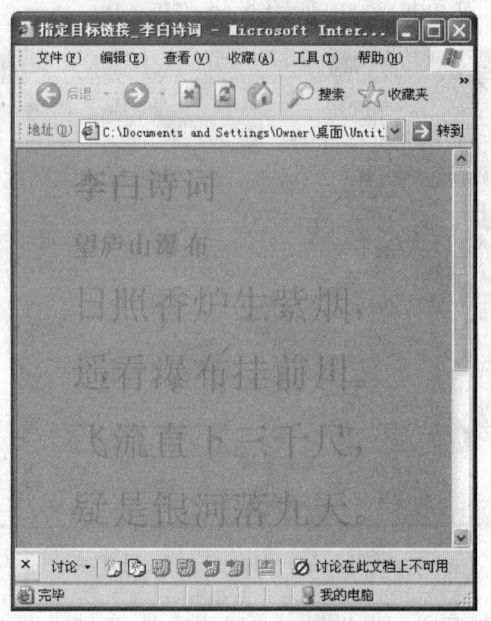

图 8-30　页面属性设置结果

下划线,以及访问链接后的文字颜色。"链接"设置界面和效果图分别如图 8-31 和图 8-32
所示。

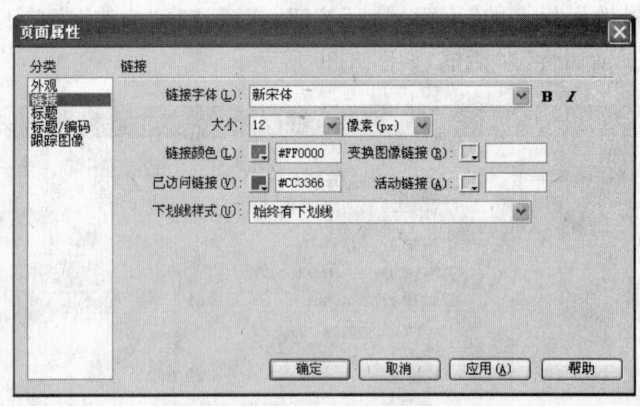

图 8-31　"链接"设置界面

Dreamweaver 8 在设计网页时提供了跟踪图像功能。如果用户希望参照某个网页设计自己的网页,可首先利用抓屏软件将该网页保存为 JPG 格式的图像,然后将其设置为跟踪图像。

例 8-16:使用 Dreamweaver 8 跟踪图像的应用举例。

步骤一:打开"页面属性"对话框,在"分类"列表中单击"跟踪图像",如图 8-33 所示。

步骤二:在如图 8-34 所示对话框中单击"浏览"按钮,打开"选择图像源文件"对话框,选择希望使用的图像文件。

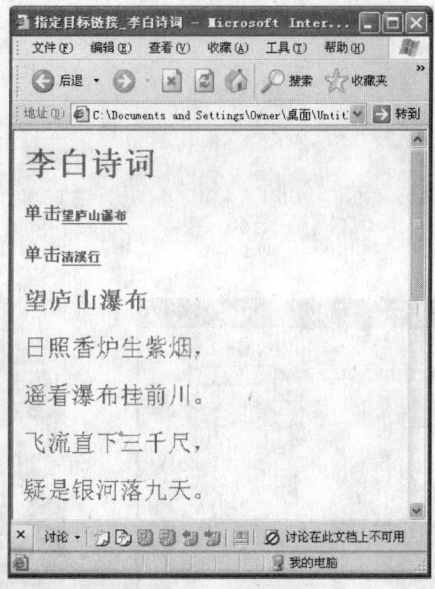

图 8-32　设置效果图

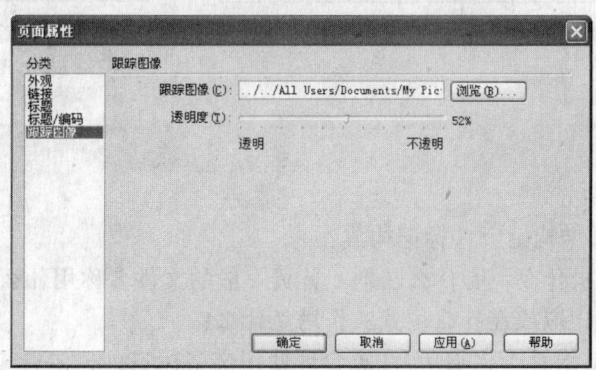

图 8-33　设置跟踪图像

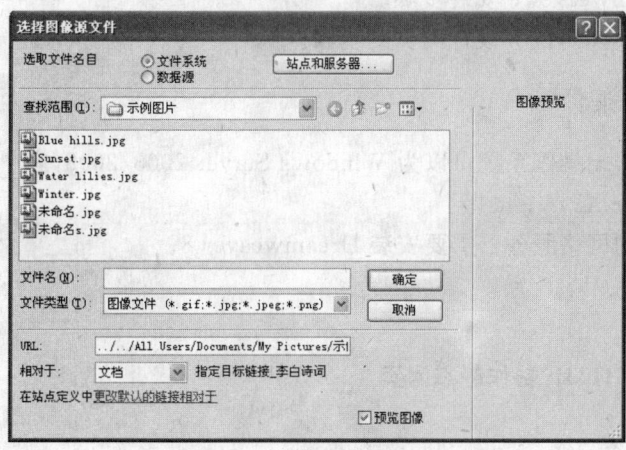

图 8-34　选择图像源文件

步骤三：单击"确定"按钮，此时网页设计图面如图 8-35 所示。在此位置，可适当调整图片的透明度。

其效果如图 8-36 所示。

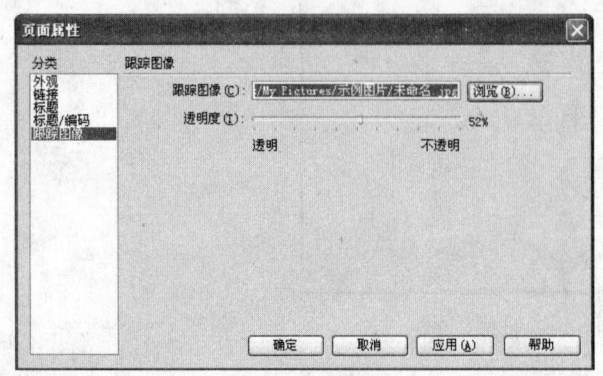

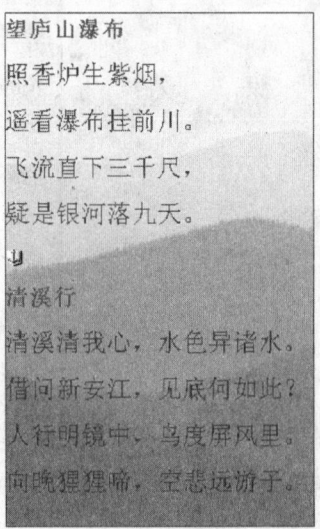

图 8-35　设置跟踪图像后的"页面属性"对话框　　图 8-36　设置跟踪图像后的设计画面

习题

1. HTML 文件结构由哪些标记构成？
2. 主页和内页指什么？有什么区别？首页一般的文件名称用什么？
3. ＜meta＞标记应放在什么位置？作用是什么？
4. 请用 HTML 设计个人简历，注意合理使用文字标签。
5. 表格建立需要哪些重要的标签？
6. 试述 Dreamweaver 8 安装步骤。
7. 试述 Dreamweaver 8 设计网页的步骤。

本章实训环境和条件

① 网络服务器端操作系统可以为 Windows Server 2003/2008，客户端操作系统可以为 Windows Server XP/Vista 等。

② 制作网页的网络服务器需要安装 Dreamweaver 8。

实训项目

实训 1：使用 HTML 制作静态网页

1. 实训目标

① 掌握网页设计开发的步骤与方法。

② 熟练运用 HTML。

2. 实训内容

实验知识点：HTML 的综合使用。

实验内容：

(1) 设计页面——会议通知

要制作网页,最重要的是设计思路,本实验要求学生自己设计一个开会通知,要求有图片插入、有文字说明,有会议议程(会议议程用表格实现)。可以先根据设计思路绘制网页草图。

(2) 编写网页

编写网页可以使用脚本形式和网页制作工具实现,脚本的编写可以使用记事本,也可以使用专业的 HTML 编辑器,还可以使用简单易用的 Frontpage 等网页制作工具实现。

(3) 美化网页

将网页的内容进行美化,包括背景的设计和背景音乐的使用,要求老师根据学生的创意给予实验加分。

3. 实训思考

① 如何在网页中添加背景音乐?

② 如何使用表格实现网页的布局?

③ 图片可否插入表格中,应如何实现?

实训 2:使用 Dreamweaver 8 制作静态网页

1. 实训目标

① 掌握利用 Dreamweaver 8 设计网页的步骤与方法。

② 熟练运用 Dreamweaver 8 进行网页设置。

2. 实训实例

实验知识点:Dreamweaver 8 设计网页的综合使用。

实验内容:

(1) 设计页面——宣传板报

本实验要充分发挥 Dreamweaver 8 制作网页的强大优势,要求学生自己设计一个宣传板报。学生先根据设计思路绘制网页草图,要有内容介绍、详细内容、适当插入图片。

(2) 编写网页

编写网页可以使用脚本形式和网页制作工具实现,脚本的编写可以在 Dreamweaver 8 工作区中完成。该部分与设计思路是互相完善的过程。在设计该部分过程中要不断优化设计思路,而设计思路的优化可以进一步完善页面内容和布局。

(3) 美化网页

将网页的内容进行美化,包括背景的设计和背景音乐的使用,要求老师根据学生的创意给予实验加分。

3. 实训思考

① 如何在 Dreamweaver 8 中添加背景图片？

② 如何使用 Dreamweaver 8 跟踪图像？

③ 如何使用 Dreamweaver 8 实现超链接锚记？

第9章

基于浏览器/服务器的网络应用

C/S 体系结构中,客户应用程序是系统中用户与数据进行交互的部件;服务器程序负责有效地管理应用系统中的资源。客户端应用程序实现用户数据的提取和展示,这样就会带来一些问题,如系统的扩展性较差、安装维护比较困难等。为了解决 C/S 体系的结构问题,人们提出了基于 3 层结构的浏览器/服务器模式(Browser/Server),简称 B/S 模式,使系统由 3 部分组成:浏览器、Web 服务器和数据库服务器。它无须像 C/S 模式那样在不同的客户机上安装不同的客户端应用程序,而只需安装通用的浏览器软件。这样不但可以节省客户机的硬盘空间与内存,而且使安装过程更加简便、网络结构更加灵活。

本章内容与学习要求

- 掌握:基于浏览器/服务器(B/S)网络系统模式的功能组成。
- 熟悉:以 Tomcat 服务器为例实现的 B/S 服务器端配置。
- 熟悉:服务器端开发技术,如 JSP 开发技术、JDBC 技术。
- 了解:基于浏览器/服务器(B/S)应用。

9.1 基于浏览器/服务器(B/S)网络系统模式的功能组成及配置

1. B/S 体系结构的特点

正如第 7 章所述,B/S 网络系统模式是一种以 Web 技术为基础的管理信息系统网络平台模式。把传统 C/S 模式中的服务器部分分解为一个数据服务器与一个或多个应用服务器(Web 服务器),从而构成一个 3 层结构的客户/服务器体系。B/S 结构的优点在于维护方便,能够降低总体开发成本。客户端运行软件,就像平时上网浏览网页一样,客户端拥有浏览器即可,不用安装其他软件,在互联网上即可以运行软件。对于每一层的基本工作如下:

第一层客户机是用户与整个系统的接口。客户的应用程序精简到一个网页浏览器即可,如 Microsoft Internet Explore 和 Netscape Navigator 等。浏览器将 HTML 代码转化成网页。静态网页可以向用户展示图文并茂的网页,动态网页具备一定的交互功能,用户可以在网页上填写个人信息表、完成网上购物请求等,这些信息都会通过互联网传回

Web 服务器端。

第二层 Web 服务器会将从数据库服务器提取出的数据汇同网页内容一并生成 HTML 代码，返回客户机；如果是从客户机发来的数据提取请求，也会将请求提交给数据库服务器。

第三层数据库服务器完成数据的存取，现在均为网络数据库服务器。网络数据安全问题很重要，该服务器要执行不同的 Web 服务器发来的 SQL 请求。如果是中小型网络系统，通常情况下 Web 服务器和数据库服务器由一台机器完成。

2. B/S 浏览器端介绍

网页浏览器是一种用于显示网页服务器内的文件，并让用户与网页文件互动的软件。它用来显示在万维网或局域网等内的文字、影像及其他资讯。这些文字或影像，可以实现超链接，即连接其他网址，这样用户就可以迅速快捷地浏览互联网络中的各种资讯。

浏览器处于客户机上，用户使用它可以向 Web 服务器发出请求，当接到 Web 服务器传送回来的数据以后，浏览器可以对这些数据进行解释和显示，并返回到浏览器。浏览器以 URL 为统一的定位格式，网页浏览器主要通过超文本传输协议 HTTP 与网页服务器交互并接收采用 HTML 编写的页面。这些网页由 URL 指定，文件格式通常为 HTML，并由 MIME 在 HTTP 中指明。一个网页中可以包括多个文档，每个文档都是分别从服务器获取的。大部分的浏览器本身支持除了 HTML 之外的广泛的格式，例如 JPEG、PNG、GIF 等图像格式，并且能够扩展支持众多的插件(plug-ins)，如 cult3D 等。另外，许多浏览器还支持其他的 URL 类型及其相应的协议，如 FTP、Gopher、HTTPS(HTTP 的加密版本)。HTTP 内容类型和 URL 协议规范允许网页设计者在网页中嵌入图像、动画、视频、声音、流媒体等。常见的浏览器有如下几种：

(1) IE7 浏览器

IE7 浏览器是微软 Internet Explorer 7.0 浏览器的缩写，IE7 是微软推出的一种网页浏览器，代号 Rincon，发布时间是 2006 年 12 月 1 日，适用于 Windows XP 和 Windows Server 2003。微软在 2007 年 9 月发布了 IE7 浏览器的升级版，版本号为 7.0.5730.13，去掉了 WGA 正版验证，自此就可以免费下载了。

IE7 相对 IE6 有了很大的改变：

① IE7 全面支持中文.cn 的功能。IE6 使用中文域名需要在地址栏里输入："http://中文.cn"，IE7 则只要输入："中文.cn"。

② IE7 采用了标签浏览。打开浏览器窗口后会自动新建一个标签，并且右侧会出现一个矩形的空白方块，单击即可创建一个新的标签页。

③ IE7 集成了 RSS 订阅功能。

④ IE7 增强了安全性能，增加了一个用户保护状态，这意味着即使有人通过漏洞攻击了 IE 但也不可能接管这台机器成为超级用户。

⑤ IE7 进一步支持 W3C 的 CSS、PNG。

⑥ 在 IE7 中可以通过 ActiveX 管理面板来任意开启一个单独的 ActiveX 控件，从而避免通过 ActiveX 攻击 IE 的可能。

（2）傲游（Maxthon）浏览器

傲游浏览器是一款基于 IE 内核的、多功能、个性化、多标签浏览器，并在其之上有创新，其插件比 IE 更丰富。它允许在同一窗口内打开任意多个页面，减少浏览器对系统资源的占用率，提高网上冲浪的效率，RSS 阅读功能也集成在傲游之中。不过要看 RSS 首先需要打开傲游侧边栏，同时它又能有效防止恶意插件、阻止各种弹出式、浮动式广告、加强网上浏览的安全。傲游浏览器支持各种外挂工具及 IE 插件，使用户在其中可以充分利用所有的网上资源，享受上网冲浪的乐趣。

（3）火狐浏览器

火狐浏览器（Firefox）是开源基金组织 Mozilla 研发的一种具有弹出窗口拦截、标签页浏览及隐私与安全保护功能的网页浏览器。与生俱来的"开放源代码"特性决定着 Firefox 在开源社区拥有众多造诣颇深的技术支持者。在体验过程中，一旦发现问题，必定会在第一时间告知同伴，然后相互交流一起解决。这样一来，不仅效率高，而且不会产生酬劳问题，对 Firefox 的发展大有裨益。可以说，获得众多软件开发人员的无偿支持是 Firefox 在市场上迅速取得成功的关键所在。下载 Mozilla Firefox 火狐浏览器，可以实现标签式的浏览、在一个窗口同时浏览多个页面、弹出式窗口拦截器、预防恶意的黑客软件等功能。

（4）腾讯 TT 浏览器

腾讯 TT 浏览器是一款基于 IE 内核的多页面浏览器，具有亲切、友好的用户界面，提供多种皮肤供用户根据个人喜好使用，另外，TT 更是新增了多项人性化的特色功能，使上网冲浪变得更加轻松自如。腾讯 TT 浏览器的功能包括智能屏蔽一键开通、最近浏览一键找回、多页面一键打开、浏览记录一键清除、多种皮肤随心变换等。

（5）绿色浏览器

绿色浏览器，英文名称为 GreenBrowser，是一款基于 IE 内核的绿色多窗口浏览器，GreenBrowser 是完全免费的，很多工程师一般都会给客户装上绿色浏览器，可见绿色浏览器是一款容易上手、高效的、受欢迎的网页浏览器。

（6）Opera 浏览器

根据 Opera 官方网站的介绍，Opera 浏览器是一种快速、有趣并且易用的网络浏览方式。Opera 9 及其装载的各种工具能保证用户系统安全。Opera 起初是一款挪威 Opera Software ASA 公司研制推出的支持多页面标签式浏览的网络浏览器，由于新版本的 Opera 增加了大量网络功能，官方将 Opera 定义为一个网络套件。目前，官方发布的 PC 用的最新稳定版本为 9.7。

Opera 支持多种操作系统，如 Windows、Linux、Mac、FreeBSD、Solaris、BeOS、OS/2、QNX 等，此外，Opera 还有手机用的版本，支持多语言，包括简体中文和繁体中文。

（7）Konqueror 浏览器

Konqueror 是一个由 KDE 开发的浏览器。KDE 开发人员在开发 KDE2 时意识到一个良好的桌面环境必须搭配一个良好的网络浏览器及档案管理员，便投入不少力量开发了 Konqueror，这个浏览器使用了自家开发的排版引擎 KHTML。由于 Konqueror 是属于 KDE 的一员，并只常见于 UNIX-like 下的 KDE 桌面环境，所以 Konqueror 并未普及。

(8) Safari 浏览器

纵然 Macintosh 的浏览器市场现在大部分被 Internet Explorer 和 Firefox 占据,但苹果公司自行推出了 Safari。Safari 是基于 Konqueror 这个开放源代码浏览器的 KHTML 排版引擎而制成的,它是 Mac OS X 的默认浏览器。

(9) TheWorld(世界之窗)浏览器

世界之窗(TheWorld)浏览器是一款采用 IE 内核的多窗口浏览器,它不仅功能强大,具有出色的拦截广告、一键上网、清理上网痕迹等多项特色实用功能,而且其身材非常“苗条”,没有任何功能限制,网页打开速度快捷,安装完全免费。TheWorld 倡导一次单击只弹出一个窗体的浏览原则,这就意味着除非你自己愿意,网站将无法自动弹出窗口。另外,TheWorld 把页面上的移动对象也看做是广告窗口。因此,用 TheWorld 浏览网站时,所有弹出广告窗口、浮动广告以及弹出的 ActiveX 对话框等都将被浏览器禁止。弹出广告窗口有关设定在“TheWorld 设置中心”。

继 IE 浏览器 7.0 版之后,世界之窗 2.0 版是世界上第二款采用多线程窗口框架的浏览器。区别于其他采用单线程的多窗口浏览器,多线程框架可以大幅减少由于某个网页假死导致的整个浏览器假死情况的发生,并且可以在一定程度上提高网页的打开速度。同时在使用 TheWorld 时,只要按下 Alt 键并直接单击图片或 Flash 动画即可将其下载到本地硬盘,极大地简化了操作。

(10) NetScape Navigator

NetScape Navigator 网景浏览器是 Netscape 通信公司开发的网络客户器。它虽是一个商业软件,但也提供了可在 UNIX,VMS,Macs 和 Microsoft Windows 等操作系统上运行的免费版本。作为成熟浏览器的最早创始者和先驱者(远远早于微软),其软件质量值得信赖,特别是在 UNIX 用户群中普及率极高。从根本上来说,Navigator 没有市场上一些更高级的浏览器华而不实的东西,由于它的 Mozilla 核心,使得它完全能同 IE 媲美。

3. 以 Tomcat 服务器为例实现 B/S 服务器端配置

下面主要以 JSP 技术为动态 Web 技术开发工具,介绍基于 B/S 的网络模式应用。JSP 动态网页的执行分为客户端的请求和服务器端对动态网页的编译执行两部分,当服务器接收到客户端的 JSP 页面请求时,由 JSP 代码转换成 Servlet 代码,然后由 JSP 引擎调用服务器端的 Java 编译器对 Servlet 代码进行编译,把它编译成字节码文件,再由 JVM 执行此字节码文件,最后将执行结果以 HTML 格式返回客户端,这一切需要在服务器端配置 JSP 环境。

Web 服务器端需要专门的服务器软件,除操作系统外,还包括 JSP 编译程序、Web 应用程序服务器。图 9-1 说明了 JSP 操作环境各部分的架构及其相应的功能。

JSP 的跨平台性能非常好,它可以运行在大多数的操作系统上,如 Windows XP/2003、

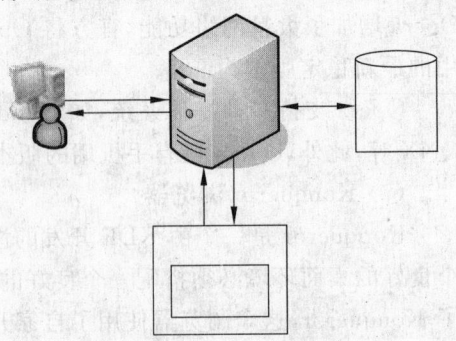

图 9-1 JSP 操作环境基本结构

各种 Linux 系统和 UNIX 系统等。下面列出本书中所使用的各种服务器端软件。

JSP 编译程序：Sun 提供免费的 JDK(Java Developer Kit)。JDK 是 Java 开发工具包的缩写，它是一种构建在 Java 平台上发布的应用程序、Applet 和组件的开发环境，其中包括 Java 编译器、JVM、大量的 Java 工具以及 API 里的 Java 类库和 Java 的语言规范。目前最新版本是 Java2 Platform Standard Edition Development Kit 6u21。

Web 应用程序服务器：Apache 提供免费的 Tomcat。Tomcat 是 Jakarta 项目中一个重要的子项目，它又是 Sun 公司官方推荐的 Servlet 和 JSP 容器，因此越来越受到软件开发人员的喜爱。目前较新版本是 Tomcat 7.0。

网络数据库：SQL Server 2005。

(1) JDK 下载与安装使用

JDK(Java Development Kit)的功能是在 Java 平台上发布应用程序、Applet 和组建开发环境。它不提供开发软件，而是提供 Java 虚拟机、Java 工具、Java 基础的类库 (rt.jar)和 Java 规范，即 Java 运行环境(Java Runtime Environment)，这是整个 Java 的核心。可以说，不论什么 Java 应用服务器，实质都是内置了某个版本的 JDK。

现在最主流的 JDK 是 Sun 发布的 JDK，由于 Sun 被 Oracle 公司收购，故可以在 Oracle 官方网站上下载最近的 JDK。此外，还有很多公司和组织都开发了自己的 JDK，例如 IBM 公司开发的 JDK，BEA 公司的 Jrocket，还有 GNU 组织开发的 JDK 等。下面以 Sun 的 JDK 套件为例，说明如何从官方网站上下载 Java SE Development Kit 6u21 和 NetBeans IDE 6.9.1 复合软件包。

在 IE 浏览器地址栏中输入 http://www.oracle.com/technetwork/java/javase/downloads/jdk-netbeans-jsp-142931.html，进入下载页面，打开网页后，在浏览器中将滚动条向下拖动到"Java SE Development Kit 6u21 和 NetBeans IDE 6.9.1 复合软件包下载（简体中文）"部分，单击"Java SE Development Kit 6u21 和 NetBeans IDE 6.9.1 复合软件包下载（简体中文）"右侧的 Downloads 链接，如图 9-2 所示。

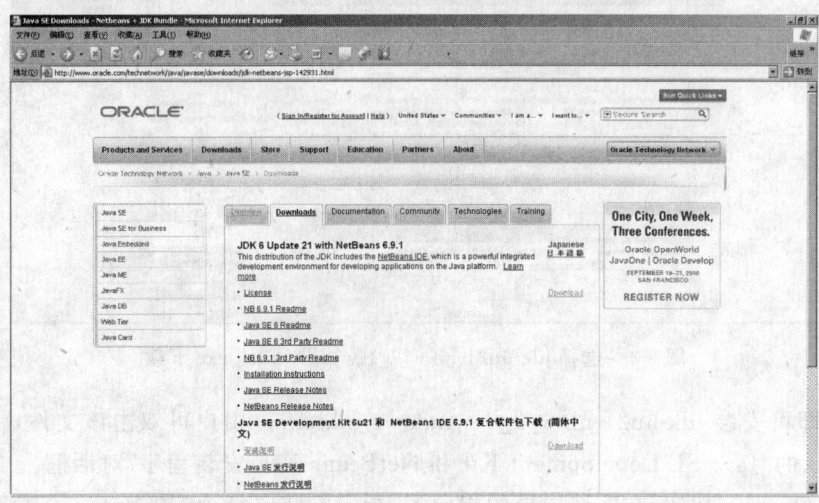

图 9-2　JDK 下载界面

在下载窗口中,选择 Windows 操作系统,如图 9-3 所示。

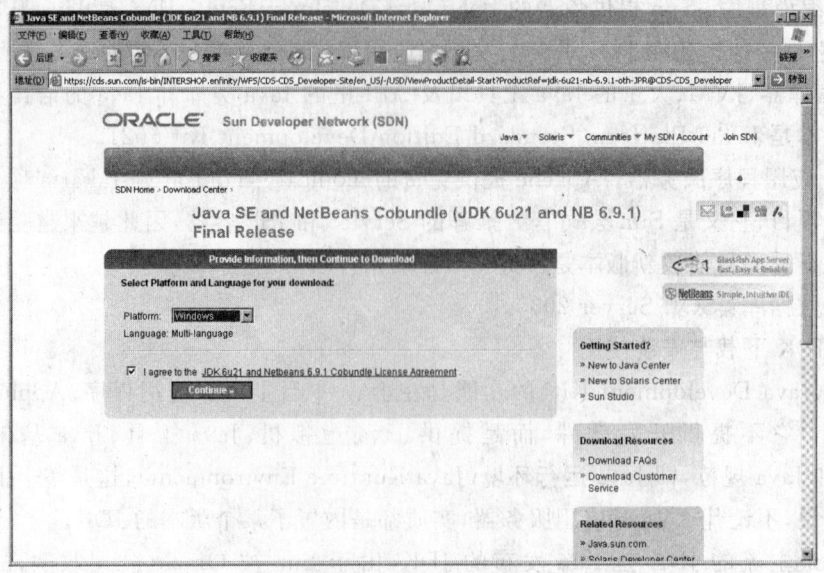

图 9-3　选择操作系统

单击 jdk-6u21-nb-6_9_1-windows-ml.exe,如图 9-4 所示。

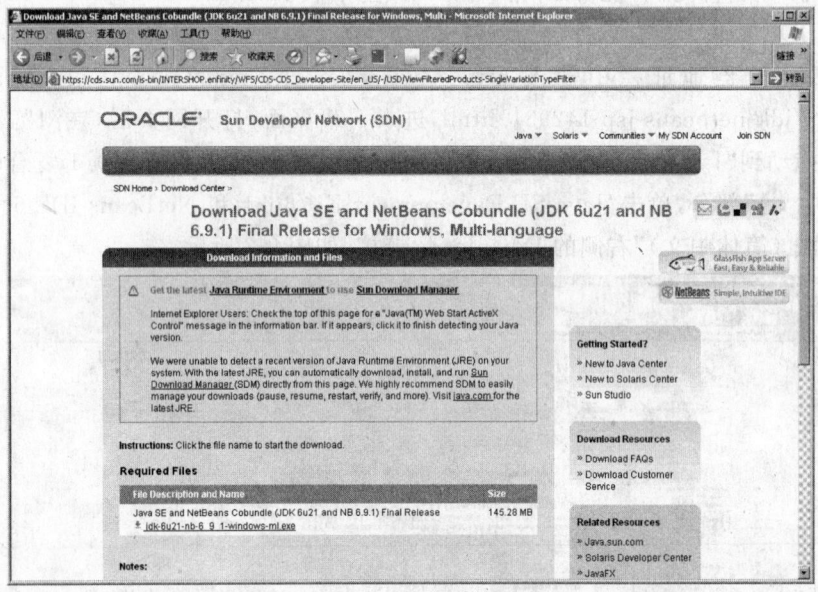

图 9-4　选择 jdk-6u21-nb-6_9_1-windows-ml.exe 下载

　　下载即可安装 jdk-6u21-nb-6_9_1-windows-ml.exe。用户可双击该文件,将打开如图 9-5 所示的"Java SE Development Kit 和 NetBeans IDE 安装程序"对话框。

　　单击"下一步"按钮,在安装向导的指导下,指定安装路径为 C:\Program Files\Java\jdk1.6.0_21,如图 9-6 所示。

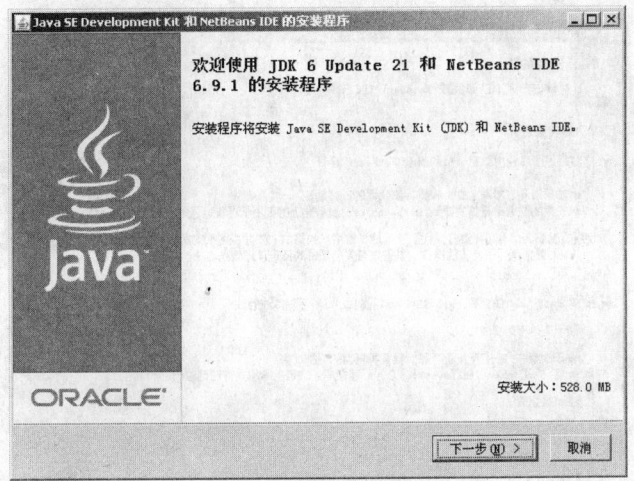

图 9-5 JDK 安装向导

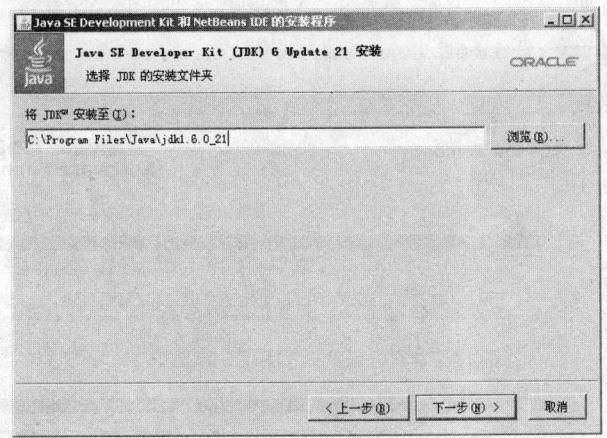

图 9-6 设置 JDK 安装路径

安装完成后,出现如图 9-7 所示的对话框。

到此为止,JDK 安装完毕。

(2) Tomcat 的下载与安装

Tomcat 服务器是 Apache 提供的一个免费的开放源代码的 Web 应用服务器,是 Apache 基金会 Jakarta 项目中的一个核心项目,由 Apache,Sun 和其他一些公司及个人共同开发而成。由于有了 Sun 的参与和支持,最新的 Servlet 和 JSP 规范总能在 Tomcat 中得到体现。Tomcat 早在 2001 年就被 JavaWorld 杂志的编辑评选为最具创新的 Java 产品,可见其在业界的地位。它不但是 Sun 公司 Servlet 和 JSP 规范的参考实现,也是世界上使用最广泛的 Servlet 和 JSP 平台。Tomcat 正被应用在成千上万的 Web 站点上,是开发和调试 JSP 程序的首选。

在 Apache Tomcat 的官方网站 http://tomcat.apache.org 可下载到最新版本的 Tomcat 应用程序服务器,如图 9-8 所示。

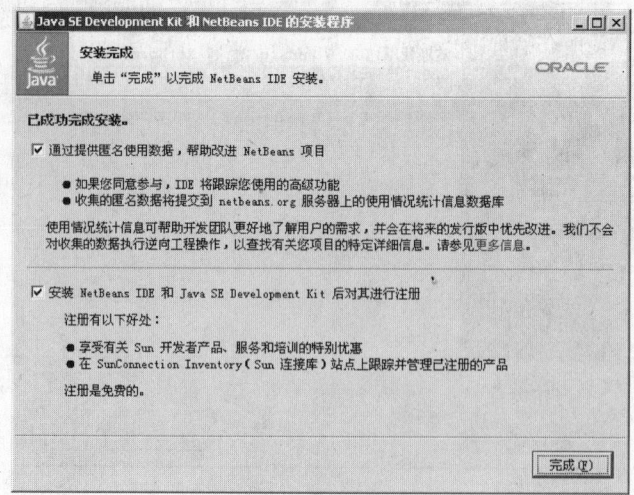

图 9-7　JDK 安装完成

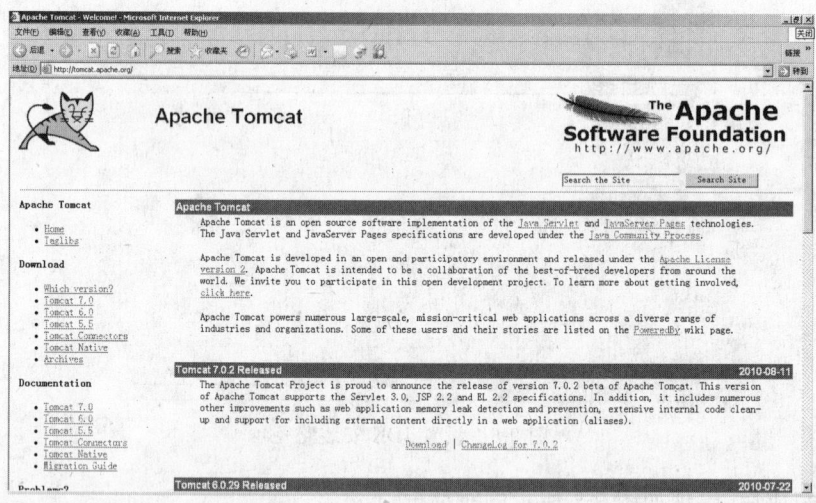

图 9-8　Apache Tomcat 官方下载网站

建议使用的是最新的 Tomcat 7.0 版,可以在 Apache Tomcat 官方网站页面左侧的 Download 区域单击 Tomcat 6.0 链接,进入 http://tomcat.apache.org/download-70.cgi 页面,如图 9-9 所示,然后选择 Windows Service Installer 进入下载状态。

单击 Quick Navigation 中的 Browse,进入如图 9-10 所示的界面,再单击 bin,进入如图 9-11 所示的界面,选择 apache-tomcat-7.0.2.exe 进行下载。

在资源管理器中双击该文件 apache-tomcat-7.0.2.exe 可以进行安装,软件安装会在安装导向的指导下完成,如图 9-12 所示。

这里需要注意的是,在安装时设置安装路径,可将安装路径设置为“C:\Tomcat 7.0”,如图 9-13 所示;在安装端口时,设为默认的 8080 端口,如图 9-14 所示;Java 虚拟机的安装路径如图 9-15 所示。

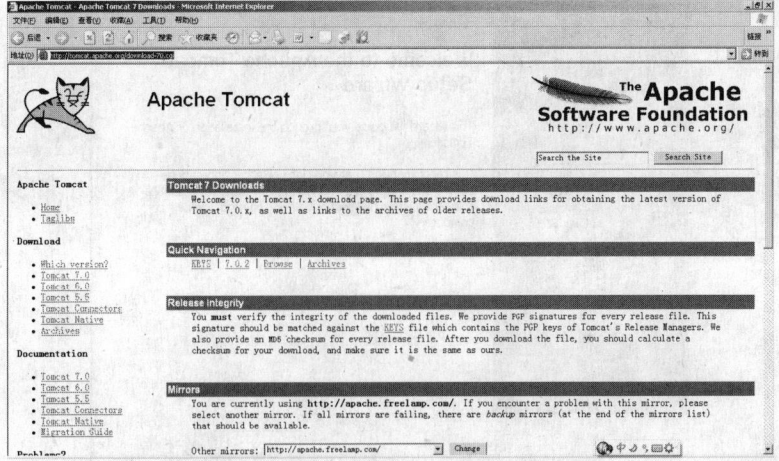

图 9-9　Tomcat 6.x 下载页面示意图

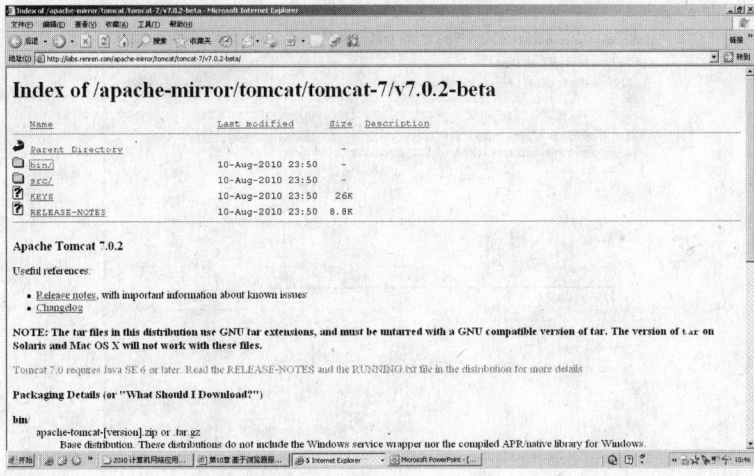

图 9-10　下载 Tomcat-1

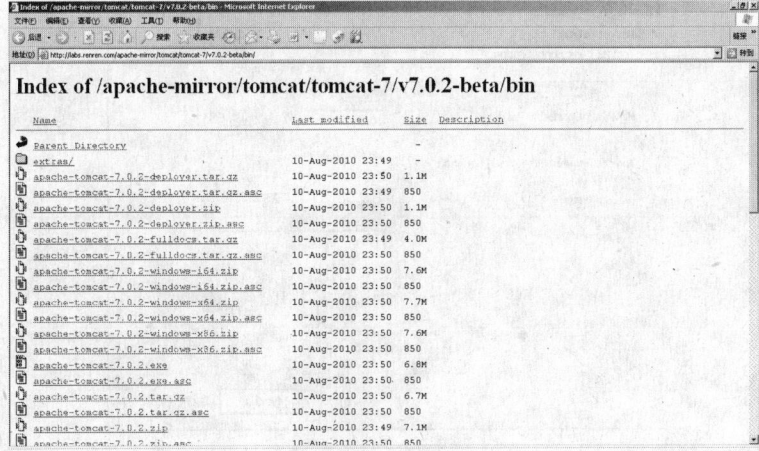

图 9-11　下载 Tomcat-2

图 9-12　安装 Tomcat 初始界面

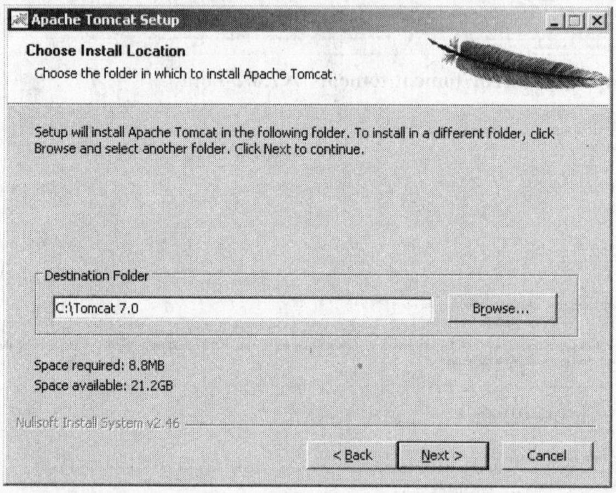

图 9-13　设置安装路径

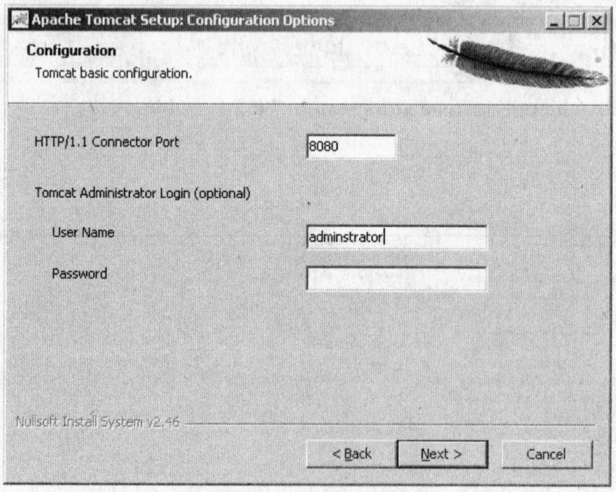

图 9-14　设置安装端口

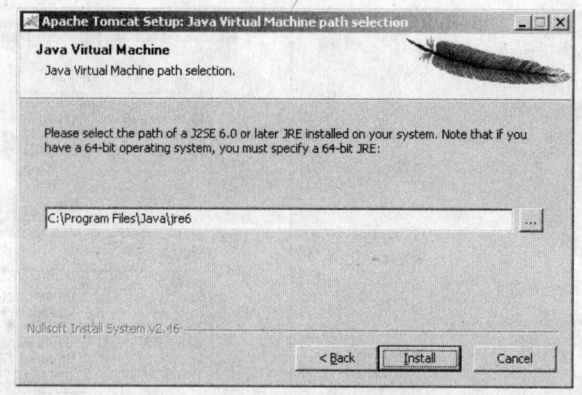

图 9-15　设置虚拟机安装端口

　　Tomcat 默认会随系统启动而运行，不需要每次开机时手动启动，启动过程如图 9-16 所示。

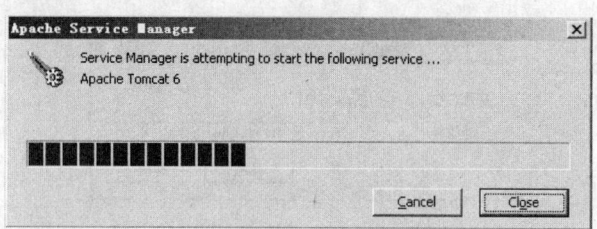

图 9-16　Apache Tomcat Manager 启动过程

　　如果需要手动启动，可以执行"开始"→"程序"→Apache Tomcat 7.0→Configure Tomcat 菜单命令，在弹出的 Apache Tomcat Properties 窗口中单击 Start 按钮运行 Tomcat 服务，如图 9-17 所示。

　　（3）Web 服务器相关环境变量设定

　　在安装完 JDK 套件和 Tomcat 应用程序服务器后，还需要对相关环境参数进行设置。在 Windows 操作系统环境下，右击"我的电脑"图标，选择"属性"→"系统属性"，打开"系统属性"对话框，再选择"高级"选项卡，如图 9-18 所示。

　　单击"环境变量"按钮，弹出如图 9-19 所示的"环境变量"对话框，接下来将新建系统变量：

　　① 单击"系统变量"的"新建"按钮，弹出"新建系统变量"对话框，如图 9-20 所示，

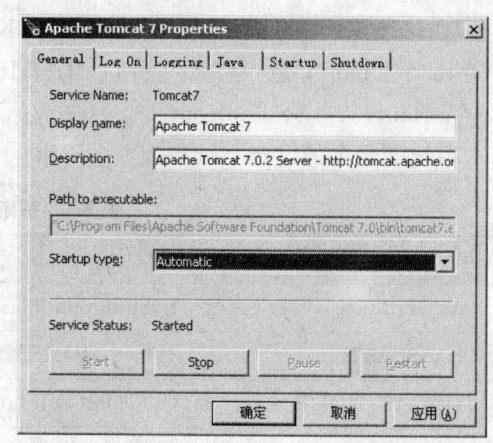

图 9-17　Tomcat 服务启动

在其中输入变量名"Java_HOME"，变量值为"C:\Program Files\Java\ jdk1.6.0_21"，单击"确定"按钮，完成系统变量 Java_HOME 的设定。

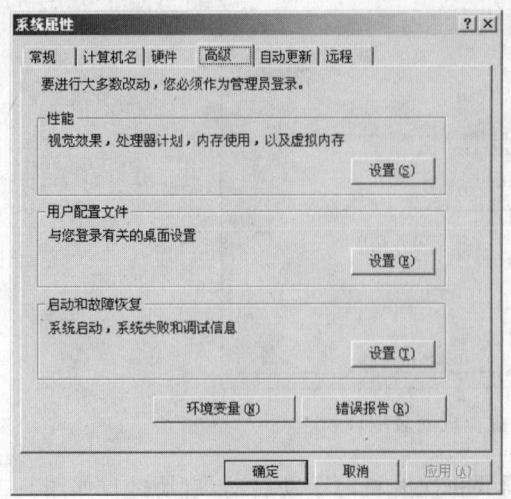
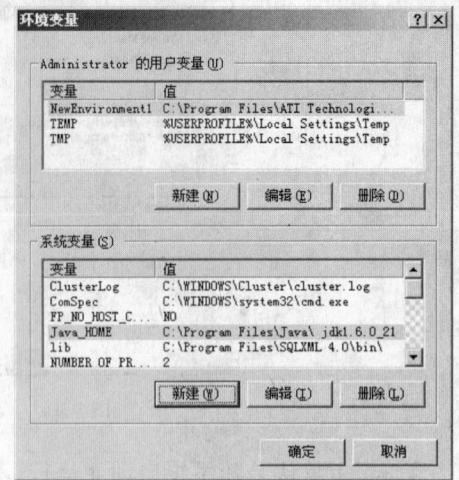

图 9-18 "系统属性"对话框中的"高级"选项卡　　　图 9-19　系统环境变量设定-1

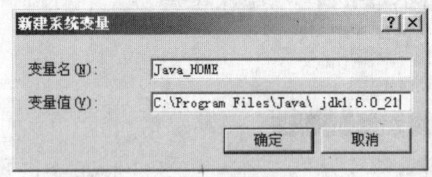

图 9-20　系统环境变量设定-2

② 用同样的方法添加系统变量 CLASSPATH,变量值为"%Java_HOME%\lib\dt. Jar;%Java_HOME%\lib\ tools. Jar"。

③ 用同样的方法添加系统变量 TOMCAT_HOME,变量值为"C:/TOMCAT 7.0"。

④ 修改 Path 变量,后面加上安装 JDK 的路径\bin,在原有变量上添加"%Java_ HOME%\ bin",成为"% Java _ HOME% \ bin;% SystemRoot% \ system32;% SystemRoot%;%SystemRoot%\System32\Wbem"。

系统变量名的设定小结如表 9-1 所示。

表 9-1　系统变量名设定

变 量 名	变 量 值
Java_HOME	C:\Program Files\Java\ jdk1.6.0_21
CLASSPATH	%Java_HOME%\lib\dt. Jar;%Java_HOME%\lib\ tools. Jar
TOMCAT_HOME	C:/TOMCAT 7.0
Path	%Java_HOME%\bin

完成上述操作后,关闭所有对话框即可。

JSP 操作环境配置完成后,启动 Tomcat 服务,打开浏览器进行测试,输入"http://localhost:8080"或者"http://your. hostname:8080"来测试是否已经正确运行,如果显示如图 9-21 所示的 Tomcat 界面,就表示安装成功。

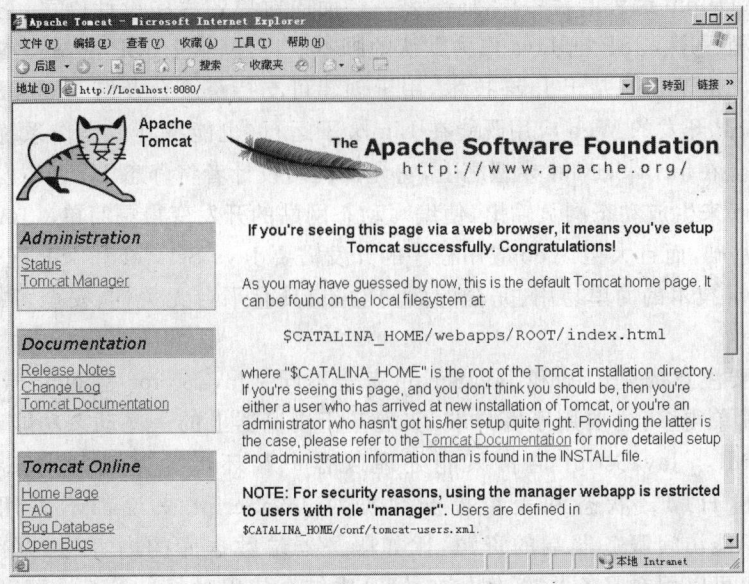

图 9-21　Apache Tomcat 测试页面

Tomcat Web 服务器默认以 webapps\root 为 JSP 网站根目录,如果安装目录为 C:\
TOMCAT 7.0,那么 JSP 网站的目录全称为:C:\TOMCAT 7.0\webapps\root。这里可
以在此目录下再建立一个 Jspweb 的目录为教学使用。

9.2　服务器端开发技术

1. JSP 开发技术概述

JSP(Java Server Pages)是由 Sun Microsystems 公司倡导、许多公司参与一起建立的
一种动态网页技术标准。在传统的网页 HTML 文件(* . htm, * . html)中插入 Java 程
序段(Scriptlet)和 JSP 标记(tag),从而形成 JSP 文件(* . jsp)。简单地说,JSP 是包含了
Java 程序段的 html 文件,为了和普通的 html 相区别,使用 jsp 后缀名。当 Web 服务器
在遇到访问 JSP 网页的请求时,首先执行其中的程序片段,然后将执行结果以 HTML 格
式返回给客户。插入的 Java 程序片段可以进行网络数据库操作、重新定向网页等,这正
是建立动态网站所需要的功能。由于所有程序操作都在服务器端执行,通过网络传送给
客户端的仅是得到的执行结果,因此就把对客户端浏览器的要求降到了最低,因此被广泛
应用。

实际上 JSP 就是 Java,只是它是一个特别的 Java 语言,加入了一个特殊的引擎,引擎
将 HTTP Servlet 这个类的一些对象自动进行初始化后让用户使用。同时这个引擎又引
入了 Java Servlet Code(. java 文件)→Java Runtime Bin Code(. class 文件),这就是为什
么第一次运行 JSP 时 CPU 运行能达到很高的原因,它实际上是调用了 JSP 引擎来生成

Java 文件,再用 javac 来编译它到 class 文件,这样才能去执行它。

和 VB 、Delphi 编程语言一样,Java 是一种面向对象的程序设计语言,它擅长设计跨平台的可移植程序。JSP 把 Java 作为默认的脚本语言,基本上 JSP 网站脚本都是用 Java 语言编写的。由于 JSP 基于 Java 技术,用于创建可支持跨平台及跨 Web 服务器的动态网页,如用 JSP 开发的 Web 应用既能在 Linux 下运行,也能在其他操作系统上运行。又由于 JSP 建立在 Java Servlet 模型之上,它允许网站设计者将静态 HTML 内容与服务器端脚本混合起来生成动态网页输出,使编写动态网站的开发变得更简单。Java Servlet 是 JSP 的技术基础,而且大型 Web 应用程序的开发需要 Java Servlet 和 JSP 配合才能完成。JSP 具备 Java 技术的简单易用、完全的面向对象、具有平台无关性、安全可靠、主要面向因特网的特点。

这里需要注意的是 JSP 和 JavaScript 完全不同。JavaScript 是 NetScape 公司的产品,比 JSP 简单得多,主要用于客户端,实现基于浏览器上的一些动态功能,能够在客户端生成 HTML。JavaScript 通常只能处理以客户端环境为基础的动态信息。除了 Cookie 之外,HTTP 状态和表单提交数据对 JavaScript 来说都不可用,由此可知 JavaScript 不能访问服务器端的资源,比如服务器端数据库的内容等。在某些情况下 JavaScript 也可以用在服务器端,例如在 ASP 中结合使用时,JavaScript 可以用于服务器端。JSP 可以借助内容和外观的分离,把页面制作中不同性质的任务方便地分开。比如,由页面设计专家进行 HTML 静态页面的外观设计,同时留出提供 JSP/Java Servlet 程序员插入动态内容的空间,比如操作网络数据库信息。两方面工作可同时进行,以提高网站的开发效率。

2. JSP 脚本介绍

JSP 元素可分为脚本元素、指定元素与动作元素 3 大部分,脚本元素包括 JSP 动态页面所使用的表达式、声明、脚本片段和注释;指令元素用于对 JSP 引擎生成 Servlet 结构,动作元素则用于控制 JSP 引擎的行为和连接到更多的组件,如 JavaBean 和 Plugin 等。下面将首先学习脚本元素。

JSP 脚本元素用来插入 Java 代码,这些 Java 代码将出现在由当前 JSP 页面生成的 Servlet 中,其脚本元素有 3 种格式:

① 声明格式<%!declaration;%>:把声明加入到 Servlet 类(在任何方法之外)。

② 表达式格式<%=expression %>:计算表达式并输出其结果。

③ 脚本格式<%scriptlet%>:把代码插入到 Servlet 的 service 方法。

(1) 声明格式

JSP 声明的作用是说明要使用的变量和方法,以保存信息,其作用范围是整个页面。因为 JSP 是基于 Java 技术的,因此要求像 Java 一样,对于将要在 JSP 程序中用到的变量和方法,必须先进行声明,然后在使用或声明的同时赋值。在声明元素中声明的变量和方法,将在 JSP 页面初始化时进行初始化。

JSP 声明的语法格式如下:

```
<%!declaration;%>
```

例如：

```
<%!int a=1;%>;
```

上述代码表示声明一个 int 型变量 a 并赋值为 1，声明必须以分号结尾。

（2）表达式格式

表达式用于将 JSP 内容转换为字符串，以便在页面中输出，在运行后被自动转化为字符串，然后插入到这个表达式在 JSP 文件中的位置显示，因为表达式的值已经被转化为字符串，所以能够在一行文本中插入表达式。表达式的使用格式如下：

```
<%=expression%>
```

其中，expression 部分是表达式的内容，它是一个有计算结果的 JSP 表达式（注意，表达式一定要有一个可以输出的值，如数字计算式、有返回值的函数、变量等）。

例如：

```
<%=n%>
```

上边的代码将在网页中显示出变量 n 的值。

再如下面的代码显示页面被请求的日期/时间：

```
Current time: <%=new java.util.Date()%>
```

（3）脚本片段

如果要完成的任务比插入简单的表达式更加复杂，可以使用脚本片段。JSP 脚本片段（Scriptlets）也称为代码片段，它是一个有效的 Java 程序段。通过 JSP 脚本片段可以把任意的 Java 代码插入 Servlet，放在＜％和％＞标记中，这是 JSP 中的代码部分。在这个部分中可以使用几乎任何 Java 的语法来编制程序，语法格式如下：

```
<%scriptlet%>
```

脚本片段中的 JSP 代码在 Web 服务器响应请求时运行，如果脚本片段有需要显示的内容，这些内容就被存储到输出流对象中，并在浏览器中显示出来。

和 JSP 表达式一样，Scriptlet 也可以访问所有预定义的变量。例如，如果要向结果页面输出内容，可以使用 out 变量：

```
<%
String queryData=request.getQueryString();
out.println("Attached GET data: "+queryData);
%>
```

例 9-1：用 JSP 实现 1～50 的累加和。

```
<html>
<head>
<meta http-equiv="Content-Type" content="text/html; charset=gb2312">
<title>计算 1+2+...+50 的累加和</title>
```

```
</head>
<body>
    <h2 align="left">计算 1+2+…+50 的累加和</h2>
<%
    int m=50,n=1;
    int sum=0;
    while(n<=m)
    {   sum=sum+n;
        n++;
    }
%>
1+2+3+…+50=<%=sum%>
</body>
</html>
```

其效果如图 9-22 所示。

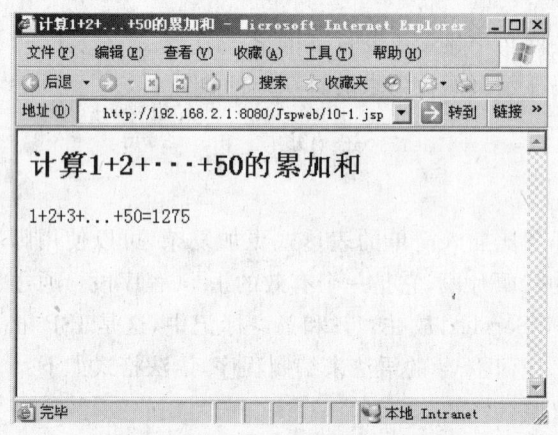

图 9-22　用 JSP 实现 1~50 的累加和

9.3　JDBC 数据访问接口

前述章节已经讲过,B/S 网络系统架构由 3 部分组成:浏览器端、Web 服务器端和数据库服务器端。浏览器端只需要一个支持 Java 的浏览器即可,基本上不需要进行配置。服务器端的 Web 服务器负责执行 JSP 程序,JSP 程序通过 JDBC(Java DataBase Connectivity,Java 数据库连接)接口和数据库服务器相连,并取得数据库中的数据。

1. 什么是 JDBC

JDBC 是 Java 语言用来执行 SQL 语句的 Java API(Application Programming Interface,应用程序设计接口),可以通过 JDBC 向数据库发送 SQL 命令,对数据库进行

新增、删除和修改记录等操作，从而为多种关系数据库提供统一访问，它由一组用 Java 语言编写的类和接口组成。JDBC 提供了一种基准，可以构建更高级的工具和接口，使数据库开发人员能够编写数据库应用程序。

JDBC 由类(Class)和接口(Interface)组成，通过调用这些类和接口提供的方法，可以连接不同的数据库，对数据库执行 SQL 命令并取得结果。JDBC 给数据库开发人员、数据库前台工具开发人员提供了一种标准的应用程序设计接口，使开发人员可以用纯 Java 语言编写完整的数据库访问应用程序。

简单地说，JDBC 能完成下列 3 件事：第一是和一个网络数据库建立连接；第二是向数据库发送 SQL 语句；第三是处理数据库返回的结果。

2. JDBC 设计的目的

① ODBC：微软的 ODBC 是用 C 编写的，而且只适用于 Windows 平台，无法实现跨平台操作数据库。

② SQL：SQL 尽管包含数据定义、数据操作、数据管理等功能，但它并不是一个完整的编程语言，而且不支持流控制，需要与其他编程语言配合使用。

③ JDBC 设计：由于 Java 语言具有健壮性、安全、易使用并自动下载到网络等方面的优点，因此如果采用 Java 语言来连接数据库，将能克服 ODBC 局限于某一系统平台的缺陷；将 SQL 与 Java 语言相互结合起来，可以实现连接不同数据库系统，即使用 JDBC 可以很容易地把 SQL 语句传送到任何关系型数据库中。

④ JDBC 设计的目的：它是一种规范，它的设计最主要目的是让各个数据库开发商为 Java 程序员提供标准的数据库访问类和接口，使得独立于 DBMS 的 Java 应用程序的开发成为可能，如数据库改变，驱动程序跟着改变，但应用程序不变。

3. JDBC 中的类介绍

前面对 JDBC 驱动程序进行了介绍，要想对数据库中的数据进行各种各样的操作，就要用 JDBC 中的各个类和接口创建相应的对象。为了方便对数据库的操作，JDBC 提供了众多的类和接口。下面介绍 JDBC 中常用的类和接口。

(1) DriverManager 类

DriverManager 类对象负责管理 JDBC 驱动程序，是 JDBC 的管理层，作用于用户和驱动程序之间。它跟踪可用的驱动程序，并在数据库和相应驱动程序之间建立连接。另外，DriverManager 类也处理诸如驱动程序登录时间限制及登录和跟踪消息的显示等事务。

对于简单的应用程序，程序员需要在此类中直接使用的唯一方法是使用 DriverManager.getConnection()方法生成 Connection 对象，该方法用于建立与网络数据库的连接。

(2) Connection 类

Connection 对象代表与数据源的连接。连接过程包括所执行的 SQL 语句和在该连接上所返回的结果。一个应用程序可与单个数据库有一个或多个连接，或者可与许多数据库有连接，可以通过 Connection 类的 createStatement()方法生成 Statement 对象。

(3) Statement 类

Statement 对象用于将 SQL 语句发送到数据库中。实际上有 3 种 Statement 对象，即 Statement、PreparedStatement(它从 Statement 继承而来)和 CallableStatement(它从 PreparedStatement 继承而来)对象。它们都专用于发送特定类型的 SQL 语句，Statement 对象用于执行不带参数的简单 SQL 语句;PreparedStatement 对象用于执行带或不带 IN 参数的预编译 SQL 语句;CallableStatement 对象用于执行对数据库已存储过程的调用。

Statement 类提供了执行语句和获取结果的基本方法。PreparedStatement 类添加了处理 IN 参数的方法;而 CallableStatement 添加了处理 OUT 参数的方法。

(4) ResultSet 类

ResultSet 类又称结果集，实现对数据库的处理，维护记录指针，包含符合 SQL 语句中条件的所有行，并且它通过一套 get 方法(这些 get 方法可以访问当前行中的不同列)提供了对这些行中数据的访问。ResultSet. next 方法用于移动到 ResultSet 对象中的下一行，使下一行成为当前行。

(5) PreparedStatement 类

PreparedStatement 类继承自 Statement，可作为在给定连接上执行 SQL 语句的包容器。PreparedStatement 与 Statement 在两方面有所不同:

- PreparedStatement 实例包含已编译的 SQL 语句，这就是使语句"准备好"。
- 包含于 PreparedStatement 对象中的 SQL 语句，可具有一个或多个 IN 参数。IN 参数的值在 SQL 语句创建时未被指定。相反，该语句为每个 IN 参数保留一个问号"?"作为占位符。每个问号的值必须在该语句执行之前，通过适当的 setXXX 方法来提供。

由于 PreparedStatement 对象已预编译过，所以其执行速度要快于 Statement 对象。因此，多次执行的 SQL 语句经常创建为 PreparedStatement 对象，以提高效率。

(6) CallableStatement 类

CallableStatement 对象为所有的 DBMS 提供了一种以标准形式调用存储过程的方法。存储过程储存在数据库中。对存储过程的调用是 CallableStatement 对象所含的内容。

(7) ResultSetMetaData 类

ResultSetMetaData 类对象保存所有 ResultSet 对象中关于字段的信息，并提供许多方法来取得这些信息。

(8) DatabaseMetaData 类

DatabaseMetaData 类保存了数据库的所有特征信息，并且提供许多方法来取得这些信息。JSP 通过 JDBC 对数据库管理系统进行连接以后，得到一个 Connection 对象，可以从这个对象获得有关数据库管理系统的各种信息，包括数据库中的各个表，表中的各个列，数据类型，触发器，存储过程等各方面的信息。根据这些信息，JDBC 可以访问一个事先并不了解的数据库。获取这些信息的方法都是在 DatabaseMetaData 类的对象上实现的，而 DataBaseMetaData 对象是在 Connection 对象上获得的。

(9) SQLException 类

应用程序访问或查询数据库时抛出的异常信息。

JDBC 所有的类和接口都放在 java.spl. * 包中,在 JSP 程序中使用 JDBC 之前一定要把 Java.sql. * 包引用进来,否则在编译 JSP 程序时会发生无法编译的错误。要在 JSP 网页使用 JDBC,调用 JDBC 的类和接口,需要在程序开头加上下面这一行:

```
%@ page import="java.sql. * "%
```

4. JDBC 驱动程序

JDBC 是面向"与平台无关"设计的,所以在编程的时候不必关心自己将要使用的是什么数据库产品,只要使用 JDBC 连接数据库就可以,使用已有的 SQL 标准并支持与其他数据库连接的标准,如 ODBC 之间的桥接。JDBC 实现了所有这些面向标准的目标,并且具有简单、严格类型定义且高性能实现的接口。JDBC 驱动程序可细分为 4 种类型,分别为 JDBC-ODBC 桥接驱动、本地 API 半 Java 驱动、JDBC 中间件纯 Java 驱动程序、本地协议纯 Java 驱动程序。不同类型的驱动程序有不同的程序实现方式,如表 9-2 所示。

表 9-2 JDBC 驱动程序 4 种类型

JDBC 驱动程序 4 种类型	基 本 方 法
JDBC-ODBC 桥接驱动(JDBC-ODBC Bridge)	将 JDBC 调用转换为 ODBC 的调用
本地 API 半 Java 驱动(JDBC-Native API Bridge)	将 JDBC 调用转换成对数据库的客户端 API 的调用
JDBC 中间件纯 Java 驱动程序(JDBC-middleware)	在服务器端安装中间件,由中间件负责所有存取数据库时必要的转换
本地协议纯 Java 驱动程序(Pure JDBC driver)	将 JDBC 调用转换为特定数据库的网络协议

(1) JDBC-ODBC 桥接驱动(JDBC-ODBC Bridge)

这是一种桥接器型的驱动程序,JDBC 驱动程序是 JDBC-ODBC 桥再加上一个 ODBC 驱动程序。这类驱动程序利用 ODBC 驱动程序提供对 JDBC 访问。其特点是必须在客户端的计算机上事先安装好 ODBC 驱动程序,然后通过 JDBC-ODBC 的调用方法,通过 ODBC 来存取数据库。

(2) 本地 API 半 Java 驱动(JDBC-Native API Bridge)

这也是一种桥接器型的驱动程序。如同 JDBC-ODBC 桥接驱动,这类型的驱动程序也必须先在客户端计算机上安装好特定的驱动程序(类似 ODBC),然后通过 JDBC Native API 桥接器的转换,把 Java API 调用转换成特定驱动程序的调用方法,进而存取数据库。

(3) JDBC 中间件纯 Java 驱动程序(JDBC-middleware)

该 JDBC 驱动程序是面向数据库中间件(middleware)的纯 Java 驱动程序,JDBC 调用被转换成一种中间件厂商的协议,中间件再把这些调用转换到数据库 API。JDBC 中间件纯 Java 驱动程序的优点是它以服务器为基础,也就是不再需要客户端的本机代码,这使第三类驱动程序要比第一、二两类都快。另外,开发者还可以利用单一的驱动程序连接到多种不同的数据库。

(4) 本地协议纯 Java 驱动程序(Pure JDBC driver)

这种类型的驱动程序是最成熟的 JDBC 驱动程序,不但无须在使用者计算机上安装任何额外的驱动程序,也不需要在服务器端安装任何中间件,所有存取数据库的操作,都直接由驱动程序来完成。它把 JDBC 调用转换成某种直接可被 DBMS 使用的网络协议,这样,客户机和应用服务器可以直接调用 DBMS 服务器。

为了与特定的数据库相连,JDBC 必须加载相应的驱动程序。可以通过设置 Java 属性中的 sql. driver 来指定驱动程序列表,这个属性是一系列用冒号隔开的 driver 类的名称。这种类型的驱动程序将 JDBC 调用直接转换为 DBMS 所使用的网络协议。这将允许从客户机上直接调用 DBMS 服务器,是 Internet/Intranet 访问的一个很实用的解决方法。由于这第四类驱动程序具有较高的性能,能够直接访问 DBMS,所以被广泛使用。

小结:一般情况下,不建议使用桥接器型的驱动程序,即第一种和第二种类型的驱动程序,因为它们不是用纯 Java 语言开发的,这使得程序的可移植性比较差,需要事先配置 ODBC。第三种和第四种驱动程序直接用程序实现,使可移植性提高,达到跨平台的目的,现代开发主要以本地协议纯 Java 驱动程序为主。

5. JDBC 程序设计举例

9.3.2 节已经讲过,JDBC 对数据库的操作通过数据库的 JDBC 驱动程序、Connection 类、Statement 类和 ResultSet 类等实现。

通过这些类,可按如下步骤和数据库建立起连接,实现对数据库的操作。

(1) JDBC 访问数据库的主要步骤

① 加载驱动程序:JSP 代码通过带参数调用 Class. forName(String driverName)方法,将 DriverManager 类实例化、加载对应数据库驱动程序。

② 建立连接:在 JSP 中调用 DriverManager. getConnection(url,userName,passwd)方法取得一个 Connection 对象,以此连接到数据库,如

```
Connection conn=DriverManager.getConnection(url,"sa","");
```

来与数据源 JSP 建立连接,若连接成功,则返回一个 Connection 类的对象 conn。以后对这个数据源的操作都是基于 conn 对象的。

③ 准备查询:在执行查询语句之前必须首先建立一个 Statement 对象,即通过 Connection. createStatement()方法创建一个 Statement 对象,通过 Statement 对象执行 SQL 语句,访问数据库表中的记录,如 Statement stamt＝conn. createStatement()。

④ 执行查询:在 JSP 代码中通过 Statement. executQuery()方法或 Statement . executUpdate()方法来查询或更新数据库记录,它的返回值是一个 ResultSet 类的对象,如 ResultSet rs＝stamt. execQuery("select ＊ from supplier")。

⑤ 执行添、删、改操作:对数据库进行更新操作包括插入、修改和删除记录,创建和删除表,以及增加和删除某些列。这些操作对应于 SQL 语句中的 INSERT,UPDATE,

DELETE 和 CREATE、DROP 等操作,对数据库的更新操作也是在一个 Statement 对象上完成的,但使用的是 executeUpdate 方法,如 stamt. executeUpdate("delete from supplier where suppid='1'")。

⑥ 检索结果集:执行 SQL 查询语句的结果都是返回一个 ResultSet 类的对象。要想让用户得到查询结果,必须对 ResultSet 对象进行处理。

- ResultSet 对象包括一个由查询语句返回的表,这个表中包含所有的查询结果。对 ResultSet 对象的处理必须逐行进行。
- ResultSet 对象维护一个指向当前记录的指针。最初,这个指针指向第一行之前。可以通过 ResultSet 的 next 方法移动指针指向下一个记录。
- ResultSet 类的 getXXX 方法可以从某一列中获得结果。并将结果集中的 SQL 数据类型转换为它所返回的 Java 数据类型。其中 XXX 是 JDBC 中的 Java 数据类型。

⑦ 关闭数据源:完成数据库操作后,依次调用各个对象的 Close() 方法,关闭数据库连接,释放 JDBC 资源,注意自里往外关闭。

(2) 使用 JDBC-ODBC 桥接驱动连接到 Microsoft Access

下面介绍如何通过 JDBC-ODBC 桥接驱动连接到 Microsoft Access 2003。

单击"开始"→"程序"→"管理工具"→"数据库(ODBC)"菜单命令,打开"ODBC 数据源管理器",在"ODBC 数据源管理器"中打开"系统 DSN"选项卡,如图 9-23 所示。

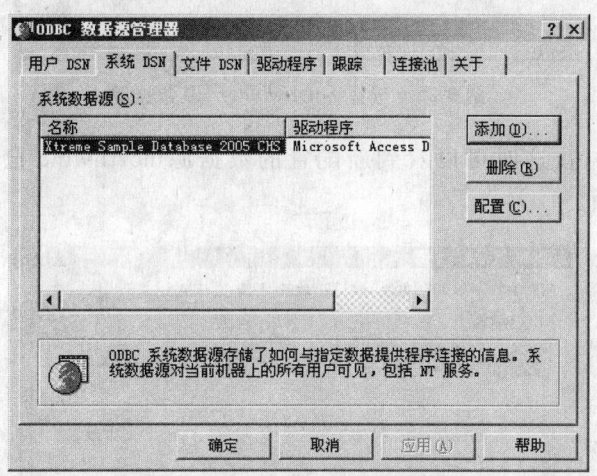

图 9-23　ODBC 数据源源管理器

单击"系统 DSN"选项卡的"添加"按钮,在这一步需要选择数据库驱动程序,如图 9-24 所示,在列表框中显示了多种数据库驱动程序,这里选择 Driver do Microsoft Access(* . mdb),单击"完成"按钮,弹出如图 9-25 所示的"ODBC Microsoft Access 安装"对话框。在"数据源名"框内输入所要创建的数据源名称"northwind",在"数据库"中选择目标数据库"northwind. mdb"。

图 9-24　选择 Microsoft Access 驱动程序

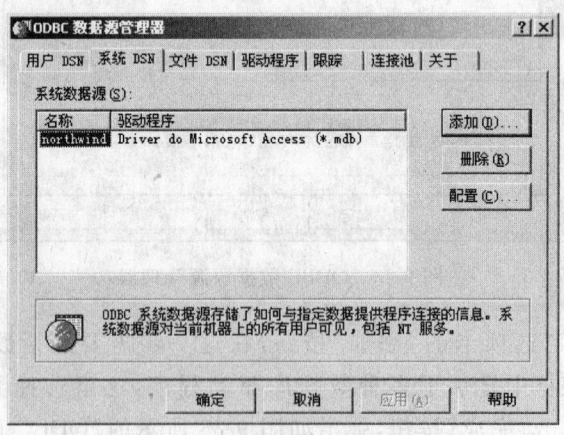

图 9-25　选择 northwind.mdb 数据源

单击"确定"按钮,这时可以看到新配置的数据源 northwind 已经在列表框中,如图 9-26 所示的界面。

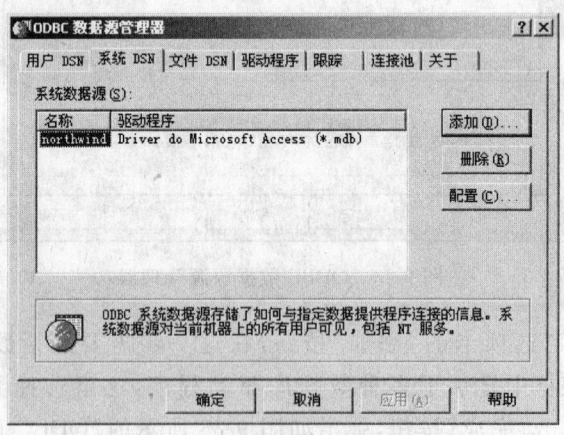

图 9-26　系统数据源配置完毕

例 9-2：使用 JDBC-ODBC 桥接驱动程序访问 Microsoft Access 数据库 northwind 中的供应商信息表。

```jsp
<%@page contentType="text/html;charset=gb2312"import="java.sql.*"%>
<html>
<head>
<title>Northwind数据库信息展示_JDBC-ODBC</title>
</head>
<body>
<h1 align="left">Northwind数据库信息展示_JDBC-ODBC</h1>
<hr>
    <%
try{
    Class.forName("sun.jdbc.odbc.JdbcOdbcDriver").newInstance();
    //设置 url 为 ODBC 中的 northwind
    String url="jdbc:odbc:northwind";
    String user="";
    String password="";
    //建立与数据库的连接
    Connection conn=DriverManager.getConnection(url,user,password);
    //通过 Connection 类的 createStatement()方法创建 Statement 实例,并赋给 stmt
    Statement stmt=conn.createStatement(ResultSet.TYPE_SCROLL_SENSITIVE,
                                        ResultSet.CONCUR_UPDATABLE);
    //创建 SQL 查询字符串,以选择供应商信息数据表中的记录
    String sql="select * from 供应商";
    //通过 Statement 类的 executeQuery()方法创建 ResultSet 对象 rs,以方便对数据表的
    //操作
    ResultSet rs=stmt.executeQuery(sql);
    rs.first();
%>
    <table width="300" border="0" cellpadding="0" cellspacing="1" bgcolor="#cccccc">
        <tr><td bgcolor="#ffffff">供应商 ID:</td>
            <td bgcolor="#ffffff"><%=rs.getObject("供应商 ID")%></td>
        </tr>
        <tr><td bgcolor="#ffffff">公司名称:</td>
            <td bgcolor="#ffffff"><%=rs.getObject("公司名称")%></td>
        </tr>
        <tr><td bgcolor="#ffffff">联系人姓名:</td>
            <td bgcolor="#ffffff"><%=rs.getObject("联系人姓名")%></td>
        </tr>
        <tr><td bgcolor="#ffffff">联系人头衔:</td>
            <td bgcolor="#ffffff"><%=rs.getObject("联系人头衔")%></td>
        </tr>
```

```
        <tr><td bgcolor="#ffffff">地址: </td>
            <td bgcolor="#ffffff"><%=rs.getObject("地址")%></td>
        </tr>
        <tr><td bgcolor="#ffffff">城市: </td>
            <td bgcolor="#ffffff"><%=rs.getObject("城市")%></td>
        </tr>
        </table>
<%
    rs.close();                   //关闭 rs
    Statement1.close();           //关闭 Statement1
    conn.close();                 //关闭 conn
%>


</body>
</html>
```

其效果如图 9-27 所示。

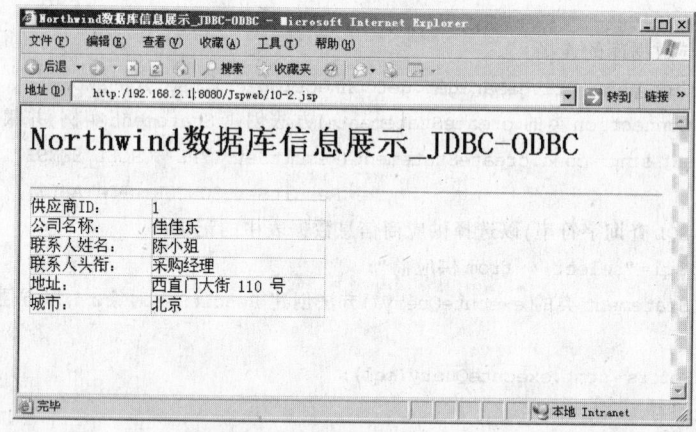

图 9-27 JDBC-ODBC 桥接驱动程序访问 Microsoft Access 数据库

（3）本地协议纯 Java 驱动程序连接到 Microsoft SQL Server 2005 JDBC Driver

下面以本地协议纯 Java 驱动程序连接到网络数据库为例，说明 JSP 是如何应用 JDBC 连接的。

① 下载 Microsoft SQL Server 2005 JDBC Driver。

用本地协议纯 Java 驱动程序连接到网络数据库，首先要到微软网站下载 Microsoft SQL Server 2005 JDBC Driver 1.2，可以使用这个地址直接下载 http://www.microsoft.com/downloads/details.aspx? FamilyID＝C47053EB-3B64-4794-950D-81E1EC91C1BA&displaylang＝zh-cn。下载完毕后，解压 sqljdbc_1.2.2828.90_chs.exe，把 sqljdbc_1.2 复制到％Program-Files％，例如在 C:\Program Files 中。

② 设置 classpath。

接下来的任务是设置并未包含在 Java SDK 中的 classpath，JDBC 驱动程序。因此如果要使用该驱动程序,必须将 classpath 设置为包含 sqljdbc.jar 文件。如果 classpath 缺少 sqljdbc.jar 项,应用程序将引发"找不到类"的常见异常。sqljdbc.jar 文件的安装位置如下:

```
<安装目录>\sqljdbc_<版本>\<语言>\sqljdbc.jar
```

下面是用于 Windows 应用程序的 classpath 语句实例:

```
CLASSPATH=C:\ProgramFiles%\sqljdbc_1.2\chs\sqljdbc.jar
```

此外,Servlet 和 JSP 在 Servlet/JSP 引擎中运行。必须根据 Servlet/JSP 引擎文档来设置 classpath。仅在操作系统中设置 classpath 将无法正常工作。通过在引擎安装期间将 sqljdbc.jar 文件复制到 lib 类的特定目录,如在 C:\Program Files\Java\jdk1.6.0_21\jre\lib 中可以部署此驱动程序。

③ 设置 SQL Server 2005 数据库服务器。

- 依次单击"开始"→"程序"→Microsoft SQL Server 2005→"配置工具"→"SQL Server 配置管理器"→"SQL Server 2005 网络配置"→"MSSQLSERVER 的协议"。
- 如果 TCP/IP 没有启用,右键单击选择"启动"。
- 双击 TCP/IP 进入属性设置,在"IP 地址"里,可以配置"TCP 端口",默认为 1433。
- 重新启动 SQL Server 或者重启计算机。

连接数据库的核心功能代码如下:

```
//加载类 com.microsoft.jdbc.sqlserver.SQLServerDriver,并通过 newInstance()方法实例化
Class.forName("com.microsoft.sqlserver.jdbc.SQLServerDriver").newInstance();
//设置 url 在本地主机 1433 端口上访问 SQL Server 数据库,数据库名为 northwind
String url="jdbc:sqlserver://127.0.0.1:1433;DatabaseName=northwind";
//设置用户名和密码
String user="sa";
String password="";
//建立与数据库的连接,将连接赋给 conn
Connection conn=DriverManager.getConnection(url,user,password);
```

例 9-3:采用本地协议纯 Java 驱动程序编写对 northwind 网络数据库中产品信息表的查询。

```
<%@ page contentType="text/html;charset=gb2312"import="java.sql.*"%>
<html>
<head>
<title>Northwind数据库信息展示</title>
</head>

<body>
<h1 align="left">Northwind数据库信息展示</h1>
<hr>
```

```
<%//下面程序段用于连接到数据库
Class.forName("com.microsoft.sqlserver.jdbc.SQLServerDriver").newInstance();
//设置 url 在本地主机 1433 端口上访问 SQL Server 数据库,数据库名为 northwind
String url="jdbc:sqlserver://127.0.0.1:1433;DatabaseName=northwind";
//设置用户名和密码
String user="sa";
String password="";
//建立与数据库的连接,将连接赋给 conn
Connection conn=DriverManager.getConnection(url,user,password);
//通过 Connection 类的 createStatement()方法创建 Statement 实例,并赋给 stmt
Statement Statement1=conn.createStatement(ResultSet.TYPE_SCROLL_SENSITIVE,
                    ResultSet.CONCUR_UPDATABLE);
//创建 SQL 查询字符串,以选择产品信息数据表中的记录
String sql="select * from 产品";
//通过 Statement 类的 executeQuery()方法创建 ResultSet 对象 rs,对产品信息数据表进
//行查询操作
ResultSet rs=Statement1.executeQuery(sql);
//移动到产品信息数据表的第一条记录
rs.first();
%>

产品 id: <%=rs.getObject("产品 ID")%><br>
产品名称: <%=rs.getObject("产品名称")%><br>
供应商 ID: <%=rs.getObject("供应商 ID")%><br>
类别 ID: <%=rs.getObject("类别 ID")%><br>
单位数量: <%=rs.getObject("单位数量")%><br>
单价: <%=rs.getObject("单价")%><br>
库存量: <%=rs.getObject("库存量")%><br>
订购量: <%=rs.getObject("订购量")%><br>
<hr>

<%
    rs.close();                         //关闭 rs
    Statement1.close();                 //关闭 Statement1
    conn.close();                       //关闭 conn
%>
    数据库已关闭!
</body>
</html>
```

其效果如图 9-28 所示。

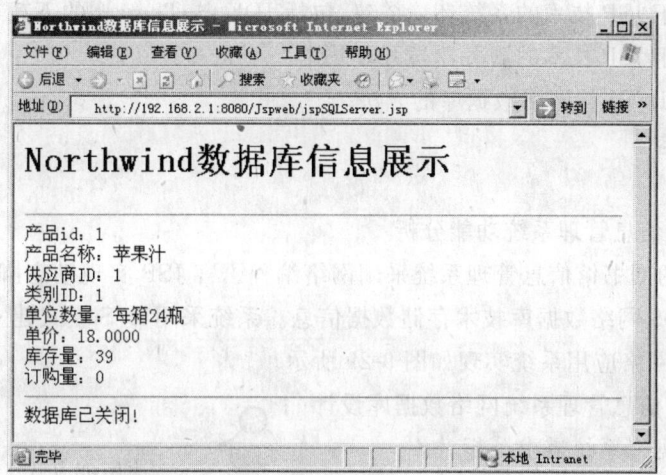

图 9-28　本地协议纯 Java 驱动程序实现对产品信息表的查询

习题

1. 什么是 JSP？与其他服务器端程序相比，JSP 具有什么优势？
2. 请简述搭建 JSP 安装环境的主要步骤。
3. JDK 在 JSP 环境中的作用是什么？
4. 请简述搭建 JSP 安装环境的系统变量如何进行设置。
5. JDBC 驱动程序分为哪些类？常用哪种？请对核心代码进行说明。
6. Statement 类的什么方法支持使用 SELECT 语句进行对数据库的查询，什么方法支持使用 INSERT、DELETE、UPDATE 等语句对数据库数据进行编辑。
7. 请编写程序，使用 JDBC 通过本地协议纯 Java 驱动程序实现对 Northwind 网络数据库中订单信息按订单号进行查询。

本章实训环境和条件

① 网络服务器端操作系统可以为 Windows Server 2003/2008，客户端操作系统可以为 Windows Server XP/Vista 等。

② 制作网页的网络服务器需要安装 Dreamweaver 8、Tomcat 6. X、Java 2 Platform Standard Edition Development Kit 6u21。

实训项目

基于 B/S 的图书馆信息管理系统设计

1. 实训目标

① 掌握基于 B/S 的网络应用系统开发步骤与方法。

② 掌握网络数据库系统产生 SQL Server 脚本的方法。

③ 掌握基于 JSP 技术的系统环境搭建,包括 JDK 与 Tomcat 的下载与安装。

④ 掌握基于 JSP 技术的服务器端开发技术。

⑤ 掌握 JDBC 连接网络数据库的方法。

2. 实训内容

实验步骤:

(1) 图书馆信息管理系统功能分析

基于 B/S 的图书馆信息管理系统采用网络编程语言 JSP 实现动态脚本的开发,使用 SQL Server 2005 网络数据库技术存储数据信息。系统采用 B/S 模式建立学生信息管理系统数据库,其网络应用系统实现如图 9-29 所示。

(2) 图书馆信息管理系统网络数据库设计

① 网络数据库系统需求分析。

建立网络数据库,需要充分考虑网络安全的因素,首先根据已经确定的用户需求,收集数据信息,对收集信息进行分析和整理,按照关系型数据库思想建立数据库概念模型和逻辑模型。设计图书馆信息系统数据库 Library,库中包括读者信息、书记信息、借阅信息、工作人员信息等内容。

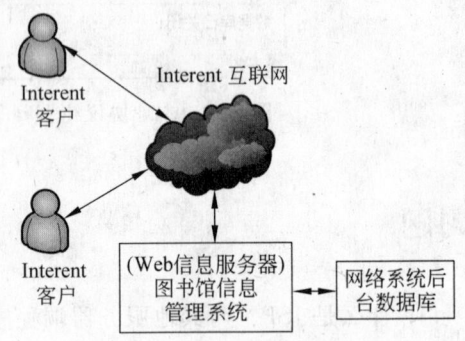

图 9-29 基于 B/S 的图书馆信息
管理系统运行图

② 网络数据库概念结构设计和逻辑结构设计。

在数据库概念设计阶段,根据数据库系统需求分析的内容,确定系统实体个数,采用 E-R 方法进行设计并画出系统 E-R 模型。

逻辑结构设计是根据 E-R 模型设计企业人事系统的数据库逻辑结构,包含两个步骤:

第一步是将概念模型(E-R 模型)转换为某种组织层数据模型,即系统关系模式。

第二步是对数据模型进行优化。

在本步骤中,注意要进行数据完整性设计,包括考虑主键、外键、唯一约束、核查约束、默认值、规则设计。

③ 网络数据库物理结构设计。

本步骤中要设计数据库的大小,注意考虑数据库的增长频率;设计数据表的结构,每字段所占用空间的大小。具体数据库及数据表内容学生自拟。

④ 网络数据库安全设计。

要充分考虑网络数据库的安全问题,可以从以下几方面进行用户账号权限设计:

• 用户进入网络数据库操作系统的安全权限。

• 用户进入网络数据库实例服务器账户的安全权限。

• 用户进入具体网络数据库,如 library 的安全权限。

• 用户进入数据库对象,如表、视图的安全权限。

（3）Web 服务器端脚本设计

首先设计图书馆信息管理系统的功能图，包括对图书信息、读者信息的录入等；数据查询功能，可以实现全面查询和按要求查询；数据更新功能等。

功能设计结束后，用 9.3 节介绍的 JSP 技术编写代码结构，完成 Web 服务器端脚本程序的编写工作。

3. 实训思考

① 网络数据库的安全策略如何实现？

② 使用 JSP 技术如何实现与数据源信息的连接，其核心代码是什么？

③ 使用 JSP 技术如何实现查询数据库信息，其核心代码是什么？

参 考 文 献

[1] 尚晓航.计算机网络与 Windows 教程(Windows Server 2008).北京:清华大学出版社,2010.

[2] 尚晓航.计算机网络技术基础(第三版).北京:高等教育出版社,2008.

[3] 尚晓航,郭正昊.网络管理基础(第 2 版).北京:清华大学出版社,2008.

[4] 吴功宜.计算机网络(第 2 版).北京:清华大学出版社,2007.

[5] 戴有炜等.Windows 2008 安装与管理指南.北京:科海电子出版社,2009.

[6] 戴有炜等.Windows 2008 网络专用指南.北京:科海电子出版社,2009.

[7] 朱如龙.SQL Server 2005 数据库应用系统开发技术.北京:机械工业出版社,2006.

[8] 王珊,萨师煊.数据库系统概论(第四版).北京:高等教育出版社,2007.

[9] 张晓蕾.JSP 动态网页基础教程.北京:人民邮电出版社,2006.

[10] 赵慧勤.网络数据库应用技术.北京:机械工业出版社,2005.

[11] 张晓蕾.JSP 动态网页基础教程.北京:人民邮电出版社,2006.

[12] 张强等.网页制作与开发教程.北京:人民邮电出版社,2008.

[13] 谢东亮,程时端,阙喜戎.对等网络的研究与进展.中兴通讯技术,2005,11(2):58-60.

[14] 戴建强.P2P 基础技术初探.厦门科技,2006,6:34-36.

[15] Microsoft SQL Server 2005 联机丛书.网址:http://www.microsoft.com/china/sql/default.mspx.